La caresse des flocons

NORA ROBERTS

La caresse des flocons

roman

Traduit de l'anglais (États-Unis) par
KARINE XARAGAI
FABRICE CANEPA
DOMINIQUE DUBOUX

HarperCollins

Titres originaux :
FIRST IMPRESSIONS
UNTAMED
THIS MAGIC MOMENT

HARPERCOLLINS FRANCE
83-85, boulevard Vincent-Auriol, 75646 PARIS CEDEX 13
Tél. : 01 42 16 63 63

www.harpercollins.fr

ISBN 979-1-0339-0177-8

HarperCollins PUBLISHERS Since 1817

LA PROMESSE DE NOËL

1

Le soleil du matin décochait ses traits de lumière sur les montagnes, embrasant à dessein les touches de rouge et d'or qui émaillaient le feuillage vert foncé. Quelque part dans les bois, un bruissement trahit le retour précipité d'un lapin vers son terrier, tandis que dans le ciel un oiseau pépiait avec une gaieté insistante. Le chèvrefeuille s'agrippait en masses touffues à la rangée de clôtures bordant la route. Ses dernières fleurs embaumaient l'air d'un parfum léger. Dans un champ éloigné, un fermier et son fils moissonnaient l'ultime récolte de foin de l'été. On entendait distinctement le grondement régulier de la lieuse.

Sur la route menant à la petite ville, Shane ne croisa qu'une seule voiture en un kilomètre et demi. Le conducteur la salua de la main. Elle lui répondit de même. C'était bon d'être de retour chez soi.

Marchant sur le bas-côté herbeux de la route, Shane cueillit une fleur de chèvrefeuille et, comme lorsqu'elle était petite, inhala son fugace parfum sucré. Elle froissa les pétales entre ses doigts et la fragrance s'intensifia. C'était une odeur qu'elle associait à l'été, de même que la fumée de barbecue et l'herbe tendre. Pourtant, l'été touchait à sa fin.

Shane attendait avec impatience l'automne qui ferait resplendir les montagnes dans toute leur gloire. Celles-ci se pareraient alors de couleurs saisissantes et l'air se ferait pur et vif. Quand viendrait la période venteuse, le monde s'emplirait de bruits et de feuilles tourbillonnantes. L'automne était la saison des feux de bois et des jonchées de glands.

Elle avait la curieuse impression de n'être jamais partie. Comme si, encore âgée de vingt et un ans, elle se rendait à Sharpsburg pour y acheter trois litres de lait ou une miche de pain qu'elle rapporterait à sa grand-mère. Les rues trépidantes de Baltimore, les trottoirs et la foule de ces quatre dernières années auraient pu n'avoir existé qu'en rêve. Comme si elle n'avait pas passé cette période à enseigner dans un établissement de zone défavorisée, corrigeant des copies et assistant à des réunions pédagogiques.

Pourtant, quatre ans s'étaient écoulés. L'étroite maison à étage de sa grand-mère lui appartenait désormais. De même que les trois acres de terrain boisé au relief accidenté. Et si les montagnes et les forêts n'avaient pas changé, pour Shane, il en allait tout autrement.

Physiquement, elle n'était guère différente de ce jour où elle avait quitté l'ouest du Maryland pour son poste dans un lycée de Baltimore. Menue de partout, sa svelte silhouette n'avait jamais pris les courbes et rondeurs tant espérées. Son fin minois triangulaire arborait une peau crémeuse au hâle délicat. Aujourd'hui encore, la seule allusion à son teint de pêche suffisait à la braquer : on lui en avait tellement rebattu les oreilles… Son visage, dépourvu des pommettes élégantes dont elle avait toujours rêvé, se creusait de furtives fossettes à chacun de ses sourires. Son nez, parsemé de taches de rousseur, était retroussé. Espiègle. Ce qualificatif lui collait à la peau depuis toujours.

De fins sourcils arqués surmontaient ses grands yeux sombres, miroirs fidèles de toutes ses émotions. Son regard reflétait rarement l'indifférence. D'ordinaire, elle portait court ses cheveux miel foncé qui bouclaient naturellement autour de son visage. En général, son heureux caractère animait sa mine expressive, et sa bouche fine et bien dessinée semblait toujours prête à sourire. *Mignonne* — c'était l'adjectif qui revenait le plus souvent pour la décrire. Shane en était venue à haïr ce mot, tout en se faisant une raison. Rien ne transformerait jamais la saine vitalité de son charme piquant en beauté chaude et sensuelle.

Tandis qu'elle longeait le dernier virage précédant l'entrée dans la bourgade, Shane fut prise d'une soudaine impression de déjà-vu : elle avait effectué ce même trajet à tous les âges — enfant, adolescente, et jeune fille à l'orée de sa vie de femme. Elle en conçut un sentiment de sécurité et d'appartenance. Rien dans la grande ville ne lui avait jamais procuré ce bonheur simple de faire partie d'un tout.

Elle parcourut en riant les derniers mètres à la course, puis poussa énergiquement la porte du magasin général. Le carillon tinta furieusement avant que la porte ne se referme.

— Salut !

— Salut à toi, répliqua avec un large sourire la femme derrière le comptoir. Tu es bien matinale, aujourd'hui.

— A mon réveil, je me suis aperçue que j'étais à court de café.

Avisant sur le comptoir le carton contenant les beignets du jour, Shane roula des yeux avec gourmandise et s'y dirigea tout droit.

— Oh, Donna, ils sont fourrés à la crème ?

— Evidemment...

Avec un soupir envieux, Donna regarda Shane choisir un beignet et mordre dedans. Depuis presque vingt ans, elle voyait son amie s'empiffrer comme un ogre sans jamais prendre un gramme.

Bien qu'ayant grandi ensemble, les deux jeunes femmes étaient comme le jour et la nuit. Shane était aussi blonde que Donna était brune. Shane était petite ; Donna grande et plutôt ronde. Toute sa vie, cette dernière s'était satisfaite de son rôle d'acolyte de Shane, plus directive. C'était elle, l'aventurière. Quant à Donna, son plus grand plaisir consistait à pointer les failles des plans que tramait son amie... avant de s'y rallier sans réserve.

— Alors, comment se passe ton installation ?

— Plutôt bien, répondit Shane, la bouche pleine.

— On t'a à peine vue depuis ton retour.

— J'ai eu tellement à faire ! Ces dernières années, Gran était complètement dépassée par l'entretien de la maison, expliqua-t-elle d'une voix où se mêlaient affection et chagrin. Elle s'est toujours davantage intéressée à son jardin qu'aux fuites du toit. Peut-être que si j'étais restée...

— Ah, ne recommence pas à te faire des reproches ! la coupa Donna en fronçant ses sourcils sombres. Elle tenait à ce que tu prennes ce boulot d'enseignante, et tu le sais très bien. Faye Abbott a vécu jusqu'à quatre-vingt-quatorze ans. Ce n'est pas donné à tout le monde. Et jusqu'au bout, elle aura gardé son fichu caractère !

Shane rit.

— Tu as bien raison. Parfois, j'ai la certitude qu'elle est assise à sa place dans le rocking-chair de la cuisine pour vérifier que je fais bien la vaisselle avant d'aller me coucher.

A cette pensée, Shane faillit se laisser aller à la nostalgie de son enfance envolée, mais refusa de verser dans les regrets.

— J'ai vu Amos Messmer dans son champ, en train de faire les foins avec son fils.

Son beignet avalé, Shane s'essuya les mains sur l'arrière de son jean et reprit :

— Je croyais que Bob était dans l'armée.

— Il a été rendu à la vie civile la semaine dernière. Il va épouser une fille qu'il a rencontrée en Caroline du Nord.

— Sans blague ?

Donna eut un petit sourire. En sa qualité de propriétaire du magasin général, elle avait toujours apprécié d'être les yeux et les oreilles de la petite ville.

— Elle vient ici le mois prochain. Elle est secrétaire juridique.

— Quel âge a-t-elle ? s'enquit Shane pour tester son amie.

— Vingt-deux ans.

Shane éclata d'un rire ravi, la tête renversée en arrière.

— Oh, Donna ! Tu es terrible. J'ai l'impression de ne jamais être partie d'ici.

Donna sourit en retrouvant la franche hilarité de son amie.

— Je suis contente que tu sois revenue. Tu nous as manqué.

Shane s'appuya d'une hanche contre le comptoir.

— Où est Benji ?

— Dave l'a pris en haut, expliqua Donna en se rengorgeant un tantinet à la pensée de son mari et de son fils. Si je lâche ce petit monstre dans le magasin, c'est la panique assurée. On se relaiera après déjeuner.

— C'est le côté pratique d'habiter au-dessus de son commerce.

Apercevant la brèche qu'elle avait espérée, Donna s'y engouffra :

— Shane, tu penses toujours à reconvertir ta maison ?

— Je n'y pense plus, rectifia Shane. Je vais le faire.

Elle embraya rapidement, sachant ce qui allait suivre :

— Un petit magasin d'antiquités, ça marche toujours, et le fait d'y associer un musée le distinguera des autres.

— Mais c'est tellement risqué…, fit remarquer Donna.

La lueur d'excitation qui brillait dans le regard de Shane renforça son inquiétude. Dans le passé, elle avait vu cette même lueur annoncer nombre de projets aussi fantastiques qu'osés.

— Le coût…

— J'ai assez pour monter mon affaire, affirma Shane, écartant tout pessimisme. Et pour l'instant, la majeure partie de mon stock peut être tiré de la maison. Je tiens dur comme fer à ce projet, Donna, poursuivit-elle devant la mine soucieuse de son amie. Ma propre maison, mon propre commerce.

Elle embrassa du regard le magasin compact et bien achalandé :

— Tu devrais me comprendre.

— Oui, mais moi, j'ai Dave pour me donner un coup de main, je peux me reposer sur lui. Je ne crois pas que je serais capable d'assumer seule le lancement ou la gestion d'une affaire.

— Ça va marcher.

Shane fixa un point au-delà de Donna, le regard empli de sa propre vision.

— Je vois déjà l'air que ça aura quand j'aurai fini.

— Tout ce réaménagement...

— A la base, la structure de la maison restera la même, rétorqua Shane. Il y aura des modifications, des travaux...

Elle minimisa cette perspective du revers de la main :

— De toute manière, même si je ne comptais qu'habiter la maison, je serais en grande partie obligée d'en passer par là.

— Les permis, les autorisations...

— J'ai déposé toutes les demandes nécessaires.

— Les impôts.

— J'ai déjà vu un comptable.

Elle sourit tandis que Donna poussait un soupir.

— Je dispose d'un bon emplacement, de solides connaissances en matière d'antiquités, et je suis capable de retracer n'importe quelle bataille de la guerre de Sécession.

— Et ce à la moindre provocation.

— Attention, la menaça Shane, ou je t'inflige une reconstitution de la bataille d'Antietam.

Entendant le carillon de la porte retentir de nouveau, Donna feignit un soulagement comique.

— Bonjour, Stu.

Les dix minutes suivantes s'écoulèrent en menu bavardage, le temps que Donna encaisse et emballe les articles de mercerie. En un rien de temps, Shane serait mise au courant de tous les événements qu'elle avait manqués ces quatre dernières années.

A Sharpsburg, elle était acceptée comme une originale — la fille du pays qui était partie à la ville et en était revenue avec de grands projets. Pour les habitants les plus anciens de la bourgade et de la campagne environnante, elle serait toujours la petite-fille de Faye Abbott. Ces gens-là avaient l'esprit de clan et elle faisait partie des leurs. Elle ne s'était pas installée ni mariée avec le fils de Cy Trainer, comme prévu, mais aujourd'hui elle était de retour.

— Stu ne change pas, constata Donna lorsqu'elle se retrouva seule avec Shane. Tu te souviens au lycée, quand nous étions en seconde et lui en terminale ? Il était capitaine de l'équipe de football. Qu'est-ce qu'il était sexy dans son maillot trempé de sueur !

— Des muscles, mais pas grand-chose dans la cervelle, rétorqua Shane d'un ton sec.

— C'est vrai que tu as toujours été branchée intellos. Dis donc, enchaîna-t-elle avant que Shane ait pu protester, il se pourrait bien que j'en aie un pour toi.

— Un quoi ?

— Un intello. Du moins, c'est l'impression qu'il me donne. En plus, c'est ton voisin, ajouta-t-elle avec un sourire de plus en plus large.

— Mon voisin ?

— Il a acheté la vieille maison Farley. Il a emménagé au début de la semaine dernière.

— La maison Farley ?

Devant l'air incrédule de Shane, Donna eut la satisfaction de voir qu'elle lui annonçait un scoop.

— La maison a été pratiquement ravagée par un incendie. Qui serait assez bête pour acheter cette espèce de vieille grange délabrée ?

— Vance Banning, répondit Donna. Il vient de Washington.

Après avoir médité sur les implications d'une telle démarche, Shane haussa les épaules.

— Eh bien, je suppose que c'est un terrain de choix même si la maison devrait être condamnée.

Se dirigeant vers un rayon avec nonchalance, elle choisit une boîte de café d'une livre qu'elle posa sur le comptoir sans en vérifier le prix.

— J'imagine qu'il a dû l'acheter pour bénéficier d'un avantage fiscal ou un truc de ce genre.

— Non, je ne pense pas.

Donna encaissa le café et patienta le temps que Shane tire des billets du fond de la poche arrière de son pantalon.

— Il est en train de la retaper.

— C'est courageux de sa part.

Shane empocha la monnaie d'un air absent.

— Et seul, par-dessus le marché, ajouta Donna en arrangeant les présentoirs à bonbons. Je n'ai pas l'impression qu'il croule sous l'argent. Pas de boulot…

— Oh…

Cette dernière remarque éveilla aussitôt la compassion de Shane. Tout le monde pouvait être touché par le problème croissant du chômage, elle était bien placée pour le savoir. A peine un an plus tôt, le personnel enseignant de son lycée avait été réduit de trois pour cent.

— Cela dit, j'ai entendu dire qu'il se débrouillait plutôt bien, poursuivit Donna. Archie Moler y est passé il y a quelques jours, pour lui apporter du bois de construction. Il paraît qu'il avait déjà remplacé l'ancienne véranda. Mais ce type ne possède quasiment aucun meuble. Des cartons de livres, mais à part ça, pas grand-chose.

Shane réfléchissait déjà à ce qu'elle pourrait lui céder de sa propre collection. Elle avait bien quelques chaises en trop…

— Et, ajouta Donna avec chaleur, il est hyper-séduisant.

— Je te rappelle que tu es une femme mariée, la sermonna Shane.

— Ça ne m'empêche pas d'avoir des yeux pour voir. Il est grand.

Donna soupira. Du haut de son mètre soixante-treize, elle appréciait les hommes d'une certaine stature…

— Et brun, avec un visage comme habité. Tu sais, genre taillé à la serpe. Et des épaules…

— Tu as toujours été sensible aux belles carrures.

Donna se contenta de sourire.

— Il est un peu mince à mon goût, mais son visage compense le reste. Et réservé avec ça, il ne lâche pas trois mots.

— C'est dur de débarquer quelque part où personne ne te connaît. (Shane parlait d'expérience.) Et au chômage, par-dessus le marché. Comment crois-tu que…

Sa question fut interrompue par le tintement du carillon. Un coup d'œil par-dessus son épaule fit oublier à Shane ce qu'elle était sur le point de demander.

Il était grand, sur ce point Donna avait raison. Durant les quelques secondes pendant lesquelles ils se dévisagèrent, Shane enregistra chaque détail de son physique. Mince, oui, mais avec de larges épaules et des bras aux muscles saillants qu'exposaient les manches retroussées de sa chemise. Son visage hâlé s'amincissait en une mâchoire nette à la ligne bien dessinée. Une tignasse de cheveux noirs et raides retombait en mèches désordonnées sur son front haut.

Il avait une bouche magnifique. Pleine et bien dessinée, mais qui pouvait être cruelle, devina Shane d'instinct. Et son regard clair, d'un bleu profond, était froid. Sans doute même pouvait-il se faire glacial. Quant à son visage, elle ne l'aurait pas qualifié d'habité, mais plutôt de lointain. Il portait sur lui un air de distante arrogance. Chez cet homme, l'indifférence semblait rivaliser avec une puissante énergie intérieure.

L'attirance spontanée qu'elle éprouva pour lui la surprit. Elle avait toujours été attirée par des hommes décontractés et faciles à vivre. A l'évidence, celui-ci n'était ni l'un ni l'autre, pourtant elle ne pouvait nier ses sentiments. L'espace d'un éclair, toute son âme fut aimantée vers cet homme, en un élan qui tenait de la logique mathématique et de l'immatérialité des rêves. Cinq secondes, cela n'avait pas pu durer plus longtemps. C'était suffisant.

Shane sourit. Il lui adressa un infime hochement de tête, avant de se diriger vers l'arrière du magasin.

— Quoi ?

Shane avait encore l'esprit absorbé par cet homme.

— Ta maison, répéta Donna d'un ton entendu.

— Oh, trois mois, je pense…

Elle engloba le magasin d'un regard vide comme si elle venait d'y entrer :

— Il y a beaucoup de travaux à faire.

L'homme revint chargé d'un litre de lait qu'il posa sur le comptoir et chercha son portefeuille. Donna encaissa en lançant par en dessous un regard appuyé à Shane, puis rendit la monnaie à son client. Celui-ci quitta le magasin sans avoir prononcé un mot. — C'était Vance Banning, annonça Donna avec emphase.

— Oui, soupira Shane. J'avais deviné.

— Tu vois ce que je veux dire. Hyper-séduisant, mais pas franchement amical comme type.

— Non, admit Shane en se dirigeant vers la porte. A tout à l'heure, Donna.

— Shane ! la héla Donna, riant à moitié. Tu oublies ton café.

— Hein ? Oh, non merci, murmura-t-elle d'un ton absent. J'en prendrai une tasse plus tard.

Donna resta quelques secondes à contempler la porte qui s'était refermée avant de reporter son regard sur la boîte de café qu'elle tenait à la main.

— Quelle mouche l'a-t-elle donc piquée ? s'interrogea-t-elle à voix haute.

Shane reprit le chemin de la maison, en proie à un trouble intérieur. Bien qu'émotive par nature, elle était capable, si nécessaire, de faire preuve d'un redoutable esprit d'analyse. Présentement, elle gérait le choc du flash qu'elle venait d'éprouver. C'était bien plus que la simple réaction d'une femme face à un homme séduisant.

De manière inexplicable, c'était comme si toute sa vie elle avait attendu cette rencontre brève et silencieuse. Reconnu. Le mot s'imposa à son esprit. Elle l'avait reconnu, oui, pas d'après la description de Donna, mais d'après sa connaissance intime de ses propres désirs. *C'était lui.*

Absurde, se morigéna-t-elle. Stupide. Elle ne le connaissait pas, ne l'avait jamais entendu s'exprimer. Aucune personne de bon sens ne pouvait éprouver quelque chose d'aussi fort envers un parfait inconnu. Sa réaction tenait plus probablement au fait qu'elle était en train de parler de lui avec Donna au moment où il était entré dans le magasin.

Quittant la grand-route, elle entreprit de gravir le chemin escarpé qui menait à sa maison. Assurément, il ne s'était pas montré amical, songea-t-elle. Il n'avait pas répondu à son sourire ni montré la moindre velléité d'une courtoisie élémentaire. Quelque chose dans le bleu froid de ses yeux imposait aux autres de garder leurs distances. Ce n'était pas le genre d'homme qu'elle appréciait d'habitude. Cela dit, la réaction qu'elle avait eue vis-à-vis de lui ne s'apparentait guère à la calme émotion qui caractérise la sympathie ordinaire.

Comme toujours en apercevant la maison, une bouffée de plaisir l'envahit. C'était à elle. Les bois, épais et teintés du premier souffle de l'automne ; l'étroit ruisseau au cours cahoteux ; les rochers qui surgissaient de terre un peu partout — tout cela lui appartenait.

Elle fit halte sur le pont de bois qui franchissait le ruisseau et observa la maison. Elle avait vraiment besoin de travaux. Certaines planches de la véranda devaient être remplacées, et puis il y avait le gros problème du toit. Malgré tout, c'était une adorable petite maison, confortablement nichée à l'orée des bois, à l'avant de collines onduleuses et des lointaines montagnes bleues. Elle avait été bâtie plus d'un siècle auparavant en roche de la région. La pluie ferait ressortir les couleurs des vieilles pierres qui rutileraient comme neuves. Mais pour le moment, sous le soleil la maison était d'un gris rassurant.

L'architecture en était simple : au style avait été préférée la pérennité des lignes droites. L'allée s'avançait jusqu'à la véranda dont la première marche était un peu effondrée. Ce ne serait pas la pierre qui poserait problème à Shane, mais bien le bois. Elle contempla les rudes contours de la maison afin de s'emplir de leur beauté familière.

Les dernières fleurs de l'été s'étiolaient. Les roses étaient roussies et fanées tandis qu'éclosaient les premières floraisons de l'automne. On entendait le sifflement de l'eau franchissant les rochers, le faible murmure du vent à travers les feuilles et le bourdonnement paresseux des abeilles.

Sa grand-mère avait toujours préservé son intimité. Shane pouvait faire le tour de la maison sans voir l'ombre d'une autre habitation. Souhaitait-elle avoir de la compagnie, elle n'avait que cinq cents mètres à faire, sinon elle pouvait rester chez elle en toute tranquillité. Après quatre ans de classes surchargées et de confinement quotidien, Shane était prête à accueillir volontiers la solitude.

Et avec un peu de chance, songea-t-elle en reprenant sa marche, elle pourrait ouvrir son magasin et être opérationnelle avant Noël. « Antietam Musée et Antiquités. » Explicite et tout à fait respectable, estima-t-elle. Sitôt achevés les travaux extérieurs, elle pourrait s'attaquer à l'intérieur. Tout était parfaitement clair dans son esprit.

Le premier étage serait structuré en deux parties informelles. L'entrée du musée serait gratuite afin d'inciter les gens à se diriger vers le magasin d'antiquités. Dans un premier temps, le patrimoine familial suffirait à alimenter la collection du musée, sans compter les six pièces emplies de mobilier ancien à trier et à répertorier. Il lui faudrait se rendre à quelques ventes aux enchères ainsi que courir les vide-greniers afin d'accroître son stock, mais normalement, son héritage et ses économies devaient lui permettre de tenir un moment.

La maison et le terrain lui appartenaient, libres de toutes dettes et charges ; elle n'avait à s'acquitter que des taxes annuelles. Sa voiture, pour ce qu'elle valait, était payée. Chaque sou économisé pourrait être consacré à son projet de commerce. Elle allait connaître la réussite et l'indépendance — et ce dernier point comptait plus que le premier.

Chemin faisant, Shane marqua une pause et jeta un œil en contrebas sur la piste forestière envahie par la végétation, qui menait à la propriété Farley. Elle était curieuse de voir ce que ce Vance Banning faisait sur cette vieille baraque. Et, autant l'avouer, elle avait envie de le revoir, maintenant qu'elle y était préparée.

Après tout, ils allaient être voisins, raisonna-t-elle en faisant taire ses dernières hésitations. La moindre des choses était de se présenter et d'entamer leurs relations sur de bonnes bases. Elle s'enfonça sous les arbres.

Elle connaissait ces bois par cœur. Que de fois les avait-elle arpentés depuis l'enfance, au pas de course ou en flânant ! Certains des arbres étaient tombés et vieillissaient au sol en pourrissant sur des couches de feuilles mortes. Au-dessus de sa tête, les branches se rejoignaient en arceaux, formant une voûte trouée çà et là par des flots de soleil matinal. D'un pas confiant, elle suivit le sentier étroit et sinueux. L'écho assourdi de coups de marteau lui parvint alors qu'elle était encore à quelques mètres de la maison.

Même s'il troublait la tranquillité des bois, Shane aimait ce bruit. Il symbolisait le travail et la progression. Hâtant le pas, elle avança en direction du son.

Elle était encore à couvert des arbres lorsqu'elle le vit. Il se tenait sous la véranda refaite à neuf de la vieille maison Farley et fixait les supports de la future balustrade. Il avait ôté sa chemise et sa peau bronzée luisait d'un fin voile de transpiration. Les poils sombres de sa poitrine s'amenuisaient en ligne fine avant de disparaître sous la ceinture d'un jean à l'usure confortable.

Il souleva la lourde partie supérieure de la balustrade afin de la mettre en place, ce qui fit saillir les muscles de son dos et de ses épaules. Totalement absorbé par son travail, Vance n'avait pas conscience de la femme qui l'observait à la lisière des bois. En dépit de tous ces efforts physiques, il était détendu. Nulle dureté ne crispait le contour de sa bouche et ses yeux ne reflétaient aucune froideur.

Quand elle s'avança dans la clairière, Vance leva brusquement la tête. Son regard s'emplit de contrariété et de méfiance. Sans y prêter attention, Shane alla vers lui.

— Salut.

Son bref sourire amical creusa son visage de fossettes fugaces.

— Je suis Shane Abbott. Je possède la maison à l'autre bout du sentier.

Les yeux fixés sur elle, il accueillit cette information d'un haussement de sourcil. « Que diable me veut cette fille ? », s'interrogea-t-il avant de poser son marteau sur la balustrade.

Shane sourit de nouveau, puis contempla longuement la maison sous tous ses aspects.

— Vous avez du pain sur la planche, commenta-t-elle d'un ton aimable, en glissant les mains dans les poches arrière de son jean. Une si grande maison… Il paraît qu'elle était belle, jadis. Je crois qu'un balcon courait tout autour du premier étage.

Elle leva les yeux.

— Quel dommage que le feu ait fait autant de dégâts à l'intérieur — sans compter toutes ces années de négligence…

Elle tourna vers lui son regard brun et intéressé.

— Vous êtes menuisier ?

Vance eut une brève hésitation avant de hausser les épaules. Après tout, ce n'était pas si loin de la vérité.

— Oui.

— C'est pratique, alors.

Shane accepta sa réponse, attribuant son hésitation à sa gêne d'être au chômage.

— Toutes ces montagnes doivent vous changer de Washington.

L'homme haussa de nouveau un sourcil mobile et Shane sourit.

— Désolée. C'est le fléau des petites villes. Les rumeurs vont vite, surtout quand c'est un homme de la plaine qui s'y installe.

— Un homme de la plaine ? s'étonna Vance en s'appuyant contre le pilier de la balustrade.

— Vous venez de la ville, donc c'est ce que vous êtes.

Elle rit, d'un rire bref et pétillant.

— Même après vingt ans passés ici, vous resterez toujours un homme de la plaine, tout comme cet endroit sera toujours la vieille maison Farley.

— Je me fiche pas mal du nom qu'on lui donne, répliqua-t-il froidement.

Sa réaction assombrit le regard de Shane d'un froncement de sourcils imperceptible. Jamais ce visage aux traits durs et résolus n'accepterait un geste ouvert de charité, estima-t-elle.

— Moi aussi, je fais des travaux sur ma maison, commença-t-elle. Ma grand-mère adorait s'encombrer de meubles. Je suppose que vous n'avez pas besoin d'une paire de chaises ? Je vais devoir les hisser jusqu'au grenier si personne ne m'en débarrasse.

L'homme continua de la regarder droit dans les yeux, impassible.

— J'ai tout ce dont j'ai besoin pour le moment.

Ayant anticipé cette réponse, Shane réagit avec légèreté.

— Si jamais vous changez d'avis, elles seront au grenier, en train de prendre la poussière. Vous avez un beau morceau de terrain, commenta-t-elle en portant le regard au loin jusqu'à l'étendue de pâturages.

Il y avait là plusieurs dépendances, même si la plupart avaient cruellement besoin de réparations. Comptait-il s'en occuper avant l'arrivée de l'hiver ?

— Allez-vous élever du bétail ?

Vance fronça les sourcils en voyant le regard de Shane errer sur sa propriété.

— Pourquoi ?

La question était froide et inamicale. Shane s'efforça d'en faire abstraction.

— J'ai des souvenirs d'ici, quand j'étais petite, avant l'incendie. L'été, je passais la nuit allongée sur mon lit, fenêtres ouvertes. J'entendais les vaches des Farley aussi nettement que si elles s'étaient trouvées dans le jardin de ma grand-mère. C'était sympa.

— Je n'ai pas l'intention d'élever du bétail, lâcha-t-il d'un ton bref, avant de reprendre son marteau.

Lui signifiant très clairement son congé par ce geste.

Perplexe, Shane le dévisagea avec attention. Il n'était pas timide, conclut-elle. Grossier. Tout simplement grossier.

— Pardon de vous avoir interrompu dans votre travail, dit-elle froidement. Mais comme vous êtes un homme de la plaine, je vais vous donner un conseil. Vous devriez marquer les limites de votre propriété si vous ne voulez pas d'intrus chez vous.

Indignée, Shane reprit le sentier et disparut parmi les arbres.

2

Petite bécasse, songea Vance en faisant rebondir doucement le marteau sur sa paume. Il s'était montré impoli, mais n'en éprouvait pas de regret particulier. Il n'avait pas acheté une parcelle de terrain isolée en lisière d'un point perdu sur la carte pour y recevoir ses semblables. Il pouvait fort bien se passer de compagnie, surtout quand celle-ci prenait la forme d'une blonde genre pom-pom girl à grands yeux bruns et fossettes.

Que diable espérait-elle en venant ici ? s'interrogea-t-il en tirant un clou de la poche qu'il portait sur la hanche. Tailler une petite bavette ? Visiter la maison ? Il eut un rire bref et sans joie. Une fan des relations de bon voisinage… D'une main sûre, Vance enfonça le clou dans le bois en trois coups de marteau. Il ne voulait pas de voisins. Lui, ce qu'il voulait, ce qu'il comptait bien avoir, c'était du temps à lui. Cela faisait bien trop d'années qu'il ne s'était pas offert ce luxe.

Sortant un autre clou de la poche, il avança le long de la balustrade. Il le positionna et le planta rapidement. Surtout, il n'avait pas fait cas de la brève attirance qu'il avait ressentie pour elle quand il l'avait vue au magasin général. Les femmes, songea-t-il la mine sombre, avaient la manie diabolique de toujours profiter d'un tel instant de faiblesse. Pas question de retomber dans ce piège. Ses cicatrices étaient en nombre suffisant pour lui rappeler ce qui se tramait derrière de grands yeux candides.

Me voilà donc menuisier, pensa-t-il. Un sourire narquois aux lèvres, il ouvrit les mains et examina ses paumes. Dures et calleuses. Elles étaient restées lisses bien trop longtemps, réfléchit-il, habituées à signer des contrats et à remplir des chèques. Pour un certain temps, il était revenu là où il avait débuté : dans le bois. Oui, il serait menuisier le temps de se sentir prêt à reprendre sa place derrière un bureau.

La maison, et le fait même qu'elle tombait en ruine, lui donnait la raison d'être qui l'avait déserté au cours des deux dernières années. Il connaissait bien la pression, la réussite, le devoir, mais il avait perdu le sens d'une joie simple, il gisait enseveli quelque part sous tout le reste.

Que le vice-président de Riverton Construction, Inc. prenne les commandes pour quelques mois, pensa-t-il. Lui, il était en vacances. Et que la petite blonde aux yeux de biche reste sur ses terres, ajouta-t-il mentalement en plantant un autre clou. Les relations de voisinage, très peu pour lui.

Il se retourna au bruit des feuilles mortes froissées. Voyant Shane revenir sur ses pas, il marmonna un long chapelet de malédictions. Avec le soin exagéré d'un homme suprêmement agacé, il posa son marteau.

— Oui ?

Il la fixa d'un regard bleu glacial et attendit.

Shane ne s'arrêta pas avant d'avoir atteint le pied des marches. Toute sa timidité s'était envolée.

— Je me rends bien compte que vous êtes *extrêmement* occupé, commença-t-elle en lui retournant un regard d'une froideur égale à la sienne, mais j'ai pensé que ça vous intéresserait peut-être de savoir qu'il y a un nid de mocassins tout près du sentier. De *votre* côté du terrain, précisa-t-elle.

Vance lui jeta un regard méfiant, évaluant la possibilité qu'elle ait inventé toute cette histoire de serpents dans le seul but de lui casser les pieds. Elle soutint sans ciller son regard scrutateur, et se tut juste assez de temps pour laisser le silence s'installer entre eux avant de tourner les talons. Elle n'avait pas fait deux mètres qu'il exhalait un soupir d'impatience et la rappelait.

— Une minute ! Vous devez me le montrer.

— Je ne vous *dois* rien du tout ! s'indigna Shane — en vain — face à la porte grillagée qu'il venait de lui claquer au nez.

Un instant, elle regretta d'avoir vu le nid, ou de ne pas l'avoir tout bonnement ignoré et poursuivi son chemin jusque chez elle. Mais alors, bien sûr, s'il s'était fait mordre, elle s'en serait voulu.

« Eh bien, tu vas faire ta B.A. », se dit-elle, voilà tout. Du bout de sa chaussure, elle shoota dans un caillou. Que n'était-elle restée chez elle ce matin ! Tout aurait été plus simple…

La porte grillagée claqua avec violence. Levant la tête, Shane regarda Vance descendre les marches, muni d'une carabine bien huilée. Cette arme lisse et élégante allait bien avec sa personne.

— Allons-y, lança-t-il d'un ton bref en se mettant en route sans l'attendre.

Bouillonnante de colère contenue, Shane lui emboîta le pas.

Dès qu'ils avancèrent sous la voûte des arbres, ils furent parsemés de taches de lumière. L'odeur de la terre et des feuilles gorgées de soleil luttait contre celle de l'huile à canon. Sans un mot, Shane coupa la route à Vance pour prendre la tête de la marche. Elle s'arrêta, le doigt pointé sur un amoncellement de pierres et de feuilles mortes couleur marron.

— Là.

Après s'être approché d'un pas, Vance repéra les bandes en forme de sablier qui zébraient les serpents. Si cette fille ne lui avait pas indiqué l'endroit exact du nid, il ne l'aurait jamais remarqué… à moins, bien sûr, qu'il n'ait carrément marché dessus. Pensée tout à fait déplaisante, songea-t-il en évaluant la faible distance qui séparait le nid du sentier. Shane le regarda en silence ramasser un gros bâton afin de retourner les pierres. Aussitôt, un sifflement se fit entendre.

Les yeux braqués sur les serpents en colère, elle ne vit pas Vance épauler sa carabine. La première détonation la fit bondir. Durant les quatre suivantes, son cœur tambourina dans sa poitrine tandis qu'elle gardait le regard rivé sur la scène.

— Ça devrait suffire, marmonna Vance en baissant son arme.

Après avoir mis la sécurité, il se tourna vers Shane dont le teint avait viré au verdâtre.

— Un problème ?

— Vous auriez pu me prévenir, fit-elle d'une voix tremblante. J'aurais préféré ne pas voir ça.

Vance jeta un regard sur l'horrible magma gisant au bord du sentier. « Bravo ! se sermonna-t-il amèrement, quelle gaffe ! » Il la maudit en silence, se maudit lui-même, et la prit par le bras.

— Revenez vous asseoir à la maison.

— Ça va passer.

Embarrassée, mécontente, Shane tenta de se dégager.

— Je ne veux pas de votre gracieuse hospitalité.

— Et moi je ne veux pas que vous tombiez dans les pommes sur mon chemin, riposta-t-il en l'entraînant vers la clairière. Vous n'étiez pas obligée de rester là après m'avoir montré le nid.

— Oh, mais ce fut un plaisir, parvint-elle à articuler, une main sur son estomac chaviré. Vous êtes l'homme le plus antipathique et le plus mal élevé que j'aie jamais rencontré.

— Moi qui croyais me tenir à carreau, murmura-t-il en ouvrant la porte grillagée.

Vance poussa Shane à l'intérieur et lui fit traverser l'immense pièce vide qui menait dans la cuisine.

Après un coup d'œil aux murs décrépits et au sol nu, elle lui adressa un simulacre de sourire.

— Il faut que vous me donniez le nom de votre décorateur.

Elle crut l'entendre rire, mais c'était peut-être une erreur de sa part.

La cuisine, en total contraste avec le reste de la maison, était propre et lumineuse. Les murs avaient été recouverts de papier peint ; quant aux plans de travail et aux placards, ils avaient été remis à neuf.

— Ah, ici c'est joli, reconnut-elle alors qu'il la faisait asseoir sans ménagement sur une chaise. Vous faites du bon travail.

Sans répondre, Vance mit la bouilloire sur le feu.

— Je vais vous faire un café.

— Merci.

Shane concentra son attention sur la cuisine, bien décidée à chasser de son esprit l'horrible spectacle dont elle avait été témoin. L'encadrement des fenêtres avait été remplacé, leur bois teinté et verni pour l'assortir au lambrissage qui montait du sol jusqu'au plafond. Il avait laissé les poutres apparentes et ciré leur bois de façon à leur donner un lustre mat. Le parquet en chêne d'origine avait été poncé, colmaté et encaustiqué. Vance Banning s'y connaissait en bois, estima-t-elle. La véranda, c'était de la menuiserie élémentaire, mais cette cuisine dénotait un réel sens esthétique allié au goût du détail.

Quelle injustice qu'un homme doué d'un pareil talent soit au chômage ! Toutes ses économies avaient dû passer dans l'apport initial pour la propriété, réfléchit-elle. Même si la maison s'était vendue à bas prix, le terrain était magnifique. Se remémorant le dénuement des autres pièces du rez-de-chaussée, Shane ne put se défendre d'un nouvel accès de compassion. Elle laissa son regard errer vers le sien.

— C'est vraiment une pièce charmante, déclara-t-elle en souriant.

Une infime touche de couleur avait afflué à ses joues. Vance lui tourna le dos pour décrocher un mug.

— Il faudra vous contenter d'un instantané, lâcha-t-il.

Shane poussa un soupir.

— Monsieur Banning… Vance, décida-t-elle, et attendit qu'il se retourne pour poursuivre. Nous sommes peut-être partis du mauvais pied, tous les deux. Je n'ai rien d'une voisine fouineuse et indiscrète — du moins pas au point d'en être haïssable. J'étais curieuse de voir le travail que vous faisiez sur la maison et j'avais envie de voir à quoi vous ressembliez. Je connais tout le monde dans un rayon de cinq kilomètres, ici.

Elle se leva dans un haussement d'épaules.

— Je n'avais pas l'intention de vous embêter.

Comme elle allait le frôler en passant, Vance lui saisit le bras. Sa peau était encore glacée.

— Asseyez-vous… Shane.

Le temps d'un instant, elle détailla son visage. Il était froid et inflexible, mais derrière ce masque elle sentit comme une lueur de bonté contenue. En réaction, son regard se fit plus chaleureux et elle l'avertit :

— Je dénature mon café avec du lait et du sucre. Trois cuillerées.

Vance eut un sourire réticent qui lui releva un coin de la bouche.

— C'est dégoûtant.

— Oui, je sais. Vous en avez ?

— Sur le plan de travail.

Vance versa l'eau bouillante et, après un instant d'hésitation, décrocha un second mug pour lui-même. Un café dans chaque main, il rejoignit Shane à la table à abattants.

— C'est vraiment une pièce agréable.

Avant de se servir du lait, elle fit courir ses doigts sur la surface de la table.

— Une fois restaurée, ce sera une merveille.

Shane ajouta trois généreuses cuillerées de sucre dans son mug, faisant légèrement tressaillir Vance qui buvait son café noir à petites gorgées.

— Vous vous y connaissez en antiquités ? s'enquit-elle.

— Pas vraiment.

— C'est une de mes passions. En fait, j'envisage d'ouvrir un magasin.

D'un air absent, Shane ramena en arrière les cheveux qui lui tombaient sur le front, avant de se laisser aller contre le dossier.

— Apparemment, nous avons choisi le même moment pour nous installer ici. J'ai passé ces quatre dernières années à Baltimore à enseigner l'histoire des Etats-Unis.

— Vous avez abandonné l'enseignement ?

Ses mains, remarqua Vance, étaient aussi menues que le reste de sa personne. La fine trace bleue des veines qui couraient sous sa peau claire lui donnait un côté très délicat. Elle avait des poignets étroits et des doigts effilés.

— Trop de règles et de consignes, affirma Shane en agitant ces mêmes mains qui avaient capté son attention.

— Vous n'aimez pas les règles et les consignes ?

— Uniquement les miennes.

Elle secoua la tête en riant.

— J'étais plutôt bonne comme prof, vraiment. Mon problème, c'était la discipline.

Elle lui lança un sourire contrit en tendant la main vers son mug de café.

— Je suis nulle, question discipline.

— Et vos élèves en profitaient ?

Shane roula des yeux d'un air accablé.

— Ils ne manquaient aucune occasion.

— Mais vous avez tenu bon pendant quatre ans ?

— Je me devais de persévérer coûte que coûte.

Un coude sur la table, Shane appuya le menton au creux de sa paume.

— Comme beaucoup de gens qui ont grandi dans un petit patelin rural, je voyais la ville comme un eldorado. Les lumières vives, la foule, l'effervescence trépidante... Je voulais connaître l'excitation avec un grand E. Je l'ai eue pendant quatre ans. Ça m'a suffi.

Elle reprit son café.

— Et à côté de ça, vous avez des citadins qui pensent que la solution, c'est d'aller vivre à la campagne pour y élever des chèvres et faire des conserves de tomates.

Elle rit, le nez dans son mug.

— L'herbe est toujours plus verte ailleurs.

— C'est ce qu'on dit, murmura-t-il en la regardant.

Elle avait de minuscules paillettes dorées dans les yeux. Comment ne les avait-il pas remarquées plus tôt ?

— Et vous, pourquoi Sharpsburg ?

Vance haussa les épaules avec désinvolture. Toute question personnelle était à éluder.

— J'ai fait quelques petits boulots à Hagerstown. J'aime bien cette région.

— Vivre si en retrait de la grand-route peut s'avérer problématique, surtout l'hiver, mais personnellement ça ne m'a jamais dérangée d'être bloquée sous la neige. Une fois, nous sommes restées sans électricité pendant trente-deux heures. Gran et moi nous sommes relayées pour entretenir le feu du poêle à bois et nous avons fait cuire la soupe dessus. Les lignes téléphoniques aussi avaient été coupées. Nous étions comme seules au monde.

— Ça vous a plu ?

— Pendant trente-deux heures, oui, répondit-elle avec un sourire amical. Je n'ai pas le tempérament d'un ermite. Certaines personnes sont de la ville, d'autres du bord de mer.

— Et vous, vous êtes une montagnarde.

Shane releva la tête et le regarda dans les yeux.

— Oui.

Le sourire qu'elle avait ébauché à son intention ne se matérialisa pas. Quelque chose dans la rencontre de leurs regards lui remémora cet instant au magasin. Cela n'en était qu'un simple écho, mais en un sens, plus perturbant. Elle comprit que ce phénomène était voué à se reproduire, inéluctablement. Elle avait besoin de temps pour décider de l'attitude à adopter face à cette situation. Elle se leva et alla rincer son mug à l'évier.

Intrigué par sa réaction, Vance décida de la mettre à l'épreuve.

— Vous êtes une femme très séduisante.

Il savait comment adoucir sa voix d'inflexions flatteuses.

Shane se retourna vers lui en riant.

— La bouille idéale pour une pub de barres aux céréales, pas vrai ?

Son sourire était diaboliquement attirant, songea-t-il.

— Je préférerais être plus sexy, mais j'ai choisi d'avoir le genre sain.

Elle appuya sur le mot avec une emphase peinée en revenant vers la table.

Il n'y avait aucune duplicité dans ses manières ni dans son expression. Que cherchait-elle donc ? se demanda-t-il une fois de plus. Occupée à détailler la cuisine, Shane ne vit pas son regard perplexe.

— Je suis vraiment en admiration devant votre travail.

Prise d'une inspiration subite, elle se tourna vers lui.

— Dites donc, j'ai des tas de travaux et de réaménagements à faire avant de pouvoir ouvrir. Je sais peindre et faire quelques bricoles moi-même, mais il y a beaucoup de menuiserie.

Nous y voilà, songea Vance avec détachement. Elle cherchait un service gratis. Elle allait lui faire le coup de la femme désemparée en comptant que son orgueil de mâle aurait raison du reste.

— J'ai ma propre maison à retaper, lui rappela-t-il avec froideur, debout devant l'évier.

— Oh, je sais bien que vous ne seriez pas en mesure de me consacrer beaucoup de temps, mais nous pourrions peut-être trouver un arrangement.

Excitée par cette idée, elle se leva pour le rejoindre. Son esprit anticipait déjà à toute allure.

— Je ne pourrais pas vous payer autant que ce que vous pourriez gagner en ville, enchaîna-t-elle. Peut-être cinq dollars de l'heure. Si vous pouviez vous libérer dix ou quinze heures par semaine…

Elle se mordilla la lèvre inférieure. C'était un tarif dérisoire, mais en ce moment c'était tout ce qu'elle pouvait se permettre.

Incrédule, Vance ferma le robinet avant de la regarder bien en face.

— Vous me proposez du travail ?

Shane rougit un peu, craignant de l'avoir mis dans l'embarras.

— Eh bien, seulement à temps partiel, si ça vous intéresse. Je sais que vous pourriez gagner davantage ailleurs, et si vous trouviez quelque chose d'autre, je ne m'attendrais pas à ce que vous restiez, mais entre-temps…

Elle n'acheva pas sa phrase, ne sachant trop comment il allait réagir au fait qu'elle était au courant de son chômage.

— Vous parlez sérieusement ? s'enquit Vance au bout d'un moment.

— Eh bien… oui.

— Pourquoi ?

— J'ai besoin d'un menuisier. Vous êtes menuisier. Il y a beaucoup de travaux à faire. Vous pouvez refuser de vous en mêler. Mais pourquoi ne pas y réfléchir et passer chez moi demain pour jeter un coup d'œil au chantier ?

Elle tourna les talons, prête à s'en aller, mais marqua un temps d'arrêt, la main sur la poignée.

— Merci pour le café.

Vance resta quelques minutes le regard fixé sur la porte que Shane avait refermée derrière elle. Tout à coup, il éclata d'un rire sincère et admiratif. Celle-là, songea-t-il, c'était la meilleure de l'année !

Le lendemain matin, Shane se leva de bonne heure. Elle avait des projets pour la journée et comptait bien s'y attaquer de façon systématique. Le sens de l'organisation n'était pas son fort. Encore une raison qui expliquait que l'enseignement ne lui ait pas convenu. Cependant, quand on envisage de monter un commerce, le stock constitue un élément primordial — il lui fallait faire l'inventaire de ce qu'elle possédait, des objets qu'elle pourrait supporter de vendre et de ceux qu'elle devrait réserver au musée.

Ayant décidé de procéder du bas vers le haut, Shane, plantée au milieu du salon, fit le point de la situation. Il y avait là une jolie chauffeuse Chippendale en acajou, une table à abattants et pieds pivotants qui ne nécessitait aucune restauration, une chaise à dossier en échelle dont il fallait refaire le cannage de l'assise, une paire de lampes à pétrole Aladin et un sofa en velours capitonné qu'il faudrait regarnir. Sur une table basse Sheridan trônait un pichet en porcelaine des années 1830 et qui contenait une gerbe de fleurs que sa grand-mère avait fait sécher elle-même. Shane les effleura brièvement avant de s'emparer de son bloc-notes. Tout cela respirait trop son enfance pour qu'elle puisse s'octroyer le luxe de s'appesantir dessus. Si sa grand-mère avait encore été de ce monde, elle lui aurait demandé de s'assurer qu'elle agissait à bon escient, puis lui aurait dit de se lancer. Shane était sûre d'avoir raison.

Elle lista systématiquement les objets en deux colonnes : une pour ceux qui nécessiteraient des réparations, l'autre pour le stock qu'elle pouvait vendre en l'état. Il lui faudrait fixer le prix de chaque chose, ce qui en soi constituait une tâche énorme. Elle passait déjà ses soirées, plongée dans des catalogues, à prendre des notes. Il n'y avait pas un seul magasin d'antiquités qu'elle n'ait visité dans un rayon de cinquante kilomètres. Elle avait soigneusement pris en compte la procédure et l'évaluation des prix. Elle intégrerait ce qui lui plaisait à son stock et écarterait le reste. Quelque forme que prenne sa boutique, Shane était bien décidée à ce qu'elle lui ressemble.

L'un des murs du salon s'ornait d'étagères fourre-tout qui avaient été fabriquées avant sa naissance. Elle s'y dirigea et entama sur une autre feuille une nouvelle liste d'objets qu'elle destinait au musée.

Le képi et la boucle de ceinturon, vestiges d'un uniforme de la guerre de Sécession ayant appartenu à un ancêtre, un bocal de verre rempli de douilles usagées, un clairon cabossé, un sabre d'officier de cavalerie, une cantine portant les initiales JDA gravées à la main sur le métal — ce n'étaient là que quelques éléments des reliques dont elle avait hérité. Shane savait qu'au grenier se trouvait une malle remplie d'uniformes et de vieilles robes. Il y avait un journal griffonné par l'un de ses arrière-grands-oncles durant les trois années pendant lesquelles il avait combattu pour le Sud, ainsi que des lettres écrites à une tante de ses aïeules par le père de celle-ci, qui avait servi sous le drapeau nordiste. Chaque pièce serait répertoriée et datée avant d'être mise sous verre.

De sa grand-mère, Shane avait peut-être hérité la fascination pour les reliques de l'histoire, mais pas sa négligence. Il était temps que les vieilles photos et les objets d'époque descendent de leur étagère. Mais comme toujours lorsqu'elle examinait ou manipulait ces objets, Shane se perdit dans sa rêverie.

A quoi ressemblait l'homme qui le premier avait soufflé dans ce clairon ? Il devait être rutilant à l'époque, et intact. Un jeune garçon, songea-t-elle, aux joues recouvertes d'un duvet de pêche. Avait-il connu la peur ? L'euphorie ? Tout droit sorti de sa campagne, imagina-t-elle, et sûr de lutter pour la bonne cause. De quelque côté qu'il ait combattu, il avait donné le signal de la bataille en sonnant ce clairon.

Avec un soupir, elle reposa l'instrument et le mit dans un carton. Avec soin, Shane emballa et empaqueta jusqu'à ce que toutes les étagères soient vides, à part la plus haute. En reculant, elle réfléchit à la façon dont elle pourrait atteindre les objets qui se trouvaient à plus d'un mètre au-dessus de sa tête. Sans prendre la peine de traîner la lourde échelle à travers la pièce, elle tira une chaise à elle. Elle était perchée sur le siège lorsque résonna un coup frappé à la porte de derrière.

— Oui, entrez, cria-t-elle, un bras tendu en l'air et l'autre main posée sur une étagère inférieure afin de garder l'équilibre.

Elle jura et maugréa en voyant que les objets restaient hors de sa portée. Juste comme elle se hissait sur la pointe des pieds, chancelante, quelqu'un la saisit par le bras. Perdant l'équilibre dans une exclamation étouffée, Shane se retrouva fermement agrippée par Vance Banning.

— Vous m'avez fait une peur bleue ! l'accusa-t-elle.

— Vous n'avez rien trouvé de plus intelligent que de monter sur une chaise ?

Il la fit descendre sans ôter les mains de sa taille. Puis, alors qu'il avait bien l'intention de la relâcher, il n'en fit rien. Elle avait les cheveux en bataille et la joue maculée d'une traînée de poussière. Ses mains petites et fines restaient posées sur ses bras tandis qu'elle levait vers lui un visage souriant. Sans réfléchir, Vance inclina la tête et appliqua sa bouche sur la sienne.

Shane ne se débattit pas, mais eut un sursaut de surprise. Ensuite, elle se détendit. Même si elle ne l'attendait pas maintenant, elle avait toujours su que ce baiser viendrait en son temps. Elle se laissa envahir par cette première vague de pur plaisir.

La bouche de Vance se pressait âprement contre la sienne, sans douceur ; cela ne ressemblait en rien à ce qu'un baiser signifiait pour elle : un geste d'affection, d'amour et de réconfort. Pourtant, son instinct lui souffla qu'il était capable de tendresse. Levant une main pour lui caresser la joue, elle chercha à apaiser le chaos d'émotions contraires qu'elle devinait en lui. Il relâcha aussitôt son étreinte. Le contact de sa main avait été trop intime pour lui.

Shane sentit qu'il lui fallait prendre la chose à la légère, même si tout son corps brûlait du désir d'être dans ses bras. Inclinant la tête sur le côté, elle lui décocha un sourire malicieux.

— Bonjour.

— Bonjour, répondit-il prudemment.

— Je fais l'inventaire, expliqua-t-elle en désignant la pièce d'un geste ample. Je veux tout répertorier avant de tout entreposer là-haut. Je compte convertir cette pièce en musée et le reste du rez-de-chaussée en magasin. Pourriez-vous m'aider à attraper ces choses sur l'étagère du haut ? lui demanda-t-elle, en cherchant des yeux son bloc-notes.

Sans un mot, Vance déplaça l'échelle et s'exécuta, déconcerté par le fait qu'elle n'ait pas fait allusion à leur baiser fougueux.

— Une grande partie des travaux va consister à entièrement vider la cuisine pour en installer une autre à l'étage, poursuivit Shane, en jetant un œil à ses listes.

Elle savait que Vance l'observait dans l'attente d'une réaction quelconque. Elle était bien décidée à ne pas lui donner ce plaisir.

— Bien sûr, il faudra abattre certains murs, agrandir les encadrements de porte. Mais je ne veux pas perdre l'âme de cette maison dans le réaménagement.

— Vous semblez avoir réfléchi à tout.

Etait-elle vraiment aussi sûre d'elle ? se demanda-t-il.

— Je l'espère.

Elle pressa le bloc-notes contre sa poitrine et embrassa la pièce d'un regard circulaire.

— J'ai demandé toutes les autorisations nécessaires. Quel casse-tête ! Comme je n'ai aucun sens des affaires, j'ai dû bosser deux fois plus dur pour m'initier à tout ça. Je joue gros. Mais, reprit-elle d'un ton ferme et résolu, ça va marcher, je vais tout faire pour ça.

— Quand comptez-vous ouvrir ?

— J'ambitionne la première quinzaine de décembre, mais…

Elle haussa les épaules.

— Ça dépendra de l'avancement des travaux et de ma capacité à étoffer rapidement mon stock. Je vais vous montrer le reste de la maison. Comme ça, vous pourrez vous faire une idée du chantier et décider de l'accepter ou non.

Sans attendre son consentement, Shane se dirigea vers l'arrière de la maison.

— La cuisine a de beaux volumes, surtout si on y inclut le garde-manger.

Ouvrant une porte, elle révéla un grand placard garni d'étagères.

— En enlevant les plans de travail et le gros électroménager, je devrais gagner beaucoup de place. Ensuite, si l'on agrandit cette ouverture, continua-t-elle en poussant une porte battante, en n'en conservant que l'encadrement, cela donnera davantage d'espace à la salle d'exposition principale.

Ils entrèrent dans la salle à manger éclairée par de hautes fenêtres à croisillons. Shane se déplaçait d'un pas vif, remarqua-t-il, et savait exactement ce qu'elle voulait.

— Cette cheminée ne sert plus depuis des années. J'ignore si elle fonctionne encore.

Shane passa devant et alla effleurer d'un doigt la surface de la table à manger.

— Ma grand-mère y tenait comme à la prunelle de ses yeux. Elle a été rapportée d'Angleterre il y a plus d'un siècle.

Le bois de cerisier luisait sous la caresse du soleil.

— Les chaises font partie du lot d'origine. Hepplewhite.

Shane passa la main sur le dossier en forme de cœur des six chaises restantes.

— L'idée de vendre cet ensemble de salle à manger me déplaît fortement — elle l'aimait tant, mais…

Sa voix se teinta de nostalgie tandis qu'elle remettait en place une chaise qui n'en avait nul besoin.

— Je n'aurai pas d'endroit où les mettre et je ne peux pas me permettre le luxe de les garder pour moi.

Elle se détourna.

— La vitrine à porcelaines est de la même époque, poursuivit-elle.

— Si vous preniez un poste au lycée du coin, vous pourriez garder tout ça et laisser la maison telle quelle, l'interrompit Vance.

Il y eut quelque chose de courageux et de touchant dans la façon dont elle redressa les épaules pour déclarer d'une voix tremblante :

— Non.

Shane secoua la tête avant de le regarder en face.

— Je n'ai pas la trempe nécessaire pour ce métier. En un rien de temps, je me retrouverais à faire l'école buissonnière comme mes élèves. Ils méritent un meilleur exemple que ça. J'aime l'histoire.

De nouveau son visage s'éclaira.

— Cette histoire-là, précisa-t-elle en retournant vers la table. Quelle personne s'est assise pour la première fois sur cette chaise ? De quoi a-t-elle discuté pendant le dîner ? Quel genre de robe portait-elle ? Ont-ils parlé de politique et de l'émergence des colonies ? L'un d'eux connaissait peut-être Ben Franklin et sympathisait en secret avec la Révolution.

Elle éclata de rire.

— Ce n'est pas ce genre de choses qu'on est censé enseigner en programme de terminale.

— Ça semble plus intéressant que de réciter une litanie de noms et de dates.

— Peut-être. De toute façon, je n'y retournerai pas.

Marquant une pause, elle regarda Vance droit dans les yeux.

— Vous êtes-vous déjà retrouvé piégé dans un domaine où vous réussissiez, quelque chose que vous croyiez fait pour vous, avant de vous réveiller un matin avec l'impression d'être enfermé dans une cage ?

Ses mots firent mouche et Vance hocha la tête affirmativement.

— Alors vous devez comprendre pourquoi je dois choisir entre un métier que j'aime et mon équilibre psychologique.

Shane caressa de nouveau la surface de la table. Après avoir poussé un profond soupir, elle fit le tour de la salle à manger.

— Je ne veux pas modifier l'architecture de cette pièce, à l'exception des ouvertures. C'est mon arrière-grand-père qui a fabriqué la cimaise.

Elle regarda Vance qui s'avançait pour l'examiner.

— Il était maçon de métier, précisa-t-elle, mais il devait aussi s'y entendre en menuiserie.

— C'est du bel ouvrage, acquiesça Vance en admirant la facture et le détail de la cimaise. J'aurais du mal à reproduire une telle qualité avec un outillage moderne. Il ne faut pas y toucher, pas plus qu'à aucune autre menuiserie de cette pièce.

A son corps défendant, il commençait à s'intéresser au projet. Pour lui, ce serait un défi — d'un genre différent que la maison qu'il avait choisie pour se mettre à l'épreuve. Consciente d'un changement dans son attitude, Shane décida de battre le fer tant qu'il était chaud.

— Par ici il y a un petit boudoir d'été.

Indiquant une autre porte, elle prit Vance par le bras et l'entraîna à sa suite.

— Vu qu'il est adjacent au salon, j'envisage d'en faire l'entrée du magasin, tandis que la salle à manger ferait office de salle d'exposition principale.

Le boudoir n'était rien d'autre qu'un carré de trois mètres cinquante au papier peint défraîchi et au parquet lacéré de profondes rayures. Vance repéra néanmoins quelques belles pièces de Duncan Phyfe ainsi qu'un fauteuil Morris. Au cours de cette rapide visite, ses yeux ne s'étaient posés que sur des meubles de plus d'un siècle et, à moins qu'il ne s'agisse d'excellentes copies, il avait également vu quelques porcelaines Wedgwood. Ces meubles valent une petite fortune, réfléchit-il, alors que la porte de derrière tient à peine sur ses gonds.

— Il y a beaucoup de boulot à faire, commenta Shane en allant ouvrir une fenêtre pour dissiper la faible odeur de renfermé. Cette pièce s'est complètement dégradée durant toutes ces années. Vous devriez pouvoir vous faire une meilleure idée que moi des travaux nécessaires pour la remettre à neuf.

Elle observa Vance qui examinait avec sérieux les lames de parquet ébréchées et l'habillage des murs fissuré. Rien ou presque n'échappait à son œil de professionnel, c'était évident. Evidente aussi sa contrariété devant l'état de délabrement de la pièce. *Et*, songea-t-elle, vaguement amusée, *il n'a encore rien vu.*

— Je ne devrais peut-être pas tenter le diable en vous faisant voir le haut maintenant, remarqua-t-elle.

Vance se tourna vers elle en haussant un sourcil interrogateur.

— Pourquoi ?

— Parce que l'étage demande deux fois plus de travaux que le rez-de-chaussée, et que je tiens vraiment à ce que vous acceptiez ce job.

— Ce qui est sûr, c'est que vous avez sacrément besoin de quelqu'un, grommela-t-il.

Sa propre maison nécessitait des travaux de rénovation considérables. Ce qui impliquait une grosse somme de temps et d'efforts physiques. Cet endroit, d'un autre côté, exigeait les compétences d'un artisan habile qui saurait tirer parti de la structure déjà existante. De nouveau, il fut titillé par l'attrait du défi.

— Vance…

Après un instant d'hésitation, Shane décida de jouer le tout pour le tout :

— Je pourrais vous proposer six dollars de l'heure, tarif comprenant votre panier-déjeuner et du café à volonté. Les gens qui viendront ici pourront être témoins de la qualité de votre travail. Ça pourrait vous amener des chantiers plus importants.

A sa grande surprise, le visage de Vance s'éclaira d'un grand sourire. Le cœur de Shane bondit dans sa poitrine. Plus que son baiser fougueux, ce bref sourire d'adolescent accentua son attirance pour lui.

— D'accord, Shane, lâcha-t-il sur une impulsion subite. Marché conclu.

3

Contente d'elle-même et de la soudaine bonne humeur de Vance, Shane décida de lui montrer l'étage. Le prenant par la main, elle le conduisit en haut de l'escalier raide et étroit. Qu'est-ce qui avait provoqué chez lui ce sourire inattendu et allumé son regard d'une lueur amusée, mystère, mais tant qu'il était dans de bonnes dispositions, elle avait envie de le garder auprès d'elle.

Par contraste avec sa propre main rendue calleuse par les travaux, Vance trouva à la paume de Shane la douceur d'une peau de bébé. Ce qui le conduisit à s'interroger sur le reste de son corps — la courbe de son épaule, la ligne de sa cuisse, le dessous de son sein. « Cette fille n'est pas mon genre », se sermonna-t-il, et il jeta un œil à la fine lézarde qui courait sur le mur à sa gauche.

— Il y a trois chambres, l'informa Shane lorsqu'ils eurent atteint le palier. Je veux garder la mienne, transformer la plus grande en salon et la troisième en cuisine. Je peux me charger des travaux de peinture et de tapisserie une fois que le gros œuvre sera accompli.

La main sur le bouton de porte de la chambre principale, elle se tourna vers lui.

— Vous vous y connaissez en cloisons sèches ?

— Un peu.

Impulsivement, Vance parcourut du doigt l'arête du nez de Shane. Leurs regards se croisèrent, exprimant une surprise mutuelle.

— Vous avez de la poussière sur le visage, marmonna-t-il.

— Oh…

En riant, Shane se nettoya du revers de la main.

— Ici.

De son pouce rugueux, Vance lui caressa la pommette. La peau de la jeune femme tenait ses promesses : douce, crémeuse. Et elle aurait cette même saveur, pensa-t-il, autorisant son pouce à s'attarder.

— Et ici, continua-t-il, pris dans son fantasme.

Il effleura le bas de sa joue d'une caresse. Il la sentit frémir tandis que son regard glissait sur sa bouche.

Ses yeux étaient immenses et fixaient les siens sans ciller. Brusquement, Vance laissa retomber sa main, cassant l'ambiance mais pas la tension qui demeura entre eux. Shane poussa la porte en s'éclaircissant la voix.

— Voici… hum…

Paniquée, elle tenta de mettre de l'ordre dans ses pensées en émoi.

— Voici la chambre principale, reprit-elle en se passant nerveusement les doigts dans les cheveux. Je sais, le sol est en mauvais état et je pourrais écorcher vif celui qui a recouvert de peinture cet habillage en chêne.

Elle poussa un long soupir tandis que son cœur reprenait un rythme plus calme :

— Je vais voir si on peut lui rendre son vernis d'origine.

D'un geste distrait, elle effleura un endroit où se décollait le papier peint.

— Ma grand-mère n'aimait pas le changement. Cette pièce n'a pas bougé depuis trente ans. C'est-à-dire depuis la mort de son mari, précisa-t-elle doucement. Les fenêtres se coincent, le toit fuit et la cheminée fume. En fait, toute la maison, hormis la salle à manger, est dans un état de délabrement général. Elle s'est toujours contentée de petites réparations de fortune çà et là.

— Quand est-elle décédée ?

— Il y a trois mois.

Shane souleva un coin du jeté de lit en patchwork avant de le laisser retomber.

— Un matin, elle ne s'est pas réveillée, c'est tout. Je m'étais engagée à assurer un cours d'été, ce qui m'a empêchée de revenir m'installer définitivement avant la semaine dernière.

Ses paroles trahissaient clairement un douloureux sentiment de culpabilité.

— Votre présence aurait-elle pu changer quelque chose ? demanda-t-il.

— Non.

Elle alla vers une fenêtre.

— Mais elle ne serait pas morte seule.

Vance, sur le point de répliquer, préféra s'abstenir. Mieux valait se garder de donner des conseils personnels aux gens qu'on ne connaissait pas. Encadrée par la fenêtre, Shane semblait toute petite et sans défense.

— Et ces murs-ci ? s'enquit-il.

— Quoi ?

L'esprit à des années-lumière, Shane se tourna vers lui.

— Ces murs, répéta-t-il. Vous voulez en abattre un ?

Elle fixa un moment sans les voir les roses pâlies du papier peint.

— Non… Non, répéta-t-elle d'un ton plus ferme. J'avais pensé enlever la porte et agrandir le passage.

Vance acquiesça d'un hochement de tête, notant qu'elle avait triomphé du combat qu'elle semblait livrer sans relâche contre ses émotions.

— Si j'arrive à récupérer l'aspect d'origine des boiseries, continua-t-elle, l'encadrement de l'entrée pourrait être réalisé en chêne assorti.

Vance s'avança pour examiner la paroi.

— C'est un mur porteur ?

Shane fit la grimace.

— Je n'en ai pas la moindre idée. Comment…

Elle s'interrompit en entendant frapper à la porte d'entrée.

— Zut ! Vous pouvez peut-être continuer à faire le tour de l'étage pendant quelques minutes ? Vous n'avez pas besoin de moi pour vous faire une idée de la disposition des lieux.

Sur ce, Shane dévala l'escalier quatre à quatre. Haussant les épaules, Vance tira un mètre de sa poche arrière et se mit à prendre des mesures.

Le sourire spontanément amical affiché par Shane s'évanouit sitôt qu'elle ouvrit la porte.

— Shane.

— Cy.

Son visiteur prit une expression vaguement sévère.

— Tu ne m'invites pas à entrer ?

— Bien sûr que si.

Avec une réticence qui ne lui était pas naturelle, Shane recula d'un pas. Elle referma la porte très soigneusement derrière lui, mais n'alla pas plus loin dans la pièce.

— Comment vas-tu, Cy ?

— Bien, très bien.

Evidemment, songea Shane, agacée. Cy Trainer Jr. allait toujours très bien — toujours impeccable et tiré à quatre épingles. Et prospère désormais, ajouta-t-elle mentalement, en notant son costume élégant mais discret.

— Et toi, Shane, comment vas-tu ?

— Bien, très bien, répliqua-t-elle, tout en sachant que sa raillerie, pour être mesquine, n'en tomberait pas moins à plat. Cy était imperméable au sarcasme.

— Désolé de ne pas être passé la semaine dernière. J'étais complètement débordé.

— Les affaires marchent bien ? s'enquit-elle d'un ton dénué du moindre soupçon d'intérêt. Mais là encore, il passa à côté.

— L'argent rentre bien, acquiesça-t-il en resserrant inutilement le nœud de sa cravate. Les gens achètent des maisons. Les propriétés rurales constituent toujours un bon investissement. Le marché de l'immobilier est solide.

L'argent restait toujours sa priorité, constata Shane avec ironie.

— Et ton père ? demanda-t-elle.

— Ça va. Il se retire progressivement des affaires, tu sais.

— Non, répondit-elle avec douceur. Je ne savais pas.

Elle aurait été surprise d'apprendre que Cy Trainer Sr. ait lâché les rênes de la Trainer Real Estate. Même un pied dans la tombe, le vieil homme serait toujours aux commandes, quoi que son fils s'imagine.

— Il n'aime pas rester inactif, expliqua Cy. Cela dit, il aurait adoré te revoir. Il faudra que tu passes au bureau, un de ces jours.

Shane ne répondit pas.

— Donc…

Comme à son habitude, Cy ménagea une pause avant d'énoncer un fait d'importance.

— Tu t'installes ici.

Shane leva un sourcil méfiant en surprenant son regard faire le tour des caisses d'emballage.

— Petit à petit, acquiesça-t-elle.

Elle ne lui proposa pas de s'asseoir, même si c'était délibérément grossier de sa part. Ils restèrent debout, non loin du seuil de la porte.

— Tu sais, Shane, cette maison n'est pas en très bon état, mais elle bénéficie d'un emplacement de tout premier ordre.

Il lui adressa un petit sourire condescendant qui la fit grincer des dents.

— Je suis sûr que je pourrais t'en obtenir un bon prix.

— Vendre ne m'intéresse pas, Cy. C'est ce qui t'a amené ici ? Tu voulais faire une estimation des lieux ?

Il prit l'air choqué qui s'imposait.

— Shane !

— Il y avait autre chose ? demanda-t-elle d'une voix égale.

— Je suis simplement passé prendre de tes nouvelles.

Devant la détresse qui transparaissait dans sa voix et dans ses yeux, Shane sentit les excuses lui monter aux lèvres.

— J'ai entendu une rumeur complètement folle selon laquelle tu essaierais de monter un magasin d'antiquités.

Shane sentit toutes ses velléités d'excuses s'envoler.

— Ce n'est pas une rumeur, Cy, qu'elle soit folle ou non. C'est bien ce que je m'apprête à faire.

Il poussa un soupir et la considéra d'un air qu'elle qualifia en son for intérieur de paternel. Elle prit sur elle pour contenir son agacement.

— Shane, as-tu la moindre idée de la difficulté et des risques qu'il y a à monter une affaire dans la conjoncture économique actuelle ?

— Je compte sur toi pour me le dire, marmonna-t-elle.

— Ma chère, commença-t-il d'un ton calme qui la fit bouillir intérieurement. Tu es professeur certifié, nantie de quatre ans d'expérience. C'est de la folie d'abandonner sur un coup de tête un métier stable pour une lubie.

— Mais j'ai toujours eu un grain de folie, pas vrai, Cy ?

Son regard se fit glacial.

— Tu n'as jamais manqué de me le faire remarquer, même à l'époque où nous étions censés être follement épris l'un de l'autre.

— Voyons, Shane, c'est justement par égard pour toi que j'essayais de freiner tes… impulsions.

— Freiner mes impulsions !

Plus stupéfaite que furieuse, Shane se passa la main dans les cheveux. Plus tard, se dit-elle, plus tard, elle serait capable d'en rire. Mais pour l'instant, elle avait envie de hurler.

— Tu n'as pas changé. Tu n'as pas changé d'un iota. Je parie que tu continues à ranger tes chaussettes en petites boules bien alignées et que tu as toujours sur toi un mouchoir de rechange.

Il se raidit légèrement.

— Si tu avais appris la valeur du sens pratique…, commença-t-il.

— Tu ne m'aurais pas larguée deux mois avant le mariage ? acheva-t-elle avec fureur.

— Franchement, Shane, tu ne peux pas dire ça comme ça. Tu sais bien que je n'ai songé qu'à ton intérêt.

— Mon intérêt, maugréa-t-elle entre ses dents. Eh bien, laisse-moi te dire une bonne chose.

Elle enfonça un doigt poussiéreux dans sa cravate à très fines rayures.

— Ton sens pratique, tu peux te le mettre où je pense, avec tes comptes équilibrés et tes embauchoirs. A l'époque, j'ai pu croire que tu m'avais blessée, mais en fait tu m'as rendu un grand service. Je *hais* le sens pratique, les pièces qui sentent l'odeur du pin et les tubes de dentifrice enroulés depuis le fond.

— Je ne vois vraiment pas ce que tout ça vient faire dans notre discussion.

— C'est pourtant bien de ça qu'il s'agit, tempêta-t-elle. Tu ne vois rien si ce n'est pas répertorié en colonnes nettes et équilibrées. Et je vais te dire autre chose, enchaîna-t-elle sans lui laisser le temps de protester. Je vais avoir mon propre magasin, et même si je ne fais pas fortune, je compte bien m'amuser.

— T'amuser ?

Cy secoua la tête d'un air désespéré.

— Ce n'est pas en s'amusant qu'on lance un commerce.

— En tout cas, c'est ma façon de faire, riposta-t-elle. Je n'ai pas besoin de gagner des mille et des cents pour être heureuse.

Il la considéra avec un petit sourire condescendant.

— Tu n'as pas changé.

Ouvrant la porte à toute volée, Shane le dévisagea d'un regard meurtrier.

— Va-t'en vendre tes baraques, lui suggéra-t-elle.

Avec une dignité qu'elle lui enviait tout en la méprisant, Cy franchit le seuil de la maison. Shane claqua la porte derrière lui, avant de céder à la colère en donnant un coup de poing dans le mur.

Flûte !

Portant ses phalanges meurtries à sa bouche, elle pivota sur elle-même. C'est alors qu'elle aperçut Vance au pied de l'escalier. Leurs yeux se croisèrent, mais il garda son expression de sérieux impassible. Shane sentit ses joues s'enflammer d'un sentiment de gêne et de colère.

— Le spectacle vous a plu ? s'enquit-elle avant de filer en trombe vers la cuisine.

Laissant libre cours à sa frustration, elle fit claquer les portes des placards et n'entendit pas que Vance l'avait rejointe. Lorsqu'il lui toucha l'épaule, elle fit volte-face, prête à exploser de rage.

— Laissez-moi examiner votre main, suggéra-t-il d'un ton calme.

Ignorant son sursaut de protestation, il prit sa main entre les siennes.

— Ce n'est rien.

Avec douceur, il lui fit fléchir les doigts, puis appuya sur les phalanges. Une violente douleur arracha à Shane une exclamation étouffée.

— Vous avez réussi à ne pas vous la casser, murmura-t-il, en revanche vous allez avoir des ecchymoses.

Il prit sur lui pour maîtriser une soudaine montée de rage : elle avait abîmé cette main douce et menue !

— Surtout ne dites rien, lui ordonna-t-elle d'une voix sifflante. Je ne suis pas une idiote. Quand je me rends ridicule, je n'ai besoin de personne pour me le faire remarquer.

De nouveau, il prit le temps de vérifier l'état de sa main en faisant jouer ses doigts.

— Je vous présente mes excuses, lâcha-t-il. J'aurais dû vous faire savoir que j'étais là.

Il desserra l'étau de sa main et Shane retira la sienne en relâchant sa respiration. Elle éprouva un plaisir pervers à sentir la douleur vaguement lancinante.

— Ce n'est pas grave, marmonna-t-elle en se tournant pour faire du thé.

Il fronça les sourcils dans son dos.

— Je n'aime pas vous mettre dans l'embarras.

— Quel que soit le temps que vous resterez ici, vous auriez de toute façon fini par entendre parler de Cy et moi.

Elle tenta de hausser les épaules avec désinvolture, mais la brusquerie de son geste ne fit que souligner davantage son agitation.

— Ça vous aura fait gagner du temps, maintenant vous savez tout.

— Tout, non.

Et Vance prit conscience, non sans un certain malaise, qu'il avait envie de savoir. Avant qu'il ait pu dire un mot, Shane claqua le couvercle sur la bouilloire.

— Il me donne toujours l'impression d'être une imbécile !

— Pourquoi ?

— Avec toutes ses petites manies…

Elle ouvrit un placard d'un geste coléreux.

— Il garde toujours un parapluie dans le coffre de sa voiture, fulmina-t-elle.

— Ça devrait aller pour votre main, murmura Vance en la voyant effectuer des mouvements rapides et nerveux.

— Il ne commet jamais, *jamais*, d'erreurs. Il est toujours raisonnable, ajouta-t-elle avec mépris, en posant brutalement deux tasses sur le plan de travail. Est-ce qu'il m'a crié dessus tout à l'heure ? l'interrogea-t-elle en faisant volte-face vers lui. Est-ce qu'il a proféré le moindre juron, est-ce qu'il s'est mis en colère ? Mais il est *incapable* de la moindre émotion ! cria-t-elle, frustrée. Sans blague, ce type-là ne transpire même pas.

— Vous étiez amoureuse de lui ?

Pendant un instant, Shane se contenta de le dévisager; puis elle laissa échapper un bref soupir inachevé.

— Oui. Oui, je l'aimais vraiment. J'avais seize ans quand on a commencé à sortir ensemble.

Tandis qu'elle allait au réfrigérateur, Vance alluma le gaz sous la bouilloire, ce qu'elle avait omis de faire.

— Il était tellement parfait, tellement intelligent et… qu'est-ce qu'il s'exprimait bien !

Sortant le lait, Shane eut un petit sourire.

— Cy est un vendeur-né. Il peut parler de tout et de n'importe quoi.

Vance éprouva un bref sentiment d'aversion pour cet homme. Alors que Shane posait un gros sucrier en céramique sur la table, le soleil darda un rayon sur sa chevelure, faisant chatoyer de reflets les boucles et ondulations de ses cheveux avant qu'elle ne s'éloigne. Agacé par un étrange picotement à la base de sa colonne vertébrale, Vance s'aperçut qu'il était fasciné par cette femme.

— J'étais folle de lui, poursuivait Shane, et il dut se secouer mentalement pour se concentrer sur ce qu'elle disait.

Les subtils mouvements de son corps qu'il devinait sous le T-shirt confortable avaient commencé à détourner son attention.

— Quand j'ai eu dix-huit ans, il m'a demandée en mariage. Nous étions tous les deux en fac et Cy estimait qu'un an était un délai convenable pour des fiançailles. Cy est quelqu'un de très convenable, précisa-t-elle d'un air penaud.

« Ou un imbécile à sang froid », rectifia Vance en son for intérieur, jetant un œil aux seins de Shane qui pointaient imperceptiblement sous la fine cotonnade. Contrarié, il reporta son regard sur le visage de la jeune femme. Mais son propre sang continuait à bouillonner dans ses veines.

— Je voulais qu'on se marie tout de suite mais, comme toujours, il m'a reproché d'être trop impulsive. Le mariage est une chose importante. Tout devait être parfaitement organisé. Quand j'ai suggéré qu'on vive ensemble pendant quelque temps, il a été choqué.

Shane posa le lait un peu bruyamment sur la table.

— J'étais jeune et amoureuse, et j'avais envie de lui. Il pensait qu'il était de son devoir de contrôler mes instincts les plus… primaires.

— Quel crétin, marmonna Vance dans le sifflement de la bouilloire.

— Il a passé toute cette année-là à me façonner à sa guise et je me suis efforcée d'être conforme à ses désirs : une femme respectable, sensée. Echec sur toute la ligne.

Shane secoua la tête au souvenir de cette longue année de frustration.

— Quand je voulais sortir manger une pizza avec une bande d'étudiants, il me rappelait qu'il nous fallait être attentifs à la dépense. Il guignait déjà cette petite maison à la sortie de Boonsboro. Son père lui avait dit que c'était un bon investissement.

— Mais vous, vous l'aviez en horreur, commenta Vance.

Surprise, Shane se retourna vers lui.

— Je la méprisais. C'était le petit ranch de rêve avec sa haie et son bardage en aluminium blanc. Quand j'ai dit à Cy que j'étoufferais là-dedans, il a ri et m'a tapoté la tête.

— Pourquoi ne lui avez-vous pas dit d'aller se faire voir ? s'enquit Vance.

Shane lui décocha un bref regard.

— Vous avez déjà été amoureux ? murmura-t-elle.

C'était sa réponse, pas une question, et Vance demeura silencieux.

— On a passé cette année-là à se chamailler sur tout, poursuivit-elle. Je persistais à imputer nos désaccords à la nervosité causée par la longueur des fiançailles, mais au fur et à mesure les querelles ont révélé des conflits de personnalité plus radicaux. Cy me serinait sans cesse que je verrais les choses différemment une fois que nous serions installés. D'une manière générale, je le croyais.

— Il me fait l'effet d'un abruti mortellement rasoir.

Quoique surprise par le mépris glacial du ton de Vance, Shane sourit.

— Peut-être, mais il pouvait se montrer tendre et gentil.

Vance émit un grognement sarcastique, mais elle se contenta de hausser les épaules.

— J'en oubliais son côté rigide. Puis il est devenu de plus en plus critique à mon égard. Je me mettais en colère, mais je ne remportais jamais la bataille puisqu'il ne se départait jamais de son calme. La cassure finale est venue de nos projets de lune de miel. Je voulais aller aux Fidji.

— Aux Fidji ? répéta Vance.

— Oui, lança-t-elle d'un ton de défi. C'est différent, exotique, romantique. J'avais à peine dix-neuf ans.

Prise d'un nouvel accès de rage, elle fit claquer sa petite cuillère sur la table.

— Il avait tout prévu : un petit complexe hôtelier en Pennsylvanie.

Le genre d'endroit sans âme où vos activités sont planifiées, où on organise des compétitions, le truc avec piscine intérieure. Jeu de palets.

Elle prit un air horrifié et but une gorgée de son thé.

— C'était un forfait — trois jours et deux nuits en pension complète. Cy avait hérité de sa mère une somme substantielle, et moi-même j'avais quelques économies, mais il ne voulait pas jeter l'argent par les fenêtres. Il avait déjà plus ou moins établi son plan retraite. Je n'ai pas pu le supporter !

Toujours debout, Vance but une gorgée de son thé et la dévisagea avec attention :

— Et donc vous avez annulé le mariage.

Allait-elle saisir la perche qu'il lui tendait et prétendre que la rupture était venue d'elle ?

— Non.

Shane posa sa tasse sur le côté.

— Nous avons eu une dispute épouvantable et il est parti furieux à son petit club tout près de la fac où il a fini la soirée en compagnie de ses amis. J'avais prévenu Cy que je ne passerais pas ma première nuit de femme mariée devant un spectacle minable ou un carton de bingo.

Vance réprima à grand-peine un sourire.

— Tout ça me paraît frappé au coin du bon sens, murmura-t-il.

Shane secoua la tête dans un faible rire.

— Quand je me suis calmée, j'ai décidé que l'essentiel c'était que nous soyons enfin ensemble, peu importe l'endroit. Je me suis dit que Cy avait raison. Que j'étais immature et irresponsable. Il nous fallait mettre de l'argent de côté. Il me restait encore deux années de fac à faire et lui venait à peine de débuter dans la boîte de son père. Mon attitude était frivole. Frivole, c'était l'un de ses adjectifs préférés à mon endroit.

Shane regarda sa tasse en fronçant les sourcils, mais sans boire.

— Je suis passée chez ses parents, prête à lui présenter mes excuses. C'est là que très raisonnablement, très calmement, il m'a larguée.

Un long moment de silence s'écoula avant que Vance ne vienne la rejoindre à la table.

— Vous n'aviez pas dit qu'il ne commettait jamais d'erreurs ?

Shane le fixa un instant avant d'éclater de rire. Un rire bref et franchement appréciateur.

— J'avais besoin d'entendre ça.

Dans un élan soudain, elle appuya la tête contre son épaule. Sa colère s'était évaporée en lui parlant, et rire l'avait empêchée de continuer à s'apitoyer sur son sort.

Vance se sentit envahi d'une tendresse qui l'incita à la prudence. Toutefois, il ne put résister à l'envie de passer la main dans sa coupe courte et désordonnée. Elle avait des cheveux épais et indisciplinés. Et incroyablement soyeux. Sans même s'en apercevoir, il enroula une de ses boucles autour de son doigt.

— Vous l'aimez toujours ? s'entendit-il lui demander.

— Non, répondit Shane avant qu'il ait pu retirer sa question. Mais aujourd'hui encore il me donne l'impression d'être une romantique irresponsable.

— C'est ce que vous êtes ?

Elle haussa les épaules.

— La plupart du temps.

— Ce que vous lui avez dit était juste, vous savez.

Pris d'un désir intense qui lui fit oublier toute prudence, Vance l'attira à lui.

— J'ai dit beaucoup de choses.

— Qu'il vous avait rendu service, murmura Vance pendant que ses doigts s'aventuraient sur sa nuque.

Shane soupira, mais était-ce de plaisir ou d'approbation, il n'aurait su le dire.

— Vous seriez devenu cinglée à lui enrouler ses chaussettes en petites boules.

Rieuse, Shane releva la tête pour voir son visage. Elle l'embrassa une première fois, très légèrement, en signe de gratitude, puis recommença, cette fois pour son propre plaisir.

Sa petite bouche était extrêmement tentante. Bien décidé à assouvir son envie, Vance la saisit fermement par la nuque pour la maintenir dans cette position. Lorsqu'il se fit plus pressant, Shane réagit sans hésitation ni timidité. Elle entrouvrit les lèvres et l'invita à l'embrasser.

Dans un infime gémissement de plaisir, sa langue rencontra celle de l'homme. La bouche de Vance, soudain brûlante, soudain impatiente, épousa la sienne. Il avait besoin de sa douceur, de sa franche générosité. Il avait envie de se rassasier de cette passion fraîche et pure qu'elle lui offrait de si bon gré. Lorsqu'il plaqua sa bouche plus brutalement contre la sienne, elle s'abandonna à lui, simplement ; quand il lui mordilla douloureusement la lèvre, elle l'attira encore plus près, simplement.

— Vance, murmura-t-elle en se laissant aller contre lui.

Il se leva d'un bond, la laissant tout étourdie de surprise.

— J'ai du travail, lâcha-t-il d'un ton sec. Je vous ferai une liste des matériaux dont j'aurai besoin pour commencer. Je vous ferai signe.

Avant que Shane ait pu formuler une quelconque réaction, il était déjà sorti par la porte de derrière.

Elle resta un long moment à fixer la porte grillagée. Qu'avait-elle fait pour allumer une telle colère dans son regard ? Comment était-il possible qu'après l'avoir embrassée avec tant de passion, il ait tourné les talons dans la seconde ? Elle baissa tristement les yeux sur ses poings serrés. Elle s'emballait toujours trop vite. Romantique ? Oui, et rêveuse aussi, c'est ce que lui disait sa grand-mère. Il y avait trop longtemps qu'elle attendait de rencontrer le prince charmant qui achèverait de donner un sens à sa vie. Elle avait envie d'être chérie, respectée, adorée.

Peut-être, réfléchit-elle, demandait-elle la lune : conserver son indépendance tout en partageant ses rêves, être autonome tout en marchant main dans la main avec un homme solide. Ce n'était pourtant pas faute d'avoir rabâché sa leçon : il lui fallait abandonner sa quête du grand amour. Mais son cœur défiait sa raison.

Dès le premier instant, elle avait senti quelque chose de différent chez Vance. Le temps d'une fraction de seconde, lorsque leurs yeux s'étaient croisés, son cœur avait bondi et crié : *c'est lui !* Mais c'était absurde, se sermonna-t-elle. L'amour, c'était la compréhension, la connaissance de l'autre. Elle ne connaissait pas Vance Banning et ne le comprenait pas davantage.

Dans un sursaut, elle prit conscience qu'elle l'avait peut-être offensé. Elle allait devenir son employeur, et à la façon dont elle l'avait embrassé… il avait pu penser qu'en lui donnant de l'argent, elle escomptait autre chose en prime de ses talents de menuisier. Peut-être s'était-il imaginé qu'elle projetait de le séduire en lui agitant sous le nez quelques dollars dont il avait bien besoin.

Brusquement, elle éclata de rire. Gagnée par l'hilarité, elle renversa la tête en arrière et se mit à marteler la table de ses poings. Shane Abbott, une séductrice ! Oh, mon Dieu ! songea-t-elle en essuyant des larmes de rire. Quelle rigolade ! Après tout, comment un homme normalement constitué pourrait-il résister à une femme au visage maculé de crasse qui essaie de trouer les murs à coups de poing ?

Shane soupira, épuisée de rire. Son imagination avait besoin d'une petite pause. Elle retourna à l'inventaire de son stock.

4

Vance n'arrivait pas à dormir. Il avait travaillé jusque tard dans la soirée, suant sang et eau dans le but d'apaiser sa colère et son désir inassouvi. Ce n'était pas la colère qui l'inquiétait. Il connaissait trop bien cette émotion pour qu'elle lui fasse perdre le sommeil. Le désir non plus ne lui était pas inconnu, mais devoir admettre qu'il avait envie de cette petite pimbêche férue d'histoire le mettait en rage… et ne le laissait pas en repos.

Il n'aurait jamais dû accepter ce boulot, se reprocha-t-il pour la énième fois. Qu'est-ce qu'il lui avait pris de dire oui ! Fâché contre lui-même, Vance sortit sous la véranda.

L'air s'était considérablement rafraîchi avec la tombée de la nuit. Dans le ciel, les étoiles formaient un vaste motif scintillant autour d'une demi-lune blanche. Jamais il n'avait observé Vénus avec autant de netteté. Une armée de grillons lançait son signal monotone tandis qu'à sa droite, les lucioles, minuscules lumières jaunes, dansaient au-dessus du champ en jachère. En regardant droit devant lui, il pouvait voir jusqu'à la lisière des arbres mais pas au-delà. Les bois étaient sombres, secrets, mystérieux. De l'autre côté, dans une chambre au papier peint fané, dormait Shane au creux d'un lit Jenny Lind.

Il l'imagina, pelotonnée sous la couette aux motifs d'anneaux entrecroisés qu'il avait remarquée lors de sa visite. Elle devait avoir gardé sa fenêtre ouverte afin de laisser entrer les bruits et senteurs de la nuit. Dormait-elle dans l'une de ces chemises de nuit en coton à fanfreluches d'où n'émergeait que la tête, ou se glissait-elle seule et nue sous sa couette ?

Vance se maudit, furieux de l'orientation qu'avaient prise ses pensées. Non, il n'aurait jamais dû accepter ce fichu boulot. La proposition avait flatté son amour-propre et son humour. Six dollars de l'heure. Il laissa échapper un rire bref qui effraya un hibou perché dans un arbre voisin. Appuyé contre un pilier, il essaya encore de percer l'obscurité des bois, sans rien distinguer d'autre que des ombres et des silhouettes.

Depuis quand n'avait-il pas travaillé pour un salaire horaire ? Pour répondre à sa propre question, Vance fit un effort de mémoire et se replongea en arrière. Quinze ans ? Bonté divine, songea-t-il avec incrédulité. Tant de temps s'était-il écoulé ?

A l'époque il n'était qu'un ado débutant à l'échelon le plus bas de la prospère entreprise de construction que possédait sa mère. « Commence par apprendre les ficelles du métier », lui avait-elle conseillé, ce qu'il avait accepté avec ardeur. Tout ce qu'il voulait, c'était travailler de ses mains, et dans le bois. Il débordait de l'assurance — et de l'arrogance — de la jeunesse. L'administration, c'était bon pour les vieilles barbes en complet veston, incapables de faire une coupe à l'onglet. Pas question de se mêler à leurs réunions de travail étouffantes ou à leurs négociations contractuelles alambiquées. Vivre le nez dans la paperasse, lui ? Non, il était trop malin pour tomber dans ce piège.

Combien de temps lui avait-il fallu pour se retrouver coincé — enchaîné à un bureau ? Cinq ans ? Six ? Sans importance, décida-t-il dans un haussement d'épaules. Au point où il en était, un an de plus ou de moins…

En soupirant, Vance parcourut la véranda sur toute sa longueur. Sous sa main, la balustrade qu'il avait choisie lui-même était rugueuse et solide. Quel choix s'était offert à lui ? Il y avait eu l'attaque brutale de sa mère, suivie de son long et pénible rétablissement. Elle l'avait supplié de la remplacer au poste de président de Riverton. Etant veuve et mère d'un fils unique, elle craignait plus que tout que son entreprise soit gérée par des inconnus. Ce qui comptait pour elle, trop peut-être, c'était que la société dont elle avait hérité et qu'elle avait réussi à conserver durant les périodes de vaches maigres reste dans la famille. Vance savait qu'elle avait dû combattre les préjugés, prendre des risques et travailler la moitié de sa vie à transformer une entreprise médiocre en réussite exemplaire. Et puis un jour, elle s'était retrouvée quasiment impotente, et s'était alors tournée vers lui.

S'il s'était avéré incapable, il aurait pu sans l'ombre d'un scrupule déléguer ses responsabilités et se contenter d'un rôle de figure symbolique. Il aurait pu retourner à ses outils. Mais incapable, il ne l'était pas — il ressemblait trop à sa mère pour ça.

Sous sa direction, Riverton Construction avait prospéré et pris de l'ampleur. De prestigieuse entreprise de Washington, l'affaire était passée au statut de conglomérat national. Pour son malheur, il maniait aussi bien le stylo que le marteau. Il s'était enfermé à clé dans sa propre cage.

Et puis il y avait eu Amelia. Sa bouche se crispa en un sourire cynique. Amelia — douce, sexy, avec sa chevelure semblable à un coucher de soleil et son calme accent traînant de Virginie. Pendant des mois elle lui avait tenu la dragée haute, l'allumant et le repoussant tour à tour, jusqu'à ce qu'il ne vive plus que dans l'obsession de la posséder. Obsession, pensa-t-il de nouveau. Un terme tout à fait approprié. Sain d'esprit, il aurait vu ce qui se cachait derrière ce masque de beauté et de culture, et percé à jour la froide manipulatrice qu'elle était — avant de lui avoir passé la bague au doigt.

Pour la énième fois, il se demanda combien d'hommes lui avaient envié sa ravissante et respectable épouse. Mais ceux-là ne connaissaient pas son véritable visage : parfaite en apparence mais à l'intérieur, pourrie jusqu'à la moelle. Froide. Même avec son expérience, il n'avait jamais connu personne d'aussi froid qu'Amelia Ryce Banning.

Dans le chêne à sa gauche, le hibou entonna un ululement régulier : deux appels brefs suivis d'un long — deux courts, un long. Vance écouta ce cri monotone en songeant à ses années de mariage.

Durant les premiers mois, Amelia avait dépensé son argent sans compter — vêtements, fourrures, voitures. Cela ne l'affectait guère puisqu'il estimait que sa beauté irréelle ne pouvait se contenter que du *nec plus ultra*. Et il l'aimait — ou du moins il aimait la femme qu'il croyait qu'elle était. Il la voyait comme une princesse faite pour les diamants, les fourrures douces et exotiques, les soieries… Il avait pris plaisir à la combler de tout ce luxe, à voir resplendir sa beauté torride. La plupart du temps, il fermait les yeux sur les factures excessives, les réglant sans un murmure de protestation. Une ou deux fois, il avait commenté son extravagance et recueilli sa douce détresse accompagnée d'excuses. C'est à peine s'il avait remarqué que les factures continuaient d'affluer.

Ensuite, il avait découvert qu'elle lui vidait son compte en banque dans le but d'alimenter l'entreprise de construction défaillante de son frère, à Richmond. Confrontée aux faits, Amelia lui avait fait le coup des larmes et de l'impuissance. Elle avait joliment plaidé la cause de son frère. Prétendu qu'elle ne pouvait supporter de le voir au bord de la faillite alors qu'elle-même vivait dans l'opulence.

Convaincu qu'elle n'avait agi que par solidarité familiale, Vance avait accepté d'accorder un prêt personnel à son frère, mais refusé de siphonner les capitaux de Riverton pour les injecter dans une entreprise peu fiable et mal gérée. Amelia, loin d'être satisfaite, était passée de la bouderie aux cajoleries. Puis, voyant qu'il n'en démordrait pas, elle s'était jetée sur lui comme une tigresse en folie, lui griffant le visage de ses ongles impeccablement manucurés et crachant des obscénités de sa bouche fardée à la moue méprisante. Dans sa rage, elle s'en était prise à lui sans faire plus longtemps mystère des raisons qui l'avaient poussée à l'épouser : son argent, sa position sociale et tout ce que cela pourrait lui rapporter à elle ainsi qu'à l'entreprise de sa famille. Vance avait alors découvert la véritable personnalité qui se cachait derrière sa beauté et son charme apprêté. Cela n'avait été que le premier choc d'une longue série de désillusions.

La brûlante passion d'Amelia s'était muée en frigidité ; ses adorables sourires en rictus de dédain. Elle avait refusé tout net l'idée d'avoir des enfants. Cela aurait nui à sa silhouette et mis un frein à sa liberté. Pendant plus de deux ans, Vance s'était efforcé de sauver son couple battant de l'aile, de récupérer quelques bribes de la vie qu'il projetait d'avoir avec Amelia. Mais il avait fini par comprendre que la femme qu'il croyait avoir épousée n'était qu'une illusion.

En fin de compte, il avait demandé le divorce, ce qu'Amelia avait accepté en riant. C'est avec joie qu'elle lui rendrait sa liberté en échange de la moitié de tout ce qu'il possédait — y compris sa part de Riverton. Elle lui avait promis une sordide bataille juridique et des tonnes de battage médiatique. Après lui avoir indiqué qu'elle serait la partie lésée, Amelia avait promis de jouer jusqu'au bout son rôle d'épouse répudiée.

Pris au piège, Vance avait encore vécu un an avec elle, maintenant en public l'illusion du bonheur conjugal, évitant son épouse en privé. Quand il avait découvert l'existence de ses amants, il avait entrevu une première lueur d'espoir.

La trahison d'Amelia ne l'avait pas fait souffrir car il n'éprouvait plus aucun sentiment pour elle. Petit à petit, discrètement, Vance avait entrepris d'accumuler les preuves qui lui rendraient sa liberté. Il était prêt à affronter l'humiliation et la publicité d'une odieuse bataille juridique pour se sortir de ce piège, lui et sa société. Puis, tout cela était devenu inutile. L'un des amants éconduits d'Amelia avait mis un terme à toute l'histoire en lui tirant une balle dans le cœur.

Si le retentissement médiatique n'avait pas été pire, Vance ne le devait qu'à sa fortune et à son influence. Cela n'avait quand même pas empêché les messes basses et les spéculations sordides. Pourtant, il avait réagi par un soulagement timoré qui l'avait emporté sur son chagrin. Le sentiment de culpabilité suscité par toute cette affaire l'avait conduit à s'immerger encore plus dans le travail. Il y avait des appartements à construire en Floride, un grand complexe médical dans le Minnesota, l'extension d'une université du Texas. Mais cela n'avait pas suffi à lui rendre la paix de l'esprit.

Bien décidé à retrouver Vance Banning, il avait acheté dans les montagnes cette maison complètement délabrée et s'était mis en congé de longue durée. Du temps, de la solitude et le travail qu'il aimait, voilà le traitement qu'il s'était prescrit à lui-même. Et juste au moment où il croyait avoir trouvé la solution à ses problèmes, il avait rencontré Shane Abbott.

Celle-ci n'avait rien de la sirène lascive qu'avait été Amelia ni de la tranquille sophistication des femmes qu'il avait mises dans son lit ces deux dernières années. Elle était fraîche et pleine de vie. Il avait spontanément été attiré par sa générosité bienveillante. Mais son épouse ne lui avait légué que du cynisme et de la méfiance. Seul un imbécile se serait fait avoir une seconde fois par la comédie de l'innocence. Et il était tout sauf un imbécile.

Maintenant que sur un coup de tête il avait accepté le chantier de Shane, il irait jusqu'au bout. C'était un défi : serait-il encore capable de produire le bel ouvrage de précision qu'elle exigeait ? Sans compter que désormais il avait appris à se méfier des femmes. Certes, son allure pleine de fraîcheur et son charme naturel ne le laissaient pas insensible. Il admirait la façon dont elle avait affronté Cy, son ancien fiancé. Bien que blessée, elle lui avait tenu tête et l'avait flanqué à la porte.

Il pourrait s'avérer intéressant de passer ses vacances à réaménager la maison de Shane : ce serait l'occasion de découvrir ce qui se cachait sous son masque. Tout le monde porte un masque, songea-t-il avec amertume. La vie n'est qu'une longue mascarade. Il ne lui faudrait pas longtemps pour déceler ce qui se tramait derrière ses immenses yeux bruns et son rire pétillant.

Poussant une exclamation de dégoût, Vance s'engouffra dans la maison. Ce n'était pas une femme qui allait lui faire perdre le sommeil. Toutefois, il passa une grande partie de la nuit à se tourner et se retourner dans son lit.

C'était une matinée idéale. A l'ouest, les montagnes se dressaient sur fond de ciel uniformément bleu. Shane ouvrit ses fenêtres sur les oiseaux qui piaillaient entre eux dans un raffut jubilatoire. Dans la chambre s'engouffra un air chaud, imprégné du parfum des zinnias. Pour une nature telle que la sienne, rester confinée entre poussière et bloc-notes par une journée pareille était tout bonnement inconcevable. Mais, estima Shane en s'appuyant sur le rebord de la fenêtre, il y avait moyen de joindre l'utile à l'agréable.

Après avoir passé un vieux T-shirt sur un short rouge délavé, elle alla farfouiller dans le cagibi du sous-sol pour en extraire un rouleau et un pot de peinture. Certes, la véranda nécessitait des réparations excédant de loin ses maigres compétences, mais la partie arrière était encore assez solide. Tout ce qu'il lui fallait, c'était une couche de peinture ou deux pour lui rendre son aspect gai et lumineux.

Se munissant au passage d'une radio portative, Shane se dirigea vers l'extérieur. Elle trafiqua le bouton de réglage jusqu'à ce qu'elle ait trouvé une station en accord avec son humeur ; puis, après avoir monté le volume, elle se mit au travail.

En une demi-heure, la véranda fut balayée et lavée au jet. Elle sécha rapidement sous le soleil étincelant tandis que Shane ouvrait le pot en faisant levier sur le couvercle. Elle remua la peinture en se réjouissant de cette journée et du travail à venir. Une ou deux fois, elle lança un coup d'œil en direction de l'ancienne piste forestière : quand Vance allait-il lui « faire signe » ? Si seulement il pouvait apparaître au bout du sentier… Elle admirait sa longue foulée décontractée et son regard qui semblait refléter une maîtrise intérieure s'étendant à tout ce qui pouvait se trouver sur son chemin. Shane aimait ça : cette assurance, cette sensation de puissance contrôlée.

Elle avait toujours eu de l'admiration pour les gens de caractère. Sa grand-mère, en dépit des épreuves et des déceptions que la vie lui avait infligées, était restée une forte femme jusqu'au bout. Et en dépit de tous leurs désaccords, Shane devait reconnaître que Cy aussi était un homme de tempérament. Ce qui lui manquait, c'était cette bonté sous-jacente qui équilibrait la force et l'empêchait de se transformer en dureté. Elle devinait chez Vance une certaine gentillesse, même s'il en faisait rarement démonstration. Mais le fait que ce trait de caractère soit présent en lui faisait pour elle toute la différence.

Détournant son regard du sentier, Shane emporta le seau, le rouleau et le bac à l'extrémité de la véranda. Elle versa la peinture, s'agenouilla, inspira un bon coup et se mit à l'œuvre.

Arrivé au bout du sentier, Vance fit halte pour la regarder. Elle avait presque peint un tiers de la véranda. Ses bras étaient constellés de minuscules taches blanches. La radio chantait à plein volume et Shane l'accompagnait avec exubérance. Ses hanches se balançaient en mesure. Le tissu fin et délavé de son short se tendait sur ses fesses au rythme de ses mouvements. Elle s'éclatait comme une folle à accomplir cette tâche simple, cela sautait aux yeux, tout comme son incompétence. Vance ne put réprimer un sourire lorsque Shane, en s'étirant pour attraper le seau, posa la main sur la peinture fraîche. Elle jura gaiement avant de s'essuyer sans façons sur l'arrière de son short.

— Je croyais que vous saviez peindre, commenta Vance.

Surprise, Shane faillit renverser le contenu du seau en se tournant brusquement vers lui. Toujours à quatre pattes, elle lui sourit.

— J'ai dit que j'étais capable de peindre. Pas que j'étais douée.

Mettant sa main en visière pour se protéger du soleil, elle le regarda s'avancer.

— Vous êtes venu superviser mon travail ?

Il baissa le regard vers elle en secouant la tête.

— Non, je pense qu'hélas il est trop tard.

Shane haussa un sourcil de défi.

— Quand j'aurai terminé, ce sera superbe.

Vance émit un son évasif.

— Je vous ai fait une liste de matériaux, mais je dois encore prendre quelques mesures.

— Vous n'avez pas perdu de temps.

Shane s'assit par terre. Vance haussa les épaules : il n'allait quand même pas lui avouer qu'il avait tout rédigé cette nuit, alors que le sommeil le fuyait…

— Il y a autre chose, enchaîna-t-elle en étirant les muscles de son dos.

Elle tendit la main pour réduire le volume de la radio à un doux murmure.

— La véranda de devant.

Vance baissa les yeux sur son œuvre.

— Celle-là aussi, vous l'avez repeinte ?

Manifestement, Vance n'avait que peu d'estime pour ses talents… Lucide, Shane fit la grimace.

— Non, pas celle-là.

— Encore heureux ! Qu'est-ce qui vous a arrêtée ?

— Elle tombe en morceaux. Vous pourriez peut-être me conseiller sur ce que je dois faire. Oh, regardez !

Shane lui saisit la main, oubliant la peinture au profit de la famille de cailles qui, en file indienne, traversait d'un pas sautillant le sentier derrière eux.

— Ce sont les premières que je vois depuis mon retour.

Fascinée, elle les suivit des yeux jusqu'à ce qu'elles aient disparu de leur vue.

— Il y a aussi des cerfs. J'ai repéré quelques traces, mais jusqu'ici je n'ai pas pu en apercevoir.

Elle poussa un soupir de satisfaction tandis que les cailles s'enfonçaient dans les bois, accompagnées d'un froissement de feuilles mortes. Brusquement, Shane se rappela sa main tachée de peinture.

— Oh, Vance, je suis désolée !

Lui lâchant la main, elle bondit sur ses pieds.

— Je vous en ai mis dessus ?

Pour toute réponse, il ouvrit la paume et examina d'un air ironique la tache blanche qui la maculait.

— Je suis vraiment navrée, articula-t-elle, prise de fou rire.

Il lui décocha un drôle de regard tandis qu'elle s'efforçait de contenir son rire irrépressible.

— Non, sans blague. Attendez.

Shane frotta la paume de Vance avec le bas de son T-shirt, sans succès. Dans sa tentative d'aide, elle révéla la peau claire et veloutée de son ventre.

— Vous l'incrustez encore plus, lui fit remarquer Vance avec douceur, essayant de rester de marbre devant cette peau entraperçue et la taille fine de la jeune femme.

— Ça partira, l'assura-t-elle, luttant en vain contre l'hilarité. Je dois avoir de la térébenthine ou un truc dans ce genre.

Elle pressa sa main sur sa bouche, mais un gloussement s'en échappa.

— Je suis *vraiment* désolée, affirma-t-elle avant de laisser tomber le front sur la poitrine de l'homme. Et je ne rirais pas comme ça si vous arrêtiez de me fixer avec ce regard.

— Quel regard ?

— Patient.

— La patience vous plonge toujours dans de telles crises de fou rire ? s'enquit-il.

De ses cheveux émanaient une odeur de shampoing, un faible parfum citronné. Etrange que cela lui rappelle à ce moment précis la douceur de miel de sa bouche.

— S'il n'y avait que ça ! se lamenta-t-elle d'une voix étranglée. C'est une malédiction.

Elle inspira profondément, mais laissa la main posée sur la poitrine de Vance tandis qu'elle essayait de retrouver son calme.

— Un de mes élèves avait dessiné une caricature absolument crevante de son prof de biologie. Quand je suis tombée dessus, j'ai dû sortir un quart d'heure de la classe avant de pouvoir feindre la désapprobation.

Vance la repoussa, agacé par la réaction intempestive et déraisonnable qu'elle éveillait en lui.

— Parce que vous ne désapprouviez pas ?

— Moi ?

Shane secoua la tête en souriant :

— J'aurais bien voulu, mais la caricature était tellement réussie ! Je l'ai ramenée chez moi et je l'ai encadrée.

Soudain, elle se rendit compte qu'il lui tenait les bras, et que ses pouces en caressaient la peau nue tandis que ses yeux la scrutaient de son fameux regard, profond et réservé. Il ne semblait pas avoir conscience de son geste tendre et intime. Rien dans ses yeux ne trahissait la moindre tendresse. Si Shane avait suivi son instinct premier, elle se serait mise sur la pointe des pieds et l'aurait embrassé. Elle en avait envie — et lui aussi, elle le sentait. Quelque chose la retint d'agir. Elle resta immobile. Ses yeux croisèrent les siens avec calme, reflétant une franchise totale. Si quelqu'un cachait des secrets, c'était lui, et à cet instant, ils le surent tous les deux.

Vance aurait été plus à l'aise face à la dissimulation qu'à la candeur. Quand il s'aperçut qu'il tenait Shane dans ses bras et qu'il n'avait pas envie que cela cesse, il desserra son étreinte.

— Vous feriez mieux de retourner à votre peinture, suggéra-t-il. Je vais aller prendre quelques mesures.

— Très bien.

Shane le regarda se diriger vers la porte.

— Il y a de l'eau bouillante dans la cuisine si vous voulez du thé.

Quel homme étrange, songea-t-elle en le suivant des yeux, perplexe. D'un geste inconscient, elle effleura du doigt l'endroit tiède de son bras où sa chair était entrée en contact avec la sienne. Qu'avait-il cherché en scrutant ses yeux d'un regard si profond ? Que s'attendait-il à y trouver ? Tout serait tellement plus simple si seulement il lui posait les questions qui le tourmentaient ! Haussant les épaules, Shane se remit à la tâche.

Au pied de l'escalier, Vance marqua une pause et jeta un coup d'œil en direction du salon. Surpris, il entra pour examiner la pièce de plus près. Celle-ci avait été entièrement vidée ; chaque vase, lampe et bibelot avaient été emballés dans des cartons étiquetés.

Elle avait abattu un sacré boulot, songea-t-il. Ce petit corps tonique renfermait une énergie de boxeur poids lourd. Elle avait de l'ambition, estima-t-il, et le cran nécessaire pour l'accomplir. Quoi qu'en dise son ex-fiancé, Shane Abbott était tout sauf frivole. Du moins, pas d'après ce qu'il lui avait été donné de voir jusqu'ici. Et, gravissant les marches de l'escalier, il fut de nouveau envahi d'une bouffée d'admiration pour elle.

En haut non plus, elle n'avait pas chômé, découvrit Vance. Une vraie tornade, conclut-il en avisant les cartons étiquetés dans la chambre principale. Et une fois prises ses mesures et ses notes, il passa dans la chambre de Shane.

Il y régnait un véritable capharnaüm qui tranchait avec l'organisation méticuleuse qu'il avait trouvée dans les autres pièces. Papiers, listes, notes, tablettes et factures griffonnées s'entassaient sur l'abattant ouvert d'un secrétaire Governor Winthrop. La brise qui entrait par les fenêtres ouvertes fit frémir les documents. Par terre, près du meuble, s'éparpillaient des dizaines de catalogues d'antiquités. Une chemise de nuit sur l'envers — un long T-shirt arrivant à mi-cuisse et non celle dont il l'avait affublée en pensée — avait été jetée sur une chaise. Une paire de baskets fatiguées gisaient contre la penderie, comme si elles avaient été lancées là puis oubliées par leur propriétaire.

Au centre de la pièce se trouvait un grand carton de livres qu'il se souvenait avoir vu la veille. Les livres étaient alors dans la troisième chambre. Manifestement, Shane les avait transportés la nuit dernière dans sa propre chambre afin d'en faire le tri. Plusieurs d'entre eux s'empilaient en équilibre précaire sur le sol; d'autres jonchaient sa table de chevet. A l'évidence, le mode de travail de Shane était aux antipodes de son mode de vie.

Bizarrement, Vance repensa à Amelia et à l'élégance de l'ordre qui régnait dans ses appartements privés. Déclinés dans des tons de rose et d'ivoire, ceux-ci n'offraient pas la moindre trace de poussière ou de fouillis. Même le bataillon de pots de crème et de flacons de parfum encombrant sa coiffeuse était aligné avec soin. Shane ne possédait pas de coiffeuse, et l'abattant du secrétaire ne supportait qu'une petite boîte émaillée, une photo encadrée et un unique flacon de parfum. La photo était un instantané couleur montrant Shane adolescente auprès d'une femme très droite, aux cheveux blancs.

Voilà donc la grand-mère, songea Vance. Elle arborait un sourire guindé de circonstance, mais assurément ses yeux pétillaient de rire parmi les rides. Son visage tanné n'affichait rien de la douceur du grand âge, observa-t-il, mais plutôt une rudesse contrastant avec la jeune fille qui se tenait près d'elle.

Elles posaient debout sur l'herbe d'été, dos au ruisseau. La grand-mère portait une robe-tablier à fleurs, sa petite-fille un T-shirt jaune et un jean taillé en short. Cette Shane-là n'était guère différente de la femme en train de peindre à l'extérieur. Elle avait les cheveux plus longs, un corps plus frêle, mais débordait déjà de cette même gaieté. Même si son bras était passé sous celui de la vieille dame, il se dégageait de ce geste une impression de camaraderie, pas de soutien.

Elle était plus séduisante avec les cheveux courts, estima Vance en étudiant sa photo. La façon dont ses boucles lui encadraient le visage rehaussait la douceur de sa peau et le triangle de son petit minois…

Cette photo avait-elle été prise par Cy ? Cette idée le contraria aussitôt. Cy lui déplaisait par principe, même si pendant toutes ces années il avait certainement employé bon nombre de ses clones. Ces gens-là combinaient leur vie comme une déclaration d'impôts.

Qu'est-ce qu'elle avait bien pu trouver à ce type ? se demanda-t-il avec dégoût tout en s'éloignant pour aller prendre d'autres mesures. Si elle l'avait épousé, elle vivrait maintenant en banlieue dans une maison étouffante, aurait deux, trois enfants, apporterait tous les mercredis son soutien aux soldats dans le cadre des Ladies Auxiliary, et prendrait chaque année quinze jours de vacances dans un cottage loué en bord de mer. Le bonheur pour certains, songea-t-il, mais pas pour une femme qui aimait peindre des vérandas et rêvait des îles Fidji.

Cette espèce de crétin complètement coincé l'aurait harcelée de reproches jusqu'à la fin de sa vie, conclut Vance avant de redescendre. Elle l'avait échappé belle. Dommage qu'il n'ait pas pu en faire autant ! Au lieu de quoi il avait passé quatre années insupportables à rêver que sa femme disparaisse de sa vie et deux autres à culpabiliser que son vœu se soit réalisé.

Chassant ses idées sombres, Vance sortit jeter un coup d'œil à la véranda de devant.

Un peu plus tard, alors qu'il était en train de prendre des mesures en marmonnant, Shane le rejoignit, un mug de thé dans chaque main.

— Pas génial, hein ?

Vance leva vers elle un regard dégoûté.

— C'est un miracle que personne ne se soit jamais cassé une jambe sur ce truc.

— On ne l'utilise guère.

Shane haussa les épaules en zigzaguant d'un pas expert entre les lames douteuses.

— Gran passait toujours par la porte de derrière. Comme tous les gens qui viennent à la maison.

— Pas votre petit ami.

Shane lui lança un regard dur.

— Cy ne passe jamais par la porte de derrière, et ce n'est pas mon petit ami. D'après vous, qu'est-ce que je devrais faire ?

— Il me semblait que vous aviez déjà réglé le problème, rétorqua-t-il en rempochant son mètre. Et fort bien même.

Shane le fixa un instant avant de se mettre à rire.

— Non, je ne parlais pas de Cy, mais de la véranda.

— Arrachez cette espèce de ruine une bonne fois pour toutes.

— Oh…

Shane s'assit avec précaution sur la marche du haut.

— En entier ? J'espérais remplacer les lames les plus abîmées et…

— Il suffirait du poids de trois personnes pour que tout s'effondre complètement, la coupa Vance en regardant les planches branlantes avec mécontentement. Je ne comprends pas qu'on puisse laisser les choses se dégrader à ce point.

— Très bien, ne vous énervez pas, suggéra-t-elle en lui tendant un mug de thé. Combien diriez-vous que ça va me coûter ?

Vance calcula un petit moment avant de lui donner un prix. Il vit la consternation se peindre sur le visage de Shane, puis elle lâcha un soupir.

— O.K.

Voilà qui anéantissait son dernier espoir de conserver l'ensemble de salle à manger de sa grand-mère…

— S'il le faut. C'est une priorité, je suppose. Le temps risque de se mettre au froid d'un jour à l'autre.

Elle parvint à sourire à Vance sans enthousiasme.

— Je n'aimerais pas que mon premier client me fasse un procès après être passé à travers le plancher de la véranda.

— Shane.

Vance se tenait face à elle. Comme elle était assise sur la marche du haut, leurs visages étaient presque au même niveau. Malgré le regard de Shane, ouvert et franc, il hésita avant de parler.

— Combien avez-vous ? D'argent, précisa-t-il sans détour en voyant qu'elle le fixait sans comprendre.

Cette question la contraria.

— Assez pour m'en sortir, affirma-t-elle avant de laisser échapper un soupir d'agacement face au regard insistant de Vance. Tout juste, avoua-t-elle. Mais je pourrai tenir le temps que mon affaire me rapporte quelques dollars. J'ai réparti tout mon budget entre la maison et l'achat du stock. Gran m'a laissé un petit pécule et j'avais mes propres économies.

De nouveau, Vance hésita. Il s'était promis de ne pas s'investir dans la vie de cette fille, mais chaque fois qu'il la voyait, c'était plus fort que lui.

— Croyez bien que je regrette de vous tenir le même discours que votre petit ami, commença-t-il.

Shane l'interrompit d'emblée :

— Alors ne dites rien. Et ce n'est pas mon petit ami.

— Très bien.

Vance contempla son mug, les sourcils froncés. Il y avait une différence entre accepter un boulot pour s'amuser et prendre l'argent d'une femme qui de toute évidence ne roulait pas sur l'or. Il but une gorgée de son thé en se creusant les méninges à la recherche d'un prétexte crédible pour refuser le tarif horaire qu'elle lui avait proposé.

— Shane, en ce qui concerne mon salaire…

— Oh… Pour l'instant, je ne suis pas en mesure de vous faire une meilleure offre, Vance.

Une lueur de détresse traversa son regard.

— Plus tard, quand l'affaire sera lancée…

— Non.

Gêné et contrarié, il posa la main sur la sienne pour l'arrêter.

— Non, il n'était pas question de vous demander un tarif plus élevé.

— Mais…

Shane s'interrompit. Soudain elle comprit, et ses yeux s'emplirent de larmes. D'un geste vif, elle posa son mug et se leva. Elle descendit les marches en secouant la tête.

— Non, non, c'est très gentil à vous, articula-t-elle avec peine en s'éloignant de lui. Je… J'apprécie vraiment, mais c'est inutile. Je ne voulais pas avoir l'air de…

Laissant sa phrase inachevée, elle contempla les montagnes environnantes. L'espace d'un instant, il n'y eut plus que le glouglou du ruisseau qui s'écoulait derrière eux.

Se maudissant intérieurement, Vance alla vers elle. Après une brève hésitation, il la prit par les épaules.

— Shane, écoutez…

— Non, je vous en prie.

Elle se retourna vivement vers lui, les yeux noyés de chagrin même si jusque-là elle avait réussi à endiguer ses larmes. Elle posa ses mains sur ses avant-bras et Vance fut surpris par la force inattendue de ses doigts.

— C'était très gentil à vous de me le proposer.

— Non, pas du tout, répliqua Vance d'un ton cassant.

Il était parcouru par un sentiment de frustration, de culpabilité et d'autre chose encore. Et détestait tout cela en bloc.

— Zut, Shane ! Vous ne comprenez rien. L'argent ne…

— Je comprends que vous êtes un homme adorable, le coupa-t-elle.

Elle l'entoura de ses bras en appuyant sa joue contre sa poitrine et Vance sentit le piège se refermer sur lui.

— Non, c'est faux, marmonna-t-il.

En voulant la repousser et se tirer du pétrin dans lequel il s'était fourré, Vance reprit Shane par les épaules. En aucun cas il n'accepterait sa gratitude indue. Mais ses mains remontèrent toutes seules vers ses cheveux.

Il ne voulait pas la repousser, comprit-il. Loin de là, même ! Pas au moment où elle pressait contre lui ses seins fermes et menus. Pas quand ses cheveux s'enroulaient avec exubérance autour de ses doigts. Ils étaient si doux, soyeux, et couleur de miel. Sa bouche aussi était douce, se rappela-t-il avec convoitise. Et s'abandonnant au désir, Vance enfouit son visage dans la chevelure de Shane en murmurant son nom.

Quelque chose dans le ton de sa voix, un soupçon de désespoir, éveilla chez Shane l'envie de le réconforter. Elle n'était pourtant pas encore consciente qu'il la désirait, elle ne percevait que son malaise. Elle se serra plus fort contre lui, impatiente de le calmer, tout en parcourant son dos de ses mains apaisantes. Sous sa caresse, le sang de Vance ne fit qu'un tour. D'un geste vif, presque brutal, il lui inclina la tête en arrière et plaqua sauvagement sa bouche sur la sienne.

Bâillonnant le cri instinctif que poussa Shane, il ne remarqua pas les efforts de la jeune femme pour se débattre. La flamme qui le consumait était si forte, si intolérablement brûlante, qu'il ne songeait qu'à l'éteindre. Shane en éprouva tout d'abord de la peur, mais la passion, plus puissante, l'emporta sur le reste. Le feu se propagea en elle, la submergea jusqu'à ce que sa bouche réponde fougueusement à son baiser.

Jamais rien ni personne ne l'avait mise dans un tel état — cette folle volupté, ce désir terrifiant. Dans sa frénétique excitation, elle poussa un gémissement lorsque Vance lui mordilla la lèvre inférieure. Elle sentait courir sur sa peau de rapides frissons qui la troublaient et l'incendiaient. Pas un instant elle ne songea à le repousser. Elle était déjà sienne, elle le savait.

Vance songea qu'il allait devenir fou s'il ne la touchait pas, s'il n'apprenait pas au moins l'un des secrets de son petit corps mince. La nuit dernière, ses fantasmes s'étaient acharnés à le tourmenter, ne lui laissant pas une seconde de répit. A présent, il lui fallait les satisfaire. Sans mettre fin à l'assaut de sa bouche, il passa la main sous le T-shirt de Shane, à la recherche d'un sein. Il sentit son cœur cogner sous sa main. Elle avait un corps ferme et menu. Cela ne fit qu'accroître son appétit et lui arracha un gémissement tandis que du pouce et de l'index il excitait la pointe de son sein déjà dressé.

Shane sentit sa tête exploser de couleurs, comme un arc-en-ciel aveuglant de brillance. Elle se cramponna à lui, effrayée, envoûtée, pendant que ses lèvres et sa langue continuaient à répondre à son désir avec une exigence égale à la sienne. Contre sa peau veloutée, elle sentait sa main rugueuse et couverte de cals. Son pouce la frottait douloureusement, l'amenant à un degré d'excitation proche du délire. Il n'y avait chez lui aucune douceur, aucune tendresse. Sa bouche était dure et brûlait du goût violent de la colère. Plaqué contre le sien, le corps de Vance était raide et tendu. Une passion brute et dévastatrice semblait jaillir de lui, la défiant d'y répondre avec une ardeur équivalente.

Shane sentit ses bras se resserrer convulsivement autour d'elle ; puis il la libéra si soudainement de son étreinte qu'elle chancela et dut se rattraper à son bras pour ne pas perdre l'équilibre.

Dans ses yeux, Vance vit défiler les nuages de la passion, les éclairs de la peur. Elle avait la bouche meurtrie et gonflée par la férocité de la sienne. Il la contempla, dérouté. Jamais il ne s'était montré aussi brutal envers une femme. En général, il passait pour un amant attentionné, parfois indifférent peut-être, mais jamais violent. Il recula d'un pas.

— Je suis désolé, lâcha-t-il d'un ton sec.

D'un geste nerveux, Shane porta brièvement la main à ses lèvres encore sensibles. Sa propre réaction, bien plus que les façons de Vance, l'avait profondément ébranlée. Où ce feu et cette passion étaient-ils restés enfouis durant tout ce temps ?

— Je ne…

Shane dut s'éclaircir la voix avant de pouvoir articuler autre chose qu'un murmure.

— Ne soyez pas désolé. Moi je ne regrette rien.

Vance la considéra fixement pendant quelques instants.

— Ça vaudrait pourtant mieux pour tout le monde.

Il tira un papier de la poche arrière de son jean.

— Voilà la liste des matériaux dont vous allez avoir besoin. Dès qu'ils vous auront été livrés, faites-le-moi savoir.

— Très bien.

Shane accepta la liste qu'il lui tendait. Comme il s'éloignait, elle prit son courage à deux mains :

— Vance…

Il marqua une pause et se retourna.

— Je ne regrette rien, répéta-t-elle avec calme.

Il ne répondit pas, contourna la maison et disparut.

5

Shane n'avait jamais travaillé aussi dur que ces trois derniers jours. La chambre d'amis et la salle à manger étaient bourrées à craquer de cartons étiquetés, répertoriés et scellés. La maison avait été récurée, balayée et époussetée de fond en comble. Shane avait potassé des catalogues d'antiquités jusqu'à ce que les mots se brouillent devant ses yeux fatigués. Chaque objet en sa possession avait été listé de façon systématique. En fixer l'époque et le prix était plus éreintant que le travail manuel et la faisait souvent veiller jusqu'après minuit. Tirée de son lit par les rayons du soleil, elle se remettait aussitôt à la tâche. Cependant, à aucun moment son énergie ne fléchit. Chaque étape réalisée faisait croître son excitation, la poussant à en faire davantage.

Le temps qui passait la renforçait dans sa conviction et sa confiance : elle avait pris la bonne décision. Elle *sentait* que c'était la bonne. Il lui fallait trouver sa voie : les sacrifices et les risques financiers étaient un passage obligé. Elle n'avait pas l'intention d'échouer.

Pour elle, le magasin ne serait pas qu'un commerce, mais une aventure. Une aventure qu'elle avait certes hâte d'entreprendre, mais la planification et l'anticipation étaient des étapes tout aussi stimulantes. Elle avait passé contrat avec un couvreur et un plombier, et choisi ses peintures et vernis. Cet après-midi, sous un déluge de pluie, les matériaux qu'elle avait commandés d'après la liste de Vance lui avaient été livrés. Ces événements pourtant banals et terre à terre lui avaient donné le frisson de l'accomplissement. En un sens, tout ce bois, ces clous et autres boulons représentaient la preuve tangible de la mise en œuvre de son projet. Antietam Musée et Antiquités deviendrait une réalité sitôt la première planche fixée.

Tout excitée, elle avait appelé Vance qui, s'il se montrait fidèle à sa parole, s'attaquerait au chantier dès le lendemain matin.

Au-dessus d'une tasse de chocolat, Shane, dans la solitude de sa cuisine, écoutait le martèlement incessant de la pluie en pensant en lui. Au téléphone, il s'était montré bref et très professionnel. Elle ne s'en était pas offusquée. Elle était arrivée à la conclusion que la propension de Vance aux sautes d'humeur faisait partie de son caractère. Cela ne l'en rendait que plus attirant.

Elle regarda au-dehors : les fenêtres étaient sombres et la lumière de la cuisine se reflétait avec une lueur spectrale sur les carreaux mouillés. Il faudrait allumer un feu pour chasser ce froid humide, songea-t-elle paresseusement, mais elle n'avait pas vraiment envie de bouger. Au lieu de quoi, elle frotta ses pieds nus l'un contre l'autre : tant pis pour les chaussettes, il aurait fallu qu'elle monte à l'étage…

Une goutte se détacha lentement du plafond pour tomber dans une casserole posée par terre. De temps à autre, ce tintement métallique la faisait sursauter. Partout dans la maison étaient disposées d'autres casseroles à des endroits stratégiques. Shane se moquait de la pluie autant que d'être seule. La véritable solitude lui était un sentiment pour ainsi dire étranger. Comblée par sa propre compagnie, par l'activité de son esprit, elle ne rêvait à cet instant d'aucune autre présence, même si elle ne l'aurait pas non plus évitée. Pourtant, elle pensait à Vance : était-il assis à sa fenêtre, en train de regarder la pluie tomber par une vitre obscurcie ?

Oui, s'avoua-t-elle, elle était terriblement attirée par cet homme. Et ce qu'elle ressentait dans ses bras dépassait de loin la simple réaction physique, quand il l'embrassait avec cette violence qui la terrifiait tout en l'excitant. Sa seule présence était stimulante — on sentait l'orage couver sous son calme apparent. Il y avait chez lui un dynamisme étonnant. Le dynamisme d'un homme que l'oisiveté rendait mal à l'aise, voire impatient. L'absence de travail, songea-t-elle dans un soupir de compassion, devait le frustrer terriblement.

Shane comprenait son besoin de produire, d'être actif, même si ses propres accès d'énergie frénétique alternaient souvent avec des périodes de paresse assumée. Elle allait vite, mais sans se bousculer. Elle pouvait soit travailler des heures sans se fatiguer, soit dormir jusqu'à midi sans le moindre remords. Quoi qu'elle fasse, elle y mettait tout son cœur. Il était vital pour elle de trouver un moyen de prendre plaisir à la moindre besogne, si modeste ou exténuante soit-elle. Elle en conclut que Vance, lui, pouvait travailler inlassablement sans pour autant devoir y trouver de l'agrément.

Le fait que leurs tempéraments respectifs soient aussi diamétralement opposés ne la dérangeait pas. Son intérêt pour l'Histoire, allié à son expérience d'enseignante, lui avait donné un aperçu de la diversité de la nature humaine. A ses yeux, il n'était pas nécessaire que les pensées et les humeurs de Vance aillent dans la même direction que les siennes. Le confort d'une telle compatibilité ne serait guère excitant et ne laisserait place à aucune surprise. La totale harmonie, réfléchit-elle, pouvait être charmante, assez douce et très insipide. Il y avait quand même dans la vie des choses plus… intéressantes.

Elle avait perçu chez Vance une étincelle d'humour, peut-être un sens du ridicule, presque oublié. Et il était loin d'être froid. Consciente de ses défauts comme de leurs différences, elle reconnaissait néanmoins à cet homme des qualités justifiant son attirance pour lui.

Le sentiment qu'elle avait éprouvé dès leur première rencontre n'avait fait que s'intensifier. Cela défiait toute logique, toute raison, mais son cœur avait su instantanément qu'il était l'homme qu'elle attendait depuis toujours. Shane avait beau se dire que c'était impossible, elle savait que l'impossible a la mystérieuse manie de se produire contre toute attente. Le coup de foudre ? Ridicule. Et pourtant…

Impossible ou pas, ridicule ou pas, son cœur, lui, avait fait son choix. C'est vrai qu'elle tombait facilement amoureuse, mais sans pour autant donner son affection à la légère. Son amour pour Cy avait été une passion de jeunesse, influençable, mais tout à fait réelle. Il lui avait fallu longtemps pour s'en remettre.

Shane ne se faisait aucune illusion sur Vance Banning. C'était un homme difficile. Même ses brusques accès de gentillesse ou d'humour n'enlevaient rien au fait qu'on ne le changerait pas. Il y avait en lui trop de colère, trop de volonté. Et si elle admettait avoir été victime d'un coup de foudre, elle avait assez de bon sens pour voir que le phénomène n'était pas réciproque.

Il la désirait. Elle était obligée de le reconnaître, même si cela la déconcertait, ne s'étant jamais considérée comme une femme désirable. Pourtant, son désir n'empêchait pas Vance de garder ses distances. C'était cette réserve, décida-t-elle, cette méfiance étudiée qui bataillait contre sa passion.

Elle but paresseusement une gorgée de son chocolat et regarda la pluie par la fenêtre. Le problème, pour elle, c'était de forcer ses barrières. Ce n'était pas la première fois qu'elle était amoureuse, ni qu'elle affrontait la souffrance et cette sensation de vide. La souffrance, elle était prête à l'accepter de nouveau, mais ce vide intérieur, pas question de l'éprouver une seconde fois ! Elle voulait Vance Banning. Tout ce qu'il lui restait à faire était de se rendre désirable à ses yeux. Shane reposa son mug avec un petit sourire. Elle avait été élevée pour réussir.

La lumière éblouissante des phares sur la fenêtre la fit sursauter.

Elle se leva et alla à la porte de derrière voir qui avait bravé la pluie pour lui rendre visite. Les mains en œillère de part et d'autre du visage, elle scruta la vitre mouillée. Elle reconnut la voiture et ouvrit immédiatement la porte en grand. Elle fut agressée par une pluie glaciale, mais rit en voyant Donna, tête baissée, zigzaguer péniblement entre les flaques.

— Salut !

Sans cesser de rire, Shane s'effaça pour laisser son amie se précipiter à l'intérieur.

— Tu t'es un peu mouillée, observa-t-elle.

— Très drôle.

Donna se débarrassa de son imperméable qu'elle alla suspendre à une patère près de la porte de derrière. Avec la désinvolture qu'autorise une amitié de longue date, elle ôta ses mocassins trempés.

— Je me suis dit que tu devais hiberner. Tiens.

Elle tendit à Shane la boîte de café d'une livre.

— Un cadeau de bienvenue pour mon retour ? s'enquit cette dernière, en retournant la boîte avec curiosité. Ou serait-ce une allusion au fait que tu en prendrais bien une tasse ?

— Ni l'un ni l'autre.

Secouant la tête, Donna passa la main dans ses cheveux mouillés.

— Tu l'as achetée l'autre jour, mais tu l'as laissée au magasin.

— Ah bon ?

Shane médita là-dessus quelques secondes avant d'éclater de rire.

— Ah, c'est vrai ! Merci. Qui s'occupe du magasin pendant que tu fais les livraisons ?

Et se tournant, elle fourra la boîte dans un placard.

— Dave.

Donna se laissa choir sur une chaise de la cuisine avec un soupir.

— Sa sœur est venue jouer les baby-sitters, alors il m'a mise à la porte.

— Dur, en plein orage…

— Il voyait bien que je n'arrivais pas à tenir en place.

Elle jeta un œil par la fenêtre.

— Cette pluie ne semble pas vouloir s'arrêter.

Elle frissonna en regardant d'un œil réprobateur les pieds nus de son amie.

— Tu n'as pas froid ?

— Je songeais à allumer un feu, répondit celle-ci d'un air absent, avant de sourire. Mais ça m'a paru terriblement casse-pieds.

— Un gros rhume aussi, c'est terriblement casse-pieds.

— Le chocolat est encore chaud, lui signala Shane en s'emparant machinalement d'une autre tasse. Tu en veux ?

— Oui, merci.

Donna ramena de nouveau ses cheveux en arrière avant de joindre les deux mains ; mais elle ne pouvait pas rester tranquille. Tout à coup, elle lança à Shane un sourire radieux.

— Il faut que je te dise quelque chose, sinon je vais exploser.

Vaguement intriguée, Shane la regarda par-dessus son épaule.

— Vas-y.

— J'attends un autre enfant.

— Oh, Donna, c'est merveilleux !

Shane éprouva un pincement d'envie envers son amie. Repoussant très vite ce sentiment mesquin, elle alla la serrer dans ses bras.

— C'est pour quand ?

— Pas avant sept mois.

Donna essuya la pluie sur son visage en riant.

— Je suis aussi excitée que la première fois. Dave aussi, même s'il joue les nonchalants.

Elle lança un regard épanoui à Shane.

— L'air de rien, il s'est débrouillé pour lâcher l'info à tous les gens qui sont entrés dans le magasin cet après-midi.

Shane étreignit de nouveau son amie.

— Tu te rends compte de la chance que tu as ?

— Oui.

Donna eut un sourire penaud.

— J'ai passé la journée à chercher des prénoms. Que penses-tu de Charlotte et Samuel ?

— Très distingués.

Shane retourna à la cuisinière. Après avoir versé le chocolat, elle apporta les deux tasses à table.

— A la santé de la petite Charlotte ou du petit Samuel !

— Ou bien Andrew et Justine, hasarda Donna en trinquant.

— Tu comptes en avoir combien, au juste ? ironisa Shane.

— Un seul à la fois, répondit Donna en tapotant fièrement son ventre.

Ce geste fit sourire Shane.

— Tu m'as bien dit que la sœur de Dave s'occupait de Benji ? Elle n'est plus au lycée ?

— Non, elle a eu son examen cet été. Pour l'instant, elle cherche un autre job.

Donna se laissa aller contre le dossier de sa chaise avec un soupir de satisfaction.

— Elle compte aller en fac à temps partiel, mais elle ne roule pas sur l'or, et pour le moment ses horaires de travail sont pratiquement incompatibles avec des études.

Son front se plissa de compassion.

— Ce trimestre, elle n'arrive pas à assister à plus de deux cours du soir par semaine. A ce rythme-là, il lui faudra des siècles avant de décrocher un diplôme.

— Hmm…

Le regard de Shane s'abîma au fond de sa tasse.

— Pat était très brillante, si mes souvenirs sont bons ?

— Brillante et jolie comme un cœur.

Shane hocha la tête.

— Dis-lui de passer me voir.

— Toi ?

— Quand j'aurai démarré mon affaire, j'aurai besoin d'une aide à temps partiel.

Son regard se perdit dans le vague tandis que le vent projetait des rafales de pluie contre les fenêtres.

— Les deux premiers mois, je ne pourrai rien faire pour elle mais après, si elle est toujours intéressée, on pourrait trouver un arrangement.

— Shane, elle va être folle de joie ! Mais tu es sûre que tu peux te permettre d'embaucher quelqu'un ?

Shane leva sa tasse d'un air de défi.

— Dans six mois, je serai fixée sur mon sort.

Considérant cette idée, elle enroula une boucle de cheveux autour de son index, signe chez elle de nervosité, comme ne l'ignorait pas Donna. Cette dernière fronça les sourcils mais ne dit rien.

— Je veux que le magasin reste ouvert sept jours sur sept, enchaîna Shane. C'est le week-end qu'il y aura forcément le plus d'activité si j'arrive à attirer quelques touristes. Entre la vente et la comptabilité, le stock et les achats qu'il me faudra faire, je ne m'en sortirai jamais seule. Si je coule, murmura-t-elle, ce sera corps et biens.

— Je ne t'ai jamais vue faire les choses à moitié, remarqua Donna avec un brin d'admiration mêlée d'inquiétude. A ta place, je serais morte de peur.

— J'ai un peu peur, avoua Shane. Parfois je m'imagine cet endroit quand tout sera fini, et je vois les clients entrer pour examiner la marchandise. Je vois toutes les salles et les comptes que je vais devoir tenir…

Elle roula des yeux au plafond.

— Qu'est-ce qui me fait croire que je vais y arriver ?

— Du plus loin que je m'en souvienne, tu as toujours su négocier ce qui s'est trouvé sur ton chemin.

Donna s'interrompit, le temps de considérer Shane avec attention.

— Tu vas tenter le coup malgré toutes les chausse-trapes que je vais te pointer du doigt ?

Un sourire creusa les fossettes de Shane.

— Oui.

— Alors, je ne t'en indiquerai aucune, répliqua Donna avec un sourire railleur. Ce que je vais te dire, c'est que tu es aussi capable qu'une autre d'y arriver.

Après avoir contemplé son chocolat d'un air soucieux, Shane leva la tête et planta son regard dans celui de son amie.

— Pourquoi ?

— Parce que tu vas te donner à fond.

La simplicité de sa réponse provoqua le rire de Shane.

— Tu es sûre que ça suffira ?

— Oui, répondit Donna avec un tel sérieux que Shane se rembrunit.

— J'espère que tu as raison, murmura-t-elle avant de chasser ses doutes. De toute façon, il est un peu tard pour se faire du souci maintenant. Alors, poursuivit-elle d'un ton plus léger, quoi de neuf à part Justine et Samuel ?

Après un instant d'hésitation, Donna se jeta à l'eau :

— Shane, j'ai vu Cy l'autre jour.

— Ah oui ? fit Shane, étonnée, tout en buvant une gorgée. Moi aussi.

Donna s'humecta les lèvres.

— Il avait l'air très… euh, préoccupé par tes projets.

— Critique et préoccupé sont deux adjectifs tout à fait différents, objecta Shane avant de sourire en voyant les joues de Donna s'empourprer. Oh, ne t'en fais pas, Donna ! Cy n'a jamais approuvé une seule de mes idées. Ça ne me dérange plus. En fait, moins il approuve, poursuivit-elle lentement, et plus ça me renforce dans la conviction que j'ai raison. Je ne pense pas qu'il ait jamais pris un risque de toute sa vie.

Notant que Donna mâchonnait nerveusement sa lèvre inférieure, Shane la fixa d'un regard droit.

— Bon, quoi d'autre ?

— Shane.

Donna marqua une pause, puis se mit à suivre du doigt le bord de la tasse sans s'arrêter. Shane reconnut ce geste d'hésitation et garda le silence.

— Je crois que je ferais mieux de te le dire avant que... Eh bien, avant que quelqu'un d'autre ne te l'apprenne. Cy...

Shane laissa patiemment passer quelques secondes.

— Cy quoi ? demanda-t-elle d'un ton ferme.

Donna leva la tête, l'air penaud.

— Il a beaucoup vu Laurie MacAfee ces derniers temps.

Devant les yeux écarquillés de surprise de Shane, elle embraya à toute vitesse :

— Je suis désolée, Shane, vraiment désolée, mais franchement je pensais que tu devais le savoir. Et je me suis dit que ça te serait peut-être plus facile de l'apprendre de moi. Je crois que... Enfin, je crains que ça ne soit sérieux.

— Laurie...

Shane s'interrompit et parut s'abîmer dans la contemplation fascinée de l'eau qui gouttait dans la casserole.

— *Laurie MacAfee* ? articula-t-elle au bout d'un silence stupéfait.

— Oui, acquiesça Donna d'une voix douce, les yeux rivés sur la table. D'après la rumeur, ils seront mariés l'été prochain.

L'air malheureux, elle attendit la réaction de Shane. Lorsqu'elle l'entendit éclater d'un rire inextinguible, elle releva la tête, craignant une crise de nerfs.

— Laurie MacAfee !

Shane martelait la table de ses poings et riait à s'en rendre malade.

— Oh, c'est merveilleux, c'est parfait ! Oh ! lala ! Oh, mon Dieu, quel couple *admirable* !

— Shane...

Préoccupée par ses yeux humides et son rire hystérique, Donna cherchait le mot juste.

— Oh, je regrette de ne pas l'avoir su plus tôt, je l'aurais félicité !

Vaincue par l'hilarité, Shane appuya son front sur la table. Prenant cela pour le signe d'un cœur brisé, Donna posa une main consolatrice sur la tête de son amie.

— Shane, il ne faut pas le prendre comme ça...

Elle lui caressa doucement les cheveux, et ses propres yeux s'emplirent de larmes.

— Cy n'est pas pour toi. Tu mérites quelqu'un de mieux.

Sa déclaration fit partir Shane d'un nouvel éclat de rire.

— Oh, *Donna* ! Oh, Donna, tu te souviens des si mignons petits ensembles qu'elle portait toujours au lycée ? Et elle était toujours première en cours d'économie domestique !

Shane dut s'astreindre à plusieurs longues inspirations avant de pouvoir poursuivre :

— Elle avait fait un mémoire sur la façon de planifier le budget d'un ménage.

— Je t'en prie, ma chérie, n'y pense plus.

Donna balaya la cuisine du regard : y avait-il du brandy à usage médicinal quelque part dans la maison ?

— Elle aura ses embauchoirs personnels, fit Shane d'une voix faible. J'en suis persuadée. Et elle leur collera une étiquette pour ne pas les mélanger. Oh, Cy !

Prise d'une nouvelle crise de fou rire, elle cogna du poing sur la table.

— Laurie. Laurie MacAfee !

Bourrelée d'inquiétude, Donna lui souleva doucement la tête.

— Shane, je…

Dans un sursaut, elle se rendit compte que son amie, loin d'être accablée de chagrin, était tout simplement submergée par l'hilarité. Durant quelques secondes, Donna fixa les grands yeux de Shane où dansaient des lueurs amusées.

— Eh bien, constata-t-elle sèchement. Je savais que ça te mettrait dans tous tes états.

Shane hurla de rire.

— Je vais leur offrir un truc victorien en cadeau de mariage. Donna, reprit-elle dans un immense sourire de gratitude, tu as illuminé ma journée. Oui, illuminé, vraiment.

— Je savais que tu le prendrais mal, répliqua Donna avec un sourire perplexe. Essaie simplement de retenir tes larmes en public.

— Je saurai rester digne, promit Shane avant de sourire. Tu es adorable. Tu croyais vraiment que j'en pinçais encore pour Cy ?

— Je n'étais pas sûre, avoua Donna. C'est que tous les deux… Eh bien, vous êtes restés si longtemps ensemble, et puis je me souvenais combien tu avais été anéantie après votre rupture. Après, tu n'en as plus jamais reparlé.

— J'avais besoin d'un peu de temps pour panser mes blessures, expliqua Shane. Mais ça fait belle lurette qu'elles sont guéries. J'étais amoureuse de lui, mais je m'en suis remise. Il a bien amoché mon amour-propre. Cela dit, j'ai survécu.

— Je l'aurais tué à l'époque, marmonna Donna, la mine sombre. Deux mois avant le mariage !

— Ça valait mieux que deux mois après, lui fit remarquer Shane avec logique. Ça n'aurait jamais marché entre nous. Aujourd'hui, en revanche, Cy et Laurie MacAfee…

Cette fois, toutes les deux éclatèrent de rire.

— Shane, reprit Donna en lui lançant un regard soudain plus calme. Des tas de gens vont s'imaginer que tu tiens encore à Cy.

Shane balaya cette perspective d'un haussement d'épaules.

— On ne peut pas empêcher les gens de s'imaginer des choses.

— Ni les empêcher de jaser, murmura Donna.

— Ils se trouveront très vite une cible de commérages plus intéressante, rétorqua Shane avec désinvolture. En plus, j'ai suffisamment de pain sur la planche pour ne pas perdre mon temps à m'inquiéter à ce sujet.

— C'est ce que j'ai vu d'après tout ce qui s'entasse sous la véranda. Qu'est-ce qu'il y a sous cette bâche ?

— Du bois et des matériaux.

— Mais que vas-tu en faire exactement ?

— Moi, rien. C'est Vance Banning qui va s'en charger. Un peu plus de chocolat ?

— Vance Banning !

Stupéfaite, puis fascinée, Donna se pencha en avant.

— Raconte !

— Il n'y a pas grand-chose à raconter. Tu ne m'as pas répondu pour le chocolat.

Donna repoussa son offre d'un geste impatient.

— Shane, qu'est-ce que Vance Banning va faire de tout ce bois et de ces matériaux ?

— De la menuiserie.

— Pourquoi ?

— Parce que je l'ai embauché pour ça.

Donna serra les dents, exaspérée :

— Pourquoi ?

— Parce qu'il est menuisier.

— Shane !

Shane maîtrisa vaillamment son sourire.

— Ecoute, il n'a pas de boulot, il est doué et j'ai besoin de quelqu'un prêt à travailler en dessous du minimum syndical, alors…

Elle écarta les mains en signe d'évidence.

— Qu'as-tu découvert sur lui ?

Donna exigeait d'avoir la primeur des tout derniers scoops.

— Pas grand-chose, avoua Shane, dépitée. Rien, en fait. Il n'est pas très bavard.

Donna eut un petit sourire entendu.

— Ça, je le savais déjà.

Pour toute réponse, Shane lui décocha un bref sourire.

— Disons qu'il peut se montrer carrément impoli quand ça lui prend. Il a un orgueil démesuré ainsi qu'un merveilleux sourire dont il use trop peu. Des mains puissantes..., murmura-t-elle avant de se reprendre. Et une gentillesse qu'il dispense au compte-gouttes. Je pense qu'il a le sens de l'autodérision mais qu'il a perdu le mode d'emploi. Je sais que c'est un bourreau de travail parce que quand le vent souffle vers ici, je l'entends manier la scie et le marteau à toute heure.

Elle lança un regard par la fenêtre en direction du sentier.

— Je suis amoureuse de lui.

— Oui, mais qu'est-ce que...

Le souffle coupé, Donna s'étrangla :

— *Quoi !*

— Je suis amoureuse de lui, répéta Shane avec un sourire amusé. Tu veux un peu d'eau ?

Donna resta presque une minute à la dévisager fixement, sidérée. « Elle plaisante », se dit-elle. Mais à l'expression de Shane, elle comprit que son amie était tout à fait sérieuse. En tant que femme mariée enceinte de son deuxième enfant, il était de son devoir, décida-t-elle, de lui montrer les dangers de ce genre de pensée.

— Shane, commença-t-elle d'un ton patient, maternel, tu viens à peine de rencontrer cet homme. Alors...

— Je l'ai su à la minute où j'ai posé les yeux sur lui, la coupa Shane calmement. Je vais l'épouser.

— L'épouser !

A court de mots, Donna se perdit dans un bredouillis confus. Pleine d'indulgence, Shane se leva pour aller lui chercher un verre d'eau.

— Il... Il t'a demandée en mariage ?

— Non, bien sûr que non.

Shane pouffa à cette seule idée tout en tendant le verre à Donna.

— Il vient à peine de me rencontrer.

Tentant de suivre la logique de son amie, Donna ferma les yeux et se concentra.

— Je suis complètement paumée, finit-elle par avouer.

— J'ai dit que j'allais me marier avec lui, expliqua Shane en se rasseyant. Mais il ne le sait pas encore. D'abord, je dois attendre qu'il tombe amoureux de moi.

Après avoir reposé son verre d'eau sans l'avoir touché, Donna la considéra d'un air sévère.

— Shane, je crois que tu subis une pression bien plus grande que ce que tu imagines.

— J'ai beaucoup réfléchi à tout ça, répliqua Shane, ignorant le commentaire de son amie. Primo, pourquoi serais-je tombée amoureuse de lui au premier regard si ça n'était pas écrit ? Réponse : c'est que ça doit être écrit, et donc deuzio, tôt ou tard il va tomber amoureux de moi.

Donna suivit le schéma de pensée de son amie et le jugea criblé d'imperfections.

— Et comment vas-tu t'y prendre pour le rendre amoureux ?

— Oh, je ne peux pas le forcer, reconnut Shane avec bon sens.

Elle s'exprimait d'une voix à la fois confiante et sereine.

— Il va devoir tomber amoureux de moi telle que je suis et au moment qui lui sera propice — de la même façon que je suis tombée amoureuse de lui.

— Eh bien ! Ce n'est pas la première fois que tu nous sors des idées complètement dingues, Shane Abbott, mais là, c'est vraiment le pompon !

Donna croisa les bras sur la poitrine.

— Tu projettes d'épouser un homme que tu connais depuis à peine une semaine — et qui ignore qu'il va se marier avec toi —, et tu vas rester là à patienter bien gentiment jusqu'à ce que l'idée lui vienne de t'épouser.

Shane réfléchit un petit moment avant d'acquiescer d'un hochement de tête.

— C'est à peu près ça.

— C'est la chose la plus ridicule que j'aie jamais entendue, affirma Donna avant de lâcher un petit rire surpris. Et te connaissant, ça va probablement marcher.

— J'y compte bien.

Se penchant vers elle, Donna lui prit les mains.

— Qu'est-ce qui te plaît chez lui, Shane ?

— Je ne sais pas, répondit-elle du tac au tac. Encore une raison qui me conforte dans ma certitude que c'est le bon. Je ne sais presque rien de lui, sauf que ce n'est pas un homme de tout repos. Il va me faire souffrir et me faire pleurer.

— Alors pourquoi…

— Me faire rire, aussi, l'interrompit Shane. Et me rendre folle de rage.

Elle sourit légèrement, mais ses yeux reflétaient le plus grand sérieux.

— Je ne pense pas qu'avec lui j'aurai jamais cette impression d'être… inadéquate. Et quand je suis près de lui, je *sais*. Ça me suffit.

— Oui.

Donna hocha la tête en serrant brièvement les mains de Shane.

— Ça ne m'étonne pas. Tu es la personne la plus aimante que je connaisse. Et la plus confiante. Ce sont des qualités merveilleuses, Shane, mais aussi… dangereuses, disons. Si seulement nous en savions plus sur lui…, ajouta-t-elle à mi-voix.

— Il a des secrets, murmura Shane, et le regard de Donna s'aiguisa. Et ces secrets lui appartiennent tant qu'il n'est pas prêt à les partager avec moi.

— Shane…

Les doigts de Donna se crispèrent sur les siens.

— Je t'en prie, sois prudente.

Un peu surprise par ce ton, Shane sourit.

— Je le serai. Ne t'en fais pas. Je suis peut-être plus confiante que la plupart des gens, mais je sais me défendre. Je ne tiens pas à me ridiculiser.

Inconsciemment, elle jeta de nouveau un regard par la fenêtre, visualisant en pensée le sentier qui menait à la maison de Vance.

— Il n'a rien d'un homme simple, Donna, mais c'est quelqu'un de bien. Ça au moins, je le sais.

— Très bien, acquiesça Donna.

En son for intérieur, elle se promit de garder Vance Banning à l'œil.

Longtemps après le départ de Donna, Shane demeura assise dans la cuisine. La pluie continuait de tambouriner sur le toit. Le goutte-à-goutte régulier du plafond résonnait d'un tintement musical au fond de la casserole. Bien que consciente de la témérité du discours qu'elle avait tenu à son amie, elle éprouvait du soulagement d'avoir formulé ses pensées à voix haute.

Non, elle n'était pas aussi aveuglément confiante qu'elle pouvait le paraître au premier abord. Secrètement, elle était terrifiée de voir qu'elle aimait de façon si irrationnelle. Elle était confiante, oui, mais pas naïve. Elle n'ignorait pas que la confiance avait un prix, et que souvent celle-ci se payait très cher. Néanmoins, sa décision était déjà prise, elle le savait — mais avait-elle eu seulement le choix?

Shane se leva, éteignit la lumière et se mit à déambuler dans la maison plongée dans l'obscurité. Elle la connaissait dans ses moindres recoins, savait quelle lame du parquet craquait. Tout dans cette demeure lui était familier et réconfortant. Elle l'aimait. Elle ne connaissait rien des méandres intérieurs de Vance, rien des replis secrets de son âme. Tout chez cet homme lui était inconnu et déstabilisant. Elle l'aimait.

S'il s'était agi d'un amour doux et tranquille, elle aurait pu l'accepter facilement. Mais il n'y avait rien de tranquille dans la tempête qui enflait en elle. Sa belle énergie et son goût pour l'aventure n'empêchaient pas qu'elle avait grandi dans un monde paisible, au rythme lent, et où la grande excitation se résumait à une course à travers bois ou à une balade à l'arrière d'un tracteur en période de fenaison. Tomber subitement amoureuse d'un inconnu pouvait paraître d'un merveilleux romantisme dans une fiction, mais quand ce genre de chose arrivait dans la réalité, c'était tout bonnement terrifiant.

Shane monta à l'étage en évitant par habitude les marches qui craquaient ou gémissaient. Tout autour d'elle, la pluie résonnait d'un bruit creux de roulement de tambour, projetée de temps à autre sur les fenêtres par une rafale de vent. Ses pieds nus effleuraient le bois du parquet d'un pas feutré. Au milieu du couloir, un petit seau recueillait l'eau qui gouttait du plafond. Elle le contourna avec adresse.

Qui était-elle pour croire qu'elle n'avait qu'à attendre patiemment que Vance tombe amoureux d'elle ? Elle alluma la lumière dans sa chambre et alla se contempler dans le miroir. Suis-je belle ? demanda-t-elle à son reflet. Séduisante ? Riant à moitié, elle posa les coudes sur la coiffeuse afin de se détailler de plus près.

Une pincée de taches de rousseur, de grands yeux sombres et un casque de cheveux courts. Elle ne vit pas son incroyable vitalité, ni l'appétissant velouté de sa peau ou l'étonnante sensualité de sa bouche.

Ce visage-là était-il capable de ravir le cœur d'un homme ? s'interrogea-t-elle. Cette idée l'amusa tellement qu'aussitôt son reflet lui sourit avec bonne humeur. Pas vraiment, estima Shane, mais elle ne voulait pas d'un homme que seul intéresse un physique parfait. Non, même avec la meilleure volonté du monde, elle n'avait ni le visage ni la silhouette pour faire succomber un homme. Elle ne pouvait compter que sur elle-même et sur l'amour qu'elle portait dans son cœur.

Shane lança un bref sourire au miroir avant de se préparer à aller au lit. L'amour est la seule véritable aventure, elle en avait toujours été intimement convaincue.

6

Un faible soleil filtrait à travers les nuages menaçants. Le ruisseau était si gonflé de pluie qu'il courait avec vacarme, chuintant et se lamentant à l'endroit où il décrivait une courbe, non loin de la maison de Shane. Elle aussi se lamentait sur son sort.

La veille, elle avait sorti sa voiture de l'allée étroite pour permettre au camion de livraison d'accéder facilement à la véranda de derrière. Ne voulant pas ravager la pelouse, elle s'était garée sur le petit carré de terre qui servait autrefois de potager à sa grand-mère. Une fois le déplacement effectué, elle avait été si absorbée par le déchargement du bois que sa voiture lui était très vite sortie de l'esprit. A présent, le véhicule était profondément embourbé dans la terre et résistait à tout effort pour le tirer de là.

Elle appuya légèrement sur l'accélérateur, d'abord en marche avant, puis en marche arrière. Elle fit rugir le moteur et poussa un juron. Shane s'extirpa de la voiture par le côté passager et alla vers la roue arrière en pataugeant dans la gadoue qui lui arrivait jusqu'aux chevilles. Elle fixa le pneu d'un œil accusateur avant d'y lancer un coup de pied.

— Ça ne va pas vous avancer à grand-chose, lui fit remarquer Vance.

Cela faisait quelques minutes qu'il l'observait, partagé entre l'amusement et l'exaspération. Le plaisir aussi. Il éprouvait un plaisir simple ne serait-ce qu'à la voir. Depuis quelques jours, cette femme obsédait ses pensées.

A bout de patience, Shane se tourna vers lui, les mains sur les hanches. C'était déjà bien assez contrariant de se retrouver dans une situation embarrassante sans devoir en prime subir les commentaires d'un public.

— Vous auriez pu me faire savoir que vous étiez là.

— Vous étiez... occupée, expliqua-t-il en lançant un regard appuyé en direction de sa voiture embourbée.

Elle le considéra avec froideur.

— Vous avez une meilleure idée, je suppose ?

— Quelques-unes, oui, acquiesça-t-il en traversant la pelouse pour la rejoindre.

Les yeux de Shane étincelaient de colère et sa bouche avançait en une moue boudeuse. Ses chaussures étaient crottées jusqu'aux chevilles. Son jean, retroussé au mollet, n'était guère en meilleur état. Elle semblait prête à exploser au premier mot de travers. Un homme prudent se serait gardé du moindre commentaire.

— Qui diable a garé cette voiture dans ce bourbier ? demanda Vance.

— C'est moi qui l'ai garée dans ce bourbier, rétorqua Shane en balançant au pneu un second coup de pied rageur. Et ça n'avait rien d'un bourbier quand je l'ai fait.

Vance haussa un sourcil ironique :

— Il ne vous a sans doute pas échappé qu'il avait plu toute la nuit ?

— Oh, ôtez-vous de mon chemin !

Outrée, Shane l'écarta sans ménagement et repartit en pataugeant vers le siège conducteur. Elle mit le contact, passa la première et appuya à fond sur l'accélérateur. Projetant une gerbe de boue dans les airs, la voiture gémit et s'enfonça encore plus profondément.

Enragée par sa propre impuissance, Shane en fut momentanément réduite à marteler le volant du poing. Elle aurait tellement aimé pouvoir dire à Vance qu'elle n'avait pas besoin de son aide ! Quoi de plus exaspérant qu'un mâle amusé prenant des airs supérieurs ? Surtout quand on en a besoin. S'obligeant à prendre une profonde inspiration, elle sortit de la voiture et opposa au sourire de Vance un calme glacial.

— Quelle est donc la première de vos meilleures idées ? lui demanda-t-elle froidement.

— Vous avez une paire de planches ?

Encore plus agacée de ne pas y avoir pensé elle-même, Shane alla à la remise et trouva deux longues et fines planches. Sans geste ni discours superflus, Vance s'en empara et les plaça juste sous les roues avant. Shane croisa les bras et le regarda faire en tapant nerveusement du pied dans la boue.

— C'est ce que j'allais faire, marmonna-t-elle.

— Peut-être.

Vance se releva pour aller à l'arrière du véhicule.

— Mais vous ne seriez allée nulle part vu la façon dont vos roues arrière sont embourbées.

Shane attendit qu'il lâche une remarque sur la stupidité féminine. Ce qui lui donnerait un prétexte pour lui montrer toute la mesure de sa colère. Mais il se borna à détailler son visage empourpré et ses yeux furibonds.

— Et alors ? s'enquit-elle enfin.

Quelque chose ressemblant fort à un sourire releva les commissures de la bouche de Vance. Shane lui lança un regard mauvais.

— Alors remontez dans la voiture et, moi, je vais pousser, répliqua-t-il avant de l'arrêter d'une main posée sur son bras. Mais cette fois, allez-y mollo sur la pédale, on n'est pas sur un circuit. Repassez en mode de conduite, et en douceur.

— C'est une quatre vitesses, précisa-t-elle avec dignité.

— Toutes mes excuses.

Vance attendit qu'elle eut regagné l'avant de la voiture en pataugeant. Pour la première fois depuis des mois, des années peut-être, il dut faire un effort de concentration pour maîtriser son envie de rire.

— Relâchez lentement l'embrayage, ordonna-t-il après s'être éclairci la voix.

— Je sais conduire, rétorqua-t-elle d'un ton sec en claquant vivement la portière.

Jetant un regard irrité dans le rétroviseur, Shane attendit que Vance lui fasse signe de la tête d'y aller. Avec une application méticuleuse, elle appuya sur la pédale d'embrayage tout en accélérant doucement. Lentement les roues avant grimpèrent sur les planches. Les pneus arrière patinèrent, puis se bloquèrent avant de repartir avec effort. Shane maintenait une vitesse lente et sans à-coups. Humiliant, pensa-t-elle en regardant droit devant elle avec rage, absolument humiliant qu'il la fasse sortir de là comme une fleur !

— Encore un peu, lui cria-t-il en changeant de pied d'appui. Toujours lentement.

— Quoi ?

Shane baissa la vitre et passa la tête par l'ouverture pour entendre sa réponse. Ce faisant, son pied glissa et appuya lourdement sur la pédale de l'accélérateur. La voiture jaillit de la boue comme une banane hors de sa peau. Poussant une exclamation d'horreur, Shane écrasa le frein et le véhicule s'immobilisa dans une dernière secousse.

Fermant les yeux, elle resta un moment assise sans bouger. Et si elle prenait la fuite ? A présent, elle n'osait même plus jeter un coup d'œil dans le rétroviseur. Elle réfléchit : ça ne serait pas bien sorcier de faire demi-tour et de foncer tout droit… Sauf que la lâcheté n'était pas dans ses habitudes. Elle déglutit, se mordit la lèvre inférieure et descendit de voiture, prête à assumer les conséquences de son acte.

Vance était à genoux dans la terre détrempée. Recouvert d'éclaboussures de boue et écumant de rage.

— Espèce d'idiote ! hurla-t-il avant qu'elle ait pu dire un mot.

Elle eut beau esquisser un début d'acquiescement, il continua à tempêter :

— Mais bon sang, qu'est-ce qui vous a pris ? Pauvre bécasse, vous avez un petit pois dans la tête ou quoi ? Je vous avais dit d'y aller *lentement* !

Il ne s'arrêta pas là. Il jura longuement, et en abondance, mais Shane perdit le fil du contenu de ses insultes. Comme si cela n'était pas assez de voir qu'il était dans une colère noire et tout à fait justifiée, elle devait en plus lutter désespérément contre le fou rire. Elle fit de son mieux et, de toutes ses forces, tenta de conserver un visage calme et repentant. Sentant qu'il serait aussi imprudent qu'inutile de l'interrompre avec des excuses, elle garda la bouche pincée, se mordit la lèvre inférieure et déglutit à plusieurs reprises.

Au début, elle s'obligea à soutenir le regard de Vance sans ciller, dans l'espoir que sa fureur lui ferait passer son envie de fou rire. Mais à la vue de son visage constellé de boue, une hilarité irrépressible lui comprima douloureusement les côtes. Elle pencha la tête en avant, simulant la honte.

— Je me demande bien où vous avez eu votre permis ! continuait Vance, furieux. Et d'abord, même le dernier des crétins n'aurait pas eu idée de garer sa voiture dans un marécage !

— C'était le potager de ma grand-mère, parvint à articuler Shane d'une voix étranglée. Mais vous avez raison. Vous avez tout à fait raison. Je suis navrée, vraiment…

Elle s'interrompit tandis qu'un gargouillis de rire montait dangereusement du fond de sa gorge. S'éclaircissant la voix, elle enchaîna à toute vitesse :

— Pardon, Vance. C'était très…

Elle dut fixer un point derrière lui pour se donner une contenance.

—… imprudent de ma part.

— Imprudent !

— Stupide, s'empressa-t-elle de corriger dans l'espoir que cela pourrait l'apaiser. Absolument stupide.

Vaincue par le fou rire, elle porta les deux mains à sa bouche sans pouvoir réprimer un gloussement.

— Je suis *vraiment* désolée, insista-t-elle, succombant à l'hilarité sous son regard meurtrier. Je n'ai pas envie de rire. C'est terrible.

Etourdie par l'effort de se retenir, Shane se plia en deux.

— Vraiment affreux, ajouta-t-elle dans un hurlement de rire.

— Puisque vous semblez trouver ça drôle..., marmonna-t-il d'un ton amer, et il la tira violemment par la main.

Toujours en riant, Shane atterrit sur les fesses dans un faible jaillissement d'éclaboussures.

— Je ne vous ai pas... Je ne vous ai pas remercié, lâcha-t-elle entre deux éclats de rire, d'avoir désembourbé ma voiture.

— Laissez tomber.

La plupart des femmes, songea-t-il, auraient été furieuses de se retrouver le derrière dans la boue. Shane, elle, riait à gorge déployée d'elle comme de lui. De façon tout à fait inattendue et spontanée, il sourit.

— Espèce de chipie ! fit-il d'un ton accusateur tandis que Shane secouait la tête en signe de dénégation.

— Oh non, pas du tout, je vous assure !

Elle pressa le dos de sa main contre sa bouche.

— J'ai simplement la terrible habitude de rire au mauvais moment. Parce qu'en fait, je suis vraiment désolée.

Son dernier mot fut noyé sous un déluge de rire.

— C'est ce que je vois.

— Enfin, je ne vous en ai quand même pas mis *partout.*

Ramassant une poignée de boue, elle la lui écrasa sur la joue.

— J'avais loupé cet endroit, ici.

Elle émit un bruit de gorge étranglé.

— Ah, c'est beaucoup mieux, approuva-t-elle.

— Vous en revanche, vous n'en avez pas assez, riposta Vance.

Et il lui barbouilla le visage des deux mains. En tentant de l'esquiver, Shane glissa et s'étala sur le dos. Son cri fut couvert par un éclat de rire homérique de Vance.

— Bien mieux, acquiesça-t-il, avant d'aviser la poignée de boue qu'elle s'apprêtait à lui lancer, et il tenta de retenir son bras. Ah, non, pas question !

Vance riait toujours quand elle s'écarta. Il atterrit moitié sur la poitrine, moitié sur le flanc. Jurant entre ses dents, il se redressa et la fusilla du regard.

— Rat des villes ! se moqua-t-elle avec une exclamation appréciatrice. Je parie que c'est votre première bagarre de boue.

Trop contente de sa manœuvre, elle ne vit pas venir le coup suivant.

Vif comme l'éclair, Vance l'attrapa par les épaules. Il la retourna sur le ventre et s'assit à califourchon sur elle tout en lui maintenant une main fermement bloquée derrière la nuque. Etendue de tout son long, Shane fixa la boue à quelques centimètres de son visage, les yeux écarquillés d'horreur.

— Oh, Vance, *vous n'oseriez tout de même pas !*

Son rire irrépressible continuait à fuser pendant qu'elle se débattait.

— Je vais me gêner !

Il lui rapprocha le visage d'un centimètre du sol.

— Vance !

Elle avait beau être désormais aussi glissante qu'une anguille, Vance la tenait fermement, l'immobilisant de ses genoux serrés de part et d'autre de son corps tandis que de la main il la forçait à baisser la tête. Alors que diminuait la distance séparant sa vengeance de son nez, Shane ferma les yeux et retint sa respiration.

— Vous vous rendez ? demanda-t-il.

Shane ouvrit un œil prudent. Elle hésita un instant, tiraillée entre le désir de gagner et la vision de sa propre figure enfoncée dans la boue.

— Je me rends, lâcha-t-elle à regret.

Vance la retourna d'un geste brusque de sorte qu'elle se retrouva assise sur ses genoux.

— Rat des villes, hein ?

— Vous ne devez votre victoire qu'à mon manque d'entraînement, répliqua-t-elle. C'est la chance du débutant.

Elle le regardait d'un air moqueur. Elle avait le visage strié des traces de boue qu'avaient laissées ses doigts sur ses joues. Ses mains pressées contre son torse étaient toutes glissantes. Vance desserra sa prise sur sa nuque jusqu'à ce qu'elle se transforme en caresse. Sa main s'égara nonchalamment de sa hanche vers sa cuisse tandis qu'il baissait les yeux sur sa bouche. Lentement, sans réfléchir, il attira la jeune femme à lui.

Shane lut dans ses yeux son changement d'attitude et fut soudain prise d'angoisse. Avait-elle vraiment les moyens de se défendre comme elle s'en était vantée auprès de Donna ? Maintenant qu'elle était sûre de l'aimer, pouvait-elle encore se protéger ? *C'est trop rapide*, songea-t-elle, paniquée. Tout allait trop vite. Essoufflée par le rythme effréné de son cœur, elle se remit debout tant bien que mal.

— Je serai la première au ruisseau, le défia-t-elle avant de filer comme l'éclair.

Vance la regarda faire le tour de la maison en méditant sur sa fuite soudaine. En temps normal, il aurait considéré cela comme un stratagème, mais cette fois sa théorie ne collait pas. De toute façon, rien ne collait avec cette fille, conclut-il en se relevant. Bizarrement, il s'aperçut que sa propre attitude non plus ne collait pas. Jusqu'alors il ignorait qu'il pouvait prendre du plaisir et de l'amusement à se bagarrer dans la boue. Tout comme il ignorait qu'il pouvait trouver une femme comme Shane Abbott à la fois fascinante et désirable. Tâchant de remettre de l'ordre dans ses pensées, Vance contourna la maison et partit à sa recherche.

Elle avait ôté ses chaussures et pataugeait jusqu'aux genoux dans l'eau tumultueuse du ruisseau.

— Elle est glacée ! lui cria-t-elle avant de se baisser jusqu'à la taille.

Le froid lui bloqua la respiration.

— Si elle avait été plus chaude, on aurait pu descendre jusqu'au Molly's Hole et faire quelques brasses.

— Molly's Hole ?

Les yeux rivés sur elle, Vance s'assit dans l'herbe pour enlever ses chaussures lui aussi.

— Juste après le virage, précisa Shane en indiquant d'un geste vague la direction de la grand-route. C'est un super-trou d'eau. Et un bon coin pour la pêche.

Frissonnant un peu, elle frotta le devant de son chemisier pour aider l'eau à faire partir le plus gros de la boue.

— On a de la chance qu'il ait plu, sinon le ruisseau ne serait pas assez haut pour qu'on puisse s'y laver.

— S'il n'avait pas plu, votre voiture ne se serait pas retrouvée embourbée.

Shane lui décocha un grand sourire.

— Remarque hors sujet.

Elle l'observa qui entrait dans l'eau.

— Froid ? demanda-t-elle gentiment en le voyant tressaillir.

— J'aurais dû vous enfoncer la tête dans la boue, décida-t-il.

Otant sa chemise, Vance la lança sur la rive herbeuse et entreprit de se nettoyer vigoureusement les mains et les bras.

— Vous auriez eu des tas de remords si vous l'aviez fait.

Shane se frictionna le visage avec l'eau du ruisseau.

— Ça, sûrement pas, affirma-t-il.

Levant la tête, Shane éclata de rire.

— Je vous aime bien, Vance. Gran vous aurait traité de canaille.

Il haussa un sourcil méfiant.

— C'est un compliment ?

— Pour elle, c'était le plus élogieux, acquiesça Shane en se relevant pour frotter les cuisses de son jean.

Plaqué à elle, le pantalon lui moulait les jambes tandis que sa chemise trempée collait à ses seins. Le froid avait durci ses mamelons qui tendaient le fin tissu de coton. Absorbée par le nettoyage de ses vêtements, elle bavardait, superbement inconsciente qu'elle était comme nue.

— Elle adorait les canailles, poursuivit-elle. C'est sûrement pour ça qu'elle me supportait. Je me fourrais toujours dans toutes sortes d'ennuis.

— Quel genre ?

Bien que débarrassé de toute boue à présent, Vance restait dans l'eau, torse mouillé. Shane avait une silhouette exquise. Comment n'avait-il pas remarqué plus tôt ses proportions parfaites ? Des petits seins ronds, une taille de guêpe, des hanches étroites et des cuisses fuselées.

— Ce n'est pas pour me vanter…

Shane tâchait d'ôter la boue des manches glissantes de son chemisier.

—… mais je peux vous montrer le meilleur moyen de s'introduire dans le verger du vieux Trippet si vous voulez chaparder quelques pommes vertes. Et à l'époque, je m'amusais beaucoup à monter sur les vaches laitières de M. Poffenburger.

Elle pataugea jusqu'à lui.

— Attendez, vous en avez encore sur le visage.

Prenant un peu d'eau au creux de sa paume, elle se mit en devoir de lui nettoyer elle-même le visage.

— J'ai déchiré mes fonds de culotte sur les clôtures de toutes les fermes dans un rayon de cinq kilomètres, continua-t-elle. Gran me les rapiéçait en disant qu'elle désespérait de me voir changer mes manières de voyou.

De sa main petite et douce, elle nettoyait méthodiquement le visage de Vance. De l'autre, elle gardait l'équilibre en s'appuyant contre sa poitrine nue. Il ne protesta pas et resta immobile à la regarder.

— La petite Abbott, c'est comme ça qu'on m'appelait, conclut Shane en lui frottant un point précis de la mâchoire. Aujourd'hui, je dois convaincre tous ces gens que je suis une honnête citoyenne si je veux qu'ils m'achètent des antiquités et qu'ils oublient que j'ai maraudé leurs pommes. Un voyou, ça ne fait pas très sérieux. Voilà, c'est mieux.

Satisfaite, Shane allait baisser la main, mais Vance la lui saisit au vol. Elle le regarda sans ciller, mais se figea brusquement.

Sans un mot, il se mit à ôter les quelques traces de boue qui restaient sur son visage. Il travaillait en cercles très lents, très délibérés, les yeux rivés aux siens. Sa main était rugueuse, mais sa caresse était douce. Les lèvres de Shane s'écartèrent dans un frémissement. Avec une sorte de curiosité, Vance dessina leur contour d'un doigt humide. Elle frissonna brièvement, convulsivement. Toujours avec la même lenteur, la même curiosité, il effleura l'intérieur de sa lèvre inférieure. Sous son pouce, il sentit le pouls à son poignet se mettre à battre la chamade. Le soleil fit une brève percée à travers les nuages ; la lumière changea et les illumina avant de faiblir de nouveau. Il regarda les reflets jouer sur le visage de la jeune femme.

— Cette fois, Shane, vous ne vous enfuirez pas, murmura-t-il comme pour lui-même.

Elle ne répondit rien, craignant de parler alors que le doigt de Vance s'attardait sur ses lèvres. Lentement, il descendit le long de son menton, le long du pouls qui palpitait à sa gorge. Il s'y arrêta un moment, comme pour jauger la réaction de Shane à sa caresse et s'en réjouir. Puis il laissa son doigt glisser sur le galbe de son sein et se poser légèrement sur sa pointe dressée que seul recouvrait le fin chemisier mouillé.

Shane était traversée par des sensations de chaud et de froid : l'eau lui glaçait la peau, et en même temps son sang s'était embrasé sous la caresse de Vance. Il vit la couleur se retirer de son visage tandis que ses yeux agrandis d'émoi s'assombrissaient de façon incroyable. Pourtant, elle ne s'écarta pas de lui ni ne protesta contre cette soudaine intimité. Il l'entendit retenir sa respiration puis la relâcher dans un souffle lent et saccadé.

— Vous avez peur de moi ? demanda-t-il en lui enserrant la nuque.

— Non, chuchota-t-elle. De moi.

Perplexe, Vance fronça les sourcils. Il la dévisagea un moment d'un regard féroce et dur. Sans être froids, ses yeux étaient perçants — remplis de questions, remplis de soupçons. Néanmoins, Shane n'éprouvait pas la moindre peur à son égard, elle n'avait conscience que de ses envies et du désir qui la consumait tout entière.

— Etrange réponse, Shane, murmura-t-il d'un air songeur. Mais vous êtes une femme étrange.

Il lui pétrissait la nuque tout en scrutant son visage à la recherche de réponses.

— Est-ce pour ça que vous m'excitez ?

— Je ne sais pas, répondit-elle, le souffle court. Je ne veux pas savoir. Embrassez-moi, c'est tout.

Il inclina la tête mais ne fit qu'effleurer ses lèvres des siennes avec la même légèreté que son doigt un peu plus tôt.

— Je me demande, chuchota-t-il contre sa bouche, ce qu'il y a chez vous que je n'arrive pas à cerner. Votre goût ?

Il enfonça ses dents de manière presque expérimentale dans sa lèvre inférieure, lui arrachant un faible gémissement de plaisir.

— Fraîche comme la pluie, et puis tout à coup cette saveur de miel mouillé.

Avec légèreté, langueur, il promena sa langue sur sa bouche.

— C'est ce qu'on ressent quand on vous touche ? Cette peau... comme le dessous d'un pétale de rose.

Il fit courir ses mains le long de ses bras avant de remonter de nouveau, l'attirant petit à petit jusqu'à ce qu'elle soit trop proche pour lui échapper. Shane entendait son propre cœur cogner à ses oreilles.

— Pourquoi cette question ? murmura-t-elle d'une voix tremblante. Pour savoir, vous n'avez qu'à me toucher.

Plaqués l'un contre l'autre, ils auraient aussi bien pu être nus — leurs deux corps n'étaient séparés que par les vêtements mouillés qui leur collaient à la peau.

— Embrassez-moi, Vance, embrassez-moi. Ça suffit.

— Vous avez un goût de pluie, maintenant, souffla-t-il en s'exhortant intérieurement à lui résister, tout en sachant qu'il en serait incapable. Pur et franc. Quand je vous regarde dans les yeux, je serais prêt à parier que vous ne connaissez pas le mensonge. J'ai raison ? l'interrogea-t-il.

Mais il la bâillonna d'un baiser fougueux avant qu'elle ait pu répondre.

Sous le choc, Shane chancela. Même lorsqu'elle tentait de reprendre son souffle, elle sentait la langue de Vance continuer à la sonder, à l'explorer. La colère qu'elle avait sentie en lui s'était transformée en passion pure. Le désir, la brutalité du désir de cet homme, l'excitait. L'eau filait à toute allure dans un grondement impatient, pressée d'arriver à la rivière, mais Shane n'entendait que les battements de son cœur. Elle ne sentait plus le froid piquant, seulement la chaleur de cette main qui allait et venait le long de sa colonne vertébrale.

Les lèvres de Shane ne suffisant plus à le satisfaire, Vance entreprit l'exploration effrénée de son visage. Son visage encore mouillé, au goût de fraîcheur pure du ruisseau. Mais dès que ses baisers s'égaraient, il était immanquablement ramené à la saveur douce et sucrée de sa bouche. Celle-ci semblait toujours l'attendre, prête à s'ouvrir, à l'accueillir, à exiger un autre baiser. Sous la docilité de Shane, sous son consentement, brûlait une passion aussi forte que la sienne, doublée d'une force dont il commençait à peine à prendre la mesure.

Il avait besoin d'une femme. C'est pour cela qu'il la désirait à ce point. Il avait besoin de la douceur et du parfum d'une femme, et Shane était là. Ce n'était pas lié à elle en particulier. Comment aurait-il pu en être autrement ? Néanmoins il y avait quelque chose dans son corps mince et son goût différent, quelque chose qui le fascinait, qui reléguait toutes les autres femmes dans quelque sombre recoin de son esprit, laissant Shane seule dans la lumière.

Il pouvait la prendre tout de suite, sur la rive de ce ruisseau, dans cette clarté incertaine, sur l'herbe gorgée de pluie. La bouche de Shane se déplaça, chaude et humide sous la sienne, et Vance imagina la sensation qu'il aurait à prendre entièrement possession de son corps. Sa faim et son énergie s'accorderaient aux siennes. Débarrassée du ridicule prétexte de la séduction, leur union serait la rencontre honnête de deux désirs.

Shane pressa ses petits seins ronds contre son torse nu. Il avait l'impression de sentir leur douloureuse urgence — ou bien était-ce la sienne ? Le désir faisait rage en lui, le harcelait jusqu'à l'obsession. La bouche de Shane, petite elle aussi mais avide, ne reculait jamais devant l'ardeur sauvage de la sienne. Au contraire, elle l'égalait, le poussant à aller de plus en plus loin, l'attirant de plus en plus près. Symbolisait-elle toutes les femmes en une seule, il n'en était plus aussi sûr, mais en tout cas, elle avait pris le dessus sur lui.

D'une certaine façon il savait que s'il couchait avec elle, il ne pourrait pas s'en détacher facilement. Pour des raisons encore un peu obscures, elle était différente des autres femmes qu'il avait connues et possédées. Il craignait que Shane ne l'enchaîne de sa bouche et de ses mains impatientes — or il n'était pas encore prêt à prendre ce risque.

Il la repoussa mais elle laissa tomber la tête sur sa poitrine. Il y avait dans ce geste quelque chose de vulnérable, même si ses bras passés autour de sa taille l'étreignaient avec vigueur. Ce contraste excita son désir, tout comme le cœur de Shane qu'il sentait battre la chamade. Il la garda un moment enlacée tandis que l'eau froide courait rapidement entre leurs jambes, sous la lumière voilée que laissaient passer les arbres.

Un jour, lui avait-elle confié, une forte chute de neige lui avait donné l'impression d'un isolement total. C'est exactement ce qu'il ressentait à cet instant. Ils auraient pu être seuls au monde, sans que rien n'existe au-delà du ruisseau bouillonnant et de cette frange d'arbres. Et, troublé, il se rendit compte qu'il n'avait besoin de rien d'autre. Il ne voulait qu'elle. Peut-être étaient-ils seuls… ? Cette idée l'excitait et le dérangeait tout à la fois. Peut-être n'y avait-il rien au-delà de ce petit coin perdu, et alors, il n'avait aucune raison de ne pas s'emparer de ce qu'il désirait.

Shane frissonna et il comprit qu'elle devait être glacée jusqu'aux os. Cela le ramena brutalement à la réalité. Il mit fin à leur étreinte.

— Venez, marmonna-t-il. Vous devriez rentrer chez vous.

Et il l'aida à regagner la rive glissante.

Shane se pencha pour ramasser ses chaussures. Quand elle fut assurée de pouvoir le faire calmement, elle croisa le regard de Vance.

— Vous ne venez pas avec moi.

Ce n'était pas une question. Elle n'avait que trop bien perçu son brusque revirement.

— Non, lâcha-t-il d'un ton redevenu indifférent alors que son sang bouillait encore de désir pour elle. Je vais me changer et ensuite je reviens m'attaquer à la véranda.

Shane avait tout de suite su qu'il la ferait souffrir, mais elle n'aurait pas cru que cela se produirait aussi vite. Ce rejet rouvrit ses anciennes blessures.

— Très bien. Si je ne suis pas là, faites ce vous avez à faire.

Vance sentit qu'il l'avait blessée, mais elle soutenait son regard et parlait d'une voix calme. Il aurait pu affronter des récriminations sans problème. Sa colère aurait été bienvenue. Pour la première fois depuis des années, il était totalement dérouté par une femme.

— Vous savez ce qui se passerait si j'entrais chez vous maintenant.

Il prononça ces mots avec la rudesse de l'impatience — il avait envie de la secouer.

— Oui.

— C'est ce que vous voulez ?

Shane resta un moment silencieuse. Puis elle sourit, mais ses yeux étaient mornes.

— Ce n'est pas ce que vous voulez, répondit-elle doucement.

Elle commença à rebrousser chemin vers la maison, mais Vance la saisissant par le bras lui fit faire volte-face. Il était furieux à présent, d'autant plus furieux qu'il voyait l'effort que lui coûtait le masque flegmatique qu'elle s'efforçait de composer.

— Bon sang, Shane, il faut être idiote pour ne pas comprendre que j'ai envie de vous !

— Vous ne voulez pas avoir envie de moi, répliqua-t-elle d'une voix égale. Pour moi, c'est tout ce qui compte.

— Quelle différence cela fait-il? gronda-t-il avec impatience.

Frustré par le calme de sa réponse, il la secoua littéralement. Comment pouvait-elle le regarder de ses grands yeux sereins alors qu'elle l'avait mis au pied du mur quelques instants plus tôt?

— Vous savez très bien que j'ai failli vous prendre là, par terre. Ça ne vous suffit pas de savoir que vous pouvez me pousser jusque-là? Que vous faut-il de plus?

Elle le scruta longuement.

— Vous « pousser jusque-là », répéta-t-elle avec calme. C'est vraiment comme ça que vous le voyez?

Le conflit faisait rage en son cœur. Il ne souhaitait qu'une chose : s'éloigner d'elle.

— Oui, déclara-t-il amèrement. Comment pourrais-je le voir autrement?

— Comment, en effet, acquiesça-t-elle dans un rire mal assuré qui déclencha en Vance une nouvelle montée de désir. Je suppose que certaines femmes doivent prendre ça comme une sorte de compliment.

— Si vous voulez, répliqua-t-il d'un ton sec en ramassant sa chemise.

— Non, murmura-t-elle. Mais souvenez-vous, vous m'avez dit que j'étais étrange.

Avec un soupir, elle planta son regard dans le sien.

— Vous vous êtes coupé de vos propres sentiments, Vance, et ça vous ronge.

— Qu'est-ce que vous en savez, bon sang! riposta-t-il, encore plus furieux de l'entendre énoncer la vérité.

Tandis qu'il la fixait d'un regard meurtrier, Shane entendit un oiseau entonner un chant strident dans les bois derrière elle. Ces notes haut perchées, perçantes, s'accordaient à l'atmosphère de tension et de colère qui régnait à présent entre eux.

— Vous êtes loin d'être aussi dur et froid que vous le pensez, affirma-t-elle tranquillement.

— Vous ne savez rien de moi, rétorqua-t-il rageusement en lui saisissant de nouveau les bras.

— Et ça vous rend fou de voir que vous baissez la garde, poursuivit Shane comme si de rien n'était. Ça vous rend d'autant plus fou que vous éprouvez peut-être quelque chose pour moi.

Il desserra l'étau de ses mains et Shane s'écarta de lui.

— Moi, je ne vous pousse à rien, mais quelque chose d'autre le fait certainement à ma place. J'ignore ce que c'est, c'est vrai, mais vous non.

Elle le dévisagea attentivement et se calma par une longue inspiration avant de conclure :

— Vous devez résoudre votre propre conflit intérieur, Vance.

Et, tournant les talons, elle repartit vers la maison, suivie par son regard sidéré.

7

Il ne pouvait cesser de penser à elle. Au cours des semaines suivantes, les montagnes se parèrent d'une profusion de couleurs. L'air se chargea de la fraîcheur de l'automne. Par deux fois, Vance aperçut des cerfs par la fenêtre de sa cuisine. Et il ne pouvait cesser de penser à elle.

Il partageait son temps entre les deux maisons. La sienne prenait forme lentement. Il avait calculé que d'ici l'hiver il pourrait entreprendre des travaux plus minutieux à l'intérieur.

Le chantier de Shane progressait plus vite. Entre les couvreurs et les plombiers, sa maison avait connu la panique pendant plus d'une semaine. La vieille cuisine, qui avait été entièrement vidée, était prête à recevoir une nouvelle couche de peinture ainsi qu'un nouvel habillage. Shane avait patiemment attendu la pluie après que le toit eut été réparé. Ensuite, elle avait vérifié qu'aucun des endroits habituels ne présentait de signes de fuite. Fait étrange, elle s'était retrouvée un tantinet attristée de ne plus avoir à installer un seul seau ou casserole.

La partie musée était totalement achevée. Tandis que Vance travaillait ailleurs, Shane s'activait à agencer et remplir les vitrines qui lui avaient été livrées.

Parfois, elle partait des heures à la recherche de trésors, courant les ventes aux enchères et les vide-greniers. Il savait toujours qu'elle était rentrée car la maison se ranimait dès son retour. Au sous-sol, elle avait installé un atelier où elle restaurait certaines pièces et en entreposait d'autres. Il la voyait s'y engouffrer ou en sortir précipitamment. Il la voyait trimballer des tables, traîner des cartons d'emballage, grimper sur des échelles. Il ne la voyait jamais inactive.

Son attitude envers lui n'avait pas varié depuis leur première rencontre : amicale et ouverte. Pas une seule fois elle n'avait fait allusion à ce qui s'était passé entre eux. Il devait faire appel à toute sa volonté pour ne pas la toucher. Elle riait, lui apportait du café et lui faisait le compte rendu amusant de ses aventures dans les ventes aux enchères. Chaque fois que ses yeux se posaient sur elle, il la désirait davantage.

En ce moment, tandis qu'il terminait l'habillage de ce qui avait été le boudoir d'été, Vance savait que Shane était en bas. Il examina son travail d'un œil critique, traquant le moindre défaut, alors que le simple fait de savoir qu'elle était là ruinait sa concentration. Peut-être serait-il plus sage, songea-t-il, d'aller faire un petit tour à Washington. Jusqu'ici, il avait géré tout ce qui concernait sa société par e-mail ou par téléphone. Il n'y avait rien là-bas d'urgent qui exigeât son attention, mais ne serait-il pas raisonnable de prendre une semaine de recul? Shane l'obsédait. Le hantait, rectifia-t-il. Envahi par une bouffée de frustration, il rangea ses outils. Cette femme ne lui apporterait que des ennuis. Des ennuis et rien d'autre.

Pourtant, alors qu'il s'apprêtait à partir, Vance fit un détour par l'escalier menant au sous-sol. Il hésita, se maudit intérieurement, puis entreprit de descendre les marches.

Vêtue d'un baggy resserré par des liens aux chevilles et d'un pull qui lui tombait sur les hanches, elle restaurait une table à plateau escamotable. Vance avait vu ce meuble quand Shane l'avait rapporté chez elle. Il était abîmé, rayé et terne. Rouge d'excitation, elle avait prétendu l'avoir eu pour une bouchée de pain et l'avait transbahuté jusqu'en bas. A présent le grain de l'acajou rutilait sous les fines couches de laque claire qu'elle lui avait appliquées. Elle était en train de lustrer consciencieusement la table à l'aide de cire en pâte. Le sous-sol sentait le citron et l'huile d'abrasin.

Vance allait remonter l'escalier quand Shane leva la tête et le vit.

— Salut!

Son sourire l'accueillit avant qu'elle lui ait fait signe d'approcher.

— Venez voir, vous qui êtes expert en bois.

Tandis qu'il traversait la pièce, Shane se recula pour jauger son travail.

— Le plus dur maintenant, marmonna-t-elle en entortillant une boucle de cheveux autour de son doigt, ce sera de m'en séparer. J'en tirerai un joli bénéfice. Je ne l'ai payée qu'une fraction de sa valeur.

Vance effleura du bout du doigt la surface de la table. Elle était lisse comme une peau de bébé et ne présentait pas le moindre défaut. Sa mère avait une pièce similaire dans le salon de leur propriété à Washington. Comme il la lui avait offerte, il en connaissait le prix. Il savait aussi faire la différence entre un travail d'amateur et celui d'un spécialiste. Ceci n'avait pas été fait n'importe comment.

— Vous n'avez pas compté votre temps, commenta-t-il. Ni votre talent. Si vous l'aviez donnée à restaurer, on vous l'aurait fait payer très cher.

— Oui, mais ça me plaît de le faire, c'est l'essentiel.

Vance leva les yeux au ciel.

— Vous montez une affaire pour gagner de l'argent, non ?

— Oui, bien sûr.

Shane referma le couvercle de la boîte de cire en pâte.

— J'adore l'odeur de ce truc.

— Vous ne gagnerez pas beaucoup d'argent si vous ne tenez pas compte de votre temps et de votre travail.

— Je n'ai pas besoin de gagner beaucoup d'argent. Elle posa la boîte sur une étagère, puis alla examiner la chaise à dossier en échelle qui avait besoin d'un nouveau cannage.

— Il me faut payer des factures, acquérir le stock de ma boutique et mettre quelques sous de côté pour mes loisirs.

Retournant la chaise à l'envers, elle contempla d'un air soucieux le trou effiloché au milieu de l'assise.

— Je ne saurais quoi faire de beaucoup d'argent.

— Vous finiriez bien par trouver, affirma Vance d'un ton sec. Vêtements, fourrures…

Shane releva la tête, vit qu'il était sérieux et éclata de rire.

— Des fourrures ? Oh, oui ! Je me vois bien aller acheter du lait au magasin général en faisant virevolter mon vison. Vous me faites rigoler, Vance.

— Je ne connais aucune femme qui sache résister à un vison, riposta-t-il.

— C'est que vous n'avez pas fréquenté celles qu'il fallait, répliqua-t-elle d'un ton léger tout en remettant la chaise à l'endroit. Je connais quelqu'un à Boonsboro qui est spécialisé dans le cannage et le rempaillage. Je vais l'appeler. Même si j'avais le temps de m'en charger, je ne saurais pas par où m'y prendre.

— Quel genre de femme êtes-vous donc ?

L'attention de Shane passa de la chaise à Vance. Reportant son regard sur lui, elle nota son expression cynique. Elle soupira.

— Vance, pourquoi cherchez-vous toujours des complications ?

— Parce qu'il y en a toujours, rétorqua-t-il.

Elle secoua la tête, les mains toujours posées sur le barreau supérieur de la chaise.

— Je suis exactement le genre de femme que j'ai l'air d'être. C'est peut-être trop simple pour vous, mais c'est la vérité.

— Le genre qui travaille douze heures par jour pour la seule satisfaction de gagner juste assez d'argent pour s'en sortir ? l'interrogea Vance. Le genre qui accepte de trimer heure après heure…

— Je ne trime pas, le coupa Shane avec irritation.

— Oh que si ! Je vous ai regardée. Traîner des meubles, coltiner des cartons, récurer à quatre pattes…

Ces souvenirs ne firent qu'attiser la colère de Vance. Cette femme était trop menue pour s'échiner à la tâche comme il l'avait vue faire durant ces dernières semaines. Sa rage monta encore d'un cran en s'entendant insister pour qu'elle arrête de s'épuiser ainsi.

— Bon sang, Shane ! C'est trop pour vous seule.

— Je sais de quoi je suis capable, riposta-t-elle en montant au créneau. Je ne suis pas une enfant.

— Non, vous êtes une femme qui ne rêve ni de fourrures ni de toutes les belles choses que peut décrocher une fille séduisante si elle sait bien calculer son coup.

Ses mots étaient empreints d'un sarcasme glacial.

Les yeux de Shane étincelèrent de colère. Luttant pour ne pas exploser, elle se détourna de lui.

— D'après vous, tout le monde fait des calculs, Vance ?

— Et certains sont plus doués que d'autres, fut sa réponse.

— Alors, je vous plains beaucoup, lâcha-t-elle d'un ton crispé. Vraiment beaucoup.

— Pourquoi ? Parce que je sais que c'est l'appât du gain qui motive les gens ? Seul un imbécile se contenterait de moins !

— Je me demande si vous le croyez vraiment, murmura-t-elle. Je me demande si vous en êtes vraiment capable.

— Et moi, je me demande pourquoi vous faites semblant de croire autre chose, rétorqua-t-il.

— Je vais vous raconter une petite histoire.

Elle se tourna vers lui, le regard noir de colère.

— Un homme comme vous va sans doute la trouver mélo et un peu rasoir, mais je vous demande seulement de m'écouter.

Fourrant les mains dans ses poches, elle se mit à arpenter la pièce basse de plafond le temps d'être certaine de pouvoir continuer.

— Vous voyez ça ? demanda-t-elle en lui indiquant une rangée d'étagères sur lesquelles s'alignaient des bocaux à conserve pleins. C'est ma grand-mère — mon arrière-grand-mère, techniquement — qui les a préparés. Mis en réserve, comme elle disait. Non contente de creuser, biner, planter et désherber, elle passait encore des heures à faire des conserves dans une cuisine chaude et embuée. Elle faisait des réserves, répéta Shane d'une voix plus douce en examinant les bocaux colorés. A seize ans, elle vivait dans une splendide demeure du sud du Maryland. Sa famille était très fortunée. Elle l'est toujours, d'ailleurs, précisa Shane dans un haussement d'épaules. Ce sont les Bristol. Les Bristol de Leonardtown. Vous en avez peut-être entendu parler.

Effectivement, mais même si son regard refléta l'étonnement, Vance ne pipa mot. Les grands magasins Bristol s'éparpillaient dans tous les endroits stratégiques du pays. C'était une entreprise très ancienne, très prestigieuse, chez qui se fournissaient les gens riches et en vue. A ce jour encore, sa propre société s'était engagée par contrat à construire leur nouvelle succursale de Chicago.

— Bref, poursuivit Shane, c'était une jeune fille belle et choyée qui aurait pu avoir tout ce qu'elle voulait. Elle avait fait ses études en Europe et il était prévu qu'elle parachève son éducation à Paris avant de faire ses débuts dans le monde à Londres. Si elle s'en était tenue aux projets de ses parents, elle aurait fait un beau mariage, aurait eu sa propre splendide demeure et sa propre armée de domestiques. Son plus proche rapport à la terre aurait été de regarder son jardinier tailler un rosier.

Shane émit un petit rire comme si cette idée lui apparaissait à la fois comique et déroutante.

— Elle ne suivit pas le parcours programmé, cependant. Elle tomba amoureuse de William Abbott, un apprenti maçon qui avait été embauché pour bâtir un ouvrage sur le domaine. Bien sûr, la famille de ma grand-mère ne voulut rien entendre. Ses parents étaient déjà en train d'arranger un mariage entre Gran et l'héritier d'une quelconque aciérie. Dès qu'ils eurent vent de ce qui se passait, ils flanquèrent le maçon à la porte. Pour faire court, disons que Gran fit son choix et l'épousa. Sa famille la renia. De façon très théâtrale et victorienne. Du style : « Je n'ai plus de fille », le genre de truc qu'on lit dans les classiques du roman gothique.

Elle dévisagea Vance qui gardait le silence, le défiant presque de faire un commentaire.

— Ils s'installèrent ici, dans la famille de mon grand-père, continua Shane. Ils durent vivre sous le même toit que ses parents car ils n'avaient pas assez d'argent pour avoir leur propre maison. A la mort du père, ils s'occupèrent de la mère. Gran n'a jamais regretté d'avoir renoncé à toutes ces *belles choses*. Elle avait de si petites mains, murmura-t-elle en baissant les yeux sur les siennes. Qui aurait cru qu'elles soient si fortes ?

Elle chassa sa tristesse et détourna la tête.

— Ils étaient pauvres selon les critères du monde dans lequel elle avait grandi. Les chevaux qu'ils possédaient leur servaient à tirer une charrue. Une partie de votre terrain appartenait à ma grand-mère à une époque, mais entre les impôts et le fait qu'elle n'avait personne pour le travailler…

Elle laissa sa phrase en suspens et s'empara d'un bocal pour le remettre en place aussitôt.

— A sa mort, sa mère lui a laissé l'ensemble de salle à manger et quelques pièces de porcelaine, c'est le seul geste que ses parents aient jamais fait envers elle. Même à cette occasion, tout s'est passé par le biais de notaires.

Shane ramassa son chiffon à cire et se mit à le triturer nerveusement.

— Gran a eu cinq enfants, en a perdu deux en bas âge et un autre à la guerre. L'une de ses filles est partie vivre dans l'Oklahoma et s'est éteinte sans descendance il y a environ quarante ans. Son plus jeune fils s'est installé ici, s'est marié et a eu une fille. Lui et sa femme se sont tués quand leur fille avait cinq ans.

Elle marqua une pause, ressassant les faits les yeux levés vers le soupirail percé près du plafond. Le soleil y entrait à flots, formant une petite flaque de lumière sur le sol en béton.

— Je me demande si vous pouvez imaginer ce que ressent une mère qui a survécu à chacun de ses enfants.

Vance ne répondit rien et continua d'observer Shane qui déambulait nerveusement dans la pièce.

— Elle a élevé sa petite-fille, Anne. Gran l'adorait. Peut-être cet amour était-il en partie du chagrin, je ne sais pas. Ma mère était une très jolie petite fille — il y a des photos d'elle en haut — mais elle était perpétuellement insatisfaite. Les récits qu'on m'en a faits proviennent pour la plupart des habitants d'ici, même si Gran m'a parlé d'elle une ou deux fois. Anne détestait vivre ici, détestait se contenter de si peu. Elle voulait être actrice. A dix-sept ans, elle s'est retrouvée enceinte.

La voix de Shane s'altéra de façon subtile, mais ce changement n'échappa pas à Vance. Elle s'exprimait désormais d'une voix plate, dénuée de toute émotion. C'était la première fois qu'il l'entendait parler ainsi.

— Elle ignorait — ou refusait d'avouer — qui était le père de son enfant, dit-elle simplement. A ma naissance, elle a fichu le camp en me laissant ici avec Gran. De temps en temps, elle revenait, passait quelques jours à la maison et persuadait Gran de lui donner encore plus d'argent. Aux dernières nouvelles, elle s'est mariée trois fois. Je l'ai vue couverte de fourrures. Elle ne semblait pas heureuse pour autant. Elle est encore belle, toujours aussi égoïste, toujours aussi insatisfaite.

Shane se tourna vers Vance pour la première fois depuis le début de son récit.

— Ma grand-mère n'a jamais cherché qu'une chose dans la vie : l'amour. Elle parlait remarquablement français, lisait Shakespeare et cultivait son jardin. Et elle était heureuse. La seule chose que ma mère m'ait jamais apprise, c'est que les *choses* comptent pour rien. Une fois qu'on possède une *chose*, on est trop occupé à convoiter la prochaine pour que cela puisse suffire au bonheur. On s'inquiète trop que quelqu'un puisse en avoir une plus belle pour être en mesure d'en profiter. Toutes les manigances de ma mère n'ont jamais causé autre chose que de la souffrance aux gens qui l'aimaient. Je n'ai ni le temps ni l'habileté pour me prêter à ce genre de calculs.

Comme elle commençait à remonter les marches, Vance passa devant elle de manière à lui barrer le passage. Elle leva le menton d'un air de défi et le dévisagea d'un regard où brillaient la colère et les larmes.

— Vous auriez dû me dire d'aller au diable, dit-il d'une voix calme.

Shane ravala son chagrin.

— Alors allez au diable, marmonna-t-elle, et elle tenta de repasser devant lui.

Vance la saisit par les épaules, la tenant fermement à bout de bras.

— Etes-vous en colère contre moi, Shane, ou contre vous-même pour m'avoir confié quelque chose qui ne me regardait pas ? la questionna-t-il.

Shane inspira profondément et le fixa, l'œil sec.

— Je suis en colère parce que vous êtes cynique et que le cynisme est une chose que je n'ai jamais pu comprendre.

— Pas plus que je ne comprends l'idéalisme.

— Je ne suis pas idéaliste, riposta-t-elle. Simplement, je ne pars pas automatiquement du principe que les gens attendent de profiter de moi.

Elle se sentit soudain plus calme, plus triste aussi.

— Je pense qu'en refusant de faire confiance aux gens, vous passez à côté de beaucoup plus de choses qu'en prenant le risque de leur faire confiance.

— Et qu'est-ce qui se passe si cette confiance est bafouée ?

— On s'en remet et on passe à autre chose, répondit-elle avec simplicité. N'est victime que la personne qui choisit de l'être.

Vance fronça les sourcils, décontenancé. Etait-ce ainsi qu'il se considérait ? Comme une victime ? Allait-il encore longtemps laisser Amelia lui gâcher la vie, deux ans après sa mort ? Et combien de temps encore continuerait-il à vivre dans l'angoisse de la prochaine trahison ?

Shane sentit ses doigts se détendre, suivit le cheminement de ses pensées sur son visage perplexe. Elle lui toucha l'épaule.

— Vous avez beaucoup souffert ? lui demanda-t-elle.

Vance reporta sa concentration sur Shane avant de lâcher ses épaules.

— J'ai été… déçu.

— C'est la pire des blessures, je pense.

Elle posa une main sur son bras en signe de compassion.

— Quand la personne qu'on aime d'amour ou d'amitié s'avère être malhonnête, ou quand un idéal se brise en mille morceaux, c'est difficile à accepter. Je place toujours mes idéaux très haut. S'ils doivent s'effriter, ma chute en sera d'autant plus dure.

Elle lui sourit et glissa la main dans la sienne.

— Allons faire un tour en voiture.

Les mots de la jeune femme reflétaient tellement ses pensées qu'il fallut un moment à Vance pour comprendre sa proposition.

— Un tour en voiture ? répéta-t-il.

— Voilà des mois que nous vivons claquemurés, déclara Shane en l'entraînant vers l'escalier. Vous, je ne sais pas, mais moi, je passe mes journées à travailler jusqu'au moment où je m'écroule sur mon lit. C'est une journée magnifique, peut-être la dernière de l'été indien.

Elle referma la porte du sous-sol derrière eux.

— Et je parie que vous n'avez pas encore visité le champ de bataille. Sûrement pas accompagné d'un guide expert en la matière.

— Etes-vous un guide expert en la matière ? s'enquit-il en esquissant un sourire.

— Le meilleur, affirma-t-elle en toute modestie.

Comme elle l'espérait, la tension quitta les doigts de Vance qui étaient entrelacés aux siens.

— Il n'y a rien que je ne puisse vous raconter sur cette bataille ou, comme le prétendent certains de mes critiques, rien que je me refuse à vous dire.

— Tant qu'il n'y a pas d'interro à la sortie…, accepta Vance tandis qu'elle l'entraînait vers la porte de derrière.

— Je suis à la retraite, lui rappela-t-elle d'un ton guindé.

*
* *

— La bataille d'Antietam, commença Shane en suivant une route étroite et sinueuse bordée de monuments, bien qu'elle ne soit pas considérée comme une victoire nette pour aucun des deux camps, s'est soldée par la retraite de Lee lors de sa première tentative d'incursion dans le Nord.

Son ton vaguement professoral amena un bref sourire sur les lèvres de Vance qui ne l'interrompit cependant pas.

— C'est ici, poursuivit-elle, près du ruisseau Antietam à Sharpsburg, que le 17 septembre 1862 Lee et McClellan s'engagèrent dans la journée la plus sanglante de la guerre de Sécession. Voilà la Dunker Church.

Shane lui désigna une minuscule église de l'autre côté de la route.

— Certains des combats les plus meurtriers s'y sont déroulés. J'en possède quelques assez belles gravures que je destine au musée.

Vance se retourna pour jeter un coup d'œil au petit endroit paisible tandis que Shane poursuivait sa route.

— Un coin plutôt tranquille aujourd'hui, commenta-t-il, s'attirant un doux regard.

Ignorant son interruption, elle continua :

— Lee avait divisé ses forces en deux colonnes et envoyé la première, dirigée par Jackson, s'emparer de Harper's Ferry. Un soldat de l'Union découvrit une copie des plans de Lee, donnant ainsi l'avantage à McClellan ; toutefois l'avance de ce dernier pécha par manque de rapidité. Même lorsqu'il attira l'armée beaucoup plus réduite de Lee dans Sharpsburg, il n'eut pas le temps d'enfoncer la ligne de front que Jackson arrivait déjà avec des renforts. Lee perdit un quart de ses hommes et battit en retraite. McClellan ne tira pourtant pas parti de son avantage. Même ainsi, on dénombra vingt-six mille pertes humaines.

— Pour un prof à la retraite, vous avez encore les faits bien en tête, constata Vance.

Shane rit en négociant adroitement un virage.

— Mes ancêtres se sont battus ici. Avec Gran, je ne risquais pas de l'oublier.

— De quel côté ?

— Des deux.

Elle eut un petit haussement d'épaules.

— Finalement n'était-ce pas le pire dans tout ça ? Devoir choisir son camp, la désintégration des familles… Nous sommes un Etat frontalier. Même si le Maryland tenait pour le Nord, tout au sud, les sympathies penchaient aussi lourdement vers les Confédérés. On imagine sans mal que bon nombre des habitants de cette région soutenaient secrètement ou ouvertement le Stars and Bars — le drapeau sudiste.

— Et avec toute cette partie du Maryland prise entre la Virginie et la Virginie-Occidentale…

— Exactement, acquiesça-t-elle, ressemblant fort à un professeur approuvant un élève brillant.

Vance gloussa de rire, mais Shane ne parut pas s'en apercevoir. Elle s'engagea sur une petite aire de parking en bord de route.

— Venez, allons marcher. C'est très beau ici.

Les montagnes les encerclaient dans toute la gloire de l'automne. Quelques feuilles claquèrent sur leur passage — orange, écarlates, couleur d'ambre — avant d'être arrachées et emportées par le vent. Autour d'eux s'étendait un paysage de collines onduleuses, dorées par la lumière oblique du soleil, et de champs où se dressaient des pieds de maïs desséchés et flétris. L'air était plus froid maintenant que le soleil s'enfonçait du côté des pics montagneux situés à l'ouest. Sans réfléchir, Vance prit la main de Shane dans la sienne.

— Le Chemin sanglant, signala Shane en attirant son attention sur un chemin creux, long et étroit. Horrible comme nom, mais tout à fait approprié. Les deux armées sont venues l'une vers l'autre en coupant à travers champs. Les Confédérés venaient du nord. Les Yankees du sud. Les bataillons d'artillerie s'installèrent ici — elle désigna l'endroit du doigt — et là. C'est dans cette tranchée que gisaient la plupart des tués quand tout fut fini. Bien sûr, il y avait eu des affrontements tout autour — au Burnside Bridge, à la Dunker Church — mais ici…

Vance lui lança un regard intrigué.

— Vous êtes vraiment fascinée par la guerre, n'est-ce pas ?

Shane survola le champ du regard.

— C'est la seule véritable infamie. La seule circonstance où l'on glorifie l'acte de tuer au lieu de le condamner. Les hommes deviennent des statistiques. Je me demande s'il existe quelque chose de plus barbare.

Elle poursuivit d'une voix plus songeuse :

— Vous n'avez jamais trouvé ça bizarre ? Le meurtre d'une personne par une autre est considéré comme le pire des crimes que puisse commettre l'être humain, alors qu'à la guerre, plus un homme tue de ses semblables et plus il reçoit d'honneurs. Il y en avait tant parmi eux qui n'étaient que de jeunes campagnards, enchaîna-t-elle avant que

Vance ait pu formuler une réponse. Des enfants qui n'avaient jamais tiré sur autre chose qu'une fouine dans un poulailler. Ils ont enfilé un uniforme, bleu ou gris, et ont marché au pas vers la bataille. Je doute qu'une fraction d'entre eux ait eu la moindre idée de ce qui les attendait vraiment. Je vais vous dire ce qui me fascine.

Shane jeta un regard en arrière vers Vance, trop absorbée par ses pensées pour remarquer avec quelle intensité il la fixait.

— Qui étaient-ils vraiment ? Le garçon de seize ans tout droit sorti de sa ferme de Pennsylvanie qui s'est élancé à travers champs pour aller tuer un gamin de seize ans venu d'une plantation de Géorgie — sont-ils partis en quête d'aventure ? Cherchaient-ils quelque chose ? Combien d'entre eux se sont imaginés assis comme de vrais soldats autour d'un feu de camp et devenant des hommes loin des jupes de leur mère ?

— Beaucoup, j'imagine, murmura Vance.

Emu par la vision qu'elle projetait, il glissa un bras autour de ses épaules tout en contemplant le champ.

— Trop.

— Même ceux qui sont rentrés sains et saufs n'ont jamais retrouvé l'innocence de leur jeunesse.

— Alors pourquoi l'histoire, Shane, si elle est émaillée de tant de guerres ?

— Pour les gens.

Elle le regarda par-dessus son épaule. Le soleil déclinant qui brillait dans ses yeux semblait accentuer ces paillettes d'or qui parfois lui étaient invisibles.

— Pour l'adolescent que j'imagine traversant ce champ au mois de septembre, il y a plus de cent vingt ans. Il avait dix-sept ans.

Elle se retourna vers le champ comme si elle voyait vraiment le jeune homme qu'elle évoquait.

— Il avait pris son premier whisky, mais pas sa première femme. Il s'est élancé dans ce champ, empli de terreur et de gloire. Les clairons retentissaient, les cartouches explosaient, le tout dans un tel vacarme qu'il n'entendait pas sa propre peur. Il a tué un ennemi qui lui était si obscur qu'il n'avait pas de visage. Et une fois la bataille terminée, une fois la guerre finie, il est rentré chez lui en homme, fatigué et se languissant de sa propre terre.

— Que lui est-il arrivé ? murmura Vance.

— Il a épousé son amour d'enfance, il a eu dix enfants et a raconté à ses petits-enfants la charge du Chemin sanglant de 1862.

Vance l'attira à lui, geste non pas de passion mais de camaraderie.

— Vous deviez être un sacré bon prof, déclara-t-il d'une voix douce.

Ce qui fit rire Shane.

— J'étais une sacrée bonne conteuse, rectifia-t-elle.

— Pourquoi dites-vous ça ? l'interrogea-t-il. Pourquoi vous sous-estimez-vous ?

Elle secoua la tête.

— Non, je connais mes capacités et mes limites. Et, ajouta-t-elle, j'ai envie de les repousser un peu pour obtenir ce que je désire. C'est plus intelligent que de se prendre pour quelqu'un qu'on n'est pas.

Avant qu'il ait pu placer un mot, elle rit et lui serra le bras amicalement.

— Non, arrêtons de philosopher. J'ai eu ma dose pour aujourd'hui. Allez, montons jusqu'à la tour. De là-haut, la vue est magnifique.

Elle s'élança en courant, entraînant Vance à sa suite.

— On y voit à des kilomètres, précisa-t-elle tandis qu'ils gravissaient les étroites marches en fer.

La luminosité était faible en dépit des quelques rayons qui passaient par les étroites fentes percées dans les flancs de la tour en pierre. Le soleil se fit plus fort au fur et mesure qu'ils montaient, puis se répandit à flots par l'ouverture du sommet.

— C'est l'endroit que je préfère, lui confia-t-elle au moment où quelques pigeons courroucés s'envolaient de leur perchoir sous le toit. Shane se pencha par-dessus le large rebord en pierre, ravie de sentir le vent lui fouetter le visage.

— Oh, que c'est beau ! C'est vraiment la journée idéale pour venir ici. Regardez toutes ces couleurs !

Elle attira Vance près d'elle dans son désir de partager cette beauté avec lui.

— Vous voyez ? C'est notre montagne.

« Notre montagne ». Vance sourit en suivant la direction que lui indiquait la main de Shane. A sa façon de le dire, on aurait pu croire que la montagne leur appartenait exclusivement à tous les deux. Au-delà des collines densément plantées d'arbres, les montagnes les plus distantes étaient figées dans la lumière bleue d'un soleil déclinant. Autour des bourgs environnants reconnaissables à leurs constructions plus rapprochées, fermes et granges étaient disséminées çà et là dans la paix du début de soirée. A peine Vance entendait-il le bruit d'une voiture filant sur l'autoroute. Alors qu'il contemplait un champ de maïs, il vit s'envoler trois énormes corbeaux. Ils se chamaillèrent, se défiant mutuellement tout en planant dans le ciel. Après leur passage l'air retrouva son calme, tellement silencieux qu'il entendit le murmure de la brise dans les pieds de maïs desséchés.

C'est alors qu'il vit le cerf. Il se tenait plein d'assurance à moins de dix mètres de l'endroit où Shane avait garé sa voiture. Immobile comme une statue, la tête haute, les oreilles dressées. Vance se tourna pour le désigner à Shane.

Main dans la main, ils l'observèrent sans mot dire. Vance se sentit remué par quelque chose, un sentiment d'appartenance. A cet instant il n'aurait pas ri si Shane avait dit « notre montagne ». Il se lava de ses dernières traces d'amertume en prenant conscience qu'il avait la réponse devant les yeux. Il s'était maintenu dans son statut de victime, exactement comme le lui avait démontré Shane, car c'était plus facile de rester dans la colère que d'accepter de tourner la page.

Le cerf se déplaça en sauts rapides sur la colline herbeuse, franchissant d'un bond gracieux un mur de clôture en pierre avant de s'élancer hors de leur vue. Vance sentit plutôt qu'il n'entendit le long soupir silencieux de Shane.

— Je ne m'y ferai jamais, murmura-t-elle. Chaque fois que j'en vois un, j'en ai le souffle coupé.

Elle leva le visage vers lui. Il trouva naturel de l'embrasser ici, dans cet environnement de montagnes et de champs, avec en eux ce sentiment encore présent d'avoir partagé quelque chose. Au-dessus de leurs têtes, un pigeon émit un doux roucoulement, satisfait de voir que les intrus se tenaient cois.

C'était cette tendresse que Shane avait perçue en Vance mais dont elle doutait encore. Sa bouche était ferme sans être exigeante, ses mains puissantes sans être brutales. Elle avait l'impression de sentir son cœur palpiter dans sa gorge. Une sensation de chaleur et de douceur l'inonda tout entière, la laissant malléable et sans force entre ses bras. C'était ce qu'elle attendait — avoir enfin la confirmation de ce qu'il gardait verrouillé en lui : une douce bonté qu'elle respecterait autant que sa force et son assurance. Elle poussa un soupir non pas d'abandon mais de joie, sachant qu'elle pourrait désormais admirer l'homme qu'elle aimait déjà.

Vance serra Shane contre lui en modifiant l'angle de leur baiser, refusant de briser le charme de l'instant. Les émotions s'immiscèrent en lui par les fissures du rempart qu'il s'était construit depuis si longtemps. Il sentit le doux abandon de sa bouche, goûta sa générosité humide. Avec application, il laissa le bout de ses doigts se réaccoutumer au velouté de sa peau.

Etait-il possible qu'elle ait toujours été là pour lui, à attendre qu'il tombe sur elle à travers le rideau de son amertume et de sa suspicion ?

Vance la plaqua contre lui en l'enlaçant fermement des deux bras comme si elle risquait de se volatiliser. Etait-il trop tard pour tomber amoureux ? Ou pour conquérir une femme qui connaissait déjà ses pires côtés et n'avait aucune idée de ses avantages matériels ? Fermant les yeux, il appuya sa joue sur les cheveux de Shane. S'il n'était pas trop tard, devait-il prendre le risque de lui dévoiler son identité et sa position ? S'il lui révélait tout maintenant, il ne pourrait jamais être tout à fait sûr, si jamais elle lui cédait, qu'elle ne l'aimait que pour lui-même. Or il avait besoin de cette certitude — être accepté pour lui-même, au-delà de la fortune Riverton Banning et de sa puissance. Il hésita, en proie aux affres de l'indécision. Ce dilemme même l'ébranlait en soi. Vance était un homme qui dirigeait une société de plusieurs millions de dollars grâce à son pouvoir de décision. Et voilà que ce petit bout de femme dont il sentait les cheveux en désordre boucler sous sa joue était en train de chambouler l'ordre de sa vie.

— Shane, commença-t-il en l'écartant pour lui embrasser le front.

— Vance.

En riant, elle lui donna un baiser sonore, plus comme une amie que comme une amante.

— Vous avez l'air bien sérieux.

— Dînez avec moi, ce soir.

Il se maudit intérieurement : les mots lui avaient échappé. Où était donc passée sa finesse avec les femmes ?

Shane repoussa ses cheveux décoiffés par le vent.

— D'accord. Je peux nous préparer quelque chose à la maison.

— Non, je veux vous emmener manger quelque part.

— Au restaurant ? s'enquit Shane, soucieuse à l'idée de la dépense que cela représentait.

— Rien de bien extraordinaire, affirma-t-il, croyant qu'elle s'inquiétait pour sa tenue — baggy et pull informe. Comme vous l'avez dit vous-même, ces dernières semaines nous n'avons pas fait grand-chose à part travailler.

Il lui effleura la joue du dos de son poing fermé.

— Accompagnez-moi.

Elle sourit pour lui faire plaisir.

— Je connais un petit endroit sympa en Virginie-Occidentale, juste de l'autre côté de la frontière.

Shane avait choisi ce minuscule restaurant isolé en raison de ses prix très abordables. D'autre part, elle y avait gardé de bons souvenirs de sa brève carrière de serveuse. Elle y avait travaillé l'été qui avait suivi la fin du lycée dans le but de se faire quelques sous supplémentaires pour la fac.

Après qu'ils eurent pris place dans un box exigu, de chaque côté d'une table où trônait une bougie dégoulinante de cire, elle lui adressa un grand sourire.

— Je savais que vous alliez adorer.

Vance jeta un regard circulaire aux paysages peints de couleurs vives dans leurs cadres en plastique. Il flottait dans l'air un vague relent d'oignon.

— La prochaine fois, c'est moi qui choisis.

— Ils servaient de super-spaghettis, à l'époque. C'était la formule spéciale du jeudi, on pouvait manger à volonté pour…

— Nous ne sommes pas jeudi, objecta Vance en ouvrant d'un air dubitatif le menu plastifié. Du vin ?

— Je pense qu'ils en ont.

Elle sourit en voyant son regard inquiet par-dessus le menu.

— On peut toujours aller à côté s'en acheter une bouteille pour deux dollars quatre-vingt-dix-sept.

— Un bon cru ?

— De la semaine dernière.

— On va tenter notre chance ici.

La prochaine fois qu'il l'emmènerait quelque part, décida-t-il, ce serait dans un endroit où il pourrait lui offrir du champagne.

— Je vais prendre un chili, annonça Shane, le ramenant au présent.

— Un chili ? fit Vance en se replongeant d'un œil méfiant dans le menu. Il est bon ?

— *Oh, non !*

— Alors pourquoi…

Il baissa le menu et s'interrompit en voyant que Shane se cachait derrière le sien.

— Shane, qu'est-ce que… ?

— Ils viennent d'entrer, chuchota-t-elle en orientant son menu vers l'entrée afin de leur jeter furtivement un regard de côté.

Intrigué, Vance tourna également la tête. Il aperçut Cy Trainer accompagné d'une brune à l'air guindé, en tailleur fauve de coupe sévère et escarpins à talons plats. Sa première réaction fut la contrariété ; puis, après un second coup d'œil à la femme au bras de Cy, il se retourna vers Shane. Elle avait complètement disparu derrière son menu.

— Shane, je comprends que ça doit vous bouleverser, mais dites-vous que vous êtes condamnée à le croiser de temps en temps et que…

Il entendit un bruit étouffé derrière la carte plastifiée. D'instinct, il chercha sa main.

— On peut aller ailleurs, mais nous ne pourrons pas nous en aller sans qu'il vous voie.

— C'est Laurie MacAfee.

Elle pressa convulsivement les doigts de Vance. Il serra les siens en retour, furieux qu'elle éprouve encore des sentiments pour l'homme qui l'avait blessée.

— Shane, vous devez faire face à la situation et ne pas vous donner en spectacle devant lui.

— Je sais, mais c'est tellement dur…

Prudemment, elle inclina le menu sur le côté. Surpris, Vance découvrit qu'elle n'était pas convulsée de sanglots mais de rire.

— Dès qu'il nous aura repérés, commença-t-elle sur le ton de la confidence, il va venir à notre table pour nous saluer.

— Une véritable épreuve pour vous, à ce que je vois.

— Ah, ça oui, acquiesça-t-elle. Vous devez me promettre de me donner un coup de genou sous la table ou de m'écraser le pied dès que vous verrez que je suis prête à éclater de rire.

— Avec plaisir, l'assura-t-il.

— A l'époque, Laurie alignait toutes ses poupées par ordre de grandeur et cousait des étiquettes à leur nom sur tous leurs vêtements, lui expliqua Shane en prenant de profondes inspirations en vue de leur rencontre.

— Effectivement, ça en dit long.

— Bon, et maintenant, je vais poser ce menu.

Elle déglutit, et lui ordonna encore plus bas :

— Quoi que vous fassiez, ne les regardez pas.

— Loin de moi cette idée.

Après une dernière expiration destinée à chasser son envie de rire, Shane posa le menu sur la table.

— Le chili ? reprit-elle d'une voix normale. Oui, il est toujours très bon, ici. Je crois que je vais en prendre moi aussi.

— Vous êtes idiote.

— Oh, oui, je suis bien d'accord.

Un sourire aux lèvres, Shane saisit son verre d'eau. Du coin de l'œil, elle aperçut Cy et Laurie qui traversaient la salle dans leur direction.

Pour couper court à toute envie de rire, elle s'éclaircit violemment la gorge.

— Shane, quel plaisir de te rencontrer.

Levant la tête, Shane réussit à feindre la surprise.

— Bonsoir, Cy. Bonsoir, Laurie. Comment vas-tu ?

— Très bien, répondit Laurie de sa voix soigneusement modulée.

Elle est vraiment très jolie, songea Shane. Même si ses yeux étaient un tantinet trop rapprochés.

— Je ne crois pas que vous connaissiez Vance, poursuivit-elle. Vance, je vous présente Cy Trainer et Laurie MacAfee, d'anciens camarades de classe. Vance est mon voisin.

— Ah, bien sûr, la vieille maison Farley.

Cy lui tendit la main. Vance la trouva douce. Sa poigne était ferme et brève comme il fallait.

— J'ai entendu dire que vous la retapiez.

— Un peu.

Vance s'autorisa à détailler le visage de Cy. Passable, estima-t-il, compte tenu de la mollesse de sa mâchoire.

— Vous devez être le menuisier qui aide Shane à monter sa petite boutique, intervint Laurie.

Son regard glissa de sa tenue de travail au pull de Shane.

— J'avoue que j'ai été surprise quand Cy m'a parlé de tes projets.

Voyant frémir la lèvre de Shane, Vance posa fermement un pied sur le sien.

— Ah oui ? fit celle-ci en reprenant de l'eau.

Ses yeux dansant d'amusement contenu croisèrent le regard de Vance par-dessus le verre.

— Eh bien, j'ai toujours aimé surprendre les gens.

— Nous n'arrivions pas à t'imaginer à la tête de ton propre commerce, n'est-ce pas, Cy ?

Laurie enchaîna sans lui laisser le moyen de répondre :

— Bien sûr, nous croisons les doigts pour toi, Shane, et tu peux compter sur nous pour t'acheter quelque chose afin de t'aider à démarrer.

Le rire lui tordait l'estomac. Shane dut appuyer une main à ce niveau tandis que Vance augmentait la pression sur son pied.

— Merci, Laurie. Je ne peux pas te dire à quel point ça me touche… Non, vraiment, je ne peux pas.

— Nous ferions n'importe quoi pour une vieille amie, pas vrai, Cy ? Nous formons des vœux pour ta réussite, tu sais, Shane. Je te promets de parler de ta petite boutique à tous les gens que je connais.

Même si bien sûr, soupira-t-elle d'un air d'excuse, c'est toi qui devras assurer la partie vente.

— Oui. Merci.

— Nous devrions y aller, maintenant. Nous voulons commander avant qu'il n'y ait trop de monde. Ce fut un plaisir de faire votre connaissance.

Laurie adressa un bref sourire à Vance et entraîna Cy dans son sillage.

— Oh, mon Dieu, je crois que je vais éclater !

Shane vida son verre d'eau sans respirer.

— Votre petit copain n'a que ce qu'il mérite, murmura Vance, en leur coulant un regard en douce. Elle va tout régenter à la maison, y compris leur vie sexuelle.

Il les suivit du regard, l'air songeur.

— Vous pensez qu'ils en ont déjà une ?

— Oh, arrêtez, l'implora Shane qui malmenait sa lèvre inférieure pour se contenir. Je vais avoir le fou rire d'une minute à l'autre.

— D'après vous, c'est elle qui lui a choisi sa cravate ? demanda Vance.

Renonçant à garder son sérieux, Shane laissa échapper son hilarité.

— Oh, flûte, Vance ! murmura-t-elle au moment où Laurie tournait la tête. Je m'en étais bien tirée jusque-là.

— Vous voulez leur donner de quoi jaser pendant tout le dîner ?

Avant qu'elle ait pu répondre, il l'attira par-dessus la table étroite et lui planta un long et langoureux baiser sur la bouche. Afin d'empêcher Shane d'y mettre fin trop tôt, il lui prit le menton et l'immobilisa. Il s'écarta d'elle quelques secondes, le temps de lui incliner la tête pour l'embrasser sous un angle différent. Shane émit un infime gémissement de détresse. Elle tenta bien de le repousser par l'épaule, mais quand Vance approfondit son baiser, sa main retomba inerte jusqu'au moment où il ôta ses lèvres des siennes.

— Bien joué, ironisa-t-elle quand elle eut repris ses esprits. D'ici demain midi, tout Sharpsburg croira que nous sommes amants.

— C'est vrai ?

Il porta la main de Shane à ses lèvres en souriant, puis lui embrassa lentement les doigts un à un. Il éprouva une certaine satisfaction à sentir courir un léger frémissement d'excitation.

— Oui, affirma Shane, le souffle court, et je ne…

Elle laissa sa phrase en suspens tandis que Vance lui retournait la main pour déposer un long baiser au creux de sa paume.

— Vous ne quoi ? s'enquit-il d'une voix douce, en faisant glisser ses lèvres vers son poignet — il sentait son pouls palpiter sous la légère caresse de sa langue.

— Je ne pense pas que… que ce soit sage, articula-t-elle, oubliant le restaurant, Cy, Laurie et tout le reste.

— Que nous soyons amants ou que tout Sharpsburg le pense ?

Vance savoura la confusion qu'il lut dans les yeux de Shane, d'autant plus que c'était là son œuvre.

Elle sentit son cœur s'emballer. Cet homme n'était pas comme les autres. Téméraire ? songea-t-elle, et un frisson d'excitation lui parcourut de nouveau l'échine. Posé ? Comment pouvait-il être les deux à la fois ? Et pourtant si. Il portait l'intrépidité dans son regard, mais ses gestes d'amour s'enchaînaient avec la tranquille fluidité de l'expérience.

Elle n'avait pas eu peur de l'homme dur et en colère qu'elle avait rencontré, mais éprouvait un soupçon d'angoisse vis-à-vis de celui qui, en ce moment même, caressait du pouce le pouls qui battait avec affolement à son poignet.

— Je vais devoir y réfléchir, murmura-t-elle.

— Faites donc, approuva-t-il plaisamment.

8

Antietam Musée et Antiquités ouvrit ses portes la première semaine de décembre. Comme Shane s'y attendait, les premiers jours la boutique et le musée ne désemplirent pas, mais d'une foule composée en grande partie de gens de sa connaissance. Ils étaient venus acheter ou jeter un coup d'œil par curiosité ou affection. D'autres étaient entrés voir la dernière frasque que leur avait concoctée « la fille Abbott ». Shane, amusée, les entendait évoquer ses anciens méfaits comme s'ils avaient eu lieu la veille. Le nom de Cy fut lâché une ou deux fois dans la conversation, l'obligeant à réprimer un gloussement et à changer de sujet. Une fois passé l'attrait de la nouveauté, les clients continuèrent cependant à défiler chez elle en nombre modeste mais constant. Cela suffisait à son bonheur.

Comme prévu, elle avait embauché Pat, la belle-sœur de Donna, à temps partiel. La jeune fille était motivée, pleine d'ardeur, et acceptait de consacrer quelques heures de ses week-ends au magasin. Pour Shane, ce coût supplémentaire trouva toute sa justification le jour où Pat, rouge de triomphe, conclut sa première vente. Guidée par les conseils de Shane et par ses propres recherches enthousiastes, la jeune assistante fut rapidement capable de classifier certains articles et de faire face aux questions dans la partie musée.

Shane était maintenant plus débordée que jamais, gérant la boutique, guettant les annonces de vide-greniers et supervisant le réaménagement de la maison, qui se poursuivait au premier étage. Ces longues journées chaotiques la stimulaient et l'aidaient à supporter la perte des trésors de sa grand-mère qui s'en allaient à un rythme lent mais régulier. C'est la loi des affaires, se remémorait-elle chaque fois qu'elle vendait un meuble d'angle ou un chandelier. C'était nécessaire. Durant les semaines qui avaient précédé l'inauguration, les factures s'étaient accumulées sur son bureau, et il fallait bien les payer.

Presque tous les jours elle voyait Vance qui clouait, sciait et réalisait les boiseries du premier étage. Même si sa réserve avait quelque peu fondu, la complicité qu'ils avaient partagée le temps d'un après-midi et d'une soirée avait disparu. Il la traitait en bonne copine, pas en femme dont il embrasserait la paume au restaurant.

Shane en avait conclu qu'il avait joué la comédie de l'amour au profit de Cy, et que depuis il avait repris son rôle de professionnel du bois. Elle n'en était pas découragée pour autant. En fait, l'homme avec qui elle avait dîné l'autre soir l'avait rendue nerveuse et mal assurée. Elle avait plus d'aplomb face à la colère de Vance que face à ses mots doux et ses tendres caresses. Comme elle se connaissait bien, elle savait qu'elle aurait du mal à ne pas se ridiculiser s'il continuait à la traiter avec tendresse. Elle n'était guère armée contre la romance.

Jour après jour, son amour pour Vance grandissait, renforçant sa conviction qu'il était l'homme de sa vie. Ce n'était qu'une question de temps, estimait-elle, pour qu'il s'aperçoive qu'elle était la femme de sa vie.

L'après-midi touchait à sa fin quand Shane gravit son perron tout neuf et entra dans le magasin, les bras chargés de ses dernières acquisitions. Le froid enluminait ses joues et elle était extrêmement contente d'elle-même. Petit à petit, elle apprenait à marchander sans pitié. Après avoir ouvert la porte d'un coup de postérieur, elle fit entrer la table de biais par l'embrasure.

— Regarde un peu ce que j'ai là ! lança-t-elle à Pat avant de refermer la porte derrière elle. Une Sheridan ! Et sans la moindre égratignure, en plus.

Pat, qui était en train de nettoyer une vitrine, s'interrompit.

— Shane, tu étais censée prendre ton après-midi…

Machinalement, elle fit partir une dernière trace sur la vitre avant de reporter toute son attention sur Shane.

— Il te faut prendre un peu de temps pour toi, lui rappela-t-elle avec un brin d'exaspération. C'est pour ça que tu m'as engagée.

— Oui, bien sûr, acquiesça Shane d'un ton distrait. J'ai une pendule de cheminée dans la voiture et un ensemble complet de salières de verre taillé.

Assez fine pour comprendre que toute remarque serait ignorée, Pat poussa un soupir et suivit Shane dans la salle d'exposition principale.

— Tu ne t'arrêtes donc jamais ? s'enquit-elle.

— Si, si…

Après avoir installé la table près d'une chaise Hitchcock, Shane recula pour contempler l'effet produit.

— Je ne sais pas, dit-elle lentement. Elle serait peut-être mieux mise en valeur dans la salle de devant, juste sous la fenêtre. Bon, de toute façon, je veux d'abord la cirer.

Elle fonça vers le plan de travail et farfouilla à la recherche de cire pour meubles.

— Comment vont les affaires, aujourd'hui ? s'enquit-elle.

Pat secoua la tête. La première chose qu'elle avait apprise dans ce travail, c'est que Shane Abbott était une véritable boule d'énergie.

— Je m'en charge, intervint-elle en prenant la cire et le chiffon des mains de Shane.

L'énorme soupir de son employée la fit sourire mais elle ne protesta pas.

— Tu as eu sept personnes qui sont venues visiter le musée, lui apprit Pat en commençant à cirer la table Sheridan. J'ai vendu quelques cartes postales et une gravure du Burnside Bridge. Une femme de Hagerstown a acheté la petite table à bords striés.

Shane, qui défaisait sa parka, s'interrompit.

— Le guéridon tambour de bois de rose ?

Du plus loin qu'elle s'en souvienne, il avait fait partie du petit boudoir d'été.

— Oui. Et elle était aussi intéressée par le rocking-chair de bois cintré.

Pat se glissa une mèche de cheveux derrière l'oreille tandis que Shane tentait à contrecœur de se réjouir de ces nouvelles.

— Je pense qu'elle va revenir.

— Bien.

— Oh, et Oncle Festus a fait une touche.

— C'est vrai ?

Shane sourit en songeant au portrait victorien d'un homme austère auquel elle avait été incapable de résister. Elle l'avait acheté parce qu'il l'amusait, même si elle avait peu d'espoir de le vendre.

— Eh bien, je serai navrée de m'en séparer. Il donne de la dignité à cet endroit.

— Moi, il me flanque la chair de poule, rétorqua Pat hardiment tandis que Shane se dirigeait vers la porte d'entrée pour aller chercher le reste des nouvelles pièces de son stock.

— Oh, j'allais oublier ! s'exclama la jeune vendeuse. Tu ne m'avais pas dit que l'ensemble de salle à manger était vendu.

— Quoi ?

Shane s'arrêta, perplexe, la main sur le bouton de porte.

— L'ensemble de salle à manger avec les chaises en forme de

cœur, expliqua Pat. Les Hepplewhite, précisa-t-elle, ravie de voir qu'elle commençait à retenir les marques et les époques. J'ai failli le vendre deux fois.

— Le vendre deux fois ?

Shane lâcha le bouton de porte et se planta devant Pat :

— Qu'est-ce que tu racontes ?

— Il y a quelques heures, des gens sont venus qui voulaient l'acheter. Apparemment, leur fille se marie et ils comptaient le lui offrir en cadeau de mariage. Ils doivent être riches, ajouta-t-elle d'un ton pénétré. La réception va avoir lieu au Country Club de Baltimore… avec un orchestre.

Elle commençait à rêvasser là-dessus lorsqu'elle s'aperçut que Shane la fixait d'un œil dur.

— Enfin bref, embraya-t-elle très vite, j'allais finaliser la vente quand Vance est descendu et m'a expliqué que l'ensemble était déjà vendu.

Le regard de Shane s'étrécit.

— Vance ? Vance t'a dit qu'il était déjà vendu ?

— Eh bien, oui, acquiesça Pat, décontenancée par le ton de sa patronne.

Si elle avait mieux connu Shane, elle aurait su repérer les prémices de sa colère. En toute innocence, elle poursuivit :

— Un coup de bol, d'ailleurs, sinon ils l'auraient acheté et organisé son expédition aussi sec. A mon avis, tu te serais retrouvée dans un sacré pétrin.

— Dans un sacré pétrin, siffla Shane entre ses dents. Ça, tu peux le dire, quelqu'un s'est mis dans un sacré pétrin.

Elle fit brusquement volte-face et, sous le regard médusé de Pat, se dirigea à grandes enjambées vers l'arrière de la boutique.

— Shane ? Shane, qu'est-ce qui se passe ?

Troublée, Pat trottina à sa suite :

— Où vas-tu ?

— Régler une petite affaire, répliqua celle-ci d'un ton crispé. Sors les autres trucs de ma voiture, veux-tu ? lança-t-elle sans ralentir le pas. Et ferme. Je risque d'en avoir pour un bout de temps.

— D'accord, mais…

Pat n'acheva pas sa phrase en entendant claquer la porte de derrière. Elle s'interrogea un moment, abasourdie, puis haussa les épaules et alla exécuter les ordres qui lui avaient été donnés.

— Dans un sacré pétrin, marmonna Shane en foulant les feuilles mortes. Coup de bol qu'il soit descendu !

Elle balança un coup de pied rageur dans une branche tombée à terre qu'elle envoya valdinguer devant elle, dans l'attente du prochain coup de pied. Bouillonnant de colère contenue, elle descendit le sentier d'un pas déterminé parmi les arbres dépourvus de feuilles.

— Déjà vendu !

Folle de rage, elle émit un bruit de gorge inquiétant. Un écureuil éperdu traversa le chemin ventre à terre avant de filer dans une autre direction.

A travers les branches dénudées, elle aperçut la maison de Vance ; la fumée qui s'échappait de la cheminée s'élevait avec peine dans le bleu impitoyable du ciel. Shane serra les dents et pressa le pas. Le silence fut rompu par un bruit sourd et régulier : bam ! une pause, bam ! Sans hésitation, elle contourna la maison vers l'arrière.

Vance plaça une autre bûche sur la souche qui lui servait de billot et s'accroupit, la hache à la main, pour la fendre proprement en deux. Shane ne prit pas le temps d'admirer la précision ni la grâce de son geste.

— Vous ! cracha-t-elle avant d'aller se camper devant lui, les poings sur les hanches.

Vance s'interrompit dans son élan. Jetant un coup d'œil par-dessus son épaule, il vit Shane qui le fixait, le visage enflammé et les yeux étincelants de rage. Elle n'était jamais plus belle que dans la colère, songea-t-il distraitement, avant de se remettre à l'ouvrage. La bûche suivante se fendit en deux morceaux qui retombèrent de part et d'autre de la souche. La pile de bois était imposante, preuve qu'il devait s'activer depuis un certain temps.

— Salut, Shane.

— Pas de ça avec moi ! rétorqua-t-elle d'un ton cinglant, effaçant la distance qui les séparait en trois rapides foulées. Comment osez-vous ?

— La plupart des gens considèrent cette formule comme une salutation tout à fait acceptable, riposta-t-il en se penchant pour ramasser une autre bûche.

D'un revers de main, Shane la fit tomber de la souche.

— Vous n'aviez pas le droit de vous en mêler, pas le droit de me faire rater une vente. Une vente importante, précisa-t-elle avec fureur.

Son haleine blanchissait l'air glacé.

— Mais pour qui vous prenez-vous ? Aller dire à mes clients qu'une chose est déjà prise ? Et quand bien même ça aurait été le cas — or ça ne l'était pas —, ce n'était sûrement pas à vous d'aller y mettre votre grain de sel !

Vance ramassa la bûche avec calme. Il s'était attendu à la voir arriver — elle et sa colère. Il avait agi sur un coup de tête mais n'en éprouvait aucun regret. Il gardait encore très nettement à la mémoire l'expression du visage de Shane lorsqu'elle lui avait montré pour la première fois l'ensemble de salle à manger qui faisait la joie et la fierté de sa grand-mère. Il était hors de question qu'il reste planté là sans agir tandis qu'elle regarderait ses meubles passer le seuil de sa porte.

— Vous ne voulez pas vendre cet ensemble, Shane.

La fureur augmenta dans le regard de la jeune femme.

— Ce que je veux faire ne vous regarde pas. *Je vais le vendre.* Et si vous n'aviez pas ouvert votre grande gueule, je l'aurais *déjà* vendu.

— Et passé des heures à vous en vouloir et à pleurer sur le bon de facture, riposta-t-il en plantant le fer de la hache dans la souche ; il regarda Shane bien en face. L'argent ne vaut pas un tel sacrifice.

— Epargnez-moi vos jugements de valeur ! s'indigna-t-elle, et elle lui enfonça un doigt dans la poitrine. Vous ne savez pas ce que je ressens. Vous ne savez pas ce que je dois faire. *Moi* si. J'ai besoin de cet argent, bon sang !

Avec un calme forcé, il enroula la main autour du doigt qu'elle pointait sur son torse et le tint en l'air un instant avant de le laisser retomber.

— Vous n'en avez pas suffisamment besoin pour renoncer à quelque chose qui compte beaucoup pour vous.

— Ce n'est pas avec des beaux sentiments qu'on paie les factures.

Ses joues s'empourprèrent davantage.

— J'en ai plein les tiroirs de mon bureau.

— Vendez autre chose ! lui cria-t-il, énervé.

Elle avait le visage levé vers lui et ses yeux étincelaient de colère. Il était déchiré entre l'envie de la protéger et celle de l'étrangler.

— Votre fichue baraque déborde de camelote !

C'était une déclaration de guerre.

— *De camelote ? De camelote !* répéta-t-elle d'une voix suraiguë.

— Débarrassez-vous de certaines choses dans tout le bric-à-brac qui s'entasse chez vous, lui conseilla-t-il avec une froideur qui aurait hérissé ses partenaires commerciaux.

Shane laissa échapper un sifflement de mauvais augure.

— Vous n'y connaissez strictement rien, fulmina-t-elle, lui enfonçant de nouveau l'index dans la poitrine, de telle sorte qu'il recula. Je récupère les plus belles pièces que je peux trouver, et *vous* — elle pointa encore son doigt sur son torse — vous ne savez pas distinguer un Hepplewhite de… d'un morceau d'aggloméré ! Alors n'allez pas fourrer votre nez de citadin dans mes affaires, Vance Banning, et retournez jouer avec vos rabots et vos forets. Je n'ai pas besoin des conseils à deux balles d'un type de la plaine.

— Maintenant, ça suffit, décréta-t-il d'un ton grave.

D'un seul mouvement, il la souleva de terre et la jeta sur son épaule.

— Mais ça ne va pas, qu'est-ce qui vous prend ? hurla-t-elle en le martelant d'une volée de coups de poing.

— Je vous emmène à l'intérieur pour vous faire l'amour, marmonna-t-il. J'en ai assez.

Shane, abasourdie, arrêta de le frapper.

— Vous *quoi* ?

— Vous m'avez très bien entendu.

— Mais vous êtes complètement cinglé !

Plus furieuse que paniquée, elle s'acharna à lui faire mal partout où ses poings et ses pieds pouvaient l'atteindre. Ce qui n'empêcha pas Vance de continuer sa progression et d'entrer dans la maison par la porte de derrière.

— Pas question que vous m'emmeniez à l'intérieur ! tempêta-t-elle, alors qu'il lui faisait traverser la cuisine. Je refuse d'y aller avec vous !

— Vous irez là où je vous emmènerai, rétorqua-t-il.

— Oh, Vance, vous allez me le payer ! promit-elle en lui bourrant le dos de coups de poing.

— Ça, je n'en doute pas, marmonna-t-il en entreprenant la montée de l'escalier.

— Reposez-moi tout de suite ! Je ne tolérerai pas ça plus longtemps.

Las de prendre des coups de pied, il lui ôta ses chaussures, les lança par-dessus la rampe et resserra le bras derrière ses genoux.

— Vous allez devoir en tolérer bien davantage dans quelques minutes.

Les jambes totalement immobilisées, Shane gigotait en vain tandis qu'il continuait de monter les marches.

— Je vous préviens, vous allez avoir de gros problèmes. Ça ne se passera pas comme ça, menaça-t-elle en le frappant avec rage.

Vance s'engagea dans le couloir et entra dans une chambre.

— Si vous ne me posez pas immédiatement, *immédiatement*, vous êtes viré !

Se sentant basculer dans les airs, Shane poussa un cri aigu suivi d'un ouf ! en atterrissant lourdement sur le lit. Furieuse et à bout de souffle, elle se mit tant bien que mal à genoux.

— Espèce d'idiot ! fulmina-t-elle d'une voix un peu haletante. Qu'est-ce que vous faites ?

— Je vous ai déjà dit ce que j'allais faire.

Vance retira son blouson et le jeta dans la pièce.

— Si vous vous imaginez une seule minute que vous pouvez me jeter sur votre épaule comme un sac de patates et vous en tirer comme ça, vous vous mettez le doigt dans l'œil !

Shane le regarda déboutonner sa chemise avec une fureur grandissante.

— Et arrêtez ça tout de suite ! Vous ne pouvez pas *m'obliger* à faire l'amour avec vous.

— Regardez-moi.

Vance ôta sa chemise.

Elle avait beau avoir mis les mains sur les hanches, toujours à genoux sur le lit, sa pose indignée perdit quelque peu de son assurance.

— Remettez ça tout de suite.

La fixant d'un œil froid, Vance laissa choir sa chemise par terre, puis se pencha pour enlever ses chaussures.

Shane le fusilla du regard.

— Vous croyez qu'il vous suffit de me jeter sur un lit et c'est tout ?

— Je n'ai même pas encore commencé, l'informa-t-il tandis que sa seconde chaussure tombait bruyamment au sol.

— Espèce d'abruti ! riposta-t-elle en le menaçant d'un oreiller. Je ne vous laisserais jamais me toucher même si…

Elle chercha une formule originale et dévastatrice mais opta finalement pour quelque chose de neutre.

—… même si vous étiez le dernier homme sur terre !

Vance lui décocha un long regard étincelant avant de déboucler sa ceinture.

— Je vous ai dit d'arrêter ça.

Shane pointa vers lui un doigt menaçant.

— Je ne plaisante pas. Je vous préviens, n'enlevez rien de plus. Vance ! s'exclama-t-elle en voyant qu'il était sur le point de défaire le premier bouton de son jean. Je suis sérieuse.

Elle acheva ce dernier mot dans un gloussement. Les mains de Vance se figèrent ; ses yeux s'étrécirent.

— Rhabillez-vous tout de suite ! ordonna-t-elle, mais en pressant le dos de sa main contre sa bouche.

Ses yeux s'étaient agrandis et brillaient sous l'effet de l'amusement.

— Qu'est-ce qu'il y a de si drôle, bon sang ? demanda-t-il.

— Rien, rien du tout.

Là-dessus, Shane s'écroula sur le dos, vaincue par l'hilarité.

— Drôle ? Non, non, la situation est très grave.

Convulsée de rire, elle se mit à marteler le lit de ses poings.

— Un homme est là, en train de se déshabiller d'un air assassin. Rien ne saurait être plus grave !

Elle lui jeta un coup d'œil, puis se couvrit la bouche des deux mains.

— Voyez la figure d'un homme submergé par le désir et la concupiscence !

Shane riait tellement qu'elle en avait les larmes aux yeux.

Qu'elle était agaçante ! songea Vance en esquissant un sourire involontaire.

Il alla vers le lit ; puis il s'assit près d'elle et lui prit la tête entre les mains. Plus elle essayait de maîtriser son hilarité et plus ses yeux se riaient de lui.

— Ravi de voir que ça vous amuse, commenta-t-il.

Shane ravala un gloussement.

— Oh non, je suis furieuse, absolument furieuse, mais tout ça était *tellement* romantique…

— Romantique ?

Le sourire de Vance s'élargit alors qu'il la considérait.

— Ah oui ! Vous m'avez littéralement mise sens dessus dessous !

Son rire résonna dans toute la chambre.

— Je ne me souviens pas d'avoir jamais été aussi *excitée*, articula-t-elle.

— Vraiment ? murmura Vance tandis que Shane s'abandonnait totalement au fou rire.

Très délibérément, il baissa la tête et lui effleura le menton de ses lèvres.

— Oui, sauf peut-être la fois où Billy Huffman m'a poussée dans les bruyères en CE1. Manifestement, j'ai le chic pour provoquer de violents accès de passion chez les hommes.

— Manifestement, acquiesça Vance en lui glissant une mèche derrière l'oreille. J'en ai eu plusieurs depuis que je vous fréquente.

La crise de fou rire de Shane fut stoppée net lorsqu'il lui saisit le lobe de l'oreille entre les dents.

— Et je pense être voué à en avoir encore beaucoup d'autres, murmura-t-il en descendant vers son cou.

— Vance…

— Sous peu, ajouta-t-il, la bouche contre sa gorge. D'une minute à l'autre.

— Je dois rentrer, commença-t-elle, haletante.

Alors qu'elle tentait de se rasseoir, il l'immobilisa d'une main plaquée sur son épaule.

— Je me demande ce qui peut encore vous exciter.

Il lui mordilla le cou.

— Ceci ?

— Non, je…

— Non ?

Il lâcha un rire grave et tranquille en sentant son pouls cogner contre ses lèvres.

— Autre chose, alors. Comme la fermeture Eclair de la parka de Shane était déjà ouverte, il défit d'une main habile la rangée de boutons de son chemisier.

— Ça ?

Très doucement, il effleura de sa langue la pointe de son sein.

Shane poussa un petit cri étouffé et se cambra contre lui. Vance prit son mamelon dans sa bouche et laissa son goût s'immiscer en lui. Il le savoura un moment tandis que Shane enfonçait ses ongles dans ses épaules nues. Mais la chaleur l'envahit et il comprit qu'il devait s'écarter s'il ne voulait pas la prendre trop vite. Depuis le soir où ils avaient dîné ensemble, il avait pris soin de maintenir une certaine distance entre eux. Il ne voulait pas la brusquer. Mais maintenant qu'il la tenait sur son lit, il entendait bien savourer chaque instant de la situation.

Il leva la tête et plongea son regard dans le sien. Elle le fixa avec des yeux immenses. Pendant un moment, ils cherchèrent chacun des réponses. Shane sourit très lentement.

— Ça, murmura-t-elle, et elle attira la bouche de Vance vers la sienne.

Elle ne s'attendait pas à la douceur de ce baiser. Les lèvres de Vance s'affairaient tendrement sur les siennes. Leurs deux respirations se mêlèrent et s'accordèrent sur un même rythme. Il parcourut son visage de petits baisers, revenant malgré tout encore et toujours à sa bouche impatiente. S'attarder, profiter, faire durer chaque instant, chaque saveur ; il n'avait que cela en tête. Le seul fait de savoir qu'il pouvait la toucher, l'embrasser et l'aimer lui permettait de contenir ses désirs exacerbés. A sa connaissance, c'était la première fois que son envie de donner du plaisir à une femme surpassait son envie de prendre le sien. Du plaisir, il pouvait lui en donner par ces baisers langoureux qui faisaient bouillir son propre sang dans ses veines. Il se contenta d'abord de ses lèvres et de sa langue pour l'exciter, jusqu'au moment où il sentit qu'elle brûlait d'aller plus loin.

L'effleurant à peine, Vance lui dégagea les bras et les épaules de sa parka en la soulevant légèrement pour faire passer le vêtement sous elle. Ses gestes étaient d'une telle sûreté et d'une telle douceur que Shane ne pouvait s'apercevoir du duel que se livraient en lui la tendresse et la passion. Sans se presser, il lui ôta son chemisier, faisant glisser sa bouche sur sa peau au fur et à mesure qu'il dénudait ses épaules. Shane soupira sous ses baisers qui descendirent le long de son bras et se transformèrent en mordillements à l'intérieur du coude. Luttant contre son désir de plus en plus impérieux, Vance promena ses lèvres jusqu'au poignet de la jeune femme.

Le vent pouvait bien souffler au-dehors, les feuilles mortes balayer le sol, Shane n'en avait pas conscience. Plus rien n'existait que les doigts de Vance jouant sur sa peau, l'empreinte chaude de sa bouche. Comblée, presque ensommeillée, elle passa les doigts dans l'épaisse masse de ses cheveux tandis qu'il lui mordillait le cou. Le frottement alangui de sa peau contre la sienne lui fit battre le cœur puissamment. Elle aurait pu rester là à jamais, flottant dans un monde à mi-chemin entre passion et sérénité.

Lentement, il entreprit son exploration vers le bas, dans un mouvement imperceptible. Il encercla son sein de baisers et de légers suçons, progressant jusqu'à ce qu'il en ait capturé la pointe. Celle-ci devint chaude et dure dans sa bouche tandis que Shane commençait à bouger sous lui. Il la suça en jouant de sa langue, les amenant tous deux au bord du délire. A présent, elle dégageait une énergie qui jaillissait en un flot de passion et d'impatience. Elle se plaqua contre lui en gémissant son prénom.

Mais il y avait tant encore à donner, tant encore à prendre… Avec une application délibérée, Vance répéta le même parcours électrisant autour de son autre sein, sentant Shane frissonner, écoutant cogner la tempête de son cœur sous sa bouche entreprenante et avide.

— Si douce, murmura-t-il. Si belle.

Il resta un moment le visage simplement niché contre son sein, luttant pour garder le contrôle de lui-même. Avec un gémissement de désir, Shane tendit la main vers lui comme pour ramener sa bouche vers la sienne, mais Vance glissa plus bas.

Saisissant ses hanches cambrées, il promena sa langue le long de sa peau frémissante. Shane sentit son jean se desserrer à la taille et elle se trémoussa pour l'aider. Mais Vance se contenta de presser sa bouche au fond du triangle de peau dénudée. De nouveau Shane gigota, creusant les reins pour s'offrir à lui, mais il s'attardait, traçant des cercles alanguis avec sa langue.

Quand il lui tira le jean sur les hanches, elle ressentit chaque effleurement torride de ses doigts. Il descendit le long de ses cuisses, s'arrêtant pour en caresser l'intérieur satiné, puis le long de ses mollets pour doucement mordiller leurs muscles tendus, et arriva à ses chevilles, faisant remonter d'un léger coup de langue une bouffée de chaleur dévastatrice dans tout le corps de Shane.

Il trouva des zones érogènes dont elle ignorait l'existence. Puis il fut tout au cœur de son intimité et, dardant sa langue en elle, la catapulta par-delà les limites de la raison. Elle gémit son prénom, bougeant avec lui, bougeant pour lui, le corps et l'esprit tourmentés par de sombres délices palpitantes.

Vance l'entendit prononcer son prénom dans un râle et en fut excité. L'énergie de Shane, le geyser de sa passion, l'embrasait, le poussant à la prendre plus profondément avant de la prendre tout entière. Sa saveur douce, si douce, accrut sa convoitise. Au fin fond de son esprit embrumé, il sentait bien qu'il n'était plus tendre envers elle, mais le désir lui fouettait le sang.

La folie s'empara de lui. Sa bouche parcourut sauvagement son corps tandis que ses doigts la menaient de sommet en sommet au pic suprême d'un plaisir étourdissant. Lorsqu'il trouva son sein, sa poitrine se soulevait et s'abaissait au rythme de sa respiration haletante. Si elle avait pu parler, Shane aurait supplié Vance de la prendre. Son monde tourbillonnait à une vitesse hallucinante, une vitesse qui défiait les limites de son imagination. Quand il écrasa sa bouche sur la sienne, elle répondit aveuglément. Il s'enfonça en elle.

Le flot d'énergie surgit de nulle part. C'était une force, une puissance qui pulvérisa les frontières du raisonnable et la projeta brutalement dans un univers impossible. Vance et elle se comblaient mutuellement, montant toujours plus haut et toujours plus vite jusqu'au paroxysme final. Ensemble, ils s'y cramponnèrent, secoués de frissons.

Depuis combien de temps gisait-il sur ce lit, Vance n'en savait trop rien. Peut-être même s'était-il assoupi. Lorsque son esprit commença à s'éclaircir, il s'aperçut que sa bouche était nichée contre la gorge de Shane, que celle-ci avait les bras passés autour de lui. Il était encore en elle et sentait les faibles pulsations d'un vestige de passion l'agiter au plus profond de son corps. Il resta encore un peu les yeux fermés : comment était-il possible d'être à la fois euphorique et rassasié ? Lorsqu'il bougea, par égard pour son confort, Shane resserra son étreinte pour le garder contre elle.

— Non, murmura-t-elle. Encore un peu.

Il rit tout en lui effleurant l'oreille d'un baiser.

— Tu arrives à respirer ?

— Je respirerai plus tard.

Satisfait, il enfouit de nouveau son visage au creux de son cou.

— J'aime le goût de ta bouche. Ça me pose un problème depuis la première fois que je t'ai embrassée.

— Un problème ? s'étonna-t-elle d'un air lascif, en parcourant les muscles de son dos d'une caresse expérimentale. Ça ne sonne pas vraiment comme un compliment.

— Ça te plairait d'en entendre un ?

Il appuya sa bouche contre sa peau.

— Tu es la créature la plus exquise que j'aie jamais vue.

Shane accueillit cette information avec un petit rire narquois.

— Ton premier compliment était un peu plus crédible.

Vance releva la tête et la dévisagea. Même ensommeillés par la passion, ses yeux brillaient d'amusement.

— Tu ne t'en rends pas compte, n'est-ce pas ? dit-il d'un ton songeur.

N'avait-elle pas idée de l'effet que sa peau satinée et ses grands yeux de biche pouvaient provoquer chez un homme, combinés à sa vivacité bien particulière ? Ne voyait-elle pas le pouvoir que renfermait l'absolue innocence lorsqu'elle était contrebalancée par une bouche sensuelle et une sexualité franche et ouverte ?

— Tu la perdrais si tu le savais, murmura-t-il presque pour lui-même. Et si je te disais que j'aime ton nez ?

Elle le considéra quelques secondes d'un air méfiant.

— Si tu me sors que je suis mignonne, je te cogne.

Il pouffa, puis embrassa l'une après l'autre ses joues creusées de fossettes.

— Tu sais depuis quand je rêve de ce moment ?

— Depuis notre première rencontre au magasin général.

Elle sourit en le voyant relever la tête.

— J'ai ressenti la même impression. C'était comme si j'avais passé ma vie à t'attendre.

Vance appuya son front contre le sien.

— J'étais furieux.

— J'étais stupéfaite. J'en ai oublié mon café.

Ils rirent jusqu'à ce que leurs lèvres se rencontrent.

— Tu as été affreusement impoli ce jour-là, se souvint-elle.

— Exprès.

Il ramena sa bouche vers la sienne.

— Je voulais me débarrasser de toi.

— Tu as vraiment cru que tu y arriverais ?

Elle lui mordilla la lèvre inférieure en gloussant.

— Tu ne sais donc pas reconnaître une femme déterminée quand tu en vois une ?

— J'aurais très bien pu me débarrasser de toi si j'avais pu fermer l'œil la nuit sans avoir ton image imprimée sur la rétine.

— Vraiment, c'est ce que tu avais ? Pauvre Vance…, se moqua-t-elle en lui donnant un baiser compatissant.

— Je suis sûr que tu es navrée de m'avoir fait perdre le sommeil.

Shane laissa échapper un rire suspect. Vance releva la tête et vit qu'elle se mordait fermement la lèvre inférieure.

— Je serais sincèrement navrée, affirma-t-elle, si je ne pensais pas que c'est merveilleux.

— J'avais souvent envie de t'étrangler sur le coup de 3 heures du matin.

— Je n'en doute pas, rétorqua-t-elle calmement. Pourquoi ne m'embrasses-tu pas plutôt ?

Ce qu'il fit, brutalement, comme si tous ses désirs contenus menaçaient de l'embraser de nouveau.

— Le jour où tu t'es retrouvée assise le derrière dans la boue, en train de rire comme une idiote, j'avais tellement envie de toi que c'en était douloureux. Bon sang, Shane, tu m'as chamboulé la raison pendant des semaines !

Il plaqua sa bouche contre la sienne avec le soupçon de colère qu'elle connaissait bien. Elle lui caressa la nuque d'une main apaisante.

Quand il releva la tête, leurs yeux se croisèrent en un long et profond regard. Shane posa la main sur sa joue.

Tant de conflits, songea-t-elle. *Tant de secrets.*

Tant de douceur, songea-t-il. *Tant de franchise.*

— Je t'aime, dirent-ils en même temps avant de se dévisager, stupéfaits.

Ils restèrent un moment sans bouger ni parler. On aurait dit que même leur respiration s'était arrêtée au même instant. Puis, dans un même élan, ils s'étreignirent cœur contre cœur, lèvres contre lèvres. Ce qui avait commencé comme la rencontre de deux bouches s'adoucit, se fit plus tendre et se transforma en promesse.

Vance ferma les yeux, submergé par des vagues de soulagement et la montée du plaisir. Il sentit Shane frissonner et l'enlaça plus fort.

— Tu trembles. Pourquoi ?

— Tout est trop parfait, répondit-elle d'une voix mal assurée. Ça me fait peur. Si je devais te perdre maintenant…

— Chut…

Il l'interrompit d'un baiser.

— Tout *est* parfait.

— Oh, Vance, je t'aime tellement ! J'ai attendu pendant des semaines que tu m'aimes en retour, et maintenant…

Elle lui prit le visage entre les mains et secoua la tête.

— Maintenant que tu m'aimes, j'ai peur.

Il planta son regard dans le sien et sentit monter en lui un violent sentiment de passion et de possession. Elle était à lui maintenant ; rien ne pourrait changer cela. Fini les erreurs, fini les déceptions. Il l'entendit retenir sa respiration puis frissonner.

— Je t'aime, déclara-t-il avec fougue. Je vais te garder, tu entends ? Nous sommes faits l'un pour l'autre. Nous le savons tous les deux. Rien, je te le jure, rien ne pourra jamais nous séparer.

Il la prit dans un élan sauvage où se mêlaient désir et désespoir, ignorant l'ombre d'inquiétude qui le guettait par-dessus son épaule.

9

Quand Shane s'éveilla, il faisait nuit. Elle n'avait aucune notion de l'heure ni du lieu où elle se trouvait, seul comptait le profond sentiment de sécurité et de satisfaction intérieure qu'elle éprouvait. Le poids d'un bras autour de sa taille était signe d'amour ; la calme respiration à son oreille, signe que son amant dormait à son côté. Cela suffisait à son bonheur.

Combien de temps avaient-ils dormi ? se demanda-t-elle paresseusement. Elle avait fermé les yeux au moment où le soleil se couchait. A présent, la lune était haute. Sa froide lumière blanche filtrait des fenêtres pour se répandre en travers du lit. Shane se déplaça légèrement et tourna la tête en arrière pour observer le visage de Vance. Dans la faible luminosité, elle discernait l'arrondi d'une pommette et le contour de la mâchoire, le nez fort et droit. Du bout des doigts, elle effleura doucement sa bouche en prenant bien garde de ne pas le réveiller. Tant qu'il dormait, elle pouvait le contempler tout son soûl.

Il avait un visage puissant, dur même, songea-t-elle, au teint mat et aux angles accusés. Sa bouche pouvait être cruelle, ses yeux glacés. Même dans sa façon de faire l'amour, il avait en lui une sorte de domination impitoyable. Dans ses bras, une femme pouvait peut-être se sentir en sécurité, mais jamais tout à fait tranquille. La vie avec lui regorgerait constamment d'exigences, de disputes et de passion.

Et il m'aime, pensa-t-elle dans une sorte de terreur émerveillée.

Dans son sommeil, Vance bougea et l'attira à lui. Leurs deux corps nus s'épousèrent intimement et Shane fut remuée par une sourde palpitation de désir. Sa peau s'embrasa contre la sienne, parcourue de picotements à ce contact. Son cœur se mit à cogner à un rythme désordonné contre les lents et réguliers battements de cœur de son amant. Son désir n'avait jamais été aussi impérieux, pourtant Vance ne bougeait pas, il restait allongé près d'elle, profondément enfoui dans ses rêves.

Il en serait toujours ainsi, comprit-elle en nichant sa tête au creux de son épaule. Il ne lui accorderait que très peu de quiétude. Et même si la paix lui était toujours apparue comme une sorte d'évidence, Shane était désormais prête à se la voir confisquée avec joie. Cet homme était son destin ; elle l'avait su dès le premier instant. A présent, elle se sentait liée à lui comme après des dizaines d'années de mariage.

Elle resta un long moment les yeux ouverts, à l'écouter dormir, sentant sa poitrine s'abaisser et se soulever à un rythme régulier contre ses seins. Cela ne changera jamais, se dit-elle. Ce besoin de s'étreindre l'un l'autre. Elle se lova quelques instants contre lui, emplissant ses poumons de son odeur. Toute sa vie elle se rappellerait chaque seconde, chaque mot échangé au cours de leur première union. L'âge venu, elle n'aurait pas besoin de journal intime pour se remémorer le feu ardent de leur jeunesse. Le passage du temps ne ternirait pas le souvenir de ses sentiments.

Dans un soupir, elle effleura ses lèvres d'un murmure de baiser. Il ne broncha pas : rêvait-il d'elle ? Elle aurait bien voulu et, fermant les yeux, elle le lui intima de toute la force de son esprit. Elle s'écarta de lui avec précaution, puis se glissa doucement hors du lit. Leurs vêtements gisaient par terre en tas éparpillés. Shane tomba par hasard sur la chemise de Vance et l'enfila avant de quitter la chambre.

L'odeur de Shane imprégnait encore la taie d'oreiller. Ce fut la première sensation qui pénétra l'esprit de Vance tandis qu'il émergeait peu à peu du sommeil. Ce parfum lui allait si bien — une fragrance fraîche, propre, terminée par une légère note de citron. Paresseusement, Vance la laissa s'insinuer en lui. Même quand il dormait, Shane occupait toutes ses pensées. Il éprouvait une légère raideur dans l'épaule à l'endroit où elle avait posé sa tête. Il effectua quelques rotations du bras pour détendre ses muscles engourdis et tendit la main pour l'attirer à lui. Il s'aperçut qu'il était seul. Ouvrant les yeux, il murmura son prénom.

Vance ressentit la même désorientation temporelle que Shane. La chambre était à peine éclairée par la lueur de la lune et, l'espace d'un instant, il crut avoir rêvé tout ce qui s'était passé. Mais les draps étaient encore tièdes de la chaleur de Shane, et son parfum flottait encore. Non, ce n'était pas un rêve. Une vague de soulagement le submergea. Il l'appela doucement. C'est alors qu'il sentit l'odeur du bacon. Dans le noir, il sourit d'un air idiot et se laissa aller en arrière. Dans le silence de la chambre, il entendit vaguement la voix de Shane qui chantait une rengaine populaire parfaitement niaise.

Elle devait être dans la cuisine. Il resta immobile, l'oreille tendue. Elle fouillait dans les placards dans un bruit de vaisselle entrechoquée. De l'eau coula d'un robinet. L'odeur de bacon s'intensifia. Combien de temps avait-il dû attendre pour éprouver cette sensation ? Il se sentait… *épanoui*. Si jusqu'à ce jour il avait ignoré être en attente, il savait en revanche ce qu'il avait trouvé. Shane comblait le vide qui l'avait tourmenté pendant des années, apaisait une vieille blessure envenimée. Elle était la réponse à toutes ses questions.

« Et toi, que lui apporteras-tu ? », l'interrogea sa conscience. Vance ferma les yeux. Il se connaissait trop pour prétendre offrir à Shane une vie sereine et sans heurts. Il avait un tempérament trop versatile, des responsabilités trop envahissantes. Même en s'arrangeant sur ces deux points, il ne pouvait lui faire miroiter une douce scène de bonheur pastoral. Sa vie, passée, présente et future, comportait trop de complications. Jusqu'à leur première nuit ensemble qui allait devoir être gâchée par l'un de ses fantômes. Il fallait qu'il lui parle d'Amelia. Une bouffée de rage l'envahit, suivie d'un désagréable frisson de peur.

Non, cette peur-là il ne la tolérerait pas, décida-t-il en se levant rapidement du lit. Rien ni personne ne se mettrait en travers de son bonheur. Ni l'ombre de sa femme disparue ni les exigences d'une entreprise tyrannique n'allaient lui prendre Shane. C'était une femme forte, se rappela-t-il, s'efforçant de surmonter son appréhension. Il pourrait lui faire voir son passé tel qu'il était : une période qui s'était déroulée avant elle. Peut-être serait-elle choquée d'apprendre qu'il était à la tête d'une société de plusieurs millions de dollars, mais une fois révélée, la situation ne pourrait que difficilement lui déplaire. Il allait tout lui dire et repartir de zéro. Cela fait, il pourrait lui demander de l'épouser. Si des ajustements professionnels s'avéraient nécessaires, il les accomplirait. Il avait déjà sacrifié son rêve de jeunesse dans l'intérêt de la société, il ne lui sacrifierait pas Shane. Tout en enfilant son jean, Vance tenta d'élaborer la meilleure façon de lui avouer la vérité et, peut-être plus important encore, de lui expliquer pourquoi il ne l'avait pas fait plus tôt.

Shane ajouta une pincée de thym à la soupe en boîte qu'elle faisait chauffer. Lorsqu'elle se mit sur la pointe des pieds pour attraper un bol sur l'étagère, le bas de la chemise de Vance frôla ses cuisses nues. Elle avait les cheveux en bataille et les joues en feu. Vance l'observa un moment depuis le seuil de la porte. Puis, en trois enjambées, il fut derrière elle et lui enlaça la taille en nichant son visage au creux de son cou.

— Je t'aime, murmura-t-il d'une voix grave et farouche. Mon Dieu, que je t'aime !

Avant qu'elle ait pu répondre, il la fit pirouetter et captura sa bouche. A la fois surprise et excitée, Shane se cramponna à lui, chancelante d'émotion. Mais elle lui rendit son baiser avec une passion égale, la bouche douce et consentante, jusqu'à ce qu'il l'écarte de lui d'un geste lent. La flamme de leur désir retombée en incandescence, Vance regarda Shane et sourit.

— Si tu veux me rendre fou, tu n'as qu'à enfiler une de mes chemises.

— Si j'avais su le genre de résultats que j'obtiendrais, je l'aurais fait des semaines plus tôt !

Souriant à son tour, Shane lui noua les mains autour du cou.

— J'ai pensé que tu aurais faim. Il est 8 heures passées.

— J'ai senti l'odeur de la nourriture, expliqua-t-il avec un large sourire. C'est pour ça que je suis descendu.

— Oh…, fit-elle. C'est la seule raison ?

— Quoi d'autre ?

Shane voulut répliquer mais éclata de rire tandis que Vance enfouissait son visage dans son cou.

— Tu aurais pu inventer quelque chose, suggéra-t-elle.

— Si ça peut te rasséréner, je pourrais te dire que j'étais incapable de rester loin de toi plus longtemps.

Il l'embrassa jusqu'à ce qu'elle se retrouve pantelante et sans force entre ses bras.

— Que lorsque je me suis réveillé, j'ai vu que tu n'étais plus là, que je suis resté au lit à t'écouter t'affairer dans la cuisine et que j'ai su que je n'avais jamais été aussi heureux de ma vie. Ça t'irait ?

— Oui, je…

Elle soupira en sentant ses mains caresser son dos sous l'ample chemise. Derrière elle, le bacon crépitait et sifflait dans la poêle.

— Arrête, Vance, sinon le repas va brûler.

— Quel repas ?

Il pouffa, ravi de la voir se libérer de son étreinte les joues en feu et le souffle saccadé.

— Soupe à la tomate perso spécialement modifiée par mes soins, accompagnée de mes célèbres sandwichs bacon-laitue-tomate plusieurs fois primés dans les plus grands concours culinaires.

Il l'attira à lui pour la câliner encore dans le cou.

— Mmm, ça sent drôlement bon. Toi aussi, d'ailleurs.

— C'est ta chemise, affirma-t-elle en se dégageant de nouveau de ses bras. Elle sent l'odeur des copeaux.

Shane ôta adroitement le bacon grésillant de la poêle pour l'égoutter.

— Si tu veux du café, l'eau est encore chaude.

Vance la regarda mettre la dernière touche à ce repas frugal. Elle faisait plus que remplir la cuisine d'odeurs de nourriture et de bruits de casserole. Lui-même l'avait bien assez fait ces dernières semaines. Mais Shane remplissait la cuisine de vie. Malgré tous ses efforts pour réparer, rénover et réaménager sa maison, celle-ci était restée vide. Vance réalisait à présent que sans Shane, elle resterait à jamais inachevée.

Il ne pourrait jamais vivre ici sans elle — ni ici ni ailleurs. Il fut traversé par la vision fugitive de la grande maison blanche située dans la banlieue chic de Washington — la maison qu'il avait achetée pour Amelia. Elle comportait une piscine ovale abritée par un mur de briques blanches, une roseraie à la française aux chemins dallés, ainsi qu'un court de tennis en terre battue. Deux femmes de ménage, un jardinier et une cuisinière. Du temps où Amelia était encore en vie, la maison comptait une femme de chambre supplémentaire attachée à son service exclusif. Son dressing à lui seul était plus vaste que la cuisine où Shane était en train de préparer une soupe et des sandwichs. Il y avait un boudoir orné d'un petit meuble de bois de rose qui plairait beaucoup à Shane et de lourdes tentures damassées qu'elle détesterait.

Non, décida-t-il, pas question d'y retourner pour le moment, pas plus que de demander à Shane de partager ses démons. Il n'avait aucun droit d'exiger qu'elle affronte une situation qu'il commençait à peine à résoudre lui-même. Mais il faudrait bien lui parler un peu de son précédent mariage, et de son travail, avant de pouvoir enterrer le passé.

— Shane…

— Assieds-toi, ordonna-t-elle, occupée à verser la soupe dans des bols. Je meurs de faim. Cet après-midi, j'ai sauté le déjeuner pendant que je marchandais cette magnifique table Sheridan. J'ai payé un peu trop cher pour la pendule, mais je me suis rattrapée sur la table et les salières.

— Shane, il faut que je te parle.

D'une main habile, elle coupa un sandwich en deux.

— Pas de problème, je peux parler et manger en même temps. Je vais boire du lait. Même moi, je me rends compte que ton café instantané est effroyable.

Elle s'affairait çà et là, posant les bols et les assiettes sur la table, fouillant dans le réfrigérateur. Vance fut soudain frappé par la vision de sa vie telle qu'elle était avant que Shane n'y fasse irruption : son rythme effréné, ses exigences, son travail qui en définitive ne lui avait rien apporté. Si jamais il la perdait… Cette pensée lui était insupportable.

— Shane.

Il l'interrompit brutalement en lui enserrant fermement les bras. Levant les yeux vers lui, elle fut surprise par l'intensité de son regard.

— Je t'aime. Tu me crois ?

Il resserra douloureusement son emprise en lui posant cette question, mais Shane n'émit aucune protestation.

— Oui, je te crois.

— Me prendras-tu simplement tel que je suis ? s'enquit-il.

— Oui.

Sans l'ombre d'une hésitation, d'une vacillation dans la voix. Vance l'attira à lui.

Quelques heures, c'est tout, demanda-t-il, le visage crispé. Encore quelques heures sans questions, sans passé. Ce n'était pas excessif comme requête.

— Il y a certaines choses que je dois te dire, Shane, mais pas ce soir.

Sa tension s'estompa et l'étau de ses mains se mua en caresse.

— Ce soir, je veux seulement te dire que je t'aime.

Devinant le tumulte intérieur qui agitait Vance, et désireuse de l'apaiser, Shane tourna la tête vers lui.

— Pour ce soir, c'est tout ce que j'ai besoin de savoir. Je t'aime, Vance. Quoi que tu puisses me dire, ça n'y changera rien.

Elle l'embrassa sur la joue et sentit son corps se détendre un peu. D'un côté, elle avait envie de le cajoler pour qu'il lui confie ce qui provoquait une telle tempête en lui, mais de l'autre, elle ressentait le même besoin d'isolement que Vance. C'était leur nuit. Les problèmes étaient faits pour la journée, pour une ambiance plus prosaïque.

— Viens, dit-elle sur un ton léger, le repas est en train de refroidir.

Elle le fit rire en l'enlaçant avec fougue.

— Quand je concocte un menu gastronomique, j'entends bien qu'on l'apprécie à sa juste valeur.

— Bien sûr, affirma-t-il en l'embrassant sur le nez.

— Bien sûr quoi ?

— Que je l'apprécie. Et toi aussi.

Il déposa un deuxième baiser sur sa bouche et suggéra :

— Allons dans le salon.

— Le salon ?

Shane plissa le front, perplexe, puis son regard s'éclaira.

— Oh, je suppose qu'on y aura plus chaud.

— C'est exactement ce que j'avais en tête, murmura-t-il.

— J'ai jeté deux bûches dans le feu quand je suis descendue.

— Tu penses vraiment à tout, Shane, déclara-t-il, admiratif, en lui prenant le bras pour l'entraîner hors de la cuisine.

— Vance, il nous faut prendre le repas.

— Quel repas ?

Shane rit et fit mine de retourner chercher les plats, mais il la propulsa dans le salon chichement meublé, éclairé par un feu de cheminée.

— Vance, dans une minute, il va falloir réchauffer la soupe.

— Elle sera succulente, affirma-t-il en commençant à déboutonner la chemise dans laquelle elle flottait.

— Vance ! s'exclama Shane en repoussant ses mains. Sois sérieux !

— Je le suis, répliqua-t-il d'un ton raisonnable tout en l'allongeant sur le tapis tressé de forme ovale. A mort.

— En tout cas, ce n'est pas moi qui irai la remettre à chauffer, prévint-elle tandis qu'appuyé sur un coude, Vance défaisait les boutons restants.

— Personne ne te le reprochera, assura-t-il en écartant les pans de la chemise. Froide, elle sera excellente.

Shane eut un reniflement de mépris.

— Froide, elle sera infecte.

— Tu as faim ? s'enquit-il d'un ton léger, en prenant un de ses seins au creux de sa paume.

Shane leva les yeux vers lui. Il vit son visage se creuser de fossettes fugaces.

— Oui !

Vive comme l'éclair, elle se coucha sur le torse de Vance, sa bouche collée avidement à la sienne.

Il resta interdit devant l'ardeur et la rapidité de sa passion. Alors qu'il comptait la taquiner, titiller lentement ses désirs, elle avait brusquement pris le contrôle de la situation. Sa bouche était impatiente, exigeante ; Shane le mordillait de ses petites dents et sa langue agile l'excitait si vivement qu'il l'aurait renversée sur le dos pour la prendre sur-le-champ si ses membres n'avaient été pris d'une étrange torpeur. Bien qu'elle fût légère comme une plume, il ne put la maîtriser lorsqu'elle alla lui faire des choses habiles et torturantes à l'oreille. Ses mains s'affairaient également, lui prenant les cheveux à pleine poigne, passant sans s'attarder sur ses épaules et sa poitrine pour trouver et exploiter de petites zones érogènes tout à fait dévastatrices.

Il tenta de lui enlever sa chemise, trop étourdi de désir pour s'apercevoir que ses mains tremblaient, et s'acharna maladroitement à tirer dessus sans résultat. Ivre de son propre pouvoir, Shane laissa échapper un rire bref, presque nerveux.

— Trop tôt, lui chuchota-t-elle à l'oreille. Beaucoup trop tôt.

Vance jura, mais sa malédiction s'acheva en gémissement quand elle apposa ses lèvres sur sa gorge. Shane brûlait de la même flamme que lui, mais elle était bien décidée à l'amener au summum du plaisir. Elle prit conscience avec une certaine griserie que par de simples baisers et caresses elle pouvait le rendre faible et vulnérable. Sous sa bouche aventureuse, la peau de Vance devint moite et brûlante. Il la toucha là où il pouvait l'atteindre, mais il y avait quelque chose de distrait dans ses caresses, comme s'il avait dépassé son premier sentiment de désespoir rageur. En dépit de sa force et de sa puissance, il avait capitulé face au pouvoir de Shane.

La lumière des flammes ondula et bondit, accompagnée par un craquement en provenance de l'âtre. Une bûche éclata et s'effondra dans une gerbe d'étincelles. Le vent se remit à souffler, refoulant vers le bas du conduit une bouffée de fumée stagnante qui tenta mollement de rivaliser avec les relents de bacon frit. Ni Shane ni Vance ne s'en aperçurent.

Sous son oreille, elle entendait les battements sourds du cœur de son amant ainsi que le bruit saccadé de sa respiration haletante. S'emparant de nouveau de sa bouche, elle l'embrassa profondément, se remplissant de lui, sachant qu'elle le vidait de son essence. Elle se repaissait avec volupté de son corps, découvrant ses angles, autorisant sa langue à se mêler à la sienne. Puis elle entreprit son voyage le long de sa gorge.

Il murmura son nom comme dans un rêve. Shane s'enhardit. A coup de baisers fermes et rapides, elle descendit le long de son torse jusqu'à son ventre plat et musclé. Vance sursauta comme sous l'effet d'une décharge électrique. Elle pressa ses lèvres contre sa peau brûlante, lui arrachant un gémissement, puis se mit à dessiner des cercles d'une langue presque paresseuse.

Shane était dans un état d'excitation à peine soutenable. Vance était à elle, elle se familiarisait avec tous ses secrets. Comme en apesanteur, elle se sentait capable de tout. Un désir lancinant grandissait au creux de son ventre, mais son envie d'apprendre et d'explorer fut la plus forte. Avec une sorte de gourmandise avide, elle parcourut son corps de sa bouche et de ses mains, se délectant sans retenue de la saveur de l'homme — *son* homme. Sur la poitrine de Vance, une traînée de poils s'amenuisait vers le bas. Shane la suivit.

Lentement, d'une main légère, elle lui desserra son jean et entreprit de le lui baisser sur les jambes. Curieuse, elle déplaça ses lèvres vers sa hanche et descendit jusqu'à sa cuisse.

Elle l'entendit crier son nom d'une voix rauque, désespérée, mais elle était fascinée par les muscles saillants de ses cuisses. *Il est si fort*, songea-t-elle, tandis que son cœur se mettait à cogner douloureusement. Elle fit courir ses doigts le long de sa jambe, excitée par sa sveltesse et ses muscles bandés. Elle tâta le terrain, et sa langue vint prendre le relais de ses mains, enfin ce fut le tour de ses dents. Vance remua sous elle, murmurant des mots inaudibles entre deux halètements précipités. Il avait un goût fait de masculinité et de mystère. Jamais elle ne pourrait s'en rassasier.

Mais il était au bord de la folie. Les doigts déliés de Shane, sa langue le faisaient passer par des hauts et des bas d'une telle intensité que chacun de ses souffles lui coûtait un effort surhumain. Tout son corps vibrait de plaisir et de douleur, son sang bouillonnait d'une passion à la fois torride et frustrante. Il avait envie qu'elle prolonge ses caresses qui le rendaient fou, mais en même temps il brûlait de la prendre rapidement avant de perdre la raison. Alors, lentement, la petite bouche avide de Shane remonta nonchalamment vers son ventre, faisant frissonner sa peau d'un nouvel accès de moiteur. L'excitation était intolérable et surpassait en merveilleux tout ce qu'il avait connu. Shane l'effleurait de ses seins aux pointes dures et dressées, lui donnant l'envie folle d'y goûter. Au lieu de quoi, elle lui donna sa bouche. Elle était allongée sur lui de tout son long, et son corps agile était un brasier.

— Shane, je t'en supplie, souffla-t-il en essayant de l'attraper.

Alors elle glissa sur lui et, poussant un soupir frissonnant de triomphe, le fit pénétrer en elle.

Vance sentit sa raison basculer. Inconscient de ses actes, il la fit brutalement rouler sur le dos, s'enfonçant en elle avec toute l'ardeur sauvage et désespérée qu'il avait contenue jusque-là. La passion l'ébranla jusqu'au tréfonds de son âme. Il délirait de désir.

Shane cria en cambrant son bassin pour le rejoindre, mais il était au-delà de tout contrôle. Il se mit à aller et venir en elle de plus en plus vite, de plus en plus fort, ignorant la morsure de ses ongles s'enfonçant dans sa chair, à peine conscient de son souffle court et laborieux. Elle se colla contre lui alors même que leurs deux corps ne pouvaient être plus proches. Il la conduisit et l'accompagna jusqu'à un sommet dangereusement élevé. Même la chute fut bouleversante de volupté.

Sous lui, Shane était secouée de frissons, étourdie, faible, puissante. Vance fit courir un doigt circonspect sur son bras avant de l'enserrer de sa main. Son pouce et son index se rejoignirent.

— Tu es si petite, murmura-t-il. Je ne voulais pas être brutal.

Shane lui caressa les cheveux.

— Tu as été brutal ?

Il soupira, et son soupir s'acheva en un gloussement.

— Shane, tu me rends fou. En général, je ne moleste pas les femmes.

— Je ne pense pas que ce soit le moment d'en discuter, objecta-t-elle sèchement.

Il s'appuya sur un coude afin de pouvoir la regarder.

— Tu préfères que je te dise que tu provoques en moi de violents accès de passion ?

— Ce serait infiniment mieux.

— Il se trouve que c'est la vérité, murmura-t-il.

Elle lui sourit, caressant son épaule et son bras aux muscles durs avant de s'enquérir :

— Ça te contrarie ?

— Non, affirma-t-il d'un ton catégorique en couvrant sa bouche rieuse de la sienne.

— En fait, dit-elle d'un ton réfléchi, étant donné que tu me fais le même effet, ce n'est que justice.

Il aimait voir sur son visage cette expression ensommeillée d'après l'amour. Elle avait le regard doux et les paupières lourdes, la bouche légèrement tuméfiée. La lumière du feu dansait sur sa peau, dessinant des ombres mouvantes sur fond de halo rougeoyant.

— J'aime ta logique.

Doucement, il sculpta du bout du doigt la forme de son visage, imaginant l'impression qu'il aurait à s'éveiller tous les matins à son côté. Shane lui saisit la main et pressa sa paume contre ses lèvres.

— Je t'aime, dit-elle avec douceur. Te lasseras-tu un jour de l'entendre ?

— Non.

Il lui embrassa le front, puis la tempe. Glissant un bras sous elle, il l'attira à lui.

— Non, répéta-t-il dans un soupir.

Shane se blottit contre lui en lui caressant négligemment le torse.

— Le feu décline, murmura-t-elle.

— Hmm…

— On devrait rajouter du bois.

— Hmm-hmm.

— Vance.

Elle leva la tête vers lui : il avait les yeux clos.

— Tu n'as pas intérêt à t'endormir ! J'ai faim.

— Mon Dieu, cette femme est insatiable !

Après un long soupir, il lui prit un sein à pleine main.

— Je pourrais peut-être trouver l'énergie nécessaire, à condition qu'on me donne une bonne motivation.

— Je veux mon dîner, exigea-t-elle d'un ton ferme, mais ne fit rien pour arrêter sa main caressante. C'est *toi* qui vas faire réchauffer la soupe.

— Oh…

Vance réfléchit un moment en passant un doigt languide sur la pointe de son sein.

— Tu n'as pas peur que j'interfère avec ta fameuse touche perso ?

— Non, déclara-t-elle d'un ton sans appel. J'ai toute confiance en toi.

— C'est bien ce que je pensais, répliqua-t-il en s'asseyant pour remonter son jean.

Il se pencha sur elle et lui planta un bref baiser sur la bouche.

— *Toi*, en revanche, tu peux jeter quelques bûches dans le feu.

Mais après qu'il fut parti vers la cuisine, Shane resta un moment allongée à rêvasser. Le crépitement du feu était réconfortant. Elle resserra autour d'elle les pans de la chemise de Vance en douce flanelle et sourit en sentant son odeur qui l'imprégnait encore. Pouvait-il réellement avoir besoin d'elle à ce point ? se demanda-t-elle, l'esprit ensommeillé. L'amour, oui, le désir, oui, mais son instinct profond lui soufflait qu'il avait tout simplement besoin d'elle. Pas juste pour faire l'amour, pour la tenir dans ses bras, mais pour *sa présence*. Même si elle ignorait de quoi il retournait exactement, Shane savait qu'elle avait quelque chose — ou qu'elle était quelque chose — dont Vance avait besoin. Quoi qu'elle lui apportât, cela suffisait à faire contrepoids à sa colère, à sa méfiance. Une fois de plus, elle s'interrogea brièvement sur ce qui l'avait conduit à se barricader derrière son cynisme. La déception, avait-il dit. Qu'est-ce qui l'avait déçu ? Qui ? Une femme, un ami, un idéal ?

Elle regarda les braises rouges qui grésillaient dans l'âtre et réfléchit. Sa colère était toujours en lui. Elle l'avait sentie lorsqu'il lui avait demandé si elle le prendrait tel qu'il était. Patience, se dit-elle. Il lui fallait être patiente le temps qu'il soit prêt à partager ses secrets avec elle. Mais il était bien difficile de l'aimer sans essayer de l'aider. Secouant la tête d'un air résigné, elle s'assit pour reboutonner sa chemise ; il lui faudrait pourtant se plier à cette règle. Demain arriverait bien assez vite pour leur donner l'occasion de régler ces problèmes. D'une main experte, elle disposa d'autres bûches sur les braises avant de retourner dans la cuisine.

— Il était temps, lâcha Vance nonchalamment alors qu'elle passait la porte. Il n'y a rien que je déteste plus que de devoir manger froid.

Shane lui lança un drôle de regard.

— Quel sans-gêne de ma part !

Vance remit les bols sur la table et haussa les épaules :

— Enfin, il n'y a pas mort d'homme, admit-il avec indulgence.

Shane prit une chaise et croisa ses yeux qui pétillaient d'humour.

— Café ?

— Pas le tien, refusa-t-elle d'un ton sans appel. Il est atroce.

— Je suppose que si quelqu'un tenait vraiment à moi, il veillerait à ce que je puisse boire un café convenable tous les matins.

— Tu as raison, approuva Shane en levant sa cuillère. Je vais t'acheter une machine à café.

Et, un grand sourire aux lèvres, elle se mit à manger. La soupe avait une saveur chaude et épicée qui lui fit fermer les yeux de plaisir.

— Je meurs de faim !

— Tu n'es vraiment pas raisonnable de sauter des repas, commenta Vance avant de s'attaquer lui aussi au contenu de son bol.

Très vite, il s'aperçut qu'il était lui aussi affamé.

— Ça valait le coup, lança-t-elle en lui décochant un sourire. La Sheridan que j'ai achetée est fabuleuse.

Voyant qu'il se contentait de hausser un sourcil sceptique, elle pouffa :

— Ensuite, je comptais bien prendre un dîner tôt, mais… j'ai été distraite.

Vance se pencha pour lui prendre la main. D'un geste tendre il la porta à ses lèvres avant de lui mordre une phalange.

— Aïe !

Shane retira brusquement sa main tandis qu'il s'emparait de son sandwich.

— Je n'ai jamais dit que ce n'était pas une distraction agréable, précisa-t-elle au bout d'un moment. Même si tu m'as vraiment mise hors de moi.

— C'était réciproque, l'assura-t-il doucement.

— Au moins ai-je réussi à dominer ma colère, répliqua-t-elle d'un air pincé.

Elle le dévisagea d'un regard froid tandis qu'il s'étouffait sur sa soupe.

— J'avais bien envie de te coller mon poing dans la figure, expliqua-t-elle. De te mettre un bon pain !

— Là encore, c'était réciproque.

— Tu n'es pas un gentleman, l'accusa-t-elle, la bouche pleine.

— Ah ça, non ! confirma-t-il.

Il hésita un instant, choisissant ses mots avec soin.

— Shane, tu veux bien attendre encore un peu avant de vendre cet ensemble de salle à manger ?

— Vance…, commença-t-elle, mais il lui prit la main de nouveau.

— Ne me reproche pas de m'en être mêlé. Je t'aime.

Shane remua sa soupe en la fixant d'un œil soucieux. Pas question de dire à Vance combien il était urgent qu'elle paie ces factures. D'abord, elle était tout à fait confiante : entre son stock actuel et la petite somme d'argent qu'il lui restait, elle parviendrait à redresser ses finances. Qui plus est, elle ne voulait surtout pas lui faire porter le poids de ses problèmes.

— Je sais que tu as agi par affection, dit-elle d'un ton mesuré. Et j'apprécie, vraiment. Reste que pour moi, l'important c'est de faire marcher la boutique.

Elle leva les yeux pour affronter son regard perplexe et reprit :

— Je n'ai pas échoué en tant que professeur, mais ça n'a pas non plus été un succès. Ce coup-ci, je dois vraiment réussir.

— En vendant le seul souvenir tangible qui te reste de ta grand-mère ?

Il vit aussitôt qu'il avait touché un point sensible.

— Shane…

— Non. C'est dur pour moi, je ne vais pas prétendre le contraire.

Elle laissa échapper un long soupir de lassitude.

— Je ne suis pas quelqu'un de très pratique à la base, mais dans ce cas précis, j'y suis obligée. Je n'ai nulle part où mettre cet ensemble et il a beaucoup de valeur. L'argent qu'il rapportera au magasin me maintiendra à flot pendant un bon bout de temps. Et même plus…

Sa voix se brisa et elle secoua légèrement la tête :

— Je ne sais pas si tu peux comprendre, mais je trouve plus pénible de l'avoir sous les yeux en sachant qu'il doit être vendu que s'il était déjà parti.

— Laisse-moi l'acheter. Je pourrais…

— Non !

— Shane, écoute-moi.

— *Non !*

Retirant sa main de la sienne, elle se leva et alla s'appuyer contre l'évier. Elle resta un moment à contempler par la fenêtre les arbres éclaboussés de clair de lune.

— Je t'en prie, c'est très gentil de ta part, mais je ne pourrais pas accepter une chose pareille.

Frustré, Vance se leva, la prit par les épaules et l'attira dos contre lui. « Et maintenant, se dit-il, par quel bout commencer à lui expliquer ? »

— Shane, tu ne comprends pas. Je ne peux pas supporter de te voir souffrir, de te voir travailler si dur alors que je pourrais…

— Vance, s'il te plaît.

Elle se tourna vers lui. Ses yeux bien que secs n'en étaient pas moins éloquents.

— Je fais ce que j'ai à faire, et ce que j'ai envie de faire.

Elle serra très fort les mains de Vance.

— Ne crois pas que je n'apprécie pas ta volonté de m'aider. Je ne t'en aime que plus.

— Alors, laisse-moi t'aider, commença-t-il. Si c'est juste une question d'argent qui presse…

— Tu serais millionnaire que ça n'y changerait rien, affirma-t-elle, le faisant sursauter. Je continuerais à te dire non.

Partagé entre l'envie de rire et de pleurer, Vance l'attira contre lui.

— Je pourrais te faciliter la vie, espèce de tête de mule. Laisse-moi tenter de t'expliquer.

— Je refuse que quiconque, même toi, me facilite la vie.

Elle l'étreignit farouchement.

— Je t'en prie, essaie de me comprendre. Toute ma vie, j'ai été la mignonne Shane Abbott, la gentille petite-fille un peu étrange de Faye. J'ai besoin de prouver quelque chose.

Se souvenant à quel point il avait été frustrant pour lui de n'être que le fils de Miriam Riverton Banning, Vance soupira. Oui, il comprenait. Et c'est ce qui le retint de révéler à Shane combien il aurait été simple pour lui de lui venir en aide.

— Eh bien, mais…, insinua-t-il, désireux d'entendre son rire, c'est vrai que tu es plutôt mignonne.

— Oh, Vance…, gémit-elle.

— Et puis gentille aussi, ajouta-t-il en inclinant son visage pour l'embrasser. Et un tout petit peu étrange.

— Ce n'est pas comme ça que tu te feras aimer, le prévint-elle. Je lave et toi tu sèches.

— Tu laves quoi ?

— Les assiettes.

Il la serra plus fort contre lui, enroulant ses bras fermement autour de sa taille.

— Je ne vois aucune assiette. Tu as des yeux magnifiques, des yeux de cocker.

— Attention, Vance, lança Shane d'un ton menaçant.

— J'aime tes taches de rousseur, avoua-t-il en déposant un léger baiser sur l'arête de son nez. Je me suis toujours représenté Becky Thatcher avec des taches de rousseur.

— Tu cherches la bagarre, insista-t-elle, en étrécissant le regard.

— Et des fossettes, poursuivit-il avec insouciance. Elle devait aussi avoir des fossettes, tu ne crois pas ?

Shane se mordit la lèvre inférieure pour réprimer un sourire.

— La ferme, Vance !

— Oui, continua-t-il, en la contemplant avec un sourire rayonnant, c'est vraiment ce que j'appelle une mignonne petite bouille.

— Très bien, maintenant ça suffit !

Shane tenta de se dégager de son étreinte en gigotant de toutes ses forces.

— Tu veux aller quelque part ? s'enquit-il.

— Chez moi, jeta-t-elle d'un ton majestueux. Tu n'as qu'à faire ta vaisselle toi-même.

Il soupira.

— Bon, je suppose qu'il va encore falloir que j'emploie la manière forte.

Anticipant son intention, Shane commença à se débattre sérieusement.

— Si tu me jettes de nouveau sur ton épaule, tu es viré pour de bon !

Crochetant un bras derrière ses genoux, Vance la prit dans ses bras.

— Qu'est-ce que tu dis de ça ?

Elle noua les bras autour de son cou.

— C'est mieux, admit-elle à contrecœur.

Elle n'arrivait presque plus à contenir son sourire.

— Et ça ?

Doucement, sa bouche épousa la sienne et il laissa leur baiser s'approfondir jusqu'à ce qu'il entende Shane soupirer.

— Beaucoup mieux, murmura-t-elle tandis qu'il la portait hors de la pièce. Où allons-nous ?

— En haut, déclara-t-il. Je veux récupérer ma chemise.

10

— Oui, évidemment, vous pouvez toujours la convertir, acquiesça Shane en effleurant du doigt le pied en porcelaine d'une délicate lampe à pétrole.

— C'est exactement ce que j'avais en tête.

Mme Trip, son acheteuse potentielle, hocha sa tête de cheveux blancs coiffés avec soin.

— Qui plus est, mon mari se débrouille très bien en électricité.

Shane afficha un sourire forcé par égard pour les exploits de M. Trip. L'idée qu'on allait trafiquer cette adorable petite lampe lui brisait le cœur. Elle changea de tactique :

— Vous savez, ça peut servir de garder une lampe à pétrole dans la maison en cas de coupure de courant. Moi-même, j'en ai deux.

— Peut-être, ma chère, objecta Mme Trip avec placidité, mais j'ai des bougies pour ça. Je vais placer cette lampe juste à côté de mon rocking-chair. C'est là que je fais mon crochet.

Bien que connaissant la valeur d'une vente, Shane ne put s'empêcher d'ajouter :

— Madame Trip, si vous tenez vraiment à avoir une lampe électrique, vous pourriez acquérir une bonne reproduction de celle-ci pour bien moins cher.

Mme Trip lui adressa un sourire vague.

— Mais dans ce cas, ce ne serait pas une véritable antiquité, n'est-ce pas ? Vous avez un carton pour que je puisse la transporter ?

— Oui, bien sûr, murmura Shane, voyant qu'il était vain de répéter à cette cliente qu'en convertissant cette lampe à l'électricité, elle en diminuerait la valeur et le charme.

Résignée, elle rédigea le bon d'achat en se consolant à l'idée que le bénéfice qu'elle tirerait de cette vente l'aiderait à payer sa propre facture d'électricité.

— Oh, mon Dieu, mais je n'avais pas vu ça !

Levant les yeux, Shane constata que Mme Trip admirait un service à thé bleu cobalt. Par la fenêtre, le soleil répandait généreusement ses rayons sur les éléments d'un verre à la couleur riche et sombre. Un délicat filet d'or fin venait relever le bord de chaque tasse et de chaque soucoupe.

— Oui, il est ravissant, n'est-ce pas ? approuva Shane qui se mordit l'intérieur de la lèvre en voyant que la cliente commençait à examiner le sucrier.

Lorsque celle-ci tomba sur la discrète étiquette de prix, elle haussa un sourcil.

— Le sucrier est vendu avec le service complet, précisa Shane, sachant que le prix semblerait exorbitant à un profane de verre précieux. Il est fin xixe et…

Mme Trip interrompit Shane dans son explication.

— Il me le faut, décréta-t-elle. Il fera merveille sur mon meuble d'angle, conclut-elle dans un grand sourire en direction de Shane, éberluée. Je dirai à mon mari que c'est lui qui me l'offre pour Noël.

— Je vous l'emballe, décida Shane, aussi ravie que Mme Trip à cette idée.

— Vous avez une boutique charmante, estima cette dernière pendant que Shane empaquetait le service de verre. Je dois avouer que je ne m'y suis arrêtée que parce que j'étais intriguée par le panneau en bas de la colline. Je me demandais bien sur quoi j'allais tomber. Mais ça n'a décidément rien de ces espèces d'immenses granges remplies du genre de pacotille qu'on trouve dans les vide-greniers.

Elle pinça les lèvres et embrassa le magasin d'un regard circulaire :

— Vous avez très bien fait les choses.

Shane, amusée par la description du bazar que la vieille dame s'attendait à trouver ici, la remercia en riant.

— Et c'est si sympathique, ce petit musée, poursuivit Mme Trip. Très intelligent comme idée, et tout est si bien ordonné ! Je crois que je reviendrai avec mon neveu la prochaine fois que je passerai dans le coin. Vous êtes mariée, ma chère ?

Shane la dévisagea avec une expression de méfiance amusée.

— Non, madame.

— Il est médecin, lui révéla Mme Trip. Interniste.

Shane s'éclaircit la voix tout en scellant le carton.

— C'est magnifique !

— Un bon garçon, affirma Mme Trip alors que Shane modifiait le bon d'achat pour y inclure le service à thé. Dévoué.

Elle tira un chéquier du fond de son sac, et sortit en même temps son portefeuille :

— J'ai une photo de lui, là-dedans.

Poliment, Shane examina le cliché d'un séduisant jeune homme au regard sérieux.

— Il est très beau, déclara-t-elle. Vous devez être fière de lui.

— Oui, avoua la dame d'un ton voilé de regret en rangeant son portefeuille dans son sac. Quel dommage qu'il n'ait pas encore trouvé la fille qui lui convienne... Je suis de plus en plus décidée à l'emmener faire un tour ici.

Et sans un regard pour la somme, elle rédigea son chèque sans sourciller.

Au prix d'un effort considérable, Shane parvint à rester de marbre jusqu'à ce que la porte se fût refermée sur la cliente. Ensuite, elle s'écroula en hurlant de rire dans un fauteuil à dossier capitonné. Elle ne savait trop si le neveu était à plaindre ou à féliciter d'avoir une tante aussi dévouée, mais le comique de la situation l'enchantait. Puis elle pensa : *Comment Vance parviendra-t-il à garder son sérieux lorsque je lui raconterai les efforts d'entremise de cette dame ?*

Il prendra son air hautain, songea-t-elle, *et lâchera quelque sèche remarque sur ma tendance à charmer les vieilles dames dans le but qu'elles m'agitent sous le nez la photo de leur neveu.* Elle commençait à bien le connaître. En grande partie, du moins, rectifia-t-elle avec un sourire songeur. Le reste viendrait en son temps.

Elle consulta sa montre : encore deux heures à attendre avant qu'il puisse la rejoindre, constata-t-elle avec impatience. Elle lui avait promis un dîner — quelque chose de plus élaboré que la soupe et les sandwichs de la nuit dernière. En ce moment même, une petite côte de bœuf rôtissait doucement dans le four à l'étage. « Je vais fermer tôt », décida-t-elle en calculant qu'elle aurait juste le temps de concocter un dessert ultraraffiné avant l'arrivée de Vance. Comme cette idée lui traversait l'esprit, la porte s'ouvrit sur une nouvelle cliente.

Laurie MacAfee entra, vêtue d'un long manteau fauve boutonné jusqu'au col.

— Eh bien, déduisit-elle en avisant la pose de Shane, nonchalamment affalée dans son fauteuil. Pas vraiment débordée à ce que je vois.

Shane la salua d'un sourire, mais une sorte de démon intérieur la poussa à rester assise.

— Non, c'est calme en ce moment. Comment vas-tu, Laurie ?

— Très bien. Comme je suis partie tôt du travail pour aller chez le dentiste, j'ai pensé que je passerais te voir ensuite.

Shane ne dit rien, attendant vaguement que Laurie fasse un quelconque commentaire sur son bilan dentaire impeccable.

— Ça me fait plaisir, finit-elle par répondre. Tu veux visiter?

— J'aimerais beaucoup jeter un coup d'œil, accepta Laurie en regardant autour d'elle. Que de jolies choses!

Shane ravala une repartie cinglante et se leva.

— Merci, se contenta-t-elle de dire avec une humilité que Laurie ne remarqua pas.

« Elle est vraiment faite pour Cy », constata-t-elle une fois de plus.

— Je dois dire que l'endroit a changé du tout au tout.

D'un pas lent et mesuré, Laurie entreprit de flâner dans l'ancien boudoir d'été. Contrairement à ce qu'elle aurait cru, elle ne trouva rien à redire aux goûts de Shane en matière de décoration. La pièce était petite, mais claire et spacieuse avec ses murs de ton ivoire, et le parquet brillant teinté naturel était jonché de tapis artisanaux. Les meubles étaient mis en valeur par des accessoires disposés avec soin, dans le but de donner l'impression d'une pièce confortable plutôt que d'un magasin. Défaisant les premiers boutons de son manteau, Laurie se dirigea vers la salle d'exposition principale et, plantée sur le seuil, la parcourut d'un œil perçant.

— Mais, tu n'as pratiquement rien changé, ici? s'exclama-t-elle. Pas même le papier peint.

— Non, confirma Shane, incapable d'empêcher son regard de glisser rapidement sur l'ensemble de salle à manger. Je n'en avais pas envie. Bien sûr, j'ai dû y installer davantage d'objets et agrandir les ouvertures, mais j'ai toujours adoré cette pièce telle qu'elle était.

— Eh bien, je dois avouer que je suis surprise, commenta Laurie en traversant d'un pas nonchalant ce qui avait été la cuisine. C'est si bien organisé, sans le moindre fouillis. Je me souviens que ta chambre était toujours dans un désordre épouvantable.

— Ça n'a pas changé, répliqua Shane d'un ton sec.

Laurie émit ce qui pouvait passer pour un rire avant de continuer sa visite.

— Ah, le musée, ça ne m'étonne pas, remarqua-t-elle avec un bref hochement de tête. Tu as toujours été douée pour ce genre de choses. Je n'ai jamais pu comprendre pourquoi.

— Parce que je n'étais douée pour rien d'autre?

— Oh, Shane!

Laurie piqua un fard, dévoilant à Shane combien ses mots étaient proches de sa pensée.

— Excuse-moi.

Aussitôt contrite, Shane lui tapota le bras :

— C'était juste pour te taquiner. Je te montrerais volontiers l'étage, Laurie, mais il n'est pas tout à fait terminé et je ne peux en aucun cas laisser le magasin sans surveillance. Pat a cours cet après-midi.

Rassérénée, Laurie retourna vers la partie boutique.

— J'ai entendu dire qu'elle travaillait pour toi. C'est très gentil de ta part de lui avoir donné du travail.

— Elle m'est d'une aide précieuse. Je ne pourrais pas y arriver seule, sept jours sur sept.

Voyant que Laurie recommençait à tout regarder, Shane éprouva un brin d'impatience. A ce rythme-là, elle n'aurait jamais le temps de concocter autre chose qu'un gâteau au chocolat tout prêt…

— Ah, tiens ! C'est très joli, ça.

Pour la première fois, la voix de Laurie exprima une admiration sincère en examinant la table Sheridan que Shane avait achetée la veille.

— Elle ne fait pas vieux du tout, s'émerveilla-t-elle.

C'en était trop pour Shane. Elle partit d'un éclat de rire moqueur.

— Non, excuse-moi, expliqua-t-elle à Laurie qui s'était retournée et la considérait d'un œil perplexe. Tu serais étonnée du nombre de gens qui pensent que les antiquités doivent avoir l'air moisi ou abîmé. En réalité cette table est très ancienne, et tout à fait ravissante.

— Et chère, ajouta Laurie en tiquant sur le prix. Malgré tout, elle irait très bien avec la chaise que Cy et moi venons d'acheter. Oh…

Elle se retourna et jeta à Shane un bref regard coupable.

— Je ne sais pas si tu es au courant… C'est-à-dire que je comptais avoir une conversation avec toi.

— Au sujet de Cy ?

Shane refréna un sourire en notant que Laurie semblait véritablement mal à l'aise.

— Je sais que vous vous voyez beaucoup, tous les deux…

— Oui.

Hésitante, Laurie brossa du revers de la main une saleté inexistante sur son manteau.

— Ça va un peu plus loin, en fait. Vois-tu, nous… En réalité…

Elle s'éclaircit la voix, gênée.

— Shane, nous envisageons de nous marier en juin.

— Félicitations, répondit cette dernière avec une telle simplicité que les yeux de Laurie s'écarquillèrent.

— J'espère que tu n'es pas contrariée.

Laurie se mit à tortiller la bandoulière de son sac.

— Je sais que toi et Cy… Bien sûr, ça remonte à quelques années, mais enfin, vous étiez…

—… très jeunes, acheva Shane avec gentillesse. Je te souhaite sincèrement beaucoup de bonheur, Laurie.

Mais un éclair de malice lui fit ajouter :

— Tu lui conviens bien mieux que moi.

— Ça me fait vraiment plaisir que tu dises ça, Shane. Je craignais que tu puisses être…

Elle s'empourpra de nouveau.

— Cy est un homme tellement merveilleux…

« Elle le pense vraiment, constata Shane avec un certain étonnement. Elle l'aime pour de bon. » Et aussitôt elle se sentit tiraillée entre la honte et l'amusement.

— J'espère que vous serez heureux tous les deux, Laurie.

— Nous le serons, affirma celle-ci avec un sourire radieux. Et moi, je vais acheter cette table, ajouta-t-elle hardiment.

— Non, corrigea Shane. Tu vas emporter cette table comme cadeau de mariage anticipé.

Laurie en resta bouche bée de façon comique.

— Oh, je ne peux pas ! Elle est trop chère !

— Laurie, nous nous connaissons depuis longtemps, et Cy a représenté une partie importante de mon…

Elle chercha l'expression appropriée.

—… adolescence. J'aimerais vous l'offrir à tous les deux.

— Eh bien, je… merci, balbutia Laurie.

Elle semblait complètement décontenancée par cette générosité sans chichis.

— Cy va être tellement content.

— De rien.

La satisfaction nerveuse de Laurie la fit sourire.

— Je t'aide à la transporter jusqu'à ta voiture ? proposa-t-elle.

— Non, non, je peux me débrouiller toute seule.

Laurie souleva la petite table et marqua un temps d'arrêt.

— Shane, je te souhaite vraiment un énorme succès avec ce magasin. Franchement.

Elle se figea quelques secondes sur le pas de la porte, l'air emprunté.

— Au revoir.

— Salut, Laurie.

Shane ferma la porte en souriant et chassa aussitôt Cy et Laurie de son esprit. Un coup d'œil à sa montre lui indiqua qu'il lui restait à peine plus d'une heure avant l'arrivée de Vance. Elle se hâta de verrouiller l'entrée du musée. En se dépêchant, elle aurait peut-être le temps de… Elle proféra un juron en entendant le bruit d'une voiture.

Les affaires sont les affaires, se remémora-t-elle en ôtant le verrou. Si Vance voulait un dessert, il lui faudrait se contenter d'un sachet de cookies du commerce. Au bruit des pas sous la véranda, elle ouvrit la porte, un sourire figé aux lèvres. Ce dernier s'évanouit sur-le-champ en même temps que la couleur se retirait de son visage.

— Anne, articula-t-elle d'une voix qui n'était pas la sienne.

— Chérie !

Anne se pencha pour effleurer ses joues d'un rapide baiser.

— Quel accueil ! On pourrait croire que tu n'es pas très contente de me voir.

Il ne fallut que quelques minutes à Shane pour constater que sa mère était toujours aussi ravissante. Son visage clair en forme de cœur n'affichait aucune ride, ses yeux avaient ce même bleu porcelaine et sa chevelure rayonnait d'un blond splendide sur ses épaules. Elle portait une veste en vison bleu, serrée à la taille par une ceinture de cuir noir, et un pantalon de soie totalement inadapté à l'hiver de la côte Est. Comme toujours, sa beauté suscita chez sa fille les mêmes élans contradictoires d'amour et de rancœur.

— Tu es très jolie, Anne.

— Oh, merci, même si je dois avoir l'air d'une loque après ce terrible trajet de l'aéroport jusqu'ici ! Cet endroit est vraiment perdu au milieu de nulle part. Shane, ma chère, quand vas-tu te décider à faire quelque chose pour tes cheveux ?

Elle lança un coup d'œil critique à la coiffure de sa fille avant de lui passer devant avec désinvolture.

— Je ne comprendrai jamais pourquoi… Oh, mon Dieu ! *Mais qu'est-ce que tu as fait ?*

Médusée, elle promena son regard tout autour de la pièce, enregistrant au fur et à mesure les vitrines d'exposition, les rayonnages et les présentoirs à cartes postales. Partant d'un rire en trille, elle posa son exquis sac en cuir.

— Ne me dis pas que tu as ouvert un musée sur la guerre de Sécession dans le salon ? Je n'y crois pas !

Mortifiée, Shane croisa les bras devant elle.

— Tu n'as pas vu le panneau ?

— Un panneau ? Non… Ou si je l'ai vu, je n'y ai pas prêté attention.

Son regard glissa sur la pièce, vif et amusé.

— Shane, *mais qu'est-ce que tu as fabriqué ?*

Bien décidée à ne pas se laisser intimider, Shane redressa les épaules.

— J'ai monté une affaire, répondit-elle hardiment.

— *Toi ?*

Enchantée, Anne rit de nouveau.

— Mais chérie, tu plaisantes, sans doute.

Piquée au vif par la totale incrédulité qui transparaissait dans la voix d'Anne, Shane releva le menton d'un air de défi.

— Non.

— Eh bien, pour l'amour du ciel !

Sa mère émit un gloussement charmant et considéra le clairon cabossé.

— Mais qu'est devenu ton poste d'enseignante ?

— J'ai démissionné.

— Eh bien, je peux difficilement te le reprocher. Ça devait être horriblement barbant.

D'un geste elle balaya l'ancien métier de Shane comme s'il n'avait jamais eu le moindre intérêt.

— Mais au nom du ciel, pourquoi es-tu revenue t'enterrer ici, à Hicksville ?

— C'est chez moi.

Avec un murmure désapprobateur pour la colère qui étincelait dans les yeux de sa fille, Anne fit tourner le présentoir à cartes postales.

— Chacun ses goûts. Bon, et qu'as-tu fait du reste de la maison ?

Avant que Shane ait pu répondre, Anne passa rapidement le seuil de la porte et entra dans la boutique.

— Oh, non, ne me dis rien ! Un magasin d'antiquités ! Très pittoresque, beaucoup de goût. Shane, comme c'est intelligent de ta part !

Anne avait l'œil assez exercé pour reconnaître quelques très jolies pièces. Et si sa fille n'était pas aussi bête qu'elle l'avait toujours cru ?

— Eh bien…

Anne défit la ceinture de son vison et le laissa tomber négligemment sur un fauteuil avant de s'asseoir.

— Et ça dure depuis combien de temps, tout ça ?

— Pas longtemps.

Shane se tenait raide comme une statue, sachant qu'une partie d'elle-même était comme toujours attirée par la femme belle et étrange qu'était sa mère. Sachant aussi qu'Anne était nocive.

— Et ? l'encouragea cette dernière.

— Et quoi ?

— Shane, ne sois pas pénible.

Masquant son bref agacement, Anne lui décocha un sourire charmeur. Elle était actrice. Même si elle n'avait pas eu le succès qu'elle espérait, elle parvenait de temps en temps à décrocher quelques rôles secondaires. Elle avait assez de métier pour affronter Shane avec un sourire amical.

— Je me fais du souci, chérie, c'est naturel. Je veux seulement savoir comment tu t'en sors.

Gênée par son propre comportement, Shane se détendit.

— Plutôt bien, même si je n'ai ouvert que depuis peu. Je ne me plaisais pas dans l'enseignement. Ce n'est pas que je m'ennuyais, expliqua-t-elle, mais je n'étais pas faite pour ça, c'est tout. Dans ce nouveau métier, je suis heureuse.

— Mais c'est merveilleux, chérie !

Anne croisa ses jambes gainées de Nylon et promena de nouveau son regard sur l'ensemble de la pièce. Sa fille pouvait peut-être lui être utile, après tout ? Il lui avait fallu de l'intelligence et de la volonté pour monter ce genre d'affaire. Peut-être était-il temps qu'elle cesse de la considérer comme un petit caillou dans sa chaussure ?

— Ça me soulage de voir que tu es en train de te bâtir une belle situation, surtout qu'en ce moment la mienne est catastrophique...

Notant le regard méfiant de Shane, Anne lui adressa un petit sourire malheureux. Si sa mémoire était bonne, la petite était très réceptive aux histoires tristes.

— J'ai divorcé de Leslie.

— Ah oui ? fut la réaction de Shane qui se contenta de hausser un sourcil surpris.

Momentanément refroidie par l'indifférence de sa fille, Anne enchaîna :

— Si tu savais à quel point je me suis trompée sur lui ! Je me sens si sotte de l'avoir pris pour un homme charmant, gentil...

Elle omit de lui préciser qu'en dépit de nombreuses tentatives, son ex-mari avait systématiquement échoué à lui décrocher le genre de rôles qui l'auraient menée à cette célébrité qu'elle convoitait désespérément — ni qu'elle avait déjà jeté son dévolu sur un certain producteur qui, selon ses critères, saurait se montrer plus efficace.

— Il n'y a rien de plus dévastateur qu'un échec sentimental.

Et tu sais de quoi tu parles, songea Shane qui s'abstint néanmoins de tout commentaire.

— Ces derniers mois n'ont pas été faciles, soupira Anne.

— Ils n'ont été faciles pour personne, acquiesça Shane qui ne la comprenait que trop bien. Gran est morte il y a six mois. Tu n'as même pas pris la peine de venir à ses obsèques.

Anne avait anticipé la réaction de sa fille. Poussant un infime soupir, elle baissa les yeux sur ses mains douces et soignées.

— Il faut que tu saches combien je regrette, Shane. Je terminais un film. On ne pouvait pas se passer de moi.

— Tu n'as pas trouvé le temps d'envoyer une carte, de passer un coup de fil ? l'interrogea Shane. Tu n'as même pas daigné répondre à ma lettre.

Comme sur commande, les beaux yeux d'Anne s'emplirent de larmes.

— Chérie, ne sois pas cruelle. J'étais incapable — incapable — de coucher des mots sur un papier.

Elle tira de sa poche de poitrine un délicat mouchoir de soie.

— Je savais bien qu'elle était âgée, mais j'avais l'impression qu'elle vivrait éternellement, qu'elle serait toujours là.

Soucieuse de son mascara, elle tamponna ses larmes.

— Quand j'ai reçu ta lettre m'annonçant qu'elle était… J'étais tellement anéantie…

Elle leva sur Shane des yeux magnifiques, noyés de chagrin, attendant qu'une larme unique coule lentement le long de sa joue.

— Il n'y a que toi qui puisses comprendre ce que je ressens. C'est elle qui m'a élevée.

Anne s'étrangla sur un petit sanglot.

— Je n'arrive toujours pas à croire qu'elle n'est pas dans la cuisine en train de s'affairer aux fourneaux.

Bouleversée par cette image qui ravivait sa propre peine, Shane s'agenouilla aux pieds de sa mère. Elle n'avait pas eu de famille avec qui partager son deuil, personne pour l'aider à traverser ces heures déchirantes, ces moments de douleur, une fois passée la première hébétude du choc. Même si de toute sa vie elle n'avait jamais rien pu partager avec sa mère, peut-être pouvaient-elles se retrouver autour de cette perte ?

— Je sais, articula-t-elle d'une voix brouillée. Elle me manque encore terriblement à moi aussi.

Anne se mit à penser que cette petite scène recélait un énorme potentiel.

— Shane, pardonne-moi, je t'en prie.

Elle lui agrippa les mains et se concentra pour parfaire sa voix d'un léger tremblement :

— Je sais que j'ai eu tort de ne pas venir, tort de me dissimuler derrière des prétextes. Simplement, je n'étais pas assez forte pour affronter une telle épreuve. Encore aujourd'hui, quand je pense que j'aurais pu…

Elle laissa sa phrase en suspens et porta la main de sa fille à sa propre joue humide.

— Je comprends. Gran aurait compris, elle aussi.

— Elle s'est toujours montrée si bonne envers moi. Si seulement je pouvais la revoir une dernière fois…

— Tu ne dois pas ressasser ce genre de chose.

Shane avait eu l'esprit hanté par ces mêmes pensées des dizaines de fois, après les funérailles.

— J'ai eu le même sentiment, mais il vaut mieux se souvenir des moments de bonheur. Elle était si heureuse ici, dans cette maison, à jardiner, à faire ses conserves.

— C'est vrai qu'elle adorait cette maison, murmura Anne, embrassant d'un regard nostalgique l'ancien boudoir d'été. Et j'imagine qu'elle aurait été ravie de voir ce que tu en as fait.

— Tu crois ?

Shane leva la tête et sonda avec sérieux les yeux humides de sa mère.

— Au départ j'étais très sûre de moi, mais quand même, parfois…

Elle n'acheva pas sa phrase et jeta un œil aux murs repeints de frais.

— Evidemment qu'elle serait contente, affirma Anne avec brusquerie. Je suppose qu'elle t'a laissé la maison ?

— Oui.

Shane regardait la pièce en se remémorant son ancienne décoration.

— Il y avait donc un testament ?

— Un testament ?

Distraite, Shane reporta son attention sur sa mère.

— Oui, Gran avait fait un testament, il y a des années. Elle l'avait fait rédiger par le fils de Floyd Arnette dès qu'il s'était inscrit au barreau. Elle a été sa première cliente.

Shane sourit : Gran avait été si fière du jargon juridique sophistiqué qu'avait employé « ce blanc-bec de fils Arnette ».

— Et le reste des biens ? s'enquit Anne en tentant de refréner son impatience.

— Il y avait la maison et le terrain, bien sûr, répondit Shane, le regard encore perdu dans le passé. J'ai vendu certaines actions afin de payer les obsèques et de m'acquitter des droits de succession.

— Elle t'a tout laissé ?

Shane ne perçut pas le ton crispé de sa mère.

— Oui. Dans ses économies il y avait assez d'argent disponible pour faire face aux travaux sur la maison, et…

— Tu mens !

Anne la repoussa en se levant d'un bond. Shane se retint à l'accoudoir du fauteuil pour ne pas perdre l'équilibre. Puis, trop abasourdie pour bouger, elle demeura assise par terre.

— Elle ne m'aurait jamais déshéritée, laissée sans un sou ! explosa Anne en la toisant d'un regard meurtrier.

Ses yeux bleus brillaient désormais de l'éclat dur de la colère, son adorable minois était blême de rage. Shane avait déjà vu une ou deux fois sa mère dans un tel état de fureur — quand sa grand-mère ne lui avait pas donné exactement ce qu'elle voulait. Lentement, elle se releva pour lui faire face. Les accès de colère d'Anne devaient être gérés avec soin avant qu'ils ne virent à la violence.

— Gran n'aurait jamais songé à te déshériter, Anne, affirma Shane avec un calme qu'elle était loin d'éprouver. Elle savait que tu ne t'intéressais ni à la maison ni au domaine et, tu sais, il n'est pas resté grand-chose après les droits de succession.

— Tu me prends pour une idiote ? s'enquit Anne d'une voix dure et amère.

Bien plus que son manque de talent, c'était son caractère exécrable qui avait contrecarré sa carrière. Trop souvent, elle l'avait laissé s'exprimer à l'encontre des réalisateurs et des autres acteurs. Même là, quand la patience et des mots bien choisis lui auraient assuré la satisfaction de ses exigences, elle ne put s'empêcher de cracher :

— Je sais très bien qu'elle avait un magot qui devait moisir dans une banque ! De son vivant, j'ai toujours dû me battre pour lui faire lâcher le moindre sou. Aujourd'hui, j'ai bien l'intention d'avoir ma part du gâteau.

— Elle te donnait ce qu'elle pouvait, commença Shane.

— Qu'est-ce que tu en sais, toi ? Parce que tu me crois assez bête pour ignorer que cette propriété vaut une jolie somme sur le marché ?

Elle jeta un regard dégoûté autour d'elle.

— Tu veux la baraque, garde-la ! File-moi juste le fric.

— Je n'ai rien à te donner. Gran n'avait pas…

— Ne me sors pas ton baratin !

Anne la poussa sur le côté et monta l'escalier.

Shane resta un moment figée sur place, prise dans un tourbillon d'incrédulité. Comment pouvait-on être aussi dépourvu de toute sensibilité ? Et comment faisait-elle pour se faire avoir chaque fois ? Eh bien, elle allait mettre un terme à tout cela, et une bonne fois pour toutes. Portée par sa propre vague de fureur, elle monta l'escalier quatre à quatre à la suite de sa mère.

Elle trouva Anne dans la chambre, en train de sortir des papiers de son bureau. Sans hésiter, Shane se rua sur elle et referma violemment l'abattant du secrétaire.

— Je t'interdis de fouiller dans mes affaires, la prévint-elle d'une voix menaçante. Ne t'avise pas de toucher à ce qui m'appartient !

— Je veux voir les livrets bancaires et ce prétendu testament.

Anne fit mine de quitter la chambre, mais Shane la retint par le bras d'une poigne étonnamment forte.

— Tu ne vas rien voir du tout. Cette maison est à moi.

— Et moi, je te dis qu'il y a de l'argent, ici, riposta Anne, furieuse, avant de se dégager d'une secousse. Tu essaies de me le cacher.

— Je n'ai pas à te cacher quoi que ce soit.

Shane fut submergée par un sentiment de rage, alimenté par des années de carence affective.

— Si tu veux voir le testament et connaître le statut de la propriété, trouve-toi un avocat ! Quant à moi, je suis propriétaire de cette maison et de tout ce qu'elle contient. Je ne tolérerai pas que tu fouilles dans mes papiers.

— Très bien…

Les yeux d'Anne se réduisirent à de simples fentes.

— Finalement tu n'as rien d'une brave gourde, pas vrai ?

— Tu n'as jamais su qui j'étais, asséna Shane d'une voix égale. Tu ne t'es jamais assez intéressée à moi pour chercher à me connaître. Ce n'était pas grave parce que j'avais Gran. Je n'ai pas besoin de toi.

Même si prononcer ces mots fut pour elle un soulagement, ils ne parvinrent pas à calmer sa fureur.

— A certains moments, j'ai pu croire que si, quand tu entrais ici comme une reine, si belle que j'avais peine à croire que tu étais vraie. En fait, sans le savoir j'étais proche de la vérité car il n'y a rien de vrai chez toi. Tu ne t'es jamais souciée de Gran. Elle le savait et elle t'aimait quand même. Mais pas moi.

Shane respirait très vite mais n'avait pas conscience d'être au bord des sanglots.

— Je n'arrive même pas à te haïr. Je veux juste être débarrassée de toi.

Elle se tourna pour ouvrir son secrétaire et en sortit un chéquier. D'une main rapide, elle rédigea un chèque d'un montant correspondant à la moitié du capital qu'elle avait mis de côté.

— Tiens, dit-elle en le tendant à Anne. Prends ça. Considère que c'est de la part de Gran. De moi tu n'obtiendras jamais rien.

Après lui avoir arraché le chèque, Anna fixa le montant avec un sourire narquois.

— Si tu crois que je vais me contenter de ça, tu te trompes.

Néanmoins, elle plia proprement le chèque en deux et l'empocha. Elle était assez fine pour ne pas tenter le diable, et sa propre situation financière était loin d'être réjouissante.

— Je vais prendre un avocat, promit-elle, alors qu'elle n'avait pas la moindre intention de gaspiller son argent en vue de la maigre éventualité d'en obtenir davantage. Et je vais contester le testament. Nous verrons bien combien j'obtiendrai de toi, Shane.

— Fais ce que tu veux, répondit cette dernière d'une voix lasse. Reste loin de moi, c'est tout ce que je te demande.

Anna rejeta sa chevelure en arrière avec un rire amer.

— Ne crois pas que je vais passer plus de temps que nécessaire dans cette baraque ridicule. Bon sang ! Je me suis toujours demandé comment tu pouvais être ma fille.

Shane pressa un doigt sur sa tempe palpitante.

— Moi aussi, murmura-t-elle.

— Mon avocat te contactera, lança Anne.

Et tournant les talons, elle quitta la pièce, effectuant sa sortie avec une grâce aérienne.

Shane resta près du secrétaire jusqu'à ce qu'elle eut entendu claquer la porte d'entrée. Eclatant en sanglots, elle se pelotonna dans un fauteuil.

11

Vance s'assit sur le seul fauteuil correct de son salon. Il consulta sa montre avec impatience. Cela faisait dix minutes qu'il aurait dû être avec Shane. Et c'est ce qui se serait passé, songea-t-il en jetant un coup d'œil à la porte d'entrée, si le téléphone ne l'avait pas retenu au moment où il quittait la maison. Résigné, il écouta la liste de problèmes énumérés par le directeur de sa filiale de Washington. Sans que rien n'ait été dit, Vance était conscient de l'existence d'un certain mécontentement dans les rangs de ses employés, mécontentement causé par la rumeur que le patron avait pris un congé sabbatique.

—… et avec ce conflit syndical, la construction de notre projet Wolfe a pris trois semaines de retard, poursuivait le directeur. J'ai été informé qu'il y aurait un retard concernant la livraison de l'acier sur le chantier Rheinstone — un retard peut-être important. Je suis désolé de vous déranger pour ça, mais comme ces deux projets sont d'une importance capitale pour l'entreprise, en particulier avec les appels d'offres que Rheinstone compte lancer sur le centre commercial, je me suis dit que…

— Oui, je comprends.

Vance coupa court à ce qui promettait d'être une explication détaillée.

— Mettez une équipe double sur le projet Wolfe jusqu'à ce qu'on ait rattrapé le retard.

— Une équipe double ? Mais…

— Nous nous sommes engagés à achever ce chantier d'ici le 1er avril, répliqua Vance d'un ton sec. Un accroissement du personnel nous coûtera moins cher que le paiement d'une clause de pénalité, sans parler du tort fait à la réputation de l'entreprise.

— Bien, monsieur.

— Et dites à Liebewitz de s'occuper de cette livraison d'acier. Si lundi cette histoire n'a pas été réglée de façon satisfaisante, je m'en chargerai moi-même d'ici.

Prenant un crayon, Vance griffonna un mot sur un bloc-notes :

— Quant à l'appel d'offres de Rheinstone, j'ai tout passé en revue moi-même la semaine dernière. Je ne vois aucun problème.

Il s'abîma dans la contemplation du parquet, la mine sombre.

— Organisez une réunion avec les chefs de service pour la fin de la semaine prochaine. J'y assisterai. Entre-temps, ajouta-t-il lentement, envoyez quelqu'un ici… Masterson, décida-t-il, en repérage pour l'emplacement d'une nouvelle succursale.

— Une nouvelle succursale ? Là-haut, monsieur Banning ?

Vance perçut un sourire dans la voix du directeur.

— Qu'il se concentre sur la région d'Hagerstown et qu'il me fasse un rapport. Je veux une liste d'emplacements viables dans quinze jours.

Il consulta de nouveau sa montre.

— Autre chose ?

— Non, monsieur.

— Bien. Je serai là la semaine prochaine.

Sans attendre de réponse, Vance mit un terme à la communication.

Ses derniers ordres, songea-t-il piteusement, allaient créer des remous au sein de son entreprise. Eh bien, quoi, réfléchit-il, Riverton s'était déjà agrandi dans le passé, et Riverton allait de nouveau s'agrandir. Pour la première fois depuis des années, la société allait lui apporter un certain bonheur personnel. Il pourrait s'installer avec la femme qu'il aimait, là où il avait envie de se fixer, tout en gardant bien en main les rênes de son entreprise. Et s'il devait justifier l'ouverture d'une nouvelle succursale devant le conseil d'administration, ce qui était voué à se produire, il soulignerait le fait qu'Hagerstown était la plus grande ville du Maryland. Qu'il fallait également prendre en compte sa proximité de la Pennsylvanie… et de la Virginie-Occidentale. Oui, songea-t-il, l'expansion pourrait être justifiée sans trop de difficulté devant le conseil d'administration. Ses antécédents contribueraient largement à rallier les membres à son projet.

Vance se leva et remit son manteau. Tout ce qu'il lui restait à faire, c'était parler à Shane. Pour la énième fois, il spécula sur la façon dont elle réagirait. Elle serait forcément stupéfaite quand il lui annoncerait qu'il n'était pas tout à fait le menuisier au chômage qu'elle connaissait. Et il ne fallait pas écarter la possibilité qu'elle lui en veuille de lui avoir laissé croire cette fable. Un pincement d'appréhension au cœur, il sortit dans la nuit claire et glaciale.

Un fort vent d'ouest, porteur d'une vague odeur de neige, lui cingla le visage et éparpilla les feuilles craquantes. Complètement absorbé par ses pensées, Vance ne remarqua pas le vieux cerf qui, à cinquante mètres sur sa droite, humait l'air en le regardant.

Au départ, son intention n'avait jamais été de la tromper sur son compte, se remémora-t-il. Lorsqu'ils s'étaient rencontrés, Shane se fichait bien de savoir qui il était. Et de surcroît, réfléchit-il, son seul but à lui était alors de prendre le large par rapport à son siège de président et d'être précisément tel qu'elle l'avait perçu. Comment aurait-il pu savoir qu'elle prendrait la première place dans sa vie ? Aurait-il pu deviner que quelques semaines après l'avoir rencontrée, il envisagerait de la demander en mariage, prêt à lancer sa société dans une course effrénée de préparatifs afin qu'elle n'ait pas à renoncer à sa maison ni à la vie qu'elle s'était choisie ?

Quand il lui aurait expliqué la situation, elle comprendrait, se persuada-t-il en faisant craquer les feuilles givrées sous ses pieds. L'une des qualités les plus attachantes de Shane, c'était sa capacité de compréhension. Et puis elle l'aimait. S'il était sûr d'une chose, c'était bien de celle-là. Elle l'aimait de façon inconditionnelle, sans questions, sans exigences. Personne n'avait jamais été aussi généreux envers lui en échange de si peu. Il avait bien l'intention de vouer le reste de sa vie à lui montrer à quel point elle comptait pour lui.

Une fois passé l'effet de surprise que lui causerait son aveu, elle se mettrait à rire. L'argent, le statut social qu'il était en mesure de lui offrir n'auraient aucune importance à ses yeux. Elle trouverait sans doute comique que le président de Riverton ait pris la scie et le marteau pour réaliser l'habillage de sa cuisine…

Lui parler d'Amelia serait plus difficile, mais il le ferait — sans laisser de zone d'ombre. Il ne court-circuiterait pas son premier mariage, mais raconterait tout à Shane en tablant sur sa compréhension. Il voulait lui dire qu'elle avait apaisé son sentiment de culpabilité, allégé son amertume. Son amour pour elle était la seule émotion sincère qu'il avait éprouvée depuis des années. Ce soir, il lui dévoilerait son passé de façon à le débarrasser des miasmes qui l'empoisonnaient ; ensuite, il demanderait à Shane de partager son avenir.

Toutefois, c'est avec un pincement d'angoisse que Vance approcha de la maison. Il aurait pu passer outre s'il ne s'était soudain rendu compte que toutes les fenêtres étaient sombres. Bizarre, songea-t-il en accélérant le pas. Shane devait sûrement être chez elle, d'une part parce que sa voiture était là, d'autre part parce qu'il se savait attendu. Mais alors, pourquoi n'y avait-il pas une seule lumière allumée ? Tandis qu'il atteignait la porte d'entrée, il tenta d'endiguer le flot d'anxiété véritable qui menaçait de le submerger.

La porte n'était pas fermée à clé. Il entra sans frapper mais appela Shane immédiatement. La maison demeura noire et silencieuse. Appuyant sur l'interrupteur, il inonda de lumière la salle d'exposition à l'arrière. Un rapide coup d'œil lui permit de constater que tout était normal avant d'aller inspecter le reste du rez-de-chaussée.

— Shane ?

Le silence commençait à le perturber plus que l'obscurité. Après un rapide tour en bas, il monta à l'étage. Une odeur de nourriture lui parvint aussitôt aux narines. Mais la cuisine était vide. Machinalement il éteignit le four et s'engagea dans le couloir. L'idée lui vint qu'elle était peut-être allée s'allonger après la fermeture du magasin et qu'elle s'était tout simplement assoupie. L'amusement prit le pas sur son inquiétude, et il entra tranquillement dans sa chambre. Toute sa gaieté s'envola lorsqu'il la découvrit pelotonnée dans un fauteuil.

Malgré l'obscurité de la pièce, le clair de lune suffisait à la distinguer nettement. Elle ne dormait pas, mais elle était recroquevillée sur elle-même, la tête posée sur l'accoudoir du fauteuil. Il ne l'avait jamais vue comme ça. Sa première pensée fut qu'elle avait l'air perdue ; puis il se corrigea. Anéanti. Sa vivacité foncière avait déserté son regard et la lumière argentée de la lune soulignait la pâleur de son visage. Il aurait pu la croire souffrante si son subconscient ne lui avait soufflé que, même dans la maladie, Shane n'aurait pas perdu tout son entrain. Si elle avait remarqué sa présence, elle ne le montra pas et ne réagit pas davantage lorsqu'il prononça de nouveau son prénom. Il s'agenouilla devant elle et prit ses mains glacées.

— Shane.

Elle le dévisagea quelques instants d'un regard vide. Puis, comme si une digue s'était rompue en elle, le désespoir inonda ses yeux.

— Vance, dit-elle d'une voix hachée, en lui jetant les bras autour du cou. Oh, Vance !

Elle tremblait violemment mais ne pleurait pas. Les larmes s'étaient figées à l'intérieur d'elle-même. Le visage enfoui au creux de son épaule, elle se cramponna à lui, émergeant brutalement de l'état d'hébétude qui avait suivi sa crise de larmes. C'est la chaleur de Vance qui lui fit réaliser combien elle avait froid. Sans poser de questions, il la serra contre lui avec force et douceur.

— Vance, je suis si heureuse que tu sois là ! J'ai besoin de toi.

Ces mots lui firent plus forte impression qu'une déclaration d'amour.

Jusqu'à cet instant, il avait été inconfortablement conscient que ses attentes dépassaient largement celles de Shane. A présent, il avait l'occasion de faire quelque chose pour elle, ne serait-ce que l'écouter.

— Qu'est-ce qui s'est passé, Shane ?

D'un geste tendre, il s'écarta d'elle pour pouvoir la regarder au fond des yeux.

— Tu peux m'en parler ?

Elle inspira laborieusement, ce qui en soi fit comprendre à Vance l'effort qu'il lui en coûtait de s'exprimer.

— Ma mère.

Du bout des doigts, il repoussa de ses joues ses mèches en désordre.

— Elle est malade ?

— Non !

La réaction de Shane avait été explosive, rapide et furieuse. La violence de son démenti l'étonna, mais il prit ses mains agitées dans les siennes.

— Raconte-moi ce qui s'est passé.

— Elle est venue, articula Shane, luttant pour garder son calme.

— Ta mère est venue ici ? répéta-t-il d'une voix encourageante.

— Presque à l'heure de la fermeture. Je ne m'y attendais pas… Elle n'est pas venue aux obsèques et n'a pas répondu à ma lettre.

Ses mains tentèrent de se libérer de l'emprise de Vance, mais ce dernier les garda tendrement serrées dans les siennes.

— C'était la première fois que tu la revoyais depuis le décès de ta grand-mère ? demanda-t-il.

Il parlait d'une voix calme et douce. Le regard de Shane se figea le temps de le regarder droit dans les yeux.

— Ça faisait plus de deux ans que je n'avais pas revu Anne, lâcha-t-elle d'un ton sec. Depuis qu'elle avait épousé son agent publicitaire. Comme ils ont divorcé, elle est revenue.

Shane secoua la tête d'un air incrédule et prit une profonde inspiration :

— Elle a presque réussi à me faire croire qu'elle s'intéressait à moi. J'ai pensé que nous pourrions nous parler. Nous parler vraiment.

Elle crispa les paupières.

— Toutes ses larmes et son chagrin, c'était de la comédie. Elle est restée là à me supplier de la comprendre, et j'ai cru…

De nouveau, sa voix se brisa et l'effort de continuer la fit frissonner.

— Si elle est venue, ce n'est ni pour moi ni pour Gran.

Lorsqu'elle rouvrit les yeux, Vance vit que la souffrance avait terni l'éclat de son regard. Il dut se faire violence pour conserver un ton calme :

— Pourquoi est-elle venue, Shane ?

Elle prit son temps pour répondre, gênée par sa respiration saccadée.

— Pour l'argent, lâcha-t-elle d'un ton catégorique. Elle a cru qu'il y aurait de l'argent. Elle était furieuse que Gran m'ait tout laissé et a refusé de me croire quand je lui ai dit que l'héritage se montait à une somme dérisoire. J'aurais dû m'en douter ! s'indigna-t-elle dans un subit accès de colère qui retomba aussitôt. Je le savais, pourtant.

Ses épaules s'affaissèrent comme sous le poids d'un fardeau intolérable.

— Je l'ai toujours su. Elle n'a jamais aimé personne. J'espérais qu'elle éprouvait peut-être un brin de tendresse pour Gran, mais… Quand elle a foncé au premier pour aller fouiller dans mes papiers, je lui ai dit des choses horribles. Je n'arrive pas à regretter mes paroles.

Les larmes jaillirent de ses yeux, émotion qu'elle refoula promptement.

— Je lui ai donné la moitié de l'argent qui me reste et je l'ai sommée de partir.

— Tu lui as donné de l'argent ? l'interrompit Vance, incrédule.

Shane le regarda d'un air las.

— Gran aurait fait la même chose. Anne reste ma mère.

Vance sentit le dégoût et la rage lui monter dans la gorge. Il lui fallut toute sa volonté pour ne pas y céder. Sa colère ne serait d'aucune aide à Shane.

— Ce n'est pas ta mère, Shane, affirma-t-il d'un ton prosaïque.

Elle allait répliquer, mais il secoua la tête et enchaîna :

— D'un point de vue biologique, oui, mais tu es trop intelligente pour croire que ça a un sens. Les chattes aussi ont des petits, Shane.

Il resserra sa poigne et vit une ombre de souffrance traverser son visage.

— Pardonne-moi. Je ne voulais pas te faire de peine.

— Non. Non, tu as raison.

Ses mains redevinrent inertes et elle laissa échapper un soupir.

— La vérité, c'est qu'il est rare que je pense à elle. Les quelques sentiments que j'éprouve à son égard viennent seulement du fait que Gran l'aimait. Et pourtant…

— Et pourtant, acheva-t-il, tu te rends malade de culpabilité.

— Comment trouver naturel de lui demander de rester loin de moi ? demanda Shane d'une voix précipitée. Gran…

— Ta grand-mère aurait pu réagir différemment, elle aurait pu lui donner son argent par sentiment d'obligation. Mais réfléchis un peu, à qui a-t-elle tout laissé ? Tout ce qui comptait pour elle ?

— Oui, oui, je sais, mais…

— Quand tu penses au sens du mot « mère », qu'est-ce qui te vient à l'esprit, Shane ?

Elle le contempla fixement. Cette fois, lorsque les larmes affluèrent, elles débordèrent de ses yeux. Sans un mot, elle laissa tomber la tête sur l'épaule de Vance.

— Je lui ai dit que je ne l'aimais pas. Je le pensais, mais…

— Tu ne lui dois rien, affirma-t-il en l'attirant tout contre lui. Crois-moi, Shane, j'en connais un rayon question culpabilité, je sais comment ça peut te lacérer le cœur. Je ne te laisserai pas t'infliger ça.

— Je lui ai demandé de ne plus m'approcher.

Elle poussa un long soupir de lassitude.

— Je ne pense pas qu'elle s'y risquera.

Vance se tut quelques instants.

— C'est ce que tu veux ?

— Oh, oui !

Il posa les lèvres sur sa tempe avant de la prendre dans ses bras.

— Viens, tu es exténuée. Allonge-toi un petit moment et dors.

— Non, je ne suis pas fatiguée, mentit-elle alors que ses paupières papillonnaient. J'ai juste mal à la tête. Et le dîner…

— J'ai éteint le four, la rassura-t-il en la portant jusqu'au lit. On mangera plus tard.

Après avoir repoussé la couette, il déposa Shane entre les draps frais.

— Je vais te chercher de l'aspirine.

Il lui ôta ses chaussures, mais alors qu'il lui remettait la couette, Shane lui prit la main.

— Vance, tu ne voudrais pas simplement… rester avec moi ?

Effleurant sa joue du dos de la main, il lui sourit.

— Bien sûr.

Aussitôt déchaussé, il se glissa dans le lit auprès d'elle.

— Essaie de dormir, murmura-t-il en la serrant fort contre lui. Je suis là.

Il entendit un long soupir apaisé, puis sentit ses cils effleurer son épaule comme des ailes de papillon tandis qu'elle fermait les yeux.

Combien de temps restèrent-ils allongés immobiles, impossible à dire. La grande horloge à balancier du salon sonna une fois l'heure, mais Vance n'y prêta pas attention. Shane avait cessé de trembler et sa peau s'était réchauffée. Elle respirait à un rythme lent et régulier. Il lui caressait doucement la tempe d'un geste apaisant qui était pourtant loin de refléter l'état de ses pensées.

Rien ni personne ne provoquerait plus jamais un tel désespoir chez Shane. Il y veillerait. Etendu sur le lit, il fixa le plafond en réfléchissant au meilleur moyen de neutraliser Anne Abbott. Il n'avait pas protesté pour l'argent parce que c'était la volonté de Shane. Mais il ne pouvait se résoudre à la laisser constamment en proie à une telle pression psychologique. La vue de son visage pâle et choqué, de ses yeux emplis de souffrance, l'avait bouleversé de façon inédite.

Il aurait dû savoir que lorsqu'on a le cœur aussi franc que Shane, on peut être aussi profondément meurtri que comblé. Et comment cette femme qui avait dû assumer ce genre de peine depuis l'enfance pouvait-elle déborder à ce point de joie et de générosité ? L'épreuve d'une mère négligente, la honte et la douleur d'une rupture de fiançailles, la perte du seul membre de sa famille qu'elle avait jamais connu — rien de tout cela n'avait entamé son moral ni sa bonté simple.

Mais ce soir, elle avait besoin d'une épaule consolatrice. Et Vance allait lui prêter la sienne — ce soir et chaque fois qu'elle aurait besoin de lui. Inconsciemment, il la serra contre lui comme pour la protéger de tout ce qui pouvait lui faire du mal.

— Vance.

Croyant qu'elle avait prononcé son nom dans son sommeil, il effleura ses cheveux d'un baiser léger.

— Vance, répéta Shane, de sorte qu'il baissa les yeux et vit ses yeux briller dans l'obscurité. Fais l'amour avec moi.

C'était une requête simple et tranquille qui appelait plus de réconfort que de passion. L'amour infini qu'il pensait déjà éprouver pour elle en fut multiplié par trois. De même que son inquiétude de ne pas être assez tendre. Avec une extrême douceur, il prit le visage de Shane dans sa main et posa sa bouche sur la sienne.

Shane se laissait flotter. Elle était trop exténuée tant sur le plan physique que psychologique pour ressentir un désir ardent, mais Vance semblait avoir compris ce qu'elle lui demandait. C'était la première fois qu'il lui manifestait autant de tendresse. Sa bouche était chaude et d'une douceur incroyable. Minute après minute, il l'embrassa — sans plus. Ses doigts caressèrent son visage d'un geste apaisant, puis se déplacèrent à la base de son cou comme s'il sentait la douleur sourde et lancinante qui en irradiait. Avec patience et amour, il suscita chez elle une calme réaction, ne lui demandant jamais plus que ce qu'elle pouvait lui donner. Shane se détendit et se laissa guider.

Avec une lenteur attentionnée, Vance parcourut son visage de baisers, frôlant ses lèvres et ses paupières fermées tandis que son doux massage se déplaçait de la nuque vers ses épaules. Ses caresses étaient d'une douceur concentrée qui tenait plus de la gentillesse que de l'amour. Quand sa bouche revint vers celle de Shane, il épousa ses lèvres tout en légèreté, approfondissant son baiser sans fougue ni fureur. Elle y répondit dans un soupir, laissant libre cours à ses envies.

Passivement, elle se laissa déshabiller. Les mains de Vance s'activaient sans exigences avec habileté et lenteur. Faisant preuve d'une sensibilité que ni l'un ni l'autre ne soupçonnait, il n'essaya pas d'exciter son désir. Même lorsqu'ils furent nus, il se contenta de l'embrasser et de la garder serrée contre lui. Shane prenait sans rien donner, elle le savait, et dans un murmure elle voulut le toucher.

— Chut…

Il déposa un baiser au creux de sa main avant de la retourner doucement sur le ventre. D'abord du bout des doigts, il la massa et la caressa jusqu'au bas du dos avant de remonter vers les épaules. Elle ignorait que l'amour pouvait être si plein de compassion et si désintéressé. Elle referma les yeux en soupirant et fit le vide dans sa tête.

Vance lui ôtait sa souffrance, lui rendait sa chaleur intérieure. Allongée dans le silence, Shane sentit qu'elle retrouvait son équilibre et sa confiance. Plus besoin de penser, plus besoin de sentir autre chose que les mains sûres et puissantes de Vance. Elle lui faisait une confiance aveugle. Conscient de son abandon, il prenait d'autant plus soin de ne pas en abuser.

Le lit d'époque oscilla légèrement lorsqu'il se pencha pour lui embrasser la nuque. Shane sentit le premier frisson de désir. C'était doux et merveilleusement facile. Heureuse, elle demeura immobile afin de jouir pleinement de la sensation d'être chérie. Vance la traitait comme un objet fragile et précieux. Elle se réjouissait voluptueusement de cette nouvelle expérience tandis qu'il semait de tendres baisers le long de sa colonne vertébrale. La tension et les larmes étaient à des années-lumière de ce lit Jenny Lind au matelas avachi et aux draps de lin usés. Plus rien n'existait en dehors des tendres gestes érotiques de Vance et de la réaction de plus en plus intense de son propre corps cajolé.

Il nota un changement subtil dans sa respiration — cette faible accélération qui indiquait que la détente se muait en désir. Cependant, il continua de la caresser sans insistance, ne voulant pas la brusquer. Dans le salon, l'horloge sonna une nouvelle fois l'heure à coups graves et lourds. Dans un craquement, la maison se referma douillettement sur eux, alternant gémissements et grincements. Vance n'entendait plus grand-chose hormis la respiration de plus en plus profonde de Shane.

Le clair de lune frissonnait sur sa peau, comme à la poursuite de ces mains aventureuses. La lumière blanche lui laissait voir encore plus nettement la sveltesse de son dos, la mince courbe de ses hanches. La bouche pressée contre l'épaule de Shane, Vance sentit le parfum citronné de ses cheveux mêlé à l'odeur de lavande en sachet qui imprégnait encore les draps. La pièce était noyée d'ombres.

Shane était couchée une joue sur l'oreiller, lui offrant une vue parfaite de son profil. Elle aurait pu dormir s'il n'y avait eu ce souffle précipité qui s'échappait de ses lèvres et les premiers mouvements subtils de son corps. Sans se départir de sa douceur, il la remit sur le dos pour pouvoir coller ses lèvres aux siennes.

Shane gémit, si absorbée en lui qu'elle était sourde à tout bruit, toute odeur qui n'émanait pas de Vance. Mais il ne modifia pas son rythme qui resta lent et sans hâte. Il avait terriblement envie d'elle mais n'éprouvait plus cette pulsion féroce et dévorante. C'était l'amour, bien plus que le désir, qui le poussait vers elle. Quand sa bouche descendit vers son sein, ce fut avec une tendresse si infinie que Shane sentit se répandre en elle une chaleur mi-agréable, mi-douloureuse. De sa langue, Vance se mit à transformer cette chaleur en brasier. Shane s'assit dans le lit mais comme portée par un nuage.

Avec le même soin infini, il se mit à parcourir son corps de sa bouche et de ses mains. La peau de Shane frémit sous ses caresses, mais à peine. Il n'y avait pas de douce souffrance dans la passion qu'il lui apportait, mais un tel plaisir, un tel réconfort, qu'elle ne l'en désirait que plus. Elle concentra toutes ses pensées sur son propre corps et les calmes délices que Vance avait éveillées en lui.

Même si ses lèvres s'éloignaient des siennes pour aller goûter son cou ou sa joue, elles revenaient sans cesse s'y ressourcer. La réponse instinctive de Shane, le souffle rauque qui tremblait dans sa bouche, déchaînèrent en lui un brasier. Mais il refréna les flammes de son désir. Ce soir, Shane était en porcelaine. Elle était aussi fragile que le clair de lune. Il ne laisserait pas sa passion et ses fantasmes prendre le dessus pour s'apercevoir plus tard qu'il s'était montré brutal avec elle. Ce soir, il oublierait la force et l'énergie de la jeune femme et se concentrerait sur sa fragilité.

Et lorsqu'il la prit, sa tendresse fit couler sur les joues de Shane des larmes silencieuses.

12

La neige tombait régulièrement en un épais rideau. Déjà, la surface de la route était glissante. De squelettes sombres, les arbres s'étaient rapidement métamorphosés en ramures scintillantes. Les essuie-glaces de Vance faisaient le va-et-vient sur le pare-brise avec le chuintement monotone du caoutchouc balayant le verre. La neige ne suscitait chez lui ni contrariété ni plaisir. C'est à peine s'il la remarquait.

Grâce à quelques coups de fil et questions désinvoltes, il en avait suffisamment appris sur Anne Abbott — ou Anna Cross, le nom de scène qu'elle s'était choisi — pour alimenter encore sa colère de la nuit dernière. Le portrait que Shane lui avait fait d'elle était trop indulgent.

Anne avait vécu trois mariages tumultueux. Tous représentant un contact avec l'industrie du cinéma. Elle avait froidement pressuré chacun de ses maris avant de passer très vite au suivant. Sa dernière victime en date, Leslie Stuart, s'était avérée un peu trop maligne pour elle — lui ou son avocat. Ce mariage n'avait strictement rien rapporté à Anne. Et, avec son penchant pour le luxe, elle s'était déjà lourdement endettée.

Elle travaillait de façon sporadique — des rôles secondaires, de la figuration, à l'occasion une publicité. Son talent était insignifiant, mais son visage lui avait valu quelques répliques dans deux ou trois films de bonne tenue. Elle aurait pu obtenir davantage si son égotisme et son mauvais caractère n'avaient pas entravé sa carrière. Elle était plus tolérée qu'appréciée dans le milieu d'Hollywood. Et même cette tolérance semblait plus à mettre à l'actif de ses différents maris et autres amants intermittents qu'à celui de sa propre personne. Les contacts de Vance lui avaient dépeint une femme belle et calculatrice, dotée d'une tendance à l'agressivité. Il avait l'impression de déjà la connaître.

Tandis qu'il roulait dans la neige de plus en plus drue, ses pensées se focalisèrent sur Shane. Il l'avait gardée toute la nuit dans ses bras, l'apaisant quand elle s'agitait, lui prêtant une oreille attentive lorsqu'elle avait besoin de parler. L'expression ravagée de son regard le poursuivrait longtemps. Ce matin encore, son enjouement feint n'avait pu masquer sa lassitude sous-jacente. Et Vance avait perçu sa crainte muette qu'Anne revienne lui infliger un autre séisme émotionnel. S'il ne pouvait changer ce qui s'était passé, il pouvait en revanche prendre des mesures pour protéger Shane à l'avenir. Et c'était précisément ce qu'il avait l'intention de faire.

Vance bifurqua pour s'engager sur le parking d'un motel de bord de route et y gara sa voiture. Il resta quelques minutes à contempler la neige qui s'accumulait sur le pare-brise. Après avoir un moment envisagé de dire à Shane qu'il comptait aller voir sa mère, il avait finalement rejeté cette idée. Shane était si pâle ce matin… De toute façon, elle s'y serait à coup sûr opposée — voire violemment. C'était une femme qui tenait à résoudre ses problèmes seule. Il respectait son attitude, l'admirait même, mais dans ce cas précis, il était bien décidé à passer outre.

Il descendit de voiture et traversa le parking glissant jusqu'à la réception du motel où on lui donna les renseignements dont il avait besoin. Dix minutes plus tard, il frappait à la porte d'Anne Abbott.

Quand celle-ci découvrit Vance, le pli de contrariété entre ses sourcils se mua en expression de considération. Assurément, il incarnait pour elle une agréable surprise. Vance la dévisagea d'un œil froid : Shane n'avait pas enjolivé la description de sa mère. Elle était ravissante. Son visage aux traits élégants et au teint délicat était complété par des yeux d'un bleu très profond et une crinière de cheveux blonds. Son corps, moulé dans un négligé rose, était tout en courbes voluptueuses. Même si sa blondeur dorée était aux antipodes de la beauté torride d'Amelia, Vance sut à la seconde que les deux femmes avaient été coulées dans le même moule.

— Bonjour…

Sa voix était languide et boudeuse, son regard amusé et appréciateur. Vance eut beau chercher, il ne trouva pas une once de ressemblance entre la mère et la fille. Surmontant une vague de dégoût, il lui sourit en retour. Il fallait qu'il s'introduise dans cette chambre.

— Bonjour, madame Cross.

Il vit aussitôt qu'il avait eu raison d'employer son nom de scène. Elle le gratifia du sourire ravageur qui comptait parmi ses meilleurs atouts.

— On se connaît ?

Le bout de sa langue rose effleura sa lèvre supérieure.

— Je vous trouve un air familier, mais je suis sûre que je n'aurais pas oublié votre visage si on s'était déjà rencontrés.

— Je m'appelle Vance Banning, madame Cross, répondit-il sans lâcher son regard. Nous avons des amis communs, les Hourback.

— Oh, Tod et Sheila !

Anne ne pouvait pas les voir en peinture, mais c'est d'une voix empreinte du plus vif plaisir qu'elle enchaîna :

— N'est-ce pas merveilleux ? Oh, mais entrez, je vous en prie ! Il gèle dehors. Cet horrible hiver de la côte Est !

Elle referma la porte derrière lui et s'y adossa un moment. Peut-être, songea-t-elle, ce bref retour au pays s'avérerait-il moins assommant que prévu après tout ? Il y avait belle lurette qu'un homme aussi séduisant n'avait frappé à sa porte... Et, s'il connaissait ces snobinards d'Hourback, il y avait fort à parier qu'il soit lui aussi plein aux as.

— Eh bien, dites-moi, le monde est petit, n'est-ce pas ? murmura-t-elle en glissant lentement derrière son oreille une mèche d'un blond délicat. Comment vont Tod et Sheila ? Cela fait une éternité que je ne les ai vus.

— Ils allaient bien la dernière fois que nous nous sommes rencontrés.

Bien conscient de l'orientation que prenaient les pensées d'Anne, Vance sourit de nouveau, cette fois avec un air d'amusement glacial.

— Dans la conversation, ils m'ont dit que vous étiez de passage ici. Je n'ai pas pu résister à l'envie de venir vous voir, madame Cross.

— Oh, je vous en prie, appelez-moi Anna, fit-elle gracieusement.

Elle soupira en englobant la pièce d'un regard de désespoir.

— Je dois vous présenter mes excuses pour cette chambre, mais j'ai des affaires qui me retiennent dans la région, et...

Elle haussa imperceptiblement les épaules.

— Je suis bien obligée de m'en contenter. Je peux cependant vous offrir à boire, si vous n'avez rien contre le bourbon.

Il était à peine 11 heures, mais Vance répondit d'une voix onctueuse :

— Si ça ne vous dérange pas trop.

— Pas du tout.

Anne alla d'un mouvement fluide jusqu'à une petite table. Elle se félicitait d'avoir emporté ce peignoir de soie et de ne pas avoir encore trouvé l'énergie de s'habiller. Ce négligé, elle le savait, était à la fois seyant et aguicheur. Dieu merci, elle venait d'achever son maquillage quand cet homme avait frappé.

— Mais dites-moi, Vance, poursuivit-elle, que diable faites-vous dans un patelin aussi mortel ? Vous n'êtes pas du coin, si ?

— Les affaires, répondit-il simplement, en la remerciant d'un hochement de tête pour le verre de bourbon bien tassé qu'elle lui tendait.

Anne plissa les yeux quelques secondes avant de les écarquiller.

— Mais bien sûr ! Comment ai-je pu être aussi sotte ?

Elle lui décocha un sourire rayonnant tandis que les rouages s'enclenchaient à toute vitesse dans sa tête.

— J'ai entendu Tod parler de vous. Riverton Construction, c'est ça ?

— Exact.

— Ça, par exemple, je suis impressionnée…

Elle effleura ses dents d'une langue légère tout en réfléchissant.

— L'une des plus grosses entreprises de construction du pays…

— C'est ce qu'on dit, acquiesça-t-il calmement en voyant qu'elle l'épiait par-dessus son verre.

Il se demanda sans passion combien d'appâts elle lui lancerait avant de tenter de le harponner. S'il n'y avait pas eu Shane, il aurait pu prendre plaisir à la laisser s'enfoncer dans le ridicule.

Avec sa grâce languide et soigneusement étudiée, Anne s'assit au bord du lit. Combien de temps mettrait-il avant d'essayer de coucher avec elle et quelle somme de résistance devrait-elle feindre avant de lui céder ? se demanda-t-elle en sirotant sa boisson.

— Eh bien, Vance, que puis-je faire pour vous ?

Il fit tournoyer le bourbon dans son verre sans le boire. Il la regarda froidement, droit dans les yeux.

— Laissez Shane tranquille.

En d'autres circonstances, le changement d'expression d'Anne aurait pu être comique. Elle s'oublia assez longtemps pour le dévisager, bouche bée.

— De quoi parlez-vous ?

— Shane, répéta-t-il. Votre fille.

— Je sais très bien qui est Shane, répliqua Anne d'un ton cassant. Qu'a-t-elle à voir avec vous ?

— Je vais l'épouser.

Le choc se peignit sur le visage d'Anne avant de se dissoudre en un éclat de rire.

— La petite Shane ? Oh, c'est trop drôle ! Ne me dites pas que ma mignonne petite fille a enfin réussi à se dégotter un homme, un vrai ? Je l'ai sous-estimée.

La tête inclinée sur le côté, elle lui jeta un regard aigu :

— A moins que ça ne soit vous que j'aie surestimé.

Vance crispa les doigts autour de son verre, mais parvint à dominer sa colère. Lorsqu'il répondit, ce fut d'une voix dangereusement calme :

— Faites attention, Anne.

Le regard de Vance ôta toute envie de rire à celle-ci.

— Bien, enchaîna-t-elle avec un haussement d'épaules indifférent. Alors comme ça, vous voulez épouser Shane. En quoi ça me regarde ?

— En rien ! Absolument rien.

Dissimulant à la fois sa crainte et son irritation, Anne se leva avec grâce.

— Je suppose que je devrais féliciter ma petite fille pour la chance qu'elle a.

Vance la saisit par le bras. Même délivré sans pression explicite, la signification de son message était très claire :

— Vous n'allez rien faire de la sorte. Vous allez prendre vos cliques et vos claques et ficher le camp d'ici.

Folle de rage, Anne se dégagea d'une violente secousse.

— Mais pour qui vous prenez-vous, hein ? Vous ne pouvez pas m'ordonner de partir.

— Je vous le conseille, rectifia Vance. Et vous seriez sage d'obéir à ma suggestion.

— Je n'aime pas le ton de votre suggestion, rétorqua-t-elle. J'ai bien l'intention d'aller voir ma fille…

— Pourquoi ?

Vance la stoppa net sans élever la voix :

— Vous n'aurez pas un sou de plus, je vous le promets.

— Je ne vois pas du tout de quoi vous parlez, prétendit Anne, drapée dans une dignité glaciale. J'ignore quelles fadaises vous a racontées Shane, mais…

— Vous feriez mieux de bien réfléchir avant d'aller plus loin, la prévint Vance d'un ton calme. J'ai vu Shane peu de temps après que vous l'avez quittée, hier soir. Elle n'a pas eu besoin d'entrer dans les détails pour que je me fasse une idée.

Il la regarda longuement, l'œil dur.

— Je vous connais par cœur, Anne, aussi bien que vous-même. Il n'y aura plus d'argent, poursuivit-il devant le silence d'Anne. Alors, le plus intelligent pour vous, c'est d'arrêter les frais et de rentrer en Californie. Je n'aurais pas beaucoup de mal à faire bloquer le virement du chèque que Shane vous a déjà donné.

Anne fut contrariée par cette éventualité. Elle se maudit de ne pas s'être levée de bonne heure pour aller encaisser le chèque avant que Shane ait eu le temps de se raviser.

— J'ai la ferme intention d'aller voir ma fille.

Elle s'interrompit et lui lança un sourire éblouissant :

— Et à ce moment-là, je lui dirai ma façon de penser sur le choix de ses amants.

Les yeux de Vance ne reflétèrent ni feu ni glace, à peine un vague ennui. Rien n'aurait pu davantage irriter Anne.

— Je vous interdis de revoir Shane, insista-t-il.

Sous la soie du peignoir, le buste ravissant d'Anne se souleva d'indignation.

— Vous ne pouvez pas m'empêcher de voir ma fille !

— Si, je le peux, riposta Vance. Et je le ferai. Si vous entrez en contact avec elle, si vous essayez de lui soutirer encore un dollar avec vos cajoleries ou de lui faire du mal d'une façon ou d'une autre, je m'occuperai de vous personnellement.

Anne sentit le premier frisson de peur physique. Méfiante, elle recula d'un pas.

— Vous n'oseriez pas me toucher.

Vance eut un rire sans joie.

— N'en soyez pas si sûre. Cela dit, je ne pense pas que nous soyons amenés à aller jusque-là.

Il posa son verre de bourbon d'un air dégagé.

— J'ai un certain nombre de contacts dans l'industrie du cinéma, Anne. De vieux amis, des partenaires commerciaux, des clients. Quelques mots aux bonnes personnes et c'en sera fini de votre misérable petite carrière.

— Comment osez-vous me menacer ? lança-t-elle, à la fois furieuse et effrayée.

— Ce n'est pas une menace, affirma-t-il. Mais une promesse. Faites une fois encore du mal à Shane et vous me le paierez. Vous vous en tirez bien, Anne, ajouta-t-il. Elle n'a rien de ce que vous désirez.

Ecumante de rage, elle avança d'un pas vers lui.

— J'ai droit à ma part ! La totalité des biens de ma grand-mère devrait être partagée entre Shane et moi, cinquante-cinquante.

Vance haussa un sourcil spéculateur :

— Cinquante-cinquante, répéta-t-il, l'air songeur. Vous devez être aux abois pour vous satisfaire de ce genre d'arrangement.

Sans pitié, il balaya d'un geste ses problèmes.

— Je refuse de perdre mon temps à discuter de dispositions légales avec vous, encore moins de moralité ou d'éthique. Contentez-vous d'accepter le fait que vous n'obtiendrez jamais rien de plus que ce que vous a donné Shane hier.

Et sur ces mots, il alla vers la porte. Dans une ultime tentative désespérée, Anne s'effondra sur le lit et se mit à pleurer.

— Oh, Vance, vous ne pouvez pas être aussi cruel !

Elle leva vers lui un visage déjà baigné de larmes.

— Vous ne pouvez pas m'empêcher de voir ma propre fille, mon seul enfant !

Vance détailla cette belle figure tragique avant de lui décerner un bref hochement de tête approbateur.

— Excellent, commenta-t-il. Vous êtes meilleure actrice que ce qu'en dit la critique.

Alors qu'il refermait la porte derrière lui, il entendit le bruit d'un verre qui se fracassait contre le panneau de bois.

Bondissant sur ses pieds, Anne s'empara du second verre et le lança lui aussi violemment sur la porte. Elle ne laisserait personne, non *personne*, la menacer, se jura-t-elle. Ni se moquer d'elle, fulmina-t-elle en se remémorant le regard de Vance, plein d'une froideur amusée. Elle s'arrangerait pour qu'il lui paie cette humiliation. Se rasseyant sur le lit, elle serra les poings jusqu'à ce qu'elle ait maîtrisé sa colère. Il lui fallait réfléchir. Il devait bien y avoir un moyen de nuire à Vance Banning. *Riverton Construction*, songea-t-elle en fermant les yeux dans son effort de concentration. N'y avait-il pas eu quelque scandale en lien avec l'entreprise ? Frustrée, elle lança l'oreiller de toutes ses forces à travers la chambre. Rien ne lui venait à l'esprit. Que savait-elle d'une stupide boîte qui construisait des centres commerciaux et des hôpitaux ? Tout ça était d'un tel ennui ! songea-t-elle avec rage.

Attrapant le second oreiller, elle allait le lancer lui aussi lorsque soudain la lueur d'un souvenir la stoppa net dans son élan. Un scandale. Mais sans rapport avec l'entreprise. Il s'était passé quelque chose… quelque chose, quelques années auparavant. A peine quelques chuchotements lors d'une ou deux soirées. Zut ! jura-t-elle en son for intérieur en voyant que sa mémoire ne la menait nulle part. Sheila Hourback, pensa Anne en pinçant les lèvres. Cette vieille peau coincée pourrait peut-être lui être utile. Rampant tant bien que mal sur le lit défait, Anne s'empara du téléphone.

Lorsque Vance entra dans le magasin, Shane était occupée à retracer en détail une échauffourée de la bataille d'Antietam à trois garçons qui buvaient avidement ses paroles. Elle lui sourit et il entendit sa voix teintée d'enthousiasme, mais elle était encore pâle. Ce seul constat balaya ses derniers doutes concernant sa démarche : il avait eu raison. Shane saurait rebondir, se dit-il en flânant dans le magasin d'antiquités, parce que c'était dans son tempérament de rebondir. Mais même pour une personne aussi forte par nature que Shane, il y avait des limites au supportable. Apercevant Pat qui époussetait des objets de verre, il se dirigea vers elle.

— Salut, Vance ! lança-t-elle avec un sourire bref et amical. Comment ça va ?

— Je vais bien.

Il jeta un coup d'œil par-dessus son épaule afin de s'assurer que Shane était toujours prise par son récit.

— Ecoutez, Pat, je voulais vous parler de cet ensemble de salle à manger.

— Ah, oui… Il y a eu une embrouille à ce sujet. Je n'ai toujours pas pigé. Shane m'a dit que…

— Je vais l'acheter.

— *Vous ?*

La première réaction de surprise de Pat tourna à l'embarras. Néanmoins, Vance la dévisageait avec un large sourire et elle sentit le rouge refluer de ses joues.

— Pour Shane, expliqua-t-il. Cadeau de Noël.

— Oh, c'est trop mignon !

Elle fut immédiatement conquise par le romantisme du geste de Vance.

— C'était celui de sa grand-mère, vous savez. Elle y tient plus que tout.

— Je sais, mais elle est bien décidée à le vendre.

Distraitement, il saisit une tasse à moka en porcelaine.

— Et je suis tout aussi déterminé à le lui offrir. Mais elle refuse que je le fasse.

Il gratifia Pat d'un clin d'œil conspirateur.

— En revanche, elle pourra difficilement décliner un cadeau de Noël, pas vrai ?

— En effet.

Enchantée par l'astuce de Vance, Pat lui adressa un sourire radieux.

Ainsi donc, toutes ces rumeurs étaient fondées, songea-t-elle, ravie et curieuse. Il y avait bien quelque chose entre eux…

— Non, elle ne pourra pas, renchérit-elle. Ça va lui faire tellement d'effet, Vance ! Ça la tue de devoir vendre certains objets, mais l'ensemble de salle à manger, c'est le plus dur. Le truc, c'est que… euh, il est affreusement cher.

— Pas de problème. Je vais vous donner un chèque aujourd'hui.

Il songea soudain qu'en ville, la nouvelle allait se répandre qu'il avait beaucoup d'argent à dépenser. Très vite, il lui faudrait parler à Shane.

— Mettez dessus une affichette « Vendu ».

Il jeta un coup d'œil en arrière, voyant que les trois visiteurs de Shane s'apprêtaient à partir.

— Surtout ne lui dites rien, sauf si elle vous demande quelque chose.

— Motus et bouche cousue, promit Pat, ravie d'être dans la confidence. Et si jamais elle me pose des questions, je dirai juste que la personne veut qu'on le lui garde jusqu'à Noël.

— Vous ne manquez pas de ressources, la complimenta-t-il. Merci.

— Vance…

Pat baissa la voix :

— Elle a l'air d'avoir un peu le cafard, aujourd'hui. Vous pourriez peut-être lui faire prendre l'air un petit moment, histoire de lui remonter le moral. Oh, Shane, s'empressa-t-elle d'enchaîner d'une voix redevenue normale, comment tu as fait pour faire taire ces trois petits monstres pendant vingt minutes ? Ce sont les fils de Clint Drummond, expliqua-t-elle à Vance en frissonnant de façon comique. Quand je les ai vus entrer, j'ai failli m'enfuir par la porte de derrière.

— Ils étaient tout excités que les cours aient été annulés en raison de la neige.

D'instinct, Shane chercha la main de Vance dès qu'elle eut franchi le seuil.

— Ce qu'ils voulaient, c'était éclaircir les détails les plus intéressants de certains combats afin de pouvoir reconstituer leur propre bataille d'Antietam à coups de boules de neige.

— Prends ta parka, ordonna Vance en lui plantant un baiser sur le front.

— Quoi ?

— Et un bonnet. Il fait froid, dehors.

Shane lui serra brièvement la main en riant.

— Je sais bien qu'il fait froid dehors, idiot ! Il y a déjà quinze centimètres de neige.

— Alors nous ferions mieux d'y aller.

Il lui donna une tape amicale sur les fesses.

— Et tu devrais aussi te munir de bottes. Mais n'y mets pas des heures.

— Vance, on est en tout début d'après-midi. Je ne peux pas laisser le magasin !

— C'est pour le boulot, répliqua-t-il gravement. Tu dois acheter un sapin de Noël.

— Un sapin de Noël ?

Avec un gloussement de rire, elle ramassa le chiffon à poussière que Pat avait posé.

— C'est trop tôt dans la saison.

— Trop tôt ?

Vance décocha un sourire en direction de Pat.

— Tu sais, il ne te reste que quinze jours avant Noël, et tu n'as toujours pas d'arbre. La plupart des magasins qui se respectent ont leur vitrine décorée à partir de Thanksgiving !

— Oui, je sais, mais…

— Il n'y a pas de mais, coupa-t-il en lui ôtant des mains le chiffon à poussière pour le rendre à Pat. Que fais-tu de ton esprit de Noël ? Sans parler de ta stratégie commerciale… Selon le tout dernier sondage, les gens dépensent douze pour cent et demi de plus dans un magasin décoré pour Noël.

Shane lui lança un regard méfiant :

— Quel sondage ?

— L'Enquête sur le corollaire entre commerce de détail et ambiance saisonnière, lâcha-t-il d'un ton dégagé.

Pour la première fois en presque vingt-quatre heures, elle éclata d'un rire sincère.

— C'est un affreux mensonge.

— Certainement pas, s'insurgea Vance. C'est un mensonge remarquable. Et maintenant, va chercher ta parka.

— Mais Vance…

Pat l'interrompit en la poussant d'une bourrade vers l'escalier :

— Oh, ne sois pas bête, Shane ! Je peux très bien m'en sortir seule. Avec toute cette neige, ça m'étonnerait que les clients se ruent sur le magasin. En plus, renchérit-elle finement, connaissant son employeur, j'aimerais vraiment qu'on ait un arbre. Je lui ferai une place juste devant cette fenêtre.

Sans attendre sa réponse, Pat entreprit de modifier la disposition des meubles.

— Et des gants, ajouta Vance en voyant Shane hésiter.

— Très bien, capitula cette dernière. J'arrive dans une minute.

Dix bonnes minutes plus tard, elle avait pris place à côté de Vance dans la cabine de son petit pick-up.

— Oh, que c'est beau par ici ! s'exclama-t-elle en essayant de tout voir à la fois. J'adore la première neige. Regarde, voilà les fils Drummond !

Vance jeta un coup d'œil dans la direction qu'elle lui indiquait et vit trois garçons en train de se bombarder d'une pluie de boules de neige.

— La bataille fait rage, murmura-t-il.

— Comme prévu, le général Burnside a des problèmes, observa Shane avant de se tourner vers Vance. A propos, qu'est-ce que vous complotiez, Pat et toi, quand je suis montée chercher mes affaires ?

Vance feignit l'étonnement.

— Oh, lâcha-t-il, l'air content de lui, j'essayais de décrocher un rencard avec elle. Elle est plutôt mignonne.

— Ah oui ? fit Shane d'une voix traînante en le regardant fixement. Ce serait vraiment dommage pour elle de se faire virer à quelques jours de Noël.

— Je m'efforce seulement d'établir de bonnes relations avec les employés, se défendit-il en s'arrêtant à un stop.

Et la prenant par surprise, il l'attira dans ses bras et l'embrassa à pleine bouche.

— J'adore ton petit gloussement étouffé quand tu te retiens de rire. Refais-le.

Le souffle court, elle s'écarta de lui.

— Virer une employée n'a rien d'un sujet de plaisanterie, déclara-t-elle d'un ton guindé avant de rajuster son bonnet de ski. Tourne ici.

Au lieu de lui obéir, Vance l'embrassa de nouveau. Ils furent grossièrement interrompus par un coup de sirène tonitruant et, pour la seconde fois, Shane se libéra tant bien que mal de son étreinte.

— Voilà, tu as gagné !

Elle gâcha la sévérité de son sermon par un gloussement étouffé.

— Le shérif va t'arrêter pour entrave à la circulation.

— Un type grincheux au volant d'une Buick, ce n'est pas ce que j'appelle de la circulation, objecta Vance en tournant à droite. Tu sais où tu vas ?

— Evidemment. Quelques kilomètres plus bas il y a un endroit où tu pourras déraciner ton propre arbre.

— Déraciner ? fit Vance en écho, en lui jetant un coup d'œil.

Shane soutint son regard avec placidité.

— Oui, déraciner, répéta-t-elle. Selon le dernier sondage sur la protection de l'environnement…

— C'est bon, déraciner, la coupa-t-il en se rangeant à son avis.

Shane se pencha en riant pour lui embrasser l'épaule.

— Je t'aime, Vance.

Le temps qu'ils arrivent à l'exploitation forestière, la neige ne formait plus qu'une légère bruine. Shane le traîna d'arbre en arbre qu'elle soumettait chacun à un examen minutieux avant de les écarter. Même si les couleurs qui lui illuminaient le visage étaient dues au froid, Shane avait retrouvé sa joie de vivre, constata Vance. Et son énergie avait beau sans doute dériver de la tension nerveuse, il observait avec satisfaction qu'elle avait repris le dessus. Le plaisir simple de choisir un arbre de Noël avait suffi à rallumer un sourire au fond de ses yeux.

— Celui-ci ! s'écria Shane en s'arrêtant devant un pin à aiguilles courtes. Il est parfait.

— Je ne vois pas en quoi il diffère des cinq cents autres que nous avons passés en revue, grommela Vance en plantant le bout de sa pelle dans la neige.

— C'est parce que tu n'as pas l'œil du connaisseur, répliqua-t-elle d'un ton condescendant.

Vance ramassa une poignée de neige et lui en barbouilla le visage.

— Quoi qu'il en soit, poursuivit-elle avec un aplomb remarquable, c'est celui-ci. Creuse ! ordonna-t-elle, et, après s'être reculée, elle croisa les bras.

— Bien, m'dame, fit-il humblement en se penchant sur sa tâche.

Au bout de quelques instants, il reprit :

— Tu sais, je viens tout à coup de comprendre que tu vas vouloir que je creuse un trou pour replanter ce truc après Noël.

Shane lui décocha un sourire plein de franchise.

— Quelle bonne idée ! Je vois d'ici l'emplacement qui lui conviendra le mieux. Cela dit, tu auras sûrement besoin d'un pic. C'est plein de rocaille à cet endroit.

Ignorant la réplique malsonnante de Vance, elle héla de la main un vendeur. Une fois l'arbre payé — avec l'argent de Shane, et ce malgré les objections de Vance — et ses racines soigneusement enveloppées de toile de jute, ils prirent le chemin du retour.

— Tu es pénible, Shane ! râla-t-il, exaspéré. Je voulais t'offrir cet arbre.

Les roues du pick-up grondèrent sur l'étroit pont de bois.

— Ce pin est destiné au magasin, lui rappela-t-elle non sans logique alors qu'il stoppait devant la maison. Donc, c'est le magasin qui a acheté ce sapin. De la même manière qu'il achète le stock et paie la note d'électricité.

Voyant qu'il était contrarié, Shane contourna le véhicule pour aller l'embrasser.

— Tu es un amour, Vance, et j'apprécie vraiment ton intention. Offre-moi autre chose !

Il la considéra d'un long regard perplexe :

— Quoi ?

— Oh, je ne sais pas ! J'ai toujours rêvé d'avoir quelque chose de frivole et d'extravagant... Un protège-oreilles en chinchilla, par exemple.

Au prix d'un gros effort, il parvint à garder son sérieux.

— Tu mériterais que je t'en offre un. Tu serais bien obligée de le mettre.

Elle se hissa sur la pointe des pieds, en invite à un autre baiser. Alors qu'il penchait la tête, Shane lui glissa dans le dos la poignée de neige qu'elle avait ramassée en douce. Vance jura avec conviction et elle fila comme une flèche se mettre à l'abri. Elle s'attendait évidemment à recevoir la boule de neige qui s'écrasa sur sa nuque, mais pas au plaquage adroit qui la fit s'étaler face contre terre dans la neige.

— Oh ! Tu n'as vraiment rien d'un gentleman ! marmonna-t-elle, la bouche pleine de neige.

Vance se mit à rire à gorge déployée tandis qu'elle s'efforçait de s'asseoir par terre tout en s'essuyant le visage.

— La neige te sied encore mieux que la boue, railla-t-il.

Shane se jeta sur lui et en l'attrapant lui fit perdre l'équilibre, si bien qu'il bascula en arrière. Dans un bruit sourd elle atterrit sur sa poitrine. Avant qu'elle ait pu lui écraser sur le visage la poignée de neige qu'elle avait ramassée, il la retourna sur le dos et l'immobilisa au sol. Résignée, elle ferma les yeux et attendit. Au lieu du choc glacé de la neige, elle sentit les lèvres de Vance se plaquer fougueusement sur les siennes. Sa réaction ne se fit pas attendre : elle lui noua les bras autour du cou et répondit avidement à son baiser.

— Tu te rends ? s'enquit-il.

— Non, déclara-t-elle avec fermeté avant de l'attirer vers elle.

L'ardeur de sa réponse fit oublier à Vance qu'ils étaient étendus dans la neige au beau milieu de l'après-midi. Il ne sentait plus les flocons humides qui s'égaraient le long de sa nuque, même s'il en goûtait des semblables sur la peau de Shane. Il s'énervait contre ses vêtements épais qui lui dissimulaient sa silhouette, contre ses propres gants qui l'empêchaient de sentir le velouté de sa peau. Mais il pouvait toujours la savourer de sa bouche et il en profita avec gourmandise.

— Qu'est-ce que j'ai envie de toi, murmura-t-il, en brutalisant encore et encore sa petite bouche avide. Ici, tout de suite.

Il releva la tête pour la contempler, mais ce qu'il allait dire fut interrompu par le bruit d'une voiture qui approchait.

— Si j'avais eu un sou de bon sens, je t'aurais emmenée chez moi, marmonna-t-il avant de l'aider à se remettre debout.

Elle l'enlaça et lui murmura à l'oreille :

— Je ferme dans deux heures.

Tandis que Shane s'occupait d'un groupe désordonné de clients qui touchait tout et n'achetait rien, Vance se rendit utile en installant l'arbre. Le bavardage enjoué de Pat l'aida à calmer la fièvre que Shane avait si rapidement allumée en lui. Suivant les instructions de cette dernière, il trouva dans le grenier poussiéreux les cartons contenant les décorations de Noël.

Ils durent attendre la tombée du crépuscule pour se retrouver en tête à tête. Comme Shane était encore pâle, il la força à avaler un rapide encas avant qu'ils ne commencent à trier les décorations. Ils se contentèrent de viande froide — la côte de bœuf qu'ils n'avaient touchée ni l'un ni l'autre la nuit précédente.

Mais ce repas, tout en apaisant sa faim, rappela avec force à Shane la visite de sa mère. Elle s'efforça de chasser sa tristesse, ou à tout le moins de la dissimuler. Son bavardage était gai, insouciant et totalement factice.

Vance lui prit la main, l'interrompant net au beau milieu d'une phrase.

— Pas avec moi, Shane, dit-il avec calme.

Sans se donner le mal de feindre l'incompréhension, Shane serra brièvement sa main.

— Je ne ressasse pas, Vance. Simplement, tout ça s'insinue parfois dans mon esprit.

— Et quand ça se produit, je suis là. Repose-toi sur moi, Shane, quand tu en as besoin.

Il porta sa main à ses lèvres.

— Dieu sait que moi, je me repose sur toi.

— Alors maintenant, l'implora-t-elle d'une voix tremblante. Serre-moi fort une minute.

Il la prit dans ses bras et lui appuya la tête contre son cœur.
— Tant que tu voudras.
Elle poussa un soupir et se décontracta.
— Je déteste me conduire comme une idiote, murmura-t-elle. Je crois que c'est ce que je déteste le plus au monde.
— Tu ne te conduis pas comme une idiote, rectifia-t-il avant de s'écarter d'elle.
Sa décision était prise. Il lui avoua :
— Shane, je suis allé voir ta mère ce matin.
— Quoi ?
Son exclamation lui échappa dans un souffle.
— Tu as le droit d'être en colère, mais je refuse de rester là les bras croisés à te regarder souffrir une nouvelle fois. J'ai fait très clairement comprendre à ta mère que si jamais elle revenait t'embêter, elle aurait affaire à moi.
Bouleversée, elle se détourna de lui.
— Tu n'aurais pas dû…
— Ne me dis pas ce que j'aurais dû faire ou ne pas faire, la coupa-t-il avec irritation. Je t'aime, bon sang ! Tu ne peux pas t'attendre à ce que je reste là sans agir pendant qu'elle te pourrit la vie.
— Je suis capable d'assumer ça, Vance.
— Non.
Il la prit par les épaules et lui fit faire volte-face.
— D'accord, tu es capable d'assumer un nombre incroyable de choses, mais ça, non. Elle te ruine le moral.
Sa poigne se mua en caresse.
— Shane, si c'était moi qu'on avait fait souffrir, qu'est-ce que tu aurais fait ?
Elle fit mine de vouloir répondre mais ne produisit qu'un soupir longtemps retenu. Prenant le visage de Vance entre ses mains, elle l'attira vers le sien.
— La même chose, j'espère, admit-elle en l'embrassant avec douceur. Je ne veux pas savoir ce qui s'est dit entre vous, ajouta-t-elle d'une voix raffermie. Pour ce soir, on oublie les problèmes, Vance.
Agacé, il secoua la tête : il lui faudrait encore attendre pour tout lui avouer.
— Très bien, on oublie les problèmes.
— On va décorer l'arbre, déclara-t-elle avec décision. Ensuite, tu me feras l'amour dessous.
Le visage de Vance s'éclaira d'un large sourire.

— Ça doit pouvoir se faire.

Il se laissa entraîner en bas de l'escalier.

— Et si je te faisais d'abord l'amour sous l'arbre et qu'ensuite on le décore ?

— Ça n'aurait rien de festif, décréta-t-elle sévèrement en commençant à déballer les décorations.

— Tu veux parier ?

Elle rit mais secoua la tête en signe de dénégation.

— Sûrement pas. Il y a un ordre pour installer tous ces trucs, tu sais. Les lumières en premier, annonça-t-elle en extrayant une guirlande proprement enroulée.

Leur tâche leur prit plus d'une heure, étant donné que Shane faisait partager à Vance ses souvenirs concernant chaque décoration qu'elle déballait, ou presque. Alors qu'elle sortait une étoile en feutrine rouge, elle se rappela en quelle année elle l'avait confectionnée pour sa grand-mère. Toutes ces réminiscences lui procuraient un pincement au cœur en même temps qu'un sentiment de réconfort. Jusqu'ici, elle avait vu ce Noël approcher avec angoisse. Comment pourrait-elle célébrer les fêtes dans cette maison, en l'absence de celle avec qui elle y avait toujours vécu ? Gran lui aurait rappelé que la vie est un cycle, mais personnellement, Shane savait qu'elle aurait trouvé intolérable la vue d'un arbre ou d'une guirlande si elle avait dû passer ce Noël seule.

Elle observa Vance en train d'arranger soigneusement une couronne. Comme Gran l'aurait aimé, songea-t-elle avec un sourire. Et réciproquement. En un sens, ce n'était pas grave si les deux personnes qu'elle aimait le plus au monde ne s'étaient jamais rencontrées. Elle les connaissait toutes les deux, et cela suffisait à créer un lien entre elles. Shane était prête à se donner corps et âme à Vance.

« S'il ne me demande pas rapidement en mariage, réfléchit-elle, c'est moi qui devrai le faire. » Il lui lança un regard auquel elle répondit par un sourire impertinent.

— A quoi penses-tu ?

— Oh, à rien, affirma-t-elle, l'air innocent, en reculant pour juger de l'effet produit. Il est parfait, tout à fait tel que je l'imaginais.

Elle eut un hochement de tête approbateur et sortit la vieille étoile argentée qui ornerait le sommet de l'arbre.

Vance la lui prit des mains et considéra d'un air pensif la plus haute branche.

— Je n'arriverai jamais à installer ça là-haut sans faire dégringoler tout le reste. Il nous faut une échelle.

— Oh non, pas de problème ! Fais-moi grimper sur tes épaules.

— Il y a un escabeau au premier, commença-t-il.

— Oh, ne fais donc pas tant d'histoires !

Shane sauta lestement sur son dos, crochetant ses jambes autour de sa taille pour garder l'équilibre.

— Je vais l'atteindre sans problème, l'assura-t-elle, et en un rien de temps elle monta sur ses épaules.

Vance sentait les moindres contours de son corps comme s'il l'avait parcouru des mains.

— Là, fit-elle, enfin installée. Passe-la-moi pour que je l'accroche.

Il s'exécuta et la retint par les genoux tandis qu'elle se penchait en avant.

— Pas si loin, Shane ! Tu vas tomber dans l'arbre.

— Ne dis pas de bêtises, répliqua-t-elle d'un ton léger tout en fixant l'étoile à la branche. J'ai un équilibre exceptionnel. Voilà !

Les mains sur les hanches, elle considéra le résultat :

— Recule un peu pour que je voie l'arbre en entier.

Quand Vance lui eut obéi, Shane poussa un long soupir, puis déposa un baiser sur le sommet de son crâne.

— Il est splendide, hein ? Sens-moi cette odeur de sapin…

Elle croisa nonchalamment les chevilles autour de son torse avant d'ajouter :

— Et il sera encore plus beau quand on aura éteint le plafonnier.

Shane toujours sur ses épaules, Vance alla éteindre l'interrupteur. Dans le noir, les lumières colorées de l'arbre semblèrent s'animer d'un coup. Elles chatoyaient de mille feux sur fond de couronnes et de guirlandes, nimbant le sapin d'un halo chaleureux.

— Ah, oui, approuva Shane dans un souffle. Absolument parfait.

— Pas tout à fait encore, objecta Vance.

D'un mouvement adroit, il la récupéra dans ses bras tandis qu'elle descendait de ses épaules.

— Là, dit-il en l'allongeant sur le tapis, comme ça, c'est parfait.

Elle leva vers lui son visage où dansaient les lumières de Noël et sourit.

— Incontestablement.

Ce soir, les mains de Vance n'étaient pas patientes, mais celles de Shane non plus. Ils se déshabillèrent mutuellement en vitesse, riant et pestant un peu contre les boutons et autres pressions. Mais une fois nus, l'urgence de leur désir ne fit que s'intensifier. Leurs mains cherchèrent à se toucher, leurs bouches s'empressèrent de goûter — partout. Elle s'émerveilla encore de ses muscles durs et saillants. Il s'emplit de nouveau de la saveur et du parfum de sa peau. Pas plus qu'au froid glacial de la neige un peu plus tôt, ils ne prêtèrent attention à la chaleur des lumières ou à la senteur acidulée du sapin. Ils étaient seuls au monde. Ils étaient ensemble.

13

Le lendemain, Shane eut les plus grandes peines à se concentrer sur son travail. En dépit de plusieurs ventes, parmi lesquelles la table à plateau escamotable qu'elle avait minutieusement restaurée, elle resta distraite toute la matinée. Assez distraite pour ne pas remarquer la discrète affichette « Vendu » que Pat avait posée sur l'ensemble Hepplewhite à la place du prix. Vance monopolisait presque toutes ses pensées. Une ou deux fois dans la matinée, elle se surprit à se rappeler la nuit précédente en posant le regard sur l'arbre de Noël. Dans tous ses rêves, parmi tous ses vœux, elle n'aurait jamais imaginé qu'une telle chose puisse se produire ainsi. Chaque fois qu'ils faisaient l'amour, c'était différent, une nouvelle aventure. Et pourtant, en un sens, c'était comme s'ils étaient ensemble depuis des années.

Chaque fois qu'elle le touchait, c'était comme une nouvelle découverte, et malgré tout elle avait l'impression de le connaître depuis toujours, et non la bagatelle d'à peine trois mois. Quand il l'embrassait, c'était aussi exaltant et nouveau que la première fois. Cette sensation d'avoir reconnu Vance à l'instant où elle avait posé les yeux sur lui s'était approfondie en un sentiment plus durable : la fidélité.

Au fond de son cœur, Shane était sûre que l'excitation et l'apprentissage de l'autre dureraient encore et toujours par-delà ce confortable noyau d'amour sincère. Nul besoin de romancer la réalité. Elle n'avait qu'à regarder Vance pour savoir que le sentiment qu'ils partageaient était unique et inaltérable. Jetant encore un regard à l'arbre, elle se rendit compte qu'elle n'avait jamais été aussi heureuse de sa vie.

— Mademoiselle !

D'un ton impatient, la cliente qui examinait la chaise à dossier en échelle — cannée de neuf — attira l'attention de Shane.

— Oui, madame, excusez-moi.

Si le sourire de Shane était un peu rêveur, la femme ne parut pas s'en apercevoir.

— C'est une très jolie pièce, n'est-ce pas ? L'assise vient d'être refaite.

Se rappelant intérieurement à l'ordre, Shane retourna la chaise pour faire admirer à la cliente la qualité du travail.

— Oui, elle m'intéresse.

La femme tâta longuement le cannage.

— Mais le prix…

Reconnaissant ce ton, Shane se lança dans le marchandage.

Il était à peine midi passé quand le rythme commença à ralentir. Sans être extraordinaires, les bénéfices de la matinée étaient assez consistants pour calmer les inquiétudes de Shane concernant la large part de capital qu'elle avait abandonnée à sa mère. « Je ne suis pas encore à la rue », se consola-t-elle avec optimisme. Avec de la chance — et la ruée de Noël — elle serait encore quelque temps à l'abri du besoin. Deux ou trois belles ventes empêcheraient ses comptes de sombrer trop profondément dans le rouge. D'un point de vue professionnel, elle n'exigeait rien de plus que de se maintenir tranquillement à flot. Côté vie privée, elle savait exactement ce qu'elle voulait et avait bien l'intention de s'en occuper dans les meilleurs délais.

Elle allait épouser Vance et il était temps qu'elle aborde le sujet avec lui. S'il était trop fier pour la demander en mariage en raison de la précarité de sa situation, elle le persuaderait simplement de voir les choses sous un autre angle. Elle avait décidé de lui mettre les points sur les *i*, aujourd'hui même. Elle bouillait d'excitation, de l'audace de sa résolution. *Aujourd'hui, rien ne peut m'atteindre*, pensa-t-elle avec un sentiment proche du vertige. Elle allait demander en mariage l'homme qu'elle aimait. Et elle ne tolérerait pas de refus.

— Pat, tu peux assurer seule si je m'absente une heure ?

— Pas de souci, de toute façon, c'est plutôt calme en ce moment.

Pat leva les yeux de la table qu'elle était en train de cirer.

— Encore une vente aux enchères ?

— Non, répondit Shane allègrement. Un pique-nique.

Et sous le regard médusé de Pat, elle fonça au premier.

Il lui fallut moins de dix minutes pour remplir le panier en osier. A l'intérieur elle avait placé une bouteille de chablis bien frais — une folie qu'elle s'était octroyée sans regarder à la dépense. C'était peut-être un peu trop sophistiqué pour des sandwichs au beurre de cacahuète, mais Shane n'était pas d'humeur à s'arrêter à ce genre de détail. En s'esquivant par la porte de derrière, elle se voyait déjà en train d'étendre la nappe à carreaux devant la cheminée du salon de Vance où brûlerait un bon feu.

Elle descendit les marches de la véranda et, dès qu'elle posa le pied sur la pelouse, ses bottes s'enfoncèrent dans la neige. La journée idéale pour un pique-nique, estima-t-elle, le panier se balançant à son bras. L'air était absolument immobile. De la neige fondue dégouttait du toit dans un tambourinement musical. L'eau rapide du ruisseau se frayait un passage à travers les fines couches de glace avec force sifflements et bouillonnements d'impatience. Shane marqua une pause et tendit l'oreille, profitant de ce mélange de sons. Son sentiment d'euphorie s'accrut. C'était une journée tout bonnement exquise avec ce ciel d'un bleu glacé, ces montagnes qui dressaient leurs cimes enneigées et ces arbres nus, aux branches lisses et luisantes d'humidité.

C'est alors que le sourd ronron d'un moteur rompit le silence. Shane regarda derrière elle et se figea en reconnaissant Anne qui se garait en haut du chemin. Toute la joie qu'elle se faisait de l'après-midi à venir la déserta au ralenti. C'est à peine si elle s'aperçut de la tension qui monta insidieusement lui enserrer la nuque.

Avec sa grâce irréprochable, Anne se fraya un chemin à travers la neige fondue, chaussée de bottes en vachette. Elle portait une coquette toque en renard, assortie à son manteau, et arborait un petit sourire suffisant. A ses oreilles étincelaient des clous en rubis, ou de belles imitations. Bien que sa fille se soit transformée en statue de sel, elle marcha vers elle d'un pas fluide pour la saluer d'un frôlement de lèvres sur les joues, comme à son habitude. Sans un mot, Shane posa le panier à pique-nique sur la première marche de la véranda.

— Chérie, il fallait que je passe te voir avant de partir.

Anne la gratifia d'un sourire radieux, mais son œil brillait d'un éclat glacé.

— Tu rentres en Californie ? s'enquit Shane d'un ton neutre.

— Oui, bien sûr, je viens d'obtenir un rôle tout à fait merveilleux. Evidemment, je vais sans doute devoir m'absenter pour des semaines de tournage en extérieur, mais…

Elle haussa gaiement les épaules.

— Mais ce n'est pas la raison qui m'amène.

Shane la fixa, sidérée. A croire que cette horrible scène n'avait jamais eu lieu entre elles. Anne était hermétique à toute émotion, comprit-elle soudain. Toute cette histoire n'avait pas la moindre importance à ses yeux.

— Pourquoi es-tu passée me voir, Anne ?

— Voyons, mais pour te féliciter, bien sûr !

— Me féliciter ?

Shane ne cacha pas son étonnement. En un sens, il était plus facile de savoir que la femme qui lui faisait face n'était qu'une simple inconnue. Quelques gènes communs ne forment pas un lien. Pour cela, il faut de l'amour ou de l'affection. Ou au minimum, du respect.

— J'avoue que je ne t'en aurais jamais crue capable, Shane, mais je suis agréablement surprise.

Shane les surprit alors toutes deux en poussant un soupir d'impatience.

— Tu veux bien en venir au fait, Anne ? J'allais sortir.

— Allons, allons, ne te mets pas en colère, poursuivit cette dernière d'un ton apaisant. Je suis vraiment très excitée pour toi. Mettre le grappin sur un homme comme lui…

Le regard de Shane se fit glacial.

— Je te demande pardon ?

— Vance Banning, chérie.

Anne eut un lent sourire appréciateur.

— Quelle belle prise !

— Etrange, je n'aurais jamais songé à lui en ces termes.

Et se penchant, Shane s'apprêta à reprendre son panier à pique-nique.

— Le président de Riverton Construction n'a rien d'un lot de consolation, mon chou, c'est un *coup de maître* !

Les doigts de Shane se figèrent sur l'anse du panier. Elle se redressa et regarda Anne droit dans les yeux.

— De quoi parles-tu ?

— Seulement de ta formidable chance, Shane. Après tout, ce type *nage* littéralement dans le fric. J'imagine que tu pourras transformer ta petite boutique en palais des antiquités si tu souhaites garder un passe-temps.

Elle émit un rire bref et cinglant.

— Faites confiance à la mignonne petite Shane pour se dégotter un millionnaire du premier coup ! Si j'avais davantage de temps, chérie, j'insisterais pour connaître tous les détails de ton exploit.

— Je ne sais pas de quoi tu parles.

Une froide panique commençait à monter en elle. Elle aurait voulu tourner les talons et s'enfuir, mais ses jambes étaient raides et refusaient de lui obéir.

— Dieu sait pourquoi il a décidé de venir s'enterrer dans ce trou, poursuivit Anne d'un ton amène. Mais c'est un sacré coup de chance pour toi qu'il se soit installé ici, et dans la maison la plus proche de la tienne, en plus ! Je suppose qu'il compte garder la maison comme petit nid d'amour une fois que vous aurez déménagé à Washington.

Une fabuleuse demeure, songea-t-elle dans un éclair d'envie. *Des domestiques, des soirées…* Elle prit soin de conserver un ton enjoué :

— Je ne peux pas te décrire mon état d'excitation quand j'ai appris que tu avais harponné l'homme qui possède la plus grosse société de construction du pays.

— Riverton, répéta Shane, hébétée.

— Très prestigieux, Shane chérie. Je me demande vraiment comment tu feras pour t'adapter à cette vie-là, mais…

D'un geste de la main, elle balaya cette inquiétude et se prépara à donner le coup de grâce :

— Dommage qu'il y ait eu ce vilain scandale, cela dit.

Shane se borna à secouer la tête et fixa Anne d'un regard vide.

— Sa première femme, tu sais bien. Une histoire épouvantable.

— Sa femme ? répéta Shane d'une voix faible.

Elle sentit la nausée l'envahir.

— La femme de Vance ?

— Oh, Shane, ne me dis pas qu'il ne t'en a pas parlé !

C'était exactement ce qu'elle espérait. Anne secoua la tête et soupira :

— Ce n'est pas correct de sa part, vraiment. N'est-ce pas typique d'un homme de s'attendre à ce qu'une fille naïve prenne tous ses discours pour argent comptant ?

Elle émit un claquement de langue désapprobateur en pensant avec un secret plaisir que, sur ce coup-là, Vance Banning allait sacrément déguster. Elle ne songea pas une seconde à sa fille.

— Eh bien, il aurait quand même pu te dire qu'il avait déjà été marié, c'est bien le minimum, enchaîna-t-elle d'un air pincé. Même s'il n'avait pas envie de s'étendre sur cette sale affaire.

— Je ne…

Shane parvint à contenir sa nausée et reprit :

— Je ne comprends pas.

— Un petit scandale bien croustillant, lui révéla Anne. Sa femme était d'une beauté ravageuse, tu sais. Trop, peut-être.

Elle ménagea une pause délicate.

— L'un de ses amants lui a tiré une balle dans le cœur. Du moins, c'est la version officielle que les Banning ont donnée à tout le monde.

Le choc qui se refléta dans les yeux de Shane provoqua chez Anne une autre bouffée de satisfaction. Oh oui, songea-t-elle amèrement, Vance Banning allait payer pour ce qu'il lui avait fait subir.

— La famille a tout étouffé assez vite, ajouta-t-elle avant de balayer le sujet d'une main élégamment gantée. Une affaire bizarre. Bon, je dois filer, je ne veux pas manquer mon avion. Ciao, chérie ! et ne laisse pas passer une mine d'or aussi séduisante. Des tas de femmes meurent d'envie de lui mettre le grappin dessus.

Marquant une pause, elle effleura du doigt la tête bouclée de sa fille.

— Et pour l'amour du ciel, Shane, déniche-toi un coiffeur correct ! Je suppose que Vance doit te trouver un côté… rafraîchissant. Fais-toi vite passer la bague au doigt avant qu'il ne s'en lasse !

Elle frôla la joue froide de Shane et fila, satisfaite d'avoir rendu la monnaie de sa pièce à Vance pour ses menaces.

Shane suivit sa mère du regard, pétrifiée. Mais elle ne la voyait pas. Prisonnière de la gangue glacée du premier choc, sa douleur restait latente. Phénomène qui n'aurait pas manqué d'étonner Anne si celle-ci s'y était arrêtée une seule seconde. En femme totalement étrangère à la souffrance psychologique, elle supposait que Shane n'éprouverait que de la fureur. Mais sa rage était cernée de douleur, une douleur qui n'attendait que le moment de jaillir.

Le soleil tapait sans pitié sur la neige fondue. Un vent froid et vif la fouettait par les pans de sa parka qu'elle avait négligemment omis de boutonner. Un cardinal fondit du ciel en un éclair écarlate pour aller se percher confortablement sur une branche basse. Shane demeurait parfaitement immobile, inconsciente de ce qui se passait autour d'elle. Son esprit se remit à fonctionner de façon léthargique.

Ce n'était pas vrai. Anne avait tout inventé dans un but quelconque, personnel et inexplicable. *Président de Riverton ?* Non, Vance lui avait dit qu'il était menuisier. Et il l'était vraiment, songea-t-elle avec désespoir. Elle avait vu ses réalisations de ses propres yeux… Il avait… Il avait travaillé pour elle. Accepté le job qu'elle lui avait proposé. Pourquoi aurait-il… ? Comment aurait-il pu… s'il était tout ce qu'Anne avait prétendu qu'il était ? *Sa première femme.*

Shane subit un premier coup de poignard en plein cœur. Non, c'était impossible, il lui en aurait parlé. Vance l'aimait. Il ne lui aurait pas menti, il ne lui aurait pas joué la comédie. Il ne l'aurait pas dupée en lui faisant croire qu'il était chômeur s'il était à la tête de l'une des plus grosses entreprises de construction du pays. Il ne lui aurait pas dit qu'il l'aimait sans lui donner sa véritable identité. *Sa première femme.* Shane entendit un faible gémissement de désespoir sans réaliser qu'il s'échappait de ses propres lèvres.

Quand elle vit Vance arriver du sentier, elle le fixa d'un regard vide. Tandis qu'elle le voyait avancer, le tourbillon de ses pensées cessa brusquement dans sa tête. Elle comprit alors qu'elle avait été stupide.

En l'apercevant, Vance la salua d'un sourire et pressa le pas. Il était encore à quelques mètres d'elle quand il reconnut l'expression de son visage. Shane avait le même air anéanti qu'il lui avait vu au clair de lune, à peine quelques nuits auparavant.

— Shane ?

Il vint vers elle très vite, les bras tendus. Shane recula.

— Menteur, murmura-t-elle d'une voix brisée.

Ses yeux le fixaient d'un regard à la fois accusateur et implorant.

— Tout ce que tu m'as raconté, c'était un tissu de mensonges.

— Shane…

— Non, arrête !

Il tendit la main vers elle, mais la panique qu'il perçut dans sa voix suffit à le stopper net dans son élan. Elle avait tout découvert avant qu'il ait pu lui dire lui-même la vérité.

— Shane, laisse-moi t'expliquer.

— M'expliquer ?

Elle passa des doigts tremblants dans ses cheveux.

— M'expliquer ? Comment ? Comment peux-tu m'expliquer la raison pour laquelle tu t'es fait passer pour quelqu'un d'autre ? Comment peux-tu m'expliquer que tu n'aies pas pris la peine de me dire que tu étais président de Riverton, que tu… que tu avais déjà été marié ? Je te faisais *confiance*, murmura-t-elle. Mon Dieu, comment ai-je pu être aussi bête !

Vance aurait préféré essuyer sa colère — cette réaction aurait été plus facile à gérer. Il était confronté au désespoir de Shane sans savoir comment y faire face. Totalement désemparé, il enfonça les mains dans ses poches de manière à s'empêcher de la toucher.

— Je te l'aurais dit, Shane. J'avais l'intention de…

— *Tu me l'aurais dit* ?

Elle eut un rire bref et tremblant.

— Quand ? Quand tu te serais lassé de cette petite plaisanterie ?

— Ça n'a jamais été une plaisanterie ! s'indigna-t-il, furieux, avant de contenir son sentiment de panique. Je voulais tout te dire, mais chaque fois…

— Non, sans blague ?

Les yeux de Shane étincelaient à présent, signe avant-coureur de colère, signe des larmes imminentes.

— Tu m'as laissé te donner du travail. Tu m'as laissé te payer six dollars de l'heure et tu ne trouves pas ça drôle ?

— Je ne voulais pas de ton argent, Shane. J'ai essayé de te le dire. Mais tu ne voulais rien entendre.

Frustré, il se détourna d'elle le temps de reprendre son sang-froid.

— J'ai déposé les chèques sur un compte à ton nom.

— Comment as-tu osé !

Folle de douleur, elle s'en prit violemment à lui, sourde et aveugle à tout raisonnement, obnubilée par son sentiment de trahison.

— Comment as-tu osé jouer avec moi ! Je te croyais. J'ai cru tout ce que tu m'as raconté. Je pensais… Je pensais te donner un coup de main et pendant tout ce temps, tu te moquais de moi !

— Bon sang, Shane ! Je ne me suis jamais moqué de toi.

A bout de patience, il la saisit par les épaules.

— Tu sais bien que je ne me suis jamais moqué de toi !

— Je me demande comment tu as fait pour ne pas me rire au nez. Tu es vraiment très fort, Vance.

Sa voix se brisa sur un sanglot qu'elle ravala aussitôt.

— Shane, si tu essayais de comprendre dans quel but je suis venu ici, pourquoi je voulais me couper du monde pendant quelque temps…

Les mots adéquats le fuyaient. Il lança d'un ton agressif :

— Je n'avais rien à faire avec toi. Je ne comptais pas m'engager dans une relation.

— Ça t'a aidé à combattre l'ennui ? s'enquit-elle en se débattant pour se libérer de son emprise. Tu t'es bien amusé avec ta petite oie blanche de la campagne, tellement naïve qu'elle a gobé tous tes discours ? Comme ça, tu pouvais jouer au pauvre tâcheron et te distraire en même temps.

— Ça n'a jamais été ça.

Mis en rage par les propos de Shane, il se mit à la secouer par les épaules :

— Tu ne peux pas croire ce que tu dis !

Les larmes jaillirent passionnément des yeux de la jeune femme, étranglant sa voix :

— Et moi qui ne demandais qu'à te tomber dans les bras ! Tu le savais !

Elle sanglota en le repoussant d'un geste de désespoir.

— Depuis le début, je n'ai eu aucun secret pour toi.

— Moi si, admit-il d'une voix crispée. J'avais mes raisons pour ça.

— Tu savais très bien combien je t'aimais, combien je te désirais. *Tu t'es servi de moi !*

Elle poussa un gémissement et se couvrit la bouche à deux mains :

— Oh, mon Dieu ! Je me suis mise à nu.

Elle pleurait avec le même honnête abandon que lorsqu'elle riait. Incapable de faire autrement, il la serra de toutes ses forces contre lui. Si seulement il arrivait à la calmer, il parviendrait à lui faire comprendre !

— Shane, je t'en prie, tu dois m'écouter.

— Non, non !

Elle respirait de façon hachée tout en essayant de se libérer.

— Je ne te pardonnerai jamais. Je ne croirai plus jamais aucune de tes paroles. Lâche-moi !

— Pas avant que tu n'arrêtes et que tu n'écoutes ce que j'ai à te dire.

— Non ! Je refuse d'écouter plus longtemps tes mensonges. Je ne te laisserai pas me ridiculiser une fois de plus. Pendant tout ce temps, tout ce temps où je te donnais tout, tu mentais et tu te moquais de moi ! J'étais juste un jouet destiné à combler l'ennui de tes soirées de vacances.

Il la repoussa violemment, le visage crispé de fureur.

— Bon sang, Shane, tu sais bien que non !

Elle cessa brusquement de se débattre. Il vit ses larmes se figer comme de la glace. Elle le fixa d'un regard sans expression. Rien de tout ce qu'elle avait pu lui dire jusque-là ne le toucha au cœur comme ce regard de froide indifférence.

— Je ne te connais pas, constata-t-elle à voix basse.

— Shane…

— Ote tes mains de moi.

Son ordre était vide de toute passion. Vance sentit ses propres doigts se détendre sur ses épaules. Libérée, Shane recula jusqu'à ce qu'ils ne se touchent plus.

— Je veux que tu t'en ailles et que tu me fiches la paix. Reste loin de moi, ajouta-t-elle d'un ton catégorique en le regardant droit dans les yeux. Je ne veux plus jamais te revoir.

Elle tourna les talons et gravit les marches de la véranda jusqu'à la porte. Après un dernier cliquetis de serrure, il n'y eut plus qu'un silence absolu.

Tout en bas de la fenêtre, les rues étaient paralysées par un gigantesque embouteillage. La neige qui tombait à flocons réguliers ne faisait qu'accroître la pagaille. Sous l'avancée du grand magasin d'en face, un Père Noël aux joues enluminées faisait tinter sa cloche en gratifiant d'un « ho ! ho ! ho ! » sonore chaque passant qui laissait tomber une pièce dans son seau. La scène se déroulait en contrebas sous forme de pantomime. L'épaisseur du vitrage et la densité des murs ne laissaient passer aucun bruit de l'extérieur. Vance continua de fixer la rue, tournant le dos à son vaste bureau cossu.

Il avait fait son apparition obligatoire au Noël de l'entreprise. La fête battait encore son plein avec enthousiasme dans une grande salle de réunion du deuxième étage. Quand elle prendrait fin, tout le monde rentrerait chez soi passer le réveillon en famille ou entre amis. Depuis son retour à Washington, Vance avait décliné une douzaine d'invitations pour cette soirée. Accomplir son devoir à la tête de la société, d'accord, mais s'infliger des heures de bavardages et de festivités, non. *Elle ne serait pas là*, songea-t-il, les yeux rivés sur le trottoir enneigé en bas de l'immeuble.

Deux semaines. En deux semaines, il était parvenu à démêler quelques problèmes de contrat, élaborer une offre pour la nouvelle aile d'un hôpital de Virginie et présider une réunion du conseil d'administration. Il avait réglé la paperasse ainsi qu'une intrigue mineure au sein de l'entreprise, péripétie qu'en d'autres temps il aurait jugée amusante s'il avait pu trouver le repos la nuit. Mais il n'arrivait plus à dormir, pas plus qu'il n'arrivait à oublier. Cette fois, son travail ne faisait plus office de potion magique. Comme elle n'avait cessé de le faire depuis la toute première seconde, Shane hantait son esprit.

Vance se détourna de la fenêtre et alla s'asseoir à sa place, derrière le lourd bureau en chêne. Il était net de tout papier. Avec une énergie rageuse née de sa frustration, il avait passé ces deux dernières semaines à s'occuper de chaque lettre, note de service et contrat, mettant sa secrétaire et ses assistants à rude contribution. A présent, il ne lui restait plus qu'un bureau propre et un agenda vide. Il pouvait peut-être prendre un vol pour Des Moines afin d'y superviser l'avancement de la construction des appartements en copropriété… Son arrivée sèmerait la panique au sein de sa succursale de l'Iowa, songea-t-il avec un rire bref. Ça ne serait vraiment pas sympa de sa part de leur faire passer un mauvais quart d'heure pour la simple raison qu'il ne pouvait pas tenir en place. Il contempla le mur opposé en broyant du noir : que faisait Shane en ce moment même ?

Il n'était pas parti en colère. Ç'aurait pourtant été plus simple. Il était parti parce que c'était le souhait de Shane. Il ne pouvait pas lui en vouloir, et cela aussi concourait à rendre toute l'affaire on ne peut plus frustrante. Pourquoi l'aurait-elle écouté ou compris ? Il y avait eu suffisamment de vrai dans les propos qu'elle lui avait jetés au visage pour renverser toute la situation. Il lui avait menti ou, du moins, il n'avait pas été franc avec elle. Pour Shane, cela revenait au même.

Il lui avait fait du mal. Il avait amené cet air d'impuissance désespérée sur son visage. C'était impardonnable. Vance repoussa son fauteuil et se mit à arpenter l'épaisse moquette écrue. Mais bon sang, si seulement elle l'avait écouté ! Si seulement elle lui avait laissé un moment pour s'expliquer ! Allant de nouveau à la fenêtre, il contempla l'extérieur, le regard sombre. Lui, rire d'elle, se moquer d'elle ? Jamais ! s'indigna-t-il dans le premier accès de fureur authentique qu'il ait ressenti depuis deux semaines. Jamais ! Et il n'allait pas rester là les bras croisés pendant qu'elle transformait en fumisterie l'événement le plus important de sa vie.

Elle avait eu son mot à dire, songea-t-il en se dirigeant vers la porte. A présent, c'était son tour à lui.

— Shane, ne fais pas ta tête de mule !

Donna suivit son amie de la partie musée jusque dans le magasin.

— Je ne fais pas ma tête de mule, Donna, j'ai vraiment des tas de choses à faire.

Et pour lui en donner la preuve, Shane se mit à feuilleter un catalogue afin de fixer le prix et l'ancienneté de ses dernières acquisitions.

— Avec le rush de Noël, j'ai vraiment pris du retard sur la paperasse. J'ai des factures à remplir, et si je ne mets pas à jour mes livres de comptes avant la fin du mois, je vais me retrouver dans le pétrin.

— N'importe quoi ! répliqua Donna à juste titre, en refermant le catalogue d'un coup sec.

— Donna, s'il te plaît…

— Non, il ne me plaît pas.

Son amie mit les mains sur les hanches.

— Et tu es seule contre deux, ajouta-t-elle en indiquant Pat d'un geste de la tête. Nous n'allons pas te laisser passer le réveillon seule dans cette maison, un point c'est tout.

— Allez, Shane…

Pat se rangea du côté de sa belle-sœur :

— Tu devrais voir Dave et Donna en train de courir après Benji dès qu'il file vers l'arbre. Et comme Donna a pris un peu de poids, ajouta-t-elle en souriant à la future maman, elle n'est plus aussi rapide qu'avant.

Shane rit mais secoua la tête en signe de dénégation.

— Je vous promets de passer d'ici demain. J'ai un cadeau très bruyant pour Benji. Je suis sûre qu'après ça, vous ne m'adresserez plus jamais la parole.

— Shane, fit Donna en la prenant fermement par les épaules. Pat m'a dit que tu n'arrêtais pas de pleurnicher. De toute façon, poursuivit-elle en ignorant le regard agacé que Shane lança par-dessus son épaule à la malheureuse informatrice, tu es épuisée et malheureuse, ça crève les yeux.

— Je ne suis pas épuisée, rectifia Shane.

— Seulement malheureuse ?

— Je n'ai jamais dit…

Donna la secoua avec affection.

— Ecoute, j'ignore ce qui s'est passé entre Vance et toi…

— Donna…

— Et je ne te le demande pas, termina-t-elle. Mais ne t'attends pas à ce que je reste sans agir alors que ma meilleure amie est malheureuse. Comment veux-tu que je m'amuse si je te sais toute seule ici ?

— Donna…

Shane la serra farouchement dans ses bras avant de se détourner.

— J'apprécie, vraiment, mais en ce moment je ne suis pas de bonne compagnie.

— Ça, je sais, acquiesça Donna sans pitié.

Déclenchant par ces mots l'hilarité de Shane qui l'étreignit de nouveau avec affection.

— Je t'en prie, emmène Pat et retournez à votre famille.

— Soupira la martyre…

— Je ne suis pas une martyre, s'indigna Shane avec fureur avant de s'interrompre en voyant une lueur amusée danser au fond des yeux de Donna. Ça ne marche pas, affirma-t-elle. Si tu crois pouvoir me mettre hors de moi rien que pour prouver que tu as tort…

— Très bien, conclut Donna en s'installant dans un rocking-chair. Alors, je reste ici. Bien sûr, ce pauvre Dave va devoir passer le réveillon sans moi et mon petit garçon ne comprendra pas où est passée sa maman, mais…

Elle soupira et croisa les mains.

— Oh, Donna, franchement !

Shane se passa une main dans les cheveux, partagée entre le rire et les larmes, et ironisa :

— Tu parles d'une martyre !

— Oh, personnellement je ne me plains pas…, murmura Donna

d'un ton de patience à toute épreuve. Pat, cours dire à Dave que je ne rentrerai pas. Et sèche les larmes du petit Benji pour moi.

Pat lâcha un rire étouffé, mais Shane roula des yeux au plafond.

— Tu me rends malade ! Donna, rentre chez toi ! insista-t-elle. Je ferme le magasin.

— Bon, va chercher ta parka. C'est moi qui conduis.

— Donna, je ne vais pas…

Elle laissa sa phrase en suspens tandis que s'ouvrait la porte du magasin. Voyant son amie pâlir, Donna tourna la tête et aperçut Vance.

— Bon, maintenant faut qu'on y aille, on est pressées, déclara-t-elle en bondissant prestement sur ses pieds. Allez, Pat ! Dave ne doit plus savoir quoi faire pour empêcher Benji de renverser l'arbre à force de tirer dessus. Joyeux Noël, Shane !

Elle lui donna un rapide baiser avant de s'emparer de son manteau.

— Donna, attends…

— Non, on ne peut plus rester, prétendit celle-ci en opérant sans broncher un revirement à cent quatre-vingts degrés. J'ai des millions de choses à faire. Salut, Vance, ravie de vous avoir vu. Allez, Pat ! On y va.

Elles passèrent la porte avant que Shane ait pu prononcer un mot de plus.

Vance haussa un sourcil surpris devant cette sortie précipitée mais ne fit aucun commentaire. Il se contenta de dévisager Shane dans un silence qui s'éternisa et s'épaissit autour d'eux. La colère qui l'avait conduit jusqu'ici s'évanouit aussitôt.

— Shane, murmura-t-il.

— Je… je ferme le magasin.

— Parfait.

Vance se tourna et tira le verrou sur la porte.

— Comme ça, on ne sera pas dérangés.

— Je suis occupée, Vance. J'ai…

Elle se creusa désespérément les méninges à la recherche d'un prétexte valable.

—… des choses à faire, conclut-elle sans conviction.

Comme il restait immobile et muet, elle lui lança un regard suppliant.

— Je t'en prie, va-t'en.

Vance secoua la tête.

— J'ai essayé de m'en aller, Shane. Je ne peux pas.

Il ôta son manteau et le laissa tomber sur le rocking-chair qu'avait libéré Donna. Shane le dévisageait fixement, déconcertée par son apparence — costume de coupe impeccable et cravate de soie. Cela lui rappela une fois de plus qu'elle ne le connaissait pas. Et aussi, hélas, que cela ne l'empêchait pas de l'aimer. Elle se tourna et se mit à tripoter nerveusement une composition de verres taillés.

— Je suis désolée, Vance, mais j'ai quelques bricoles à régler au magasin avant de partir. Je suis censée passer la soirée chez Donna.

— Elle n'avait pas l'air de t'attendre, observa-t-il en marchant vers elle.

Avec douceur, il posa ses mains sur ses épaules.

— Shane…

Elle se raidit instantanément.

— Non !

Très lentement, il retira ses mains et les laissa retomber le long de son corps.

— Très bien, je ne te toucherai pas !

Les mots jaillirent sauvagement de sa bouche tandis qu'il faisait brusquement demi-tour.

— Vance, je t'ai dit que j'étais occupée.

— Tu m'as aussi dit que tu m'aimais.

Shane fit volte-face, blême de rage.

— Comment peux-tu me balancer ça au visage ?

— C'était un mensonge ? s'enquit-il.

Elle voulut répliquer, mais se ravisa de crainte de prononcer certaines paroles sous le coup de la colère. Levant le menton d'un air de défi, elle planta son regard dans celui de Vance :

— J'aimais l'homme que tu prétendais être.

Il tiqua, mais ne s'avoua pas vaincu pour autant.

— Touché, Shane, en plein cœur, reconnut-il calmement. Tu me surprends.

— Pourquoi, parce que je ne suis pas aussi sotte que tu le pensais ?

Un éclair de colère étincela fugitivement dans les yeux de Vance.

— Arrête.

Transpercée par ce simple mot, elle détourna la tête.

— Je suis navrée, Vance. Je n'ai pas envie de te dire des méchancetés. Il vaudrait mieux pour nous deux que tu t'en ailles.

— Facile à dire ! Tu n'es sans doute pas aussi malheureuse que moi. Tu arrives à dormir, Shane ? Moi pas.

— S'il te plaît, murmura-t-elle.

Vance prit une profonde inspiration et serra les poings. Il était venu ici, prêt à en découdre avec elle, à la bousculer, à la supplier.

Or, tout ce qu'il semblait capable de faire, c'était de bredouiller des explications confuses.

— Très bien, je m'en vais, mais seulement si tu m'écoutes d'abord.

— Vance, soupira-t-elle avec lassitude, qu'est-ce que ça changera ?

Il sentit son cœur se serrer d'angoisse au ton définitif de sa voix. Au prix d'un grand effort, il parvint à garder une voix calme :

— Si c'est vrai, ça ne te coûtera rien de m'entendre.

— D'accord.

Shane se retourna pour lui faire face.

— Très bien, je t'écoute.

Il resta silencieux un moment, puis se mit à arpenter la pièce comme si les émotions qui le parcouraient l'empêchaient de rester en place.

— Je suis venu ici parce que j'avais besoin de m'enfuir, voire peut-être de me cacher. Je ne sais plus trop. Quand j'ai repris le flambeau à la tête de la société, j'étais encore très jeune. Ce n'était pas la vie dont je rêvais.

Il s'interrompit quelques secondes pour la regarder droit dans les yeux :

— Je suis menuisier, Shane, c'est la vérité. Je suis président de Riverton par obligation. Pourquoi ? Ça n'a pas grande importance au point où nous en sommes, mais un titre, une position ne modifient en rien la personne que je suis.

Comme elle ne répondait pas, il se remit à faire les cent pas.

— J'ai été marié à une femme que tu aurais cernée très vite. Elle était belle, charmante et tout en apparences. Elle était complètement narcissique, froide et même méchante.

Se remémorant Anne, Shane fronça les sourcils.

— Hélas, le temps que je reconnaisse ces traits de caractère, il était trop tard.

Il s'arrêta car les prochaines paroles étaient difficiles à prononcer.

— J'ai épousé la femme qu'elle prétendait être.

Comme il lui tournait le dos, Vance ne vit pas le brusque changement dans l'expression de Shane. La souffrance envahit subitement son regard, mais elle ne pensait pas à son propre sort. Sa compassion était dirigée vers lui.

— Malgré tous nos efforts et nos bonnes résolutions, notre mariage a pris fin peu de temps après avoir commencé. Dans un premier temps je n'ai pas pu y mettre un terme légalement parce qu'il y avait trop de choses en jeu. Donc, nous avons continué à vivre ensemble pendant plusieurs années, dans une ambiance d'aversion mutuelle. Je me suis investi dans ma société jusqu'à l'obsession, tandis qu'elle se mettait à collectionner les amants. Je n'aspirais qu'à une chose : la faire sortir de ma vie. Puis, à son décès, j'ai dû continuer à vivre en sachant que j'avais souhaité sa mort un nombre incalculable de fois.

— Oh, Vance, murmura Shane.

— C'était il y a plus de deux ans, poursuivit-il. Je me suis réfugié dans le travail... et l'amertume. J'en étais arrivé à un point où je ne me reconnaissais plus moi-même. C'est pour ça que j'ai acheté cette maison et que je me suis mis en congé de l'entreprise. J'avais besoin de m'éloigner de ce que j'étais devenu, d'essayer de découvrir ce que j'avais vraiment au fond de moi.

Il passa une main nerveuse dans ses cheveux.

— Mais j'avais emporté mon amertume, si bien que quand tu as déboulé dans ma vie et que tu t'es mise à hanter mes pensées, j'ai voulu me débarrasser de toi à tout prix. J'ai vu... J'ai cherché, rectifia-t-il en se retournant vers elle, des défauts chez toi. Je n'osais pas croire que tu puisses être si... généreuse. La vérité, c'est que je ne voulais pas que tu le sois parce que je me savais incapable de résister à la femme que tu es.

Soudain ses yeux s'assombrirent et se plantèrent sans hésiter dans les siens.

— Je ne voulais pas de toi, Shane, et en même temps je te désirais à en crever. Je pense t'avoir aimée dès le premier instant.

Il inspira profondément et repartit contempler les guirlandes lumineuses qui clignotaient sur l'arbre.

— J'aurais pu tout te dire — j'aurais dû tout te dire —, mais au début, j'avais besoin que tu m'aimes sans connaître ma vie. C'était égoïste de ma part, impardonnable.

Shane se rappela les secrets qu'elle avait lus au fond de ses yeux. Se souvint aussi avoir pensé qu'ils lui appartiendraient tant qu'il ne les partagerait pas avec elle. Et pourtant, elle souffrait encore qu'il ne lui ait pas accordé sa confiance.

— Tu crois vraiment que ça aurait compté pour moi ?

Vance secoua la tête.

— Non.

— Alors pourquoi m'as-tu caché tout ça ?

Troublée, elle écarta les mains en geste d'incompréhension.

— Ça n'était pas mon intention. Les circonstances...

Il s'interrompit, plus trop sûr d'arriver à lui faire comprendre.

— La première nuit que nous avons passée ensemble, j'étais prêt à tout t'avouer, mais je ne voulais pas que le passé s'immisce entre nous cette nuit-là. Je me suis dit que ce n'était pas trop demander, et que je t'expliquerais ma situation le lendemain. Bon Dieu, Shane, je te jure que je l'aurais fait !

Il avança d'un pas vers elle puis se ravisa.

— Tu étais si perdue, si vulnérable après le départ d'Anne, que je n'ai pas pu. Comment aurais-je pu te déballer tout ça alors que tu avais déjà ton lot de problèmes ?

Elle garda le silence, mais il savait qu'elle l'écoutait avec attention. Il ignorait qu'elle se souvenait très nettement de ce qu'il lui avait dit lors de leur première nuit ensemble, de sa tension intérieure, des allusions qui restaient à préciser. Et elle se rappelait aussi sa compassion vis-à-vis d'elle le soir qui avait suivi.

— Cette nuit-là, tu avais besoin de mon soutien, pas de mes problèmes, continua Vance. Dès le début, tu m'as tout donné. Tu m'as ramené à la vie, Shane, et je savais que je prenais plus que je ne te donnais. Jusqu'à cette nuit, tu ne m'avais jamais rien demandé.

Elle le fixa d'un air perplexe.

— Je ne t'ai rien donné.

— Rien ? répliqua-t-il en secouant la tête, déconcerté. Ta confiance, ta compréhension. Tu m'as rendu le sens de l'autodérision. Peut-être ne vois-tu pas combien c'est important parce que toi, tu ne l'as jamais perdu. Je me suis dit que la seule chose que je pouvais te donner, c'était une certaine tranquillité d'esprit, ne serait-ce que pour quelques jours. J'ai essayé de nouveau de te parler la fois où nous nous sommes disputés à propos de ce fichu ensemble de salle à manger.

Il marqua une pause et lui décocha un regard de défi :

— Je l'ai acheté quand même.

— Tu…

— Tu ne peux plus intervenir, déclara-t-il en la coupant dans son exclamation de surprise. C'est fait.

Elle soutint ses yeux qui brillaient d'une colère mêlée de provocation.

— Je vois.

— Crois-tu ?

Il laissa échapper un rire bref et amer.

— Vraiment ? La seule chose que tu vois quand tu relèves le menton comme ça, c'est ton amour-propre.

Shane voulut protester mais n'en fit rien.

— Ce n'est pas plus mal, murmura-t-il. Ce serait difficile si tu étais parfaite.

Il alla vers elle mais prit soin d'éviter de la toucher.

— Je n'ai jamais eu l'intention de te tromper, mais il n'en reste pas moins que je l'ai fait. Et aujourd'hui, je dois te demander de me pardonner, même si tu ne peux pas accepter la personne que je suis et ce que je représente.

Shane baissa les yeux sur ses mains.

— Le problème, ce n'est pas d'accepter mais plutôt de comprendre, expliqua-t-elle d'une voix calme. Je ne sais rien du président de Riverton. Je connais l'homme qui a acheté la vieille maison Farley, tu comprends ?

Elle leva les yeux sur lui :

— Il était grossier, et désagréable, avec un fond de gentillesse qu'il faisait de son mieux pour dissimuler. Je l'aimais.

— Je me demande bien pourquoi ! soupira Vance en repensant à la description qu'elle venait de faire de lui. Si c'est ce que tu veux, je peux te promettre que je suis toujours aussi grossier et désagréable.

Elle se détourna de lui avec un petit rire.

— Vance, tout ça m'est tombé brutalement sur la tête, tu sais. Peut-être que si j'avais le temps de m'y habituer, d'y réfléchir à fond… Je ne sais pas. Quand je te prenais pour un simple…

Elle écarta les mains d'un geste d'impuissance qui ne lui ressemblait pas.

— Tout semblait si facile !

— Est-ce que tu ne m'aimais que parce que tu me croyais sans emploi ?

— Non !

Frustrée, elle tenta de s'expliquer :

— Mais moi, je n'ai pas changé, ajouta-t-elle avec une expression songeuse. Je suis toujours exactement conforme à l'apparence que je donne. Que ferait le président de Riverton avec moi ? Je ne bois même pas de Martini.

— Ne sois pas absurde !

— Ce n'est pas absurde, corrigea-t-elle. Sois honnête. Je ne m'intègre pas dans ton décor. Je ne serai jamais une femme élégante, même avec des années d'entraînement.

— Mais qu'est-ce qui cloche chez toi ?

Pris d'un soudain accès de colère, il la fit pirouetter devant lui.

— *Elégante !* Bon sang, Shane, tu délires ou quoi ? J'ai eu ma dose d'élégance au sens où tu l'entends, figure-toi ! Que je sois damné si tu me repousses à cause de la vision déformée que tu as de la vie que je mène. Si tu ne peux pas faire avec, d'accord. Je démissionnerai.

— Qu… quoi ?

— J'ai dit : je démissionnerai.

Elle le considéra attentivement, les yeux écarquillés de stupeur.

— Tu es sincère, constata-t-elle avec émerveillement. Tu penses vraiment ce que tu dis.

Il la secoua par les épaules d'un geste d'impatience.

— Bien sûr que je le pense ! Tu crois vraiment que ma société compte plus que toi à mes yeux ? Bon sang, faut-il que tu sois stupide !

Furieux, il la repoussa sans ménagement ni tendresse et s'éloigna à grandes enjambées.

— Tu ne me reproches pas à grands cris ce que je t'ai fait. Tu n'exiges pas d'entendre tous les détails sordides de mon premier mariage. Tu ne me demandes pas de ramper devant toi comme j'étais prêt à le faire, pourtant ! Tu me sors des bêtises sur l'élégance et les Martini.

Il proféra un juron bien senti et fixa la fenêtre.

Shane réprima une soudaine envie de rire.

— Vance, je…

— Tais-toi ! ordonna-t-il. Tu me rends dingue.

D'un geste brusque, il s'empara du manteau qu'il avait posé sur le rocking-chair. Shane voulut parler de crainte qu'il ne s'en aille en trombe, mais il se contenta de sortir une enveloppe de sa poche avant de lancer de nouveau son manteau dans le fauteuil à bascule.

— Tiens.

Il lui tendit l'enveloppe.

— Vance, tenta-t-elle de nouveau, mais il lui prit la main et fit claquer l'enveloppe sur sa paume.

— Ouvre-la.

Estimant préférable de baisser provisoirement la garde, Shane obéit. Elle fixa avec une stupeur muette les deux billets aller-retour pour les îles Fidji.

— Quelqu'un m'a dit que c'était l'endroit idéal pour une lune de miel, affirma Vance d'un ton un peu plus calme. J'ai pensé que cette personne n'aurait peut-être pas changé d'avis.

Shane leva vers lui un regard qui reflétait tout ce qu'elle avait dans le cœur. Il n'en fallut pas plus à Vance pour l'enlacer, écrasant l'enveloppe et son contenu entre eux tandis que sa bouche retrouvait enfin la sienne.

Shane lui répondit avec une passion sans bornes. Elle se cramponna à lui alors que c'était elle qui exigeait, céda alors que c'était elle qui était excitée. Elle ne pouvait se rassasier de lui, de sorte que ses baisers désespérés n'attisaient que des désirs plus urgents.

— Oh, tu m'as tellement manqué, murmura-t-elle. Fais-moi l'amour, Vance. Montons et fais-moi l'amour.

Il enfouit son visage dans son cou.

— D'accord… Mais tu ne m'as pas encore dit si tu m'emmenais aux Fidji.

Cependant ses mains fouillaient déjà sous le pull de Shane. Il poussa un gémissement quand ses doigts effleurèrent sa peau chaude et douce et il la fit s'allonger par terre.

— Oh, Vance, ton costume !

Riant à perdre haleine, elle se débattit contre lui.

— Attends qu'on soit là-haut.

— Tais-toi, ordonna-t-il avant de s'assurer de son obéissance en la bâillonnant d'un baiser.

Il ne lui fallut qu'un instant pour comprendre que les tremblements de Shane étaient à mettre sur le compte de l'hilarité et non de la passion. Relevant la tête, Vance contempla ses yeux amusés.

— Zut, Shane ! lança-t-il, exaspéré. J'essaie de te faire l'amour.

— Eh bien alors, commence par enlever cette cravate, suggéra-t-elle avant de nicher son visage au creux de son épaule, terrassée par le fou rire. Excuse-moi, Vance, mais c'est trop drôle. Ce que je veux dire, c'est que tu es là, à me demander si je t'emmènerai aux Fidji avant que j'aie réussi à te demander en mariage et…

— Toi, me demander en mariage ? s'exclama-t-il en la regardant sous le nez.

— Oui, enchaîna-t-elle d'un ton allègre. J'en avais bien l'intention, même si je pensais avoir à surmonter une stupide question d'amour-propre. Tu sais bien, je te croyais au chômage…

— Une stupide question d'amour-propre, répéta-t-il.

— Oui, et bien sûr, maintenant que je sais que tu es quelqu'un de si important… Oh, mais cette cravate est de soie ! s'écria-t-elle après s'être débattue avec le nœud.

— Oui.

Il la laissa palper sa cravate avec curiosité.

— Et maintenant que tu sais que je suis quelqu'un de si important… ? l'encouragea-t-il.

— Je ferais mieux de te mettre le grappin dessus vite fait.

— De me mettre le grappin dessus ?

Il lui mordit méchamment l'oreille.

Shane se contenta de pouffer et noua ses bras autour de son cou.

— Et même si je refuse de boire des Martini ou d'être élégante, je ferais une très bonne épouse de…

Elle marqua une pause de quelques secondes, perplexe :

— Qu'est-ce que tu es au juste ?

— Fou de toi.

— De président de société, décida Shane avec un hochement de tête. Non, je ne pense pas que tu puisses trouver mieux. En y réfléchissant, tu fais une excellente affaire avec moi.

Elle lui donna un baiser sonore.

— Quand partons-nous pour les Fidji ?

— Après-demain, l'informa-t-il avant de se remettre debout et de la jeter sur son épaule.

— Vance, qu'est-ce que tu fais ?

— Je t'emmène en haut pour faire l'amour avec toi.

— Vance, commença-t-elle à protester, riant à moitié. Je t'ai déjà dit que je n'aimais pas être trimballée comme ça. Ce n'est pas une façon de traiter la fiancée du président de Riverton.

— Et tu n'as encore rien vu, lui promit-il.

Exaspérée, Shane lui asséna un franc coup de poing dans le dos.

— Vance, je ne plaisante pas, pose-moi par terre !

— Je suis viré ?

Il entendit l'étranglement caractéristique des fous rires de Shane :

— Oui !

— Bien.

Il lui enserra fermement les genoux et la porta en haut de l'escalier.

L'ÉCLAT D'UNE PASSION

1

Le fouet claqua sèchement dans l'air et, en un parfait accord, les douze lions sautèrent au bas des piédestaux sur lesquels ils se trouvaient. D'un même mouvement, ils gagnèrent le centre de la piste et s'immobilisèrent, disposés en forme de huit, face à leur dresseuse.

Cet exercice exigeait d'eux une parfaite coordination que seules des heures d'entraînement et de patientes répétitions avaient permis d'obtenir. Un nouveau claquement retentit et les fauves s'allongèrent, leurs lourdes têtes reposant sur leurs pattes de devant.

— Tête haute ! s'exclama la dresseuse d'une voix autoritaire.

Les lions obéirent aussitôt, s'immobilisant dans une position qui rappelait celle du sphinx.

L'exercice continua et la dresseuse les fit tour à tour marcher sur leurs pattes arrière, sauter à travers un cerceau, passer d'un piédestal à l'autre et se rassembler au centre de la piste.

Elle s'allongea alors au milieu d'eux et fit rugir l'un de ses animaux. Se redressant, elle les fit se relever et se diriger un par un vers le tunnel qu'avait ouvert son assistant et qui menait à leurs propres cages.

Finalement, il ne resta plus qu'un seul mâle, le plus impressionnant de tous, qui se frotta contre les jambes de sa dresseuse en ronronnant. Elle le gratta derrière l'oreille avant de monter sur son dos pour faire le tour de la cage avec autant de naturel que si elle s'était trouvée juchée sur un cheval.

Puis elle descendit et fit sortir le dernier lion après lui avoir fait faire une révérence.

Elle se retrouva alors seule dans la cage et se tourna vers l'homme qui se trouvait à l'extérieur et avait observé avec attention sa démonstration.

— Alors, Duffy ? fit-elle. Qu'en penses-tu ? Est-ce que nous sommes prêts ?

Duffy tira une bouffée de cigare et passa la main dans ses cheveux coupés au bol qui le faisaient paraître bien plus jeune qu'il ne l'était en réalité. Le directeur du cirque Prescott était un homme de petite taille, d'apparence débonnaire.

Ses grands yeux bleus et les taches de rousseur qui constellaient ses joues rappelaient ses origines irlandaises et accentuaient l'impression d'innocence et de gentillesse qui se dégageait de lui.

A le voir, il était difficile d'imaginer qu'il dirigeait l'un des plus gros cirques du pays. Mais les apparences étaient trompeuses et Duffy était sans conteste le plus doué de tous ceux qui avaient assumé cette redoutable responsabilité.

— Cela vaudrait mieux pour toi, Jo, répondit-il avec un sourire teinté d'une légère ironie. La première a lieu demain soir à Ocala.

Jo lui rendit son sourire et s'étira langoureusement pour chasser la tension qui l'habitait. Elle venait de passer plus de trente minutes dans la cage à parfaire son numéro et se sentait prête à affronter le regard du public.

— Mes chats sont impatients de reprendre la route, déclara-t-elle. L'hiver a été long et, comme nous tous, ils ont hâte de retrouver la piste.

Duffy hocha la tête. Il savait que, comme la plupart de ses employés, la jeune dresseuse brûlait de repartir en tournée. Et la prestation à laquelle il venait d'assister l'avait convaincu du fait qu'elle était tout à fait prête.

Il avait été très impressionné par la maîtrise parfaite dont elle avait fait preuve. Pendant toute la durée de la démonstration, elle avait montré une habileté et une concentration impressionnantes.

Ses qualités de dresseuse égalaient à présent celles de son père, Steve Wilder, qui avait été l'un des plus grands dompteurs de son temps. De sa mère acrobate, elle avait hérité la silhouette mince et nerveuse et les traits délicats de son visage.

Ses beaux yeux verts, ses pommettes hautes et bien dessinées et ses longs cheveux d'un noir de jais faisaient tourner bien des têtes. Et sa beauté était encore accentuée par la couleur de miel qu'avait donnée à sa peau le doux soleil de Floride.

Pourtant, Duffy savait que, sous cette apparence fragile et angélique, se dissimulait une volonté de fer grâce à laquelle Jo exerçait sur ses animaux un contrôle presque absolu. D'un œil attentif, il la suivit tandis qu'elle donnait ses instructions aux garçons chargés de nourrir et de soigner les fauves. Puis elle sortit enfin de la cage et le rejoignit.

Tous deux se dirigèrent alors vers le bureau de Duffy.

— Tu as l'air préoccupé, remarqua-t-elle. Est-ce que l'un de nous a décidé de ne pas repartir en tournée ?

— Non.

Cette réponse laconique ne fit qu'aiguiser la curiosité de Jo. Duffy n'avait pas l'habitude de se montrer si peu loquace. Mais elle le connaissait assez bien pour comprendre qu'il était inutile de le presser de questions. Il parlerait lorsqu'il l'aurait décidé et pas avant.

Tandis qu'ils traversaient le terrain sur lequel le cirque avait élu domicile durant les mois d'hiver, elle observa l'activité bourdonnante qui y régnait. La plupart des artistes répétaient leurs prochains numéros. Vito, le funambule, avait tendu une corde entre deux arbres et perfectionnait ses dons d'équilibriste.

Les Mendalson, un couple de jongleurs, faisaient voltiger entre eux toutes sortes d'objets à une vitesse prodigieuse. Leur maîtrise était telle qu'ils paraissaient défier les lois de la gravité, offrant une prestation qui confinait à la magie. Plus loin, les écuyers soignaient leurs chevaux en échangeant des plaisanteries en espagnol.

Jo aperçut aussi l'une des filles des Stevenson montée sur des échasses. Elle était née six ans auparavant, alors que Jo, à cette époque âgée de seize ans, venait de commencer sa carrière de dresseuse.

Jo ne put s'empêcher de sourire. Cette scène qui aurait sans doute semblé très exotique aux yeux de la plupart des gens était pour elle aussi familière que rassurante. Elle aimait ce monde chamarré, cette complicité profonde qui régnait au sein de la petite communauté.

Pour tous les artistes, le cirque était bien plus qu'un simple métier. C'était un mode de vie. Et Jo n'en avait pas connu d'autre. Née de parents saltimbanques, elle avait passé sa vie sur les routes avec ces gens qui étaient devenus aussi chers à son cœur que s'ils avaient fait partie de sa famille.

C'étaient eux qui lui avaient enseigné tout ce qu'elle savait et transmis les valeurs qui étaient aujourd'hui les siennes. Elle avait grandi au milieu des lions, des chevaux et des éléphants, traversé le pays en tous sens, appris à jongler, à marcher sur un fil et à faire du trapèze.

Et son père lui avait fait partager son don le plus précieux, l'art du dressage. Chaque fois qu'elle entrait dans la cage, chaque fois qu'elle saluait son public, elle pensait aux heures qu'il avait passées à lui prodiguer des conseils, à l'encourager, à l'aider à surmonter sa peur et à comprendre ces fauves qu'elle aimait tant.

Cela faisait aujourd'hui plus de quinze ans que ses parents étaient décédés, mais ils continuaient à influencer son existence entière.

Alors qu'ils approchaient du bureau de Duffy, Jo aperçut les jonquilles qui poussaient devant la fenêtre. C'était elle qui avait planté ces fleurs avec Frank Prescott. Elle avait alors treize ans et était désespérément amoureuse d'un acrobate de trois ans son aîné, qui ne lui accordait pas même un regard.

Tandis que Frank et elle jardinaient côte à côte, il avait su trouver les mots pour la consoler et réparer son cœur brisé.

— Je n'arrive pas à croire qu'il soit mort, soupira-t-elle comme ils pénétraient dans le bureau de Duffy.

Le mobilier de cette pièce se limitait à une table de travail, trois chaises et quelques armoires en métal qui renfermaient tous les documents ayant trait à la gestion du cirque. Les murs, en revanche, étaient recouverts d'affiches aux couleurs flamboyantes. On y voyait des éléphants, des trapézistes, des acrobates et des dresseurs. Chacune d'elles semblait renfermer un peu de cette magie propre au grand chapiteau.

— J'avoue que moi non plus, dit Duffy avec un soupir en refermant la porte derrière eux. Je m'attends sans cesse à le voir surgir avec une de ces idées délirantes dont il avait le secret.

Tout en parlant, Duffy avait allumé l'antique machine à espressos aux reflets cuivrés qui constituait son trésor le plus cher. Il remplit alors le filtre de café fraîchement moulu et leur servit deux tasses. Il en tendit une à Jo, qui avait pris place sur l'une des chaises disposées face au bureau.

— Il nous manque à tous, répondit-elle après avoir avalé une gorgée de ce délicieux nectar. Et la tournée ne sera pas la même sans lui…

Duffy marqua son accord d'un léger hochement de tête. Dans ses yeux se lisait un mélange de tristesse et de résignation.

— Ce n'est pas juste, ajouta-t-elle avec une pointe de colère. Il n'était pas si vieux que cela. Pourquoi a-t-il fallu qu'il meure d'une crise cardiaque ?

De fait, le décès de Frank Prescott à l'âge de cinquante-quatre ans avait surpris tout le monde. Jusqu'alors, il avait toujours joui d'une parfaite santé et d'une intarissable vitalité.

Tous avaient amèrement pleuré sa disparition. Car Frank était de ces hommes qui ne laissent personne indifférent : enthousiaste, affectueux, plein d'humour, il savait communiquer à ceux qui l'entouraient cette joie de vivre qui le caractérisait.

Mais Jo avait été plus profondément affectée encore que les autres par sa disparition. Car depuis la mort de ses parents, c'était Frank qui avait veillé sur elle. Il l'avait toujours considérée comme la fille qu'il n'avait jamais eue et, lorsqu'il était mort, elle avait eu l'impression de perdre son père une nouvelle fois.

— Cela fait près de six mois, remarqua Duffy, qui n'avait cessé de l'observer attentivement, lisant sur son visage le mélange de tristesse et de révolte qui lui était devenu si familier.

— Je sais, acquiesça-t-elle en laissant la tasse de café réchauffer ses mains glacées.

Elle s'efforça de chasser la profonde mélancolie qui l'assaillait. Frank n'aurait pas voulu qu'elle se laisse aller de cette façon. Au contraire, il s'était toujours efforcé de lui transmettre sa proverbiale bonne humeur et cet appétit de vivre qui l'animait.

— J'ai entendu dire que la tournée de cette année serait exactement la même que celle de l'an dernier, observa-t-elle pour faire diversion. Treize Etats en tout… Est-ce une forme de superstition ?

La question était purement rhétorique : comme tous ceux qui travaillaient avec lui, Jo savait que Duffy croyait aux signes et aux présages. Ne conservait-il pas précieusement un trèfle à quatre feuilles dans son portefeuille et une patte de lapin accrochée au rétroviseur de sa camionnette ?

— Disons que je ne tiens pas à tenter le diable, répondit le petit homme en s'asseyant derrière son bureau. Surtout en ce moment…

Jo comprit qu'il s'apprêtait enfin à entrer dans le vif du sujet. De fait, il croisa les doigts et tira vainement sur son cigare éteint.

— Nous devrions arriver à Ocala vers 6 heures, demain, reprit-il. Si tout se passe bien, le chapiteau sera monté avant 9 heures.

— Cela nous laissera plus d'une heure pour la parade. Et nous serons prêts pour la première représentation vers 14 heures.

— Exact. Et Bonzo nous a annoncé du beau temps. Il devrait donc y avoir pas mal de monde…

— Tu sais ce que je pense des prédictions météorologiques de Bonzo, objecta Jo en souriant. A mon avis, il ferait mieux de s'en tenir au monocycle !

Duffy hocha la tête d'un air distrait, mâchouillant nerveusement son cigare froid. Percevant la tension qui l'habitait, Jo sentit monter en elle une pointe d'angoisse.

— Vas-tu me dire ce qui se passe exactement ? demanda-t-elle enfin, incapable de supporter cette attente.

— Eh bien… Quelqu'un va se joindre à la troupe à Ocala, répondit Duffy en la regardant droit dans les yeux.

Dans ses prunelles bleu pâle, elle lut un mélange d'inquiétude et de résignation.

— Je ne sais pas combien de temps il restera avec nous, ajouta-t-il.

— Ne me dis pas que nous allons devoir intégrer un bleu au dernier moment !

Duffy secoua la tête.

— Un écrivain ou un journaliste, alors ? Quelqu'un qui travaillera une semaine ou deux comme homme à tout faire et prétendra avoir tout compris au monde du cirque ?

— Je ne pense pas qu'il accepte de travailler comme manœuvre, répondit son vieil ami. Et j'ai effectivement peur qu'il ne comprenne rien à notre univers. Malheureusement, il nous faudra faire tout notre possible pour qu'il y parvienne.

Duffy lança le mégot de son cigare dans sa corbeille avant d'en sortir un nouveau qu'il alluma, mettant à rude épreuve la patience de Jo.

— Mais de qui s'agit-il ? s'exclama-t-elle. Pas d'un nouvel artiste, je suppose ?

— Non. Cet homme n'est autre que notre nouveau propriétaire…

Jo ne répondit pas, se contentant de rester parfaitement immobile. Mais Duffy la connaissait suffisamment pour percevoir la tension qui l'habitait en cet instant.

— Non, murmura-t-elle enfin. Pas lui ! Pourquoi se décide-t-il brusquement à se manifester ? Pourquoi maintenant ?

— Parce que c'est son cirque, à présent.

— Ce n'est pas son cirque ! protesta-t-elle vivement. Ça ne sera jamais son cirque !

La colère qui l'animait était d'autant plus vive qu'elle n'avait pas pour habitude de laisser libre cours à ses émotions. En tant que dresseuse, elle se devait d'exercer un parfait contrôle sur elle-même. Mais pas cette fois.

— C'est le cirque de Frank !

— Mais Frank est mort, objecta Duffy. Et le cirque appartient désormais à son fils.

— Son fils ? répéta Jo d'un ton méprisant.

Elle passa nerveusement la main dans ses longs cheveux noirs, puis se leva brusquement pour gagner la fenêtre. Là, elle s'immobilisa, regardant sans les voir les trapézistes qui répétaient leur numéro.

Un brouhaha de voix lui parvenait, étouffé par la vitre close. On y reconnaissait un improbable mélange de dialectes et d'accents auquel elle était habituée. Les artistes provenaient de tous les pays du monde et tous finissaient par acquérir une maîtrise peu commune des langues étrangères.

— Quel genre de fils refuse de rendre visite à son père ? articula-t-elle froidement. En trente ans, il n'est pas venu le voir une seule fois. Il ne lui a jamais écrit la moindre lettre. Il n'a même pas daigné assister aux funérailles !

Elle ravala la colère et la tristesse que lui inspirait cette idée. Elle savait mieux que personne combien Frank avait souffert de cette absence, combien il avait espéré qu'un jour son unique enfant oublierait ses rancœurs et reviendrait vers lui. En vain.

— Alors pourquoi viendrait-il aujourd'hui ?

— Tu sais qu'il y a deux faces à toute médaille, Jo, répondit Duffy d'une voix calme. Tu n'étais pas née lorsque la femme de Frank est partie. Tu ne sais donc pas pourquoi elle l'a fait ni les raisons pour lesquelles ni elle ni le garçon n'ont jamais repris contact avec lui.

Après un silence, Jo se tourna vers lui, et, au masque qu'elle affichait, Duffy comprit qu'elle avait repris le contrôle de ses émotions. Mais la froideur qu'il percevait en elle prouvait qu'elle n'était prête ni à comprendre ni à pardonner.

— Ce n'est plus un garçon, aujourd'hui, répondit-elle durement. Il a trente-deux ans. Il est avocat à Chicago. Et, à l'évidence, il a parfaitement réussi sa vie. Il est même très riche. Pas seulement grâce à ce que lui rapporte son cabinet, d'ailleurs. Il a hérité de beaucoup d'argent à la mort de sa mère. Ce cirque n'a donc aucune valeur, à ses yeux.

Duffy haussa les épaules.

— Va savoir ! Peut-être compte-t-il s'en servir pour obtenir des réductions fiscales. Peut-être a-t-il toujours rêvé de monter sur un éléphant. Peut-être veut-il vendre nos actifs, histoire de se débarrasser une bonne fois pour toutes de cet héritage inutile…

— Il ne peut pas faire ça ! s'exclama Jo, sentant une brusque terreur l'envahir.

— Bien sûr que si, rétorqua Duffy en tirant nerveusement sur son cigare. Le cirque lui appartient et il peut en faire ce que bon lui chante. Y compris le vendre par morceaux, si c'est ce qu'il souhaite.

— Mais nous avons signé des contrats avec des tas de municipalités jusqu'en octobre.

— Allons, Jo ! Tu sais très bien qu'il n'aura qu'à faire jouer la clause libératoire, quitte à payer quelques indemnités qui seront plus que couvertes par la vente du cirque. Après tout, il est avocat. Ce serait certainement un jeu d'enfant pour lui. Et, même s'il ne recourt pas à une solution aussi drastique, il n'aura qu'à attendre que nous ayons rempli nos obligations et veiller à ce que nous n'en contractions pas de nouvelles. Il vendra alors en octobre…

Constatant le profond désarroi qui se lisait sur le visage de Jo, Duffy regretta ses paroles. Peut-être était-il allé un peu trop loin. A quoi servait-il de transmettre ses propres angoisses ? Après tout, Jo n'avait pas plus que lui la possibilité de peser sur leur avenir.

— Evidemment, reprit-il, rien ne garantit qu'il vendra. Tout ce que je voulais dire, c'est que c'est une possibilité à laquelle nous devons nous préparer.

— Mais il doit bien y avoir quelque chose à faire pour empêcher cela !

— Peut-être… Tout d'abord, nous devons lui montrer que le cirque peut constituer une source non négligeable de profits. Ensuite, il faut le convaincre que nous offrons un spectacle de qualité et qu'il serait dommage de fermer une si belle entreprise. Il faudrait lui faire comprendre ce que Frank a construit, ce pour quoi il s'est battu, ce qu'il espérait nous voir devenir. Et je crois que tu es la mieux placée pour faire son éducation.

— Moi ? s'exclama Jo, partagée entre la stupeur et la colère. Mais pourquoi ? Tu as bien plus d'expérience en matière de communication et de relations publiques. Moi, j'ai l'habitude de former des lions, pas des avocats.

— Peut-être. Mais tu étais plus proche de Frank qu'aucun d'entre nous. Et personne ne connaît ce cirque mieux que toi. Enfin, tu es intelligente. Je n'ai jamais cru que tous ces livres que tu as lus te serviraient un jour à quelque chose, mais, aujourd'hui, il se peut qu'ils aient enfin leur utilité…

— Je ne vois pas en quoi le fait que j'aime Shakespeare m'aidera à initier Keane Prescott à la vie du cirque, protesta-t-elle. Bon sang, Duffy ! Je ne connais pas ce type, mais je le déteste déjà de tout mon cœur ! Le simple fait de penser à lui me rend furieuse. Crois-tu vraiment que cela fasse de moi la personne idéale pour une telle mission ?

— Si tu ne penses pas être capable de l'assumer…

— Ce n'est pas ce que je voulais dire ! l'interrompit-elle d'une voix indignée.

— Je comprendrais très bien que tu aies peur de prendre une telle responsabilité.

— Je n'ai pas peur. Je travaille avec des fauves tous les jours et ce n'est pas un malheureux avocat de Chicago qui va m'inquiéter !

Elle se mit à faire les cent pas dans le bureau tandis que Duffy la suivait des yeux, un sourire amusé aux lèvres.

— Bien sûr, répondit-il. Mais si tu ne te sens pas à la hauteur…

— Si Keane Prescott compte vraiment passer l'été avec nous, l'interrompit-elle vivement, je me ferai un plaisir de rendre son séjour parmi nous mémorable !

— Très bien ! s'exclama Duffy, satisfait. Tâche juste de le ménager un peu.

— Compte sur moi ! dit-elle en se dirigeant vers la porte.

Lorsque celle-ci se referma en claquant derrière elle, Duffy se demanda s'il ne venait pas de commettre une erreur. Mais il connaissait suffisamment Jo pour savoir qu'il était désormais trop tard pour faire marche arrière.

Les premiers rayons du soleil nimbaient d'une lueur rosée la vaste prairie herbeuse sur laquelle la caravane du cirque Prescott venait de s'immobiliser. En quelques minutes, cet endroit paisible et désert s'était transformé en véritable petite ville.

Jo sauta au bas de sa camionnette pour aller détacher sa roulotte, sur laquelle étaient peintes des étoiles multicolores. Pendant les prochains mois, ce serait son unique demeure, la seule, en fait, dans laquelle elle se sentait réellement chez elle.

Elle était heureuse de reprendre la route. Et, pour une fois, Bonzo ne semblait pas s'être trompé. Pas un nuage ne maculait le ciel mordoré. L'air était frais, mais cette sensation était revigorante après la nuit qu'elle avait passée au volant.

Autour d'elle, elle vit les membres de la troupe s'activer gaiement. Dans un joyeux tintamarre, chacun vaquait à ses activités. Les manœuvres avaient déjà ouvert le gigantesque camion qui contenait les mâts et la toile du grand chapiteau.

Jo se dirigea alors vers le véhicule qui renfermait les cages de ses animaux. Ses trois assistants avaient commencé à les décharger. Lorsqu'elle s'approcha pour leur prêter main-forte, Buck lui décocha un sourire complice. Lui aussi paraissait ravi de se remettre enfin au travail.

Jo le connaissait depuis de longues années puisqu'il travaillait déjà pour son père lorsqu'elle était enfant. Il avait même monté un numéro après la mort de ce dernier, le temps qu'elle soit en âge de reprendre les rênes.

Lorsqu'elle l'avait fait, il n'avait pas caché son soulagement. Car s'il ne craignait pas les fauves les plus dangereux, il était par contre d'une timidité maladive et redoutait par-dessus tout le regard du public.

C'était d'autant plus étonnant de la part d'un homme qui mesurait près d'un mètre quatre-vingt-dix et possédait une musculature de lutteur. Ses bras étaient aussi larges que les propres cuisses de Jo, et sa longue chevelure blonde lui donnait un air sauvage et indomptable.

Pourtant, il y avait en lui une immense douceur. Et personne ne faisait preuve de plus de tendresse lorsqu'il s'agissait de soigner un animal malade ou blessé, ou d'aider une lionne à accoucher.

Pete paraissait être l'exact opposé de Buck : très noir de peau, il était petit et frêle. Son âge était incertain, mais Jo pensait qu'il devait avoir entre quarante et cinquante ans. Cinq ans auparavant, il était venu voir Jo pour lui demander du travail.

Jamais il ne lui avait dit ce qu'il avait fait auparavant et elle s'était bien gardée de lui poser la question. Pour elle, comme pour la plupart des enfants de la balle, le respect de la vie privée était une valeur primordiale. La seule existence qui comptait réellement était celle qui commençait lorsqu'on s'engageait au sein de la troupe.

Mais elle avait instantanément été séduite par le calme et la patience de Pete. Il était aussi l'un des seuls à partager sa passion pour la lecture et le poker, jeu qu'il maîtrisait à la perfection.

Gerry, le plus jeune de ses assistants, avait dix-neuf ans. C'était le fils de l'une des couturières du cirque et de l'homme qui tenait la boutique de souvenirs et de sucreries. Il rêvait de devenir un dresseur et Jo avait entrepris de le former à cet art.

— Alors ? demanda-t-elle aux trois hommes. Comment vont-ils ?

— Très bien, répondit Buck. Hamlet est un peu nerveux, mais c'est normal. C'est la première fois qu'il voyage.

Jo s'approcha de la cage du jeune lion qui tournait nerveusement derrière les barreaux.

— Celui-là te donnera du fil à retordre, ajouta Buck.

— Je sais, dit-elle en souriant. Mais il est très intelligent.

Elle se redressa et attacha ses longs cheveux noirs.

— Regardez, nous avons déjà de la visite, remarqua-t-elle en désignant les véhicules qui venaient de se garer en bordure de la prairie.

C'était toujours ainsi que les choses se passaient. Le cirque exerçait une véritable fascination sur les habitants des régions qu'il traversait. Peut-être était-ce parce que cet univers leur rappelait leur enfance, peut-être parce qu'il leur paraissait profondément exotique.

Parfois, certaines personnes proposaient même leur aide pour monter le grand chapiteau. Elles étaient récompensées par un billet gratuit et un repas avec les artistes qui leur laissait généralement un souvenir impérissable. Il était même arrivé qu'une telle expérience fasse naître en elles cet amour de la piste qui animait tous les forains.

— Veillez à ce qu'ils n'approchent pas des cages, ordonna Jo à ses assistants. Je ne veux pas qu'ils énervent les animaux avant le spectacle.

Puis elle se dirigea vers le chapiteau central. Buck lui emboîta le pas et ils prêtèrent main-forte à ceux qui s'activaient déjà pour dresser les mâts et accrocher les cordes qui soutiendraient la lourde toile aux rayures rouges et blanches.

L'air retentissait d'instructions parfois contradictoires, de grognements d'effort, de jurons, de plaisanteries et de rires. Alors qu'ils finissaient de dresser l'impressionnant mât central, Jo s'approcha de Maggie, l'aînée des six éléphants que possédait le cirque.

Obéissant à ses instructions, l'animal lui présenta sa trompe sur laquelle elle prit place et la hissa sur son dos. Juchée sur cet improbable promontoire, Jo commença à attacher les différentes cordes qui soutiendraient la tente proprement dite.

Le soleil était à présent plus haut dans le ciel, illuminant la prairie de ses rayons dorés. Sa douce chaleur faisait ressortir l'odeur des fleurs des orangers qui poussaient dans le champ voisin. Elle se mêlait à celle de Maggie et de son harnachement de cuir.

S'agenouillant, Jo tapota le crâne du pachyderme qui leva sa trompe et fit résonner un barrissement assourdissant. Elle éclata de rire, sentant monter en elle une exaltation familière.

Après des mois d'inactivité forcée, elle était heureuse de retrouver cette vie qui lui avait tant manqué. Elle se sentait libre, jeune et intensément vivante.

S'immobilisant une minute, elle s'efforça de fixer à jamais cet instant dans sa mémoire, d'en capturer l'essence même pour pouvoir se le rappeler chaque fois qu'elle serait en proie au doute et à l'incertitude.

Et lorsqu'elle serait vieille et qu'elle aurait quitté à regret cet univers qu'elle aimait tant, il lui suffirait d'évoquer ce moment pour sentir monter en elle une douce nostalgie et le souvenir de sa jeunesse envolée.

Rassérénée par cette pensée, elle baissa les yeux vers les gens qui s'activaient en contrebas. Et, presque instantanément, elle surprit un regard posé sur elle. L'homme qui la fixait était grand et bien bâti. Il se tenait très droit et ne manquait pas d'une certaine prestance.

Ses cheveux d'un blond foncé étaient coupés court et la brise qui s'était levée les avait décoiffés. Son visage mince, ses joues soigneusement rasées, ses pommettes hautes et bien découpées et son menton volontaire dessinaient une physionomie très agréable.

Il n'était peut-être pas aussi beau garçon que Vito, décida Jo. Mais, alors que le funambule avait une apparence légèrement androgyne, il se dégageait de l'inconnu un charme viril. Son attitude trahissait un mélange d'assurance et de volonté.

L'expression de ses yeux brun clair était grave et sa bouche ne souriait pas tandis qu'il continuait à la fixer avec attention. Il y avait dans son regard quelque chose de direct et de franc qui plut à Jo. Il lui rappelait un peu Ari, son lion favori.

Tandis qu'elle l'observait de la sorte, il ne détourna pas la tête, ne rougit pas, ne lui décocha aucun sourire gêné. Frappée par cette nouvelle marque d'assurance, elle éclata de rire et, d'une pression des genoux, fit avancer Maggie en direction de l'inconnu.

— Vous voulez faire un tour ? lui demanda-t-elle.

Il leva un sourcil étonné et, à présent qu'elle était plus proche de lui, elle constata que la couleur de ses yeux était bien la même que celle des prunelles d'Ari.

— Maggie ne vous fera pas de mal, l'encouragea-t-elle. Elle est aussi douce qu'un agneau. Un gros agneau, bien sûr.

L'homme hocha la tête et s'avança vers elle. Elle ne put s'empêcher de remarquer sa démarche féline qui l'étonna un peu. Pour un citadin, force était de reconnaître qu'il savait bouger, songea-t-elle en décochant à Maggie une tape derrière l'oreille droite.

L'éléphante s'agenouilla lentement et Jo tendit la main à l'inconnu. Avec une agilité déconcertante, il se hissa derrière elle et se jucha en croupe.

— Debout, Maggie ! ordonna-t-elle.

Avec un soupir résigné, le pachyderme se releva lentement, secouant à peine ses passagers.

— Vous arrive-t-il souvent de prendre en selle des inconnus ? demanda l'homme.

Sa voix était grave et chaude et, en l'entendant, Jo ne put s'empêcher de se sentir légèrement troublée.

— C'est Maggie qui vous a pris en selle.

— C'est vrai. Et je dois dire qu'elle n'est pas très confortable…

Jo sourit.

— Imaginez un peu ce que vous ressentiriez en traversant la ville sur plusieurs kilomètres lors de la parade !

— Je crois que je préfère éviter ce genre d'expérience. Est-ce que vous êtes son cornac ?

— Non. Je m'occupe des chats. Vous savez que vous avez les mêmes yeux que l'un d'entre eux ? C'est pour cela que je vous ai laissé monter.

Cette fois, ce fut lui qui éclata de rire. Se retournant, Jo admira la beauté de son visage que cet accès de bonne humeur avait transfiguré.

— C'est fascinant ! s'exclama-t-il. Vous m'avez demandé de monter sur un éléphant parce que j'ai les yeux d'un chat. Il faut croire que c'est mon jour de chance puisque j'espérais justement attirer votre attention.

— Vraiment ? Et pourquoi cela ?

L'homme l'observa attentivement pendant quelques instants avant de secouer la tête.

— Vous ne le savez vraiment pas ?

— Je ne vous poserais pas la question dans le cas contraire, dit Jo en haussant les épaules. Et je ne perdrais pas mon temps à poser des questions si j'en connaissais déjà la réponse. Maintenant, accrochez-vous. Nous avons du travail…

Jo dirigea Maggie vers l'un des mâts latéraux. Il était relié à une chaîne que l'un des manœuvres attacha au collier de l'animal. Trois autres éléphants étaient postés autour de la tente. Lorsque tous furent prêts, leurs cornacs leur firent signe d'avancer. Les quatre poteaux se redressèrent alors lentement, soulevant la gigantesque toile du chapiteau fixée au mât principal.

Tel un gigantesque soufflet rouge et blanc, la tente se redressa au milieu de la prairie. Une fois que les mâts furent solidement plantés dans le sol, les éléphants furent détachés. Jo se tourna vers son compagnon qui avait observé la manœuvre en silence.

— C'est magnifique, n'est-ce pas ? lui dit-elle en désignant le chapiteau.

A cet instant, ils furent rejoints par Vito, qui héla Jo en italien. Celle-ci lui répondit dans la même langue et ordonna à Maggie de s'agenouiller de nouveau. Elle aida son passager à descendre avant de sauter à son tour au bas de sa monture. Lorsqu'ils se retrouvèrent face à face, elle fut surprise de découvrir qu'il était plus grand encore qu'elle ne l'avait pensé.

— Vous aviez l'air plus petit, vu d'en haut, remarqua-t-elle avec sa candeur habituelle.

— Et vous plus grande, vue d'en bas, répondit-il en souriant.

Jo tapota affectueusement le cou de Maggie, qui se redressa.

— Est-ce que vous viendrez voir le spectacle ? demanda-t-elle.

Sa question la surprit elle-même. Elle comprit qu'elle avait envie de mieux connaître ce mystérieux inconnu. C'était d'autant plus étonnant qu'elle s'intéressait généralement beaucoup moins aux hommes qu'à ses animaux. Et qu'à ses yeux les gens de la ville faisaient partie du paysage, rien de plus.

— Oui, répliqua-t-il. Je compte bien y assister.

Puis il la dévisagea avec attention, un long moment.

— Vous présenterez un numéro avec vos chats ? s'enquit-il enfin.

— Oui.

— C'est étrange. En vous voyant, je vous avais prise pour une trapéziste ou une acrobate.

— Ma mère était acrobate, expliqua Jo en souriant.

— Jo, ils vous attendent pour monter la petite tente, Maggie et toi, lança alors Vito en italien.

— J'arrive, répondit-elle dans la même langue. Je suis désolée, ajouta-t-elle alors à l'intention du bel inconnu. Je dois vous laisser. J'espère que le spectacle vous plaira.

Elle fit mine de se détourner, mais il la prit doucement par le bras. A ce contact, elle ne put réprimer un léger frisson qui la surprit. C'était la première fois qu'elle réagissait de cette façon face à un homme.

— J'aimerais vous revoir, ce soir, lui dit-il gravement.

Jo ouvrit de grands yeux, le contemplant avec une pointe d'étonnement.

— Pourquoi ?

Cette fois, il ne rit pas. Tendant la main vers son visage, il effleura ses longs cheveux noirs du bout des doigts.

— Parce que vous êtes très belle. Parce que vous m'intriguez, rétorqua-t-il sans la quitter des yeux.

L'étonnement de Jo se mua en stupeur. Jamais encore elle n'avait imaginé que quelqu'un puisse la trouver belle. Sexy, peut-être, lorsqu'elle était en tenue de scène dans la cage avec ses fauves. Mais certainement pas avec un jean et un pull-over défraîchis…

— Pourquoi pas ? murmura-t-elle enfin. Si les chats n'ont pas besoin de moi, en tout cas… Ari ne se sentait pas très bien, ces derniers temps.

— Je suis désolé de l'apprendre, assura l'homme avec un léger sourire.

Vito toussota d'un air insistant, la rappelant brusquement à la réalité.

— Je vois que vous avez fort à faire, reprit l'inconnu. Je m'en voudrais de vous retenir inutilement. Mais avant de partir, vous pourriez peut-être m'indiquer où je peux trouver Bill Duffy.

— Duffy ? répéta-t-elle, stupéfaite. Ne me dites pas que vous cherchez du travail !

— L'idée semble vous étonner. Pourquoi cela ?

— Eh bien… Vous n'avez pas vraiment le profil…

— Dans ce cas, je suppose que je ferais mieux de garder mon emploi actuel. De toute façon, je vous rassure, ce n'est pas pour cela que je veux voir Duffy. Où puis-je le trouver ?

Il n'était pas dans la nature de Jo de poser des questions indiscrètes. Elle s'abstint donc de formuler celle qui lui brûlait les lèvres et chercha Duffy des yeux. Elle l'aperçut près de la tente qui servait de réfectoire.

— Il est là-bas, fit-elle en le désignant du doigt. C'est celui qui est habillé en M. Loyal.

Puis elle remonta sur la trompe que lui présentait Maggie et se jucha sur le dos de l'éléphant.

— Demandez-lui de ma part de vous donner un passe, ajouta-t-elle avant de s'éloigner.

2

Jo se tenait immobile derrière la porte de toile qui donnait sur la piste. Près d'elle se trouvait Jamie Carter, plus connu sous le surnom de Topo. Fils et petit-fils de clowns, il avait naturellement suivi les traces de son père et de son grand-père.

Jo le connaissait depuis toujours. Ils avaient à peu près le même âge et avaient grandi ensemble. Elle le considérait plus comme un frère que comme un simple ami.

Observant son visage outrageusement maquillé et son improbable perruque orange, elle constata qu'ils cachaient mal son expression anxieuse et défaite.

— Est-ce qu'elle t'a parlé de moi ? demanda-t-il pour la troisième fois en moins de cinq minutes.

Jo ne put retenir un soupir exaspéré. Ecartant légèrement le pan de toile, elle jeta un coup d'œil à l'intérieur du chapiteau. Quatre clowns se poursuivaient en monocycle, provoquant l'hilarité du public, tandis que Buck, Pete et Gerry installaient la grande cage de métal au centre de la piste.

— Non, répondit-elle avec une pointe d'agacement. Carmen n'a rien dit. Et je ne comprends vraiment pas pourquoi tu perds ton temps à soupirer après elle.

Jamie tiqua.

— Je ne te demande pas de comprendre, répliqua-t-il dignement. Après tout, tout le monde sait que le seul mâle qui t'ait jamais intéressée est Ari…

— Très drôle, rétorqua Jo.

Elle ne se sentait pas le moins du monde vexée par cette remarque. Après tout, c'était la stricte vérité. Ce qui l'ennuyait, par contre, c'était de voir Jamie se ridiculiser de la sorte. Il s'était épris de Carmen Gribalti, l'une des trois sœurs qui présentaient un impressionnant numéro de trapèze.

C'était une fille aussi belle, gracieuse et talentueuse qu'égoïste, capricieuse et souverainement indifférente à son soupirant. Et, si Jamie s'entêtait, il ne manquerait pas de se faire briser le cœur, une fois encore.

— Si ça se trouve, elle n'a même pas encore eu le temps de lire la lettre que tu as glissée sous la porte de sa caravane, remarqua Jo d'un ton plus conciliant. Après tout, c'est le premier jour de la tournée et elle a sans doute eu des dizaines de choses à faire…

— Peut-être, soupira Jamie. Franchement, je ne comprends pas ce qu'elle peut bien trouver à Vito.

Jo s'abstint prudemment de parler de la silhouette musculeuse et du beau visage du funambule.

— Tous les goûts sont dans la nature, répondit-elle en haussant les épaules.

Se penchant vers Jamie, elle déposa un léger baiser sur son nez rouge.

— Personnellement, je suis incapable de résister à un homme aux cheveux orange, ajouta-t-elle en riant.

— Voilà qui dénote des goûts très sûrs, affirma-t-il, quelque peu rasséréné par la plaisanterie de Jo.

Se détournant, Jo souleva de nouveau la toile. Il allait bientôt être temps pour Jamie d'entrer en scène. Aussi se dépêcha-t-elle de lui poser la question qui la tracassait :

— As-tu remarqué l'homme qui est venu voir le cirque, ce matin ?

— Il devait y en avoir au moins une quinzaine, objecta-t-il en haussant les épaules. Et j'avoue que je n'ai pas vraiment prêté attention à eux.

— Je pense que tu l'aurais remarqué. Il tranchait nettement sur les autres. Un mètre quatre-vingt-cinq environ, les cheveux blond foncé, une trentaine d'années…

— Ah, oui, je l'ai vu, répondit Jamie en s'approchant de la porte.

Un éclat de rire se fit entendre et il se prépara à entrer en scène.

— Il discutait avec Duffy, dans sa caravane.

Avant que Jo ait eu le temps de lui poser la moindre question, Jamie s'élança sur la piste en hurlant. Ses chaussures démesurées lui donnaient une démarche curieuse et il commença à poursuivre les autres clowns avec un seau rempli de confettis.

D'un air absent, Jo suivit des yeux le numéro de son ami. De quoi son mystérieux inconnu avait-il bien pu discuter avec Duffy ? Il avait pourtant déclaré qu'il ne cherchait pas un emploi. D'ailleurs, son apparence paraissait exclure une telle explication.

Il émanait de lui cette impression d'assurance et de stabilité qui laissait supposer qu'il n'était pas au chômage. Ses mains n'étaient pas celles d'un travailleur manuel. Son ton dénotait une parfaite éducation et l'autorité de quelqu'un habitué à commander.

Tout en réfléchissant à ce mystère, Jo sauta sur le dos de Babette, la belle jument blanche sur laquelle elle entrait toujours en scène. C'était elle qu'elle avait chevauchée au cours de la parade en ville. Et elle n'avait pu s'empêcher alors de chercher du regard le mystérieux inconnu dont elle avait fait la connaissance, le matin même. En vain.

Se trouvait-il ce soir dans le public ? Sans trop savoir pourquoi, elle espérait que tel était le cas.

L'orchestre se fit alors entendre, marquant la fin du numéro des clowns. Et Duffy s'avança sur la scène.

— Mesdames et messieurs, annonça-t-il d'une voix vibrante, grands et petits enfants, j'ai l'honneur de vous présenter ce soir l'un des numéros les plus impressionnants de notre cirque ! Sans plus attendre, voici Jo Wilder, reine incontestée des fauves de la jungle !

A l'annonce de son nom, Jo talonna Babette, qui s'élança en avant. Elles avancèrent sur la piste sous une salve d'applaudissements enthousiastes. De fait, elle savait qu'elle offrait en cet instant une vision impressionnante.

Drapée dans une cape aussi noire que ses cheveux, qui flottaient librement derrière elle, surmontés d'une tiare brillante, montée à cru sur une jument au pelage immaculé, elle faisait claquer dans l'air les fouets qu'elle tenait dans chacune de ses mains.

Brusquement, elle sauta à terre, se rétablissant avec une déconcertante dextérité juste en face de la porte de la grande cage tandis que Babette poursuivait sa course en direction des coulisses où l'attendait son dresseur.

D'un geste, Jo décrocha la broche qui retenait sa cape et celle-ci glissa à ses pieds, révélant son corps mince et nerveux moulé dans une combinaison blanche rehaussée de dizaines de petits sequins qui accrochaient la lumière des projecteurs.

L'entrée en scène était essentielle, lui avait toujours répété Frank. C'était dans les tout premiers instants de son numéro qu'un artiste gagnait les faveurs du public. Tout était une question de mise en scène, une question de rêve.

Pénétrant dans la cage, Jo rejoignit les douze fauves qui avaient déjà pris place sur leurs piédestaux bleu et blanc. Contrairement au public, Jo savait que cet instant était l'un des plus importants et des plus dangereux de tout son numéro.

Car avant de se retrouver au centre de la piste, elle devait passer devant deux des lions. Si l'un d'eux était nerveux ou simplement d'humeur joueuse, elle risquait de recevoir un coup de patte mortel qu'elle n'aurait pas le temps d'éviter.

C'était la raison pour laquelle elle veillait toujours à placer près de la porte ses animaux les plus paisibles.

D'un pas assuré, elle alla prendre place au milieu de la cage et s'immobilisa au centre du cercle dessiné par les fauves. Là, elle fit claquer ses fouets. En réalité, ceux-ci n'étaient là qu'à titre de protection. Ce n'était pas à eux qu'obéissaient les animaux, mais à la voix de leur dompteuse.

Réagissant à ses ordres, ils entamèrent leur numéro et se dressèrent sur leurs pattes arrière. Elle leur fit ensuite effectuer diverses figures, adaptant le rythme de la représentation à l'humeur des lions.

C'était la clé de la réussite. S'ils se sentaient brusqués, ils risquaient de se rebeller contre son autorité. Si, au contraire, elle ne les pressait pas assez, ils perdaient leur concentration et devenaient incontrôlables.

Le numéro de Jo reposait en grande partie sur le contraste qui existait entre les fauves et elle. Elle préférait impressionner le public par la maîtrise qu'elle exerçait sur ces bêtes sauvages plutôt que par la soumission servile qu'imposaient certains dompteurs.

Ce qui comptait le plus, à ses yeux, c'était la beauté de leurs gestes, la grâce de leur démarche, la puissance de leurs sauts. Elle dirigeait avec une apparente facilité une sarabande incessante, donnant au public l'illusion d'une déconcertante facilité.

En réalité, elle était habitée par une tension de chaque instant. Son corps et son esprit étaient en alerte et elle ne quittait pas des yeux les fauves, prête à réagir à la moindre faute, au moindre signe d'agressivité.

Se positionnant entre deux piédestaux, elle laissa les lions sauter au-dessus de sa tête et se croiser juste au-dessus d'elle en un ballet chorégraphié à la perfection. A son commandement, ils rugissaient, ajoutant au caractère impressionnant de la scène.

Elle les fit ensuite bondir à travers un cercle enflammé et marcher sur des boules argentées. Puis elle s'allongea au milieu d'eux et chevaucha Merlin en un dernier tour d'honneur tandis qu'un tonnerre d'applaudissements résonnait sous le chapiteau.

— Excellent travail ! lui souffla Pete tandis qu'elle raccompagnait le lion jusqu'à sa cage.

Il l'aida à enfiler sa cape et, après un dernier salut, ils s'éclipsèrent en direction des coulisses. Là, il faisait nettement plus froid que sous les projecteurs et Jo ne put retenir un frisson.

— Merci, Pete, répondit-elle en ramenant sur elle les pans de sa cape. Dis à Gerry d'offrir une ration supplémentaire aux chats, ce soir. Ils l'ont bien mérité.

— Pas de problème, répondit son assistant en faisant mine de s'éloigner.

— Pete, le rappela-t-elle, tiens-le à l'œil, d'accord ? Gerry a parfois tendance à se montrer trop audacieux avec eux.

Il sourit et secoua la tête.

— Je me demande pour qui tu t'inquiètes le plus. Pour lui ou pour les chats ?

— Pour les deux, reconnut-elle en riant.

Pete sourit et se dirigea vers les cages tandis que Jo quittait la tente. Il lui restait environ une heure avant de revenir pour le tour de piste final et elle décida d'aller boire un café au réfectoire.

Elle était globalement assez satisfaite de son numéro. Le rythme avait été bon et pas un instant elle n'avait senti faiblir le contrôle qu'elle exerçait sur les fauves. D'ailleurs, les félicitations de Pete confortaient cette impression. Il n'avait pas l'habitude de mâcher ses mots lorsqu'elle commettait une erreur.

A vrai dire, cela ne se produisait pas très souvent. La plupart du temps, c'était lorsque Hamlet décidait de s'émanciper et de jouer les rebelles. Fort heureusement, ses facéties échappaient complètement au public qui imaginait toujours qu'elles faisaient partie intégrante de son numéro.

Seuls Pete et Buck comprenaient que quelque chose n'allait pas et ils se tenaient alors prêts à intervenir. Leur simple présence suffisait à la rassurer.

— Je suis très impressionné, fit une voix derrière elle.

S'immobilisant, Jo se retourna vers l'homme dont elle avait fait la connaissance le matin même. Malgré elle, elle sentit son cœur s'emballer légèrement. Elle se rendit compte alors qu'elle avait espéré durant toute la soirée qu'il se manifesterait.

C'était d'autant plus étrange qu'elle le connaissait à peine. Mais elle ne pouvait nier le plaisir que lui procurait le simple fait de se retrouver une fois de plus en face de lui. Tandis qu'il la rejoignait, elle lui décocha son plus charmant sourire. Elle remarqua alors qu'il fumait un cigarillo long et fin qui contrastait avec les cigares qu'affectionnait Duffy.

— Bonsoir. Est-ce que le spectacle vous a plu ?

L'homme s'immobilisa à quelques pas d'elle et la contempla si attentivement qu'elle se sentit rougir. Puis il sourit à son tour et hocha la tête.

— Vous savez, répondit-il, lorsque vous m'avez dit ce matin que vous dressiez des chats, je pensais plus à des siamois qu'à des lions africains !

— Des siamois ? répéta-t-elle, passablement sidérée. Vous n'êtes pas sérieux ?

— Au contraire, répliqua-t-il en tendant la main vers elle pour écarter une mèche de cheveux qui lui tombait dans les yeux. A vrai dire, je n'imaginais pas quelqu'un d'aussi frêle faisant face à une douzaine de lions.

— Je ne suis pas frêle, rétorqua Jo, embarrassée par le contact de ses doigts contre sa joue. D'ailleurs, face à des lions, la force physique ne fait pas une grande différence, vous savez ?

— Je suppose que non, acquiesça l'inconnu en la regardant droit dans les yeux.

Il parut hésiter avant de formuler la question qui lui tenait à cœur.

— Pourquoi le faites-vous ? demanda-t-il enfin.

— Eh bien… c'est mon métier.

Visiblement, cette réponse ne satisfaisait pas vraiment la curiosité de son bel inconnu.

— Je devrais peut-être vous demander comment vous êtes devenue dompteuse, insista-t-il.

— Je préfère dresseuse, corrigea-t-elle par réflexe.

Derrière eux retentit une salve d'applaudissements.

— Le numéro des Beirot ne va pas tarder à commencer, dit-elle alors. Vous devriez aller le voir. Ce sont des acrobates de premier ordre.

— Ma question vous embarrasse ? s'enquit l'inconnu d'une voix très douce.

Jo lui jeta un regard étonné, s'apercevant qu'il était réellement intéressé par sa réponse.

— Pas du tout. En fait, cela n'a vraiment rien d'un secret. Mon père était dresseur et c'est lui qui m'a appris ce métier. J'ai vite compris que j'avais hérité de son don et j'ai suivi ses traces.

Elle haussa les épaules.

— Mais vous ne devriez pas perdre votre temps à discuter avec moi. Vous allez manquer le reste du spectacle.

Au lieu de lui répondre, l'homme s'avança vers elle et lui prit les mains. Ils étaient si proches l'un de l'autre, à présent, que leurs corps se touchaient presque. Jo pouvait sentir la chaleur qui émanait de celui de l'inconnu. Son cœur battait la chamade, exactement comme lorsqu'elle s'approchait d'un lion pour la première fois.

Elle avait l'impression de se trouver sur le seuil d'une expérience nouvelle et, lorsqu'il lui effleura doucement la joue, elle frémit, impatiente de découvrir les sensations inédites que semblait lui promettre le regard de cet homme.

Elle ne chercha pas à s'écarter de lui, se contentant de l'observer avec attention. Il n'y avait aucune peur dans ses yeux. Juste de la curiosité.

— Est-ce que vous allez m'embrasser ? demanda-t-elle d'un ton qui trahissait plus d'intérêt que de désir.

L'homme sourit, apparemment amusé par cette distance involontaire.

— J'étais en train d'y penser. Avez-vous la moindre objection à formuler ?

Jo réfléchit quelques instants. Elle contempla la bouche de cet homme qu'elle trouvait très attirante et ne put s'empêcher de se demander ce qu'elle éprouverait si elle se posait sur la sienne. Finalement, elle le regarda de nouveau dans les yeux et secoua doucement la tête.

— Non, répondit-elle gravement. Je n'ai aucune objection.

D'un geste très doux, il leva les mains vers son visage et les posa sur ses joues avant de se pencher vers elle. Jo garda les yeux ouverts, bien décidée à ne rien perdre de cette expérience unique.

Elle sentit alors les lèvres de l'inconnu effleurer doucement les siennes. Ce n'était pas un vrai baiser. A peine l'ombre d'une caresse. Pourtant, à ce contact, elle eut l'impression que le sol se dérobait sous elle. L'intensité de cette sensation la prit de court et elle soupira doucement contre la bouche de l'inconnu.

Encouragé par cette réaction, il se fit un peu plus audacieux. Jo sentit les battements de son cœur s'accélérer brusquement tandis qu'une délicieuse chaleur se répandait en elle, se communiquant à chacun de ses membres.

Elle sentit la langue de l'inconnu effleurer délicatement ses lèvres et elle ferma enfin les yeux pour mieux s'abandonner à cette caresse délicieuse. Il ne la pressait pas, ne prenant que ce qu'elle était prête à lui donner sans jamais exiger plus, mais elle se sentait perdre pied peu à peu.

Jamais elle n'avait éprouvé quoi que ce soit de comparable à ce qu'elle était en train de vivre et elle s'émerveillait de cette découverte.

Enfin, il relâcha lentement cette étreinte, la laissant peu à peu recouvrer son état normal. Il conclut par un ultime baiser qu'il déposa sur ses lèvres comme pour sceller ce moment magique.

Pendant quelques instants, Jo demeura parfaitement immobile, s'efforçant de comprendre ce qui venait de lui arriver. Elle était un peu hors d'haleine et ses joues avaient pris une jolie teinte vermillon.

Pourtant, curieusement, elle n'éprouvait aucune honte pour ce qu'elle venait de faire. Au contraire, même, s'il n'avait tenu qu'à elle, ils auraient aussitôt renouvelé l'expérience.

— Vous êtes une femme stupéfiante, Jo Wilder, murmura enfin son bel inconnu. Avec vous, la vie doit être une succession de surprises.

Jamais Jo ne s'était sentie aussi vivante. Son corps tout entier vibrait de mille sensations aussi nouvelles qu'exaltantes.

— Ce n'est pas juste, répondit-elle en souriant. Vous connaissez mon nom alors que j'ignore toujours le vôtre.

Il rit et lui prit la main, s'apprêtant à lui répondre. Mais, alors qu'il allait le faire, Duffy émergea de la tente principale. Jo remarqua qu'il paraissait inquiet, mais, lorsqu'il les aperçut, un sourire illumina son visage. A grands pas, il les rejoignit.

— Eh bien ! s'exclama-t-il d'un ton joyeux. Je ne savais pas que vous aviez déjà fait connaissance, tous les deux. Est-ce que Jo vous a fait faire le tour des lieux ?

Jo lui jeta un regard passablement étonné et il lui tapota l'épaule d'un geste affectueux.

— Je savais que je pouvais compter sur toi, Jo.

Et avant qu'elle n'ait eu le temps de poser la moindre question, il se tourna vers son compagnon.

— Cette fille est bourrée de talent, reprit Duffy avec enthousiasme. Et elle connaît le cirque comme la paume de sa main ! Elle y est née et y a grandi, vous savez ?

Jo savait que lorsque Duffy se lançait dans une telle apologie, il était tout à fait inutile d'espérer l'arrêter. C'était d'ailleurs ce qui faisait de lui un M. Loyal aussi talentueux.

— N'hésitez pas à l'interroger si vous avez la moindre question, poursuivit-il. Bien sûr, je reste également à votre pleine et entière disposition. Si vous voulez jeter un coup d'œil à nos contrats ou à nos livres de comptes, n'hésitez pas un instant à faire appel à moi.

Jo fronça les sourcils, sentant une soudaine inquiétude monter en elle. Pourquoi Duffy parlait-il de comptabilité à cet homme ? Craignant soudain de connaître la réponse à cette question, elle se tourna vers lui.

— Est-ce que vous travaillez pour les impôts ?

— Voyons, Jo, s'exclama Duffy en riant. Tu sais bien que M. Prescott est avocat.

Sur ce, il se détourna et se dirigea à grands pas vers le chapiteau pour présenter le numéro suivant.

— Maintenant, vous connaissez mon nom, reprit Keane Prescott en se tournant vers elle.

— Effectivement, répondit-elle d'une voix aussi glacée que le frisson qui venait de la parcourir. Voudriez-vous bien lâcher ma main, je vous prie, monsieur Prescott ?

Keane l'observa d'un air étonné, mais s'exécuta sans protester.

— Ne pensez-vous pas qu'après ce qui vient de se passer vous pouvez m'appeler par mon prénom ? demanda-t-il en souriant.

— Je vous assure, monsieur Prescott, que si j'avais su qui vous étiez réellement il ne se serait rien passé du tout.

Jo s'était exprimée d'une voix digne et fière, mais, au plus profond d'elle-même, elle se sentait trahie, humiliée et furieuse. Tout le plaisir qu'elle avait éprouvé dans les bras de Keane laissait place à une terrible amertume. Et elle avait honte d'avoir cédé si facilement au charme de cet homme qu'elle considérait comme un ennemi.

— Si vous voulez bien m'excuser, lui dit-elle d'une voix sèche, j'ai beaucoup à faire avant le tour d'honneur.

— Pourquoi ce brusque revirement ? Est-ce que vous avez quelque chose contre les avocats ?

— Je ne suis pas victime de ce genre de préjugés, monsieur Prescott.

— Je vois, acquiesça Keane d'un ton détaché. Dans ce cas, j'imagine que vous avez une aversion particulière à mon égard. Est-ce parce que vous aviez un différend avec mon père ?

Jo le fusilla du regard, sentant une rage glacée monter en elle.

— Certainement pas ! Frank Prescott était l'homme le plus gentil, le plus généreux et le plus extraordinaire que j'aie jamais connu. Je n'en dirais pas autant de vous, hélas, monsieur Prescott !

Elle prit une profonde inspiration, s'obligeant à contenir la colère qui l'avait envahie. A force de volonté, elle parvint à maîtriser le ton de sa voix.

— Vous auriez dû me dire qui vous étiez réellement, lança-t-elle. Cela nous aurait évité un très fâcheux quiproquo.

— Un quiproquo ? répéta Keane avec une pointe d'amusement. C'est vraiment comme cela que vous qualifiez ce qui s'est passé entre nous ?

L'ironie dont il faisait preuve la rendit folle de rage. Elle qui n'avait pas pour habitude de perdre son sang-froid dut lutter de toutes ses forces contre l'envie soudaine qu'elle avait de le gifler.

— Vous n'avez aucun droit sur ce cirque, annonça-t-elle d'un ton froid. En vous le léguant, Frank Prescott a peut-être commis la seule erreur de toute son existence.

Sur ce, elle tourna les talons et s'éloigna à grands pas en direction de la ménagerie.

3

Ce matin-là, il faisait étonnamment chaud. Aucun arbre ne filtrait de son feuillage les rayons du soleil qui brillait de tous ses feux, faisant monter du sol une délicieuse odeur d'herbe fraîchement coupée. Elle se mêlait à celles du cirque : la toile de tente, le cuir, les remugles des animaux, la poudre, le café, la barbe à papa et le goudron.

Les caravanes scintillantes et multicolores entouraient le chapiteau central dans un ordre qui demeurerait immuable pendant toute la durée de la tournée. Le drapeau qui flottait au sommet de la tente réfectoire indiquait que le petit déjeuner venait d'être servi.

Rose se dirigea à grands pas vers la ménagerie. Ses longs cheveux noirs étaient attachés en un épais chignon sur sa nuque et elle ne cessait de parcourir le campement de ses beaux yeux bruns. La moue qui se dessinait sur ses lèvres prouvait de façon éloquente que quelque chose n'allait pas.

Lorsqu'elle aperçut Jo, qui se trouvait devant la cage d'Ari, elle lui adressa un petit signe de la main et s'avança vers elle au pas de course. Jo leva les yeux de l'animal, heureuse de cette diversion. Depuis qu'elle s'était réveillée à l'aube, elle ne cessait de ressasser de sombres pensées au sujet de ce qui s'était passé la veille au soir.

— Salut, Jo ! s'exclama Rose en s'immobilisant auprès d'elle. Salut, Ari, ajouta-t-elle à l'intention du fauve qui l'observait d'un œil attentif. Je cherche Jamie. Est-ce que tu l'as vu ?

— Je m'en doutais un peu, répondit Jo en souriant.

Comme tous les membres de la troupe, elle savait que Rose était éprise de son ami et comptait bien le convaincre de lui rendre ses sentiments. S'il avait eu un tant soit peu de cervelle, songea Jo, il aurait d'ailleurs cessé de s'intéresser à Carmen pour accepter l'amour de la jeune femme et le lui retourner au centuple. Cela l'aurait certainement rendu bien plus heureux qu'il ne l'était en ce moment.

Mais Jo savait que les affaires de cœur n'étaient jamais aussi simples et qu'en la matière il fallait souvent une éternité aux gens pour se rendre à l'évidence. Heureusement, la psychologie des lions était bien plus simple à comprendre.

— Je ne l'ai pas vu, ce matin, reprit-elle enfin. Peut-être est-il en train de répéter.

— Ou, plus probablement, de baver en regardant Carmen, rétorqua Rose en jetant un regard noir à la caravane des sœurs Gribalti. Il a vraiment l'art de se rendre ridicule !

— C'est pour ça qu'on le paie, observa Jo avec une pointe d'humour.

Malheureusement, Rose ne parut guère réceptive à la plaisanterie. Jo se sentit un peu désolée pour elle. C'était une fille bien et elle méritait vraiment l'affection de Jamie. D'autant que, contrairement à Carmen, elle avait le cœur sur la main.

— Ne désespère pas, l'encouragea-t-elle. Jamie est un peu lent à la détente, c'est vrai. Mais il finira par comprendre que Carmen ne l'aime pas et ne l'aimera jamais. Et son béguin pour elle passera aussi rapidement qu'il est apparu.

— Je ne sais pas pourquoi je m'entête ! s'exclama Rose, furieuse.

Mais sa colère ne dura pas très longtemps et elle ne tarda pas à sourire.

— Après tout, déclara-t-elle, il n'est pas si beau que cela !

— Non, concéda Jo. Mais il a un joli nez.

— Heureusement pour lui, le rouge est ma couleur, affirma Rose en riant. Mais en parlant de beau garçon, en voilà un qui n'est pas désagréable à regarder, ajouta-t-elle à voix basse. Qui est-ce ?

Jo suivit son regard et aperçut Keane Prescott, qui se dirigeait vers elle. Instantanément, sa belle humeur s'envola et elle ne put retenir un soupir d'agacement.

— C'est le propriétaire du cirque, expliqua-t-elle enfin.

— Le fils de Prescott ? s'exclama Rose, stupéfaite. Personne ne m'avait dit qu'il était aussi joli garçon ! Ou aussi grand…

Elle jeta un coup d'œil admiratif à Keane.

— Quelles épaules ! *Madre de Dios !* Jamie a vraiment de la chance que je sois monogame !

— Et toi, que ta mère ne t'entende pas, répliqua Jo.

Rose lui décocha un coup de coude.

— Il vient vers nous, constata Rose. Et c'est toi qu'il regarde, *amiga* ! Si Jamie me fixait de cette façon, tu peux être sûre que papa le traînerait fissa jusqu'à l'autel !

— Ne sois pas ridicule, protesta Jo, agacée par la remarque de son amie.

— Je ne suis pas ridicule, corrigea posément celle-ci. Je suis juste un peu trop romantique.

Le sourire de Rose était si désarmant que Jo ne put s'empêcher de le lui rendre. Lorsque Keane les rejoignit, elle s'efforça pourtant de le réprimer.

— Bonjour, Jo, s'écria-t-il d'un ton cordial comme s'ils ne s'étaient pas disputés la veille au soir.

— Bonjour, monsieur Prescott, répondit-elle sobrement.

Rose toussota bruyamment.

— Je vous présente Rose Sanches, déclara Jo.

— C'est un plaisir de faire votre connaissance, monsieur Prescott, s'exclama joyeusement son amie en tendant la main au nouveau venu. J'ai entendu dire que vous alliez voyager quelque temps avec nous.

Keane serra la main de la jeune femme en lui rendant son sourire.

— Ravi de vous rencontrer, Rose.

Celle-ci rougit et Jo jugea qu'il était grand temps d'intervenir avant que Keane ne se mette en tête de séduire la jeune Mexicaine.

— Rose, tu as à peine un quart d'heure pour aller te préparer.

— Bon sang ! grommela celle-ci en jetant un coup d'œil à sa montre. C'est vrai ! Je vais devoir vous laisser. Surtout, ne dis pas à Jamie que je le cherchais. Je ne tiens pas à ce que cet imbécile se fasse des idées… Et puis je trouverai bien un moyen de lui mettre la main dessus un peu plus tard.

Sur ce, elle éclata de rire et s'éloigna en courant vers la caravane de sa famille. Keane la suivit des yeux avant de se tourner vers Jo.

— Charmante, déclara-t-il.

— Elle a à peine dix-huit ans, répliqua Jo.

Un éclair de malice passa dans les yeux de son interlocuteur.

— Je sais, répondit-il. Et ne vous inquiétez pas : je me considère officiellement comme mis en garde. Mais dites-moi plutôt ce que fait Rose. Dresseuse d'alligators ?

— Non, rétorqua Jo en le regardant droit dans les yeux. Elle est charmeuse de serpents.

Keane la regarda avec stupeur avant de secouer la tête d'un air amusé.

— Remarquez, fit-il, j'aurais dû m'en douter.

Puis, d'un geste presque automatique, il écarta une mèche de cheveux qui lui tombait sur la joue, et Jo lui décocha un regard furieux qu'il affecta d'ignorer.

— Quel genre de serpents ?

— Des cobras. Et des boas constrictors, expliqua-t-elle. Maintenant, si vous voulez bien m'excuser…

— Justement, je ne veux pas, l'interrompit Keane d'un ton sympathique qui dissimulait mal l'habitude qu'il avait d'être obéi.

Jo se força à demeurer sur place, se rappelant qu'elle était l'une de ses employées et qu'il pouvait tout à fait décider de la renvoyer si la fantaisie lui en prenait.

— Monsieur Prescott, je suis vraiment très occupée, déclara-t-elle en ravalant la colère qui bouillonnait en elle. Je dois absolument me préparer pour le spectacle de cet après-midi.

— Allons ! Il vous reste encore plus d'une heure et demie avant d'entrer en scène. Et je comptais vraiment sur vous pour me consacrer une partie de ce temps. C'est vous que Duffy a désignée pour me faire visiter le cirque. Pourquoi ne commencerions-nous pas dès maintenant ?

Jo chercha désespérément une bonne raison d'échapper à cette corvée, mais ne parvint à en trouver aucune. Elle étudia Keane aussi attentivement qu'elle l'aurait fait avec un lion et décida qu'un tel adversaire ne serait pas facile à battre.

Si elle voulait y parvenir, elle devrait faire preuve de beaucoup de subtilité et de méfiance et contrôler chacun de ses gestes et de ses mots.

— Par quoi voudriez-vous commencer ? demanda-t-elle enfin, se préparant au combat.

— Par vous, rétorqua Keane.

Jo fronça les sourcils.

— Que voulez-vous dire ?

Il la contempla longuement avant de répondre.

— Parlez-moi de votre numéro. Et de vos chats.

Il sortit un cigarillo et elle attendit qu'il l'ait allumé avant de commencer.

— J'ai treize lions en tout. Sept mâles et six femelles. Tous sont originaires d'Afrique et âgés de quatre ans et demi à vingt-deux ans.

— Il me semblait n'en avoir vu que douze hier, non ?

— C'est exact. Ari a pris sa retraite, déclara-t-elle en désignant le vieux lion qui sommeillait dans sa cage. Il continue à voyager avec moi parce qu'il a toujours vécu de cette façon, mais je ne le fais plus travailler. Ari n'a jamais connu autre chose que le cirque. Il y est né le même jour que moi, vous savez ? Et c'est mon père qui l'a dressé. Je n'ai jamais pu me résigner à le céder à un zoo. Ce serait un peu comme placer l'un de ses parents dans une maison de retraite et l'y abandonner. Savez-vous que son nom signifie « lion », en hébreu ?

Elle sourit, repensant à son père, qu'elle avait si peu connu.

— Mon père appelait tous ses chats « lion » dans une langue ou dans une autre : il avait un Léo, un Léonard, une Léonara… Ari, quant à lui, était un excellent sauteur, en son temps. Il pouvait même grimper, ce que certains chats ne savent pas faire. Je pouvais lui apprendre quasiment n'importe quoi. N'est-ce pas, mon vieux ?

Ari reconnut le ton qu'utilisait Jo pour s'adresser à lui et il ouvrit les yeux pour la regarder. Il émit un grognement qui tenait plus du grommellement que du rugissement et referma les paupières.

— Il est fatigué, expliqua tristement Jo. Vingt-deux ans, c'est vieux, pour un lion.

— Il y a autre chose, n'est-ce pas ? demanda Keane, percevant sa détresse.

Il posa doucement la main sur son épaule, l'empêchant de détourner ses yeux, qui trahissaient une profonde tristesse.

— Il est en train de mourir, dit-elle d'une voix mal assurée. Et je ne peux rien faire contre ça.

Plongeant ses mains dans ses poches, elle s'éloigna des cages et prit une profonde inspiration pour chasser les sombres pensées qui l'assaillaient. Lorsque Ari mourrait, elle perdrait bien plus qu'un animal. Elle perdrait un ami et le dernier des chats que lui avait légués son père.

Keane la rejoignit et elle reprit ses explications.

— Je fais travailler les douze autres. Ils sont nourris de viande crue six jours sur sept et d'un mélange de lait et d'œufs le septième. Tous sont habitués à la captivité. Celui-ci, ajouta-t-elle en désignant l'une des cages, c'est Merlin. C'est lui que je monte à la fin du spectacle. Il a dix ans et c'est le chat le plus doux et le plus calme avec lequel j'aie jamais travaillé. Celui-ci, c'est Heathcliff. Il a six ans et c'est le meilleur sauteur. Voici Faust, le plus jeune, âgé de quatre ans et demi.

Incapable de résister à la tentation, Jo fit un petit signe à Faust, qui poussa aussitôt un rugissement assourdissant. Malheureusement, Keane ne parut pas s'en inquiéter particulièrement.

— Très impressionnant, constata-t-il simplement. C'est lui que vous placez au centre lorsque vous vous allongez au milieu d'eux, n'est-ce pas ?

— En effet. Vous êtes très observateur, monsieur Prescott. Et vous avez des nerfs d'acier.

— C'est impératif lorsqu'on exerce le métier d'avocat, répliqua-t-il en souriant. Vous n'imagineriez pas les techniques déployées par les procureurs afin de vous déstabiliser.

Jo hocha la tête et poursuivit les présentations.

— Voici Lazareth, il a douze ans. Bolingbroke, dix ans, le demi-frère de Merlin. Hamlet a cinq ans et je l'ai acheté pour remplacer Ari. Il a un grand potentiel, mais il est arrogant. Et patient. Je pense qu'il attend que je commette une erreur.

— Pourquoi ? demanda Keane en observant la façon dont l'animal soutenait le regard de sa dresseuse.

— Pour me balancer un bon coup de patte, déclara-t-elle en haussant les épaules. C'est sa première saison dans la grande cage et il n'a pas encore compris qui était le maître. Voici Pandora, six ans, une femelle pleine de distinction. Hester, sept ans, qui est dotée d'un tempérament en or. Et Portia, dont c'est aussi la première année. Pour le moment, elle se contente de chauffer les sièges…

— Que voulez-vous dire par là ?

— Qu'elle n'a pas encore appris les tours les plus difficiles, expliqua-t-elle. Elle se contente de suivre le groupe et d'effectuer quelques effets de manche. Dulcinea, à côté d'elle, est la plus belle. Ophelia a donné naissance à une portée, l'an dernier. Et, enfin, voici Abra, huit ans. Dotée d'un très mauvais caractère mais équilibriste hors normes.

En entendant son nom, la lionne se redressa dans sa cage et entreprit de se frotter le dos contre les barreaux. Un grondement sourd s'échappait de sa gorge. Jo observa Keane d'un œil étonné.

— On dirait qu'elle vous aime bien.

— Vraiment ? Comment le savez-vous ?

— Parce que lorsqu'un lion vous apprécie, il se conduit exactement comme le ferait un chat domestique et se frotte contre vous. Comme Abra ne peut pas le faire, elle se frotte contre sa cage.

— Je vois, acquiesça Keane. Malheureusement, j'avoue que j'ignore comment lui retourner le compliment.

Il tira une bouffée de son cigare avant de s'adresser de nouveau à Jo.

— Le choix des noms de vos animaux est très révélateur.

— Je lis beaucoup, dit-elle en haussant les épaules. Y a-t-il quoi que ce soit d'autre que vous aimeriez savoir au sujet des chats ?

Elle tenait à ce que leur conversation demeure sur un plan exclusivement professionnel et le sourire de Keane ne lui rappelait que trop clairement ce qui s'était passé entre eux la veille.

— Est-ce que vous les droguez avant le spectacle ? demanda Keane, curieux.

Jo le foudroya du regard.

— Certainement pas ! s'exclama-t-elle, furieuse.

— Est-ce une question si déraisonnable ? insista-t-il en écrasant son cigare.

— Pas pour un bleu, je suppose, soupira-t-elle, comprenant qu'il n'avait pas cherché à la provoquer. Droguer un animal ne serait pas seulement cruel, ce serait idiot. Les chats seraient incapables d'exécuter leur numéro.

— J'ai remarqué que vous n'utilisiez jamais votre fouet, dans la cage. Pourquoi cela ?

— Le bruit ne sert qu'à attirer l'attention des animaux. Et celle des spectateurs, bien sûr.

Keane hocha la tête et, avec un parfait naturel, il la prit par le bras. Aussitôt, elle se raidit, mais il n'y prêta pas attention.

— Marchons un peu, suggéra-t-il en l'éloignant des cages.

Jo aurait voulu dégager son bras, mais plusieurs personnes se trouvaient dans les environs et elle ne tenait pas à se disputer avec leur employeur en leur présence.

— Comment faites-vous pour les dompter ?

— Je ne les dompte pas, je les dresse.

Ils croisèrent alors une grande femme blonde qui tenait dans ses bras un caniche.

— Tu viens nourrir Merlin ? demanda Jo, moqueuse.

— Sûrement pas ! s'exclama son amie en français. Fifi est bien trop précieux pour finir dans l'assiette de tes monstres !

— De toute façon, répondit Jo dans la même langue, ils n'en voudraient pas. Il est bien trop maigre pour leur servir de repas !

La blonde éclata de rire et s'éloigna en direction du réfectoire.

— Fifi peut faire un double saut périlleux sur le dos d'un cheval lancé au galop, expliqua alors Jo à Keane. Il a été dressé, comme mes chats. Mais, contrairement à eux, il est parfaitement domestiqué. Les lions, même dressés, restent des animaux sauvages.

Elle se tourna vers lui et il admira la lueur fière et sauvage qui brillait dans ses magnifiques yeux verts.

— Certaines personnes prétendent que l'on peut les domestiquer, mais ce sont des imbéciles. Ou des inconscients. Je ne dis pas que c'est impossible. Mais, en agissant de cette façon, on vole aux lions une partie de leur âme. Sans se rendre compte qu'elle peut resurgir à tout instant. Je ne sais pas si vous avez déjà entendu parler de ces chiens qui se retournent contre leur maître. Ce n'est pas beau à voir. Lorsque c'est le cas d'un lion, la seule issue est la mort.

Elle passa une main dans ses longs cheveux noirs. Elle commençait à s'habituer au bras que Keane avait passé autour du sien et ne cherchait pas à se dégager. En réalité, elle était surprise de trouver en lui un auditeur aussi attentif et les mots lui venaient de plus en plus facilement.

— Un lion adulte mesure plus de quatre-vingt-dix centimètres au garrot et pèse plus de deux cent cinquante kilos. Un coup de patte lui suffirait pour briser le cou d'un homme. Sans parler des dégâts que peuvent causer ses griffes ou ses mâchoires !

— Pourtant, vous en affrontez douze chaque soir, uniquement armée d'un fouet.

— C'est vrai. Et le fouet n'est même pas une arme. Il ne servirait à rien si l'un des animaux décidait de se jeter sur moi. D'autant que les lions sont des ennemis tenaces. Les tigres sont plus vicieux, mais ils se contentent de frapper une fois. S'ils ratent leur cible, ils l'acceptent avec philosophie. Un lion chargera autant de fois qu'il le faudra.

Jo se rendit soudain compte qu'elle se sentait à présent tout à fait détendue. C'était étrange. D'autant plus étrange que, à dire vrai, elle commençait même à apprécier ces moments passés en compagnie de Keane. Peut-être l'avait-elle jugé un peu trop hâtivement… Après tout, Duffy avait raison : elle ne le connaissait pas et ne pouvait le condamner pour avoir abandonné son père sans avoir entendu sa version des faits.

— Vous savez comment Byron a défini l'attaque du tigre ? reprit-elle. « Mortelle, rapide et écrasante. » C'est exact. Mais les lions sont bien pires encore. Ils n'ont peur de rien et sont entêtés. Avec eux, pas de faux-semblants et de subterfuges comme avec les tigres, qui, en cela, ressemblent beaucoup aux chats. Si je devais parier sur l'issue d'un combat entre un tigre et un lion, je miserais sans hésiter sur ce dernier. Un homme, quant à lui, n'a strictement aucune chance.

— Alors comment faites-vous pour rester en un seul morceau ?

Le brouhaha qui régnait dans l'enceinte du campement avait reflué pour n'être plus qu'un léger bruit de fond et Jo constata avec étonnement qu'ils étaient à bonne distance. Keane libéra alors son bras et s'assit sur l'herbe. Elle hésita un instant à l'imiter, mais préféra finalement rester debout.

— Disons que je suis plus maligne qu'eux, répondit-elle. Ou, du moins, que je parviens à le leur faire croire. Je les domine par la force de l'esprit et non par celle du corps. Lorsque vous dressez un animal, vous développez une forme de respect mutuel et, si vous avez de la chance, une certaine affection réciproque. Bien sûr, il n'est pas question de leur faire entièrement confiance ou de baisser la garde, ne serait-ce qu'un seul instant. Et il ne faut jamais oublier la règle la plus élémentaire du poker. Le bluff.

Renonçant brusquement à maintenir entre eux une distance artificielle, Jo s'assit sur l'herbe et se tourna vers Keane.

— Est-ce que vous jouez au poker ?

— Cela m'arrive. Et vous ?

— Régulièrement. Mon assistant, Pete, organise souvent des parties. Malheureusement, il est quasiment imbattable.

Keane resta quelques instants silencieux, observant le campement qui s'étendait devant eux.

— Qui est la petite fille sur les échasses ? demanda-t-il enfin.

— C'est Katie, la fille cadette de Mac Stevenson. Elle veut pouvoir défiler avec nous, lors de la parade en ville. Et si elle continue à s'entraîner aussi dur, je ne doute pas qu'elle réussira à convaincre son père. Vous voyez le clown, à côté d'elle ? C'est Jamie.

— Le Jamie de Rose ? s'enquit Keane en regardant le jeune homme qui exécutait une série de cabrioles pour amuser Katie.

— Si elle parvient vraiment à lui mettre le grappin dessus. Pour le moment, il n'a d'yeux que pour Carmen Gribalti. Mais il n'a aucune chance. Carmen est amoureuse de Vito, le funambule. Quant à lui, il court après toute fille en âge de procréer…

Keane éclata de rire.

— Décidément, les choses peuvent se révéler très compliquées, même dans une si petite communauté.

Il tendit les mains vers elle et attrapa une mèche de ses cheveux qu'il caressa doucement.

— On dirait que les romances occupent une bonne partie de la vie d'un cirque.

— D'après ce que j'ai lu, elles occupent une bonne partie de la vie de n'importe qui, rétorqua Jo en haussant les épaules.

— Et vous ? Qui vous fait tourner la tête, Jo ?

Se tournant vers lui, elle s'aperçut qu'il était assis bien plus près d'elle qu'elle ne l'avait pensé. Son regard était si intense qu'elle ne put s'empêcher de rougir. Son cœur s'emballa et elle songea un instant qu'elle aurait sans doute mieux fait de s'écarter. Mais, pour quelque obscure raison, elle en était tout bonnement incapable.

Brusquement, elle se rappela le contact de ses lèvres sur les siennes et se demanda si elle éprouverait la même sensation en échangeant un nouveau baiser. Cette simple idée suffit à éveiller en elle une tentation presque incoercible.

— Jusqu'à présent, j'ai été trop occupée pour songer à ce genre de choses, se força-t-elle à répondre.

Il y avait dans sa voix une note rauque qu'elle ne lui connaissait pas. Pour la première fois de sa vie, elle se rendit compte qu'elle désirait vraiment un homme. Une partie d'elle aspirait désespérément à ce qu'il l'embrasse. Elle voulait sentir cette délicieuse chaleur se répandre en elle et se communiquer à chacun de ses membres. Elle avait besoin qu'il la prenne dans ses bras et la serre contre lui.

Jamais encore elle n'avait éprouvé une telle sensation et elle s'efforça de l'analyser, comprenant presque aussitôt qu'elle en serait incapable. C'était quelque chose de trop intime, de trop profond pour se prêter à un regard critique et distant.

Pendant qu'elle formulait ces pensées, Keane ne la quittait pas des yeux, observant avec fascination les émotions qui se succédaient dans son regard limpide.

— A quoi pensez-vous ?

— Je me demandais ce qui en vous me faisait réagir de façon aussi étrange, avoua-t-elle avec une franchise désarmante.

Il sourit et elle remarqua que ses yeux prenaient brusquement une teinte plus foncée.

— Vraiment ? fit-il, apparemment ravi de ce qu'elle venait de lui dire.

Il prit une fois de plus l'une des mèches de Jo entre ses doigts et la contempla pensivement.

— Vous savez que vos cheveux ont une étrange façon d'accrocher la lumière ? remarqua-t-il, visiblement fasciné par le phénomène. Je n'en avais encore jamais vu de si beaux. Je pourrais passer des heures à les contempler. Et ils ne forment qu'une infime partie de ce qui m'attire chez vous. Mais dites-moi à quoi ressemble cette sensation dont vous parlez.

— Je ne sais pas vraiment, reconnut Jo, gênée.

Brusquement, elle décida que les choses étaient allées trop loin. L'idée de se retrouver entièrement à la merci de Keane avait quelque chose de terrifiant et elle ne pouvait se laisser aller au trouble qu'il lui inspirait. Elle se força donc à se relever et épousseta son jean.

— Est-ce que vous allez encore fuir ? demanda-t-il en l'imitant.

— Je n'ai jamais fui personne, répliqua-t-elle d'un air de défi. Et je ne vais pas commencer face à un citadin comme vous. Pourquoi ne rentrez-vous pas à Chicago pour mettre quelques personnes en prison ?

— Je suis avocat, lui rappela-t-il. Je m'efforce généralement de sortir les gens de prison, pas de les y envoyer.

— Dans ce cas, retournez libérer vos criminels et laissez-nous tranquilles !

Keane éclata de rire et secoua la tête.

— On dirait que vous êtes bien décidée à ne me laisser aucune chance, déclara-t-il. Comment pouvez-vous vous montrer aussi cruelle alors que je suis entièrement à votre merci ?

— Croyez-moi, c'est tout à fait involontaire, répondit-elle en reculant prudemment. Mais je pense que vous n'avez pas votre place ici.

— Au contraire, protesta-t-il en recouvrant brusquement son sérieux. Je vous rappelle que je suis le propriétaire légitime de ce cirque.

— Légitime ? répéta-t-elle d'un ton légèrement méprisant. Pourquoi ? Parce que vous possédez un morceau de papier qui l'atteste ? C'est bien un raisonnement d'avocat ! Ce que je ne comprends pas, par contre, c'est pourquoi vous êtes venu. Pour estimer la rentabilité de votre nouveau bien ? Pour préparer la liquidation de nos actifs ? A quel prix seriez-vous prêt à nous vendre ? A quel prix estimez-vous notre vie et nos rêves ? Oh, je suis certaine que vous ne voyez ici que quelques caravanes et quelques tentes. Vous ne comprenez pas ce qu'elles signifient réellement. Votre père le savait, lui. Il aimait ce cirque plus que tout !

— Croyez-moi, rétorqua Keane d'une voix glacée, je suis bien placé pour le savoir. Mais vous êtes-vous seulement demandé pourquoi il m'avait légué ce cirque ?

— J'avoue que je n'arrive pas à le comprendre, reconnut Jo en se détournant de lui.

— Eh bien, moi non plus. Mais j'ai bien l'intention de le découvrir.

— Pourquoi ? protesta Jo. Vous ne lui devez rien, après tout ! En trente ans, vous ne lui avez même pas rendu visite une seule fois !

— C'est exact. En tout cas, c'est une façon de voir les choses. On pourrait également considérer qu'il n'a pas fait plus d'efforts pour venir me voir.

— Mais c'est votre mère qui l'a quitté et est partie avec vous pour Chicago ! ne put s'empêcher d'objecter Jo.

— Je ne tiens pas à parler d'elle avec vous, lança Keane d'un ton sans appel.

Jo se mordit la lèvre. Si elle insistait, elle risquait réellement de le mettre hors de lui. Et, au fond, en quoi l'intéressaient les états d'âme de Keane Prescott ?

Alors autant aborder le sujet qui lui tenait réellement à cœur.

— Qu'allez-vous faire du cirque ?

— Ça me regarde.

Jo marmonna quelques mots dans un langage qu'il ne pouvait pas comprendre, et il la fusilla du regard. Alors, elle ne put retenir les mots qui lui brûlaient les lèvres :

— Comment pouvez-vous dire une chose pareille ? Comment pouvez-vous vous montrer aussi arrogant ? Aussi insensible ? Est-ce que la vie de ces gens n'a vraiment aucune valeur pour vous ? ajouta-t-elle en désignant les caravanes qui se dressaient à quelques centaines de mètres d'eux. N'avez-vous donc aucune pitié ? Vous avez pourtant assez d'argent pour pouvoir renoncer à cet encombrant héritage. Etes-vous donc si vénal ? Ce n'est pas un défaut que vous tenez de Frank, en tout cas !

— Ma patience a des limites, déclara Keane d'une voix glaciale. Et vous vous acharnez à les repousser.

— Si je le pouvais, c'est vous que je repousserais jusqu'à Chicago !

— Je me demandais quel tempérament pouvaient cacher ces beaux yeux verts, remarqua Keane avec un sourire teinté d'ironie. On dirait qu'il est bien plus ardent encore que je ne l'avais imaginé !

Jo fit mine de se rebeller, mais il la fit taire d'un geste.

— Laissez-moi finir. Avec ou sans votre approbation, je suis le propriétaire de ce cirque. Les choses seraient sans doute plus faciles pour nous deux si vous acceptiez une fois pour toutes cette idée. Légalement, je suis libre de faire ce que bon me semble de cet… héritage. Je n'ai ni l'obligation ni l'intention de justifier mes décisions devant vous.

Jo serrait les poings si fort qu'elle sentit ses ongles s'enfoncer dans sa chair.

— Je n'aurais jamais pensé que je pouvais détester autant quelqu'un que je connais si peu, articula-t-elle d'une voix tremblante de colère.

— Voyons, Jo, répliqua Keane en haussant les épaules. Vous savez comme moi que vous me haïssiez avant même que nous ne fassions connaissance.

— C'est vrai, acquiesça-t-elle durement. Mais en moins de vingt-quatre heures, vous êtes parvenu à dépasser mes attentes les plus pessimistes. Maintenant, excusez-moi, mais j'ai une représentation à donner.

Se détournant, Jo s'éloigna à grands pas en direction de sa caravane. Cette fois, Keane ne chercha pas à la retenir.

Trente minutes plus tard, Jo se tenait devant l'entrée des artistes du grand chapiteau. Elle vit Jamie en émerger, visiblement essoufflé par le numéro qu'il venait de présenter. Il prit quelques profondes inspirations avant de se tourner vers Jo, qui patientait près de sa jument blanche.

Immédiatement, il perçut la colère qui l'habitait. Il la connaissait depuis trop longtemps pour ignorer les signes extérieurs qui la trahissaient. Ses yeux étaient brillants de rage, son dos raide et ses dents serrées. Visiblement, quelqu'un était parvenu à la faire sortir de ses gonds.

Et il ne lui restait plus que dix minutes pour recouvrer son calme.

— Salut, fit-il en s'approchant d'elle pour lui tirer gentiment les cheveux.

— Salut, Jamie.

Sa voix était calme, mais il ne fut pas dupe.

— Salut, Jo, répéta-t-il, la singeant avec une étonnante précision.

— Laisse tomber! protesta-t-elle, luttant de toutes ses forces contre la colère qui l'avait envahie.

Force était de reconnaître que ses efforts n'étaient guère concluants.

— Que s'est-il passé? s'enquit Jamie.

— Rien, éluda-t-elle durement.

Mais son ami la connaissait trop pour se laisser rabrouer aussi facilement.

— Justement, déclara-t-il avec un sourire complice. Le rien est mon sujet de conversation favori!

Il posa doucement les mains sur ses épaules et la regarda droit dans les yeux.

— Parlons-en, insista-t-il.

— Il n'y a rien à dire.

— C'est justement ça qui est intéressant, répliqua-t-il en massant ses épaules.

Comme souvent, elle fut incapable de résister à la bonne humeur de son ami et se détendit un peu.

— Tu es bête, lui dit-elle avec un pâle sourire.

— Il est inutile d'essayer de me flatter, assura-t-il d'un ton léger.

— Je me suis disputée avec Prescott, expliqua-t-elle en soupirant.

— Quelle drôle d'idée! Pourquoi le laisses-tu t'affecter à ce point?

— C'est plus fort que moi. Il a le don de me mettre hors de moi. Bon sang! Il ne devrait même pas être là…

— Du calme, Jo. Tu sais mieux que moi que tu ne peux pas te permettre d'entrer dans cette cage si tu n'es pas parfaitement maîtresse de toi. Tu dois te concentrer exclusivement sur les chats. Sinon, ils ne feront qu'une bouchée de toi.

— Ne t'en fais pas, le rassura-t-elle sans grande conviction. Tout ira bien.

— Jo ! protesta-t-il avec un mélange fraternel d'affection et de réprobation. Regarde-moi !

A contrecœur, elle se força à lever les yeux vers ceux de Jamie. La tendresse empreinte de gravité qu'elle y lut eut brusquement raison de sa résistance et elle posa le front contre sa poitrine, le laissant la serrer affectueusement dans ses bras.

— Oh, Jamie, murmura-t-elle. Il me rend folle. Il a le pouvoir de tout gâcher, tu sais ?

— Nous nous en inquiéterons lorsque le moment sera venu, annonça-t-il en lui caressant ses longs cheveux noirs.

— Mais il ne nous comprend pas. Pour lui, tout ceci ne signifie rien.

— Dans ce cas, c'est à nous de lui faire comprendre.

Elle lui sourit.

— Te voilà bien sérieux pour un clown.

— N'oublie pas que les bouffons étaient les seules personnes qui pouvaient se permettre de dire la vérité aux rois eux-mêmes. Et je suis le roi de tous les bouffons !

Cette fois, elle éclata de rire.

— Là ! s'exclama-t-il, ravi. Ça va mieux ?

— Beaucoup mieux.

— Cela tombe bien, remarqua Jamie en s'emparant de son seau à confettis. C'est justement à moi d'entrer en scène !

Il disparut derrière le pan de toile, bientôt salué par un grand éclat de rire. Pensive, Jo caressa tendrement la crinière de Babette, qui attendait à son côté.

— Si seulement il n'était jamais venu ici, chuchota-t-elle à la jument. Si seulement je n'avais pas remarqué qu'il avait les mêmes yeux qu'Ari. Et que sa bouche était adorable chaque fois qu'il souriait. J'aimerais ne l'avoir jamais embrassé.

Elle s'interrompit, prenant conscience qu'il s'agissait du plus éhonté des mensonges. En réalité, elle était heureuse de l'avoir fait. Elle avait découvert une sensation plus délicieuse que toutes celles qu'elle avait éprouvées jusqu'à présent. Et, le matin même, elle aurait volontiers recommencé.

Ecartant ces pensées parasites, elle se força à faire le vide dans son esprit. Elle entendit alors Duffy annoncer son numéro et sauta sur le dos de Babette. Quelques instants plus tard, elle pénétrait au galop sur la piste aux étoiles.

Malheureusement, la représentation ne se passa pas aussi bien qu'elle l'aurait voulu. Bien sûr, le public n'y vit que du feu et acclama avec enthousiasme sa performance. Mais elle savait que son numéro ne s'était pas déroulé de façon aussi fluide que d'ordinaire.

Les lions avaient senti ses préoccupations et certains n'avaient pas hésité à la mettre à l'épreuve. A plusieurs reprises, elle dut se mesurer à eux, imposant sa volonté à force de menaces, de claquements de langue et de fouet.

Et lorsqu'ils regagnèrent enfin leurs cages, elle se sentait littéralement vidée. En ramenant Merlin, elle croisa le regard réprobateur de Buck. Et, lorsqu'elle eut salué le public et quitté le chapiteau, il la rejoignit, laissant aux deux autres le soin de rapporter les cages à la ménagerie.

— Que s'est-il passé ? demanda-t-il sans préambule.

Percevant la colère qui perçait dans sa voix, Jo comprit qu'il n'avait pas été dupe des efforts qu'elle avait déployés pour masquer les imperfections de son numéro. Cela n'avait d'ailleurs rien d'étonnant. Après tout, il connaissait ces animaux au moins aussi bien qu'elle.

— Si tu pénètres encore dans la cage dans cet état de nerfs, les chats ne feront qu'une bouchée de toi, déclara-t-il durement.

— Je sais que mon timing n'était pas parfait, concéda-t-elle en s'efforçant de dissimuler le mélange de culpabilité et d'angoisse rétrospective qui l'habitait.

— Pas parfait ? s'exclama Buck. A qui crois-tu parler, Jo ? Je travaillais déjà avec ces chats avant que tu ne viennes au monde. Je sais qu'ils guettent le moindre signe de faiblesse. Lorsque tu pénètres dans la cage, tu ne dois penser à rien d'autre qu'à cela !

— Je sais, Buck. Tu as raison.

D'une main tremblante, elle ramena ses cheveux en arrière.

— Cela n'arrivera plus, je te le promets. Je crois que j'étais un peu fatiguée, c'est tout.

Elle lui décocha un sourire conciliant, mais il ne se laissa pas attendrir. Il tenait trop à elle pour la laisser jouer avec sa propre vie de cette façon.

— Très bien. Dans ce cas, va t'allonger et dors jusqu'au tour d'honneur. Retourne te coucher ensuite. Je ne veux plus te voir en dehors de ta caravane jusqu'au repas de ce soir. Compris ?

— Oui, Buck, acquiesça-t-elle, touchée par la tendresse bourrue dont son ami faisait preuve.

Elle était d'autant plus décidée à suivre son conseil que cette sieste lui permettrait d'éviter Keane Prescott pour le reste de la journée.

4

Durant les trois jours qui suivirent, il plut quasiment sans discontinuer. Le cirque remonta vers le nord sans parvenir à fuir le mauvais temps. Les prairies sur lesquelles ils s'installaient étaient couvertes de boue.

La toile gorgée d'eau du chapiteau devenait chaque fois un peu plus difficile à déplacer. Mais le personnel du cirque considérait ces désagréments avec philosophie et l'ambiance restait au beau fixe.

Ce soir-là, ils avaient installé leur campement non loin de la ville de Waycross, en Géorgie, et Duffy avait décidé de leur accorder un jour de repos. Vers 18 heures, le ciel chargé de lourds nuages était si sombre que la nuit paraissait être déjà tombée.

Jo décida d'aller souper de bonne heure. Elle irait ensuite s'assurer que les lions se portaient bien, puis se mettrait au lit avec un bon livre.

Forte de cette décision, elle enfila un imperméable et sortit sous la pluie battante. Zigzaguant entre les flaques, elle prit la direction de la tente réfectoire en chantonnant doucement. La perspective de cette soirée oisive la réjouissait. Cela faisait longtemps qu'elle n'avait pas eu l'occasion de jouir d'un peu de calme et de solitude.

Comme elle se faisait cette réflexion, elle accéléra le pas, courbant la tête pour s'abriter de la pluie. Brusquement, elle percuta quelqu'un qui traversait le camp en sens inverse. Surprise, elle manqua de perdre l'équilibre et sentit une main la retenir par l'épaule.

Avant même de lever les yeux, elle reconnut ce contact familier et étouffa un juron. Jusqu'alors, elle était parvenue à se tenir à prudente distance de Keane Prescott et à éviter ainsi une nouvelle confrontation.

— Je suis désolée, s'excusa-t-elle. J'aurais dû regarder où j'allais.

— Apparemment, le mauvais temps perturbe votre radar, Jo, dit Keane en souriant.

Il ne faisait pas mine de lâcher son épaule et, à travers son imperméable, elle avait l'impression de sentir sa paume brûlante marquer sa peau au fer rouge.

— Je ne suis pas sûre de comprendre ce que vous voulez dire, répondit-elle un peu sèchement.

— Je crois que vous comprenez très bien, au contraire, répliqua Keane. Vous avez fait en sorte de m'éviter, ces derniers temps. Mais, cette fois, il n'y a personne en vue pour faire diversion.

Jo serra les dents, furieuse d'avoir été percée à jour. D'un autre côté, songea-t-elle, il aurait été étonnant que Keane ne s'aperçoive pas de son subterfuge. Après tout, ils vivaient tous deux au sein d'une communauté très fermée.

Elle constata alors qu'il ne s'était pas muni d'un parapluie et que le blouson qu'il portait n'avait pas de capuche. Ses cheveux étaient plaqués contre son crâne et avaient pris une couleur plus foncée qui évoquait celle du pelage de ses lions.

Comme souvent lorsqu'ils se retrouvaient en tête à tête, il arborait une expression légèrement moqueuse qui avait le don de la mettre hors d'elle.

— Je suis désolée de ne pas pouvoir poursuivre cette fascinante discussion, monsieur Prescott, déclara-t-elle froidement. Mais il pleut des cordes et je ne tiens pas à être trempée de la tête aux pieds.

D'une brusque secousse, elle essaya de dégager son épaule et fut surprise de constater la vanité de cet effort. Fronçant les sourcils, elle posa les mains sur la poitrine de Keane et tenta de le repousser. Et son étonnement ne fit que croître lorsqu'elle s'aperçut qu'il était bien plus fort qu'elle ne l'avait initialement supposé.

En fait, elle aurait tout aussi bien pu s'efforcer de repousser un bloc de granit. Et, le pire, c'est que cette situation paraissait l'amuser au plus haut point. Furieuse de se laisser ridiculiser de la sorte, elle lui lança un regard noir.

— Lâchez-moi ! s'exclama-t-elle.

— Je suis tenté… mais non, répondit-il d'un ton malicieux.

— Monsieur Prescott ! Je suis trempée, j'ai froid et j'aimerais aller manger. Alors, si vous avez quelque chose à me dire, faites-le vite et laissez-moi partir.

— Tout d'abord, j'aimerais beaucoup que vous cessiez de m'appeler « monsieur Prescott ». Ensuite, j'aimerais que vous me consacriez une heure de votre temps pour que nous passions en revue la liste du personnel de ce cirque.

— Ce sera tout ? demanda-t-elle d'un air de défi.

Pendant quelques instants, ils se mesurèrent du regard. Puis Keane sourit une fois de plus.

— Si vous insistez, il y a peut-être autre chose…

Jo comprit ce qu'il s'apprêtait à faire et chercha une fois de plus à se dégager. Mais Keane était rapide et ils étaient bien trop près l'un de l'autre pour qu'elle puisse espérer lui échapper. Et les protestations qu'elle s'apprêtait à formuler avec véhémence furent étouffées par les lèvres qui se posèrent sur les siennes.

Les mains de Keane glissèrent de ses épaules et ses bras se nouèrent autour de sa taille, l'attirant contre lui. En sentant son corps se presser contre le sien, Jo eut brusquement l'impression que quelque chose basculait en elle. C'était d'autant plus étonnant que sa vie au sein du cirque l'avait habituée à ce genre de contact physique. Elle avait travaillé avec des équilibristes, était montée en selle avec des écuyers, avait même appris les rudiments de la lutte.

Mais la façon dont elle réagissait au corps de Keane était d'un tout autre ordre. Elle sentait le sien répondre à cette étreinte, s'éveiller au désir incontrôlable qu'il faisait naître en elle.

Et leur baiser participait de cette sensation. Cette fois, il n'avait plus rien d'innocent. Keane avait entrepris de la conquérir, de faire céder les maigres défenses qu'elle lui opposait. Et il n'y parvenait que trop bien.

Incapable de résister à sa propre envie, elle se laissa aller à cette merveilleuse sensation. Oubliant la pluie et le vent glacé, elle se perdit entre ses bras. Une chaleur brûlante se répandait en elle, envahissant d'abord son ventre pour s'étendre à chacun de ses membres.

Un besoin aussi impérieux qu'impossible à identifier naquit en elle, possédant chacun de ses sens. Elle oublia sa rancœur envers Keane et toutes les raisons qui auraient dû l'empêcher de lui rendre ce baiser. Elle oublia la femme qu'elle était, qu'elle croyait être, pour découvrir une partie d'elle-même qui lui était encore inconnue.

Et lorsque Keane s'écarta enfin d'elle, une intolérable sensation de frustration succéda au plaisir qu'elle venait d'éprouver.

— Encore ? murmura-t-il d'une voix rauque tandis que, d'une main, il lui caressait le dos, éveillant mille frissons délicieux le long de sa colonne vertébrale. Ce genre de baiser est un passe-temps dangereux, Jo, ajouta-t-il avant de mordiller doucement sa lèvre. Mais je suppose que vous aimez le danger, n'est-ce pas ?

Il l'embrassa de nouveau avec passion, ne lui laissant aucune chance de réprimer l'envie qu'elle avait de lui en cet instant.

— Serez-vous aussi courageuse que face à un lion ?

Incapable de répondre à ses provocations, Jo sentit son cœur s'emballer. Ses jambes étaient en coton et sa peau parcourue d'irrépressibles frissons. Elle ne connaissait que trop cette impression. C'était celle qu'elle ressentait lorsqu'elle commettait une erreur face à un fauve et se trouvait exposée.

Malgré elle, elle frémit, sachant combien cette peur la rendait vulnérable.

— Vous avez froid, dit Keane, se méprenant sur sa réaction. Ce qu'il vous faut, c'est un bon café brûlant. Venez dans ma caravane.

— Non ! s'exclama Jo, sentant grandir en elle la panique qui l'étreignait.

Elle savait que, s'ils se retrouvaient seuls, elle n'aurait pas la force de lui résister. Elle manquait trop cruellement d'expérience pour courir un tel risque. Si seulement il n'avait pas été le fils de Frank et le propriétaire du cirque ! songea-t-elle avec une pointe de désespoir. Si seulement elle avait pu s'abandonner en toute confiance à l'instinct qui la poussait vers lui !

Keane s'écarta d'elle sans pourtant lâcher son bras et il la contempla avec attention comme s'il cherchait à deviner les termes du débat intérieur qui faisait rage en elle.

— Ce qui vient d'arriver était d'ordre strictement personnel, déclara-t-il enfin. Entre un homme et une femme qui se trouvent être attirés l'un vers l'autre. Je crois qu'il est inutile de prétendre lutter contre ce que nous ressentons, Jo. Tôt ou tard, vous serez mienne.

L'assurance tranquille avec laquelle il venait de s'exprimer lui fit l'effet d'une gifle et elle se raidit sous l'effet de la colère.

— Je ne serai jamais à vous ni à personne d'autre ! s'exclama-t-elle, furieuse. Si je décide de faire l'amour avec quelqu'un, ce sera uniquement parce que j'en ai envie !

— Bien sûr, concéda Keane en haussant les épaules. Et je sais que tel est déjà le cas. Mais je ne chercherai pas à en profiter. Mieux vaut prendre le temps de nous connaître auparavant.

— Vous êtes arrogant et insultant ! s'écria Jo, hors d'elle.

— J'essaie juste d'être honnête. Mais, pour le moment, nous avons du travail. Et si les baisers sous la pluie me semblent charmants, je préfère traiter mes affaires au sec.

Jo fit mine de protester, mais il la fit taire d'un geste.

— Avant que vous ne souleviez de nouvelles objections, je tiens à vous rappeler que nos relations ne sont pas uniquement d'ordre personnel. Je suis toujours le propriétaire de ce cirque et vous, l'une de mes employées. Et c'est uniquement à ce titre que je vous prie de m'accompagner. Je vous promets que je ne m'autoriserai aucun geste déplacé à votre égard.

— Très bien, répliqua Jo sèchement. Mais si vous ne respectez pas votre parole, il faudra trouver quelqu'un d'autre avec qui travailler.

— Marché conclu.

Sans un mot, elle le suivit en direction de sa caravane. Il la fit entrer et alluma le plafonnier.

— Enlevez votre manteau, suggéra-t-il en se débarrassant de son propre blouson. Je m'occupe du café.

Jo hésita un instant avant de s'exécuter. Elle libéra ses longs cheveux noirs et accrocha son manteau à l'une des patères disponibles. Ça faisait plus de six mois qu'elle n'avait pas pénétré dans la caravane de Frank et elle la parcourut des yeux avec curiosité, cherchant les changements que son fils avait pu y apporter.

Elle reconnut aussitôt la vieille lampe en érable à la lueur de laquelle Frank lisait ses ouvrages favoris. L'abat-jour aux couleurs défraîchies était bien le même, mais Keane avait trouvé le moyen de le redresser alors qu'il était de biais depuis des années.

Le coussin que Lillie, l'une des couturières du cirque, avait brodé pour Frank dissimulait toujours la brûlure de cigarette du canapé. Jo se demanda si Keane avait conscience de l'existence de ce trou.

La pipe de son père était posée à sa place habituelle sur le rebord de la fenêtre, paraissant attendre le retour de son propriétaire. Incapable de résister à la tentation, Jo s'en approcha et prit entre ses mains cet objet si familier qui lui donnait envie de fondre en larmes.

— Je suis sûre qu'elle te manque là où tu es, murmura-t-elle tristement.

Un bruit de pas derrière elle la fit se retourner brusquement et elle se retrouva nez à nez avec Keane. Un brusque et irrationnel accès de culpabilité l'étreignit et elle rougit malgré elle.

— Comment aimez-vous votre café, Jo ?

Il tenait deux tasses fumantes à la main.

— Noir, répondit-elle. Et sans sucre. Merci.

Il hocha la tête et lui tendit l'une des tasses.

— Asseyez-vous, proposa-t-il en allant prendre place à la table de Formica qui séparait le salon de la cuisine. Vous devriez enlever vos chaussures. Elles sont trempées.

Jo hocha la tête et s'assit sur le canapé pour ôter ses chaussures et ses chaussettes imbibées d'eau. Keane disparut quelques instants dans la chambre avant d'en ressortir avec une paire de chaussettes en laine qu'il lui tendit.

— Ce n'est pas la peine, protesta-t-elle, étonnée par cette marque d'attention.

Keane s'agenouilla devant elle et prit les pieds de Jo au creux de ses paumes.

— Ils sont glacés.

Jo le contempla avec stupéfaction tandis qu'il lui massait les orteils. Presque aussitôt, elle sentit une délicieuse chaleur remonter le long de ses mollets.

— Puisque je suis responsable de l'état dans lequel vous vous trouvez, la moindre des choses est que je veille à ce que vous ne soyez pas prise d'une crise d'éternuements en plein milieu de votre numéro de demain.

Tout en parlant, il lui avait enfilé la paire de chaussettes. Lorsqu'il eut fini, il secoua la tête d'un air légèrement incrédule.

— Vous avez vraiment de tout petits pieds.

Jo ne répondit pas, se contentant de fixer les cheveux de Keane. Elle brûlait d'y plonger les doigts pour s'assurer qu'ils étaient aussi doux qu'ils le paraissaient.

Comment pouvait-elle être à ce point attirée par cet homme ? se demanda-t-elle avec une pointe de désarroi. Se sentirait-elle aussi troublée chaque fois qu'ils se retrouveraient seuls ?

Ces questions éveillaient en elle un mélange d'exaltation et d'angoisse. Elle se trouvait sur le seuil d'un grand mystère qu'elle n'était pas encore certaine de pouvoir affronter.

— Vous allez mieux ? demanda Keane en se redressant.

— Beaucoup mieux, répondit-elle d'une voix légèrement étranglée par l'émotion. Merci.

Il lui sourit d'un air décontracté et elle lui en voulut de ne pas être aussi désarçonné qu'elle par l'attirance qu'ils exerçaient l'un sur l'autre. En réalité, il paraissait même ravi de cet état de fait. Evidemment, songea-t-elle, il avait beaucoup plus d'expérience qu'elle en matière de jeux de séduction.

— Cela ne veut pas dire que vous obtiendrez ce que vous voulez de moi, dit-elle alors.

Keane éclata de rire et hocha la tête.

— En effet. C'est d'ailleurs tout l'intérêt de la chose, si vous voulez mon avis. Je n'ai jamais été très intéressé par la facilité. Lorsque je décide de plaider une cause, c'est souvent parce qu'elle est incertaine.

Je ne vois pas l'intérêt de défendre un client, s'il est condamné ou innocenté d'avance.

Elle avala une gorgée de café, profitant de ce moment de répit pour remettre de l'ordre dans ses pensées.

— Je ne savais pas que les affaires dont vous vouliez m'entretenir concernaient vos activités juridiques, remarqua-t-elle enfin. Si tel est le cas, j'ai bien peur de ne pouvoir vous être très utile. Je ne connais pas grand-chose à la loi.

— Que connaissez-vous, exactement, Jo ?

— Les chats, répliqua-t-elle. Et le cirque Prescott. Je serais heureuse de m'entretenir avec vous de l'un ou l'autre de ces sujets.

— Parlez-moi plutôt de vous, l'encouragea-t-il en sortant un cigarillo de la poche de sa chemise.

— Monsieur Prescott…

— Keane, je vous en prie.

Il alluma son cigarillo et exhala une bouffée qui s'éleva paresseusement jusqu'au plafond de la caravane.

— Je croyais que nous devions nous en tenir à une relation exclusivement professionnelle, objecta-t-elle.

— Justement, vous faites partie de l'équipe de ce cirque. Et j'ai l'intention d'en apprendre un peu plus sur tous ceux qui la composent. Autant commencer par vous, puisque vous êtes là. Je vous écoute.

— Cela ne prendra pas très longtemps, soupira Jo, renonçant à lui opposer un nouveau refus. Je suis née au sein du cirque et j'y ai grandi. Lorsque j'ai été assez grande, j'ai fait en sorte de me rendre utile.

— De quelle façon ? demanda Keane, curieux.

— Eh bien, j'ai effectué toutes sortes de tâches. J'aidais à monter le chapiteau, je faisais un peu de couture, j'ai appris quelques rudiments de menuiserie et d'électricité… Dans un cirque comme le nôtre, nous ne pouvons nous permettre d'être trop spécialisés. Ici, pas de caprices de star : chacun met la main à la pâte et ceux qui s'y refusent finissent par partir. Buck, l'un de mes assistants, a assuré le numéro de dressage après la mort de mon père. C'est aussi l'un des meilleurs toiliers du cirque. Pete est un excellent mécanicien. Jamie en sait autant sur les circuits électriques que la plupart de ceux qui les ont installés. Il est également acrobate à ses heures.

— Et vous ? l'interrompit Keane. Avez-vous d'autres talents à part l'équitation et le dressage d'éléphants et de lions ?

Jo fronça les sourcils en avisant le sourire qui jouait sur les lèvres de son interlocuteur.

— Vous vous moquez de moi, protesta-t-elle d'une voix accusatrice.

— Au contraire, Jo. Je suis stupéfait par l'étendue apparemment sans limites de vos talents.

Elle s'apprêtait à protester de nouveau mais, quand elle comprit qu'il le pensait vraiment, elle ne put s'empêcher de rougir.

— C'est le cas de la plupart des enfants de la balle, vous savez ? Nous touchons un peu à tous les métiers avant de choisir celui qui nous convient le mieux. C'est ainsi que j'ai appris à faire du trapèze avec ma mère. Il m'arrive encore de remplacer un artiste quand le besoin s'en fait sentir. Oh, je ne fais pas de trapèze volant, rassurez-vous. Cela demande un entraînement bien trop rigoureux. Mais un peu de trapèze fixe ou de la corde… Vous avez dû en voir quelques numéros : cette année, les costumes évoquent des papillons. Evidemment, Duffy préfère engager des filles dotées d'un physique plus avantageux.

— Voilà un homme bien difficile, observa Keane avec un sourire malicieux. Mais, dites-moi, vos parents étaient-ils européens ?

— Non, répondit Jo, surprise. Pourquoi cette question ?

— Parce que je vous ai entendue parler français et italien.

— Cela n'a rien de très étonnant : les artistes qui se produisent au sein du cirque viennent du monde entier et, à force de les fréquenter, on finit par apprendre quelques mots dans les langues les plus diverses.

— Vous êtes trop modeste. Il se trouve que je parle français et j'ai été très impressionné par votre accent.

— Vraiment ? fit Jo, flattée. C'est gentil. Frank disait souvent que le monde devrait prendre exemple sur le cirque. Ici, les Américains côtoient en toute amitié des Français, des Italiens, des Espagnols, des Allemands, des Russes et des Mexicains.

— L'ONU en caravane, en quelque sorte, plaisanta Keane. En tout cas, je suis impressionné par la liste de vos talents. La mécanique, l'électricité, la couture, le français et l'italien, sans parler de divers arts du cirque… Etes-vous allée à l'école ?

— Bien sûr, répondit Jo sur la défensive. Durant les vacances d'hiver, nous avions droit à des cours adaptés. Il y a aussi un professeur qui nous accompagne lors des tournées. Mais je considère que j'ai beaucoup plus appris en voyageant et en fréquentant des gens venus du monde entier que je ne l'aurais fait à l'université. Sans compter que je suis une vétérinaire sans doute plus qualifiée que la majorité de ceux qui ont suivi une école spécialisée. Et je parle sept langues…

— Sept langues ! l'interrompit Keane, stupéfait. Vous plaisantez ?

— Cinq couramment. J'ai encore quelques problèmes avec l'allemand, et le grec que je lis difficilement.

— Quelles autres langues parlez-vous ?

— L'espagnol et le russe, répondit Jo. Ce que je préfère, c'est le russe. Peu de gens le parlent et cela me permet d'insulter copieusement les chats lors du spectacle sans que personne se doute de rien.

Keane éclata de rire.

— Qu'y a-t-il de si drôle ? demanda-t-elle en fronçant les sourcils.

— Vous ! s'exclama-t-il en secouant la tête. N'en prenez pas ombrage, mais je trouve vraiment très amusant que vous fassiez si peu de cas d'un talent dont se prévaudrait avec fierté n'importe quel étudiant en linguistique !

Tendant la main vers elle, il effleura sa joue.

— Vous ne cessez de me surprendre, Jo. Dois-je comprendre que vous m'insultiez en russe, l'autre jour ?

— Sans doute.

— Votre franchise vous honore. Mais dites-moi plutôt quand vous avez commencé à travailler avec des lions.

— Devant un public ? A l'âge de seize ans. Frank ne voulait pas que je fasse mes débuts avant. Il était mon tuteur légal et le propriétaire du cirque et je ne pouvais donc que me plier à cette décision. En réalité, j'aurais très bien pu commencer dès quinze ans.

— Frank était votre tuteur ? s'étonna Keane. Quand avez-vous perdu vos parents ?

— Lorsque j'avais sept ans, répondit Jo. Ils sont morts dans un incendie.

— Au cirque ?

— Oui, confirma-t-elle avant d'avaler une gorgée de café pour chasser l'émotion qui lui étreignait la gorge.

— Vous n'aviez pas d'autre famille ?

— Vous ne comprenez pas. Le cirque était ma famille. Je n'ai jamais eu l'impression de me retrouver complètement seule. Et j'avais Frank…

— J'avoue que cela m'étonne un peu. Quel genre de père était-il pour vous ?

Jo fronça les sourcils, cherchant vainement à identifier l'émotion qu'elle percevait dans la voix de Keane. Etait-ce de l'amertume ? Du ressentiment ? Ou bien, tout simplement, une forme de curiosité ?

— Il n'a jamais cherché à prendre la place de mon père, expliqua-t-elle en le regardant droit dans les yeux. Ni lui ni moi ne le voulions. Nous étions juste des amis. Des amis très proches. Mais j'avais déjà un père et il avait déjà un fils. Nous ne cherchions pas de substituts, vous savez ?

Elle s'interrompit, étudiant l'expression indéchiffrable qui se lisait dans les yeux de Keane.

— C'est curieux, remarqua-t-elle brusquement. Vous ne lui ressemblez vraiment pas.

— Je sais.

— Il avait les cheveux très noirs. Ils commençaient tout juste à grisonner lorsqu'il…

Jo ne put finir sa phrase et soupira tristement avant de secouer la tête.

— Par contre, ajouta-t-elle avec un pâle sourire, vous avez la même voix que lui.

Keane resta silencieux et elle l'observa avec attention.

— J'aimerais vous poser une question, reprit-elle enfin.

— Allez-y.

Elle hésita un instant : il n'était pas dans sa nature de poser des questions intimes. D'ordinaire, elle se contentait de ce que les gens étaient prêts à lui révéler et ne cherchait pas à leur arracher ce qu'ils préféraient garder pour eux. Mais, cette fois, c'était son propre avenir et celui du cirque qui étaient en jeu.

— Pourquoi êtes-vous venu ? Je sais que je vous l'ai déjà demandé, mais c'était sous le coup de la colère. A présent, j'aimerais vraiment comprendre.

Keane écrasa son cigarillo dans le cendrier qui était posé près de lui.

— Disons que je voulais voir de mes propres yeux ce qui avait tant fasciné mon père durant toutes ces années, répondit-il enfin.

— Pourtant, vous n'êtes jamais venu lorsqu'il était en vie. Vous n'avez même pas daigné assister aux obsèques.

— Ne pensez-vous pas qu'il aurait été hypocrite de ma part de m'y rendre alors que je n'avais jamais cherché à revoir Frank ?

— Il était votre père, protesta-t-elle d'un ton réprobateur.

— Par le sang, peut-être. Mais les aléas de la naissance ne suffisent pas à créer un lien de paternité. Frank Prescott était pour moi un parfait étranger.

— Je ne vous crois pas. Je sens de la rancœur dans votre voix. Pas de l'indifférence.

— Vous vous trompez, Jo. Je lui en ai voulu pendant des années, c'est vrai. Mais j'ai fini par comprendre que cela ne changeait rien du tout. Le seul qui en souffrait, au fond, c'était moi.

— Frank était quelqu'un de bien. Il ne vivait que pour offrir aux gens un peu de magie et de rêve. Peut-être n'était-il pas capable d'être un bon père. Certains hommes ne sont pas nés pour cela. Mais c'était un homme bon et généreux. Et il était très fier de vous.

— Fier de moi ? répéta Keane avec une pointe d'ironie. Mais il ne me connaissait même pas !

Jo le contempla tristement, commençant à comprendre à quel point Frank et Keane s'étaient mépris l'un sur l'autre.

— Vous vous trompez, murmura-t-elle doucement. Frank se faisait livrer tous les numéros du journal de Chicago dans ses bureaux de Floride. Il découpait tous les articles qui parlaient de vous, qu'il s'agisse d'un procès ou d'une soirée mondaine à laquelle vous aviez participé. Il me les lisait parfois et les gardait dans un album spécial qu'il parcourait de temps à autre.

Elle se leva et gagna le coffre de bois qui était posé contre le mur du fond. Elle s'agenouilla et ouvrit le lourd couvercle rehaussé de cuir.

— C'est là qu'il conservait ce qui avait le plus de valeur à ses yeux, expliqua-t-elle. Il l'appelait sa « boîte à mémoire » et disait que les souvenirs sont une récompense accordée à ceux qui vieillissent. Tenez, le voilà !

Au milieu des divers objets qui avaient tant compté pour Frank se trouvait un épais livre de cuir vert. Elle s'en empara et traversa la pièce pour le tendre à Keane. Pendant quelques instants, il resta immobile, les yeux fixés sur les siens.

Son expression était indéchiffrable, mais il finit par lui prendre le livre des mains et l'ouvrit. Lentement, il tourna les pages sur lesquelles étaient collés de vieux articles défraîchis.

— Quel homme étrange ce devait être ! murmura-t-il avec dans la voix un mélange d'étonnement et de rancœur. Garder des coupures de presse concernant un fils qu'il n'avait jamais connu…

— Frank était un rêveur, reprit Jo, la gorge serrée par une indicible émotion. Sa montre avait toujours cinq minutes de retard. Chaque fois qu'il accrochait une affiche au mur, vous pouviez être certain qu'elle serait de travers. Et il ne s'en rendait même pas compte. Il pensait toujours au lendemain. Je crois que c'est pour cela qu'il gardait son propre passé enfermé dans une boîte.

Jo se pencha pour refermer le coffre. Mais, alors qu'elle allait le faire, elle aperçut à l'intérieur quelque chose qui attira son attention.

D'une main tremblante, elle souleva une pauvre poupée de Celluloïd vêtue d'une robe rouge. Les traits de son visage étaient presque effacés par le temps et elle avait perdu un bras.

Cette fois, elle fut incapable de retenir les larmes qui lui montaient aux yeux.

— Qu'est-ce que c'est ? demanda Keane en se rapprochant d'elle.

— Rien, répondit-elle d'une voix tremblante.

Elle se releva, n'osant regarder Keane dans les yeux.

— Je dois y aller, articula-t-elle.

Elle hésita, ne pouvant se résoudre à replacer la poupée dans le coffre.

— Est-ce que je peux la garder, s'il vous plaît ? demanda-t-elle à Keane.

Ce dernier lui prit doucement le visage entre ses mains et la força à le regarder en face.

— Apparemment, elle vous appartenait.

— Il y a longtemps. Je ne savais pas qu'il l'avait gardée.

La voix de Jo se brisa et elle fut tentée de nicher son visage au creux de l'épaule de Keane pour pouvoir pleurer à son aise. Mais elle savait que cela risquait de les entraîner sur une pente dangereuse.

Cette soirée avait été riche en émotions et la découverte de cette poupée ne l'aidait guère à conserver le recul et la distance dont elle avait le plus grand besoin. Si elle ne partait pas rapidement, elle finirait certainement la nuit dans les bras de Keane.

— Je dois y aller, répéta-t-elle.

Il hésita, visiblement prêt à protester. Mais il dut percevoir l'état de profonde vulnérabilité dans lequel elle se trouvait et finit par s'écarter.

— Je vais vous raccompagner jusqu'à votre caravane, suggéra-t-il.

— Non, merci, ce ne sera pas nécessaire, lança-t-elle un peu trop précipitamment.

Elle enfila ses chaussures sans prendre la peine de nouer les lacets et décocha un sourire embarrassé à Keane.

— Il est inutile que vous sortiez de nouveau sous la pluie, précisa-t-elle. Et, de toute façon, je vais devoir aller rendre visite à mes chats…

— Et vous ne voudriez surtout pas vous retrouver seule dans votre caravane avec moi au cas où je déciderais de changer d'avis au sujet de cette nuit que nous pourrions passer ensemble, compléta Keane avec un sourire malicieux.

Elle faillit protester, mais comprit qu'il ne serait pas dupe.

— C'est vrai, convint-elle enfin.

Keane secoua la tête d'un air amusé et s'approcha d'elle pour poser un petit baiser sur le bout de son nez.

— Ne vous en faites pas, je suis un homme de parole, lui assura-t-il.

Il alla chercher l'imperméable de Jo qu'il l'aida à enfiler. Lorsqu'il eut remonté la fermeture Eclair, ses doigts s'attardèrent quelques instants sur son cou et il sentit son pouls qui battait la chamade. Finalement, il rabattit la capuche sur ses longs cheveux noirs et lui sourit.

— Nous nous verrons demain, lui promit-il.

Jo hocha la tête et se détourna pour ouvrir la porte de la caravane. Dehors, la pluie paraissait avoir redoublé d'intensité. Pendant un instant, elle s'immobilisa sur le seuil avant de se tourner à demi vers Keane.

— Bonne nuit, lui dit-elle.

Puis elle disparut dans les ténèbres.

5

Au matin, les lourds nuages qui encombraient le ciel avaient disparu et le soleil brillait de mille feux, faisant naître au-dessus des multiples flaques d'eau de beaux arcs-en-ciel. Ce changement de temps aurait sans doute dû remonter le moral de Jo. Mais, curieusement, il n'en était rien.

En fait, elle se sentait si nerveuse qu'elle préféra sauter le traditionnel petit déjeuner pantagruélique que partageaient les membres de la petite communauté du cirque. Elle ne parvenait pas à chasser de sa mémoire le souvenir de la soirée qu'elle avait passée en compagnie de Keane Prescott.

Elle se rappelait avec une intensité presque insoutenable le baiser qu'ils avaient échangé sous la pluie. Elle repensait aux discussions qu'ils avaient eues au sujet de sa vie au cirque et des relations de Frank avec son fils.

Et elle s'apercevait que, contrairement à ce que Keane lui avait promis, leur conversation avait été bien plus qu'un simple échange entre professionnels. Les sujets qu'ils avaient abordés avaient tissé entre eux une certaine intimité, leur permettant de mieux se connaître.

Aujourd'hui, elle avait presque du mal à se rappeler que Keane était aussi le propriétaire du cirque Prescott, l'homme qui, sur un simple coup de tête, pouvait faire basculer sa vie et celle de tous les artistes qui y travaillaient.

Elle se souvint de la mission dont l'avait chargée Duffy et de ce que Jamie lui avait dit avant son numéro manqué. Elle devait enseigner à Keane le sens réel du cirque, la signification profonde qu'il revêtait aux yeux des artistes comme des spectateurs.

Si elle parvenait à lui faire comprendre ce qu'avait été l'œuvre de son père, ce qu'il avait réussi à bâtir, il se rendrait compte qu'il ne pouvait détruire le fruit d'une vie de labeur acharné.

Jusqu'à présent, hélas, il avait semblé s'intéresser beaucoup plus à elle qu'au cirque proprement dit. C'était d'ailleurs une chose qu'elle ne parvenait pas réellement à comprendre.

Que voyait-il de si intéressant en elle ?

Se plaçant devant le miroir en pied qui trônait dans sa caravane, elle se contempla pensivement, s'efforçant d'adopter un regard critique envers le reflet que lui renvoyait la glace.

La femme qui se tenait devant elle était de petite taille. Sa silhouette mince et nerveuse n'avait pas la sensualité des trapézistes que Duffy affectionnait. Objectivement, elle pouvait être fière de ses jambes, qui étaient longues et bien galbées.

Par contre, ses hanches évoquaient plus celles d'un garçon que celles d'une femme. Elles étaient étroites et ses fesses étaient fermes mais petites. Quant à sa poitrine, elle était menue, presque insignifiante.

Jo décida qu'elle était incontestablement moins jolie que nombre d'artistes au sein de la troupe. Les sœurs Gribalti, par exemple, étaient de véritables déesses en comparaison. En fait, elle ne voyait pas ce qui, en elle, pouvait bien attirer un prestigieux avocat de Chicago sans doute habitué à fréquenter les femmes les plus élégantes et les plus raffinées.

Si Keane s'était trouvé là, il aurait pu lui parler de l'honnêteté qui brillait dans ses beaux yeux verts délicieusement fendus en amande, de sa bouche à la sensualité aussi naturelle qu'innocente, de ses beaux cheveux noirs, qui, au soleil, prenaient parfois d'étranges reflets dorés, de l'impression de pureté qui se dégageait de chacun de ses gestes ou de la douceur soyeuse de sa peau.

Hélas, il n'était pas présent et ne pouvait dissiper le mystère de cette fascination qu'elle exerçait sur lui. Aussi finit-elle par se lasser de contempler son reflet.

Elle entreprit de coiffer sa longue chevelure tout en songeant aux dizaines de femmes qui devaient se presser autour de Keane à Chicago. Elles portaient certainement des robes splendides, des parfums hors de prix et des bijoux qu'elle-même ne pourrait jamais espérer s'offrir.

Et aucune ne devait porter un nom aussi vulgaire que Jo. Cette pensée éveilla en elle une jalousie dont l'intensité la surprit. Pourtant, elle ne pouvait s'empêcher d'imaginer les soirées qu'il passait en leur compagnie.

Ils discutaient sans doute de leurs amis communs, les Wallace ou les Jameson, en sirotant un verre de beaujolais chambré à la lumière des bougies de quelque prestigieux restaurant.

Ils rentraient ensuite au loft de Keane et il leur servait un cognac qu'ils buvaient en écoutant du Chopin sur le canapé placé devant la cheminée. Ensuite, ils faisaient l'amour dans un lit immense. Et ces femmes alliaient la passion à l'expérience pour rendre ce moment inoubliable.

Lorsqu'ils se séparaient au matin après un petit déjeuner raffiné, c'était en toute amitié, avec la satisfaction d'avoir passé une excellente soirée en charmante compagnie. Parler d'amour ou d'engagement aurait été aussi vulgaire que déplacé…

Levant les yeux vers son miroir, Jo constata avec stupeur que ses yeux étaient pleins de larmes. Elle ne savait même pas s'il s'agissait de tristesse ou de frustration. Une chose, en tout cas, était certaine : Keane l'obsédait comme aucun homme avant lui. Cela faisait des jours qu'elle n'était pas elle-même, qu'elle ne cessait de penser à lui et de lutter de toutes ses forces contre l'attirance qu'il exerçait sur elle.

Cela ne pouvait plus durer. Elle devait impérativement se ressaisir et reprendre sa vie en main au plus vite. Forte de cette décision, elle enfila ses chaussures et quitta sa caravane.

Une fois dehors, elle progressa précautionneusement à travers la prairie pour éviter les petites mares et les plaques de boue glissantes qui constellaient l'herbe détrempée. Comme elle approchait de la tente réfectoire, elle aperçut Rose, qui en sortait. Elle paraissait furieuse.

— Salut, Rose, fit Jo en s'écartant prestement pour se protéger des éclaboussures soulevées par les chaussures de son amie qui ne prenait même pas la peine d'éviter les flaques.

— Il est irrécupérable ! s'exclama Rose avec humeur.

Elle s'arrêta brusquement et brandit un index accusateur vers Jo, comme pour la prendre à témoin.

— Cette fois, j'en ai plus qu'assez ! Pourquoi continuerais-je à perdre mon temps avec lui ?

— Je reconnais que tu as déjà été très patiente, concéda Jo d'un ton plein de sympathie. Sans doute plus qu'il ne le mérite.

— Patiente ? s'écria Rose avec son emphase habituelle. J'ai été une sainte, tu veux dire ! Mais même un saint doit se fixer certaines limites.

Rose rabattit rageusement une mèche de cheveux qui lui tombait sur les yeux.

— *Adios*, fit-elle. Je crois que maman m'appelle.

Jo la suivit quelques instants des yeux avant de reprendre sa progression prudente vers le grand chapiteau. Quelques instants plus tard, elle croisa Jamie. Il avait les mains plongées dans ses poches et la tête basse et ne la vit même pas. Brusquement, elle le vit s'arrêter et étendre les bras.

— Elle est folle ! déclara-t-il.

Il secoua la tête d'un air accablé, puis se remit en marche.

— Oui, marmonna-t-il. Elle est complètement folle...

Jo le suivit des yeux, puis gagna le chapiteau. A l'intérieur, plusieurs artistes répétaient leurs numéros. Elle avisa Vito, qui virevoltait sur son fil, tandis que Carmen le dévorait littéralement des yeux.

Evitant les chiens des clowns qui se poursuivaient en aboyant, Jo repéra les Beirot, qui s'échauffaient avant de mettre au point de nouvelles acrobaties. Brusquement, elle entendit un sifflement admiratif au-dessus de sa tête et leva les yeux vers Vito.

— Tu sais que tu as une très jolie paire de fesses, vue d'ici, s'exclama-t-il joyeusement. Presque aussi belles que les miennes !

— Voyons, Vito, répondit-elle en riant. Personne n'a des fesses comme les tiennes.

— Je sais, acquiesça-t-il d'un air fataliste.

Comme pour se consoler, il effectua négligemment une grande roue sur son fil.

— Mais j'ai appris à vivre avec, conclut-il en opérant un redressement impeccable. Quand est-ce que tu te résoudras à profiter de moi, miss ?

— Je te l'ai déjà dit plus de cent fois : quand tu auras appris à l'un de mes chats à marcher sur un fil.

Vito éclata de rire et esquissa un petit pas de danse avec autant de naturel que s'il s'était trouvé sur la terre ferme. Carmen décocha à Jo un regard assassin, et Jo comprit que son amie devait être vraiment mordue pour se formaliser de ce genre de plaisanterie. Après tout, tout le monde savait que Vito était un incorrigible séducteur.

— Tu sais, souffla-t-elle à la trapéziste, il tomberait de son fil si, un jour, j'acceptais sa proposition.

— Moi, je n'hésiterais pas s'il me faisait de telles avances, soupira Carmen.

Jo hocha la tête, se demandant une fois de plus pourquoi les histoires d'amour étaient invariablement aussi compliquées.

Elle rejoignit enfin les Beirot. Ces six frères étaient des acrobates accomplis originaires de Belgique. Jo travaillait régulièrement avec eux pour se maintenir en forme et aiguiser ses réflexes.

Elle les aimait beaucoup et connaissait leurs femmes et leurs enfants. Elle était aussi l'une des seules à comprendre aussi bien le curieux mélange d'anglais et de français qu'ils utilisaient entre eux.

Ce fut Raoul qui l'aperçut le premier. Il était l'aîné des six frères et le plus fort d'entre eux. C'était lui qui se trouvait à la base de la pyramide humaine qui constituait leur marque de fabrique.

— Salut, Jo ! s'exclama-t-il joyeusement. Tu viens transpirer un peu ?

— Oui, répondit-elle avant d'effectuer un salto avant.

— Un peu approximatif, tout ça, commenta Raoul avec un sourire malicieux.

Jo lui tira la langue.

— J'ai juste besoin de m'échauffer, rétorqua-t-elle. Ensuite, c'est moi qui vous donnerai des leçons !

Pendant la demi-heure qui suivit, Jo travailla en leur compagnie, alternant les étirements, les exercices de musculation et d'assouplissement. Elle ne tarda pas à sentir son corps se détendre et son esprit se vider de toutes les sombres préoccupations qui l'accablaient depuis qu'elle s'était réveillée, ce matin-là.

De bien meilleure humeur, elle enchaîna quelques acrobaties de base en compagnie des Beirot, s'efforçant de suivre scrupuleusement les conseils de Raoul, qui dirigeait leur entraînement. Elle travailla ensuite son sens de l'équilibre, juchée au sommet d'une boule.

Lorsqu'ils attaquèrent les sauts périlleux, elle se tint à l'écart et les regarda faire. Tour à tour, ils s'élançaient en direction du trampoline et bondissaient gracieusement dans les airs, enchaînant les pirouettes les plus improbables sous les encouragements ou les lazzis des autres frères.

— A toi, Jo ! s'exclama Raoul au bout d'un moment.

— Sûrement pas, protesta-t-elle.

Un torrent de supplications en français se fit entendre et elle secoua la tête.

— Il faut que j'aille donner des vitamines à mes lions, déclara-t-elle.

— Allons, Jo ! C'est amusant, tu verras, l'encouragea Raoul. Ne me dis pas que tu n'as jamais rêvé de voler.

Elle jeta un coup d'œil à la planche et il comprit qu'elle était tentée.

— Prends ton élan, et fais-nous un joli saut périlleux. Je te promets que, quoi qu'il arrive, je te rattraperai.

Jo hésita en se mordillant pensivement la lèvre inférieure. Cela faisait longtemps qu'elle n'avait pas fait de trapèze et cette sensation lui manquait.

— Tu es sûr que tu ne vas pas me laisser m'écraser lamentablement ? demanda-t-elle.

— Je ne rate jamais personne ! N'est-ce pas, les gars ?

Ses frères détournèrent les yeux, s'absorbant brusquement dans la contemplation du plafond.

— Ne les écoute pas, s'écria Raoul. Ce sont de mauvaises langues.

Jo éclata de rire. Elle avait toute confiance en lui et savait qu'il ne la laisserait prendre aucun risque s'il n'était pas parfaitement sûr de lui.

— Je te préviens, lui dit-elle pourtant : si tu ne me rattrapes pas, je t'offre comme dîner à mes chats !

— Marché conclu, rétorqua-t-il en allant se positionner de l'autre côté de la planche. A toi de jouer, chérie !

Elle prit une profonde inspiration et s'élança en avant. Dès qu'elle eut décollé de la planche, elle ramena ses genoux sous son menton pour rouler sur elle-même dans les airs. C'était une sensation délicieusement grisante. Lorsqu'elle eut fait un tour complet, elle déplia ses jambes et se prépara à la réception.

Elle constata alors que Raoul s'était mis de dos, et atterrit sur ses larges épaules. Aussitôt, elle sentit ses mains se refermer sur ses chevilles. Se redressant, elle salua ses frères, qui l'applaudissaient et poussaient des sifflements admiratifs.

Raoul la prit alors par la taille et la fit gracieusement retomber sur ses pieds.

— Alors ? avança-t-il en souriant. Quand décides-tu de te joindre à nous ? Tu ferais bon effet au sommet de la pyramide !

— Je crois que je préfère m'en tenir aux chats, répliqua-t-elle en riant.

Après avoir embrassé les six frères, elle se dirigea vers la porte du grand chapiteau. Comme elle atteignait le niveau des gradins, elle eut la surprise de voir Keane, qui était accoudé à la rambarde.

— Incroyable ! s'exclama-t-il en l'enjambant pour la rejoindre. Mais je suppose que c'est cela, la magie du cirque. Y a-t-il quelque chose que vous ne sachiez pas faire ?

— Des centaines, répondit-elle en souriant. En fait, la seule pour laquelle je sois vraiment douée, c'est le dressage. Pour le reste, je ne suis qu'un amateur.

— Ce n'est pas ce que je dirais après vous avoir vue vous entraîner pendant une demi-heure.

— Vous étiez là tout le temps ?

— A vrai dire, je suis entré au moment où Vito commentait la vue plongeante qu'il avait sur votre postérieur.

— Ne faites pas attention à lui, ordonna Jo en riant. Il est fou…

— Fou, peut-être. Mais sa vue est excellente, assura Keane en lui prenant le bras. Que diriez-vous d'un café ?

Jo se rappela aussitôt la soirée de la veille et secoua la tête. Elle n'avait aucune envie de succomber de nouveau à son charme.

— Je dois aller me changer, expliqua-t-elle. J'ai un spectacle à 14 heures et il faut que je fasse répéter les chats.

— Je suis fasciné par le temps que les artistes de cirque consacrent à leur art, dit Keane. Chaque fois que vous n'êtes pas en piste, vous passez votre temps à répéter !

— C'est sans doute parce que nous sommes des insatisfaits chroniques, répliqua-t-elle en riant. Nous poursuivons sans cesse une illusoire perfection et, quand nous croyons l'atteindre, nous ajoutons de nouvelles difficultés pour pimenter l'exercice. Nous cherchons toujours à aller plus loin, plus haut, plus vite.

Ils venaient de quitter le grand chapiteau et la lumière radieuse du soleil aveugla un instant Jo.

— Sans cela, reprit-elle, nous n'aurions pas de raisons de revenir chaque année.

Keane hocha la tête d'un air absent. Elle comprit que son esprit était occupé par autre chose.

— Je vais devoir partir, cet après-midi, lui dit-il enfin.

— Partir ? répéta Jo.

Elle se sentit brusquement submergée par un poignant mélange de tristesse et de déception. L'intensité de la sensation la prit de court et il lui fallut quelques instants pour recouvrer ses esprits.

— Vous rentrez à Chicago ?

— Oui, répondit Keane en s'arrêtant pour se tourner vers elle.

— Et le cirque ? demanda-t-elle, honteuse que telle n'ait pas été sa toute première préoccupation.

Mais c'était plus fort qu'elle : elle n'avait aucune envie de voir partir Keane. Ce dernier se remit en marche et elle lui emboîta le pas.

— Eh bien, je ne vois pas de raisons de bouleverser le programme de cette année, répliqua-t-il enfin.

Elle ne put s'empêcher de frissonner en percevant la froideur et le détachement tout professionnels qui perçaient dans sa voix.

— Cette année ? répéta-t-elle d'un air interrogateur.

— Je n'ai pas encore décidé de ce que je comptais faire du cirque, lui expliqua-t-il. De toute façon, j'attendrai la fin de cet été pour me prononcer.

— Je vois, soupira-t-elle. Nous avons droit à un sursis, en quelque sorte.

— C'est une façon de voir les choses.

Jo resta quelques instants silencieuse avant de formuler la question qui lui brûlait les lèvres.

— Alors vous comptez rentrer définitivement à Chicago ? Vous ne voyagerez plus avec nous ?

Keane prit le temps de contourner une flaque boueuse avant de déclarer :

— Je ne peux pas prendre une décision qui soit vraiment fondée après avoir passé si peu de temps avec la troupe. Malheureusement, un dossier dont je m'occupe a connu une série de complications inattendues et je dois aller m'assurer que la situation ne va pas nous échapper. Je pense que je serai de retour dans une semaine ou deux.

En entendant ces mots, Jo sentit un profond soulagement l'envahir. Elle comprit alors avec stupeur combien elle avait eu peur de ne jamais revoir Keane. Bien sûr, c'était absurde. Depuis qu'il était apparu dans sa vie, il n'avait fait que la compliquer. Mais, sans trop savoir pourquoi, elle ne pouvait imaginer qu'il en disparaisse.

— Nous serons en Caroline du Sud, dans deux semaines, souligna-t-elle en s'efforçant d'adopter un ton détaché.

Ils avaient atteint sa caravane et elle posa la main sur la poignée de la porte avant de se tourner vers lui. Lorsque ses yeux plongèrent dans ceux de Keane, elle ne put réprimer un petit frisson.

Elle essaya alors de se convaincre qu'elle n'espérait son retour que pour lui faire comprendre combien le cirque était important et quelle monstrueuse erreur il aurait commise en le fermant. Mais elle savait que telle n'était pas la raison principale.

Keane lui sourit comme s'il percevait le combat qu'elle menait contre elle-même.

— Ne vous en faites pas, Duffy m'a donné le plan de votre tournée. Je vous retrouverai.

Il s'interrompit et tous deux restèrent immobiles.

— Est-ce que vous allez me proposer d'entrer ? demanda-t-il enfin.

— Je… Eh bien…, hésita Jo, embarrassée. Je vous l'ai dit, il faut que je me change et…

Sans tenir compte de ses protestations malhabiles, Keane fit un pas en avant, et, à la lueur qui brillait dans son regard, elle sut qu'il ne se laisserait pas décourager aussi facilement. Combien de fois avait-elle vu une lueur semblable briller dans les yeux de l'un de ses chats ?

— Je n'ai vraiment pas le temps, déclara-t-elle d'un ton plus assuré. Si je ne vous revois pas d'ici votre départ, je vous souhaite bon voyage.

Elle se détourna et ouvrit la porte de la caravane. Mais, lorsqu'elle y pénétra, Keane lui emboîta le pas sans lui laisser le temps de refermer le battant derrière elle. Cette manœuvre rendit Jo furieuse. Elle n'avait pas l'habitude de se laisser manipuler aussi facilement.

— Dites-moi, monsieur l'avocat, s'exclama-t-elle, avez-vous déjà entendu parler d'entrée par effraction ?

— Argument intéressant mais dénué de toute validité juridique, repartit-il malicieusement. Votre porte n'a pas de verrou.

Il parcourut des yeux l'intérieur de la caravane et hocha la tête d'un air appréciateur. L'ameublement était simple mais de bon goût, les couleurs habilement choisies et l'ensemble était d'une propreté irréprochable.

Le plan du véhicule était quasiment le même que celui de la caravane de Frank, mais quelques touches féminines le rendaient plus accueillant. Il y avait de gros coussins sur le canapé, quelques fleurs sauvages fraîchement coupées et disposées dans un vase, et un tapis qui égayait le sol recouvert de linoléum beige clair.

Un coffre de bois servait de table basse et Keane s'empara du livre qui y était posé. Il s'agissait d'un exemplaire en français du *Comte de Monte-Cristo*. Jo le lui arracha des mains et le lança sur le canapé d'un geste qui trahissait la colère qui l'habitait en cet instant.

Sans se laisser démonter, Keane s'approcha des étagères surchargées de livres.

— Tolstoï, Cervantès, Voltaire, Steinbeck, lut-il sur les couvertures. Voilà une bibliothèque fort impressionnante. Je me demande comment vous trouvez le temps de lire autant, alors que vous passez votre vie à travailler !

— Je lis beaucoup la nuit, expliqua-t-elle avec agacement. Et je vous signale que votre statut de propriétaire de ce cirque ne vous autorise pas à faire irruption chez moi pour fouiller dans mes affaires et me demander des comptes sur la façon dont j'occupe mon temps !

— Du calme, l'interrompit Keane avec un geste pacifique. Je n'étais pas en train de vous demander des comptes. Je m'étonnais simplement du fait que quelqu'un d'aussi actif que vous ait assez d'énergie en fin de journée pour dévorer des ouvrages si sérieux. Je ne me permettrais certainement pas de porter un jugement sur le temps que vous consacrez à votre travail. Après tout, je ne connais rien à l'art du dressage et à ses exigences.

Il se rapprocha de Jo et elle se raidit, craignant qu'il ne la prenne dans ses bras. Mais il n'en fit rien.

— De plus, reprit-il, je suis désolé d'avoir fouillé dans vos affaires, comme vous dites. En réalité, j'avais une raison très personnelle de m'intéresser à votre bibliothèque. Je suis moi-même un lecteur avide et il se trouve que nous avons un certain nombre de livres en commun. Quant à ce qui est de faire irruption chez vous, je ne peux que plaider coupable. Et si vous tenez à me poursuivre en justice, je peux vous indiquer plusieurs avocats très compétents pour défendre votre cause.

Malgré elle, Jo ne put s'empêcher de sourire à cette dernière remarque.

— J'y penserai, répondit-elle.

Elle détourna les yeux, soudain embarrassée de s'être montrée si peu accueillante. Une telle attitude ne correspondait guère aux valeurs des gens du cirque.

— Je suis désolée.

— Pourquoi ? demanda-t-il d'un ton étonné.

— Pour m'être conduite de façon aussi désagréable. J'ai cru que vous cherchiez à me critiquer… J'imagine que je me suis montrée un peu trop susceptible.

— Très bien. J'accepterai vos excuses si vous répondez à une question.

— Laquelle ? s'enquit Jo, surprise.

— Est-ce que le Tolstoï est écrit en russe ?

Cette fois, elle ne put qu'éclater de rire. Elle ne s'était certainement pas attendue à cela.

— Oui, reconnut-elle.

Keane admira les délicieuses fossettes que son sourire creusait aux coins de sa bouche.

— Vous savez que vous êtes encore plus jolie quand vous souriez ? remarqua-t-il d'un ton pensif. Je suis désolé que cela ne vous arrive pas plus souvent lorsque nous sommes ensemble.

Jo le contempla d'un air incertain. Elle n'était pas habituée à recevoir de tels compliments et ignorait la façon dont elle était censée y réagir. L'une des femmes qu'elle avait imaginées le matin même aurait certainement trouvé une repartie spirituelle à sa remarque. Ou bien elle se serait contentée de décocher à Keane un sourire enjôleur ou une œillade enflammée.

Mais Jo en était incapable et cette inaptitude la mettait terriblement mal à l'aise.

— Je suis désolée, reprit-elle enfin. Je ne suis pas très douée pour le flirt.

Keane la regarda avec un mélange d'étonnement et de reproche.

— Ce n'est pas ce que j'essayais de faire, protesta-t-il. Je me contentais de faire une simple observation. Ne vous a-t-on jamais dit combien vous étiez belle ?

Jo se sentit rougir malgré elle. Pour la première fois de sa vie, elle avait l'impression de se trouver confinée dans cette caravane.

— Pas de cette façon, avoua-t-elle d'une voix mal assurée.

Il fit mine de s'approcher et elle posa sa main sur sa poitrine pour l'en empêcher, frappée une fois encore par la force qu'elle sentait en lui. Elle se savait prise au piège, mais refusa de s'avouer vaincue.

Très doucement, Keane s'empara de ses poignets et porta à ses lèvres les mains de Jo, qui laissa échapper un soupir involontaire.

— Vos mains sont magnifiques, murmura-t-il en effleurant du bout des lèvres la petite veine bleutée qui battait la chamade à son poignet. Fines, longues et racées. Pourtant, ce sont les mains de quelqu'un qui travaille dur, ce qui les rend plus intéressantes encore.

Il leva les yeux vers ceux de Jo.

— Tout comme vous, ajouta-t-il.

— Je ne sais vraiment pas ce que je suis censée dire quand vous me faites ce genre de déclaration, articula-t-elle d'une voix tremblante.

Elle sentait une délicieuse chaleur se répandre en elle tandis que son corps tout entier réagissait au désir que Keane faisait monter en elle.

— Je préférerais que vous vous en absteniez, observa-t-elle.

— Vraiment ? fit-il en caressant doucement sa joue. C'est dommage, parce que plus je vous regarde et plus j'ai de choses à vous dire. Vous êtes ensorcelante.

— Il faut que je me change, plaida-t-elle. Vous devriez partir.

— Voilà qui est regrettable, soupira-t-il en prenant le menton de Jo entre ses mains. M'accorderez-vous au moins un baiser d'adieu ?

— Je ne pense vraiment pas que ce soit nécessaire, objecta-t-elle sans grande conviction.

— Au contraire, c'est impératif, répondit-il avant d'effleurer ses lèvres d'un baiser. Embrassez-moi, Jo.

Durant quelques instants, elle parvint à résister à la tentation. Mais le souffle brûlant de Keane contre son visage et le contact de ses doigts sur sa peau eurent raison de ses hésitations et, finalement, elle lui entoura le cou de ses bras et se pressa contre lui, l'embrassant avec une passion trop longtemps contenue.

Elle s'offrit à lui sans retenue, se noyant avec délice dans cette étreinte qui éveillait en elle des sensations d'une intensité extraordinaire. Brusquement, le monde entier paraissait avoir disparu, ne laissant que ce désir impérieux qu'elle avait de lui et qui la consumait tout entière.

Cet abandon inattendu ne fit qu'alimenter l'audace de Keane et leur baiser se fit plus urgent, presque vorace. Il ne pouvait se rassasier d'elle. Ses mains plongèrent dans ses cheveux plus doux que la soie avant de descendre le long de son dos, lui arrachant des frissons de pur bien-être.

Elle gémit contre sa bouche, incapable de lutter contre le plaisir qu'il faisait monter en elle. Sous ses caresses, elle frémissait, vaincue, mais plus heureuse qu'elle ne l'avait jamais été.

Lorsque ses doigts effleurèrent sa poitrine, elle se raidit brusquement et il abandonna sa bouche pour poser un baiser au creux de son cou.

— Pas de panique, murmura-t-il.

Ses mains se mirent à bouger très doucement et elle se détendit, sentant ses mamelons se dresser contre le tissu de son soutien-gorge. Ils étaient si durs à présent qu'ils en devenaient presque douloureux, mais cette sensation, loin d'être déplaisante, avait quelque chose de vertigineux.

Lorsque Keane l'embrassa de nouveau, elle fit montre d'une ardeur plus grande encore. Jamais personne ne l'avait touchée de cette façon, jamais elle n'avait éprouvé une telle exaltation. C'était comme si tout son être s'était enflammé, comme si elle brûlait de l'intérieur.

Mais, loin de la terrifier, cette impression faisait naître en elle une excitation immense. Elle percevait enfin le sens de tous les textes qu'elle avait lus sans réellement les comprendre, de toutes ces descriptions qui émaillaient les livres traitant des passions amoureuses.

C'était cela qui poussait les hommes à défier le destin, à réaliser l'impossible, à partir en guerre pour des femmes qu'ils n'avaient vues qu'une seule fois.

Et elle savait qu'elle ne se trouvait encore que sur le seuil d'une révélation plus grande encore, d'un emportement plus radical des sens. Et son corps tout entier aspirait à plus. Elle était enfin prête à s'offrir pleinement, à consommer cette communion parfaite dont, jusqu'alors, elle n'avait fait que rêver.

Mais Keane finit par s'arracher à leur étreinte et elle sentit une intolérable sensation de frustration l'envahir, chassant brutalement le plaisir qu'elle venait de ressentir. Elle tituba légèrement et se raccrocha au mur le plus proche, luttant contre la sensation de vide atroce qui grandissait en elle.

Keane observa ses yeux verts, que le désir rendait troubles, et ses joues enflammées par la passion. Malgré cela, elle conservait une innocence presque poignante et il comprit qu'il avait pris la bonne décision.

— J'ai du mal à croire que je suis le premier homme à te toucher, murmura-t-il d'une voix rauque. Et c'est une sensation terriblement excitante. Mais lorsque nous ferons l'amour pour la première fois, je veux que nous puissions prendre tout notre temps. Et ce n'est pas le cas, aujourd'hui. J'attendrai donc.

Jo se raidit, furieuse d'avoir perdu tout contrôle, alors que Keane conservait une telle maîtrise de lui-même.

— Le fait que je t'ai laissé m'embrasser et me toucher ne signifie pas que je te laisserai faire l'amour avec moi, répondit-elle dans un sursaut d'orgueil.

Elle se redressa, sentant un semblant de confiance lui revenir.

— Si cela arrive, ce sera uniquement parce que j'en ai envie et pas parce que tu m'y as poussée.

Un léger sourire flotta sur les lèvres de Keane.

— Très bien, concéda-t-il. Je ferai juste en sorte que tu aies envie de moi, dans ce cas.

Il prit son menton au creux de sa main et déposa un petit baiser sur ses lèvres tremblantes.

— Tu es vraiment la femme la plus fascinante qu'il m'ait jamais été donné de rencontrer, tu sais conclut-il d'un ton pensif.

Sur ce, il se détourna et gagna la porte de la caravane. Parvenu sur le seuil, il se retourna à demi vers elle, une lueur malicieuse dans les yeux.

— Je reviendrai, promit-il.

Puis il sortit, la laissant seule. Jo resta longuement immobile, fixant la porte qui s'était doucement refermée sur lui.

Finalement, elle passa délicatement la main sur sa bouche légèrement tuméfiée comme pour s'assurer que tout cela n'avait pas été un simple rêve. Lorsqu'elle en fut vraiment certaine, elle comprit avec une pointe d'angoisse combien Keane allait lui manquer.

6

Aux yeux de Jo, les semaines qui suivirent le départ de Keane parurent aussi interminables que des années. Au bout de quinze jours, elle se surprit chaque matin à chercher des yeux sa caravane. Et, chaque fois, elle sentait une déception cruelle l'envahir en constatant qu'il n'était toujours pas de retour.

Les jours se succédaient et elle se sentait en proie à un mélange toujours plus explosif de colère et de désespoir. Le seul moment où elle parvenait réellement à maîtriser l'impression de manque qui la torturait, c'était dans la cage, face aux fauves.

Mais, après chacune de ses performances, il lui semblait un peu plus difficile de se détendre et de trouver le sommeil. Et lorsqu'elle fermait enfin les yeux, c'était pour rêver de Keane, ce qui ne faisait qu'accroître son désarroi.

Chaque matin, elle se levait en espérant le trouver devant sa caravane et, chaque soir, elle se couchait en espérant qu'il y serait le lendemain.

Pendant ce temps, le printemps s'était étendu aux régions qu'ils traversaient. On sentait son odeur dans la brise qui soufflait et dans l'herbe. Les premières fleurs avaient éclos et on percevait leurs doux effluves dans l'air chaque jour un peu plus chaud.

Le soleil brillait de plus en plus régulièrement et les journées s'allongeaient, offrant à la troupe de longues soirées consacrées à faire la fête ou à discuter devant les caravanes bariolées. Le moral de tous était au beau fixe et la tristesse de Jo n'en paraissait que plus déplacée.

Elle finit par se demander si Keane n'avait pas tout simplement décidé de rester à Chicago. Après tout, c'était là qu'était sa vie et, en y retournant, il avait dû retrouver le confort auquel il était habitué et les femmes qui devaient le poursuivre de leurs assiduités. Cette simple pensée la plongeait dans des abîmes de désespoir, mais elle ne pouvait s'empêcher d'imaginer ce que pouvait être son existence loin d'elle.

Pourquoi reviendrait-il, après tout ? Pourquoi troquerait-il le confort de son loft contre la caravane rustique de son père ? Les repas raffinés au restaurant contre les déjeuners dans la tente réfectoire ? Les amitiés qu'il avait nouées là-bas contre la méfiance que les gens de la troupe conservaient à son encontre ?

Le cirque ne représentait rien pour lui. Rien de plus, en tout cas, qu'un intermède étrange dans une vie bien réglée. Il finirait sans doute par le vendre au plus offrant sans se soucier du destin de Jo et de ses compagnons.

Jo tenta vainement de se convaincre que c'était uniquement la peur d'une telle décision qui motivait son impatience de le voir revenir. Mais, évidemment, elle n'y parvenait pas réellement.

Ce qui lui manquait le plus, c'étaient ses baisers et le doux contact de ses bras autour de sa taille. La façon dont il la regardait avec ce troublant mélange de désir et d'amusement. Les conversations qu'ils avaient eues sur les sujets les plus divers…

Elle s'efforça de chasser cette impression de manque en travaillant avec acharnement. Sans cesse, elle perfectionnait son numéro et enseignait de nouveaux tours à ses lions. Elle entraînait également Gerry plusieurs fois par semaine au métier de dresseur.

Au départ, elle ne l'autorisa à travailler qu'avec les deux plus jeunes lionceaux, exigeant qu'il porte des gants de cuir renforcés lorsqu'il devait les nourrir ou qu'il jouait avec eux. Puis elle l'encouragea à leur apprendre quelques tours. Il fit preuve d'une patience étonnante et ses efforts ne tardèrent pas à être couronnés de succès.

Jo comprit qu'il avait vraiment l'étoffe d'un dresseur. Il possédait ce mélange de patience et de détermination qui se doublait d'un amour profond envers les animaux dont il s'occupait. Son seul défaut était de ne pas se montrer assez prudent dans ses rapports avec eux.

Il faisait preuve de trop de décontraction et Jo savait pertinemment que c'était la première cause d'accident dans leur métier. Il était temps de lui faire prendre conscience des risques réels qu'il courrait en poursuivant cette carrière. Aussi se prépara-t-elle à le confronter à une véritable séance pour qu'il puisse prendre la mesure de ses responsabilités.

Profitant d'un jour de relâche, elle fit dresser la cage sous le grand chapiteau. Elle se plaça devant la porte avec Gerry et commença à lui transmettre ses instructions.

— Buck va faire entrer Merlin, expliqua-t-elle au jeune homme qui avait beaucoup de mal à dissimuler le mélange de peur et d'excitation qui l'habitait. C'est le plus sage des chats en dehors d'Ari.

Elle s'interrompit et soupira tristement.

— Malheureusement, Ari n'est pas en état de participer à un exercice.

Elle écarta cette pensée qui la déprimait et s'efforça de se concentrer sur ce qu'ils avaient à faire.

— Merlin s'est déjà familiarisé avec ton odeur et le son de ta voix, reprit-elle. Il ne te considérera donc pas comme une menace. Lorsque nous entrerons, je veux que tu me suives comme mon ombre. Tu bougeras en même temps que moi et tu ne parleras que lorsque je te le dirai. Si tu prends peur, ne cours pas.

Elle serra fortement le bras de Gerry pour lui faire comprendre l'importance de ce conseil.

— C'est capital, compris ? Ne cours jamais devant un lion. Si tu veux sortir, préviens-moi et je te ferai passer dans la cage de sécurité.

— Je ne courrai pas, Jo, promis ! répondit gravement son assistant.

— Bien. Tu es prêt ?

— Oui, confirma-t-il d'une voix assurée.

Jo ouvrit la porte menant à la cage et laissa Gerry entrer avant de la refermer derrière eux. Elle gagna le centre de la piste d'un pas assuré et s'immobilisa.

— Laisse-le entrer, Buck ! ordonna-t-elle.

Un bruit de barreaux se fit entendre tandis que son assistant ôtait la grille de séparation, et Merlin pénétra dans la cage d'un pas tranquille. Il alla directement s'asseoir sur son piédestal. Là, il bâilla à s'en décrocher la mâchoire et contempla pensivement sa dresseuse.

— Tu es tout seul, aujourd'hui, Merlin, lui dit-elle. Et c'est toi la star ! Reste près de moi, ajouta-t-elle à l'intention de Gerry.

Le jeune homme s'exécuta tandis que Merlin le regardait d'un air royalement indifférent. Jo leva le bras et le fauve se redressa aussitôt sur ses pattes arrière.

— Tu sais déjà qu'apprendre à un lion à s'installer à sa place est essentiel, expliqua-t-elle à Gerry. Le public considère cela comme acquis et ne se rend même pas compte que ce n'est pas naturel. La position assise est la deuxième chose que je leur enseigne.

Elle fit signe au lion de se remettre à quatre pattes et il obéit.

— Cela prend en général un certain temps, poursuivit-elle, car ce n'est pas une position naturelle. Il faut d'abord que le chat renforce les muscles de son dos.

Elle fit de nouveau signe à Merlin de se redresser, puis elle lui commanda de rugir en griffant l'air de sa patte. Une fois de plus, il s'exécuta.

— Parfait ! le félicita-t-elle avant de lui faire signe de se remettre à quatre pattes. L'important est de fixer tes instructions. Les gestes et l'intonation de ta voix doivent toujours être les mêmes. Cela demande de la patience et d'innombrables répétitions. Je vais le faire descendre, à présent.

Jo frappa le sol de son fouet en claquant la langue et Merlin sauta au bas de son piédestal.

— Maintenant, je vais lui demander de gagner l'endroit où il doit s'allonger, reprit-t-elle. Reste bien derrière moi, d'accord ?

Elle se rapprocha légèrement de Merlin et s'immobilisa à quelques pas de lui.

— La cage est un cercle, expliqua-t-elle. Son rayon fait sept mètres. Il faut que tu connaisses chaque centimètre carré de cet espace. Tu dois notamment savoir à chaque instant à quelle distance précise tu te trouves des barreaux. Si tu recules contre le bord de la cage, tu n'as plus de place pour manœuvrer et tu es coincé. C'est l'une des pires erreurs que puisse commettre un dresseur.

Au signal de Jo, Merlin gagna le centre de la cage et s'allongea. Elle le fit ensuite rouler sur lui-même à plusieurs reprises.

— Stop, Merlin !

Aussitôt, le lion s'immobilisa.

— Utilise leurs noms aussi souvent que tu le peux, conseilla-t-elle à Gerry. Cela leur permet de rester concentrés. Tu dois aussi connaître chacune de leurs tendances et de leurs petits défauts.

Jo fit signe à Merlin d'avancer et elle le suivit. Elle lui ordonna alors de rugir. Pour le récompenser de ses efforts, elle le caressa du manche de son fouet.

— Ils aiment être flattés comme des chats, indiqua-t-elle à Gerry. Mais ce ne sont pas des animaux domestiques. Il est essentiel que tu leur accordes toute ta confiance et que, dans le même temps, tu exerces sur eux une domination sans partage. Tu ne dois pas les faire obéir en les battant ou en leur criant après. C'est cruel et cela fait d'eux des créatures mauvaises et vicieuses. Ce qu'il faut, c'est de la patience, du respect et de la volonté. Ne les humilie jamais. Ils ont droit à leur fierté. Ce qu'il faut, en réalité, c'est les avoir au bluff.

Elle leva les bras et Merlin se dressa sur ses pattes arrière.

— L'homme est toujours l'inconnue dans l'équation, continua-t-elle en lui faisant signe de se recoucher. C'est pour cela que nous dressons des animaux sauvages et non des animaux habitués à la captivité. Ari est une exception, mais la plupart des chats élevés en captivité sont habitués à l'homme. Et cela te fait perdre un précieux avantage.

Jo leva de nouveau les bras et Merlin se redressa. Debout, il faisait près de deux mètres dix et dépassait largement sa maîtresse. Elle le fit s'avancer jusqu'à son piédestal avant de le laisser reprendre sa position naturelle.

— En captivité, ils peuvent se prendre d'affection pour toi, poursuivit-elle. Mais ils ne te craignent pas et ne te respectent pas beaucoup plus. Cela arrive même aux chats qui restent trop longtemps avec leur dresseur. Ils deviennent alors paradoxalement à la fois plus dociles et plus dangereux parce qu'ils se sentent en confiance. Alors, ils te testent. Et il faut que tu leur fasses comprendre que tu es indestructible.

Elle fit signe à Merlin de remonter sur son piédestal et il obéit avant de bâiller une fois encore.

— Si l'un d'eux essaie de te donner un coup de patte, réprimande-le sans attendre. Sinon, il essaiera encore et encore et se rapprochera un peu plus chaque fois. Généralement, lorsqu'un dresseur est blessé dans la cage, c'est parce qu'il a commis une erreur et que les chats l'ont senti et en ont profité. Ils ne les ratent quasiment jamais, tu sais ? Parfois, ils les laissent passer. Parfois, non. Il arrive que Merlin me donne des coups de patte sur l'épaule. Bien sûr, il veut seulement jouer et ne sort pas ses griffes. Mais il existe toujours une possibilité pour qu'un jour il oublie ce détail. Des questions ?

— J'en aurai des centaines, répondit Gerry. Mais je n'arrive pas à en trouver une seule pour le moment.

Jo sourit et gratta Merlin derrière l'oreille. Il émit un ronronnement aussi puissant que le soufflet d'une forge.

— Tu les retrouveras, promit Jo à Gerry. Il est difficile de tout digérer dès la première fois, mais cela te reviendra lorsque tu seras plus détendu. Bien ! Tu connais les ordres de base. Alors demande à Merlin de se redresser.

— Moi ? s'exclama Gerry, stupéfait.

Jo hocha la tête et s'écarta pour laisser son assistant face au lion.

— Tu peux être aussi terrifié que tu le veux, lui dit-elle, Mais il ne faut pas que cela s'entende dans ta voix. Et ne quitte pas des yeux ceux de Merlin.

Gerry essuya sa paume moite sur son jean et leva la main comme il avait vu Jo le faire des centaines de fois.

— Debout ! ordonna-t-il d'une voix relativement assurée.

Merlin l'étudia un moment et se tourna vers Jo. Son regard indiquait clairement ce qu'il pensait de Gerry : un amateur qui ne valait même pas le coup d'être considéré. Elle resta impassible et se tourna vers son élève.

— Il te teste, lui expliqua-t-elle. C'est un vieux de la vieille et il n'est pas si facile que cela à impressionner. Sois plus autoritaire et utilise son prénom, cette fois.

Gerry prit une profonde inspiration et répéta son geste.

— Debout, Merlin!

Le lion le contempla d'un air dubitatif.

— Encore! ordonna Jo.

Gerry avala sa salive.

— Fais preuve de plus de fermeté ou il pensera que tu n'es qu'une lavette, insista-t-elle.

— Debout, Merlin! répéta Gerry, piqué au vif.

Visiblement à contrecœur, le lion s'exécuta et se dressa lentement sur ses pattes arrière.

— Il l'a fait! s'écria Gerry, stupéfait. Il l'a vraiment fait!

— Très bien, commenta Jo, satisfaite de son assistant comme de l'animal. Maintenant, oblige-le à se rasseoir.

Lorsque ce fut fait, elle lui fit ordonner au lion de descendre du piédestal. Elle tendit alors son fouet à Gerry.

— Gratouille-le derrière les oreilles, lui conseilla-t-elle. Il l'a bien mérité.

La main de son assistant tremblait légèrement lorsqu'il s'empara de l'instrument, mais il s'exécuta pour la plus grande satisfaction de Merlin. Pour récompenser ce dernier, Jo le laissa se frotter contre ses jambes avant de le ramener vers sa cage.

Buck frappa sur les barreaux et le lion quitta dignement la piste.

— Bravo, Gerry! le félicita Jo lorsqu'ils se retrouvèrent seuls dans la grande cage.

— C'était génial! s'exclama son assistant en lui rendant le fouet. Quand est-ce que je pourrai recommencer?

— Bientôt, lui assura Jo en lui tapotant l'épaule. Souviens-toi juste de ce que je t'ai dit et reviens me voir dès que tu auras des questions. D'accord?

— Bien sûr! Merci, Jo. Merci beaucoup! Il faut absolument que j'aille raconter ça aux autres.

— File! répondit-elle en riant.

Elle le suivit des yeux tandis qu'il quittait la piste et se dirigeait en courant vers la sortie pour aller faire part de ses exploits à ses amis. Finalement, elle quitta à son tour la vaste cage et rejoignit Buck.

— Est-ce que j'étais comme ça, moi aussi ? demanda-t-elle avec un sourire amusé.

— La première fois que tu as réussi à faire asseoir un chat, nous en avons entendu parler pendant plus d'une semaine ! Tu n'avais que douze ans, mais tu étais déjà convaincue que tu étais prête pour ton premier numéro.

Elle éclata de rire.

C'est alors qu'il la rejoignit.

— Keane ! s'écria-t-elle, stupéfaite.

En se retrouvant face à lui, elle sentit un délicieux mélange de soulagement et de bonheur l'envahir tout entière. Au moment même où elle avait fini par renoncer à le voir revenir, voilà qu'il réapparaissait par surprise. Elle fit un pas vers lui, terriblement tentée de se jeter dans ses bras, puis s'immobilisa, légèrement embarrassée.

— Je ne savais pas que tu étais de retour, lui dit-elle avec un radieux sourire.

Elle serrait presque convulsivement le manche de son fouet pour résister à l'envie qu'elle avait de le toucher.

— On dirait que je t'ai manqué, observa-t-il avec ce sourire amusé qu'elle avait gardé gravé au plus profond d'elle-même.

Elle s'en voulut un peu d'avoir été percée à jour aussi facilement.

— Peut-être un peu, reconnut-elle prudemment. Je suppose que je m'étais habituée à ta présence. Et puis tu es parti plus longtemps que prévu.

Il n'avait pas changé, songea-t-elle avant de s'apercevoir de l'absurdité de cette remarque. Mais elle n'y pouvait rien : le mois qui venait de s'écouler lui avait semblé durer une éternité.

— C'est vrai. J'ai eu beaucoup plus de choses à faire que je ne l'avais prévu initialement, convint-il. Comment vas-tu ? Tu me sembles un peu pâle.

— Je n'ai guère eu l'occasion de prendre le soleil, éluda-t-elle. Comment était-ce, à Chicago ?

— Il faisait plus frais qu'ici, répondit sobrement Keane. Tu n'y es jamais allée ?

— Non. Nous donnons généralement quelques représentations dans la région vers la fin de la tournée, mais je n'ai jamais trouvé le temps de visiter la ville.

Keane hocha la tête d'un air absent. Il avait les yeux fixés sur la grande cage dont elle venait de sortir.

— A ce que je vois, tu as décidé de former Gerry.

Jo perçut dans sa voix une certaine tension. Visiblement, quelque chose l'ennuyait, mais elle ne parvenait pas à comprendre ce dont il pouvait bien s'agir.

— Exact, répliqua-t-elle. C'était la première fois qu'il se retrouvait face à un chat sans en être séparé par des barreaux. Je trouve qu'il s'est plutôt bien débrouillé.

Keane se tourna vers elle et l'observa longuement avant de parler.

— Il tremblait de la tête aux pieds, fit-il enfin. Je le voyais d'ici.

— C'était sa première expérience, riposta-t-elle, sur la défensive.

— Je ne cherchais pas à le critiquer, remarqua Keane avec une pointe d'impatience. Je constate juste qu'il était terrifié alors que tu maîtrisais parfaitement la situation.

— C'est mon métier, repartit-elle en haussant les épaules.

— Mais ce lion mesurait plus de deux mètres lorsqu'il s'est dressé sur ses pattes arrière. Et tu te tenais à côté de lui sans la moindre protection. Tu n'avais pas même la chaise qu'utilisent la plupart des dompteurs.

— Je te l'ai dit : je ne suis pas dompteuse mais dresseuse. Ma relation avec les animaux repose sur la confiance réciproque.

— Ne me dis pas que tu n'as pas au moins un peu peur d'eux ! s'exclama Keane.

— Peur ? répéta-t-elle, surprise par sa véhémence. Bien sûr que si ! J'ai même certainement beaucoup plus peur que Gerry ou toi, si tu te trouvais dans la cage.

— Je ne comprends pas. Gerry tremblait de tous ses membres.

— C'était plus de l'excitation que de la peur, expliqua-t-elle d'un ton patient. Il n'a pas assez d'expérience pour avoir aussi peur qu'il le devrait.

Elle rabattit nerveusement une mèche de cheveux qui lui tombait dans les yeux. Ce n'était pas un sujet qu'elle aimait aborder et le fait d'en parler avec Keane la mettait plus mal à l'aise encore. Mais elle tenait à lui faire comprendre ce qu'elle ressentait exactement dans la cage, parce que ça l'aiderait peut-être à comprendre un peu mieux l'univers très étrange que constituait le cirque.

— La véritable peur vient lorsque l'on travaille régulièrement avec les chats, reprit-elle. Lorsqu'on les connaît et qu'on les comprend. Toi, tu peux juste supposer ce dont ils sont capables. Moi, je le sais précisément. Je sais qu'ils sont aussi courageux que rusés et j'ai vu à quel point ils pouvaient se montrer impitoyables.

Elle parlait avec passion, mais son regard restait calme et distant tandis qu'elle gardait les yeux fixés sur ceux de Keane.

— Une fois, mon père a failli perdre une jambe dans la cage. Je n'avais que cinq ans, alors, mais je m'en souviens parfaitement. Il a commis une légère erreur et un lion de deux cent cinquante kilos lui a décoché un coup de patte avant de le traîner à travers la piste. Fort heureusement, il a été distrait par une femelle et mon père a pu sortir. Les chats sont imprévisibles lorsqu'ils pensent au sexe et c'est d'ailleurs sans doute pour cela qu'il a attaqué, cette fois-là. Ce sont des animaux jaloux et très possessifs, une fois qu'ils ont trouvé une partenaire.

Jo s'interrompit un instant, revivant cette scène terrible qui l'avait si profondément marquée.

— Je ne me rappelle plus combien de points de suture il a fallu lui faire ni combien de temps s'est écoulé avant qu'il puisse remarcher normalement, mais je me souviens parfaitement du regard de ce lion. C'est à lui que je pense quand je suis dans la cage. Mais si je n'étais pas capable de contrôler et de canaliser cette peur, je n'aurais qu'à trouver un autre métier.

— Je ne comprends pas, s'écria Keane en la prenant par les épaules. Pourquoi le fais-tu ? Et ne me dis pas simplement que c'est ton travail. Cela n'explique rien.

Jo constata qu'il était en colère. Elle était dresseuse depuis suffisamment longtemps pour comprendre que c'était sa façon de réagir à la peur qu'il éprouvait pour elle. Et l'idée qu'il puisse s'inquiéter pour son compte la toucha plus qu'elle ne l'aurait voulu.

— Très bien, soupira-t-elle. La véritable raison, c'est que ce métier est ma vie. Je n'ai jamais rien connu d'autre. Et c'est ce que je fais le mieux. Je pense que chacun doit trouver son talent caché et le cultiver. C'est la seule façon de se sentir en paix avec soi-même, d'avoir l'impression de maîtriser sa vie. J'aime être dans cette cage. Et j'aime donner un peu de rêve au public qui vient voir le spectacle. Mais, surtout, j'aime mes lions. Je sais qu'il est difficile pour quelqu'un d'extérieur de comprendre la nature exacte de la relation qui unit un dresseur à ses animaux. Mais j'aime leur intelligence, leur beauté, leur force, leur courage et cette étincelle de sauvagerie que l'on sent en eux à chaque instant. C'est ce qui les différencie des chevaux ou des chiens qui finissent par ressembler aux hommes qu'ils fréquentent. Fondamentalement, un lion est indomptable.

Jo se tut et Keane la contempla longuement en silence. Il y avait toujours de la colère dans ses yeux, mais elle y lisait aussi l'ébauche d'une compréhension.

— Je suppose que l'excitation générée par le risque doit devenir une addiction. Il doit être difficile de se passer de tels moments.

— Je ne sais pas, avoua Jo. A vrai dire, je n'ai jamais arrêté.

Il réfléchit à ce qu'elle venait de dire et hocha la tête. Finalement, il se détourna et fit mine de se diriger vers la sortie.

— Keane !

Il se tourna vers elle et elle s'aperçut alors qu'elle n'avait pas le courage de lui poser toutes les questions qui l'avaient tourmentée durant son absence.

— As-tu réfléchi à ce que tu allais faire du cirque ? demanda-t-elle enfin, abordant le sujet qui lui paraissait le moins personnel.

Elle lut dans ses yeux un mélange de déception et de colère.

— Non, répondit-il simplement.

— C'est important, tu sais ? plaida-t-elle. Ne vois-tu pas que tu tiens entre tes mains le destin et les espoirs d'une centaine de personnes ?

— Il est inutile de me presser, Jo, déclara-t-il durement. Je prendrai cette décision quand je serai prêt.

— Mais ce n'est pas ce que j'essayais de faire ! protesta-t-elle. Je te demandais juste de faire preuve de justice et de mansuétude.

— Je t'avais promis de ne rien faire avant la fin de la tournée. Et de revenir ici pour réfléchir à la question. J'ai tenu cette promesse et, pour le moment, tu devras t'en contenter.

La froideur avec laquelle il venait de s'exprimer fit naître en Jo une pointe de colère. Comment pouvait-il se montrer aussi insensible ? Ne comprenait-il pas qu'ils étaient tous suspendus à cette décision qu'il refusait toujours de prendre ?

— Je suppose que tu ne me laisses pas le choix, répliqua-t-elle avec rancœur.

— En effet.

Sur ce, il se détourna et gagna la porte d'entrée du chapiteau. Malgré elle, elle admira sa démarche assurée qu'elle ne put s'empêcher de comparer à celle de ses lions.

— Tu veux en parler ? fit une voix derrière elle.

Jo fit face à Jamie, qui avait déjà revêtu son costume de clown et la considérait gravement.

— Je ne t'avais pas vu, lui dit-elle, surprise.

— Je sais. Depuis que tu es sortie de la cage, toute ton attention s'est focalisée sur Prescott.

— Pourquoi es-tu habillé ?

— Parce que cet imbécile refuse de m'obéir quand je ne suis pas en costume, répondit Jamie en désignant le chien qui se trouvait à ses pieds. Alors ? Tu veux que nous en parlions ?

— De ton chien ?

— Mais non ! De ce que tu ressens pour Prescott.

Le chien s'assit patiemment près de son maître et contempla les deux humains d'un air attentif.

— Je ne ressens rien de particulier pour lui, déclara Jo en haussant les épaules.

— Ecoute, je ne dis pas que cela ne marchera pas entre vous, mais je ne tiens pas à ce que tu souffres. Je sais ce que c'est d'être amoureux de quelqu'un, crois-moi.

— Qu'est-ce qui te fait croire que je suis amoureuse de Keane ? demanda Jo, sidérée.

— Je te connais depuis toujours, Jo. Les autres ne l'ont sans doute pas remarqué, mais je sais que tu étais malheureuse comme une pierre depuis son départ pour Chicago. Tous les matins, je te voyais scruter les rangées de caravanes pour savoir s'il était revenu. Et quand tu l'as aperçu, tout à l'heure, ton visage s'est illuminé. Ne me fais pas croire que tu n'es pas amoureuse !

— Je ne suis pas amoureuse, protesta Jo.

— Vraiment ? insista-t-il.

Elle se figea, comprenant brusquement qu'il avait raison. Comment expliquer autrement les affres et les tourments par lesquels elle était passée au cours de ces derniers jours ? Le désespoir qu'elle avait ressenti lorsqu'il lui avait annoncé qu'il devait repartir pour Chicago ? La joie qui l'avait envahie en le voyant ce matin ?

— Oh, non, murmura-t-elle. Ce n'est pas possible…

— Ne me dis pas que tu ne t'en étais pas rendu compte ! s'exclama Jamie, incrédule.

Percevant sa détresse, il lui caressa affectueusement le bras.

— Je suppose que je ne suis pas très douée pour ce genre de choses, soupira-t-elle. Que vais-je faire, maintenant ?

— Ça, je n'en sais rien, riposta Jamie en donnant un coup de pied sur le sol recouvert de sable. Je ne suis pas à proprement parler le mieux placé pour te donner des conseils en la matière. Je voulais juste que tu saches que je serai là si tu as besoin d'une oreille attentive ou d'une épaule sur laquelle pleurer.

Jo passa la majeure partie de l'après-midi à réfléchir à la situation inextricable dans laquelle elle se trouvait. Il y avait un côté exaltant dans le fait d'être amoureuse. C'était quelque chose qu'elle n'avait jamais ressenti auparavant et cela l'emplissait d'une étrange excitation.

Elle se prit à rêver que Keane partageait ses sentiments. Qu'il les lui avouait en la serrant dans ses bras, sous un ciel étoilé. Qu'il la demandait en mariage et lui affirmait ne pouvoir vivre sans elle. Qu'elle se métamorphosait brusquement et devenait capable d'évoluer avec un parfait naturel dans ce monde qui était le sien.

Elle serait alors capable de discuter avec les banquiers et les avocats qu'il fréquentait, d'échanger des bons mots spirituels avec leurs femmes. Ils auraient une maison à la campagne où ils feraient l'amour pendant des heures.

Chaque matin, ils se réveilleraient dans les bras l'un de l'autre, passeraient des journées entières à lire côte à côte ou à se promener main dans la main. Il y aurait des repas romantiques à la lueur des chandelles, des voyages en amoureux à l'autre bout du monde…

Mais chaque fois qu'elle se laissait aller à imaginer ce monde idéal, elle était brusquement ramenée à la réalité. Elle n'avait plus l'âge de croire aux contes de fées. Rien de tout cela ne se réaliserait, pour la bonne et simple raison que Keane ne l'aimait pas.

Il la désirait, c'était certain. Il envisagerait même peut-être une liaison passagère, une passade un peu exotique entre deux visites à son country club. Mais ils étaient issus de mondes trop différents pour que Jo puisse espérer plus.

Et si elle ne voulait pas se faire briser le cœur, il allait très rapidement lui falloir trouver une façon de contrôler ses propres sentiments.

Ne sachant comment procéder, elle décida de poser la question à Pete. Alors que tous deux étaient en train de nourrir les lions, elle entreprit de l'interroger.

— Est-ce que tu as déjà été amoureux ? lui demanda-t-elle sur le ton de la conversation en déposant un impressionnant quartier de viande dans la cage d'Abra.

Pete réfléchit quelques instants avant de répondre, la regardant d'un air pensif en mâchonnant son sempiternel chewing-gum.

— Eh bien, oui, lui dit-il enfin. Comme tout le monde. Peut-être huit ou dix fois en tout…

Jo éclata de rire et secoua la tête.

— Non, je voulais dire vraiment amoureux, précisa-t-elle.

— A vrai dire, je suis un cœur d'artichaut, avoua son assistant avec un sourire malicieux. Je tombe amoureux très facilement. Il me suffit parfois d'un beau minois, d'un coup d'œil passager ou d'une remarque amusante... C'est une sensation extraordinaire. Presque aussi excitante que d'étaler une quinte flush pour doubler sa mise.

Jo sourit et passa à la cage suivante.

— Très bien, lui lança-t-elle. Puisque tu es un expert, donc, dis-moi ce que tu ferais si tu étais amoureux de quelqu'un qui ne t'aime pas et que tu ne voulais pas que cette personne le sache pour ne pas paraître ridicule.

— Sale histoire, commenta Pete. Laisse-moi résumer la situation : tu es amoureuse...

— Je n'ai pas dit qu'il s'agissait de moi, protesta Jo.

Cette fois, ce fut lui qui sourit.

— Très bien. Imaginons pourtant que ce soit toi pour simplifier ma démonstration, reprit-il avec une pointe d'ironie.

Jo rougit et hocha la tête, furieuse d'avoir été si facilement percée à jour.

— Tu es amoureuse de quelqu'un, poursuivit-il. Tout d'abord, le plus important est de t'assurer que le type en question ne t'aime pas, ce qui simplifierait diablement les choses.

— J'en suis certaine, rétorqua-t-elle.

Pete fit claquer son chewing-gum et hocha la tête. Dans ses yeux, elle lut un éclair de sympathie.

— Très bien. Dans ce cas, tu dois commencer par essayer de le faire changer d'avis.

— Je ne sais pas si c'est possible, soupira-t-elle.

— Bien sûr que si ! s'exclama-t-il en haussant les épaules. Il y a des tas de façons d'y parvenir. Soit tu y vas franco et tu essaies de le séduire. Tous les moyens sont bons : battements de paupières, regards langoureux, sourire aguicheur...

Tout en énonçant ces diverses possibilités, Pete les mimait et Jo ne tarda pas à éclater de rire devant cette démonstration surréaliste. Jamais elle n'aurait pensé que son ami, d'ordinaire si réservé, puisse cacher de tels talents d'imitateur.

— Tu peux aussi jouer la fille qui n'est pas intéressée. Voire même le rendre jaloux en faisant semblant de t'intéresser à quelqu'un d'autre. Tu peux flatter son ego ou le provoquer. Il y a des centaines de façons de séduire un homme et j'ai été victime d'un grand nombre d'entre elles. Bien sûr, je suis peut-être moins difficile à convaincre que d'autres...

Jo le vit sourire et regretta de ne pouvoir considérer l'amour avec autant de détachement et de bonne humeur.

— Imaginons que je ne veuille faire aucune de ces choses, lui dit-elle. Imaginons que je ne sache pas vraiment comment m'y prendre et que je ne veuille pas me rendre ridicule en essayant. Imaginons que, de toute façon, la personne que j'aime ne soit pas faite pour moi. Que suis-je censée faire, alors ?

— Je crois que tu supposes trop, déclara Pete. A t'entendre, j'ai l'impression que tu es résignée à perdre avant même d'avoir joué.

— Peut-être, concéda Jo. Mais, parfois, les chances de gagner sont si minimes que le jeu n'en vaut pas la chandelle. Surtout si l'on n'en connaît pas vraiment les règles.

— Perdre n'est rien, répondit Pete d'un ton grave. Gagner, c'est merveilleux, mais l'essentiel, c'est toujours de jouer. Sinon, tôt ou tard, on regrette de ne pas l'avoir fait. La vie entière est un jeu, Jo. Tu le sais aussi bien que moi. Et, le pire, c'est que les règles changent sans cesse ! Mais toi, tu fais partie des personnes les mieux équipées pour faire face à ça. Tu as des nerfs d'acier, tu es intelligente, tu as sans cesse envie d'aller plus loin et de te dépasser. Alors ne viens pas me dire que tu as peur de tenter ta chance !

Jo le regarda longuement, touchée par cette déclaration.

— Je pense que je suis habituée à prendre des risques calculés, expliqua-t-elle enfin. Je connais les dangers et la façon de les éviter. Et je sais précisément ce qui se produira si je commets une erreur. Ce n'est pas le cas en amour. Rien ne m'y a jamais préparée. Je n'ai jamais répété le numéro. Et me lancer de cette façon serait un suicide.

— Je crois que tu devrais avoir un peu plus confiance en toi, Jo, assura Pete en lui tapotant affectueusement l'épaule.

A cet instant, ils furent rejoints par Rose. La jeune fille portait un jean moulant et un chemisier que rehaussait à la perfection le boa constrictor qui reposait sur ses épaules.

— Salut ! s'exclama-t-elle joyeusement.

— Salut, Rose, répondirent Jo et Pete d'une même voix. Tu promènes Baby ?

— Oui, il avait besoin de s'aérer un peu. Je crois qu'il a le mal des transports, tu sais ? Est-ce qu'il ne te paraît pas un peu pâle ?

Jo observa la peau écailleuse et les petits yeux noirs qui la contemplaient fixement.

— On ne dirait pas. Mais je ne suis pas experte en la matière.

— Bah, c'est peut-être à cause de la chaleur. Je vais lui donner un bain. Ça devrait le remettre d'aplomb.

Rose se détourna et parcourut le campement des yeux.

— Tu cherches Jamie ? demanda Jo, amusée.

— Sûrement pas, rétorqua Rose fièrement. J'ai décidé de ne plus perdre mon temps avec celui-là. Il m'est totalement indifférent, désormais.

— Ah, j'avais oublié cette méthode, intervint Pete en décochant un coup de coude à Jo. Très efficace aussi, dans son style.

— De quoi parles-tu ? s'enquit Rose, méfiante.

Jo éclata de rire.

— Des mille et une façons d'attraper un homme, repartit-elle en s'asseyant sur l'un des tonneaux remplis d'eau qui étaient entreposés là. Pete a réalisé une étude très exhaustive sur la question.

— Vraiment ? fit Rose en se tournant vers Pete. Tu crois que, si je joue les indifférentes, il finira par s'intéresser à moi ?

— C'est vieux comme le monde ! s'écria-t-il en riant. Et ça marche presque à tous les coups. Il commencera à se demander pourquoi tu ne le harcèles plus. Puis tu commenceras à lui manquer un peu. Lorsqu'il reviendra vers toi, il s'apercevra que tu n'es plus intéressée et il se demandera s'il n'a pas commis une erreur. A partir de là, il est cuit !

— Tu es sûr ? insista Rose en fronçant les sourcils.

— Les chances de réussite sont estimées à quatre-vingt-sept pour cent en moyenne, riposta-t-il malicieusement. Et cela marche même avec les lions, ajouta-t-il en désignant les cages qui se trouvaient derrière eux. Une lionne qui veut séduire peut rester assise, les yeux dans le vague, comme si elle réfléchissait à des choses vraiment très importantes. Son copain, dans la cage d'à côté, fait tout ce qu'il peut pour attirer son attention. Mais elle fait sa toilette et lui tourne le dos comme s'il n'existait pas. Au bout d'un moment, alors qu'il est tellement frustré qu'il serait prêt à se cogner la tête contre les barreaux, elle se tourne négligemment vers lui et lui jette un petit regard, l'air de dire : « Tu voulais me dire quelque chose ? ». Le pauvre lion n'a aucune chance…

Rose et Jo éclatèrent de rire.

— Peut-être devrais-je renoncer à glisser Baby dans la caravane de Carmen, dans ce cas, déclara alors la jeune Mexicaine. Oh, regardez ! Voici Duffy et M. Prescott. Il a vraiment belle allure, tu ne trouves pas, Jo ?

Celle-ci ne répondit pas. Keane avait les yeux fixés sur elle et elle ne parvenait pas à s'arracher à la fascination que son regard exerçait sur elle. Une fois de plus, elle se répéta qu'elle n'était qu'une imbécile et ne pouvait continuer à s'y abandonner de cette façon.

— Si, lâcha-t-elle enfin en s'efforçant d'adopter un ton indifférent. Il est plutôt mignon.

— Bien tenté, Jo, murmura Pete à son oreille. Mais tu serres si fort ce baril que tes jointures sont en train de blanchir.

Elle rougit et se força à se détendre. Se redressant, elle se rappela que la maîtrise de soi était l'une des principales qualités que lui avait permis de développer son métier de dresseuse. Si elle était capable de bluffer des lions, elle parviendrait bien à faire de même avec un homme.

— Salut, Duffy ! s'exclama Rose avant de décocher un sourire étincelant à Keane. Bonjour, monsieur Prescott. Je suis ravie de vous revoir.

— Bonjour, Rose, répondit-il avec un sourire qui vacilla quelque peu lorsqu'il avisa le serpent enroulé autour du cou de la jeune fille. Qui est votre ami ?

— C'est Baby, expliqua-t-elle en tapotant la tête du reptile.

— Enchanté de faire sa connaissance. Bonjour, Pete.

Les deux hommes se serrèrent la main et Keane se tourna enfin vers Jo. Comme le jour où ils s'étaient rencontrés pour la première fois, il y avait dans son regard un mélange d'attention et de distance qui trahissait cette alliance caractéristique d'assurance et de contrôle.

Jo constata alors qu'elle avait peur de lui. Elle l'aimait et redoutait le pouvoir que cela lui donnait sur elle. Après tout, il avait les moyens de lui briser le cœur. Pourtant, elle se garda bien de trahir cette angoisse.

Car si elle n'était pas certaine de pouvoir dominer son amour, elle savait se servir de sa peur. Face à lui, elle était bien décidée à respecter la première règle d'un dresseur : ne jamais tourner le dos et s'enfuir.

En silence, ils se mesurèrent du regard tandis que les trois autres les regardaient faire avec un mélange d'étonnement et de curiosité. Cette bataille de volontés aurait pu s'éterniser si Duffy n'avait pas fini par s'éclaircir la gorge pour attirer leur attention.

— Jo ? fit-il d'un ton légèrement embarrassé.

— Oui, Duffy ? répliqua-t-elle d'une voix parfaitement maîtrisée.

— J'ai dû envoyer l'une des trapézistes en ville pour faire soigner une rage de dents. J'aimerais que tu la remplaces, ce soir.

— Pas de problème.

— Ce sera juste pour l'ouverture et les exercices de corde. Pour le final, tu garderas ta place de dresseuse. Va voir l'habilleuse pour faire ajuster ton costume dans l'après-midi, d'accord ?

— D'accord. Quelle position occuperai-je ?

— La corde numéro 4.

— Duffy ! intervint Rose. Quand est-ce que tu me laisseras essayer, moi aussi ?

— Voyons ! Tu as vu le poids de ces costumes de scène ? se récria Duffy en secouant la tête d'un air dubitatif. Je ne pense pas que tu pourrais grimper avec quelque chose d'aussi lourd sur le dos.

Il se tenait à prudente distance de la jeune femme et Jo ne put s'empêcher de sourire. Après trente-cinq ans passés à travailler dans des cirques et des festivals, il ne se sentait toujours pas très à l'aise à côté d'un serpent.

— Je suis bien assez forte ! protesta fièrement la jeune Mexicaine. Et je me suis beaucoup entraînée.

Impatiente de leur en faire la démonstration, elle décrocha Baby de son cou.

— Tenez-moi ça une minute, dit-elle en le tendant à Keane.

Ce dernier prit le reptile qu'il considéra d'un air méfiant.

— J'espère que vous lui avez donné à manger récemment, dit-il en souriant nerveusement.

— Je vous rassure, rétorqua Rose. Il vient tout juste de prendre son petit déjeuner.

Sur ce, elle effectua un pont arrière pour prouver sa souplesse à Duffy.

— Baby ne mange jamais les propriétaires, déclara Jo à Keane avec un sourire moqueur.

C'était la première fois qu'elle le voyait perdre de sa belle assurance et cela la rasséréna quelque peu.

— Il ne mange que les gogos qui s'aventurent dans le campement sans autorisation, reprit-elle.

— Très bien, acquiesça Keane en raffermissant son emprise sur le serpent. J'espère juste qu'il est au courant que je suis le propriétaire.

Jo se tourna vers Pete avec un air malicieux.

— Je ne sais pas. Est-ce qu'on l'a prévenu ?

— Je n'ai pas encore eu le temps de le faire, répondit Pete sur le même ton. Et M. Prescott ressemble beaucoup à un gogo… J'espère que Baby ne s'y trompera pas.

— Allons, ils se moquent de vous, monsieur Prescott, déclara Rose qui avait terminé sa petite démonstration. Baby ne mange pas les humains. Il est doux comme un agneau. Les enfants adorent venir le caresser après les répétitions. Ce n'est pas comme les cobras ! Si vous voulez, je pourrai vous en prêter un.

— Non merci, assura Keane en déposant le serpent entre les bras de sa propriétaire.

Celle-ci le passa autour de son cou.

— Alors, Duffy ? Qu'en dis-tu ?

— Très bien, soupira ce dernier, résigné. Demande à une des filles de t'apprendre le numéro. Ensuite, je verrai comment tu t'en sors et nous en reparlerons.

Rose poussa un petit cri de joie et déposa un baiser sur la joue de Duffy, puis fila en direction du grand chapiteau. Il la suivit des yeux d'un air amusé avant de se tourner vers les autres.

— Bon, il faut que je vous laisse. Je dois recevoir le maire et lui faire visiter le cirque. Amusez-vous bien !

Il s'éloigna à son tour en sifflotant. Pete s'éclipsa discrètement, laissant Keane et Jo près de la ménagerie. Se retrouvant seule avec lui, elle sentit son pouls s'emballer.

— Je vais aller essayer mon costume, annonça-t-elle en sautant du baril sur lequel elle était toujours perchée.

Mais avant qu'elle ait pu prendre la fuite, Keane l'attrapa par la taille. Luttant de toutes ses forces pour conserver un semblant de dignité, Jo s'efforça de ne pas réagir à ce contact et leva vers lui un regard aussi neutre et détaché que possible.

Malheureusement, elle sentait les doigts de Keane masser doucement sa peau, éveillant en elle d'irrépressibles tressaillements qu'elle avait beaucoup de mal à lui dissimuler.

Elle était tiraillée entre l'envie de se trouver à mille lieues de là et le désir qu'elle avait qu'il pose ses lèvres sur les siennes. Son cœur battait à tout rompre alors que son esprit tentait vainement de rapprocher ces deux aspirations inconciliables.

Sans la quitter des yeux, Keane leva la main vers son visage et repoussa une mèche de cheveux noirs. Puis, brusquement, il la relâcha et s'écarta pour la laisser passer. Vaguement déçue, elle s'éloigna en direction de la caravane de l'habilleuse.

Décidément, elle ne parvenait pas à comprendre les constants revirements d'attitude dont Keane semblait coutumier.

7

Le grand chapiteau était plein à craquer pour la représentation du soir. Jo put profiter de la parade d'ouverture à laquelle elle participait exceptionnellement pour observer le public. Tout en faisant le tour de la piste au rythme sautillant de la musique que jouait l'orchestre, elle se sentait gagnée par la bonne humeur et l'enthousiasme des spectateurs.

Il y avait des gens de tout âge, du nouveau-né aux grands-parents, et tous paraissaient ravis de se retrouver là pour partager quelques heures de rêve et de ravissement. Jo n'avait pas souvent l'occasion de lire ces expressions qui donnaient à leur travail tout son sens.

Lorsqu'elle se trouvait dans sa cage, elle devait impérativement faire abstraction du public comme de tout ce qui l'entourait. La moindre seconde de distraction aurait pu lui être fatale.

Lorsque la parade prit fin, Jo regagna rapidement les coulisses pour troquer sa robe à crinoline contre sa tenue de dresseuse et son fouet. Quelques minutes plus tard, elle était de retour sur la piste pour son numéro.

Celui-ci se déroula à merveille et, tandis que Buck, Pete et Gerry démontaient la grande cage, elle alla enfiler le costume de papillon pour sa prestation sur la corde.

— J'ai entendu dire que tu garderais le poste pendant toute la semaine prochaine, lui indiqua Jamie. Apparemment, le dentiste que Barbara est allée voir lui a conseillé de faire une pause.

Jo haussa ses épaules rehaussées de deux ailes massives.

— Je suis sûre que Rose sera ravie de prendre ma place, répondit-elle. Elle ne mettra pas longtemps à apprendre le numéro. Et si elle peut supporter ce maudit costume, Duffy est prêt à lui confier le rôle. Franchement, je ne l'envie pas ! Il pèse au moins une tonne !

— Ça va être à toi, lui annonça alors l'habilleuse.

Jo se dirigea de nouveau vers la piste. Elle parvint sans grand problème à suivre la chorégraphie des papillons malgré la gêne créée par la taille impressionnante des ailes qui risquaient à tout moment de se prendre dans la corde.

Lorsqu'elle revint une dernière fois en coulisse, ce fut pour enfiler une combinaison pailletée de cornac. Elle était en effet chargée de diriger Maggie pendant la parade finale. L'éléphante se tira de l'exercice avec sa grâce et sa patience habituelles et Jo put profiter une fois de plus des applaudissements nourris du public.

C'était, songea-t-elle, la plus belle récompense de toutes, la plus belle des magies du cirque. Enfants de la balle, errants sans toit, éternels vagabonds, ils offraient, l'espace d'une soirée, un peu de cet immortel enchantement dont ils étaient les dépositaires.

En cet instant, Jo avait l'impression d'être l'héritière de tous ceux qui avaient passé leur vie à divertir les foules du monde entier. Et elle aurait tout donné pour pouvoir communiquer cette impression à Keane, pour qu'il comprenne ce qu'ils essayaient réellement d'accomplir à force de travail et de passion.

La parade prit fin et Jo rejoignit les autres artistes dans la tente réfectoire. Là, les discussions allaient bon train. Chacun échangeait ses impressions sur le spectacle du soir, commentait les numéros particulièrement réussis et critiquait ceux qui avaient paru plus laborieux.

Puis de petits groupes se formèrent et les conversations prirent un tour plus personnel. Jo décida d'aller prendre une douche et de se changer. Le mélange d'énergie et de tension nerveuse qu'elle avait ressenti au cours du spectacle commençait lentement à refluer et elle aspirait à un peu de calme et de tranquillité avant de participer au démontage du grand chapiteau.

De retour dans sa caravane, elle commença par se démaquiller, gommant l'épaisse couche de fond de teint qui recouvrait son visage pour mieux accrocher les feux des projecteurs. Elle ôta ensuite le rouge à lèvres éclatant et les ombres qui soulignaient ses paupières. La transformation était radicale, mais Jo y était tellement habituée qu'elle n'y prêtait plus attention.

Se redressant, elle s'étira langoureusement et se dirigea vers la petite salle de bains pour aller se doucher. Mais, alors qu'elle était sur le point de se déshabiller, quelqu'un frappa.

— Entrez ! s'exclama-t-elle en se tournant vers la porte.

A sa grande surprise, ce fut Keane qui pénétra dans la caravane.

— Personne ne t'a jamais dit qu'il valait mieux demander qui était là ? lança-t-il en avisant son expression étonnée.

Il referma la porte derrière lui et s'avança dans le salon.

— Tu n'as peut-être rien à craindre des gens du cirque, mais il y a de nombreux gogos, comme vous dites, qui traînent dans le coin.

— Ce n'est pas cela qui va m'inquiéter, répondit-elle, un peu agacée par son attitude protectrice. Je ne ferme jamais ma porte.

Keane ne releva pas la note réprobatrice qui perçait dans sa voix.

— Je t'ai ramené quelque chose de Chicago, lui dit-il.

Cette simple remarque suffit à éteindre la colère de Jo aussi vite qu'elle était apparue. Elle remarqua alors le paquet cadeau qu'il tenait à la main et sentit son cœur se serrer dans sa poitrine à l'idée qu'il avait pensé à elle pendant son absence.

— Qu'est-ce que c'est ? s'enquit-elle, curieuse.

Keane sourit et lui tendit son présent.

— Il ne mord pas, remarqua-t-il comme elle hésitait à s'en emparer.

Jo ne fit pas mine de le prendre.

— Ce n'est pas mon anniversaire, objecta-t-elle sans trop savoir pourquoi elle se montrait si méfiante.

— Ce n'est pas Noël non plus, confirma Keane.

La patience dont il faisait preuve l'étonna. Apparemment, il paraissait comprendre cette hésitation qu'elle-même ne s'expliquait pas. Finalement, elle lui prit le cadeau des mains.

— Merci, lâcha-t-elle d'un ton un peu solennel.

— Il n'y a pas de quoi.

Jo déchira le papier coloré et, découvrant ce qu'il contenait, elle sentit une profonde émotion l'envahir.

— Dante, murmura-t-elle en contemplant l'ouvrage magnifiquement relié.

Presque avec révérence, elle caressa la couverture, s'imprégnant de son odeur de cuir. C'était une édition superbe aux pages dorées à l'or fin qui avait dû coûter à Keane une véritable fortune.

Avec mille précautions, elle l'ouvrit et découvrit une belle miniature représentant l'enfer et le paradis. Les pages couleur crème étaient épaisses et l'impression était de toute première qualité.

Le texte était écrit en italien et, en parcourant les premiers mots, elle retrouva la musicalité qu'elle adorait.

— Il est splendide, chuchota-t-elle, radieuse.

Levant les yeux vers Keane, elle le vit qui la regardait en souriant, ravi du bonheur que lui causait son cadeau. Brusquement, elle se sentit intimidée. C'était la première fois que l'homme qu'elle aimait lui offrait un tel présent. Et rien ne l'avait préparée à la joie que lui donnait cette expérience nouvelle.

— Je suis ravie qu'il te plaise, déclara Keane en lui effleurant doucement la joue. Mais, dis-moi, est-ce que tu rougis toujours autant lorsque tu reçois un cadeau ?

Jo hésita avant de répondre, incapable de formuler ce qu'elle éprouvait réellement.

— Je suis heureuse que tu aies pensé à moi, lui avoua-t-elle.

— A vrai dire, je n'ai pas vraiment eu le choix, rétorqua-t-il en souriant. Depuis que je t'ai rencontrée, je n'arrête pas de le faire, que je le veuille ou non.

Jo rougit de plus belle et détourna les yeux, incapable de supporter le mélange de désir et d'assurance qu'elle lisait dans son regard. Une fois de plus, il avait su la toucher au plus profond d'elle-même et elle se sentait incapable de réagir correctement.

— Je ne sais pas comment te remercier, reconnut-elle naïvement.

— Tu l'as déjà fait, répondit-il en lui prenant le livre des mains.

Il tourna quelques pages, parcourant le texte des yeux.

— Je ne comprends pas un traître mot, soupira-t-il. Si tu savais comme je t'envie.

Cette idée la prit de court. Jamais elle n'aurait imaginé qu'un homme tel que lui puisse lui envier quoi que ce soit. Cela lui paraissait même totalement surréaliste. Mais, avant qu'elle ait pu réfléchir à la question, il lui décocha un sourire radieux qui la déstabilisa encore un peu plus.

— Tu m'offres un café ? suggéra-t-il en posant précautionneusement le livre sur la table.

— Un café ? répéta-t-elle, interdite.

— Oui, tu sais, ce truc qui pousse au Brésil et que l'on mélange à de l'eau chaude.

Jo se mordit la lèvre, se sentant aussi stupide que décontenancée face à cet homme qui la rendait folle.

— Je t'en préparerais volontiers, mais je dois me doucher et me changer avant d'aller aider les autres à démonter le chapiteau. Par contre, ils doivent en avoir au réfectoire.

Keane leva les yeux au ciel comme pour le prendre à témoin.

— Tu ne penses pas qu'avec trois numéros tu en as déjà assez fait pour ce soir ? lui demanda-t-il. A ce propos, je tenais à te dire que tu étais très sexy en papillon.

— Merci, mais…

— Laisse-moi reformuler ma pensée, l'interrompit-il. En tant que propriétaire de ce cirque, je t'accorde une soirée de liberté. En tant que Keane, je te propose de faire le café pendant que tu te douches. Est-ce que ce programme te convient ?

Jo ne put s'empêcher de sourire. Il y avait parfois en lui quelque chose de désarmant et elle était impuissante à lutter contre l'envie qu'elle avait d'accepter sa proposition. D'ailleurs, songea-t-elle, après le cadeau qu'il venait de lui faire, lui offrir un café était bien la moindre des choses.

— Je m'occupe du café, se ravisa-t-elle. Mais je te préviens : tu risques de regretter amèrement celui qu'ils servent au réfectoire.

— Je prends le risque, répliqua-t-il en riant.

Il la suivit jusqu'à la petite cuisine. Là, elle remplit la bouilloire et la plaça sur la gazinière avant de sortir deux tasses du placard. C'est alors qu'elle constata avec angoisse que la pièce était si étroite que, si elle se retournait, elle se retrouverait quasiment dans les bras de Keane.

— Est-ce que tu as regardé tout le spectacle ? s'enquit-elle en sortant aussi lentement qu'elle le put le pot de café soluble et une cuillère.

Elle prit tout son temps pour verser la poudre dans les tasses, retardant autant que possible le moment où elle devrait faire face à son invité dont elle sentait la présence, juste derrière elle.

— Pas entièrement. Duffy m'a fait travailler comme accessoiriste. Comme tu me l'as dit un jour, il n'y a pas de place pour les oisifs, dans un cirque.

Malgré elle, Jo se tourna à demi pour lui décocher un sourire amusé. Presque aussitôt, elle se rendit compte qu'elle venait de commettre une terrible errcur. Le visage de Keane ne se trouvait qu'à quelques centimètres du sien et, dans ses yeux, elle décela clairement le désir qu'il avait d'elle.

Avant qu'elle ait eu le temps de se retourner, il la prit par les épaules et la força à faire demi-tour. Elle se retrouva face à lui et comprit qu'elle était à présent dos aux barreaux de la cage. Et, comme elle l'avait dit à Gerry, c'était la pire erreur que puisse commettre un dresseur.

Keane tendit les mains vers ses cheveux, qu'elle avait attachés pour pouvoir se démaquiller, et il lui ôta son élastique, libérant une cascade de mèches couleur de jais. Il plongea ses doigts dans cet amas soyeux, et sourit.

— J'avais envie de faire cela depuis que je t'ai vue, ce matin, lui avoua-t-il.

Sa voix était grave et aussi douce que du velours et ses doigts d'une délicatesse infinie. Jo lutta contre l'envie qu'elle avait de fermer les yeux et de s'abandonner à ses caresses. Chaque fois qu'elle se trouvait aussi près de lui, elle sentait sa volonté faiblir et perdait tous ses repères.

Incapable de lui résister, elle se noya dans ses beaux yeux bruns au sein desquels brillait une flamme qui éveillait en elle un besoin impérieux. Sur ses lèvres, elle sentait trembler le souvenir délicieux des baisers qu'ils avaient échangés et l'espoir de ceux qu'elle voulait encore recevoir.

La bouilloire se mit alors à siffler, la rappelant brusquement à la réalité.

— C'est prêt, articula-t-elle avec difficulté.

Elle essaya de se retourner, mais Keane ne la laissa pas lui échapper aussi facilement. Se penchant en avant, il éteignit la gazinière et elle se retrouva ainsi pressée contre lui. Le sifflement diminua progressivement avant de mourir complètement.

— Est-ce que tu veux toujours du café ? demanda-t-elle d'une voix étranglée tandis que les doigts de Keane dessinaient sur sa gorge d'envoûtantes arabesques.

Il la regarda droit dans les yeux et sourit.

— Apparemment, non, murmura-t-elle, partagée entre l'angoisse et le désir insatiable qui montait en elle.

Keane continua à la caresser doucement, éveillant sur sa peau mille frissons.

— Tu trembles, remarqua-t-il avant d'effleurer ses lèvres. Est-ce parce que tu as peur ou parce que tu as envie de moi ?

— Les deux, reconnut-elle.

Elle sentit sa main se poser doucement sur sa poitrine et ne put retenir un petit soupir de bien-être. Il devait sentir les battements précipités de son cœur contre sa paume.

— Est-ce que… ?

Elle rassembla son courage, trouvant la force d'affronter son regard.

— Est-ce que tu vas me faire l'amour ?

Elle crut voir ses pupilles se dilater tandis que ses yeux prenaient soudain une teinte plus foncée.

— Ma belle et tendre Jo, souffla-t-il en se penchant vers elle, comment pourrais-je y résister ?

Il l'embrassa tendrement et elle fut instantanément submergée par un flot de sensations désormais familières. Et, lorsqu'elle lui rendit son baiser, la douceur ne tarda pas à céder la place à une incontrôlable passion.

Jo savait qu'elle était en train de commettre une folie. En faisant l'amour avec Keane, elle lui ouvrirait en grand les portes de son cœur et s'exposerait à une souffrance terrible. Mais elle comprit qu'il était sans doute déjà trop tard. Comme le lui avait dit Pete, elle regretterait toute sa vie son manque d'audace si elle le repoussait maintenant.

Renonçant à contrôler les émotions qui l'envahissaient, elle s'abandonna donc avec autant de résignation que d'euphorie au désir brûlant qu'elle avait de lui.

Comme s'il avait senti sa reddition, Keane se fit alors plus doux, cultivant l'envie de Jo, la faisant croître progressivement. Il l'entraînait toujours plus loin, lui faisait découvrir des sensations qu'elle n'avait encore jamais éprouvées.

Lorsqu'il fit glisser la fermeture Eclair de son costume de scène, elle ne s'en rendit même pas compte. Et ce ne fut que lorsque ses lèvres quittèrent sa bouche pour se poser sur l'un de ses seins qu'elle constata qu'elle était à demi nue entre ses bras.

Mais avant qu'elle n'ait eu le temps de recouvrer un semblant de pudeur, elle sentit la langue de Keane effleurer sa peau et renversa la tête en arrière pour mieux s'offrir à lui. Incapable de résister à ses caresses, elle plongea les doigts dans ses cheveux blonds et soyeux, le pressant contre son corps.

Des gémissements sourds s'échappaient de ses lèvres tandis qu'il faisait grandir en elle un désir qui irradiait dans chacun de ses membres et faisait courir en elle de longs frissons de pur bonheur.

Il prenait son temps, ne pouvant se rassasier de la vue de sa poitrine offerte, du goût sucré de sa peau brûlante, de l'intensité avec laquelle elle répondait à chacun de ses gestes. Lorsqu'il se redressa enfin et l'embrassa de nouveau, elle répondit à son baiser avec une fougue sauvage, presque primitive.

En cet instant, l'envie qu'ils avaient l'un de l'autre était si impérieuse qu'elle confinait à la douleur. Mais comme les doigts fiévreux de Jo commençaient à déboutonner la chemise de Keane, il recula légèrement.

Croyant qu'il cherchait à lui échapper, elle lui entoura le cou de ses bras et l'embrassa avec ardeur. Mais il la repoussa de nouveau et elle s'aperçut alors que quelqu'un frappait vigoureusement à la porte de la caravane. Elle hésita un instant, mais son visiteur n'avait apparemment pas l'intention de se décourager.

— Ce doit être grave, avança Keane d'une voix que le désir et la frustration rendaient si rauque qu'elle avait presque du mal à la reconnaître.

Rajustant ses vêtements d'une main tremblante, elle prit une profonde inspiration, cherchant à remettre un semblant d'ordre dans ses pensées en déroute. Puis, d'un pas mal assuré, elle se dirigea vers la porte. Keane s'écarta pour la laisser passer et lui emboîta le pas.

Sur le seuil, ils découvrirent Buck, qui arborait une mine sombre.

— Qu'y a-t-il ? demanda-t-elle, inquiète.

— Jo, murmura-t-il d'un ton défait, c'est Ari…

A peine avait-il prononcé ces mots qu'elle se précipita vers la ménagerie, le cœur battant à tout rompre. Là, elle trouva Pete et Gerry agenouillés devant la cage du vieux lion.

— Est-ce qu'il est… ? commença-t-elle.

Mais sa voix se brisa avant qu'elle ne puisse finir sa phrase. Pete se redressa et la regarda d'un air désolé.

— Pas encore, soupira-t-il. Mais j'ai bien peur que ce soit la fin, cette fois.

L'espace d'un instant, Jo fut tentée de lui rétorquer qu'il se trompait, qu'Ari s'en sortirait et qu'ils reprendraient la route ensemble. Mais ce qu'elle lut dans les yeux de son assistant ne laissait place à aucun doute. Il était temps de dire adieu à son vieil ami.

Effondrée, elle s'avança vers la cage. Ari y était allongé, pantelant. Sa respiration rauque et sifflante ne laissait aucun doute quant à l'issue fatale de la maladie qui le rongeait depuis des mois.

— Ouvre-moi, ordonna-t-elle à Pete.

— Pas question que tu entres là-dedans ! s'exclama alors Keane, qui l'avait suivie avec Buck.

Il la prit par les épaules, la forçant à lui faire face.

— J'irai, lui dit-elle d'un ton qui n'admettait pas de réplique. Ari ne me fera aucun mal. Ni à moi ni à personne… Il est en train de mourir et je veux lui dire au revoir. Alors laisse-moi tranquille !

Se tournant vers Pete, elle lui jeta un regard menaçant.

— Ouvre ! répéta-t-elle.

A contrecœur, il s'exécuta et Jo s'arracha aux bras de Keane pour s'approcher de la cage. Se courbant, elle y pénétra et s'accroupit auprès d'Ari. Le vieux lion réagit à peine, se contentant de la regarder. Dans ses yeux, elle lut un mélange de souffrance et de résignation qui lui serra le cœur.

— Ari, murmura-t-elle en tendant la main vers lui.

Elle caressa doucement son flanc et il répondit à ce geste par un léger gémissement. Elle sentait le rythme irrégulier des battements de son cœur sous ses doigts et de grosses larmes coulèrent le long de ses joues. Déchirée, elle entoura de ses bras le cou de l'animal et nicha son visage contre sa crinière. Elle se souvenait du fauve qu'il avait été, de sa fierté, de sa force et de l'impression de beauté sauvage qui se dégageait de lui.

Se redressant lentement, elle se tourna alors vers les quatre hommes qui l'observaient à l'extérieur de la cage.

— Buck, articula-t-elle d'une voix brisée, va me chercher la trousse à pharmacie et prépare une seringue.

Son assistant hésita un instant avant de hocher tristement la tête.

— Je m'en occupe, Jo.

Pendant qu'il courait à l'infirmerie, elle s'assit auprès de son vieux compagnon et le caressa affectueusement, sentant affluer en elle mille souvenirs des moments qu'ils avaient vécus ensemble. Finalement, Buck la rejoignit dans la cage.

— Laisse-moi le faire, Jo, proposa-t-il gravement.

Elle secoua la tête et tendit la main vers la seringue.

— Jo ! protesta Keane d'une voix très douce en agrippant les barreaux de la cage. Tu n'es pas obligée de faire ça.

Ses yeux ressemblaient tant à ceux d'Ari qu'elle fut secouée d'un nouveau sanglot.

— C'est mon chat, gémit-elle. J'ai dit que ce serait moi qui le ferais lorsque le moment serait venu. Et il est arrivé. Donne-moi cette seringue, Buck.

Son assistant s'exécuta et déserta la cage pour la laisser seule avec Ari. Ce dernier ne quittait pas Jo du regard. Dans ses yeux, elle devinait encore cette lueur sauvage et indomptée qu'elle aimait tant.

Mais elle lisait aussi de la confiance et cela lui donnait envie de pleurer.

— Tu étais le meilleur, lui dit-elle d'une voix rendue tremblante par l'émotion. Tu as toujours été le meilleur. Mais tu es fatigué, aujourd'hui, Ari. Et je vais t'aider à trouver un peu de repos. Tu l'as bien mérité.

Se cuirassant contre le chagrin qui l'habitait, elle retira le capuchon qui protégeait l'aiguille de la seringue.

— Cela ne te fera pas mal, Ari, reprit-elle. Plus rien ne te fera jamais mal…

Elle prit une profonde inspiration, rassemblant son courage, et essuya les larmes qui lui brouillaient la vue. Puis, d'un geste sec, elle enfonça la seringue dans l'épaule de son lion. Il émit à peine un gémissement tandis qu'elle pressait lentement le piston, laissant s'écouler dans ses veines le liquide mortel.

Lorsqu'elle eut terminé, elle resta immobile auprès de lui, caressant sa crinière tandis qu'il continuait à la fixer. Son regard se voila peu à peu, tandis que sa respiration se faisait plus faible puis cessait complètement, et il demeura parfaitement immobile.

Jo fut parcourue d'un violent frisson et étreignit convulsivement sa crinière. Puis, lentement, elle se redressa et gagna la porte de la cage. Elle sortit et referma la porte derrière elle par réflexe.

Keane la prit alors par le bras pour la reconduire jusqu'à sa caravane.

— Occupez-vous de lui, lança-t-il à Buck en désignant des yeux le lion mort.

— Non, protesta faiblement Jo. C'est à moi de le faire.

— Pas question ! s'insurgea Keane en l'entraînant de force.

— Tu n'as pas à me dire ce que je dois faire, répliqua-t-elle durement.

Elle essaya de se dégager, mais il résista sans difficulté.

— C'est pourtant ce que je vais faire.

— Laisse-moi tranquille ! s'exclama-t-elle, incapable de retenir les sanglots qui la secouaient à présent.

Keane s'arrêta et la prit par les épaules. Dans ses yeux, elle vit se refléter la lueur de la lune.

— Il n'est pas question que je te laisse seule alors que tu es bouleversée, lui dit-il gravement.

— Je ne vois pas en quoi cela peut bien te concerner !

Sans répondre, Keane l'entraîna jusqu'à la caravane dans laquelle il la fit entrer. Jo aurait voulu être seule et pouvoir pleurer Ari. C'était son deuil et ses larmes, et il n'avait pas le droit de les lui voler.

— Va-t'en ! s'exclama-t-elle en le voyant pénétrer à son tour dans le salon.

— Pas tant que je ne serai pas certain que tu vas bien, repartit calmement Keane.

— Je vais bien, mentit-elle. Ou, du moins, j'irai parfaitement bien lorsque tu te décideras enfin à me laisser tranquille. Tu n'as pas à te mêler de mes affaires !

— Tu me l'as déjà dit.

— J'ai fait ce que j'avais à faire, déclara-t-elle en luttant contre les larmes qu'elle se refusait à verser devant lui.

Elle s'efforça de calmer le rythme de sa respiration haletante.

— J'ai achevé un animal qui souffrait. Rien de plus. Cela fait partie de mes responsabilités en tant que dresseur.

Sa voix se brisa et elle se détourna brusquement.

— Je t'en prie, Keane, va-t'en.

Elle était à présent incapable de retenir les sanglots qui la secouaient. Se détestant pour cette preuve de faiblesse, elle pressa les paumes de ses mains contre son visage et ferma les yeux.

— Je ne veux pas que tu restes là, murmura-t-elle.

Elle le sentit passer ses bras autour de ses épaules et la serrer contre lui.

— Non, souffla-t-elle.

Mais il commença à la bercer doucement comme une enfant qu'il aurait voulu consoler.

— Tu as fait quelque chose de très courageux, Jo. Je sais à quel point tu aimais Ari. Et j'imagine combien il a dû être dur pour toi de le laisser partir de cette façon. Il est parfaitement normal que tu souffres. Mais je ne t'abandonnerai pas.

— Je ne veux pas pleurer devant toi, protesta-t-elle faiblement.

— Je sais.

Et il se mit à lui caresser doucement les cheveux.

Vaincue, elle nicha son visage au creux de son épaule et agrippa sa chemise convulsivement, laissant libre cours à son chagrin.

— Pourquoi faut-il toujours que je perde ceux que j'aime ? fit-elle en sanglotant. Ce n'est pas juste.

Keane ne répondit pas, se contentant de la serrer contre lui tandis qu'elle pleurait sans s'arrêter. Finalement, il la souleva et la porta jusqu'au canapé sur lequel il l'allongea précautionneusement. Il resta alors auprès d'elle, caressant tendrement ses cheveux comme elle avait caressé la crinière d'Ari, sachant qu'il ne parviendrait jamais à soulager la douleur qu'elle éprouvait en cet instant.

Finalement, après un long moment, il sentit qu'elle s'était immobilisée contre lui et s'écarta légèrement pour la contempler. Brisée par la tristesse, elle avait fini par s'endormir.

Il attendit quelques instants avant de dégager doucement sa chemise qu'elle serrait toujours dans son poing à demi clos. Puis, le cœur lourd, il la souleva de nouveau et la porta jusque dans sa chambre.

8

Lorsque Jo se réveilla, il faisait déjà jour. Le soleil brillait de tous ses feux et, à travers la fenêtre entrouverte, lui parvenait le pépiement des oiseaux. Elle en conclut que ce devait être lundi puisque c'était le seul jour de la semaine où elle pouvait dormir après l'aube.

Langoureusement, elle s'étira et essaya de chasser la délicieuse léthargie qui habitait chacun de ses membres. Puisque le cirque faisait relâche comme tous les lundis et qu'elle se sentait lasse, elle s'autoriserait peut-être deux heures de lecture.

Qui sait ? Elle pourrait même aller faire un tour dans la ville près de laquelle ils s'étaient arrêtés et en profiter pour voir un film. Ensuite, elle répéterait le numéro avec les chats et…

Elle se figea brusquement alors que le souvenir des événements de la veille lui revenait d'un seul coup.

— Ari, murmura-t-elle, sentant sa tristesse resurgir, presque aussi poignante que la veille.

Elle revit le vieux lion prostré dans sa cage et la confiance avec laquelle il l'avait regardée tandis que la vie désertait lentement son corps fatigué. Jo soupira, sentant lentement refluer son chagrin qui laissait place à une sombre résignation.

Elle se rappela alors l'insistance de Keane, qui avait tenu à rester auprès d'elle, et comprit combien sa présence l'avait aidée à résister à la souffrance insupportable qui l'avait assaillie à la mort de son vieil ami.

Il avait accepté sans mot dire sa colère, puis ses larmes, la soutenant dans cette terrible épreuve. Elle se souvint du contact rassurant de sa poitrine, de la force de ses bras tandis qu'il la serrait contre lui. Elle s'était endormie bercée par le rythme puissant et régulier de son cœur. Et, plus tard, lorsqu'elle s'était réveillée en sursaut au milieu de la nuit, il se trouvait toujours auprès d'elle et lui avait apporté à boire.

Un nouveau trille retentit au-dehors, la rappelant soudain à la réalité. Elle se souvint qu'on était jeudi et non lundi, comme elle l'avait d'abord pensé. Comment pouvait-elle avoir dormi si tard ?

Se levant précipitamment, elle quitta son lit et sortit de sa chambre en courant. Dans le salon, elle manqua de percuter Keane, qui la rattrapa avant qu'elle ne trébuche.

— Je pensais bien t'avoir entendue bouger, lui dit-il en lui décochant le plus radieux des sourires.

Elle le regarda avec stupeur.

— Mais qu'est-ce que tu fais là ? parvint-elle enfin à articuler.

— Je préparais du café, répondit-il comme si c'était la chose la plus naturelle du monde. Est-ce que ça va mieux ?

— Oui, acquiesça-t-elle en portant la main à son front. Mais je suis un peu désorientée. J'ai dormi plus que je n'aurais dû et cela ne m'était encore jamais arrivé.

— C'est parce que je t'ai donné un somnifère.

Il la prit par les épaules et la conduisit vers la cuisine.

— Un somnifère ? répéta-t-elle, interdite. Mais je ne me le rappelle pas…

— Je l'ai mis dans le verre d'eau que tu m'as demandé, précisa-t-il en s'emparant de la bouilloire qui commençait à siffler sur la gazinière.

Il versa l'eau dans deux tasses où il venait de mettre un peu de café soluble.

— Je me suis dit que, si je te demandais de le prendre, tu refuserais sans doute.

— Et tu avais raison. Je n'ai jamais pris de somnifère de ma vie.

— C'est maintenant chose faite, répliqua-t-il en souriant.

Il lui tendit l'une des tasses qu'elle porta machinalement à ses lèvres.

— Tu t'es endormie comme un enfant, mais j'avais peur que tu ne fasses une insomnie si tu te réveillais pendant la nuit. Alors, après t'avoir portée dans ton lit et changée, je suis allé chercher un somnifère à l'infirmerie.

— Changée ? répéta Jo.

Elle constata alors qu'elle portait effectivement sa chemise de nuit qu'elle ne se souvenait pas avoir enfilée.

— Je ne pense pas que tu aurais été très à l'aise dans ton costume de scène.

Il but un peu de café et sourit en la voyant porter pudiquement la main à sa poitrine.

— Ne t'en fais pas, je n'ai pas regardé. Ce n'était pas la première fois que je déshabillais une femme dans l'obscurité.

Jo se raidit et serra les dents, se sentant légèrement humiliée.

— Tu avais besoin d'une bonne nuit de sommeil, poursuivit Keane d'un ton plus conciliant. Tu étais épuisée, physiquement et nerveusement.

Sans lui répondre, Jo se leva et gagna la fenêtre. Elle s'aperçut alors que la prairie était déserte. Elle avait vraiment dû dormir profondément pour ne pas entendre les autres lever le camp.

— Il ne reste plus que le camion contenant le générateur central, expliqua Keane. Les techniciens se mettront en route dès que tu n'auras plus besoin du courant.

Jo se sentit brusquement terriblement vulnérable. A plusieurs reprises, au cours de la nuit précédente, elle avait perdu le contrôle d'elle-même, alors qu'elle était habituée à conserver à tout moment une parfaite maîtrise de ses actes. Et, chaque fois, Keane avait été là pour elle.

Elle aurait sans doute dû lui en vouloir pour la façon dont il avait envahi son intimité, mais elle en était incapable. Car c'était elle qui avait eu besoin de lui.

— Tu n'étais pas obligé de rester en arrière, Keane.

— Je n'étais pas certain que tu serais en état de conduire soixante-quinze kilomètres, expliqua-t-il. J'ai demandé à Pete de s'occuper de ma caravane.

Il vit ses épaules se soulever doucement. Puis elle se retourna. La lumière du soleil laissait deviner sa silhouette enchanteresse à travers le fin tissu de la chemise de nuit et il ne put s'empêcher d'admirer les courbes modestes et gracieuses de son corps.

— J'ai été terriblement dure avec toi, hier soir, déclara-t-elle d'une voix chargée de regrets.

— Tu étais bouleversée. C'était tout à fait compréhensible.

— Je suppose, répondit-elle, les yeux emplis d'un profond chagrin. Ari comptait beaucoup pour moi. Il était tout ce qui me restait de mon père et de mon enfance. Je savais bien qu'il finirait par partir, mais je n'avais jamais osé regarder la réalité en face et prendre vraiment la mesure de ce que cela signifierait pour moi.

Elle baissa les yeux vers la tasse qu'elle serrait convulsivement entre ses doigts et regarda monter un léger panache de vapeur.

— Ce qui compte, c'est qu'hier Ari a cessé de souffrir. Il serait cruel de ma part de souhaiter que les choses se soient passées différemment. Et j'ai eu tort de m'en prendre à toi. Je suis désolée.

— Je ne veux pas de ces excuses, Jo, protesta-t-il vivement.

— Mais moi, je te les présente quand même et j'aimerais que tu les acceptes. Tu as été adorable avec moi.

A sa grande surprise, Keane étouffa un juron et se détourna.

— Je ne veux pas non plus de ta gratitude, lança-t-il durement. Je ne mérite rien de tout cela.

Se levant, il alla se resservir du café.

— Je crois que si, rétorqua-t-elle.

Elle s'avança vers lui.

— Keane…, chuchota-t-elle.

Elle posa sa tasse sur la table et mit doucement la main sur son bras. Lorsqu'il se retourna enfin, elle suivit son instinct et posa sa joue sur son épaule avant de l'entourer de ses bras.

Il se raidit et elle crut un instant qu'il allait la repousser. Puis il poussa un profond soupir et se détendit, l'attirant encore un peu plus près de lui.

— Je ne sais jamais à quoi m'attendre avec toi, murmura-t-il.

Il souleva son visage, elle ferma les yeux pour lui offrir ses lèvres entrouvertes. Il les effleura d'un baiser.

Mais alors qu'elle s'attendait à ce qu'il approfondisse son baiser, qu'il prenne enfin possession de ses lèvres, il recula.

— Tu ferais mieux d'aller t'habiller. Nous nous arrêterons en ville et je t'achèterai un bon petit déjeuner.

Il avait parlé d'une voix amicale, mais dépourvue de passion. Abasourdie par son attitude mais rassurée de voir qu'il ne paraissait plus en colère contre elle, Jo hocha la tête et se dirigea vers sa chambre.

Lentement, l'été succéda à l'hiver tandis que le cirque poursuivait son chemin vers le nord. Le soleil brillait à présent longtemps après le lever de rideau, et les averses se faisaient plus rares. Pendant tout le mois de juin, le cirque Prescott parcourut les routes de la Caroline du Nord et du Tennessee.

Au cours de ces semaines, Jo fut très étonnée par le revirement d'attitude de Keane à son égard. Il avait apparemment renoncé à l'entreprise de séduction qu'il avait menée depuis qu'ils s'étaient rencontrés.

En fait, il se conduisait simplement en ami. Ils plaisantaient ensemble, discutaient pendant des heures, parlaient du cirque et de leurs vies respectives, travaillaient parfois côte à côte lorsqu'il fallait monter ou démonter le chapiteau.

Mais il ne chercha plus jamais à l'embrasser. Elle en venait parfois à se demander si elle n'avait pas rêvé leur étreinte passionnée dans sa caravane ou les baisers qu'ils avaient échangés auparavant. L'avait-il seulement désirée un jour ? A voir la façon dont il la traitait à présent, rien n'était moins certain.

A deux reprises, Keane dut retourner à Chicago pour s'occuper de ses affaires. Mais, cette fois, il ne lui rapporta aucun présent.

Celle-ci essaya de se résigner, de se convaincre qu'au fond tout était pour le mieux. Au moins, Keane Prescott ne risquerait plus de lui briser le cœur. Hélas, ce raisonnement ne suffisait pas à atténuer la souffrance sourde qu'elle ressentait au plus profond d'elle-même.

Elle était amoureuse d'un homme qui ne la désirait même pas.

La veille de la fête de l'Indépendance, Jo passa plusieurs heures à se retourner dans son lit sans trouver le sommeil. Finalement, pour se changer les idées, elle sortit le livre de Dante que lui avait offert Keane. Mais cela ne fit qu'empirer les choses. Le reposant sur sa table de chevet, elle se contenta donc de fixer le plafond.

Il était temps d'en finir, se dit-elle. Elle ne pouvait plus continuer à espérer que Keane changerait brusquement d'attitude à son égard. Il ne ferait jamais partie de sa vie. C'était aussi simple que cela.

Après tout, il ne lui avait jamais rien promis. Il n'avait pas parlé d'amour. Il ne lui avait rien offert d'autre que quelques baisers. Il ne lui avait rien pris. Et il n'avait pas cherché à lui faire de mal.

C'était peut-être le pire, songea-t-elle tristement. S'il avait profité de sa naïveté, s'il avait abusé de sa confiance, elle aurait pu le haïr. S'il lui avait offert son amour pour le lui retirer ensuite, elle aurait pu le pleurer.

Mais il n'avait fait qu'effleurer sa vie.

Malheureusement pour elle, cela avait suffi à éveiller en elle mille désirs qu'elle ne pourrait jamais assouvir. Jamais elle ne ferait l'amour avec lui. Jamais plus elle ne goûterait à ses baisers. Jamais elle ne verrait le désir assombrir ses prunelles.

A cette pensée, une impression de vide vertigineux l'envahit et elle ferma les yeux.

Elle essaya d'imaginer ce qu'elle aurait ressenti s'il l'avait abandonnée après avoir noué une liaison avec elle. Aurait-ce vraiment été plus douloureux ? N'aurait-elle pas gardé au moins quelques souvenirs des moments de bonheur qu'ils auraient passés ensemble ?

Ces questions ne la menaient nulle part. Le mieux, décida-t-elle, c'était de conserver de lui l'image de cette nuit où il l'avait consolée et soutenue, de la gentillesse dont il avait fait preuve à son égard sans rien attendre en échange.

S'il avait décidé de se conduire en ami, elle respecterait sa décision. Et s'il finissait par repartir un jour pour Chicago, le mieux qu'elle puisse faire était de profiter de cette amitié autant qu'elle le pourrait.

Ces mots paraissaient peut-être creux, mais c'était tout ce qui lui restait.

9

Le 4 Juillet était presque un jour comme les autres pour les gens du cirque. Comme d'habitude, ils partiraient à l'aube, voyageraient jusqu'à la prochaine étape de leur long périple, monteraient le grand chapiteau, organiseraient la parade et donneraient deux représentations.

Mais il y avait aussi une foule de petites différences. Les éléphants porteraient des plumes bleues, blanches et rouges au sommet de leur coiffe et un grand feu d'artifice serait organisé pour clôturer la soirée.

Le cirque Prescott fêtait toujours le jour de l'Indépendance près de la même ville, dans le Tennessee. C'était une tradition qui remontait à sa création et qui profitait autant aux membres de la troupe qu'aux citadins. Car la soirée attirait nombre de gens venus de tout l'Etat et les recettes étaient généralement plus que confortables.

Jo attaqua la journée à l'aube, bien décidée à faire preuve d'un inaltérable enthousiasme. Elle ne permettrait pas que la distance qui s'était creusée entre Keane et elle gâche ce qui devait être l'un des temps forts de l'été. D'autant que broyer du noir ne l'aiderait en rien à résoudre ses problèmes.

Heureusement, il y avait beaucoup à faire et la journée s'écoula rapidement. Entre l'installation du campement, les répétitions, la préparation de la soirée et la parade, Jo fut très occupée et elle ne vit pas le temps passer.

Entre les deux représentations, la pression retomba quelque peu et les membres de la troupe en profitèrent pour se détendre un peu. Certains se contentèrent de s'installer sur l'herbe, au soleil, et de deviser tranquillement, d'autres répétèrent leurs numéros.

Jo observa la toilette des éléphants qui constituait toujours un moment amusant de la vie du cirque. Invariablement, Maggie ou l'un des pachydermes les plus âgés profitait de ce bain pour arroser cordialement les personnes chargées de les laver.

La plupart du temps, ils concentraient leurs jets d'eau sur les plus inexpérimentés d'entre eux. Jo avait toujours soupçonné les dresseurs plus aguerris d'encourager les éléphants, mais personne n'était jamais parvenu à démontrer leur duplicité dans cette histoire.

Tandis qu'elle contemplait cette scène en souriant, Jo repéra Duffy, qui se trouvait en pleine conversation avec un homme aussi petit que lui mais deux fois plus gros. C'était le genre de silhouette que Frank avait tendance à qualifier ironiquement de « rançon du succès ».

L'homme avait le teint rougeaud et de petits yeux qu'il abritait de sa main potelée pour les protéger de l'éclat du soleil. Il s'exprimait avec force gestes et Jo se demanda s'il essayait de vendre quelque chose à Duffy. Ce dernier paraissait fulminer intérieurement et elle se rapprocha pour voir de quoi ils pouvaient bien discuter.

— Je vous l'ai dit, Carlson. Nous avons déjà payé pour le stockage. J'ai ici un reçu dûment signé. Et nous étions convenus que les frais de livraison s'élèveraient à mille cinq cents dollars et non deux mille.

Carlson tira sur la cigarette sans filtre qu'il était en train de fumer avant de l'écraser à terre.

— C'est Myers que vous avez payé pour le stockage, déclara-t-il posément. Pas moi. J'ai acheté cet entrepôt voilà six semaines et je ne suis pas responsable du fait que vous avez payé à l'avance.

Du coin de l'œil, Jo vit Keane se rapprocher des deux hommes. Pete était en train de lui parler et il hochait la tête, apparemment d'accord avec ce que lui disait son assistant. Il s'arrêta alors et jeta un regard attentif à Carlson ; Jo comprit qu'il était en train de l'évaluer avant de l'aborder. Il se remit en marche et la dépassa.

— Salut, Jo.

Elle lui emboîta le pas, curieuse.

— Que se passe-t-il, exactement ?

— C'est justement ce que je voudrais savoir, répondit Keane.

Il se planta devant Carlson et Duffy.

— Messieurs, les salua-t-il d'un air décontracté. Il y a un problème ?

— Cet homme me demande de payer pour le stockage des feux d'artifice alors que je l'ai déjà fait, s'exclama Duffy, révolté. Et il exige deux mille dollars au lieu des mille cinq cents prévus !

— C'est Myers qui vous avait donné son accord pour quinze cents dollars, insista Carlson avec un sourire carnassier. Moi, je n'ai rien signé. Si vous voulez vos feux d'artifice, il va vous falloir payer. Et *cash* ! Qui est ce type ? ajouta-t-il en désignant Keane du pouce.

Celui-ci s'approcha et, d'un air faussement cordial, posa la main sur l'épaule de Carlson.

— Keane Prescott, se présenta-t-il. Je suis le propriétaire du cirque. Peut-être pourrais-je vous aider à éclaircir cette affaire.

— Prescott, répéta Carlson en l'observant attentivement.

Avisant le visage amical et souriant de Keane, il jugea l'affaire entendue.

— Avec plaisir, déclara-t-il en serrant la main qu'il lui tendait. Jim Carlson. Enchanté de faire votre connaissance, monsieur Prescott. C'est un beau cirque que vous avez là ! Ma femme et moi venons le voir tous les ans. Enfin, je constate que vous êtes un homme d'affaires comme moi et je pense que nous allons pouvoir régler cette question une fois pour toutes. J'ai stocké vos feux d'artifice dans l'entrepôt que j'ai racheté à Myers, il y a de cela six semaines. Il avait apparemment conclu un contrat avec M. Duffy à ce sujet. Mais je ne peux pas en être tenu pour responsable, n'est-ce pas ?

Carlson décocha un sourire mielleux à Keane, qui se garda bien de l'interrompre.

— Quant aux frais de livraison, reprit-il, eh bien… Vous savez que l'essence n'arrête pas d'augmenter, ces derniers temps. Mais je suis sûr que nous pourrons trouver un accord là-dessus quand nous aurons réglé la question du stockage. Qu'en pensez-vous ?

Keane hocha la tête en souriant cordialement au petit homme.

— Cela me paraît raisonnable, concéda-t-il en ignorant Duffy, qui bouillait de rage. Essayons de résoudre ensemble votre problème.

— Mon problème ? répéta Carlson, étonné. Je dirais plutôt le vôtre. A moins que vous ne vouliez pas de ces feux d'artifice, bien sûr.

— Ne vous en faites pas, nous les aurons, monsieur Carlson, répondit Keane sans se départir de son sourire. Mais selon le paragraphe 3 de la section 5 du Code des petites et moyennes entreprises, l'acquéreur d'un actif immobilier est légalement tenu de respecter toutes les obligations y afférant telles que contrats, accords verbaux, hypothèques ou baux négociés par le précédent propriétaire jusqu'à ce que lesdits contrats, accords verbaux, hypothèques ou baux viennent à leur terme ou que la propriété de l'actif soit de nouveau transférée.

Carlson resta bouche bée et Jo eut beaucoup de mal à retenir un éclat de rire devant sa mine stupéfaite.

— Bien sûr, nous ne porterons pas cette affaire à la connaissance du tribunal, si vous nous livrez les marchandises comme convenu, ajouta Keane d'un ton affable. Mais cela ne résout pas vraiment votre problème.

— Quel problème ? bégaya Carlson, dont le visage était passé de l'écarlate au bordeaux en quelques secondes. Je n'ai pas de problème !

— Bien sûr que si, monsieur Carlson, objecta Keane, presque obséquieux. Même si je suis bien certain que vous n'aviez pas l'intention d'enfreindre la loi.

— Qu'est-ce que vous voulez dire ? bredouilla le petit homme, de plus en plus inquiet.

— Que vous avez stocké ces feux d'artifice sans autorisation.

— Mais Myers devait bien en avoir une, protesta Carlson. Puisqu'il les gardait chaque année…

— C'est là que vous commettez une erreur, monsieur Carlson, répondit Keane en hochant la tête d'un air désolé. Vous voyez, le paragraphe 6 de la section 5 du Code stipule très clairement que les licences, permis et autorisations afférant à un actif mobilier ne sont pas directement transférables. Le nouvel acquéreur peut demander leur renouvellement auprès de ceux qui ont accordé ces licences, permis ou autorisations, mais, s'il ne le fait pas, ils sont considérés comme caduques. Si je ne me trompe pas, l'amende encourue en cas de non-respect de cet article est assez lourde, d'ailleurs…

— L'amende ? répéta Carlson, qui avait sorti son mouchoir pour tamponner son front couvert de sueur.

— Ecoutez, monsieur Carlson, poursuivit impitoyablement Keane, voici ce que je vous suggère. Livrez-nous ces feux d'artifice comme prévu et personne n'en saura rien. Après tout, je ne vois pas l'intérêt de mêler un juge à toute cette histoire. Je suis certain que votre erreur est involontaire. Et puis nous sommes des hommes d'affaires, n'est-ce pas ?

Carlson était si inquiet qu'il ne perçut même pas le sarcasme qui pointait sous le ton onctueux de Keane.

— Nous disions donc quinze cents dollars pour la livraison, c'est cela ? conclut ce dernier avec un sourire conciliant.

Le petit homme hocha la tête.

— Parfait. Vous serez payé dès que nous aurons les feux d'artifice, dans ce cas. Je suis ravi d'avoir pu vous être utile.

Soulagé, Carlson se dirigea vers son camion qui était garé un peu plus loin dans le champ. Dès qu'il fut hors de portée de voix, Jo, Pete et Duffy éclatèrent de rire.

— C'était vrai ? demanda Pete lorsqu'il recouvra enfin son sérieux.

— Quoi donc ? demanda Keane, un peu surpris par cette hilarité générale.

— Le paragraphe 3 de la section 5 ?

— Je n'en ai jamais entendu parler, répondit-il avec aplomb.

Jo le regarda avec stupeur.

— Tu as tout inventé ! s'exclama-t-elle, admirative.

— Probablement, concéda-t-il.

— C'est le meilleur coup de bluff auquel j'ai assisté depuis de longues années, commenta Duffy en décochant une claque complice dans le dos de Keane. Vous devriez vraiment vous lancer dans les affaires.

— C'est ce que je viens de faire, apparemment, répliqua-t-il avec un sourire malicieux.

— En tout cas, déclara Pete, visiblement impressionné, si jamais j'ai besoin d'un avocat un jour, je saurai à qui m'adresser ! Et, en vous voyant bluffer, je me dis que vous devez faire un sacré joueur de poker. Passez au réfectoire, ce soir. J'organise une petite partie. Allez, viens, Duffy. Il faut absolument que nous allions raconter ça à Buck !

Ils s'éloignèrent en direction de la ménagerie et Jo se tourna vers Keane. Elle savait qu'il venait d'être définitivement accepté. Auparavant, il n'avait été considéré que comme le propriétaire, un citadin qui ne faisait pas vraiment partie de leur monde.

A présent, il était l'un d'entre eux.

— Bienvenue à bord, lui dit-elle en souriant.

— Merci, répondit-il, comprenant précisément ce qu'elle voulait dire par là.

— Nous nous verrons ce soir à la table de poker, apparemment. N'oubliez pas d'apporter votre argent.

Elle se détourna pour s'éloigner, mais il la prit par le bras.

— Jo…, commença-t-il, la surprenant par l'intensité qu'elle percevait dans son regard.

— Oui ?

Il parut hésiter quelques instants puis secoua la tête.

— Non, peu importe, éluda-t-il. Nous nous verrons tout à l'heure.

Sur ce, il effleura sa joue du bout des doigts et tourna les talons, la laissant plus perplexe que jamais.

Impassible, Jo étudiait son jeu. Elle venait d'être servie et il ne lui manquait plus qu'une carte pour obtenir une quinte flush à cœur. D'un air neutre, elle parcourut des yeux la table de jeu. Duffy fumait un cigare, ne se souciant visiblement pas outre mesure du tas de jetons qui diminuait régulièrement devant lui.

Pete mastiquait son chewing-gum avec sa nonchalance habituelle.

Amy, la femme de l'avaleur de sabres, était assise à côté de lui. Juste à sa droite, il y avait Jamie, puis Raoul. Le voisin de Jo n'était autre que Keane, qui, comme Pete, gagnait régulièrement.

Les jetons cliquetèrent sur la table alors que tous misaient au fur et à mesure. Jo changea une carte et eut la chance de tirer un cinq de cœur. Elle le glissa dans son jeu sans même un battement de paupières qui aurait pu trahir sa satisfaction.

C'était Frank qui lui avait appris à jouer et, surtout, à bluffer.

— Je n'aurais jamais dû prendre le siège de Buck, déclara Jamie en jetant ses cartes sur la table alors qu'ils allaient attaquer le deuxième tour. Il me porte malheur !

Pete sourit et misa.

— Ne te plains pas, petit, conseilla Duffy en faisant de même. Pour le moment, tu ne perds pas encore trop, contrairement à moi. Mais je ne continue à miser que pour ne pas changer de niveau de vie, ajouta-t-il.

Tous misèrent et Pete abattit alors trois rois. Une vague de protestations amicales s'ensuivit et il tendit la main pour récupérer sa mise.

— Quinte flush à cœur, annonça alors Jo en révélant son jeu.

Duffy éclata d'un rire joyeux.

— Bien joué, petite ! Je déteste le voir gagner tout mon argent.

Durant les deux heures qui suivirent, ils continuèrent à jouer. Dans la tente sous laquelle ils s'étaient installés, l'air fleurait à présent une odeur familière de tabac, de café et de bière. Jamie avait continué à jouer de malchance et avait fini par appeler Buck à la rescousse.

Ramassant les cartes qu'on venait de lui distribuer, Jo constata qu'elle n'avait qu'une paire. Dès le premier tour, Raoul misa gros et Keane suivit. La curiosité poussa Jo à suivre pour un tour, mais, voyant ce qu'elle avait tiré au suivant, elle préféra se coucher.

Elle observa alors la partie avec intérêt. Le menton posé sur ses avant-bras, elle étudia chacun des participants. Keane était un joueur confirmé et ses yeux ne trahissaient absolument rien. Il se contentait de porter par intermittence son verre de bière à ses lèvres sans se départir d'un sourire qui ne signifiait rien de plus que le plaisir qu'il avait à se trouver là.

Tour à tour, Duffy, Buck et Amy se couchèrent. Pete continuait à mâcher son chewing-gum d'un air décontracté, observant Keane avec intérêt. Ce dernier lui rendit son regard et tira sur son cigarillo. Raoul poussa un juron en français en examinant ses cartes d'un air réprobateur.

— Il est peut-être en train de bluffer, remarqua Pete en voyant Keane augmenter la mise. Je suis.

Raoul jura de nouveau en français, puis en anglais et finit par se coucher. Prenant tout son temps, Keane compta le nombre de jetons nécessaires et le jeta au centre de la table. Le tas qui s'y trouvait déjà était assez impressionnant. Il en compta quelques-uns de plus.

— Je vois tes cinq et je monte de dix, dit-il à Pete.

Un murmure se fit entendre autour de la table. Pete observa attentivement sa main et réfléchit. Il observa ensuite l'empilement de jetons qui se trouvait déjà devant lui. Il pouvait sans problème se permettre de risquer dix dollars de plus.

Levant de nouveau les yeux, il considéra attentivement Keane, qui demeurait impassible. Et, brusquement, il sourit.

— Pas question, déclara-t-il en abattant ses cartes, face cachée. C'est toi qui l'emportes, cette fois.

Keane sourit et ramena vers lui la petite montagne de jetons.

— Tu veux bien nous montrer ton jeu ? demanda Pete, curieux.

Beau joueur, Keane s'exécuta et un éclat de rire secoua la petite assemblée.

— Rien du tout ! s'exclama Pete, admiratif. Pas la plus petite suite… Tu as un sacré culot, tu sais ? Même moi, j'avais une paire, ajouta-t-il en retournant ses propres cartes.

Raoul leva les yeux au ciel d'un air désespéré. Jo se leva en riant et versa ses jetons dans le chapeau que Jamie avait laissé sur la table.

— Je les changerai plus tard, lança-t-elle à ce dernier. Mais je t'en prie, ne les joue pas !

Elle déposa un petit baiser sur sa joue pour le consoler de sa déveine.

— Tu pars tôt, remarqua Duffy.

— N'est-ce pas toi qui m'as dit qu'il fallait toujours laisser son public sur sa faim ? répliqua-t-elle en souriant.

Elle salua alors les autres participants de la main et quitta la tente d'un pas léger.

— Ça, c'est Jo tout craché ! s'exclama Raoul, admiratif. Sacré petit bout de bonne femme !

Pete remarqua que le regard de Keane s'attardait sur le pan de toile de l'autre côté duquel Jo venait de disparaître et il sourit.

— Et jolie, avec ça, renchérit-il.

Aussitôt, Keane se tourna vers lui.

— Tu n'es pas d'accord ? lui demanda Pete avec une pointe de malice.

— Si, si, répondit ce dernier. Elle est très jolie.

— Comme sa mère, déclara Buck en ramassant les cartes que l'on venait de lui distribuer. C'était une beauté. Pas vrai, Duffy ?

Ce dernier acquiesça tout en considérant son jeu d'un air lugubre.

— J'ai toujours dit que c'était injuste qu'ils soient morts de cette façon, Wilder et elle, soupira Buck.

— C'était dans un incendie, n'est-ce pas ? s'enquit Keane, qui venait de regarder son jeu.

— Un court-circuit, précisa Buck. Apparemment, l'installation électrique de leur caravane était défectueuse. Si c'était arrivé la journée plutôt que pendant leur sommeil, ils seraient encore avec nous. Mais la roulotte avait à moitié brûlé avant que quiconque puisse intervenir. C'était une véritable fournaise. Heureusement, la chambre de Jo était de l'autre côté et nous avons réussi à la tirer de là. Pauvre petite chose… Elle ne comprenait pas ce qui lui arrivait et se cramponnait à cette vieille poupée. C'est tout ce qui lui restait après l'incendie, d'ailleurs. Ça et les vêtements qu'elle avait sur le dos. Elle la gardait toujours avec elle, ensuite. Tu te rappelles, Duffy ?

Ce dernier hocha la tête.

— Heureusement que Frank était là. C'est lui qui l'a tirée de l'incendie et qui l'a adoptée.

Raoul misa cinq dollars et Keane réfléchit un instant à ce qu'ils venaient de dire avant de se coucher.

— Je laisse ma place, dit-il en se levant. Je changerai mes gains plus tard.

Il se dirigea aussitôt vers la sortie. L'une des sœurs Gribalti prit la place de Jo, et Jamie, celle de Keane. Lorsqu'il ramassa les cartes de ce dernier par curiosité, il constata avec stupeur qu'il avait tiré quatre valets. Interdit, Jamie leva les yeux et croisa le regard de Pete, qui lui sourit d'un air entendu.

La nuit était tombée depuis longtemps déjà, mais la température était encore très douce. Jo leva les yeux vers le ciel et contempla les étoiles en pensant aux feux d'artifice qui avaient été tirés dans la soirée.

Cette démonstration pyrotechnique avait été un véritable triomphe, illuminant le ciel de dizaines de fusées de toutes les couleurs. Les spectateurs étaient repartis enchantés de leur expérience et garderaient sans doute longtemps le souvenir de cette fête.

Comme Jo approchait du grand chapiteau, elle vit venir dans sa direction l'un des vagabonds qui s'étaient joints au cirque. Selon la tradition d'hospitalité du cirque, ils accueillaient tous ceux qui étaient prêts à échanger quelques heures de travail contre le gîte et le couvert pour la durée qui leur conviendrait.

— Salut, ma belle, fit le jeune homme en s'avançant vers elle.

— Bonsoir, lui répondit-elle en souriant. Tu es Bob, n'est-ce pas ?

— Oui. Je ne suis là que depuis trois semaines et je ne pensais pas que tu m'avais remarqué.

Jo l'observa plus attentivement. Il devait avoir à peu près le même âge qu'elle. De belle stature, il avait un joli visage pas encore tout à fait sorti de l'enfance. Elle se souvint qu'il figurait parmi ceux que Maggie avait copieusement arrosés durant l'après-midi.

— Alors ? fit-elle, amusée. Toujours pas dégoûté des éléphants ?

— Non. Mais ce que je préfère, c'est monter le chapiteau.

— Je peux comprendre ça. C'est toujours un moment magique. Il y a une partie de poker organisée dans la tente réfectoire si ça te tente.

— Je préfère rester avec toi, répondit-il en avançant encore d'un pas.

Jo perçut l'odeur de bière. Il avait dû profiter de cette soirée pour faire la fête, lui aussi, songea-t-elle.

— Heureusement que c'est lundi, demain, remarqua-t-elle. J'ai bien l'impression que personne ne serait en état de démonter le campement. Tu devrais peut-être aller te coucher, tu sais ?

— Ou alors, nous pourrions y aller ensemble. Dans ta caravane, par exemple, suggéra Bob en lui prenant le bras.

— Non, merci, répliqua Jo en essayant vainement de se dégager.

Ce genre d'avances un peu trop directes ne la perturbait pas outre mesure. Après tout, elle était suffisamment près de la tente réfectoire pour appeler à l'aide si le besoin s'en faisait sentir. Une douzaine d'hommes se précipiteraient alors à son secours et corrigeraient Bob. Mais c'était justement ce qu'elle voulait éviter.

— Allez, viens, insista Bob en essayant de l'entraîner vers sa caravane. Tu es si sexy lorsque tu es dans la cage avec les lions. Et moi, j'ai vraiment besoin d'une fille sexy comme toi pour me consoler de mes malheurs.

— Si tu ne me lâches pas tout de suite, je te servirai à mes chats en guise de repas, le menaça-t-elle.

— A mon avis, c'est moi qui vais te manger, rétorqua-t-il en l'attirant vers lui pour l'embrasser.

Malgré l'agacement croissant que lui inspirait Bob, Jo endura le baiser qu'il lui planta maladroitement sur la bouche. Mais il se crut autorisé à aller plus loin et posa ses mains sur les fesses de Jo, qu'il commença à caresser.

Perdant son sang-froid, elle tenta de nouveau de le repousser, mais il s'accrochait à elle. Hors d'elle, elle lui décocha un coup de poing en pleine mâchoire et, avec un cri de surprise offusquée, Bob bascula en arrière et se retrouva assis sur la pelouse.

— Eh bien ! On dirait que tu n'as vraiment pas besoin de mon aide !

Se retournant, Jo se retrouva face à Keane, qui venait d'émerger de la tente réfectoire. Elle repoussa la mèche de cheveux qui lui tombait dans les yeux et soupira. Elle aurait préféré que cette scène se déroule sans témoin. D'autant que, même dans la pénombre, elle pouvait voir la colère glacée qui brillait dans les yeux de Keane.

Instinctivement, elle se plaça entre lui et Bob, qui revenait lentement de sa stupeur et se massait la mâchoire.

— Bob s'est juste montré un peu trop enthousiaste, expliqua-t-elle en retenant Keane par le bras. Il a fait la fête, ce soir.

— Ça tombe bien, répliqua-t-il d'une voix plus tranchante que l'acier. C'est moi qui vais lui faire sa fête, à présent !

— Non, Keane, je t'en prie, le supplia-t-elle comme il faisait mine de passer devant elle.

Il se tourna vers elle.

— Jo, laisse-moi m'occuper de ça, lui dit-il durement.

— Pas tant que tu ne m'auras pas écoutée. Je ne veux pas que tu lui fasses de mal. Il ne m'a rien fait, après tout.

— Il essayait de te violer ! s'exclama Keane, révolté.

Visiblement, si elle ne l'avait pas retenu par le bras, il se serait jeté sur Bob.

— Mais non, protesta-t-elle. Il essayait juste de m'embrasser.

Elle s'abstint prudemment de parler des mains baladeuses du jeune homme.

— Je l'ai frappé bien plus durement que je ne l'aurais dû, étant donné les circonstances, reprit-elle. C'est juste un gosse, Keane. Ne le renvoie pas pour si peu.

— Ce n'est vraiment pas ce que j'avais en tête, gronda-t-il.

Jo lui sourit d'un air conciliant.

— Si tu espères venger mon honneur, je suis flattée, mais il n'a vraiment rien fait dont je puisse avoir honte. Et je ne pense pas que lui taper dessus l'aidera à dessoûler. Si tu veux vraiment lui donner une leçon, tu n'as qu'à l'affecter au nettoyage des cages pendant quelques jours.

Keane étouffa un juron, mais elle vit l'ombre d'un sourire apparaître sur ses lèvres et comprit qu'elle avait gagné.

— Mlle Wilder a apparemment décidé de se montrer clémente envers toi, déclara-t-il à Bob, qui s'était relevé. Tu as de la chance qu'elle soit beaucoup plus généreuse que je ne le suis. En tout cas, je m'abstiendrai de te donner la correction que tu mérites ou de te jeter dehors. Mais je te préviens : si jamais tu te conduis encore une fois de la sorte vis-à-vis de Mlle Wilder ou de toute autre employée de ce cirque, tu auras affaire à moi. Et, avant de te mettre à la porte, je ferai en sorte que tout le monde sache que tu as été mis K.-O. par une femme de cinquante kilos !

— Oui, monsieur Prescott, acquiesça piteusement Bob.

— Va te coucher, lui conseilla Jo. Tu te sentiras mieux demain matin.

— Pas si sûr, murmura Keane en suivant des yeux Bob, qui s'éloignait en titubant.

Il se tourna vers Jo en souriant.

— A mon avis, entre ce qu'il a bu et le coup de poing qu'il a reçu, il se sentira encore moins en forme demain.

Il prit la main de Jo entre les siennes et la dévisagea.

— Où as-tu appris à cogner comme ça ? Ne me dis pas qu'en plus de tous tes métiers tu es boxeuse professionnelle !

Elle éclata de rire et frissonna délicieusement lorsqu'il glissa ses doigts entre les siens.

— Franchement, je ne pense pas que mon coup de poing lui aurait fait autant d'effet s'il n'avait pas été aussi ivre.

Tandis que Keane la contemplait, Jo vit passer dans ses yeux une expression fugace qu'elle ne parvint pas à interpréter.

— Quelque chose ne va pas ? s'enquit-elle, un peu inquiète.

Pendant quelques secondes, il ne dit rien et elle sentit son cœur s'emballer en imaginant qu'il allait peut-être l'embrasser.

— Non, repartit-il enfin d'une voix légèrement distante. Tout va très bien. Viens, je te raccompagne jusqu'à ta caravane.

Jo passa son bras sous celui de Keane, désireuse de renouer la complicité qu'elle avait perçue entre eux, quelques instants seulement auparavant.

— Ce n'est pas là que je comptais me rendre, lui dit-elle. Si tu viens avec moi, je te montrerai quelque chose de magique.

Elle lui décocha un sourire qu'elle espérait irrésistible.

— Tu aimes la magie, n'est-ce pas ? Même un avocat consciencieux et méticuleux comme toi doit aimer la magie.

— C'est vraiment comme cela que tu me vois ? protesta Keane d'un ton un peu vexé. Comme un avocat consciencieux et méticuleux ?

— Pas uniquement, assura-t-elle en souriant. Mais c'est une partie de toi.

Profitant de ce tête-à-tête, elle décida de pousser sa chance.

— Tu as aussi le goût de l'aventure et un grand sens de l'humour. Et puis tu as un caractère impossible !

— Apparemment, tu as réussi à me cerner, remarqua Keane en souriant à son tour.

— Oh, non ! s'exclama-t-elle. Loin de là ! Je sais comment tu es ici, mais je ne peux qu'imaginer à quoi tu ressembles à Chicago.

Il lui jeta un regard étonné.

— Crois-tu que je sois différent, là-bas ? demanda-t-il, curieux.

— Je ne sais pas, reconnut-elle. Je suppose que oui. C'est un tout autre univers, avec d'autres règles. Tu dois habiter un loft ou une grande maison avec une femme de ménage qui vient une fois, non, deux fois par semaine. Ton bureau doit offrir une vue plongeante sur la ville. Tu as sans doute une secrétaire très efficace et des collaborateurs talentueux. Tu prends tes déjeuners dans ton bureau ou au restaurant, avec tes clients. Au tribunal, tu es aussi impitoyable qu'admiré. Tu as un tailleur qui te dessine des costumes sur mesure et tu fais régulièrement de la gym. Tu vas aussi au théâtre, de temps en temps. Et tu pratiques un sport. Le tennis, peut-être. Ou le golf. Non, je sais ! le handball !

Keane hocha la tête, visiblement impressionné par l'exactitude de cette description.

— Est-ce que c'est cela, la magie que tu voulais me montrer ?

— Non, répondit Jo en se remettant en marche. Je ne fais que deviner. Il est inutile d'avoir de l'argent pour savoir comment vivent ceux qui en ont. Et je sais que tu prends ton métier très au sérieux. D'ailleurs, tu n'aurais pas choisi une carrière si tu ne l'aimais pas vraiment.

Keane resta quelques instants silencieux.

— Je ne suis pas sûr d'aimer la façon dont tu vois ma vie, remarqua-t-il enfin.

— C'est parce que je ne trace que les grandes lignes. Tout est dans les détails, mais je ne te connais pas assez pour être plus précise.

— Vraiment ?

Elle lui jeta un regard malicieux.

— Comment voudrais-tu que je te comprenne ? lui dit-elle. Nous vivons dans des mondes radicalement différents.

Ils étaient parvenus devant le grand chapiteau et elle écarta le pan de toile qui servait de porte pour qu'ils puissent pénétrer à l'intérieur. Là, il faisait entièrement noir, mais elle trouva à tâtons l'interrupteur et l'immense tente s'illumina brusquement. Seules les rangées de bancs réservés aux spectateurs restaient dans l'ombre.

— C'est beau, n'est-ce pas ? lui déclara-t-elle. Et ce n'est jamais vraiment vide, tu sais ? Si tu fermes les yeux, tu peux sentir le public, les artistes, les animaux.

Le prenant par la main, elle l'entraîna jusqu'au centre de la piste.

— Tu sais ce que c'est ? demanda-t-elle en étendant les bras pour tourner lentement sur elle-même. C'est une magie qui ne change pas dans un âge de bouleversements. Quoi qu'il arrive au-dehors, tout ceci ne change pas. Nous sommes fragiles. Nous sommes à la merci des caprices des animaux, des cordes qui soutiennent les trapézistes et les funambules, des attentes et des déceptions du public. Mais six jours sur sept et vingt-neuf semaines par an, nous célébrons un miracle. Nous construisons à l'aube un monde qui disparaîtra dans la nuit. Cela fait partie du mystère.

Elle regarda Keane droit dans les yeux et poursuivit :

— Des tentes apparaissent dans la prairie. Des éléphants et des lions remontent les rues de la ville. Et cela depuis toujours. Nous ne vieillissons jamais parce que chaque génération nous découvre avec le même émerveillement. Nous menons une vie de fou, une vie difficile. Nous vivons dans des caravanes, nous campons dans la boue, nous travaillons sans relâche jusqu'à ce que nos muscles hurlent de souffrance. Mais chaque fois que notre numéro prend fin, nous avons l'impression d'avoir contribué à quelque chose qui nous dépasse, à quelque chose d'unique. Et c'est la plus belle des sensations qui soit au monde.

— Est-ce pour cela que vous continuez ?

— Chacun a ses raisons, je suppose. Tu m'as déjà posé la question et je ne suis pas certaine de pouvoir y répondre. Mais je sais que, quoi que ce soit qui nous pousse, nous finissons tous par croire au miracle. J'ai passé ma vie entière dans ce cirque. Je connais tous les trucs, toutes les illusions. Je sais comment le père de Jamie fait entrer dix clowns dans un landau. Mais, chaque fois que je le regarde faire, j'y crois et je ris. Ce n'est pas un simple divertissement, Keane. C'est le fait de savoir que tu en verras toujours plus : le plus rapide, le plus fort, le plus haut, le plus dangereux…

Elle leva les bras au ciel et pirouetta sur elle-même.

— Mesdames et messieurs, s'exclama-t-elle, pour votre plaisir et votre émerveillement, je vous présente pour la toute première fois en Amérique une multitude de puissants pachydermes tout droit venus du fin fond de l'Afrique et dirigés de main de maître par l'extraordinaire et talentueuse Serena, qui nous présente cette magistrale chorégraphie !

Elle éclata de rire et ramena ses cheveux en arrière d'un petit mouvement de la tête.

— Et puis il y a ceux qui se trouvent en dehors du chapiteau, poursuivit-elle. Ceux-là, ils te révèlent des secrets, ils t'ouvrent des portes sur le ton de la confidence. Approchez, approchez encore un peu. N'ayez pas peur. Venez admirer l'étonnante Serpentina, tout droit venue du fin fond de l'Amazonie. Elle parle aux boas et enchante les redoutables cobras. Regardez-la charmer les reptiles les plus dangereux et s'offrir au baiser du serpent.

— J'imagine que Baby pourrait intenter un procès en diffamation, remarqua Keane en riant.

— Sans doute. Mais ce qui compte, c'est que, lorsque les spectateurs se retrouvent face à l'adorable Rose et à son boa constrictor, ils éprouvent ce petit frisson qui fait toute la différence. Nous leur donnons ce qu'ils cherchent : de l'exotisme, de la fantaisie, de l'unique. Tu as vu comment ils s'émerveillent lorsque Vito fait son numéro sans filet !

— Mais il risque sa vie tous les jours, affirma Keane.

— C'est aussi le cas d'un agent de police ou d'un pompier, tu sais ? répondit Jo en posant doucement les mains sur ses épaules.

Plus que jamais, elle était décidée à lui faire toucher du doigt ce qu'avait été le rêve de son père.

— Je comprends tes doutes, Keane. Mais il faut que tu nous comprennes. Le danger est un élément fondamental du cirque. Il donne tout leur sens à de nombreux numéros. Tu as vu le public retenir son souffle quand Vito fait un double saut périlleux sur son fil. S'il utilisait un filet, ils seraient impressionnés mais pas aussi terrifiés.

— Est-ce vraiment nécessaire ? insista-t-il.

— Oh, oui ! s'écria-t-elle. Il faut qu'ils soient terrifiés. Fascinés. Hypnotisés. C'est pour cela qu'ils paient. Ils veulent plus, toujours plus d'émotions. Nous repoussons pour eux les limites du possible. Chaque jour, nous essayons d'aller un peu plus loin. Sais-tu combien de temps il a fallu pour que le premier des trapézistes ose faire trois tours dans le vide avant de se rattraper ? Aujourd'hui, c'est presque une figure obligée. Et puis, un jour, quelqu'un parviendra à en faire quatre. Un homme jongle avec trois torches enflammées. Il est suivi par un autre qui fait la même chose du haut d'un cheval lancé au galop. Puis par un groupe de jongleurs tout entier qui se les fait passer d'un cheval à l'autre. C'est cela, l'esprit de notre métier. Aller toujours plus loin, réaliser l'impossible. C'est aussi simple que cela.

— Simple, répéta Keane en levant la main vers son visage pour caresser doucement sa joue. Je ne sais pas si tu dirais la même chose en voyant cela de l'extérieur.

— Tu as sans doute raison, approuva-t-elle. Mais je n'ai jamais été à l'extérieur.

Perdu dans ses pensées, Keane plongea ses doigts dans les cheveux soyeux de Jo. Très doucement, il les repoussa en arrière pour dégager son visage. Il ne la quittait pas du regard, paraissant se perdre sans espoir de retour dans ses beaux yeux verts.

— Tu es si belle, murmura-t-il rêveusement.

Jo resta immobile, silencieuse. La façon dont il la touchait en cet instant était différente des fois précédentes. Il y avait dans ses gestes une tendresse infinie et une hésitation qu'elle n'avait jamais perçue jusqu'alors. Mais elle ne parvenait pas à déchiffrer l'expression de ses yeux couleur d'ambre.

Finalement, incapable de résister à la tentation, elle lui entoura le cou de ses bras et posa ses lèvres sur les siennes. Ce n'est qu'alors qu'elle s'aperçut combien elle s'était sentie seule et vide au cours des semaines précédentes, combien elle avait désespérément besoin de Keane.

Elle s'agrippa à lui, ardente et insatiable, et il lui rendit son baiser avec autant de passion. Ses mains quittèrent ses cheveux pour se poser sur ses hanches et il la plaqua contre lui comme pour la sentir tout le long de son corps.

Ils se dévoraient à présent et Jo sentit son sang bouillonner dans ses veines tandis qu'une explosion de chaleur se répandait en elle. Elle avait l'impression de retrouver une drogue puissante dont on l'avait trop longtemps privée.

L'odeur de Keane, le goût de sa langue, le contact de ses bras puissants se mêlaient en une sensation unique, enivrante, dans laquelle elle se noyait avec reconnaissance. Leur baiser était si impatient que leurs dents s'entrechoquaient et qu'ils ne prenaient pas même le temps de reprendre haleine.

Elle le désirait. Elle avait besoin de lui. Elle l'aimait. Et cette conviction profonde était la seule chose qui comptait à ses yeux, en cet instant. Cette fois, elle se donnerait à lui sans remords, sans calculs, sans espoirs. Parce que, si elle ne le faisait pas, elle passerait le reste de sa vie à le regretter.

Mais, au moment précis où elle formulait cette pensée, Keane s'arracha à elle. Stupéfaite, elle le contempla tandis qu'il passait nerveusement une main dans ses cheveux. Puis, d'un geste mal assuré, il sortit son paquet de cigarillos et en alluma un.

Ecartelée entre frustration, colère et désespoir, elle le regarda faire, incrédule.

— Keane ? chuchota-t-elle enfin d'une voix suppliante.

Il leva brièvement les yeux vers elle et lut tout ce qu'elle était prête à lui offrir.

— La journée a été longue, lui dit-il d'une voix calme et posée qui contrastait avec le caractère surréaliste de la scène. Je vais te ramener à ta caravane.

Jo sursauta aussi violemment que s'il venait de la gifler. D'un pas incertain, elle recula, sentant une douleur immense envahir chaque fibre de son corps.

— Pourquoi fais-tu ça ? articula-t-elle.

Humiliée, elle se rendit compte qu'elle était en train de pleurer devant lui. Ses larmes transformaient les lumières de la piste en un millier d'étoiles qui l'aveuglaient. Rageusement, elle les essuya du revers de la main.

— Comment oses-tu ? reprit-elle d'une voix tremblante de colère et de chagrin. Tu me pousses à te…

Elle s'interrompit, s'apercevant qu'elle avait failli lui révéler les sentiments qu'elle éprouvait pour lui.

— A te désirer, poursuivit-elle. Et, ensuite, tu me repousses comme si j'étais indigne de toi ! J'avais raison à ton sujet dès le début. Je croyais m'être trompée, mais j'avais vu juste. Tu es froid et insensible !

Elle s'interrompit, luttant contre les sanglots qui l'étranglaient. Mais il n'était pas question de reculer tant qu'elle ne lui aurait pas dit tout ce qu'elle avait sur le cœur. Le visage très pâle, elle se força donc à continuer.

— Je ne sais pas comment j'ai pu croire un seul instant que tu étais capable de comprendre ce que Frank t'avait légué. Il te faudrait un cœur, pour cela. Franchement, je serai heureuse lorsque cette saison prendra fin. Quoi que tu décides, quoi que tu fasses de ce cirque, je n'aurai plus jamais à te revoir !

Elle reprit haleine, le défiant du regard. Mais il ne répondit rien, se contentant de la fixer en silence, sans qu'elle puisse deviner ce qu'il pensait exactement.

— En tout cas, ajouta-t-elle, je ne te laisserai plus jamais me traiter ainsi !

Sa voix tremblait et elle dut déployer toute la force de sa volonté pour terminer ce qu'elle avait à dire.

— A partir d'aujourd'hui, je t'interdis de me toucher. C'est compris ?

Keane resta longuement silencieux, comme figé. Puis, lentement, il porta son cigare à sa bouche.

— Comme tu voudras, Jo, rétorqua-t-il enfin en exhalant une profonde bouffée de fumée.

Le calme et l'indifférence dont il faisait preuve eurent raison de ses bonnes résolutions et elle fondit en larmes. Ne voulant pas lui donner le plaisir de la voir pleurer devant lui, elle se retourna brusquement et quitta le grand chapiteau en courant.

10

Durant le mois de juillet, la troupe traversa la Virginie et le Kentucky avant d'atteindre l'Ohio. Le temps était magnifique et la température ne cessait d'augmenter, ce qui rendait le travail sous les projecteurs du chapiteau encore plus éprouvant. Mais les spectateurs affluaient en masse et Duffy se réjouissait déjà de la réussite de cette tournée.

Depuis la nuit du 4 Juillet, Jo s'efforçait soigneusement d'éviter Keane. Cela ne fut pas aussi difficile qu'elle l'avait redouté puisqu'il passa la moitié du temps à Chicago pour s'occuper de ses affaires.

Elle vivait dans un état second, presque par réflexe. Elle mangeait parce que c'était nécessaire, sans y trouver le moindre plaisir. Elle dormait parce qu'elle ne pouvait se permettre d'être fatiguée lorsqu'elle entrait dans la cage, mais elle ne rêvait plus.

Son existence tout entière lui semblait être entre parenthèses, en attente. Mais elle savait qu'il n'y avait rien à espérer et elle priait pour oublier au plus vite Keane et son propre amour déçu.

Vis-à-vis de ses amis, elle s'efforçait de faire illusion, de dissimuler ce vide qui la rongeait de l'intérieur. Elle ne voulait pas avoir à répondre à leurs questions, ni à supporter leurs conseils ou leur sympathie.

Elle se concentra une fois de plus sur son travail et poursuivit notamment la formation de Gerry. Il progressait régulièrement et elle était très fière de lui, convaincue à présent que, s'il persévérait, il deviendrait un jour un excellent dresseur.

Chaque jour, elle répétait avec lui dans la grande cage. Ils commencèrent avec Merlin, puis Jo ajouta progressivement de nouveaux animaux pour corser la difficulté de l'exercice. Lorsque arriva la première semaine du mois d'août, ils travaillaient avec l'ensemble des lions.

Ce matin-là, ils se retrouvèrent comme d'habitude sous le chapiteau pour une nouvelle session. Les seuls artistes qui s'entraînaient étaient les écuyers qui rodaient un nouveau numéro, et le bruit des sabots résonnait dans la grande tente déserte.

Après quelques exercices simples qui laissaient aux lions le temps de s'adapter à leur environnement, elle demanda à Gerry de leur faire faire une pyramide. Il s'en sortit plutôt bien, malgré le peu d'enthousiasme dont faisait preuve Lazareth, qui devait former la pointe de l'édifice vivant.

— Très bien, commenta-t-elle lorsqu'il leur eut fait regagner leurs piédestaux.

— Pas tant que cela, soupira-t-il. J'ai dû m'y reprendre à trois fois avec le dernier.

— Ne sois pas si impatient. C'est un exercice très difficile pour eux comme pour toi. Et il demande beaucoup de confiance de leur part. Maintenant, fais-les tourner d'un piédestal à l'autre.

Gerry s'exécuta et les animaux commencèrent leur ronde habituelle sous le regard critique de Jo. Elle était très fière de son élève. Chaque jour, il faisait de nouveaux progrès et gagnait plus de confiance.

Il avait les nerfs solides, un instinct très sûr et une réelle empathie avec les animaux. Il lui manquait peut-être encore un peu de patience, mais cela viendrait avec le temps, lorsqu'il comprendrait que l'important n'était pas le nombre des figures que l'on maîtrisait, mais la perfection avec laquelle elles étaient réalisées.

Il ne lui restait plus qu'une étape majeure à franchir pour pouvoir réellement se considérer comme un dresseur. Un jour ou l'autre, il devrait affronter la cage seul. Mais Jo n'était pas certaine qu'il y soit déjà prêt. Il était encore trop confiant, trop décontracté et manquait de cette rigueur confinant à la paranoïa qui faisait parfois toute la différence entre le triomphe et la catastrophe.

— Maintenant, lui dit-elle lorsque tous les lions eurent regagné leur propre piédestal, tu vas les faire se lever sur leurs pattes arrière un par un avant de les faire sortir.

Gerry hocha la tête et commença par Merlin, qui lui était le plus familier. Le lion s'exécuta sans se faire prier, prouvant ainsi les progrès effectués par le jeune homme. Il le fit se rasseoir et passa au suivant. Un par un, les fauves se dressèrent et griffèrent l'air de leurs pattes avant.

Mais lorsqu'ils arrivèrent devant Hamlet, celui-ci ignora l'ordre de Gerry et se contenta de grogner d'un air menaçant. Jo lui demanda de recommencer et il s'exécuta, s'avançant légèrement pour donner plus d'impact à ses instructions.

— Pas si près ! l'avertit aussitôt Jo.

Au moment même où elle prononçait ces mots, elle vit quelque chose changer dans le regard d'Hamlet. Instinctivement, elle se plaça devant Gerry, le repoussant en arrière et faisant écran de son corps.

Mais il était déjà trop tard. Le lion avait frappé, toutes griffes dehors. Une douleur fulgurante traversa son épaule et elle sentit sa peau se déchirer. Elle tituba en arrière, mais parvint à rester sur ses pieds et fit aussitôt face au fauve. Gerry et elle se tenaient à présent hors de portée.

— Ne cours pas! s'exclama-t-elle, sentant monter sa panique.

Son bras était en feu et le sang coulait le long de sa manche pour s'écraser sur le sable qui recouvrait la piste. D'un geste rapide mais coulé, elle prit le fouet des mains de Gerry et le fit claquer sèchement en se servant de son bras gauche.

Elle savait pertinemment que, si elle ne parvenait pas à mettre un terme aux provocations d'Hamlet et qu'il attaquait, tout serait perdu. Les autres animaux se joindraient à la curée et ils n'auraient plus aucune chance. Du coin de l'œil, elle repéra Abra, qui courbait déjà le dos et montrait les crocs.

— Ouvre la grille qui donne sur leurs cages, ordonna-t-elle à Gerry. Ensuite, sors. Déplace-toi lentement et, si je te dis de t'arrêter, fais-le aussitôt. C'est compris?

Elle l'entendit acquiescer en un murmure et le suivit des yeux tandis qu'il allait ouvrir la grille. Lorsque ce fut fait, elle ordonna aux lions de descendre de leurs piédestaux et de se diriger vers leurs cages.

— Tu es blessée, fit alors Gerry, angoissé. Est-ce que c'est grave?

— Je t'ai dit de filer! s'exclama-t-elle en surveillant les fauves.

La moitié d'entre eux étaient déjà sortis de la cage, mais Hamlet la défiait toujours du regard. Il n'y avait pas une minute à perdre. Elle se concentra sur le lion rétif et fit claquer son fouet.

— Sors, maintenant! commanda-t-elle à Gerry, qui s'attardait toujours près de la porte de la cage, incertain quant à la conduite à tenir. Fais ce que je te dis!

Il obéit à contrecœur, la laissant seule avec les lions. Lorsque ce fut au tour d'Hamlet de sortir, il ne fit pas mine de quitter son piédestal. Ils n'étaient plus que tous les deux, à présent.

Jo pouvait sentir l'odeur de son propre sang qui se mêlait à celle de la sciure et des lions. Son bras était parcouru d'éclairs fulgurants et elle pria pour ne pas s'évanouir. Elle était trop loin de la porte de la cage pour tenter de fuir et, lorsqu'elle se déplaça légèrement dans sa direction, Hamlet se ramassa sur lui-même. Aussitôt, elle s'arrêta.

Elle savait désormais qu'il ne la laisserait pas traverser la cage. Il ne lui restait donc plus qu'une seule solution : obtenir sa soumission en bluffant.

— Dehors! lui cria-t-elle en faisant claquer son fouet. Dehors, Hamlet!

Mais il continuait à la fixer sans bouger et elle sentit une sueur froide couler le long de son dos. Son bras blessé était déjà poisseux de sang et elle savait qu'Hamlet le sentait. Elle se rappela brusquement l'image de son père traîné à travers la cage et frissonna.

La peur commençait à l'oppresser, risquant à tout moment de lui faire commettre l'erreur que guettait le lion. Serrant les dents, elle fit appel à toute la force de sa volonté et se redressa fièrement.

Chaque seconde comptait, désormais. Plus elle laisserait Hamlet assis tranquillement et plus elle perdrait de son autorité de dresseuse. Alors, l'agressivité du fauve monterait encore d'un cran. Pour le moment, il n'avait probablement pas encore compris qu'il était le véritable maître de la situation.

— Dehors, Hamlet! répéta-t-elle en faisant claquer son fouet.

Il sauta de son piédestal et Jo sentit son estomac se contracter. Son corps était tendu comme la corde d'un arc. Mais lorsqu'elle comprit qu'il hésitait encore, elle sut que rien n'était perdu. Elle réitéra son ordre et il lui jeta un regard un peu hésitant, comme s'il était déchiré entre deux instincts diamétralement opposés.

Elle décida d'utiliser cette confusion à son avantage et resserra sa prise sur le fouet.

— Hamlet, répéta-t-elle en détachant bien les syllabes. Dehors!

Cette fois, elle ajouta à son instruction le signal de la main qu'elle utilisait avant qu'il ne soit parfaitement formé à obéir à sa voix.

Brusquement, le lion parut se détendre, comme si le dilemme qui le préoccupait était à présent résolu. D'un pas tranquille, il gagna l'ouverture qui menait aux cages et s'y engouffra.

Avant même que la grille ne se soit complètement refermée derrière lui, Jo tomba à genoux au milieu de la piste. Son corps tout entier se mit à trembler convulsivement du choc rétrospectif qu'elle éprouvait en cet instant.

Moins de cinq minutes s'étaient écoulées depuis qu'Hamlet avait défié Gerry, mais elle avait l'impression d'avoir passé des heures dans la cage. Brusquement, sa vision se brouilla et elle bascula en arrière.

Lorsqu'elle rouvrit les yeux, quelques secondes plus tard, elle se trouvait dans les bras de Keane. Elle l'entendit jurer et déchirer la manche de son chemisier tout en la bombardant de questions auxquelles elle était complètement incapable de répondre.

Finalement, elle commença à reprendre un peu ses esprits et, soutenue par Keane, elle se releva. Lorsqu'il voulut la prendre dans ses bras, elle secoua la tête.

— Ce n'est pas la peine, lui assura-t-elle d'une voix légèrement groggy. Je vais bien.

— Tais-toi ! s'exclama-t-il. Pour l'amour de Dieu !

Il la souleva de terre et la fit sortir de la cage. Jo ferma les yeux, essayant de faire abstraction des gens qui criaient autour d'elle. Les voix lui parvenaient légèrement déformées, mais la souffrance qui tenaillait son bras l'empêchait de sombrer de nouveau dans l'inconscience.

Paradoxalement, cette douleur la rassurait un peu. La situation aurait été bien plus inquiétante, si elle n'avait rien senti du tout. Mais elle n'osait pas encore tourner la tête pour constater l'ampleur des dégâts.

Lorsqu'elle rouvrit les yeux, ils étaient sortis du grand chapiteau. Duffy avait dû apprendre la nouvelle, car il se trouvait là, lui aussi. Ils pénétrèrent ensemble dans la caravane où était installée l'infirmerie et déposèrent précautionneusement Jo sur l'un des lits.

— C'est grave ? demanda Duffy d'une voix inquiète.

— Je ne sais pas encore, répondit Keane. Passez-moi une serviette pour épancher tout ce sang.

Buck, qui venait de les rejoindre, alla lui chercher le matériel nécessaire.

— Ce n'est pas si terrible, articula Jo avec un pâle sourire.

Courageusement, elle tourna la tête. Keane venait de découper complètement sa manche, révélant trois profondes griffures dont deux saignaient encore abondamment. Elle eut un léger haut-le-corps mais tint bon.

— Comment peux-tu le savoir ? protesta Keane entre ses dents.

— Ça ne saigne pas tant que ça, rétorqua-t-elle en affectant un ton bien plus assuré qu'elle ne l'était en réalité.

A ce moment, ils furent rejoints par le médecin du cirque, qui, après avoir enfilé des gants, inspecta attentivement la blessure. Sans attendre, il désinfecta la plaie avant de sortir une aiguille pour la suturer.

Les dents serrées, Keane observait la scène et, tandis que le médecin s'activait, Jo garda les yeux fixés sur lui. Il paraissait furieux et elle lui en voulut terriblement de réagir de cette façon.

Tout ce qu'elle souhaitait, pour le moment, c'était qu'il se montre doux et rassurant, et l'aide à surmonter le choc qu'elle venait d'éprouver. Mais, au lieu de cela, il paraissait lui en vouloir pour la façon dont elle avait réagi.

Incapable de le supporter, elle ferma de nouveau les yeux et attendit que le médecin ait terminé. Lorsque ce fut fait, il lui fit une injection pour éviter tout risque d'infection et lui banda le bras.

Lorsqu'il s'écarta enfin, ce fut Buck qui vint lui prendre la main.

— Ça va mieux, ma belle ? s'enquit-il gentiment.

Jo hocha la tête, aussi émue par ses attentions qu'elle était révoltée par la froideur de Keane.

— Dis-moi ce qui s'est passé, l'encouragea-t-il.

— Hamlet a refusé de répondre à un ordre de Gerry et il l'a répété en faisant un pas en avant, expliqua-t-elle. Il était beaucoup trop près. J'ai vu dans les yeux d'Hamlet ce qui allait se produire et j'aurais dû réagir plus vite. C'était une erreur stupide.

— Elle s'est interposée entre le lion et lui, intervint Keane d'un ton rageur.

— Comment va Gerry ? demanda-t-elle, refusant de lui prêter attention.

— Pete est avec lui. Il a vomi un bon coup, mais il s'en remettra, ne t'en fais pas.

— Tant mieux. Parce qu'il va nous falloir y retourner dès que je me sentirai un peu mieux.

— Retourner où ? demanda Keane en fronçant les sourcils.

— Dans la cage, lui répondit-elle froidement.

Elle se tourna de nouveau vers Buck.

— Nous devrions pouvoir caser une répétition juste avant le spectacle, déclara-t-elle.

— Pas question ! s'exclama Keane, furieux. Tu ne retourneras pas dans cette cage aujourd'hui !

— Bien sûr que si, répliqua-t-elle en haussant les épaules. Et Gerry aussi s'il veut vraiment devenir dresseur. Il le faut absolument.

— Jo a raison, acquiesça Buck d'une voix conciliante. C'est comme lorsqu'on tombe de cheval. Il faut aussitôt remonter en selle sous peine de ne plus jamais pouvoir monter.

Keane avait gardé les yeux fixés sur Jo, ne tenant aucun compte de ce que son assistant venait de dire.

— Je ne le permettrai pas, affirma-t-il d'une voix sans appel.

— Tu ne peux pas m'en empêcher, rétorqua Jo en se redressant.

Ce mouvement brusque lui arracha une grimace de douleur alors qu'un nouvel élancement lui traversait le bras.

— Bien sûr que si, confirma-t-il posément. Je te rappelle que je suis le propriétaire de ce cirque.

Jo serra les poings sous le coup de la colère. Comment pouvait-il exercer son autorité de façon aussi irresponsable ? Il ne connaissait rien au cirque et encore moins au métier de dresseur.

— Peut-être, riposta-t-elle d'une voix glacée. Mais je ne t'appartiens pas. Et si tu vérifies tes sacro-saints contrats, tu constateras que c'est également le cas de mes lions et de mon matériel. Je les ai achetés et c'est moi qui les fais vivre sur mes propres revenus. Notre accord ne te donne pas le droit de décider quand je fais répéter mes chats ou pas !

Le visage de Keane était un masque impénétrable et, dans ses yeux, elle lut une rage froide.

— Tu as besoin de ma permission pour utiliser le grand chapiteau, lui rappela-t-il.

— Qu'à cela ne tienne ! Nous répéterons dehors. Mais que tu le veuilles ou non, ce sera fait. Si je ne travaille pas avec les chats aujourd'hui même, je risque de gâcher des mois de travail et d'efforts.

— Tu préfères donc te faire tuer ? ironisa-t-il.

— Mais qu'est-ce que cela peut bien te faire ? s'écria-t-elle, perdant toute retenue.

La blessure qu'elle venait de recevoir n'était pas seulement corporelle. Le traumatisme qu'elle venait de vivre était sans doute ce qui lui était arrivé de pire depuis la mort de ses parents.

Elle attendait du réconfort et du soutien de la part de Keane. Elle aurait voulu qu'il la prenne dans ses bras et la serre contre lui, comme lorsque Ari était mort. Elle se sentait en sécurité alors, comme si plus rien ne pouvait l'atteindre.

Mais il s'était montré cassant, rageur et autoritaire. Il n'avait même pas compris que le fait de retourner dans la cage cet après-midi la terrifiait et qu'elle avait besoin d'être encouragée et non menacée de cette façon.

— Je ne suis rien pour toi ! ajouta-t-elle d'un ton désespéré.

Il y avait une pointe d'hystérie dans sa voix et Buck posa doucement la main sur son épaule, essayant de la calmer.

— Tout doux, Jo, lui souffla-t-il.

— Non ! s'exclama-t-elle, folle de rage et de tristesse mêlées. Il n'a pas le droit ! Tu n'as pas le droit d'intervenir dans ma vie de cette façon ! Je sais ce que j'ai à faire. Je sais ce que je vais faire ! En quoi cela te concerne-t-il ? Tu n'es pas légalement responsable s'il m'arrive un accident, tu sais ? Personne ne t'intentera de procès, rassure-toi !

— Arrête, Jo ! intervint de nouveau Buck d'une voix plus ferme. Elle ne sait pas ce qu'elle dit, ajouta-t-il à l'intention de Keane. Elle est encore sous le choc.

— Je ne pense pas, répondit froidement ce dernier. Je crois au contraire qu'elle sait exactement ce qu'elle dit. Fais ce que tu as à faire, Jo. Après tout, tu as parfaitement raison. Je n'ai aucun droit sur toi.

Sur ce, il tourna les talons et quitta l'infirmerie à grands pas. Dès qu'il eut quitté la pièce, Jo s'effondra en larmes, incapable de dominer les sanglots qui la secouaient de part en part.

— Là, doucement, murmura Buck en lui caressant les cheveux. Tout se passera bien, tu verras.

Il la serra tendrement contre lui tandis qu'elle pleurait sans s'arrêter. Lorsqu'elle se calma enfin, il la rallongea sur le lit.

— Tu n'aurais pas dû te montrer aussi dure envers lui, tu sais ? lui dit-il gravement.

— C'est sa faute, protesta-t-elle faiblement. Il n'avait pas à intervenir. Ça ne le concerne pas.

— Jo, cela ne te ressemble pas d'être aussi dure.

— Dure ? répéta-t-elle d'une voix brisée. Et lui, alors ? Est-ce qu'il n'aurait pas pu se montrer un peu plus gentil ? Faire preuve d'une once de compassion ? Il me parlait comme si je venais de commettre un crime.

— Il était terrifié, Jo, expliqua Buck. Tu ne connais que la cage et tu ne sais pas combien il est dur de se trouver de l'autre côté des barreaux, incapable de venir en aide à quelqu'un qui t'est cher et qui est face à la mort. J'ai presque dû l'assommer pour qu'il ne se précipite pas à l'intérieur. J'ai fini par lui faire comprendre qu'il ferait plus de mal que de bien. Mais il était terrifié. Nous l'étions tous.

Jo secoua la tête, convaincue que Buck exagérait dans la seule intention de la ménager.

— Il se moque de moi, déclara-t-elle durement. Pas comme vous tous. Aucun de vous ne m'a hurlé après. Aucun de vous ne s'est conduit ainsi…

— Les gens ne réagissent pas tous de la même façon, plaida Buck.

— Ecoute, soupira-t-elle, je sais que tu veux me ménager. Et je sais que Keane n'est ni méchant ni cruel. Mais, franchement, je préférerais que nous cessions de parler de lui, si ça ne t'ennuie pas.

Buck perçut l'épuisement qui se devinait dans sa voix et hocha la tête.

— D'accord, ma chérie. Détends-toi et essaie de dormir un peu. Tout ira bien, tu verras.

Sur ce, il se leva et se dirigea vers la porte de la caravane.

— Buck, le rappela Jo.

Il se tourna à demi vers elle.

— N'oublie pas de préparer la cage.

11

Au cours des semaines qui suivirent, le bras de Jo perdit de sa raideur. La blessure guérissait correctement et il ne lui resterait plus en fin de compte que quelques cicatrices qui lui rappelleraient toujours le prix à payer pour la moindre négligence.

Psychologiquement, par contre, elle était très affectée. Elle avait parfois l'impression d'avoir perdu cette étincelle qui lui avait permis d'affronter toutes les vicissitudes de l'existence et toutes les souffrances qu'elle avait endurées.

Constamment, elle était en proie au doute et à l'insatisfaction. Ni ses amis, ni son travail, ni même ses livres préférés ne parvenaient à lui rendre ce bien-être qu'elle avait toujours considéré comme allant de soi.

Elle était devenue une femme et ses besoins s'étaient modifiés. Elle avait découvert l'amour pour s'en trouver privée presque aussitôt.

Bien sûr, elle savait que tout cela s'expliquait par ce qui s'était passé entre Keane et elle au cours de ces derniers mois. Mais ce savoir ne lui apportait aucun réconfort. Elle n'avait plus rien à espérer de lui.

D'ailleurs, il avait quitté le cirque le soir où elle avait été blessée et, quatre semaines plus tard, il n'avait toujours pas reparu. A trois reprises, Jo avait commencé une lettre qu'elle comptait lui envoyer. Elle voulait s'excuser pour ce qu'elle lui avait dit et retrouver ainsi sa confiance.

Mais, chaque fois, elle avait fini par froisser le brouillon inachevé et par le jeter dans sa corbeille à papier. Quelle que soit la façon dont elle formulait ce qu'elle avait sur le cœur, les mots sonnaient faux.

Elle espérait donc qu'il finirait par revenir, ne serait-ce qu'une journée. Peut-être alors pourrait-elle lui dire ce qu'elle ne pouvait écrire. Il lui semblait que, s'ils parvenaient à se quitter sans remords, cette séparation lui paraîtrait plus facile à accepter.

En attendant, elle répétait sans relâche et enchaînait les représentations. Et, chaque jour, le cirque se rapprochait un peu plus de Chicago.

***

Par un brûlant après-midi du mois d'août, Jo s'entraînait avec les frères Beirot sous le grand chapiteau. Raoul avait établi à son intention une série d'exercices au sol qui lui avaient permis de rééduquer son bras blessé. A présent, elle était capable de marcher sur les mains sans éprouver la moindre gêne.

— Je me sens vraiment bien, déclara-t-elle à l'aîné des Beirot après avoir effectué une série de pirouettes. En pleine forme ! ajouta-t-elle en français.

— Ce n'est pas en dansant que tu vas faire travailler ton épaule, ironisa Raoul.

— Ne t'en fais pas. Elle est complètement rétablie.

Pour le lui prouver, elle fit le poirier avant de se rétablir élégamment sur les pieds. Elle enchaîna avec une roulade et se releva d'un bond avant d'ajouter deux roues avant à sa démonstration. Lorsqu'elle se redressa, elle constata qu'elle se trouvait à moins de un mètre de Keane.

Instantanément, un flot d'émotions contradictoires déferla en elle, la faisant brièvement vaciller sur place. Rassemblant son courage, elle s'approcha lentement de lui.

— Je ne savais pas que tu étais revenu, lui dit-elle.

Aussitôt, elle regretta l'absurde banalité de cette remarque. Mais les mots qu'elle avait si souvent répétés dans l'espoir qu'elle le reverrait un jour restaient bloqués dans sa gorge. Une seule chose l'obsédait, en cet instant : l'envie irrésistible qu'elle avait de se jeter dans ses bras et de le serrer contre son cœur. Evidemment, ce n'était sans doute pas l'attitude la plus appropriée, étant donné les circonstances.

— Je viens juste d'arriver, répondit enfin Keane sans la quitter des yeux.

Finalement, il fit un pas de côté et se tourna vers la femme qui se tenait derrière lui.

— Jo, je te présente ma mère, Rachael Loring. Maman, voici Jo Wilder.

Elle parvint enfin à s'arracher à la contemplation muette de Keane pour se tourner vers sa mère. Aussitôt, elle perçut la ressemblance qui existait entre eux.

Ils avaient la même forme de visage, même si celui de Rachael était plus fin que celui de son fils. Elle reconnut ses sourcils, et son nez aristocratique. Ses cheveux étaient blonds, sans la moindre mèche grise. Ils paraissaient aussi doux que ceux de Keane.

Mais ce qui la frappa le plus, ce fut son regard. Ses yeux étaient quasiment identiques à ceux de son fils et lui rappelèrent une fois de plus ceux d'Ari. Rachael portait un tailleur très simple, mais qui révélait un goût très sûr.

Il émanait d'elle une impression chaleureuse et sympathique que Jo avait beaucoup de mal à associer à l'idée qu'elle s'était faite de la femme qui avait abandonné Frank et lui avait pris son enfant.

Chaque fois qu'elle avait essayé de l'imaginer, elle s'était représenté quelqu'un de froid, de dur. Jamais elle n'aurait imaginé un sourire aussi charmant.

— Keane m'a beaucoup parlé de vous, déclara Rachael en s'avançant vers elle.

Jo lui tendit la main par pure politesse et son étonnement grandit encore quand Rachael la serra affectueusement entre les siennes.

— Il m'a également dit que vous étiez très proche de Frank. J'aimerais beaucoup que nous parlions, vous et moi.

— Si vous voulez, répondit Jo d'une voix mal assurée.

Elle était complètement prise de court par la tournure des événements.

— Peut-être pourriez-vous me faire visiter les lieux, suggéra Rachael. Si vous avez le temps, bien sûr. Je suis certaine que les choses ont bien changé pendant toutes ces années. Je suis sûre que tu as des tas de choses à faire, ajouta-t-elle à l'intention de son fils. Jo prendra soin de moi, n'est-ce pas ?

Sans attendre la réponse de l'un ni de l'autre, la mère de Keane la prit par le bras et s'éloigna en sa compagnie tandis que Keane, immobile, les suivait des yeux.

— Vous savez, déclara Rachael, j'ai connu vos parents. Pas très bien, hélas. Ils sont arrivés l'année même où je suis partie. Mais je me souviens que tous deux étaient des artistes exceptionnels. Keane m'a dit que vous aviez suivi la voie de votre père.

— Oui, acquiesça Jo pour qui la situation commençait à devenir légèrement surréaliste.

— Vous êtes très jeune pour un tel métier, observa Rachael avec une pointe d'admiration dans la voix. Vous devez être terriblement courageuse !

— Pas vraiment. J'ai l'habitude.

— Je me doutais que vous diriez cela, approuva Rachael en riant. Ce n'est pas la première fois que je l'entends.

Elles se trouvaient à présent en dehors du grand chapiteau et Rachael s'arrêta pour observer attentivement les environs.

— Au fond, je me suis peut-être trompée, déclara-t-elle. L'endroit n'a pas changé tant que cela. C'est un lieu merveilleux, n'est-ce pas ?

— Pourquoi êtes-vous partie, alors ? ne put s'empêcher de demander Jo.

Se rendant compte de ce qu'elle venait de dire, elle rougit jusqu'à la racine des cheveux.

— Je suis désolée, s'excusa-t-elle. Je n'aurais pas dû vous poser la question.

— Pourquoi pas ? rétorqua Rachael en souriant tristement. C'est parfaitement naturel. Keane m'a dit que Duffy était toujours là.

— Oui. Je pense qu'il restera avec le cirque jusqu'à la fin.

— Nous pourrions peut-être aller boire un thé ou un café, suggéra Rachael. La route est longue depuis la ville. Est-ce que votre caravane est dans les environs ?

— C'est celle-ci, précisa Jo en la pointant du doigt.

— Parfait ! s'exclama Rachael en se remettant en marche.

Tout en progressant, elle observait les caravanes avec un sourire rêveur.

— Vivre dans un cirque est vraiment la seule façon de voyager sans changer de voisinage, remarqua-t-elle. Je suppose que vous connaissez l'histoire du chien.

Comme tous les enfants de la balle, Jo la connaissait par cœur, mais elle s'abstint de le lui dire.

— C'est l'histoire de ce chien de forain qui, chaque soir, enterre un os sous la caravane de son maître et qui, chaque matin, le retrouve alors que le camp s'est déplacé de cinquante kilomètres parce qu'il s'agit en réalité de celui qu'il a enterré précisément un an auparavant.

Elles étaient arrivées devant la caravane de Jo et elle ouvrit la porte, se sentant vaguement mal à l'aise. Cette femme était-elle vraiment celle qu'elle avait détestée durant si longtemps pour le mal qu'elle avait fait à Frank ? Cela paraissait tout bonnement impossible.

— J'ai toujours aimé les caravanes, déclara Rachael en regardant d'un air appréciateur le petit salon dans lequel elles venaient d'entrer. Lorsqu'on y habite, on est obligé de n'emporter que ce qui a vraiment de la valeur à ses yeux.

Elle s'approcha de la table basse et s'empara du recueil de poésies de Victor Hugo qui y était posé.

— Keane m'a dit que vous étiez passionnée de littérature. Et de langues étrangères, aussi.

Jo hocha la tête, stupéfaite que son fils lui ait autant parlé d'elle. Elle se demanda pourquoi il l'avait fait et ce qu'il avait pu lui dire exactement au sujet de leur étrange et éphémère relation.

Mais l'expression de Rachael était tout aussi indéchiffrable que celle de Keane et elle renonça à chercher une réponse dans ses yeux.

— J'ai du thé, proposa-t-elle en gagnant la petite cuisine. Et je le prépare mieux que le café.

— Ce sera parfait, assura Rachael, qui l'avait suivie.

Elle s'assit à la table, à l'évidence très à l'aise dans cet environnement qui ne lui était pourtant pas familier. Jo remplit la bouilloire et la plaça sur la gazinière avant de fouiller en vain dans les placards à la recherche de petits gâteaux.

— J'ai bien peur de ne pas avoir grand-chose à vous offrir, s'excusa-t-elle.

— Cela n'a aucune importance. Un thé et une conversation agréable me suffiront amplement.

Jo remplit leurs tasses et vint s'asseoir en face de Rachael, qu'elle observa avec attention avant de soupirer.

— Je suis désolée, lui dit-elle. Je sais que je dois vous paraître un peu empruntée, mais je vous en ai voulu pendant tant d'années sans même vous connaître que le fait de me retrouver face à vous me met un peu mal à l'aise. D'autant que vous ne ressemblez pas du tout à l'image que je m'étais faite de vous. Vous n'êtes ni froide ni pleine de haine et vous ressemblez tellement à Keane…

Elle secoua la tête comme pour remettre de l'ordre dans ses pensées.

— Je ne vous en veux pas du tout, répondit Rachael. Si vous étiez aussi proche de Frank que Keane me l'a dit, il est parfaitement normal que vous m'en vouliez de la façon dont je me suis conduite à son égard. Est-ce que lui aussi, il me détestait ?

— Non, repartit Jo d'une voix très triste. En tout cas, pas lorsque je l'ai connu. D'ailleurs, je ne pense pas qu'il ait été capable de tels sentiments.

— Vous le compreniez bien, n'est-ce pas ? remarqua Rachael. Moi aussi, vous savez… C'était un rêveur. Un esprit libre…

Elle s'interrompit et avala une gorgée de thé. Jo attendit qu'elle poursuive, suspendue à ses lèvres.

— J'avais dix-huit ans lorsque je l'ai rencontré, reprit Rachael. J'étais venue au cirque avec l'un de mes cousins. Et je me souviens encore de l'impression que j'ai ressentie. C'était comme si je venais de pénétrer dans un pays enchanté, dans un royaume magique empli de mystères. Et Frank en était le roi. Je suis instantanément tombée amoureuse et nous nous sommes mariés très vite, malgré les réticences de ma famille. J'ai pris la route avec lui. C'était si nouveau, si excitant ! J'ai appris des tas de choses. A coudre les costumes, à monter le chapiteau, à danser sur un fil…

— Vous étiez une artiste, vous aussi ? s'exclama Jo, sidérée.

— Oh, oui ! confirma Rachael. Et je n'étais pas mauvaise, vous savez ? Et puis je suis tombée enceinte. Frank et moi étions aussi excités par cette naissance à venir que deux enfants à la veille de Noël ! J'avais à peine dix-neuf ans quand Keane est né et cela faisait près d'un an que je suivais le cirque. La saison suivante, les choses sont devenues plus compliquées. Keane était mon premier enfant et j'avais toujours peur pour lui. Je paniquais chaque fois qu'il attrapait un rhume et j'insistais pour aller sans cesse consulter les pédiatres des villes près desquelles nous passions. Frank faisait preuve d'une patience infinie à cet égard…

Rachael se pencha en avant et prit la main de Jo dans la sienne.

— Pouvez-vous comprendre combien cette vie est difficile pour quelqu'un qui n'y a pas été préparé ? demanda-t-elle gravement. Je n'étais qu'une enfant moi-même et je devais m'occuper d'un nouveau-né. Mais je n'avais ni l'endurance et la vocation d'un enfant de la balle, ni l'expérience et la confiance d'une mère. J'ai passé une saison physiquement et nerveusement épuisante. Et quand elle s'est terminée, j'ai décidé de rentrer chez moi à Chicago.

C'était la première fois que Jo voyait sous cet angle la vie que Frank et Rachael avaient menée. Elle essaya de se représenter l'étrangeté et les exigences de son monde pour une jeune fille qui le découvrait pour la première fois. Et elle se rappela les dizaines de personnes qui s'étaient jointes au cirque l'espace de quelques semaines avant de jeter l'éponge, incapables de poursuivre l'aventure.

— Je comprends que cela ait été difficile pour vous, acquiesça-t-elle enfin. Mais si Frank et vous étiez vraiment amoureux, vous auriez pu trouver un compromis.

— Comment ? se récria Rachael. Aurais-je dû m'installer quelque part et passer plus de la moitié de l'année sans lui ? J'aurais fini par le détester pour cela. Aurait-il dû abandonner cette vie qui représentait tant pour lui et accepter de vivre avec Keane et moi ? Cela l'aurait détruit.

Rachael sourit tristement.

— Nous nous aimions, c'est vrai, soupira-t-elle. Mais pas assez.

Le compromis n'est pas toujours possible et ni l'un ni l'autre n'étions capables de nous adapter aux besoins de celui que nous aimions. J'ai essayé et Frank l'aurait fait aussi, si je le lui avais demandé. Mais nous n'avions aucune chance de réussir. Alors nous avons pris ce qui nous paraissait être la décision la plus sage, étant donné les circonstances.

Elle s'interrompit et fixa Jo, dont elle percevait la jeunesse et l'assurance.

— Je sais que cela peut vous sembler dur ou froid, poursuivit-elle. Mais j'ai compris qu'il ne servait à rien de faire perdurer une situation qui nous conduirait tôt ou tard à nous déchirer. Frank m'avait donné Keane et deux années merveilleuses dont j'ai toujours chéri le souvenir. Je lui ai rendu sa liberté sans amertume. Et, dix ans plus tard, j'ai retrouvé le bonheur. Mais je n'ai jamais oublié Frank et l'amour que nous avions partagé. N'est-ce pas cela le plus important ?

Jo avala sa salive avec difficulté.

— Vous savez que Frank non plus n'a jamais oublié. Toute sa vie, il a suivi les progrès de son fils. Il gardait tous les articles le concernant dans un album.

— Vraiment ? s'exclama Rachael en souriant. Cela ne m'étonne pas de lui, remarquez ! Mais dites-moi, Jo, est-ce qu'il était heureux ? Est-ce qu'il a eu la vie qu'il désirait ?

— Oui, répondit Jo sans hésiter. Et vous ?

— Oui. J'ai eu tout ce que je voulais, même si ce n'était pas forcément de la façon que j'avais imaginée. Et vous, Jo, savez-vous ce que vous attendez de l'existence ?

— Je n'en suis plus si sûre, soupira Jo.

Rachael l'étudia longuement avant de hocher la tête.

— Je ne pense pas que vous soyez une rêveuse, Jo. Je vois en vous une combattante, une guerrière. Et je suis certaine que, lorsque le moment viendra, vous saurez précisément ce que vous voulez. Et, alors, vous ferez tout pour l'obtenir.

Rachael reposa sa tasse à moitié vide et se leva.

— A présent, j'aimerais beaucoup rencontrer vos lions, si vous êtes d'accord. Et j'ai vraiment hâte de voir votre numéro.

Jo se leva à son tour et hésita un instant avant de tendre la main à Rachael.

— Je suis heureuse que vous soyez venue, assura-t-elle gravement.

— Moi aussi, répondit la mère de Keane en serrant affectueusement la main de Jo dans la sienne.

Durant toute la journée, Jo chercha Keane sans succès. Après la discussion qu'elle avait eue avec sa mère, il lui paraissait plus nécessaire encore de lui parler. Sa conscience ne serait pas en paix tant qu'elle ne lui aurait pas présenté des excuses.

Malheureusement, quand arriva l'heure de la représentation, elle n'était toujours pas parvenue à le trouver. Chaque numéro lui parut durer une éternité tant elle avait hâte que le spectacle prenne fin. Elle espérait qu'il se trouvait dans le public en compagnie de sa mère et qu'elle pourrait l'intercepter à la sortie.

Lorsque le moment de la parade finale arriva enfin, elle s'éclipsa discrètement et se plaça près de la porte d'entrée tout en se demandant si elle ne ferait pas mieux de l'attendre près de sa caravane. Mais elle craignait qu'il ne reparte aussitôt pour Chicago.

Lorsqu'elle le vit enfin sortir au bras de sa mère, elle se sentit brusquement envahie par un mélange de soulagement et d'angoisse.

— Jo ! s'exclama Rachael en s'approchant pour lui prendre les mains. Vous étiez merveilleuse ! Je commence à comprendre pourquoi Keane vous qualifiait de beauté indomptable !

Stupéfaite, Jo jeta un coup d'œil à son fils, qui l'observait d'un air impassible.

— Je suis heureuse que ça vous ait plu, répondit-elle avec un pâle sourire.

— Enormément ! Merci pour ce numéro et pour cette journée ! Cela m'a rappelé de merveilleux souvenirs. Et notre petite discussion m'a fait beaucoup de bien.

A la grande surprise de Jo, Rachael se pencha vers elle et l'embrassa sur les deux joues.

— J'espère que nous aurons l'occasion de nous revoir, ajouta-t-elle. Je vais aller saluer Duffy avant de partir, Keane. Je te retrouve à la voiture. Au revoir, Jo.

— Au revoir, madame Loring, dit Jo en la suivant des yeux tandis qu'elle se dirigeait vers Duffy. C'est vraiment quelqu'un de merveilleux, dit-elle à Keane. J'ai honte d'avoir pensé tant de mal d'elle pendant tout ce temps.

— Il n'y a pas de quoi, rétorqua-t-il en plongeant les mains dans ses poches. Nous pensions tous deux avoir de bonnes raisons d'en vouloir à quelqu'un et nous nous trompions. C'est tout. Comment va ton bras ?

— Beaucoup mieux, merci. Les cicatrices seront moins profondes que prévu.

— Tant mieux.

Un silence gêné s'éternisa tandis que Jo rassemblait son courage.

— Keane, lança-t-elle enfin en se forçant à le regarder droit dans les yeux, je voulais m'excuser pour la façon horrible dont je me suis conduite après l'accident.

— Je te l'ai déjà expliqué une fois : je ne veux pas d'excuses, répondit-il d'une voix distante.

— Je t'en prie, écoute-moi, le supplia Jo, bien décidée à ravaler sa fierté. Cela fait longtemps que je veux te parler de cela. Je ne pensais pas les choses que je t'ai dites. Et j'espère vraiment que tu pourras me pardonner.

Ce n'était pas exactement le discours éloquent qu'elle avait imaginé, mais son émotion était si grande en cet instant qu'elle ne pouvait mieux faire.

— Il n'y a rien à pardonner, répliqua-t-il enfin.

Il fit mine de se détourner et elle le prit par le bras pour le retenir.

— S'il te plaît, plaida-t-elle, désespérée. Ne m'abandonne pas sans m'avoir pardonné. Je sais que j'ai prononcé des mots terribles et que tu as parfaitement le droit d'être en colère contre moi. Mais j'aimerais au moins que nous nous quittions en amis.

Keane la contempla longuement et elle crut lire dans ses yeux une tristesse infinie. Finalement, il lui effleura la joue du bout des doigts et sourit.

— Tu as toujours le don de me désarçonner, Jo, lâcha-t-il en laissant retomber son bras le long de son corps. J'ai laissé quelque chose pour toi à Duffy. Sois heureuse.

Sur ce, il s'éloigna, la laissant seule face à la certitude atroce qu'ils ne se reverraient jamais. Incapable de retenir les larmes qui coulaient le long de son beau visage, elle le regarda s'éloigner et disparaître de sa vie aussi soudainement qu'il y était apparu.

Elle se sentait vidée, anéantie, et se demanda brusquement si elle trouverait la force de continuer à vivre sans lui.

— Jo, l'appela alors Duffy, qui se dirigeait vers elle. Keane a laissé ça pour toi, ajouta-t-il en lui tendant une épaisse enveloppe.

Elle la considéra d'un air absent, puis l'ouvrit d'un geste mécanique. A l'intérieur, elle trouva une liasse de documents juridiques qu'elle parcourut sans vraiment comprendre à quoi ils faisaient référence. Puis, brusquement, elle comprit ce qu'elle tenait entre les mains.

— Qu'est-ce que c'est? demanda Duffy, curieux.

— Un don, répondit-elle d'une voix étranglée. Keane vient de me céder la propriété du cirque Prescott.

12

Lorsque Jo pénétra dans l'aéroport de Chicago, elle fut stupéfiée par le nombre de personnes qui s'y trouvaient et par le bruit de la foule. Un peu étourdie par cette cacophonie, elle parvint à se frayer un chemin jusqu'à la sortie.

Une fois dehors, elle tomba brusquement en arrêt devant le paysage qui s'offrait à elle. La neige tombait à gros flocons et recouvrait d'un épais manteau blanc tous les endroits qui n'avaient pas été déblayés et salés.

Elle frissonna, constatant que le manteau dont elle avait fait l'acquisition pour l'occasion n'offrait qu'une maigre protection contre le vent glacé qui soufflait. Mais jamais elle n'était venue si loin dans le Nord en plein hiver et elle manquait complètement de repères.

Elle finit par trouver un taxi disponible et, tandis qu'elle approchait de la ville proprement dite, elle ne put s'empêcher d'admirer les beaux bâtiments qui se dressaient au milieu de ce décor d'un blanc immaculé. C'était une vue réellement exceptionnelle.

Malheureusement, Jo ne put l'apprécier très longtemps. Elle n'était pas venue pour faire du tourisme mais pour régler une question qu'elle n'avait que trop longtemps remise à plus tard.

D'un autre côté, elle ne s'était pas attendue aux multiples responsabilités que Keane lui avait transmises en lui offrant le cirque de son père. A peine revenue de sa stupeur, elle avait dû signer de nombreux documents et négocier de nouveaux contrats et s'était retrouvée noyée sous une masse de papiers dont elle avait beaucoup de mal à comprendre les subtilités.

Heureusement, Duffy l'avait aidée à remettre de l'ordre dans ses affaires.

Pendant les dernières semaines de la tournée, elle avait cherché par tous les moyens à joindre Keane, mais ce dernier avait apparemment décidé de ne pas répondre à ses appels ni aux innombrables messages qu'elle avait laissés sur son répondeur.

Alors qu'elle s'apprêtait à partir pour le rencontrer directement, Rose et Jamie avaient annoncé leur mariage et elle avait préféré retarder la date de son départ. Heureusement qu'elle l'avait fait, d'ailleurs, car c'est au cours de la cérémonie qu'elle avait compris ce qu'elle avait à faire.

En voyant ses amis prononcer leurs vœux, elle s'était rendu compte que ce qu'elle désirait le plus au monde, c'était vivre avec Keane. Elle s'était alors rappelé la détermination dont Rose avait fait preuve pour parvenir à ses fins et s'était sentie honteuse de ne pas avoir agi de même.

Elle avait laissé l'initiative à Keane, ne lui avouant jamais ce qu'elle ressentait exactement pour lui, attendant qu'il fasse le premier pas, qu'il prenne toutes les décisions pour eux deux.

Cela ne lui ressemblait pas. Et, pis encore, cela n'avait abouti qu'à leur séparation définitive.

Il était grand temps qu'elle réagisse. Elle irait donc à Chicago et, cette fois, elle ne se laisserait pas décourager aussi facilement. Si Keane l'avait désirée une fois, il pouvait bien la désirer encore. Et, sur cette base, elle pourrait peut-être l'amener à l'aimer.

Et, même si elle n'y parvenait pas, elle aurait suffisamment d'amour pour deux.

En descendant du taxi, Jo regretta amèrement de ne pas avoir mieux préparé son voyage. Elle aurait au moins dû penser à acheter des gants et un bonnet. Et s'assurer que Keane serait bien chez lui. Que ferait-elle s'il était à son bureau ? Ou chez un client ? Ou en vacances, quelque part en Europe ?

Un brusque accès de panique la submergea, mais elle s'obligea à le dominer à force de volonté. Il fallait qu'il soit chez lui. Au moins, elle avait choisi un dimanche pour lui rendre visite.

Mais que se passerait-il si elle le trouvait avec une autre femme ? Cette pensée la glaça bien plus encore que le vent qui balayait la rue. Peut-être ferait-elle mieux de l'appeler. Ou, tout simplement, de monter dans le premier taxi venu pour regagner l'aéroport. Après tout, il ne saurait jamais qu'elle était venue.

Fermant les yeux, Jo se força à respirer profondément pour recouvrer un semblant de calme. Lentement, elle sentit se dissiper ce brusque accès d'hystérie. Elle avait passé sa vie à affronter des lions. Ce n'était donc vraiment pas le moment de céder à une crise d'angoisse.

Hélas, en cet instant précis, elle aurait tout donné pour se retrouver face au fauve le plus assoiffé de sang.

Que se passerait-il s'il la repoussait ?

Serrant les dents, elle se promit qu'elle ne lui donnerait pas l'occasion de le faire. Elle le séduirait. Bien sûr, elle ignorait complètement comment elle était censée s'y prendre, mais elle pourrait toujours improviser…

L'idée de retourner à l'aéroport lui parut soudain terriblement tentante.

Rouvrant les yeux, elle se força à contempler le building de verre et d'acier devant lequel elle se trouvait. C'était là que vivait l'homme qu'elle aimait. Il lui suffisait de traverser un trottoir et de prendre l'ascenseur pour pouvoir le rejoindre, le toucher, l'embrasser.

Si elle faisait demi-tour à présent, elle s'en voudrait toute sa vie.

Comme elle se faisait cette réflexion, un piéton la bouscula et elle dut faire un pas en avant pour conserver l'équilibre. Naturellement son autre pied suivit et, avant même de comprendre ce qu'elle était en train de faire, elle pénétra dans le hall de l'immeuble.

D'un pas assuré, elle le traversa sans même remarquer le concierge qui n'osa pas arrêter une femme aussi décidée. Elle pénétra dans le gigantesque ascenseur et pressa le bouton correspondant à l'étage où habitait Keane.

Le trajet ne dura que quelques secondes, mais elle eut l'impression que des siècles s'écoulaient avant que la double porte ne s'ouvre dans un chuintement discret. Elle sortit et se retrouva dans un couloir recouvert d'une épaisse moquette beige.

Elle le suivit jusqu'à la porte de Keane, bénissant la précision sourcilleuse des documents juridiques sur lesquels elle avait trouvé son adresse exacte. Là, elle s'immobilisa, sentant ses jambes devenir comme du coton et ses mains moites. Une sueur froide coula le long de son dos et son cœur se mit à battre la chamade.

Tétanisée, elle resta figée devant la porte, sentant une fois de plus sa volonté vaciller. Elle se souvint alors de ce que lui avait dit Rachael Loring : elle était une guerrière, une combattante.

Serrant le poing si fort que ses ongles mordirent la chair de sa paume, elle frappa et attendit. Fort heureusement, il ne s'écoula que quelques secondes avant que le battant ne s'ouvre, révélant Keane.

Lorsqu'il la vit, il ouvrit de grands yeux et, en de tout autres circonstances, elle aurait trouvé presque comique la stupeur qui se lisait sur son visage.

— Bonjour, Keane, articula-t-elle d'une voix passablement tremblante.

Il se contenta de la regarder fixement, remarquant sans vraiment les voir les cheveux trempés par la neige fondue, les joues rougies par le froid et le manteau bien trop fin pour la saison.

Jo constata qu'il avait maigri au cours des derniers mois. Ses beaux yeux étaient cernés et une barbe naissante ombrait son visage.

— Qu'est-ce que tu fais là ? articula-t-il enfin.

Percevant la dureté de sa voix, Jo sentit un souffle de panique l'envahir. Mais elle se reprit aussitôt.

— Est-ce que je peux entrer ? demanda-t-elle.

La question parut le prendre de court et il fronça les sourcils.

— Oui, bien sûr, répondit-il enfin. Désolé.

Il passa nerveusement une main dans ses cheveux et s'écarta pour la laisser passer. Rassemblant son courage, elle s'avança et découvrit un loft qui, par bien des côtés, ressemblait à ce qu'elle avait imaginé.

C'était un espace ouvert, bordé sur deux côtés par des baies vitrées qui dominaient la ville. Le premier niveau était constitué d'une pièce immense qui servait à la fois de salon et de salle à manger. Le sol était couvert d'une épaisse moquette de couleur claire et les deux murs étaient uniformément blancs.

Le mobilier était simple et fonctionnel : un grand canapé d'angle brun qui faisait face à un immense écran de télévision, une table basse de verre et de chrome, quelques poufs bleus d'aspect confortable et, aux murs, des tableaux d'artistes contemporains dont les couleurs lumineuses tranchaient avec la sobriété de l'ensemble.

Sur la droite se trouvait un escalier qui menait à une mezzanine où Keane avait installé son bureau. Les deux portes que l'on apercevait au fond devaient desservir les chambres.

Tandis qu'elle observait les lieux, Jo sentit la tension qui l'habitait refluer lentement.

— C'est magnifique, déclara-t-elle. J'adore la vue que l'on a d'ici.

— Merci, répliqua sobrement Keane, qui s'était éloigné d'elle, laissant la moitié de la pièce entre eux.

Il se tut tandis qu'elle contemplait la neige qui tombait au-dehors.

— Jo, fit-il enfin, puis-je savoir ce que tu viens faire ici ?

— Il fallait que je te parle. Et, comme tu ne répondais pas au téléphone, j'ai décidé de venir en personne.

— Ce doit être diablement important, remarqua-t-il sans la quitter des yeux.

— C'est effectivement ce que je me suis dit.

— Très bien, soupira-t-il. Parlons, donc. Mais, avant cela, donne-moi ton manteau.

Jo commença à le déboutonner, mais ses doigts étaient engourdis par le froid, ce qui rendait l'opération délicate.

— Bon sang, tu es gelée ! s'exclama Keane en se rapprochant.

Il prit ses mains dans les siennes et étouffa un juron.

— Où sont tes gants ? lui demanda-t-il. Il fait moins dix, dehors !

— J'ai oublié d'en acheter, avoua-t-elle, heureuse de sentir ses mains contre les siennes.

— C'est vraiment stupide ! Quelle idée de venir à Chicago sans gants en plein mois de novembre !

— Je n'étais jamais venue en cette saison, tu sais ? rétorqua-t-elle avec un sourire désarmant. C'est vraiment très joli.

Les yeux de Keane glissèrent des mains de Jo à son visage et il poussa un profond soupir de résignation et de frustration mêlées.

— Moi qui étais presque parvenu à me convaincre que je pourrais guérir, murmura-t-il.

Jo lui jeta un regard alarmé.

— Tu étais malade ?

Keane éclata d'un rire amer et secoua la tête.

— Laisse-moi m'occuper de ton manteau. Ensuite, j'irai nous préparer une bonne tasse de café. Cela devrait te réchauffer un peu.

— Ce n'est pas la peine de te donner tout ce mal, tu sais ? lui dit-elle tandis qu'il la déboutonnait.

— Je me sentirais mieux si tu n'étais pas en train de te transformer en glaçon, riposta-t-il en lui ôtant son manteau.

Il s'immobilisa alors et la contempla avec étonnement. Elle portait un pull-over en angora qui soulignait la courbe de ses seins et une jupe en laine qui révélait ses longues jambes gainées de Nylon.

— Quelque chose ne va pas ? s'enquit-elle.

— Eh bien, c'est la première fois que je te vois porter autre chose qu'un jean ou un costume de scène, lui dit-il.

— Vraiment ? s'exclama Jo en passant la main dans ses cheveux pour chasser les derniers flocons qui s'y accrochaient encore. Et qu'est-ce que tu en penses ?

— Que tu es magnifique, répondit-il d'une voix un peu rauque. Et que tu ressembles à une lycéenne en vacances. Assieds-toi, je vais faire le café.

Un peu étonnée par ses brusques variations d'humeur, Jo alla s'installer sur l'un des poufs qui était posé près de la vaste baie vitrée. Malgré l'épais tapis qui étouffait le bruit de ses pieds nus, elle perçut le moment précis où Keane réintégra la pièce et se tourna vers lui.

— Je commence à regretter d'avoir passé tous mes hivers en Floride, lui lança-t-elle. J'adore la neige et j'ai toujours rêvé d'un vrai Noël avec des bonshommes de neige dans les rues et des stalactites aux fenêtres.

Keane la rejoignit et lui tendit l'une des tasses qu'il avait rapportées de la cuisine. Jo la prit entre ses doigts, qu'elle sentit aussitôt se réchauffer. Ils burent quelques instants en silence.

— De quoi voulais-tu me parler, exactement, Jo ? lui demanda enfin Keane.

— De plusieurs choses, en fait. Du cirque, tout d'abord. Je n'ai pas voulu t'écrire parce que je pensais que c'était trop important. Tu ne peux pas me donner quelque chose d'aussi énorme, Keane. Et je ne peux pas l'accepter.

— Pourquoi pas ? Nous savons tous deux que le cirque a toujours été à toi. Un morceau de papier ne change pas grand-chose, au fond.

— Mais c'est à toi que Frank l'a laissé.

— Et je te l'ai donné à mon tour.

Jo émit un petit soupir de frustration.

— J'aimerais au moins pouvoir te payer, insista-t-elle.

— Quelqu'un m'a demandé un jour à quel prix j'estimais la vie et les rêves des gens du cirque. Je n'avais pas de réponse à donner, alors. En as-tu une, aujourd'hui ?

Jo sentit son cœur se serrer, stupéfaite qu'il se souvienne encore de ce qu'elle lui avait dit ce jour-là.

— Je ne sais pas quoi te dire, soupira-t-elle enfin. Merci semble si futile…

— Et pas du tout nécessaire. Je n'ai fait que te rendre ce qui t'appartenait de façon légitime. Mais tu avais dit que tu voulais me parler de plusieurs choses, Jo.

Cette fois, songea-t-elle, le moment de vérité était venu. Se levant, elle posa sa tasse à moitié vide sur la table basse et s'éloigna un peu de Keane pour se donner du courage. Prenant une profonde inspiration, elle le regarda droit dans les yeux.

— Je veux devenir ta maîtresse, lui dit-elle posément.

— Pardon ? s'exclama-t-il, les yeux agrandis par la stupeur la plus totale.

Jo avala sa salive.

— Je veux devenir ta maîtresse, répéta-t-elle. C'est bien le nom qui convient, n'est-ce pas ? Ou faut-il dire ton amante ? Je ne sais pas. Tout cela est tellement nouveau pour moi.

Lentement, Keane posa sa tasse près de celle de Jo et se leva à son tour. Pourtant, il ne s'approcha pas d'elle, se contentant de l'observer attentivement.

— Jo, tu ne sais pas ce que tu dis.

— Oh, si ! s'écria-t-elle vivement. La terminologie n'est peut-être pas la bonne, mais je sais précisément ce que je veux et je suis sûre que toi aussi, tu en as envie. Je veux être avec toi, Keane.

Elle fit un pas dans sa direction.

— Je veux que tu me fasses l'amour. Je veux vivre avec toi, si tu es d'accord, ou près de toi, dans le cas contraire.

— Jo, tu racontes n'importe quoi, protesta-t-il.

Se détournant d'elle, il serra les poings et les plongea dans les poches de son jean.

— Est-ce que je ne t'attire plus ? s'enquit-elle d'une voix blessée.

Il fit volte-face et la dévisagea d'un air stupéfait.

— Comment peux-tu penser une chose pareille ? Bien sûr que tu m'attires. Il faudrait être aveugle pour ne pas s'en rendre compte.

Elle se rapprocha encore un peu plus.

— Dans ce cas, si je te désire et que tu me désires, pourquoi ne deviendrions-nous pas amants ?

Keane poussa un juron et s'avança pour la prendre par les épaules.

— Tu crois peut-être que je pourrai me contenter d'un hiver avec toi et te laisser repartir ensuite ? Tu crois vraiment que je pourrai te regarder sortir de ma vie après une seule saison ? Ne comprends-tu pas l'effet que tu me fais ?

A chaque question, il la secouait si violemment qu'elle en avait le souffle coupé.

— Tu me rends fou ! s'écria-t-il.

Incapable de résister, il l'attira contre lui et l'embrassa avec passion. Son ardeur était telle que Jo sentit ses doigts s'enfoncer dans sa chair tandis que ses lèvres se faisaient conquérantes, balayant en elle toute raison, toute logique.

Elle ne parvenait pas à comprendre ce qui était en train de se passer, mais s'abandonnait avec une joie immense à cette étreinte. Elle avait l'impression de ressusciter entre ses bras, de se réveiller brusquement d'un cauchemar atroce pour se retrouver là où elle se sentait vraiment chez elle.

Puis elle l'entendit gémir contre sa bouche et il s'arracha à elle. Il s'éloigna aussitôt, comme s'il avait peur de ne pas répondre de ses actes, la laissant en proie à un délicieux vertige.

— Que faut-il donc que je fasse pour me débarrasser de toi ? soupira-t-il, défait.

— Je ne crois pas que m'embrasser de cette façon soit la meilleure façon d'y parvenir, répondit-elle, un peu désorientée par ces constants revirements.

— J'en ai conscience, murmura-t-il. C'est pour cela que je lutte contre la tentation de le faire depuis que tu as passé cette porte.

Lentement, Jo le rejoignit et posa la main sur son épaule. Elle sentit la tension qui l'habitait et commença à masser ses muscles contractés.

— Je suis désolée si je fais tout de travers, Keane. Mais je pensais que te dire la vérité en face vaudrait mieux que d'essayer de te séduire. Je ne pense pas être très douée pour cela.

Il émit un son qui tenait autant du rire que du gémissement.

— Jo, dit-il en se tournant vers elle pour la prendre dans ses bras, comment puis-je faire pour te résister ? Combien de fois devrai-je te repousser pour être libéré enfin ? Le simple fait de penser à toi me rend fou.

— Keane, chuchota-t-elle en posant doucement sa joue sur son épaule, cela fait si longtemps que j'attends que tu me serres dans tes bras de cette façon. Même si cela ne doit durer qu'un moment…

— Non, répondit-il en s'écartant pour la regarder dans les yeux. Ne vois-tu pas que ce moment serait de trop alors que c'est la vie entière que je veux ? Je t'aime trop pour te laisser partir mais je t'aime trop pour ne pas le faire.

Cet aveu transperça le cœur de Jo de part en part. Sous le choc, elle fut incapable d'y répondre et ne put qu'écouter ce qu'il lui avouait enfin.

— C'était différent lorsque je pensais que j'étais juste sous le charme, que je te désirais simplement. J'étais certain qu'il me suffirait de faire l'amour avec toi pour me guérir de l'emprise que tu exerçais sur moi. Jusqu'à cette nuit où Ari est mort. Je t'ai tenue dans mes bras pendant que tu dormais et j'ai compris que je t'aimais, que je t'avais probablement aimée dès le premier jour.

— Mais…, balbutia-t-elle, tu ne m'as jamais rien dit. Et tu avais l'air si froid, si distant…

— Parce que je savais que je ne pouvais pas te toucher sans vouloir beaucoup plus.

La serrant contre lui, il enfouit son visage dans les cheveux de Jo comme s'il espérait s'y noyer.

— Mais j'étais incapable de rester loin de toi, reprit-il à voix basse. Je savais pourtant que, si je te voulais vraiment, l'un de nous devrait renoncer à la vie qu'il aimait, à ce qu'il était. Je me suis alors demandé si je pouvais renoncer au droit. C'était la seule chose que j'avais jamais voulu faire dans la vie, mais j'ai compris que tu étais plus importante que cela.

— Oh, Keane, murmura-t-elle, ne parvenant pas à croire qu'elle n'ait rien senti de tout cela.

— J'ai failli tout plaquer, lui dit-il. Et je l'aurais fait sans regret s'il n'y avait pas eu autre chose…

Il se dégagea à contrecœur de son étreinte et se rapprocha de la fenêtre. Pendant quelques instants, il contempla les gros flocons de neige qui tourbillonnaient au gré des sautes de vent.

— Chaque fois que tu entrais dans cette cage, reprit-il, j'avais l'impression de vivre un enfer. Je me suis dit que je finirais par m'y habituer, mais ça n'a fait qu'empirer. J'ai essayé de te quitter, de revenir ici, mais j'en étais incapable et je ne cessais de retourner vers toi. Le jour où tu as été blessée…

Keane s'interrompit et ferma les yeux. Jo l'entendit prendre une profonde inspiration avant de poursuivre.

— Je t'ai vue bondir devant Gerry et prendre le coup à sa place. Je ne pourrais même pas te décrire ce que j'ai ressenti à cet instant. Il n'y a pas de mots pour cela. Tout ce que je voulais, c'était te rejoindre. Je ne sais pas si Pete te l'a dit, mais je l'ai frappé lorsqu'il a essayé de m'arrêter. Il a fallu que Buck me ceinture. Et puis je suis resté là à te regarder tenir tête à ce lion. Je n'avais jamais ressenti une peur pareille auparavant. J'avais l'impression qu'elle vidait à la fois mon corps, mon cœur et mon âme…

Il se tut, serrant convulsivement le poing.

— Puis tout est allé très vite. J'ai couru vers toi et tu gisais à terre dans une flaque de sang. Tu étais si pâle que j'ai cru que tu étais morte. Je voulais brûler le cirque, je voulais étrangler le lion qui t'avait fait cela. J'aurais fait n'importe quoi. Je ne pouvais supporter de ne pas avoir été là pour te défendre, d'avoir été si totalement impuissant. Et avant même que je me sois remis de mes émotions, tu commençais déjà à dire que tu allais retourner dans cette maudite cage. J'aurais voulu te tuer pour en finir une bonne fois pour toutes.

Lentement, Keane se tourna vers elle.

— Pendant des semaines, chaque fois que je fermais les yeux, je revivais cette scène. Je peux te montrer précisément où il t'a griffée.

S'approchant d'elle, il traça du bout des doigts quatre lignes à l'endroit exact où le lion avait frappé. Puis sa main retomba et il secoua la tête, vaincu.

— Je ne peux pas te voir retourner dans cette cage, Jo. Et si je te laisse rester aujourd'hui, je deviendrai fou le jour où tu reprendras la route. J'essaierai de t'en empêcher alors que je n'en ai pas le droit.

— Fais-le, murmura-t-elle, la voix enrouée par l'émotion. J'ai tellement envie que tu le fasses.

— Ce ne serait pas juste. Je sais combien c'est important pour toi. Tu me l'as expliqué, la nuit où nous avons joué au poker.

— Mais le droit était important pour toi et tu l'aurais abandonné sans hésiter, n'est-ce pas ?

— Oui, mais…

— Très bien, déclara-t-elle d'une voix ferme. Puisque tu ne le fais pas, c'est moi qui vais devoir m'en charger. Keane, veux-tu m'épouser ?

Il la contempla avec stupeur.

— Jo, tu ne peux pas…

— Bien sûr que si, l'interrompit-elle. Nous sommes au xxie siècle. Et si j'ai envie de te demander en mariage, rien ne peut m'en empêcher. D'ailleurs, ajouta-t-elle, c'est exactement ce que je viens de faire.

— Jo…

— Oui ou non ? Ce n'est pas une question si difficile.

Elle avança d'un pas et s'immobilisa à quelques centimètres de lui, le défiant du regard.

— Je t'aime. Je veux me marier avec toi et avoir des enfants avec toi. Qu'est-ce que tu en dis ?

Keane ouvrit la bouche et la referma. Puis, lentement, un sourire se dessina sur ses lèvres et il posa les mains sur les épaules de Jo.

— C'est un peu soudain, remarqua-t-il malicieusement.

Jo sentit son cœur se gonfler d'une joie indicible.

— Peut-être. Mais tu n'as qu'une minute pour te décider. Et je n'accepterai pas un refus.

Il éclata de rire.

— On dirait bien que je n'ai guère le choix.

— Pas vraiment.

Posant les mains de chaque côté de son visage, elle l'attira alors vers le sien et l'embrassa tendrement.

— Comment ai-je pu penser un seul instant que je pourrais vivre sans toi ? murmura-t-il lorsqu'ils se séparèrent enfin. Je serais incapable de te perdre, Jo. J'ai besoin de toi. Mais je te demande tellement…

— Mais tu m'offres plus encore, répondit-elle avec un sourire.

Quand tu comprendras à quel point je t'aime, tu comprendras que je ne perds pas au change.

— Si seulement il y avait un compromis possible ! soupira-t-il.

— Non, répliqua-t-elle en pensant à ce que Rachael lui avait dit. Il n'y en a pas. Et, parfois, il faut savoir l'accepter. Nous nous aimons suffisamment pour que cela n'ait pas d'importance. Si je suis avec toi, je ne regretterai pas ma vie avec le cirque. D'ailleurs, ajouta-t-elle en souriant, j'en suis la légitime propriétaire grâce à toi. Et il faudra bien que j'effectue quelques visites d'inspection de temps à autre. Mais je te promets que je n'entrerai plus jamais dans la cage aux lions.

— Et moi, je te promets de ne jamais oublier le sacrifice que tu as fait pour moi. Chaque jour, je ferai en sorte que tu ne le regrettes pas.

Il l'embrassa de nouveau avec passion, mais, pour la première fois, ce fut elle qui le repoussa doucement.

— Cela fait plus d'une minute, observa-t-elle avec un sourire malicieux. Et tu n'as toujours pas répondu à ma question.

— Quelle question ?

— Est-ce que tu veux m'épouser ?

Keane éclata de rire et hocha la tête.

— Est-ce que tu as quelque chose de prévu, pour demain ?

L'INVITÉE DE L'ORAGE

1

Il avait choisi la maison pour l'atmosphère étrange qui s'en dégageait. Ryan en fut certaine dès qu'elle la vit en haut de la falaise. Construite en pierres grises, elle était complètement isolée et tournait le dos à l'océan Pacifique. Il n'y avait en elle aucune symétrie, mais plutôt une sorte d'anarchie, avec des pans de différentes hauteurs qui s'élevaient par endroits et lui donnaient une grâce sauvage. Accessible par une route en lacet, perchée sur la falaise, avec comme toile de fond un ciel d'orage, c'était une demeure à la fois splendide et sinistre.

On la croirait sortie d'un vieux film, pensa Ryan, alors qu'elle passait en première pour monter la côte.

Elle avait entendu dire que Pierce Atkins était excentrique. Cette maison semblait le confirmer.

Il ne manque que le tonnerre, un peu de brouillard et le hurlement des loups pour compléter le tableau, songea-t-elle, amusée.

Elle arrêta la voiture et observa de nouveau la demeure. Il n'en existait sûrement pas une seule comme celle-là dans un rayon de deux cent cinquante kilomètres autour de Los Angeles.

Ailleurs non plus, d'ailleurs, corrigea-t-elle intérieurement.

Quand elle sortit de la voiture, le vent la fouetta, rabattant ses cheveux sur son visage et gonflant sa jupe. Elle eut envie d'aller jusqu'au promontoire pour voir la mer, mais elle préféra y renoncer et se hâta de gravir les marches du perron. Après tout, elle n'était pas venue jusqu'ici pour admirer la vue.

Le heurtoir était ancien et pesant, et quand elle le laissa retomber, il émit un bruit sourd, impressionnant.

Tout en attendant qu'on lui ouvre, Ryan se rendit compte qu'elle était en train de faire passer fébrilement sa serviette d'une main dans l'autre. Inutile d'essayer de se persuader qu'elle n'était pas nerveuse, songea-t-elle, elle savait pertinemment que son père serait furieux si elle revenait sans avoir obtenu la signature de Pierce Atkins au bas du contrat qu'elle venait lui proposer. Non, pas furieux, rectifia-t-elle.

Silencieux. Personne ne savait utiliser le silence avec autant d'efficacité que Bennett Swan.

Je ne repartirai pas les mains vides, se dit-elle pour se rassurer. *Je sais comment m'y prendre avec les artistes. J'ai passé des années à les observer, et…*

La porte s'ouvrit brusquement, interrompant le cours de ses pensées, et ses yeux s'agrandirent de surprise. L'homme qui se tenait devant elle mesurait au moins deux mètres, et ses épaules étaient presque de la largeur de la porte. Quant à son visage… Ryan se dit que c'était indiscutablement l'être le plus laid qu'elle ait jamais rencontré. Sa figure était large et pâle. Son nez avait certainement été cassé et s'était ressoudé suivant un angle étrange. Il avait de petits yeux marron, d'une teinte terne, assortis à ses cheveux épais et en broussaille.

Atmosphère…, songea de nouveau Ryan. Décidément Atkins avait le sens du détail.

— Bonjour, dit-elle. Je suis Ryan Swan. M. Atkins m'attend.

— Mademoiselle Swan.

Sa voix, lente et grave, s'accordait parfaitement avec son physique. Lorsqu'il se recula pour la laisser passer, Ryan dut se forcer à passer devant lui pour entrer dans la pièce. De gros nuages noirs, un maître d'hôtel impressionnant, une inquiétante maison sur une falaise battue par les flots… Oh ! oui, décida-t-elle, Atkins savait parfaitement camper un décor.

Tandis que la porte se refermait derrière elle, Ryan jeta un rapide coup d'œil aux alentours.

— Attendez ici, lui ordonna le laconique majordome en traversant le hall d'un pas étonnamment léger pour un homme aussi grand.

— Oui, bien sûr, merci beaucoup, murmura-t-elle dans son dos.

Les murs blancs étaient drapés de lourdes tapisseries. Celle qui se trouvait le plus près d'elle — une scène médiévale aux couleurs délavées — représentait le jeune Arthur retirant l'épée de la pierre, avec Merlin l'Enchanteur à l'arrière-plan, debout dans un halo de lumière. Ryan hocha la tête. C'était une œuvre exquise qui convenait bien à quelqu'un comme Atkins. Derrière elle se trouvait une psyché au cadre ornementé. Elle se retourna et observa son reflet dans le miroir.

Constatant qu'elle était décoiffée, elle se dit avec contrariété que cela seyait mal à une représentante de la société Swan Productions et lissa ses mèches ébouriffées et humides. Un mélange d'anxiété et d'excitation avait obscurci le vert de ses yeux et fait rougir ses joues. Elle inspira profondément et s'obligea à se calmer tout en tirant sur sa veste.

Elle s'éloigna rapidement du miroir en entendant un bruit de pas. Pas question qu'elle se laisse surprendre en train de se refaire une beauté. Surprise, elle vit le majordome entrer de nouveau dans la pièce. Seul. Ryan réprima un élan de contrariété.

— Il vous attend en bas.

— Oh !

Elle ouvrit la bouche pour ajouter quelque chose, mais l'homme avait déjà tourné le dos. Elle se força à lui emboîter le pas.

Le couloir tournait vers la droite. Les talons de ses chaussures claquaient sur le sol tandis qu'elle courait pour suivre l'allure du majordome. Brusquement ce dernier s'arrêta, et elle faillit lui rentrer dedans.

— Là, en bas.

Il avait ouvert une porte et s'éloignait déjà.

— Mais…

Ryan lui lança un regard furieux et commença à descendre l'escalier mal éclairé.

Tout cela est vraiment ridicule, se dit-elle.

La plupart des rendez-vous d'affaires avaient lieu dans des bureaux ou des restaurants. Pas dans des endroits de ce genre !

Enfin, c'est le show-business…, songea-t-elle, désabusée.

Répercuté par l'écho, le bruit de ses pas résonnait. Aucun son ne montait du bas. Oh ! oui, conclut-elle, Atkins savait camper un décor. Elle commençait à le détester de tout son être. Son cœur battait à tout rompre lorsqu'elle prit le dernier virage de l'escalier en colimaçon.

Le sous-sol était immense. Des caisses, des malles et tout un attirail hétéroclite étaient entassés çà et là, pêle-mêle. Les murs étaient lambrissés, le sol carrelé, mais il n'y avait aucune décoration dans la pièce. Tout en descendant les dernières marches, Ryan regarda autour d'elle en fronçant les sourcils.

Il l'observait. Il avait le don de rester comme cela, absolument immobile et concentré. C'était essentiel à son art. Il savait également jauger rapidement quelqu'un, ce qui faisait aussi partie de son métier. Elle était plus jeune qu'il ne l'aurait cru. Petite, l'air fragile, des attaches fines, des cheveux blonds légèrement ondulés qui entouraient un visage aux traits délicats… et un menton volontaire.

Il nota qu'elle était contrariée, mais pas du tout inquiète. Il esquissa un sourire, mais ne fit pas le moindre mouvement dans sa direction, la laissant à loisir examiner la pièce. Très femme d'affaires, pensa-t-il.

Avec son tailleur bien coupé, ses chaussures élégantes, sa serviette de prix et ses mains extrêmement féminines. Intéressante.

— Mademoiselle Swan.

Ryan sursauta, puis jura intérieurement. Elle regarda l'endroit d'où venait la voix, mais ne vit que des ombres.

— Vous êtes très rapide.

Il bougea finalement, et Ryan vit qu'il se tenait sur une petite estrade. Il portait des vêtements noirs et se fondait dans l'ombre. Elle fit un effort pour ne pas montrer son agacement.

— Monsieur Atkins, dit-elle en s'avançant vers lui, un sourire professionnel plaqué sur le visage. Vous avez une maison étonnante.

— Merci.

Il ne descendit pas de son estrade pour l'accueillir, et c'est elle qui dut lever les yeux vers lui. Elle eut la surprise de constater qu'il était plus impressionnant en chair et en os qu'à l'écran. Normalement, c'était plutôt l'inverse. Elle avait vu son spectacle, bien sûr. Depuis que son père était tombé malade et l'avait à contrecœur chargée de ce contrat, elle avait passé deux soirées entières à visionner toutes les cassettes existantes de Pierce Atkins.

Impressionnant, décida-t-elle en observant son visage mince et anguleux, ses cheveux noirs, un peu trop longs. Il avait une petite cicatrice sur le menton, une bouche mince, des sourcils bien dessinés, légèrement relevés. Mais ce qui la fascina le plus, ce furent ses yeux. Elle n'en avait jamais vu d'aussi sombres, d'aussi profonds. Etaient-ils gris ? Etaient-ils noirs ? Pourtant ce n'était pas leur couleur qui la déconcertait, mais l'absolue concentration qui s'y lisait. Sa gorge se serra et elle avala sa salive. Elle eut l'impression qu'il lisait dans ses pensées.

Il était considéré comme le plus grand magicien de ces dix dernières années, voire de cette seconde moitié du xxe siècle. Ses illusions et ses évasions étaient audacieuses, brillantes et inexplicables. En croisant son regard, Ryan comprit soudain pourquoi on le présentait comme un enchanteur.

Elle fit un effort pour sortir de l'état second dans lequel elle s'était brusquement retrouvée plongée et se força à continuer. Elle ne croyait pas à la magie.

— Monsieur Atkins, mon père vous prie de l'excuser de n'avoir pu venir lui-même. J'espère…

— Il va déjà mieux.

Elle s'arrêta, confuse.

— Oui, en effet, dit-elle, attirée de nouveau par son regard.

Pierce Atkins descendit vers elle en souriant.

— Il m'a appelé, il y a une heure, mademoiselle Swan. Il s'agit d'une communication téléphonique, pas de télépathie.

Ryan lui lança un coup d'œil furieux, et le sourire d'Atkins s'élargit.

— Avez-vous fait bonne route ?

— Oui, merci.

— Un peu longue, peut-être, dit-il. Asseyez-vous.

Il tira une chaise et elle s'assit en face de lui.

— Monsieur Atkins, commença-t-elle, se sentant plus à son aise maintenant que les négociations étaient sur le point de commencer, je sais que mon père a déjà étudié longuement avec vous et votre agent la proposition de Swan Productions, mais peut-être voulez-vous que nous examinions ensemble certains détails.

Elle posa sa serviette sur la table et poursuivit :

— Je suis ici pour répondre à toutes vos interrogations.

— Est-ce que vous travaillez pour Swan Productions depuis longtemps, mademoiselle Swan ?

Bien que la question n'ait rien à voir avec sa présentation, Ryan se résolut à y répondre.

— Cinq ans, monsieur Atkins. Je vous assure que je suis qualifiée pour répondre à vos questions et pour négocier certains termes du contrat si nécessaire.

Sa voix était très douce, mais elle semblait nerveuse. Pierce le remarqua à la manière dont elle avait soigneusement posé ses mains sur la table.

— Je suis sûr que vous êtes qualifiée, mademoiselle Swan, reconnut-il. Votre père n'est pas un homme facile à contenter.

Une expression de surprise, teintée d'appréhension, passa dans les yeux de Ryan.

— En effet, répondit-elle calmement. Vous pouvez donc être certain de bénéficier de la meilleure publicité, du meilleur personnel de production et du meilleur contrat qui soient. Des émissions spéciales de trois heures, pendant trois ans, à des heures de grande écoute et produites avec un budget qui en garantira la qualité.

Elle fit une courte pause.

— Un arrangement intéressant aussi bien pour vous que pour Swan Productions.

— Peut-être.

Il la regardait trop attentivement. Elle s'obligea à ne pas bouger.

Gris, remarqua-t-elle. Ses yeux étaient gris, aussi gris que possible sans jamais virer au noir.

— Bien entendu, reprit-elle, votre carrière repose essentiellement sur des shows en public, dans des salles de spectacle et des théâtres, à Las Vegas, au lac Tahoe, au London Palladium et d'autres endroits encore.

— Une illusion n'a pas de valeur si elle est filmée, mademoiselle Swan. Un film peut être truqué.

— Oui, je sais. Pour avoir un impact, un tour doit être réalisé en public.

— Illusion, corrigea Pierce. Je ne fais pas de tours.

Ryan se figea. Il avait les yeux plongés dans les siens.

— Illusion, rectifia-t-elle avec un mouvement de tête. Les émissions spéciales seront enregistrées en studio, en présence d'un public. La publicité…

— Vous ne croyez pas à la magie, n'est-ce pas, mademoiselle Swan ?

Il avait un léger sourire sur les lèvres et une nuance d'amusement dans la voix.

— Monsieur Atkins, vous avez beaucoup de talent, dit-elle prudemment. J'admire votre travail.

— Vous êtes diplomate, conclut-il en s'appuyant contre le dossier de sa chaise. Et cynique. J'aime ça.

Ryan ne prit pas sa remarque pour un compliment. Il se moquait d'elle sans même essayer de se cacher.

Fais ton travail, se dit-elle en serrant les dents.

— Monsieur Atkins, si nous pouvions parler des termes du contrat…

— Je ne parle jamais d'affaires sans savoir qui j'ai en face de moi.

Ryan prit sa respiration.

— Mon père…

— Je ne suis pas en train de parler avec votre père, dit doucement Pierce Atkins en l'interrompant.

— Je n'avais pas l'intention de vous raconter ma vie, répondit-elle d'un ton brusque.

Elle regretta immédiatement ses paroles et pensa qu'elle ne pouvait pas se permettre de perdre patience. Pourtant Pierce Atkins souriait, ravi.

— Je ne pense pas que ce soit nécessaire.

Avant même qu'elle ne comprenne ce qu'il faisait, il avait pris sa main.

« Jamais plus ! »

La voix qui retentit derrière elle la fit sursauter.

— Ce n'est que Merlin, annonça Pierce avec douceur tandis qu'elle tournait la tête.

Un grand mainate noir se tenait dans une cage sur sa droite. Ryan inspira profondément et tenta de maîtriser sa nervosité. L'oiseau la regardait fixement.

— Très intelligent, réussit-elle à dire tout en regardant l'oiseau avec méfiance. C'est vous qui lui avez appris à parler ?

— Mmm.

« J'te paye un verre, mon chou ? »

Les yeux écarquillés, Ryan eut un rire étouffé en se retournant vers Pierce qui jeta un coup d'œil désabusé vers l'oiseau.

— Mais je ne lui ai pas appris les bonnes manières.

Elle s'obligea à garder son sérieux.

— Monsieur Atkins, si nous pouvions…

— Votre père aurait voulu un fils.

Ryan oublia ce qu'elle allait dire et le fixa intensément.

— Ce qui rend les choses difficiles pour vous.

Pierce la regardait de nouveau dans les yeux. Il tenait toujours sa main dans la sienne sans la serrer.

— Vous n'êtes pas mariée et vous vivez seule. Vous êtes une femme réaliste qui se considère comme étant très pragmatique. Vous avez du mal à vous contrôler, même si vous faites des efforts pour y arriver. Vous êtes une personne qui ne prend pas de risques, mademoiselle Swan. Vous ne faites pas facilement confiance aux autres et vous êtes prudente dans vos relations. Vous êtes impatiente car vous avez quelque chose à prouver, aussi bien à vous-même qu'à votre père.

Son regard se fit moins direct et s'adoucit quand il lui sourit.

— Jeu de société, mademoiselle Swan, ou télépathie ?

Profitant du fait que Pierce avait lâché sa main, Ryan la posa sur ses genoux. Elle n'avait pas apprécié la justesse de ses propos.

— Juste un peu de psychologie d'amateur, dit-il d'un ton léger, visiblement ravi de sa stupéfaction. La connaissance de Bennett Swan et la compréhension du langage du corps.

Il haussa les épaules.

— Pas de tour de magie, mademoiselle Swan. Seulement des suppositions. Sont-elles justes ?

Ryan serra ses deux mains sur ses genoux avec force. Elle sentait encore sa chaleur sur sa paume.

— Je ne suis pas venue ici pour jouer à des petits jeux avec vous, monsieur Atkins.

— Non, je sais, dit-il avec un sourire irrésistible. Vous êtes venue pour conclure une affaire, mais j'ai l'habitude de faire les choses comme je veux et quand je veux. Mon métier développe l'excentricité. Faites-moi plaisir.

— Je fais de mon mieux.

Elle prit une profonde inspiration et s'appuya contre le dossier de sa chaise.

— Je pense que l'on peut dire sans se tromper que nous prenons tous les deux notre profession au sérieux, reprit-elle.

— Je suis d'accord.

— Vous comprendrez donc que mon travail est de vous faire signer ce contrat.

Elle poursuivit, pensant qu'un peu de flatterie ne pourrait pas faire de mal.

— Nous vous voulons parce que vous êtes le meilleur dans votre domaine.

— J'en suis conscient, répondit-il sans sourciller.

— Conscient que nous vous voulons ou conscient que vous êtes le meilleur ? s'entendit-elle demander.

Il lui lança un sourire séducteur.

— Les deux.

Ryan inspira à fond en se souvenant que les artistes étaient souvent impossibles.

— Monsieur Atkins…, reprit-elle.

Avec un battement d'ailes, Merlin quitta le dessus de sa cage sur lequel il était posé, descendit en piqué et vint atterrir sur son épaule. Ryan se figea, le souffle coupé.

— Mon Dieu ! murmura-t-elle.

Ça dépasse l'entendement, pensa-t-elle, hébétée.

Pierce fronça les sourcils en regardant l'oiseau qui fermait ses ailes.

— Bizarre, il n'a jamais fait ça avec personne avant.

— Quelle chance j'ai ! murmura Ryan.

Tout en essayant de rester parfaitement immobile, elle se demanda si les oiseaux mordaient. Elle décida qu'elle n'avait pas envie d'attendre pour le savoir.

— Pensez-vous que vous pourriez… euh, le persuader d'aller se percher ailleurs ?

Pierce fit un petit geste de la main, et Merlin quitta l'épaule de Ryan pour aller se poser sur la sienne.

— Monsieur Atkins, s'il vous plaît. Je sais qu'un homme qui fait votre métier a un penchant pour… les ambiances.

Ryan inspira profondément pour essayer de se calmer, mais elle n'y parvint pas.

— Il est très difficile de parler affaires dans un cachot, déclara-t-elle tout en balayant la pièce de son bras. Avec un oiseau fou qui me plonge dessus et…

L'éclat de rire de Pierce l'arrêta net. Perché sur l'épaule du magicien, l'oiseau avait refermé ses ailes et la fixait de ses yeux couleur acier.

— Ryan Swan, je sens que je vais vous apprécier. Je travaille dans un cachot, dit-il gentiment, parce que c'est un endroit isolé et tranquille. L'illusionnisme demande plus que des compétences, il nécessite beaucoup d'organisation et de préparation.

— Je comprends, mais…

— Nous parlerons affaires pendant le dîner, dit-il, l'interrompant soudain.

Ryan se leva en même temps que lui. Elle n'avait pas prévu de rester plus d'une heure ou deux et il lui fallait encore une bonne demi-heure pour descendre la falaise et regagner son hôtel.

— Vous n'avez qu'à rester dormir, ajouta Pierce, comme s'il lisait dans ses pensées.

— Je vous remercie de votre hospitalité, commença-t-elle en le suivant tandis qu'il se dirigeait vers l'escalier, l'oiseau toujours perché sur son épaule. Mais j'ai déjà une réservation dans un hôtel en ville. Demain…

— Vous avez vos bagages avec vous ?

Pierce s'arrêta pour prendre son bras avant de monter l'escalier.

— Oui, dans ma voiture, mais…

— Link va annuler votre réservation. Il va y avoir un orage, dit-il en se tournant vers elle pour la regarder. Je ne supporterais pas de vous imaginer conduisant la nuit dans ces conditions.

Comme pour confirmer ses paroles, un coup de tonnerre éclata alors qu'ils arrivaient en haut des marches. Ryan marmonna quelque chose. Passer une seule nuit dans cette maison lui semblait totalement inconcevable.

« Rien dans ma manche », lança Merlin.

Elle lui jeta un regard plein de doutes.

2

Le dîner eut sur Ryan un effet apaisant. La salle à manger était immense. Sur l'un des côtés, il y avait un feu qui crépitait dans la cheminée et, à l'autre bout, une collection d'étains anciens. Une longue table de réfectoire était dressée au milieu, avec de la vaisselle en porcelaine de Sèvres et de l'argenterie de l'époque géorgienne.

— Link fait très bien la cuisine, dit Pierce Atkins tandis que le géant posait un poulet rôti sur la table.

Avant que Link quitte la pièce, Ryan jeta un coup d'œil sur ses mains impressionnantes. Elle prit lentement sa fourchette.

— Il est vraiment silencieux.

Pierce Atkins sourit et lui servit un verre d'un vin blanc aux reflets mordorés.

— Link ne parle que lorsqu'il a quelque chose à dire. Mais vous, mademoiselle Swan, aimez-vous la vie à Los Angeles ?

Ryan leva les yeux pour le regarder. Son regard était à présent amical. Il avait perdu l'air pénétrant et inquisiteur qu'il avait tout à l'heure. Elle s'autorisa à se détendre.

— Oui, je suppose. C'est pratique pour mon travail.

— Un peu surpeuplé, non ? demanda-t-il en coupant la volaille.

— Oui, c'est vrai, mais j'y suis habituée.

— Avez-vous toujours vécu à L.A. ?

— Oui, sauf pendant mes études.

Atkins remarqua un léger changement dans sa voix, comme une nuance de ressentiment que personne d'autre que lui n'aurait remarquée. Il continua à manger.

— Où est-ce que vous avez étudié ?

— En Suisse.

— Un beau pays, dit-il en prenant son verre.

Mais elle n'avait pas aimé qu'on l'envoie au loin, songea-t-il.

— Et quand vous êtes revenue, vous avez commencé à travailler pour Swan Productions, n'est-ce pas ?

Ryan fronça les sourcils et fixa le feu.

— Lorsque mon père a compris que j'étais vraiment déterminée, il a fini par céder.

— Vous semblez savoir ce que vous voulez, commenta Pierce Atkins.

— C'est vrai, admit-elle. La première année, je me contentais de trier des papiers et de servir le café, mais je n'avais pas le droit de m'approcher des vedettes.

Sa contrariété s'évanouit et une lueur d'humour s'alluma dans ses yeux.

— Un jour, des documents ont atterri presque par erreur sur mon bureau. Mon père essayait de faire signer un contrat à Mildred Chase pour un minifeuilleton, et elle ne voulait rien entendre. Après avoir fait quelques recherches, je suis allée la voir.

Son visage s'éclaira à ce souvenir et elle sourit.

— Ce fut une expérience inoubliable. Elle vit dans une fabuleuse maison sur les collines, qui est surveillée par des gardes et une douzaine de chiens. Elle a un style très « vieil Hollywood ». Je pense qu'elle m'a laissée entrer parce que je l'intriguais.

— Qu'avez-vous pensé d'elle ? demanda-t-il, surtout pour qu'elle continue à parler et à sourire.

— Je l'ai trouvée merveilleuse. Une véritable *grande dame*. Si mes jambes n'avaient pas tremblé autant, je me serais inclinée devant elle. Deux heures plus tard, j'avais obtenu sa signature au bas du contrat, dit-elle avec un éclair de triomphe dans les yeux.

— Comment votre père a-t-il réagi ?

— Il était furieux.

Ryan prit son verre de vin. Le feu dessinait sur sa peau un jeu d'ombre et de lumière. Plus tard, quand elle allait repenser à cette conversation, elle se demanderait pourquoi elle s'était confiée aussi facilement.

— Il m'a accablée de reproches pendant presque une heure.

Elle but une gorgée de vin et reposa le verre.

— Le lendemain, j'avais une promotion et un nouveau bureau. Bennett Swan apprécie les gens qui font avancer les choses.

— Est-ce le cas pour vous, mademoiselle Swan ? murmura Atkins.

— Généralement, répondit-elle d'une voix égale. Je suis douée pour gérer les détails.

— Et les gens ?

Ryan hésita avant de répondre. Il la fouillait de nouveau du regard.

— Presque tous.

Il lui souriait, mais ses yeux restaient inquisiteurs.

— Votre dîner vous plaît-il ?

— Mon…

Ryan hocha la tête pour échapper à son regard et regarda dans son assiette. Elle fut étonnée de constater qu'elle avait mangé une belle part de poulet.

— C'était très bon. Votre…

Elle le regarda de nouveau. Elle ne savait pas comment qualifier Link. Serviteur ? Esclave ?

— Ami, conclut doucement Pierce en buvant une gorgée de vin.

Ryan s'efforça de se défaire de l'impression désagréable qu'il parvenait à lire dans ses pensées.

— Votre ami est un merveilleux cuisinier.

— Les apparences sont souvent trompeuses, fit remarquer Pierce Atkins d'un ton amusé. Nous sommes l'un comme l'autre des marchands de rêves. Swan Productions vend des illusions, au même titre que moi.

Elle eut un rapide mouvement de recul lorsqu'il s'approcha d'elle. Il tenait dans sa main tendue une rose rouge à longue tige.

— Oh !

A la fois surprise et ravie, Ryan prit la fleur. Son parfum était doux et enivrant.

— J'imagine que c'est le genre de choses auxquelles il faut s'attendre quand on dîne avec un magicien, dit-elle en souriant, le visage au-dessus du bouton de rose.

— Les fleurs et les belles femmes sont faites les unes pour les autres.

La méfiance qu'il crut lire dans ses yeux l'intrigua.

Elle ne prend pas de risques, se dit-il de nouveau.

Il appréciait la prudence et la respectait. Il aimait aussi observer la manière dont les gens réagissaient.

— Vous êtes très belle, Ryan Swan.

— Merci.

Au ton presque guindé de sa réponse, Atkins se contracta légèrement.

— Encore un peu de vin ?

— Non merci, ça va.

Mais son cœur commençait à s'emballer. Elle posa la fleur à côté de son assiette et baissa les yeux sur son repas.

— Je ne connaissais pas cette partie de la côte, dit-elle sur le ton de la conversation. Habitez-vous ici depuis longtemps, monsieur Atkins ?

— Depuis quelques années.

Il fit tourner le vin dans son verre, mais elle remarqua qu'il ne buvait presque pas.

— Je n'aime pas la foule, reconnut-il.

— Sauf quand vous êtes sur une scène, fit-elle remarquer avec un sourire.

— Naturellement.

Lorsque Atkins se leva pour lui suggérer d'aller s'asseoir dans le salon, Ryan se rendit compte qu'ils n'avaient toujours pas parlé du contrat. Il fallait absolument qu'elle remette le sujet sur le tapis.

— Monsieur Atkins…, commença-t-elle tandis qu'ils entraient dans la pièce. Oh ! quel endroit merveilleux !

Elle eut la sensation de se retrouver au xviiie siècle, sans les toiles d'araignées et les vieilleries poussiéreuses. Les meubles brillaient et les fleurs étaient fraîches. Un petit piano droit se trouvait dans un coin, une partition ouverte posée sur le pupitre. Sur la tablette de la cheminée étaient disposées de petites figurines de verre soufflé. Une ménagerie, observa-t-elle en s'approchant : des licornes, des chevaux ailés, des centaures et même un chien à trois têtes. La collection de Pierce Atkins était tout sauf conventionnelle. Pourtant le feu qui brûlait dans l'âtre était classique et la lampe, posée sur un guéridon aux bords finement sculptés, était certainement une Tiffany. Le genre d'endroit que Ryan se serait attendue à trouver dans une confortable maison de campagne anglaise.

— Je suis content que vous aimiez, déclara Atkins, debout à côté d'elle. Mais vous avez l'air étonnée.

— Oui. L'extérieur ressemble à un décor de films d'horreur des années quarante, mais…, dit-elle avant de s'interrompre, horrifiée. Oh ! je suis désolée, je ne voulais pas…

Mais il souriait, visiblement enchanté par sa remarque.

— Elle a servi de toile de fond à plus d'un film de cette époque. C'est d'ailleurs pour cette raison que je l'ai achetée.

Ryan se détendit un peu pendant qu'elle parcourait la pièce.

— Je pensais que vous l'aviez choisie à cause de l'atmosphère étrange qui s'en dégageait.

Pierce Atkins leva un sourcil.

— J'ai un… faible pour les choses qui ont une apparence trompeuse aux yeux des autres.

Il se dirigea vers une table où une théière et des tasses étaient déjà disposées.

— Je suis désolé de ne pas pouvoir vous offrir de café, je n'en bois jamais. Mais le thé aux herbes est délicieux.

Il était déjà en train de servir quand Ryan s'approcha du piano.

— La tisane ira très bien, dit-elle distraitement.

La partition posée sur le piano était écrite à la main. Elle commença machinalement à la déchiffrer. La mélodie était envoûtante et romantique.

— C'est très beau, constata-t-elle en se tournant vers lui. Vraiment très beau. Je ne savais pas que vous écriviez de la musique.

— Ce n'est pas moi qui l'ai composée, répliqua Pierce en posant la théière. C'est Link.

Il vit les yeux de Ryan s'écarquiller d'étonnement.

— Il ne faut jamais se fier aux apparences, mademoiselle Swan.

Elle regarda ses mains.

— Je suis honteuse d'avoir porté un jugement aussi hâtif.

— Je n'avais pas l'intention de vous faire honte.

Pierce s'approcha d'elle et lui prit une nouvelle fois la main.

— La plupart des gens sont attirés par la beauté.

— Pas vous ?

— Je trouve la beauté attirante, rétorqua-t-il en la scrutant avec intérêt. Mais ensuite je cherche autre chose.

Elle éprouvait une impression étrange au contact de sa main. Sa voix n'était pas aussi ferme qu'elle l'aurait souhaité quand elle répondit :

— Et si vous ne trouvez pas ?

— Alors j'abandonne, dit-il simplement. Venez, votre thé va être froid.

Elle se laissa conduire jusqu'à sa chaise.

— Monsieur Atkins, je ne voudrais surtout pas vous offenser. Je ne peux pas me le permettre, mais…

Elle lâcha un soupir de frustration tout en s'asseyant.

— … Je pense que vous êtes un homme très étrange.

Il sourit, et elle trouva captivante la façon dont ses yeux se plissaient, une fraction de seconde avant sa bouche.

— Vous m'offenseriez si vous ne pensiez pas ainsi, mademoiselle Swan. Je n'ai aucune envie d'être comme tout le monde.

Il commençait à la fasciner. Ryan avait toujours eu soin de garder une certaine objectivité professionnelle lorsqu'elle traitait avec les vedettes. Il ne fallait surtout pas se laisser intimider, sinon on se retrouvait à ajouter des clauses au contrat et à faire des promesses irréfléchies.

— Monsieur Atkins, si nous parlions de notre contrat.

— J'y ai déjà beaucoup pensé.

Un coup de tonnerre fit trembler les vitres. Ryan jeta un coup d'œil vers la fenêtre tandis qu'il levait sa tasse.

— Les routes risquent d'être dangereuses cette nuit, commenta Atkins.

Il reporta son regard sur Ryan. Elle avait serré les poings sous l'effet du tonnerre.

— Avez-vous peur de l'orage ?

— Non, pas vraiment, assura-t-elle tout en relâchant lentement les doigts. Mais je vous suis reconnaissante de votre hospitalité. Je n'aime pas conduire dans ces conditions.

Elle prit sa tasse et essaya d'ignorer les éclairs qui déchiraient le ciel.

— Si vous avez des questions à me poser au sujet du contrat, je serai ravie d'y répondre.

— Je pense qu'il est tout à fait compréhensible, dit-il en portant la tasse à ses lèvres. Mon agent a d'ailleurs très envie que je le signe.

— Ah bon ?

Elle fit un effort pour cacher sa satisfaction. Il valait mieux qu'elle ne se réjouisse pas trop tôt.

— Je ne m'engage jamais sans être absolument sûr de ne pas le regretter. Je vous ferai part de ma décision demain.

Elle fit un signe de tête affirmatif. Il semblait sincère, et elle devinait que ni son agent ni personne ne parviendraient à l'influencer : il prenait ses décisions tout seul, un point c'est tout.

— Savez-vous jouer aux échecs, mademoiselle Swan ?

— Quoi ? demanda-t-elle distraitement en levant les yeux vers lui. Je vous demande pardon ?

— Savez-vous jouer aux échecs ? répéta-t-il.

— Oui, je sais. Pourquoi ?

— Je m'en doutais. Vous savez agir au bon moment et attendre quand il le faut. Voulez-vous faire une partie avec moi ?

— Oui, dit-elle sans hésiter, avec plaisir.

Il se leva, lui offrit la main et la conduisit jusqu'à une table qui se trouvait à côté de la fenêtre. Dehors, la pluie et le vent fouettaient les vitres. Mais, à la vue des pièces posées sur l'échiquier, elle oublia l'orage.

— Quel jeu merveilleux !

Elle souleva le roi des blancs. Il était très grand et sculpté dans du marbre.

— Arthur, remarqua-t-elle, saisissant ensuite la reine. Et Guenièvre.

Elle examina les autres pièces, une à une.

— Lancelot, le cavalier. Merlin, le fou. Et bien sûr Camelot, compléta-t-elle en faisant tourner la tour entre ses mains. Je n'en ai jamais vu d'aussi beaux.

— Prenez les blancs, proposa-t-il tout en s'installant devant les noirs. Jouez-vous pour gagner, mademoiselle Swan ?

Elle s'assit en face de lui.

— Oui, n'est-ce pas le cas de tout le monde ?

Il lui jeta un long regard énigmatique.

— Non. Certaines personnes jouent pour le plaisir de jouer.

Au bout de dix minutes, Ryan n'entendit plus le bruit de la pluie sur les carreaux. Pierce Atkins était un joueur à la fois habile et silencieux. Elle se surprit à observer ses mains pendant qu'il faisait glisser les pièces sur l'échiquier. De longues mains fines, aux doigts agiles. Il portait une bague à l'auriculaire, avec un symbole en forme de parchemin qu'elle ne reconnut pas. On disait ces mains capables de crocheter n'importe quelle serrure et de défaire n'importe quel nœud. Elle songea qu'elles ressemblaient plutôt à des mains de violoniste. Lorsqu'elle releva les yeux, il la regardait avec son petit sourire amusé. Elle fixa son attention sur sa stratégie.

Quand Ryan attaquait, il se défendait. Quand il avançait, elle contre-attaquait. Atkins apprécia d'avoir trouvé une partenaire à sa hauteur. Elle jouait prudemment avec, de temps en temps, de brusques élans impulsifs. Il pressentit que sa façon de jouer devait refléter sa personnalité. Elle ne semblait pas être du genre à se laisser facilement duper ou vaincre. Il admirait à la fois son esprit vif et la force qu'il sentait en elle et qui rendait sa beauté encore plus attirante.

Ses mains étaient douces. Tout en lui prenant son fou, il se demanda si sa bouche l'était tout autant, et combien de temps il lui faudrait pour s'en assurer. Il avait d'ores et déjà décidé qu'il finirait par le savoir ; c'était une question de temps. Et Pierce était bien placé pour connaître l'inestimable valeur du timing.

— Echec et mat, déclara-t-il tranquillement tandis que Ryan poussait un cri de surprise.

Elle étudia l'échiquier pendant un instant, puis un sourire éclaira son visage.

— Bon sang ! Je n'ai rien vu arriver. Etes-vous sûr que vous n'aviez aucune pièce cachée dans votre manche ?

« Rien dans ma manche », lança Merlin, à l'autre bout de la pièce.

Ryan lui jeta un coup d'œil en se demandant à quel moment il les avait rejoints.

— Je n'ai jamais recours à la magie quand les compétences suffisent, répondit Pierce, sans prêter attention à l'oiseau. Vous jouez bien, mademoiselle Swan.

— Pas aussi bien que vous, monsieur Atkins.

— Pour cette fois, approuva-t-il. Vous m'intéressez.

— Ah ! dit-elle en le regardant posément. Dans quel sens ?

— De différentes manières.

Il s'appuya contre le dossier et caressa la reine noire du doigt.

— Vous jouez pour gagner, mais vous savez aussi perdre. Est-ce toujours vrai ?

— Non.

Elle rit, mais se leva de table. Elle sentait la tension l'envahir de nouveau.

— Et vous, monsieur Atkins, savez-vous perdre ?

— Je perds rarement.

Lorsque Ryan releva les yeux, il se tenait debout à côté d'une autre table, un paquet de cartes dans les mains. Elle ne l'avait pas vu bouger, et cela la troubla.

— Connaissez-vous les tarots ?

— Non. Je veux dire, corrigea-t-elle, je sais qu'ils servent à dire la bonne aventure ou quelque chose de ce genre.

— Ou quelque chose de ce genre, répéta-t-il avec un petit rire en commençant à battre les cartes avec doigté. Rien de plus qu'un rituel, mademoiselle Swan. Un moyen de retenir l'attention et d'ajouter une touche de mystère à une certaine perspicacité, et à un bon sens de l'observation. La plupart des gens préfèrent se faire des illusions. Les explications déçoivent même les plus réalistes.

Elle traversa la pièce pour le rejoindre.

— Vous n'y croyez pas. Vous savez bien que de jolies cartes colorées ne suffisent pas à prédire l'avenir.

— Rien de plus qu'un outil, une diversion, précisa-t-il en haussant les épaules. Un jeu, si vous préférez. Les jeux m'aident à me décontracter.

D'un geste rapide et efficace, Pierce forma un éventail avec les longues cartes et le posa sur la table.

— Vous faites cela très bien, murmura Ryan.

Ses nerfs étaient de nouveau tendus, mais elle n'aurait pas su dire pourquoi.

— Une compétence de base, que je pourrais vous apprendre facilement, dit-il, détendu. Vos mains sont habiles.

Il en saisit une, mais c'était son visage qu'il observait.

— Est-ce que je peux tirer une carte ?

Ryan retira sa main. Son pouls commençait à s'emballer.

— C'est votre jeu.

Avec un doigt, Pierce Atkins fit glisser une carte et la retourna d'un geste précis. Le Magicien.

— Confiance en soi et créativité, murmura-t-il.

— C'est vous, remarqua Ryan avec désinvolture, pour masquer la nervosité qui montait en elle.

— On dirait bien.

Atkins posa le doigt sur une autre carte qu'il retira du jeu. La Grande Prêtresse.

— Sérénité, dit-il rapidement. Force. Est-ce vous ?

— C'est facile pour vous de tirer la carte que vous voulez, après avoir triché en mélangeant le jeu, répondit-elle en haussant les épaules.

Atkins sourit, pas le moins du monde offensé.

— Choisissez la prochaine, vous qui êtes cynique, pour qu'on sache ce qui va se passer entre ces deux personnes. Prenez une carte, mademoiselle Swan. N'importe laquelle.

Contrariée, Ryan en tira une qu'elle lança à l'endroit sur la table. Elle étouffa un cri et fixa la carte en silence, le souffle coupé. Les Amants. Son cœur battait trop fort dans sa poitrine.

— Fascinant, murmura Atkins.

Il ne souriait plus et examinait la carte comme s'il ne l'avait jamais vue auparavant.

Ryan fit un pas en arrière.

— Je n'apprécie pas votre petit jeu, monsieur Atkins.

— Mmm ?

Son regard flotta un instant avant qu'il reporte les yeux sur elle.

— Non ? Bien, dans ce cas…

Il fit négligemment voltiger les cartes en l'air et les regroupa.

— … je vais vous montrer votre chambre.

Pierce Atkins avait ressenti le même trouble que Ryan quand elle avait tiré cette fameuse carte. Il savait cependant que la réalité était souvent beaucoup plus étrange que n'importe quelle illusion qu'il pouvait concevoir. Mais il avait du travail et beaucoup de problèmes pratiques à régler concernant son prochain spectacle à Las Vegas, dans deux semaines. Pourtant, assis dans sa chambre, il pensait à Ryan et non aux mécanismes de ses numéros.

Elle avait un rire éclatant et plein d'énergie, qui lui plaisait autant que la voix prudente qu'elle prenait pour discuter d'un contrat et de ses clauses.

Il connaissait déjà leur engagement. Il n'était pas du genre à négliger ce genre de détails. Il n'apposait sa signature au bas d'aucun document sans en avoir saisi chaque nuance. Tant mieux si le public le considérait comme quelqu'un de mystérieux, de brillant et d'étrange. Son image était un mélange d'illusion et de réalité, et il préférait qu'il en soit ainsi. Il avait passé la seconde moitié de sa vie à organiser les choses à sa façon.

Ryan Swan. Atkins enleva sa chemise et la lança sur une chaise. Il n'était pas encore sûr de ce qu'il ressentait à son égard. Il avait vraiment l'intention de signer ce contrat, avant de la voir descendre les dernières marches de l'escalier. Mais l'instinct l'avait fait hésiter, et Pierce Atkins faisait totalement confiance à ses intuitions. Il lui fallait maintenant réfléchir à tout cela.

Les cartes n'avaient pas d'influence sur lui. Il savait les manipuler à sa guise. Les coïncidences, par contre, le troublaient. Etrange de voir Ryan tirer la carte symbolisant les amants au moment même où il se demandait quel effet ça lui ferait de la tenir dans ses bras.

Il s'assit en riant et commença à griffonner sur un bloc de papier. Le projet qu'il avait ébauché, pour un nouveau numéro, allait devoir être annulé ou modifié. Il se calma en tournant le problème dans sa tête comme il l'avait fait précédemment avec l'image de Ryan.

Il aurait peut-être été plus sage de signer les papiers dès le lendemain, et de la laisser poursuivre sa route. Il n'aimait pas qu'une femme envahisse ses pensées. Mais Pierce ne faisait pas toujours ce que la sagesse lui recommandait. Si cela avait été le cas, il serait encore à faire des tours de magie dans les clubs, à sortir des lapins de son chapeau et des écharpes colorées de ses manches, tout cela payé au tarif syndical. Aujourd'hui, il était capable de changer une femme en panthère et de passer au travers d'un mur de brique.

Et hop ! pensa-t-il. De la magie instantanée. Mais personne ne se souvenait des années de lutte, de frustration et d'échec. Là aussi, il avait organisé les choses à sa manière. Peu de gens savaient d'où il venait et qui il était avant d'avoir vingt-cinq ans.

Pierce reposa son stylo. Penser à Ryan Swan le mettait mal à l'aise. Il décida de descendre dans son atelier pour travailler jusqu'à ce qu'il y voie plus clair. C'est alors qu'il l'entendit hurler.

*
* *

Ryan se déshabilla avec désinvolture. La colère lui faisait toujours cet effet. De la magie de salon, pensa-t-elle rageusement tout en baissant la fermeture Eclair de sa jupe. Ah, les gens du spectacle ! Elle aurait dû être habituée, pourtant.

Elle se remémora un rendez-vous qu'elle avait eu avec un comédien connu, le mois précédent. Il lui avait fait un numéro de vingt minutes avant qu'elle parvienne à discuter avec lui des modalités de sa participation à un show télévisé, produit par Swan Productions. Toute cette histoire avec les tarots n'était rien d'autre qu'un spectacle monté de toutes pièces pour l'impressionner, décida-t-elle en enlevant ses chaussures d'un coup de pied. Encore un artiste égocentrique et mal dans sa peau.

Ryan fronça les sourcils et déboutonna son chemisier. Elle ne parvenait pas à analyser ses propres conclusions. Que ce soit sur scène ou en privé, Pierce Atkins ne ressemblait pas à l'image qu'elle se faisait d'un homme possédant ce genre de caractéristiques. Elle aurait juré qu'il avait été aussi surpris qu'elle quand elle avait tiré cette carte. Ryan retira son chemisier et le jeta sur le lit.

Bon, c'est un comédien, se dit-elle. *Un magicien est-il autre chose qu'un acteur intelligent et habile de ses mains ?*

A cette pensée, elle se rappela leur finesse et leur grâce tandis qu'elles saisissaient les pièces d'échecs en marbre noir. Mais elle choisit de ne plus y penser. Demain, elle obtiendrait sa signature au bas du contrat et elle s'en irait. Il la perturbait. Avant même qu'il donne sa petite représentation avec les cartes, il la troublait déjà.

Ses yeux ont quelque chose d'indéfinissable, se dit Ryan en frissonnant.

Il a une forte personnalité, c'est tout, décida-t-elle. *Il est attirant et très beau. Mais il a cultivé ces atouts, tout comme, sans doute, son air mystérieux et son sourire énigmatique.*

Des éclairs illuminèrent le ciel, et Ryan sursauta. Elle n'avait pas été totalement honnête avec Atkins. Les orages lui mettaient les nerfs à vif. Elle parvenait à rationaliser sa peur, mais, au fond, le tonnerre et les éclairs l'avaient toujours terrorisée. Elle détestait cette vulnérabilité, essentiellement féminine. Atkins avait raison : Bennett Swan aurait voulu avoir un fils. Et Ryan avait travaillé dur pour compenser le fait d'être une femme.

Va te coucher, s'ordonna-t-elle. *Va au lit, couvre-toi la tête avec les couvertures et ferme les yeux.*

Elle traversa la chambre d'un air décidé pour tirer les rideaux. Elle regarda dehors. Deux yeux verts lui rendirent son regard. Elle hurla.

Ryan traversa la pièce comme une flèche. Ses mains moites glissèrent sur la poignée. Quand Pierce Atkins ouvrit la porte, elle lui tomba dans les bras et s'accrocha à lui de toutes ses forces.

— Ryan, que diable se passe-t-il ?

Il l'aurait bien écartée, mais elle avait les bras étroitement noués autour de son cou. Elle semblait petite, sans ses talons hauts. Il pouvait deviner la forme de son corps tandis qu'elle se serrait désespérément contre lui. Tout en éprouvant un sentiment mêlé d'inquiétude et de curiosité, il sentit une puissante vague de désir le traverser. Contrarié, il la repoussa fermement en la saisissant par les bras.

— Que se passe-t-il ? demanda Atkins.

— La fenêtre, dit-elle.

Elle serait retournée se blottir dans ses bras, s'il ne l'avait pas tenue à distance.

— Là, près du lit.

Il l'écarta et alla voir de plus près. Ryan, les deux mains sur la bouche, s'appuya sur la porte qui se ferma en claquant.

Elle entendit Atkins jurer tout bas tandis qu'il ouvrait la fenêtre pour aller dehors. Lorsqu'il rentra, il tenait à bout de bras un énorme chat noir tout mouillé. Ryan s'effondra contre la porte avec un gémissement sourd.

— Mon Dieu ! Que va-t-il encore m'arriver ?

— Je vous présente Circé.

Atkins posa la chatte par terre. Elle se secoua rapidement, puis sauta sur le lit.

— Je ne savais pas qu'elle était dehors par un temps pareil, conclut-il.

Il se retourna pour regarder Ryan. S'il se moquait d'elle maintenant, elle ne le lui pardonnerait jamais. C'est donc avec un regard d'excuse qu'il lui dit :

— Je suis désolé. Elle a dû vous faire une belle frayeur. Voulez-vous que j'aille vous chercher un brandy ?

— Non merci, répondit-elle avec un long soupir. Un brandy ne me guérira pas de mon embarras.

— Il n'y a rien d'embarrassant dans le fait d'avoir peur.

Comme ses jambes tremblaient toujours, elle préféra rester appuyée contre la porte.

— Vous devriez me prévenir, s'il y a d'autres animaux de compagnie dans cette maison, dit-elle en s'efforçant de sourire. Comme ça, si je me réveille avec un loup couché à côté de moi, je n'aurai pas peur et je pourrai me rendormir.

Il ne répondit pas. Son regard la parcourait lentement, de la tête aux pieds. Elle se rendit compte qu'elle ne portait qu'un petit ensemble de lingerie de soie. Elle se raidit contre la porte et, quand les yeux de Pierce Atkins rencontrèrent les siens, elle resta figée sur place, sans voix. Avant même qu'il ne fasse le premier pas vers elle, sa respiration commençait à s'accélérer.

« Dis-lui de partir ! » lui souffla sa voix intérieure. Mais les mots refusaient de franchir ses lèvres. Son regard l'attirait comme un aimant. Lorsqu'il s'approcha d'elle, elle releva la tête afin de ne pas rompre le charme. Son cœur battait la chamade. Son corps tout entier vibrait de désir.

Je le veux. Cette constatation la stupéfia. *Je n'ai jamais voulu aucun autre homme avec cette intensité.*

Sa respiration s'affola. Celle d'Atkins restait calme et régulière. Il posa un doigt sur son épaule et fit glisser lentement la bretelle de son caraco. Ryan ne fit pas un mouvement. Il la regardait intensément tandis qu'il faisait tomber l'autre bretelle. Le petit morceau de soie descendit jusqu'à la pointe de ses seins et s'y suspendit dangereusement. Au moindre geste, il glisserait jusqu'à ses pieds. Elle resta clouée sur place, hypnotisée.

Atkins leva les mains et releva les mèches qui tombaient sur son visage. Il passa les doigts dans ses cheveux, se pencha vers elle, hésita un instant. Les lèvres de Ryan s'entrouvrirent en tremblant. Il attendit que ses yeux se ferment avant d'y poser sa bouche.

Elle était douce et ferme. Au début, elle ne fit qu'effleurer la sienne, comme pour l'apprivoiser. Puis il fit une petite pause, suspendant un instant son baiser. Etait-ce une promesse ou une menace ? Ryan n'aurait su le dire. Elle sentit que ses jambes étaient sur le point de céder et elle s'accrocha aux bras de Pierce. Leurs muscles étaient durs, mais le moment n'était pas encore venu d'y penser. Pour l'instant, il n'y avait que ses lèvres qui comptaient. Il l'embrassait à peine, mais ce simple contact lui coupait le souffle.

Il faisait durer le plaisir, la laissait sur sa faim. Ryan resserra désespérément l'étreinte de ses doigts sur ses biceps. La bouche de Pierce effleura ses lèvres, les pressa doucement, puis sa langue frôla la sienne. Il eut envie de caresser son corps, mais ses mains restèrent dans ses cheveux. Ce baiser, à lui seul, fit jaillir du fond de son être des ondes de plaisir intense.

Il avait déjà eu faim de nourriture, d'amour ou de femmes, mais il n'avait pas ressenti depuis longtemps un besoin aussi sauvage et déchirant. Pourtant, il se satisfaisait d'un avant-goût de sa saveur, douce et piquante à la fois. Tandis qu'il s'en imprégnait, il sut qu'il y aurait un temps où il en voudrait plus. Mais, pour l'heure, ses lèvres le contentaient.

Pierce sentit qu'il avait atteint le point de non-retour et qu'il ne pourrait bientôt plus faire marche arrière. Il releva la tête et attendit que Ryan ouvre les paupières.

Ses yeux étaient troubles et d'un vert assombri. Il remarqua qu'elle semblait aussi abasourdie qu'excitée. Il savait qu'il aurait pu la prendre maintenant, ici même, debout. Il suffisait qu'il l'embrasse et qu'il fasse glisser le petit bout de soie qu'elle portait. Mais il n'en fit rien. Ryan desserra les doigts, et ses bras retombèrent. Sans rien dire, il la contourna et ouvrit la porte. Le chat sauta du lit pour se glisser dans l'entrebâillement, avant que Pierce la referme derrière lui.

3

Au matin, les seuls vestiges de l'orage étaient le goutte-à-goutte régulier de l'eau de pluie qui tombait du balcon de la chambre. Ryan s'habilla avec soin. Il fallait absolument qu'elle ait retrouvé sa maîtrise d'elle-même quand elle descendrait. Les choses auraient été bien plus faciles si elle avait pu se convaincre qu'elle avait rêvé, que Pierce Atkins n'était jamais venu dans sa chambre, qu'il ne lui avait jamais donné ce baiser étrange et envoûtant. Mais non, il ne s'agissait pas d'un songe.

Ryan avait trop le sens des réalités pour prétendre le contraire ou pour se trouver des excuses. Tout en pliant le tailleur qu'elle avait porté la veille, elle reconnut qu'elle était en grande partie responsable de ce qui était arrivé. Elle s'était comportée comme une idiote en poussant ce hurlement, tout cela parce qu'un chat voulait échapper à la pluie. Elle s'était jetée dans les bras d'Atkins, quasiment nue et les nerfs à fleur de peau. Pour finir, et c'était ce qui la dérangeait le plus, elle n'avait rien fait, elle ne s'était pas débattue, elle n'avait proféré aucune protestation indignée.

Il l'avait peut-être hypnotisée, se dit-elle avec un sourire tout en se brossant les cheveux. Sa façon de la regarder, la manière dont sa volonté s'était annihilée… Avec un soupir de frustration, Ryan jeta la brosse dans la valise. Personne ne pouvait être hypnotisé par un simple regard.

Si elle voulait résoudre le problème, il fallait d'abord qu'elle se rende à l'évidence : elle voulait qu'il l'embrasse. Et, lorsqu'il était passé à l'acte, elle s'était laissé dominer par son désir. Ryan fit claquer les fermetures de la valise, puis la posa près de la porte. Elle serait allée au lit avec lui. C'était un fait acquis. Inutile de se mentir à elle-même : s'il était resté, elle aurait fait l'amour avec lui, alors qu'elle ne le connaissait que depuis quelques heures.

Ryan inspira profondément et attendit un instant avant d'ouvrir la porte. Pour quelqu'un comme elle, qui se vantait d'avoir du bon sens, cette vérité était dure à affronter. Elle était venue jusqu'ici pour obtenir la signature de Pierce Atkins au bas du contrat et non pas pour coucher avec lui.

Pour l'instant, tu n'as fait ni l'un ni l'autre, se souvint-elle en faisant la grimace. *Mais aujourd'hui est un autre jour.*

Le moment était venu de se concentrer sur le contrat et d'oublier son désir. Ryan ouvrit la porte et descendit l'escalier.

La maison était calme. Après avoir jeté un rapide coup d'œil dans le salon et découvert qu'il était vide, elle traversa le hall. Elle voulait à tout prix mettre la main sur Atkins afin de conclure l'affaire pour laquelle elle était venue. Mais une porte ouverte sur sa droite l'invita à s'arrêter. Elle resta bouche bée devant ce qu'elle découvrit dans la pièce.

Il y avait des murs — littéralement des murs — de livres. Ryan n'en avait jamais vu autant chez un particulier, même pas dans la bibliothèque de son père. Bizarrement, elle savait que ces livres étaient plus qu'un simple investissement : ils étaient là pour être lus. Et Atkins les connaissait certainement tous. Elle entra dans la pièce pour regarder de plus près. Il y flottait un mélange d'odeurs de cuir et de bougie.

Robert-Houdin démasqué, par Harry Houdini ; *Les Frontières de l'inconnu*, par Arthur Conan Doyle ; *Les Illusionnistes et leurs secrets.* Des ouvrages, parmi beaucoup d'autres, sur la magie et les magiciens que Ryan ne fut pas étonnée de trouver chez Pierce Atkins. Mais il y avait aussi des livres de T. H. White, de Shakespeare, de Chaucer, ainsi que les poèmes de Byron et de Shelley. Intercalées entre les autres, des œuvres de Francis Scott Fitzgerald, de Norman Mailer et de Ray Bradbury. Ryan pensa à son père, qui connaissait, au centime près, le prix de chacun des ouvrages de sa bibliothèque, bien qu'il n'en ait pas lu plus d'une douzaine.

Il a des goûts très éclectiques, songea-t-elle tandis qu'elle parcourait la pièce. Des personnages ciselés et peints, qu'elle identifia comme étant les habitants de la Terre du Milieu de Tolkien, ornaient le manteau de la cheminée. Une sculpture en métal, très moderne, était posée sur le bureau.

Qui est Pierce Atkins ? s'interrogea Ryan. *Qui est-il vraiment ? Il est lyrique et fantasque en apparence, mais il a aussi les deux pieds ancrés dans la réalité.*

Elle fut irritée de constater à quel point elle avait envie de mieux le connaître.

— Mademoiselle Swan ?

Ryan se retourna précipitamment. Link était debout dans l'encadrement de la porte.

— Oh ! Bonjour.

Elle se demanda si son expression était désapprobatrice ou si c'était simplement son visage ingrat qui donnait cette impression.

— Je suis désolée, ajouta-t-elle. Peut-être n'aurais-je pas dû entrer ici ?

Link haussa ses épaules massives.

— S'il avait voulu vous en interdire l'accès, il aurait fermé la porte à clé.

— Oui, bien sûr, murmura Ryan, ne sachant si la remarque devait l'offenser ou l'amuser.

— Pierce vous fait dire que vous pourrez l'attendre en bas, après avoir pris votre petit déjeuner.

— Est-il sorti ?

— Oui, dit Link brièvement. Il court huit kilomètres par jour.

— Huit kilomètres ?

Mais Link tournait déjà les talons. Ryan traversa la pièce à toute vitesse pour le rejoindre.

— Je vais faire votre petit déjeuner, annonça-t-il.

— Juste du café, euh, du thé, corrigea-t-elle, se souvenant de la scène de la veille.

Elle ne savait pas comment l'aborder, mais elle se rendit compte qu'à force de courir après lui elle serait bientôt trop essoufflée pour parler.

— Link.

Ryan posa la main sur son bras, et il s'arrêta.

— J'ai lu votre composition hier soir, sur le piano.

Il la regarda dans les yeux, sans changer d'expression.

— J'espère que cela ne vous dérange pas, reprit-elle.

Il haussa de nouveau les épaules. Ryan en conclut qu'il se servait souvent de ce geste pour remplacer les mots.

— La mélodie est très belle, continua-t-elle.

Ryan eut la surprise de constater qu'il rougissait. Elle n'avait jamais imaginé qu'un homme de cette taille puisse se sentir gêné.

— Ce n'est pas encore terminé, marmonna-t-il.

Ryan, émue, dit en souriant :

— Ce qui est fait est déjà très beau. Vous avez beaucoup de talent.

Il frotta ses semelles sur le sol et s'éloigna d'un pas lourd en maugréant qu'il allait s'occuper de son thé.

Tout en grignotant ses toasts, Ryan songeait à la remarque de Pierce Atkins sur les apparences. Même si cette étrange visite n'avait pas d'autres résultats, elle aurait au moins appris quelque chose. Elle savait qu'elle ne porterait plus jamais de jugements hâtifs, basés sur des faux-semblants.

Elle traîna délibérément pour prendre son petit déjeuner, mais Atkins n'était toujours pas revenu quand elle le termina. Réticente à l'idée d'affronter le sous-sol, elle but son thé froid à petites gorgées et attendit. Finalement, elle se leva, ramassa sa serviette et se dirigea vers l'escalier.

La lumière avait été allumée, et elle en fut soulagée. Et même si un certain nombre de recoins restaient dans l'ombre, Ryan n'éprouva pas le même sentiment d'appréhension que la veille. Elle savait maintenant à quoi s'attendre.

Apercevant Merlin dans sa cage, elle se dirigea vers lui. Comme la porte était ouverte, elle resta prudemment à côté tout en l'observant. Elle n'avait pas envie qu'il se perche de nouveau sur son épaule, d'autant plus qu'Atkins n'était pas là pour le rappeler.

— Bonjour, dit-elle, curieuse de savoir s'il lui parlerait quand même, maintenant, alors qu'elle était seule.

Merlin la fixa un court instant.

— « J'te paye un verre, mon chou ? »

Elle rit et décida que celui qui lui avait appris à parler avait un curieux sens de l'humour.

— Merci, mais ce n'est pas mon truc, répondit-elle en se penchant en avant pour le regarder dans les yeux. Que sais-tu dire d'autre ? Je suis sûre qu'il t'a appris à dire pas mal de choses. Il doit avoir la patience de le faire.

Elle sourit, amusée de voir que l'oiseau semblait l'écouter avec attention.

— Es-tu un oiseau intelligent, Merlin ?

— « Hélas, pauvre Yorick ! » lança-t-il, affable.

— Bon sang ! Cet oiseau cite *Hamlet*.

Incrédule, elle reporta son attention sur l'estrade. Deux grandes malles, un panier d'osier, et une table longue et haute s'y trouvaient. Piquée par la curiosité, Ryan posa sa serviette par terre et gravit les marches. Sur la table étaient posés un jeu de cartes à jouer, deux cylindres vides, une bouteille de vin et des verres, ainsi qu'une paire de menottes.

Ryan prit les cartes et chercha à savoir comment il les marquait. Elle ne vit rien, même après les avoir bien examinées à la lumière. Elle les posa et observa les menottes, qui semblaient être les mêmes que celles de la police. En acier froid et hostile. Elle chercha une clé et n'en trouva pas.

Ryan avait fait des recherches concernant Pierce Atkins. Elle savait qu'aucune fermeture au monde ne lui résistait. On l'avait enfermé, pieds et mains menottés, dans un coffre fermé à triple tour. Il s'en était évadé en moins de trois minutes, libéré des menottes.

Impressionnant, songea-t-elle, étudiant toujours les bracelets d'acier. *Où est le truc ?*

— Mademoiselle Swan.

Elle laissa tomber les menottes avec fracas et se retourna vivement. Atkins se tenait debout juste derrière elle.

Il n'a pas pu descendre par l'escalier, pensa-t-elle

Elle l'aurait entendu arriver. Il devait certainement y avoir une autre entrée. Depuis combien de temps était-il là, à l'observer ? Il ne la quittait pas des yeux tandis que la chatte se frottait contre ses jambes en ondulant.

— Monsieur Atkins, réussit-elle à articuler d'une voix plutôt calme.

— J'espère que vous avez passé une bonne nuit, dit-il en la rejoignant. L'orage ne vous a-t-il pas empêchée de dormir ?

— Non.

Il avait l'air incroyablement frais et dispos pour quelqu'un qui venait de courir huit kilomètres. Ryan se souvint des muscles de ses bras. Il avait de la force et manifestement de l'endurance, aussi. Il la toisait presque, la scrutant intensément. Ses yeux ne contenaient plus aucune trace de la passion contenue qui semblait l'habiter hier soir.

Atkins changea abruptement de sujet et lui adressa un sourire. Puis il balaya la table d'un geste de la main.

— Que voyez-vous ici ?

— Quelques-uns de vos instruments.

— Ah ! mademoiselle Swan, vous avez toujours les pieds sur terre.

— J'aime à le croire, répondit-elle, agacée. Que suis-je censée y voir ?

Il sembla apprécier sa réponse et il versa un peu de vin dans un des verres.

— L'imagination, mademoiselle Swan, est un don inestimable. Etes-vous d'accord ?

— Oui, bien sûr, concéda-t-elle en regardant les mains du magicien avec attention. Jusqu'à un certain point.

— C'est vrai, approuva-t-il en lui montrant les cylindres vides. Mais peut-on y apporter la moindre restriction ? demanda-t-il tout en glissant un des cylindres à l'intérieur de l'autre. Croyez-vous que l'esprit ait le pouvoir de modifier les lois de la nature ?

Atkins plaça les deux cylindres sur la bouteille de vin et observa Ryan qui se concentrait toujours sur ses mains, les sourcils froncés.

— En théorie, répliqua-t-elle.

— Seulement en théorie.

Il retira le premier des cylindres et le plaça sur le verre de vin. Il souleva ensuite l'autre pour lui montrer que la bouteille était toujours en dessous.

— Mais pas en pratique, continua-t-il.

— Non.

Ryan surveillait attentivement chacun de ses gestes. Impossible qu'il réussisse à changer quoi que ce soit, juste sous son nez.

— Où est le verre, mademoiselle Swan ?

— Ici, répondit-elle en montrant le premier cylindre.

— En êtes-vous sûre ?

Pierce Atkins souleva le tube. La bouteille était dessous. Ryan regarda le second cylindre, frustrée. Pierce le retira et révéla le verre à moitié plein.

— Apparemment, la théorie ne suffit pas, conclut-il en remettant les cylindres à leur place.

— Très malin, dit-elle, irritée de n'avoir rien perçu.

— Désirez-vous un peu de vin, mademoiselle Swan ?

— Non merci, je…

Elle n'avait pas fini sa phrase qu'il soulevait déjà le premier cylindre. A l'endroit où elle venait juste de voir la bouteille, le verre avait réapparu. Charmée malgré elle, Ryan se mit à rire.

— Vous êtes très fort, monsieur Atkins.

— Merci.

Il avait prononcé ce mot si sérieusement que Ryan leva les yeux. Le regard du magicien était calme et pensif. Intriguée, elle redressa la tête.

— Je suppose que vous ne m'expliquerez pas comment vous avez fait.

— Non.

— C'est bien ce que je pensais.

Elle souleva les menottes. Elle avait, pour l'instant, oublié sa serviette qui était restée au pied de l'estrade.

— Font-elles aussi partie de votre spectacle ? Elles ont l'air d'être vraies.

— Elles sont tout à fait vraies, répondit-il.

Il souriait de nouveau, satisfait d'avoir entendu son rire. Il savait qu'il n'oublierait pas son timbre, et qu'il lui reviendrait à l'esprit chaque fois qu'il penserait à elle.

— Elles n'ont pas de clés, fit-elle remarquer.

— Je n'en ai pas besoin.

Elle fit passer les menottes d'une main à l'autre tout en les étudiant attentivement.

— Vous êtes très sûr de vous.

— Oui.

Il avait mis une nuance d'amusement dans sa voix et elle s'interrogea sur ce qu'il lui réservait. Il lui tendit les mains, poignets serrés.

— Allez-y. Mettez-les-moi.

Ryan n'hésita qu'une seconde. Elle voulait le voir opérer, juste sous ses yeux.

— Si vous ne réussissez pas à les retirer, suggéra-t-elle en les fermant d'un coup sec, nous pourrons alors nous asseoir et parler de ce contrat.

Elle releva la tête et lui jeta un regard pétillant.

— Et quand vous l'aurez signé, nous appellerons un serrurier.

— Je ne pense pas que ce sera nécessaire.

Il brandit les menottes en les balançant devant elle, ouvertes.

— Oh ! Mais comment…

Elle laissa sa phrase en suspens et secoua la tête.

— … Non, c'était trop rapide, conclut-elle en les lui prenant des mains.

Atkins aimait la façon dont son expression était passée de la stupéfaction au doute.

— Elles sont faites sur mesure, dit Ryan, retournant soigneusement les bracelets en tous sens. Il doit y avoir un bouton ou autre chose.

— Pourquoi ne les essayez-vous pas ? suggéra-t-il.

Il les referma sur ses poignets avant qu'elle puisse refuser. Il s'attendait à la voir se mettre en colère mais elle riait.

— Je me suis laissé piéger, constata-t-elle l'air enjoué.

Puis elle concentra son attention sur les menottes. Elle fit tourner ses poignets en vain dans tous les sens.

— Elles semblent vraies, sans aucun doute. Il faudrait se disloquer les poignets pour atteindre le bouton, s'il y en a un, murmura-t-elle entre ses dents.

Elle se débattit encore un moment. Elle essaya par tous les moyens de passer les mains par l'ouverture.

— Bon, d'accord, vous avez gagné, reconnut-elle en abandonnant la partie. Elles sont bien réelles, reconnut-elle avec un sourire. Pourriez-vous me tirer de là, maintenant ?

— Peut-être, murmura-t-il en prenant ses poignets.

— Quelle réponse réconfortante ! dit-elle sèchement.

Mais ils sentirent tous deux son pouls qui s'accélérait, au moment où Atkins l'effleura avec son pouce. Il continua à la regarder dans les yeux, jusqu'à ce qu'elle sente la même langueur que la veille l'envahir.

— Je crois…, commença-t-elle d'une voix rauque… Je crois que vous feriez mieux…

Les mots s'étranglèrent dans sa gorge quand la caresse se prolongea sur la veine de son poignet.

— Arrêtez ! ordonna-t-elle, pas du tout certaine d'avoir envie qu'il s'interrompe.

Sans dire un mot, Pierce souleva ses mains menottées et les posa derrière sa nuque. Elle se retrouva serrée contre lui.

Elle ne permettrait pas que la scène de la veille se reproduise. Elle allait protester.

— Non !

Elle se débattit en vain. Ses lèvres se posaient déjà sur les siennes.

La veille, sa bouche n'était pas aussi impatiente, ni ses doigts aussi actifs. Pierce lui prit la taille alors que sa langue forçait la barrière de ses lèvres. Ryan lutta contre le sentiment d'impuissance qui la paralysait — une impuissance liée à son propre désir plus qu'aux entraves de ses poignets. Elle s'abandonnait déjà corps et âme. Sa bouche était avide. Ses lèvres brûlaient, tandis que celles de Pierce étaient fraîches et fermes. Pendant qu'il la serrait plus fort contre lui, elle l'entendit murmurer quelque chose.

Une incantation, se dit-elle, prise de vertige. *Il est en train de m'ensorceler ; il n'y a pas d'autre explication.*

Pourtant, ce ne fut pas un cri de protestation, mais de plaisir qui s'échappa de ses lèvres lorsque les mains de Pierce remontèrent doucement jusqu'à ses seins. Il y dessina lentement de petits cercles avant que ses pouces ne viennent en caresser les mamelons. Ryan se pressa contre lui, mordillant sa lèvre inférieure tandis qu'une nouvelle vague de désir l'envahissait. Puis il plongea les mains dans ses cheveux, lui repoussant la tête en arrière, afin que sa bouche soit totalement à sa merci.

Il possède sûrement des pouvoirs magiques, pensa-t-elle.

Sa bouche, en tout cas, l'ensorcelait. Personne ne lui avait encore fait éprouver un tel plaisir rien qu'en l'embrassant.

Ryan voulait toucher sa peau, provoquer en lui un désir aussi intense que le sien. Elle pesta contre les menottes qui entravaient ses poignets et découvrit soudain qu'elle avait les mains libres. Ses doigts pouvaient maintenant lui caresser la nuque, s'enfouir dans ses cheveux.

Il la relâcha brusquement, aussi vite qu'il l'avait capturée. Il la tenait par les épaules et l'écartait de lui.

Confuse, encore vibrante de plaisir, Ryan le dévisagea.

— Pourquoi ?

Atkins ne répondit pas tout de suite. Il lui caressait les épaules d'un air songeur.

— J'ai eu envie d'embrasser Mlle Swan. Hier soir, c'est à Ryan que j'ai goûté.

— C'est ridicule.

Elle essaya de se libérer, mais il la tenait fermement.

— Non. Mlle Swan porte des tailleurs classiques et se tracasse au sujet de ses contrats. Ryan porte des dessous de soie et a peur de l'orage. Ce mélange me fascine.

Ces mots la troublèrent suffisamment pour qu'elle lui réponde d'une voix sèche et pleine de froideur :

— Je ne suis pas venue jusqu'ici pour vous fasciner, monsieur Atkins.

— Juste un petit à-côté, mademoiselle Swan.

Il sourit et lui embrassa les doigts. Elle retira vivement sa main.

— Il est temps de régler notre affaire.

— Vous avez raison, mademoiselle Swan.

Elle n'apprécia ni la lueur d'amusement dans ses yeux ni sa façon de prononcer son nom. Elle se rendit compte qu'il lui était complètement égal qu'il signe ou non le contrat. Elle voulait juste se libérer de son emprise.

— Bien, dans ce cas..., commença-t-elle en se penchant pour prendre sa serviette.

Elle tenait déjà la poignée quand Atkins posa sa main sur la sienne et l'enserra doucement.

— J'ai décidé de signer votre contrat, après quelques ajustements.

Ryan se força à retrouver son calme. Ajustement signifie généralement argent. Elle négocierait donc avec lui afin de se débarrasser de cette affaire.

— Je serai heureuse de discuter avec vous des modifications que vous désirez apporter.

— Très bien. Je veux une collaboration directe avec vous. Je veux que ce soit vous qui vous occupiez de la production.

Les doigts de Ryan se raidirent sur la poignée.

— Moi ? Mais mon activité n'inclut pas la production. Mon père…

— Je n'ai pas l'intention de travailler avec votre père, mademoiselle Swan, ni avec aucun autre producteur, dit-il en l'interrompant, sa main serrant toujours doucement la sienne. Je veux travailler avec vous.

— Vous me flattez, monsieur Atkins, mais…

— Venez à Las Vegas dans deux semaines.

— Las Vegas ? Mais pour quoi faire ?

— Je voudrais que vous assistiez à mon spectacle avec attention. Il n'y a rien de plus précieux pour un illusionniste que l'avis d'une personne cynique. Votre présence m'obligera à être vigilant. Vous avez l'esprit critique, j'aime ça.

Ryan poussa un soupir. La critique aurait dû le déranger, non pas l'attirer, songea-t-elle.

— Monsieur Atkins, je suis compétente pour négocier des affaires, pas pour diriger une production.

— Vous m'avez dit que vous étiez douée pour les détails, lui rappela-t-il gentiment. Je vais aller contre mes principes pour me présenter à la télévision. Je veux quelqu'un comme vous pour s'occuper de tout. Pour être plus précis, continua-t-il, je veux que ce soit *vous* qui gériez les détails.

— Vous n'êtes pas raisonnable, monsieur Atkins. Votre agent serait sûrement de mon avis. Il y a chez Swan Productions de nombreuses personnes mieux qualifiées que moi pour produire l'émission.

— Voulez-vous que je signe ce contrat, mademoiselle Swan ?

— Oui, évidemment, mais…

— Alors faites les modifications, dit-il simplement. Et soyez au Caesar's Palace dans deux semaines.

Il se pencha pour prendre le chat dans ses bras.

— Je me réjouis de travailler avec vous.

4

Quatre heures plus tard, lorsqu'elle franchit la porte de son bureau de chez Swan Productions, Ryan enrageait encore.

Il a un sacré toupet, décida-t-elle. *Il pourrait remporter la palme d'or de l'individu le plus culotté du monde.*

Il se figurait qu'il avait gagné la partie. Croyait-il vraiment être la seule vedette de renom qu'elle soit capable d'inscrire au palmarès de Swan Productions ? Quelle incroyable prétention ! Ryan jeta brutalement sa serviette sur le bureau et se laissa tomber sur sa chaise. Pierce Atkins pouvait d'ores et déjà se préparer à une surprise.

Ryan s'appuya contre le dossier, croisa les doigts et attendit d'être suffisamment calme pour réfléchir. Atkins ne connaissait pas Bennett Swan. Celui-ci était habitué à prendre ses décisions tout seul. Les conseils des autres pouvaient être pris en considération et discutés, mais il ne se laissait jamais influencer, surtout quand il s'agissait d'une décision importante. En vérité, songea-t-elle, il y avait toutes les chances qu'il fasse exactement le contraire de ce qu'on attendait de lui. Il n'apprécierait certainement pas qu'on lui dicte le choix de la personne appropriée pour diriger la production. Particulièrement, se dit Ryan avec quelque regret, si cette personne était sa fille.

Son père allait exploser de colère quand elle lui ferait part des conditions imposées par Atkins. Malheureusement le magicien ne serait pas là pour en subir les retombées. Swan trouverait une autre vedette pour son programme, et Atkins retournerait à ses petits numéros de bouteilles qui disparaissent.

Ryan s'absorba dans ses pensées. Elle n'avait aucune envie d'avoir à se préoccuper de convoquer des acteurs aux répétitions, d'élaborer des plannings de tournage et de résoudre les innombrables petits détails qu'implique la production d'un show télévisé de une heure — sans parler de la folie inhérente à une émission enregistrée en public. Que savait-elle de la résolution des problèmes techniques, des règles imposées par les syndicats et de la décoration de plateau ? La production est un travail complexe. Elle n'avait jamais eu la moindre envie de tenter sa chance dans ce secteur d'activité. Les tâches administratives et la gestion des détails préliminaires la contentaient parfaitement.

Elle s'appuya de nouveau contre le dossier, les coudes sur la table, le menton dans les mains.

Comme c'est ridicule, songea-t-elle, *de se mentir à soi-même. Et comme il serait épanouissant de mener à bien un projet du début à la fin.*

Elle avait des idées, beaucoup d'idées, qui étaient constamment étouffées dans l'œuf à cause des tracasseries administratives et juridiques qu'elle avait à résoudre.

Chaque fois qu'elle avait essayé de convaincre son père de lui donner sa chance dans le domaine de la création, elle avait rencontré le même refus inflexible. Elle n'avait pas d'expérience ; elle était trop jeune. Il oubliait délibérément qu'elle avait côtoyé le milieu du spectacle toute sa vie et qu'elle aurait vingt-sept ans le mois prochain.

Un des directeurs de production les plus talentueux avait réalisé, pour Swan Productions, un film qui avait gagné cinq prix. Et il n'avait que vingt-six ans à l'époque, se rappela Ryan avec indignation. Comment son père pouvait-il juger ses idées avant même de les avoir testées ? Elle avait juste besoin d'une opportunité.

Oui, elle devait admettre que rien ne lui conviendrait mieux que de suivre un projet depuis sa signature jusqu'à sa réalisation. Mais pas celui-là. Cette fois, elle allait reconnaître avec joie son manque de compétences et remettre Pierce Atkins et son contrat entre les mains de son père. Elle ressemblait suffisamment à une Swan pour détester qu'on lui pose un ultimatum.

« Faites les modifications ». Ryan proféra un grognement sarcastique et ouvrit sa serviette. Il avait dépassé les bornes, songea-t-elle, et, maintenant, il allait… Elle laissa sa phrase en suspens, le regard fixé sur les papiers soigneusement rangés. Une nouvelle rose rouge à longue tige y était posée.

— Comment a-t-il… ?

Son propre rire l'interrompit. Elle s'adossa et fit tourner la fleur sous son nez.

Il est malin, songea-t-elle en s'imprégnant du parfum capiteux. T*rès intelligent. Mais qui diable est-il ? Comment est-il devenu ainsi ?*

Assise dans son bureau fonctionnel et bien organisé, Ryan décida qu'elle avait très envie de le savoir, et que peut-être une explosion de colère et quelques intrigues seraient utiles pour y parvenir.

Il y avait des mystères enfouis au fond de l'âme d'un homme qui parlait d'une voix si calme et qui vous dominait d'un simple regard. Des énigmes dissimulées derrière des remparts de protection, songea-t-elle. Combien de murailles allait-elle devoir faire tomber avant de pouvoir accéder au tréfonds de son être ? Entreprise risquée, décida-t-elle, mais… Ryan se rappela en secouant la tête qu'on ne lui donnerait de toute façon pas l'occasion de le faire. Bennett Swan obligerait le magicien à signer le contrat selon ses propres termes ou il le rayerait de sa liste. Elle sortit le contrat de sa serviette et la referma d'un coup sec. Pierce Atkins ne faisait plus partie de ses préoccupations. Pourtant, elle tenait toujours sa rose à la main.

La sonnerie de son téléphone lui rappela qu'elle n'avait pas le temps de rêver éveillée.

— Oui, Barbara.

— Le patron veut vous voir.

Ryan fit la grimace. Bennett Swan avait eu connaissance de son arrivée au moment même où elle était passée devant la guérite du gardien.

— J'arrive tout de suite.

Laissant la rose sur son bureau, elle saisit le contrat.

Bennett Swan fumait un cigare cubain qui coûtait très cher. Il appréciait les choses de valeur. En fait, il aimait savoir qu'il pouvait se les payer. Entre deux costumes du même style et de la même qualité, il choisissait toujours le plus coûteux. C'était une question de fierté.

Les récompenses, accrochées sur les murs de son bureau, étaient elles aussi un motif d'orgueil. Bennett Swan était à la fois le créateur et le moteur de Swan Productions. Les oscars et les prix témoignaient de sa réussite. Au même titre que les peintures et les sculptures que son courtier en art lui avait conseillé d'acquérir.

Il aimait sa fille et aurait été choqué que quelqu'un prétende le contraire. Il était sûr d'être un père irréprochable. Il avait donné à Ryan tout ce que son argent pouvait lui offrir : les plus beaux vêtements, une nounou irlandaise quand sa mère était morte, des études coûteuses et, enfin, un emploi bien payé lorsqu'elle avait insisté pour travailler.

Il avait été obligé de reconnaître qu'elle était plus compétente qu'il ne l'imaginait. Ryan faisait preuve d'une vive intelligence et était douée pour couper court aux inepties et pour entrer directement dans le vif du sujet. Ce qui prouvait que l'argent investi dans cette école suisse avait porté ses fruits.

Il contempla les volutes de fumée qui montaient de son cigare. Sa fille l'avait bien récompensé. Il l'adorait.

Ryan frappa et entra. Il la regarda traverser le large espace, couvert d'une épaisse moquette, qui séparait son bureau de la porte. Une jolie fille, se dit-il. Comme sa mère.

— Tu voulais me voir ?

Elle attendit qu'il lui dise de s'asseoir. Swan n'était pas grand, mais il avait toujours compensé sa petite taille par un naturel expansif. D'un large geste du bras, il lui indiqua qu'elle pouvait prendre place. Il était encore beau, avec un visage buriné et bronzé que les femmes trouvaient attirant. Il avait pris un peu de poids ces cinq dernières années et perdu quelques cheveux. Mais, dans l'ensemble, il était toujours comme dans les souvenirs d'enfance de Ryan. Tandis qu'elle l'observait, elle sentit monter en elle un sentiment familier : un mélange d'amour et de frustration. Ryan avait conscience des limites de l'affection que son père lui portait.

— Ça va mieux ? s'enquit-elle.

Elle remarqua que la grippe n'avait laissé aucune trace sur lui. Son visage coloré respirait la santé et ses yeux étaient brillants. Il balaya la question d'un geste. L'évocation de la maladie l'impatientait, surtout s'il s'agissait de la sienne. Il n'avait pas de temps pour cela.

— Alors, que penses-tu d'Atkins ? lui demanda-t-il quand elle fut installée.

L'interroger sur son opinion au sujet de quelqu'un était un des petits avantages qu'il lui concédait. Comme toujours, Ryan réfléchit soigneusement avant de répondre.

— C'est un homme singulier, énonça-t-elle sur un ton qui aurait fait sourire Pierce Atkins. Il a un talent extraordinaire et une forte personnalité. Je ne suis pas sûre que l'un et l'autre soient liés.

— Est-il excentrique ?

— Non, en tout cas ce n'est pas l'image qu'il veut donner de lui.

Ryan fronça les sourcils en pensant à sa maison et à son style de vie. *Les apparences.*

— Je pense que c'est un homme très profond, quelqu'un qui vit exactement de la façon qu'il a choisie. Sa profession est beaucoup plus qu'une simple carrière. Il s'y consacre avec la même ardeur qu'un peintre passionné pour son art.

Swan hocha la tête et souffla un nuage de coûteuse fumée.

— Il est en tête du box-office.

Ryan sourit et fit passer le contrat d'une main dans l'autre.

— Oui, car il est probablement le meilleur dans son domaine ; en plus, il est dynamique sur scène et quelque peu mystérieux en dehors. On dirait qu'il a verrouillé la porte dissimulant la première partie de sa vie et qu'il en a jeté la clé. Le public adore les énigmes, et il est le mystère personnifié.

— Et le contrat ?

Nous y sommes, pensa Ryan, se préparant au pire.

— Il voudrait donner son accord, mais sous certaines conditions. C'est-à-dire qu'il…

— Il m'a déjà fait part de ses exigences, dit Swan en l'interrompant.

L'exposé soigneusement préparé par Ryan tombait à l'eau.

— Il t'a déjà mis au courant ?

— Il m'a téléphoné, il y a deux heures.

Swan retira le cigare de sa bouche. Le diamant qu'il avait au doigt étincela tandis qu'il jetait un coup d'œil à sa fille.

— Il dit qu'il t'a trouvée à la fois cynique et pointilleuse. Il prétend que cela lui convient très bien.

— Je ne crois pas que ses tours soient autre chose qu'une mise en scène intelligente, rétorqua Ryan.

Elle était contrariée à l'idée qu'Atkins l'ait devancée en parlant à son père avant elle. Elle avait la désagréable impression qu'ils engageaient une nouvelle partie d'échecs. Il l'avait déjà vaincue une fois.

— Il a la manie d'introduire la magie dans la vie quotidienne. C'est efficace, mais c'est gênant pendant un rendez-vous d'affaires.

— Apparemment, tes insultes ont eu l'effet voulu, commenta Swan.

— Je ne l'ai pas insulté ! objecta-t-elle en se levant, le contrat dans la main. J'ai passé vingt-quatre heures dans cette maison, avec des oiseaux parleurs et des énormes chats noirs, et, malgré tout, je ne l'ai pas insulté. J'ai tout fait pour qu'il signe ce contrat, sauf me laisser enfermer dans une caisse et scier en deux.

Elle jeta les papiers sur le bureau de son père.

— Il y a des limites à ce que je suis disposée à faire pour satisfaire les caprices d'une vedette, même si elle est en tête du box-office.

Swan joignit les mains et la regarda.

— Il a dit également que ton mauvais caractère ne le dérangeait pas. Il n'aime pas les gens ennuyeux.

Ryan ravala les premiers mots qui lui vinrent à l'esprit et se rassit lentement.

— D'accord, tu m'as rapporté ses paroles. Mais toi, que lui as-tu dit ?

Swan prit son temps pour répondre. C'était la première fois qu'un professionnel faisait allusion au caractère de sa fille. Swan savait qu'elle en avait, mais aussi qu'elle le contrôlait quand elle faisait des affaires. Il décida de ne pas mentionner ce détail.

— Je lui ai dit que nous serions ravis de le satisfaire.

— Tu…

Les mots s'étranglèrent dans sa gorge avant qu'elle puisse terminer sa phrase.

— … Tu as accepté ? Pourquoi ?

— Parce que nous voulons qu'il signe. Et que c'est toi qu'il a choisie comme collaboratrice.

Pas d'explosion, pensa-t-elle complètement déconcertée. A quel sortilège Atkins avait-il eu recours pour accomplir ce prodige ? Quel qu'il soit, elle ne se laisserait pas envoûter, se dit-elle, farouchement déterminée. Elle se leva de nouveau.

— Ai-je mon mot à dire à ce sujet ?

— Non. Pas tant que tu travailleras sous mes ordres, répondit Swan en jetant un coup d'œil distrait au contrat. Tu attendais avec impatience de t'essayer à la production. Je te donne ta chance. Et, ajouta-t-il en levant les yeux pour rencontrer son regard, je te surveillerai de près. Si tu ne réussis pas à t'en sortir, je te retire de l'affaire.

Elle contrôla difficilement la vague de fureur qui l'envahissait.

— Je n'ai pas l'intention de rater mon coup. Ce sera la meilleure de toutes les émissions que Swan ait jamais produites.

— Fais en sorte que ce soit vrai, dit-il en la mettant en garde. Et arrange-toi pour ne pas dépasser le budget. Occupe-toi de faire les modifications et envoie le contrat à son agent. Je veux qu'il soit signé avant la fin de la semaine.

— Ce sera fait.

Ryan ramassa les papiers avant de se diriger vers la porte.

— Atkins m'a dit que votre collaboration avait des chances d'être très positive, ajouta Swan tandis qu'elle ouvrait la porte avec brusquerie. Il a dit que c'était écrit dans les cartes.

Ryan tourna la tête et lui lança un regard furieux avant de sortir d'un pas décidé en claquant la porte derrière elle.

Swan eut un petit sourire. C'était vraiment sa mère toute crachée, songea-t-il. Puis il appuya sur un bouton pour appeler sa secrétaire. Il avait un autre rendez-vous.

S'il y avait une chose que Ryan détestait, c'était de se faire manipuler. Une fois sa colère retombée, elle se remémora la façon habile avec laquelle Atkins et son père avaient agi. Cela ne l'étonnait pas tellement de la part de Bennett Swan. Il savait que le meilleur moyen de lui faire accomplir quelque chose était de suggérer qu'elle ne puisse pas y parvenir. Mais, pour ce qui était d'Atkins, c'était différent. Il ne la connaissait pas, enfin cela n'aurait pas dû être le cas. Pourtant, il avait joué avec elle, subtilement, adroitement. Et il avait obtenu ce qu'il voulait.

Tandis qu'elle rédigeait le nouveau contrat, Ryan retournait ces pensées dans sa tête. Elle avait eu ce qu'elle voulait, en fin de compte. Elle décida de voir les choses sous un autre angle. Swan Productions aurait Atkins dans la poche pour trois émissions spéciales à des heures de grande écoute, et elle allait avoir sa chance en tant que productrice.

Ryan Swan, directrice de production. Elle sourit. Oui, son nouveau titre sonnait bien. Elle ressentit un frisson d'excitation et, prenant son agenda, calcula le temps nécessaire pour régler certains détails et pouvoir se consacrer entièrement à son nouveau travail.

Elle était penchée depuis une heure sur ses dossiers administratifs quand le téléphone sonna.

— Ryan Swan, répondit-elle d'un ton brusque en coinçant le combiné sur son épaule et en continuant à griffonner.

— Mademoiselle Swan, je vous dérange.

Personne ne prononçait son nom de cette façon. Ryan ravala la phrase qu'elle avait préparée pour répondre poliment :

— Ce n'est pas grave, monsieur Atkins. Que puis-je pour vous ?

Il rit, provoquant immédiatement sa contrariété.

— Qu'y a-t-il de si drôle ?

— Votre voix professionnelle est charmante, répondit-il d'un ton où perçait une nuance d'amusement. Je pensais qu'étant donné votre goût du détail vous aimeriez connaître les dates auxquelles j'aurai besoin de vous à Las Vegas.

— Le contrat n'est pas encore signé, monsieur Atkins, rétorqua Ryan d'une voix sèche.

— Je commence le 15, annonça-t-il comme si elle n'avait rien dit. Mais les répétitions auront lieu le 12.

Ryan fronça les sourcils tout en notant les dates. Elle l'imagina, dans sa bibliothèque, le chat sur les genoux.

— Mon contrat se terminera le 26, précisa-t-il.

Elle remarqua distraitement que c'était le jour de son anniversaire.

— Bon, d'accord. Nous pourrons donc commencer les mises au point préalables à la production la semaine suivante.

— Parfait, dit Atkins.

Il fit une petite pause avant de reprendre :

— Puis-je vous demander une faveur ?

— Vous pouvez toujours essayer, répondit Ryan prudemment.

— J'ai une représentation le 11 à Los Angeles. Pourriez-vous m'accompagner ?

— Le 11 ?

Ryan changea le combiné de place et tourna les pages de son agenda.

— A quelle heure ?

— A 14 heures.

— Oui, c'est d'accord, déclara-t-elle en notant le rendez-vous. Où devrons-nous nous retrouver ?

— Je viendrai vous chercher. A 13 h 30.

— O.K. pour 13 h 30. Monsieur Atkins…

Elle hésita, puis prit la rose sur son bureau.

— … Merci pour la fleur.

— Ce fut un plaisir, Ryan.

Pierce Atkins raccrocha et resta assis un moment, perdu dans ses pensées. Il imagina Ryan qui tenait encore la fleur dans sa main. Savait-elle que sa peau était aussi douce qu'un pétale de rose ? Son visage, juste sous le menton… Il pouvait encore se souvenir de sa texture sous ses doigts. Il caressa l'échine de Circé, couchée sur ses genoux.

— Que penses-tu d'elle, Link ?

Le grand homme continua à remettre des livres à leur place et répondit sans se retourner :

— Elle a un rire charmant.

— Oui, je pense la même chose.

Atkins se rappelait parfaitement sa sonorité ; il se déclenchait au moment où on l'attendait le moins, totalement en contraste avec l'expression sérieuse qu'elle avait un instant auparavant. Son rire et sa passion l'avaient tous deux surpris. Il se remémora la chaleur de ses lèvres quand il l'embrassait. Il n'avait pas réussi à fournir le moindre travail, cette nuit-là. Il se la représentait au premier étage, étendue dans son lit, vêtue seulement de ce petit carré de soie.

Il n'aimait pas que sa concentration soit perturbée, pourtant il pensait sans cesse à elle. L'instinct, se souvint-il. Il suivait encore son instinct.

— Elle a dit qu'elle aimait ma musique, murmura Link tout en rangeant les livres.

Atkins leva les yeux, sortant de sa rêverie. Il savait à quel point Link était sensible à l'opinion d'autrui sur ses compositions.

— Elle a réellement beaucoup aimé. Elle a trouvé la mélodie que tu avais laissée sur le piano superbe.

Link hocha la tête. Pierce lui disait toujours la vérité.

— Tu l'aimes bien, n'est-ce pas ?

— En effet, répondit Pierce distraitement en caressant la chatte. Oui, je crois bien.

— Je suppose que tu vas faire ce truc pour la télévision.

— C'est un défi, rétorqua Pierce.

Link fit volte-face.

— Pierce ?

— Mmm ?

Link hésitait à poser la question. Il avait peur d'en connaître déjà la réponse.

— As-tu l'intention de faire ce nouveau numéro d'évasion à Las Vegas ?

— Non, dit Pierce en fronçant les sourcils.

Link eut un soupir de soulagement.

Pierce se souvint qu'il avait justement essayé d'y travailler, la nuit où Ryan avait dormi chez lui, dans une chambre située à quelques pas de la sienne.

— Non, je n'ai pas eu le temps de le mettre au point, reprit-il.

Le soulagement de Link fut de courte durée.

— Je le garderai pour l'émission spéciale, à la place.

— Je n'aime pas ça, répliqua-t-il, d'une façon si brusque que Pierce leva les yeux. Les choses peuvent mal tourner.

— Tout ira bien, Link. Il faut juste que je m'y attelle encore un peu avant de pouvoir l'utiliser.

— Le timing est trop court, insista Link en argumentant d'une manière inhabituelle. Tu pourrais le faire différemment ou juste le reporter à une autre fois.

— Tu t'inquiètes trop, assura Pierce. Il n'y aura pas de problèmes. Il ne me reste que quelques petits détails à régler.

Mais il ne faisait pas allusion aux mécanismes de son numéro d'évasion. Il pensait à Ryan.

5

Ryan se surprit à regarder l'horloge. *13 h 15.* Elle n'avait pas vu passer les jours qui avaient précédé son départ pour Las Vegas. Elle avait eu du travail par-dessus la tête et avait souvent passé plus de dix heures par jour à se débarrasser de toutes ses tâches administratives. Il fallait qu'elle ait l'esprit libre quand elle commencerait à produire l'émission spéciale. Elle avait l'intention de compenser son manque d'expérience en consacrant à la fois tout son temps et toute son énergie à ce projet.

Il lui restait encore à prouver, non seulement à elle-même et à son père, mais, en outre, à Pierce Atkins, que ses compétences allaient au-delà des contrats et de leurs clauses.

Oui, le temps avait passé rapidement, songea-t-elle. Mais certes pas cette dernière heure… *13 h 17.* Ryan prit un dossier et l'ouvrit en poussant un soupir de contrariété. Elle surveillait la pendule comme si c'était un amoureux qu'elle attendait et non un rendez-vous d'affaires. C'était ridicule. Pourtant, lorsqu'on frappa à la porte, elle releva vivement la tête et oublia les pages soigneusement dactylographiées, bien rangées dans la chemise posée devant elle. Contenant son impatience, elle répondit calmement :

— Entrez !

— Bonjour, Ryan.

Elle réprima sa déception en voyant Ned Ross entrer dans la pièce d'un air nonchalant. Il lui adressa un sourire raffiné.

— Bonjour, Ned.

Ned Ross. Trente-deux ans, blond et bien de sa personne, vêtu avec une élégance désinvolte typiquement californienne. Il avait des cheveux bouclés et portait un pantalon bien coupé, venant d'une boutique à la mode, et une chemise de soie classique. Ryan remarqua qu'il n'avait pas de cravate. Cela nuisait à son image, au même titre que le parfum subtil et frais de son eau de toilette la flattait. Ned était conscient de son charme et s'en servait intentionnellement.

Ryan se blâma sans conviction pour ces pensées critiques et lui rendit son sourire.

Ned était le second assistant de son père. Pendant des mois, et jusqu'à très récemment encore, il avait aussi été le chevalier servant de Ryan. Il l'avait invitée à dîner et à boire un verre, lui avait donné quelques excitantes leçons de surf, l'avait emmenée admirer les magnifiques couchers de soleil sur la plage et lui avait fait croire qu'elle était la femme la plus attirante et la plus désirable qu'il ait jamais rencontrée. Elle avait éprouvé une cuisante désillusion lorsqu'elle s'était rendu compte qu'il ne la courtisait pas pour elle-même, mais parce qu'elle était la fille de Bennett Swan.

— Le patron m'a demandé de faire le point avec toi avant que tu t'envoles pour Las Vegas.

Il s'assit sur un coin de son bureau et se pencha pour lui donner un léger baiser. Il avait encore des vues sur la fille de Bennett Swan.

— Et je voulais aussi te dire au revoir, ajouta-t-il.

— J'ai mis à jour tout mon travail, dit-elle en glissant avec désinvolture le dossier entre eux.

Elle avait encore du mal à croire que ce beau visage bronzé cachait un esprit hypocrite et ambitieux.

— J'avais l'intention de mettre mon père au courant moi-même.

— Il a un emploi du temps très chargé, répondit Ned avec décontraction en prenant le dossier pour le feuilleter. Il vient de prendre l'avion pour New York. Il ne reviendra pas avant la fin de la semaine.

— Oh !

Ryan regarda ses mains.

Il aurait pu prendre le temps de me prévenir, se dit-elle en soupirant.

Mais s'était-il jamais donné cette peine ? Et quand cesserait-elle enfin de s'attendre à ce genre d'attentions de sa part ?

Elle reprit le dossier et le posa devant elle.

— Bon, tu peux lui dire que tout est réglé. J'ai également rédigé un compte rendu.

— Toujours efficace, à ce que je vois.

Ned lui sourit, mais ne fit aucun mouvement pour partir. Il savait très bien qu'il avait commis un impair et perdu du terrain. Il fallait absolument qu'il reprenne l'avantage.

— Alors, ça fait quel effet d'avoir été promue productrice ?

— J'ai hâte de commencer.

— Cet Atkins, continua-t-il en feignant d'ignorer sa froideur, il semble un peu bizarre, non ?

— Je ne le connais pas assez pour en juger, répondit-elle évasivement.

Elle n'avait pas envie d'aborder le sujet avec Ned. La journée qu'elle avait passée avec Pierce lui appartenait.

— Ned, j'ai un rendez-vous dans quelques minutes, continua-t-elle en se levant. Alors, si tu veux bien…

— Ryan…

Ned lui prit les mains, comme il le faisait quand ils sortaient ensemble. Un geste qui l'avait toujours amusée.

— … Tu m'as beaucoup manqué ces dernières semaines…

— Mais on s'est vus plusieurs fois, Ned.

Ryan laissa sans enthousiasme ses mains dans les siennes.

— Tu sais bien ce que je veux dire, Ryan.

Il lui caressa doucement les poignets. Sa voix était tendre et persuasive lorsqu'il ajouta :

— Tu es encore en colère contre moi pour avoir fait cette suggestion idiote ?

Elle leva les sourcils.

— Laquelle ? User de mon influence pour persuader mon père de te laisser diriger la production d'O'Mara ? Non, Ned, assura-t-elle d'une voix égale. Je ne suis pas fâchée contre toi. J'ai entendu dire que Bishop avait eu le poste, ajouta-t-elle, incapable de contenir cette petite pointe. J'espère que tu n'es pas trop déçu.

— Ça n'a pas d'importance, déclara-t-il, masquant sa contrariété par un haussement d'épaules. Laisse-moi t'inviter à dîner ce soir.

Ned l'attira un peu plus près, et Ryan ne résista pas. Elle voulait savoir jusqu'où il était capable d'aller.

— Dans ce petit restaurant français que tu aimes tant. On pourra remonter la côte en voiture et en profiter pour parler.

— Il ne t'est pas venu à l'esprit que je pouvais avoir un autre rendez-vous ?

Au moment où il allait poser sa bouche sur ses lèvres, la question l'arrêta net. L'idée qu'elle puisse sortir avec quelqu'un d'autre ne l'avait pas effleuré. Il était persuadé qu'elle était toujours folle de lui. Il avait consacré beaucoup de temps et fait de nombreux efforts pour y parvenir. Il en conclut qu'elle avait juste envie d'être persuadée.

— Annule-le, murmura-t-il.

Il l'embrassa doucement, sans même remarquer que son regard était froid et ses yeux grands ouverts.

— Non.

Ned ne s'attendait pas à essuyer un refus aussi catégorique. Il savait par expérience que Ryan était facile à émouvoir. En outre, il avait déçu les espérances d'une assistante de production très amicale pour tenter de la reconquérir. Sans se douter de ce qui l'attendait, il releva la tête pour la regarder.

— Voyons, Ryan, ne sois pas…

— Désolée.

Ryan retira vivement ses mains et regarda vers la porte.

— Mademoiselle Swan, dit Pierce en saluant de la tête.

— Monsieur Atkins.

Elle avait rougi, furieuse de s'être laissé surprendre dans une situation aussi compromettante. Pourquoi n'avait-elle pas demandé à Ned de fermer la porte derrière lui ?

— Ned, je te présente Pierce Atkins. Ned Ross, l'assistant de mon père.

— Monsieur Ross.

Atkins entra dans la pièce, mais ne tendit pas la main.

— C'est un plaisir de faire votre connaissance, monsieur Atkins, dit Ned avec un grand sourire. Je suis un de vos fans.

— Ah bon ?

Pierce lui adressa un sourire poli qui lui donna la sensation d'avoir été plongé dans un univers glacial et sombre.

Ned vacilla. Il retrouva ses esprits et se tourna vers Ryan.

— Bon séjour à Las Vegas, Ryan, dit-il tout en se dirigeant vers la porte. Ravi de vous avoir rencontré, monsieur Atkins.

Déconcertée, Ryan observa la retraite précipitée de Ned. Il ne subsistait plus rien de l'allure décontractée qui le caractérisait.

— Que lui avez-vous fait ? demanda-t-elle quand la porte se ferma.

Pierce leva un sourcil et s'avança vers elle.

— Qu'en pensez-vous ?

— Je ne sais pas, murmura Ryan. Mais quoi que ce soit, ne l'essayez jamais sur moi.

Il prit les mains de Ryan dans les siennes.

— Vos mains sont froides, Ryan. Pourquoi ne lui avez-vous pas simplement dit de partir ?

Il la troublait lorsqu'il l'appelait « Ryan ». Il la troublait quand il l'appelait « Mademoiselle Swan » avec cette voix légèrement moqueuse. Ryan baissa le regard sur leurs mains jointes.

— Je l'ai… C'est-à-dire, j'allais…

Elle se surprit à balbutier une explication.

— Nous ferions mieux d'y aller, sinon vous allez être en retard pour votre spectacle.

— Mademoiselle Swan…

Les yeux de Pierce étaient pleins d'humour tandis qu'il portait les mains de Ryan à ses lèvres. Ils ne contenaient plus aucune trace de froideur.

— … Cet air sérieux et ce ton professionnel m'ont manqué.

La laissant sans voix, Pierce lui prit le bras et l'escorta jusqu'à la porte.

Après qu'ils se furent installés dans la voiture de Pierce et qu'ils eurent rejoint le flot du trafic, Ryan essaya d'engager une conversation superficielle. S'ils étaient destinés à travailler en étroite collaboration, il fallait qu'elle établisse rapidement des relations convenables.

La reine contre le deuxième fou, songea-t-elle en se souvenant de la partie d'échecs.

— Quel genre de numéro allez-vous faire pour le spectacle de cet après-midi ?

Atkins s'arrêta au feu rouge et lui lança un rapide coup d'œil. Ils échangèrent un regard bref mais intense.

— Un show est un show, répondit-il d'un air énigmatique. Vous ne semblez pas beaucoup aimer l'assistant de votre père.

Ryan se raidit. Il attaquait, elle se défendait.

— Il est compétent.

— Pourquoi lui avoir menti ? demanda Pierce avec douceur quand le feu passa au vert. Vous auriez pu lui dire que vous n'aviez pas envie de dîner avec lui, au lieu de prétendre que vous aviez déjà un rendez-vous.

— Qu'est-ce qui vous fait croire que je n'en ai pas ? rétorqua vivement Ryan, blessée dans son amour-propre.

Atkins s'engagea dans une rue perpendiculaire.

— Je voulais simplement savoir pourquoi vous aviez eu cette réaction.

Ryan n'apprécia pas le ton calme qu'il avait pris pour lui répondre.

— Ça ne regarde que moi, monsieur Atkins.

— Pourriez-vous laisser tomber le « monsieur Atkins » pour cet après-midi ?

Pierce entra dans un parking et trouva une place pour garer la voiture. Une fois le moteur arrêté, il lui fit un grand sourire.

Il est vraiment trop charmant, songea Ryan.

— Peut-être, dit-elle la bouche en cœur. Mais juste pour aujourd'hui. Est-ce que Pierce est votre vrai prénom ?

— Pour autant que je sache.

Ryan descendit du véhicule et remarqua qu'ils étaient sur le parking du plus grand hôpital de Los Angeles.

— Que vient-on faire ici ?

— J'ai un spectacle à y donner.

Pierce sortit du coffre un sac noir, pas très différent de celui qu'un médecin pourrait utiliser.

— Les instruments du métier, expliqua-t-il à Ryan en remarquant son air étonné. Mais pas de seringues ni de scalpels, promit-il.

Il lui tendit la main. Son regard était plongé dans le sien et il attendait patiemment pendant qu'elle hésitait. Elle l'accepta finalement, et ils entrèrent ensemble par une porte latérale.

Ryan ne se serait jamais attendue à passer l'après-midi dans le département de pédiatrie d'un hôpital. Elle n'aurait pas non plus imaginé que Pierce Atkins pourrait témoigner d'un quelconque intérêt pour les enfants. Au bout des cinq premières minutes, elle constata qu'il leur offrait beaucoup plus qu'un show et que, dans tous les tours qu'il avait dans son sac, il se donnait corps et âme.

Pourquoi ? Il est beau, reconnut-elle avec un petit coup au cœur. *Il se produit dans les casinos de Las Vegas, où l'entrée coûte cent dollars par personne, il fait salle comble à Covent Garden, mais il vient ici juste pour donner du bon temps à une bande de gamins. Et il n'y a aucun journaliste pour en parler demain dans ses colonnes. Il est juste là pour apporter un peu de bonheur.*

Ce fut à cet instant, quoiqu'elle ne s'en rendît pas compte sur le moment, que Ryan tomba amoureuse de lui.

Elle le regarda tandis qu'il faisait glisser une balle d'un doigt à l'autre, en un mouvement incessant. Ryan était aussi fascinée que les enfants. Il eut un geste rapide de la main, et la balle disparut pour ressortir par l'oreille d'un garçon qui poussa un cri de joie.

Ses illusions étaient simples mais impressionnantes. Des petits tours d'adresse que même un amateur aurait pu réussir. La salle retentissait d'exclamations de surprise, de rires et d'applaudissements, qui avaient, à l'évidence, bien plus de valeur pour Pierce que le tonnerre d'acclamations que déclenchait la fin d'un numéro de magie complexe et risqué. Ses racines étaient ici, au milieu des enfants. Il ne l'avait jamais oublié. Il se souvenait trop bien de l'odeur d'antiseptique et de désodorisant qui régnait dans une chambre de malade.

— Vous remarquerez la superbe assistante que j'ai amenée avec moi, annonça Pierce en montrant Ryan.

Elle mit un court instant avant de comprendre qu'il parlait d'elle. Elle le regarda d'un air surpris, mais il se contenta de sourire.

— Aucun magicien ne se déplace sans assistante, Ryan.

Il leva le bras, la main tournée vers elle. Les rires et les applaudissements fusèrent, et elle se sentit obligée de le rejoindre.

— Que faites-vous ? s'enquit-elle rapidement.

Il se tourna vers le public d'enfants alités ou en fauteuils roulants et déclara avec décontraction :

— Je suis en train de faire de vous une star. Ryan va vous expliquer que si elle a un si joli sourire, c'est parce qu'elle boit trois verres de lait par jour. N'est-ce pas, Ryan ?

— Euh… en effet, dit-elle en embrassant du regard tous ces visages pleins d'attente. Oui, c'est vrai.

Que va-t-il faire ?

Jamais autant de regards curieux et d'yeux écarquillés ne s'étaient posés sur elle en même temps.

— Je suis sûr que tout le monde ici sait à quel point le lait est bon pour la santé.

Il n'obtint, pour toute réponse, que des approbations sans enthousiasme, mêlées à quelques plaintes étouffées. Pierce sembla surpris quand il ouvrit son sac et en retira un verre déjà à moitié plein d'un liquide blanc. Personne ne voulut savoir comment il ne s'était pas renversé pendant le voyage.

— Vous buvez tous du lait, n'est-ce pas ?

Il y eut des rires, cette fois, et encore quelques gémissements. Secouant la tête, Pierce sortit du sac un journal et commença à lui donner la forme d'un entonnoir.

— Voici un tour très délicat. Je ne sais pas si je réussirai à le faire, sauf si tout le monde promet de boire son lait ce soir.

Un concert de promesses s'éleva immédiatement. Ryan constata qu'il n'était pas seulement magicien : il était comme le joueur de flûte de Hamelin, tout aussi psychologue qu'amuseur. Mais cela revenait peut-être au même, en fin de compte. Elle remarqua qu'il la regardait en levant un sourcil.

— Oh, moi je promets, dit-elle gentiment.

Elle souriait, complètement subjuguée, comme les enfants.

— Bon, voyons ce qui va se passer. Pourriez-vous verser ce verre de lait là-dedans ? demanda-t-il à Ryan en lui tendant le verre. Doucement, faites attention, dit-il en adressant un clin d'œil à l'auditoire. Il ne faut surtout pas le renverser. C'est du lait magique, vous savez. Le seul que les magiciens puissent boire.

Pierce prit la main de Ryan et la guida, tenant l'entonnoir juste au-dessus de ses yeux.

Sa paume était ferme et chaude. Il émanait de lui un parfum qu'elle ne parvenait pas à définir. Une odeur de grand air, de forêt.

Ce n'est pas une senteur de pin, décida-t-elle, *mais quelque chose de plus mystérieux, de plus profond, de plus proche de la terre.*

Cet effluve provoqua en elle une réaction à la fois imprévue et inopportune. Elle essaya de se concentrer sur le fait de bien maintenir le verre au-dessus de l'entonnoir. Quelques gouttes de lait s'échappèrent.

— Où est-ce que tu achètes ton lait magique ? voulut savoir un des enfants.

— Oh, on ne peut pas l'acheter, répondit Pierce avec sérieux. Je dois me lever très tôt et jeter un sort à la vache pour qu'il le devienne. Bon, je crois que ça ira.

Pierce remit lentement le verre vide dans son sac.

— Maintenant, si tout s'est bien déroulé…

Il s'interrompit et plongea les yeux dans l'entonnoir d'un air préoccupé.

— C'était mon lait, Ryan, dit-il avec un air de reproche. Vous auriez pu boire le vôtre plus tard.

Au moment où elle ouvrait la bouche pour répondre, il secoua brusquement la main, et l'entonnoir s'ouvrit. Elle poussa un cri de surprise et se recula instinctivement afin d'éviter les éclaboussures. Mais le cône de papier était vide.

Les enfants hurlèrent de joie tandis qu'elle le regardait, le souffle coupé.

— Elle est quand même très belle, dit-il à la ronde tout en embrassant les doigts de Ryan. Même si elle est un peu trop gourmande.

— J'ai versé ce lait moi-même, fit-elle remarquer tandis qu'ils parcouraient le couloir qui menait aux ascenseurs. J'ai vu des gouttes qui s'échappaient du papier. Je les ai vues de mes propres yeux.

Pierce la poussa doucement dans l'ascenseur.

— Ah ! la façon dont les choses semblent être, et ce qu'elles sont en réalité… C'est fascinant, n'est-ce pas, Ryan ?

Elle perçut que l'ascenseur amorçait sa descente et resta silencieuse pendant un moment avant de répondre :

— Vous non plus n'êtes pas entièrement ce que vous paraissez, n'est-ce pas ?

— Non. N'est-ce pas le cas de tout le monde ?

— En une heure, vous avez fait plus de bien à ces enfants qu'une flopée de médecins.

Il baissa les yeux sur elle tandis qu'elle ajoutait :

— Et j'imagine que ce n'est pas la première fois que vous faites ce genre de choses.

— Non.

— Pourquoi ?

— Il ne fait pas bon vivre dans un hôpital lorsqu'on est enfant, répliqua-t-il simplement en guise de réponse.

— Aujourd'hui, vous leur avez prouvé le contraire.

Pierce prit de nouveau sa main quand ils arrivèrent au rez-de-chaussée.

— Aucun public n'est aussi difficile à contenter que les enfants. Ils sont très pragmatiques.

Ryan ne put retenir un rire et lui lança un rapide coup d'œil.

— Vous avez sûrement raison. Quel adulte aurait eu l'idée de vous demander où vous achetiez votre lait magique ? Je trouve que vous avez habilement répondu à la question.

— Je commence à avoir l'habitude. Les gamins vous obligent à garder les pieds sur terre. L'attention d'un adulte est plus facilement distraite grâce à de la poudre aux yeux ou un boniment bien mené, ajouta-t-il en lui souriant. Même la vôtre. Bien que vous n'ayez cessé de m'observer avec ces fascinants yeux verts.

Ryan parcourut le parking du regard tandis qu'ils franchissaient la porte. Il était presque impossible de s'intéresser à autre chose qu'à lui lorsqu'il vous regardait et vous parlait de la sorte.

— Pierce, pourquoi m'avez-vous demandé de vous accompagner aujourd'hui ?

— J'avais envie que vous me teniez compagnie.

— Je crois que je n'ai pas bien saisi, dit-elle en se tournant vers lui.

— Avez-vous vraiment besoin de tout comprendre ?

Sous les rayons du soleil, les cheveux de Ryan avaient la couleur du blé mûr. Pierce y passa les doigts pour prendre ensuite son visage dans ses mains, comme il l'avait fait cette fameuse nuit.

— Toujours ? compléta-t-il.

Ryan sentit son cœur cogner dans sa poitrine.

— Oui. Je crois...

Mais la bouche de Pierce était déjà posée sur la sienne, et son esprit se vida de toute pensée. Ce doux baiser faisait frémir tout son corps. Elle sentit une brûlante vague de désir l'envahir tandis que les doigts du magicien caressaient sa tempe et descendaient pour s'arrêter juste au-dessus de son cœur. Des gens passaient à côté d'eux, mais elle ne les voyait pas. Ils n'étaient que des ombres, des fantômes. Seules les mains et la bouche de Pierce comptaient.

Etait-ce un souffle de vent qu'elle sentit passer sur elle ou les doigts de Pierce qui glissèrent sur sa peau ? Lequel des deux murmura quelque chose, lui ou elle ? Elle ne sut le dire.

Pierce l'écarta un peu. Le regard de Ryan était flou. Il s'éclaircit, sa vision s'accommoda, comme si elle émergeait d'un songe. Mais il n'était pas encore prêt à voir ce rêve s'évanouir. Il la ramena vers lui et prit ses lèvres de nouveau, savourant leur goût intime, mystérieux.

Il dut lutter contre l'envie de la serrer avec force contre lui, d'écraser brutalement sa bouche chaude et consentante contre la sienne. Mais c'était une femme qui méritait qu'on la traite avec douceur. Ressentir un tel désir l'affligea, alors il l'élimina. Il y avait eu une époque où on l'avait enfermé dans un réduit obscur et sans air, où il avait dû refréner ce besoin de s'échapper, cette impatience qui le brûlait. Il se sentait maintenant presque gagné par la même panique irraisonnée. Quel effet avait-elle sur lui ? La question lui trottait dans la tête tandis qu'il l'enlaçait. Tout ce qu'il savait, c'est qu'il la voulait avec un désespoir dont il ne se serait pas cru capable.

Portait-elle encore des dessous de soie ? D'une étoffe fine, fragile, légèrement imprégnée de son parfum ? Il voulait lui faire l'amour à la lumière des bougies ou dans un champ baigné de soleil. Dieu ! comme il la désirait !

— Je veux rester avec vous, murmura-t-il, ce qui la fit frémir. Je vous désire. Venez avec moi, maintenant.

Il fit basculer sa tête et l'embrassa encore.

— Ryan, laissez-moi vous aimer, tout de suite.

— Pierce…

Le sol se dérobait sous ses pieds, elle luttait pour retrouver son assise. Elle s'appuya contre lui tout en secouant la tête.

— … Je ne vous connais pas.

Pierce contrôla un désir soudain et sauvage de la pousser dans sa voiture, de l'emmener chez lui, de l'attirer dans son lit.

— Non, dit-il, autant pour lui-même que pour Ryan.

Il la repoussa et, la tenant par les épaules, il l'étudia.

— Non, vous ne me connaissez pas. Et, pour une Mlle Swan, ce serait inacceptable.

Il n'aimait pas sentir son cœur s'affoler ainsi. Le calme et le contrôle de soi faisaient étroitement partie de son métier et, par conséquent, de lui-même.

— Quand vous me connaîtrez mieux, assura-t-il tranquillement, nous serons amants.

— Non.

Son ton froid et sans émotion avait provoqué l'objection véhémente de Ryan.

— Non, Pierce, nous ne serons pas amants, sauf si je le veux bien. Les marchés que je conclus concernent des contrats, non ma vie privée.

Pierce sourit. La contrariété qu'elle exprimait le conforta beaucoup plus que ne l'aurait fait sa docilité. Il se méfiait des gens qui cèdent trop facilement.

— Mademoiselle Swan, murmura-t-il en prenant son bras, les cartes nous ont déjà révélé la vérité.

6

Personne n'attendait Ryan à l'aéroport de Las Vegas. Elle avait insisté pour qu'il en soit ainsi. Après avoir retrouvé son calme, elle avait décidé qu'il serait dangereux d'établir des relations trop personnelles avec Pierce Atkins. Il valait mieux garder ses distances avec un homme qui avait le pouvoir de vous faire oublier le monde extérieur avec un baiser : telle était la nouvelle règle que Ryan Swan s'était imposée.

Pendant presque toute sa vie, elle avait été totalement soumise à son père. Il fallait qu'elle ait son accord avant d'entreprendre quoi que ce soit. Il ne lui avait peut-être pas consacré beaucoup de temps, mais il lui avait toujours donné son avis. Et il avait invariablement le dernier mot.

Elle avait attendu le jour de ses vingt ans pour jouir d'une certaine indépendance. Elle appréciait trop sa liberté pour se laisser dominer de nouveau. Elle savait par expérience que les hommes n'étaient pas toujours dignes de confiance. Pour quelle raison Atkins serait-il différent des autres ?

Après avoir payé le taxi, Ryan s'accorda quelques instants pour jeter un coup d'œil autour d'elle. Elle venait à Las Vegas pour la première fois. Même à 10 heures du matin, la ville avait de quoi surprendre. Le boulevard principal, le légendaire Strip, s'étendait à perte de vue, du nord au sud. Des deux côtés s'alignaient des enseignes d'hôtels casinos prestigieux. Les panneaux d'affichage annonçaient des noms célèbres en lettres énormes. Pour l'heure, le soleil brûlant inondait les rues ; la nuit, elles seraient baignées par la lumière des néons.

Ryan fit volte-face pour admirer le Caesar's Palace, un complexe à la fois gigantesque et somptueux. Au-dessus d'elle, sur la façade blanche, étaient inscrits en lettres colossales le nom de Pierce Atkins et la date de ses représentations. Que pouvait ressentir un homme comme lui en voyant son nom annoncé de façon aussi insolente ? s'interrogea-t-elle.

Elle prit ses bagages et s'engagea sur le tapis roulant qui menait à l'entrée en passant devant une fontaine étincelante de lumière.

Au moment où elle entrait dans le hall de l'hôtel, elle entendit les roulements et les tintements des machines à sous. Elle refréna son envie d'aller jeter un coup d'œil au casino au lieu de se présenter à l'accueil.

— Je suis Ryan Swan, annonça-t-elle en posant ses valises au pied du long comptoir. J'ai une réservation.

— Oui, mademoiselle Swan, dit le réceptionniste avec un grand sourire, sans même consulter son registre. Le groom va prendre vos bagages, ajouta-t-il en tendant la clé au jeune homme qui avait répondu à son appel. Je vous souhaite un très bon séjour, mademoiselle Swan. Si vous avez besoin de quoi que ce soit, nous sommes à votre disposition.

— Merci.

Ryan avait l'habitude qu'on lui témoigne une certaine déférence. Quand les gens s'apercevaient qu'elle était la fille de Bennett Swan, ils la traitaient comme si elle était un dignitaire en visite. Il n'y avait là rien de nouveau. C'était juste légèrement gênant.

L'ascenseur l'emmena jusqu'au dernier étage. Le groom, debout à côté d'elle, gardait un silence respectueux. Il la précéda le long du couloir, ouvrit la porte et se recula pour la laisser entrer.

Ryan eut une première surprise en découvrant que la pièce n'était pas une chambre mais une suite. Une seconde en se rendant compte qu'elle était déjà occupée. Atkins était assis sur le canapé, examinant des papiers étalés sur la table basse.

— Ryan, dit-il en se levant.

Ryan attendit que la porte se soit refermée sur le groom.

— Que faites-vous ici ? demanda-t-elle.

— J'ai une répétition prévue cet après-midi. Avez-vous fait bon voyage ?

— Oui, répondit-elle, contrariée par sa réponse et par les soupçons qui commençaient à s'insinuer dans son esprit.

— Voulez-vous boire quelque chose ?

— Non merci.

Elle examina la pièce, jeta un bref regard par la fenêtre puis, désignant l'ensemble d'un large geste, demanda :

— C'est quoi ça, exactement ?

Pierce leva un sourcil à cause du ton qu'elle avait pris, mais répondit gentiment :

— Notre suite.

— Oh ! non, dit-elle d'une voix tremblante. *Notre* suite !

Elle ramassa ses bagages et se dirigea vers la porte.

— Ryan.

Sa voix calme l'obligea à s'arrêter — et raviva sa colère.

Elle laissa tomber ses valises et se retourna vers lui.

— Quelle ruse mesquine, quel habile stratagème ! Pensiez-vous vraiment pouvoir annuler ma réservation et…

— Et quoi ? dit-il en l'interrompant.

Elle désigna de nouveau la pièce.

— … Me forcer à m'installer ici, avec vous, sans que je proteste ? Croyiez-vous réellement que j'allais sauter dans votre lit sans broncher. Quelle audace ! Comment osez-vous me mentir en m'affirmant que vous aviez besoin de moi pour assister à votre show, alors que vous vouliez juste que je réchauffe votre couche ?

L'inflexion de sa voix passa de l'accusation voilée à la fureur déchaînée avant que Pierce saisisse son poignet. La force avec laquelle il la serra la surprit et l'inquiéta.

— Je ne mens pas, rectifia-t-il doucement, mais ses yeux étaient plus sombres que jamais. Et je n'ai pas besoin de stratagèmes pour attirer une femme dans mon lit.

Elle n'essaya pas de se libérer. Son instinct lui conseillait de ne pas le faire, mais elle ne parvint pas à contrôler sa rage.

— Alors comment appelez-vous ceci ? rétorqua-t-elle.

— Un arrangement commode.

Il sentit son pouls qui s'emballait sous la pression de ses doigts. La colère qu'il ressentait rendit sa voix dangereusement froide.

— Pour qui ? s'enquit-elle.

— Il va falloir que nous discutions d'un certain nombre de points dans les jours qui viennent, dit-il posément, sans pour autant relâcher son étreinte. Je n'ai pas l'intention de courir jusqu'à votre chambre chaque fois que j'aurai besoin de parler avec vous. Je suis ici pour travailler, et vous aussi.

— Vous auriez dû me consulter avant.

— Mais je ne l'ai pas fait, répondit-il d'un ton glacial. Et je n'oblige pas les femmes à coucher avec moi, sauf si elles le veulent bien, mademoiselle Swan.

— Je n'apprécie pas que vous ayez pris sur vous de changer l'organisation sans m'avertir.

Ryan décida de s'en tenir fermement à cette position, bien que ses genoux se soient mis à trembler. La maîtrise de Pierce sur sa propre colère la rendait encore plus effrayante.

— Je vous avais déjà prévenue : je fais les choses à ma manière. Si vous êtes inquiète, fermez votre porte à clé.

La moquerie contenue dans ses derniers mots l'incita à répondre d'une voix sèche :

— Cela ne servirait à rien. Il n'existe pas un seul verrou qui soit capable de vous retenir.

Les doigts de Pierce se resserrèrent rapidement, douloureusement sur son poignet et, soudain, il la lâcha.

— Peut-être, dit-il. Mais un simple *non* aurait été suffisant.

Il était parti avant que Ryan puisse répondre. Elle s'adossa contre la porte en frissonnant de tout son corps. Elle venait de se rendre compte à quel point elle avait eu peur. Elle était habituée à supporter les spectaculaires éclats de colère de son père ou ses silences boudeurs. Mais là…

Elle avait vu dans les yeux de Pierce une violence plus froide que la banquise. Ryan aurait préféré affronter n'importe quel homme hurlant plutôt que ce regard glacial.

Elle se massa distraitement le poignet. Les marques laissées par les doigts de Pierce l'élançaient. Elle avait raison de prétendre ne pas le connaître. Il était encore plus mystérieux qu'elle l'avait supposé. Un rempart était tombé, mais elle n'était pas sûre d'être en mesure d'affronter ce qu'elle avait découvert derrière. Elle resta appuyée un instant contre la porte en attendant que son tremblement se calme.

Elle jeta un regard circulaire sur la pièce et décida qu'elle avait peut-être eu tort de réagir aussi violemment, à cause d'un simple arrangement. Après tout, le fait de partager une suite revenait quasiment au même que d'avoir deux chambres attenantes.

Mais lui aussi avait eu tort, se dit-elle. Ils auraient facilement pu trouver un terrain d'entente, si seulement il lui avait fait part de ses intentions au lieu de la mettre devant le fait accompli. Lorsqu'elle avait quitté la Suisse, elle s'était fait la promesse de ne plus recevoir d'ordres de quiconque.

Et puis cette déclaration de Pierce la tracassait. Il n'obligeait pas une femme à coucher avec lui, sauf si elle le voulait bien. Elle n'était que trop consciente qu'ils savaient, l'un et l'autre, à quel point elle le désirait.

Un simple *non* aurait été suffisant. Oui, se dit-elle en soulevant ses valises, de cela elle pouvait être certaine : il n'était pas du genre à prendre une femme de force. Mais avec elle, ce ne serait pas nécessaire. Combien de temps allait-elle résister avant de lui céder ?

Ryan secoua la tête. Le projet était tout aussi important pour Atkins que pour elle. Ce n'était pas malin de commencer par se chamailler pour des problèmes de logement. Elle décida d'aller défaire ses valises.

Quand Ryan arriva au théâtre, la répétition avait déjà débuté. Pierce se tenait au centre de la scène. Il y avait une femme avec lui. Bien qu'elle soit habillée simplement, d'un jean et d'un sweat-shirt trop large, Ryan reconnut la sculpturale assistante aux cheveux roux qui accompagnait toujours Atkins pendant ses spectacles. Sur les bandes qu'elle avait visionnées, elle était vêtue de petits ensembles pailletés ou de robes vaporeuses.

Aucun magicien ne se déplace sans une superbe assistante.

Contrôle-toi Ryan, se dit-elle. *Ce ne sont pas tes affaires.*

Elle descendit tranquillement les marches et alla s'asseoir au milieu du parterre. Pierce ne regarda pas une seule fois dans sa direction. Machinalement, Ryan se mit à réfléchir aux angles de prises de vues et aux décors.

Cinq caméras, pensa-t-elle, *et un arrière-plan plutôt discret. Rien qui risque de détourner l'attention du public. Quelque chose de sombre*, décida-t-elle, *qui fera ressortir l'image du magicien, plutôt que celle de l'homme de scène.*

Quelle ne fut pas sa surprise lorsque la femme se mit à tomber lentement en arrière et à flotter horizontalement au-dessus du sol. Ryan interrompit le cours de ses pensées pour regarder. Pierce ne faisait aucun boniment, seulement des gestes — de larges mouvements de bras qui balayaient l'espace, qui évoquaient le temps des magiciens en cape et de l'éclairage à la lumière des chandelles. L'assistante commença à tournoyer sur elle-même, lentement au début, puis de plus en plus vite.

Ryan avait déjà vu cette illusion en vidéo, mais y assister faisait un tout autre effet. Elle se rendit compte qu'elle retenait sa respiration et se força à expirer. L'abondante chevelure rousse et bouclée de la femme tournait avec le mouvement. Elle avait les yeux fermés, son visage semblait serein, et ses mains étaient posées l'une sur l'autre, sur son ventre. Ryan observait attentivement, cherchant à découvrir des fils, des trucs. Frustrée, elle s'appuya contre le dossier.

Elle ne put retenir un cri d'admiration quand la femme commença à rouler sur elle-même, tout en continuant à tourbillonner. Elle avait toujours la même expression de calme peinte sur le visage, comme si elle était endormie alors qu'elle virevoltait à un mètre au-dessus de la scène. D'un geste, Pierce arrêta le mouvement et la ramena lentement à la verticale, jusqu'à ce que ses pieds touchent le sol. Lorsqu'il passa la main devant son visage, elle ouvrit les yeux et sourit.

— J'étais comment ?

Ryan sursauta quand ces mots banals, proférés d'un ton joyeux, se répercutèrent sur les murs du théâtre.

— Bien, répondit simplement Pierce. Ce sera encore mieux avec l'accompagnement musical. Je veux des lumières rouges, quelque chose de chaud. Atténuées au début et qui aillent en s'intensifiant au fur et à mesure que la vitesse du tournoiement augmente.

Ayant donné ses directives au chef éclairagiste, il se tourna vers son assistante.

— Nous allons travailler les numéros de transport dans l'espace.

Pendant une heure, Ryan assista au spectacle, fascinée, frustrée mais indéniablement enchantée. Elle constata que la créativité de Pierce ne se limitait pas à la seule pratique de la magie. Il savait également manier les lumières et le son, mettre en valeur, accentuer, souligner chaque séquence de son show.

Un perfectionniste, remarqua Ryan. Il officiait tranquillement, sans le dynamisme dont il faisait preuve pendant les représentations ni l'aisance qu'il avait démontrée durant le spectacle dédié aux enfants. Il travaillait dur, c'était indéniable. Magicien peut-être, songea-t-elle, mais qui devait son génie à de longues heures de répétition et d'efforts. Plus elle l'observait et plus elle le respectait.

Ryan s'était demandé comment se déroulerait leur collaboration. Maintenant, elle le savait. Ils allaient se disputer, c'était prévisible, mais elle avait hâte de commencer. Cette émission allait être une vraie réussite.

— Voulez-vous venir ici, Ryan ?

Elle fut étonnée lorsqu'il l'appela. Elle aurait juré qu'il n'avait pas remarqué son arrivée. Fataliste, elle se leva. Elle commençait à se rendre compte que rien ne lui échappait. Pendant qu'elle s'approchait, il glissa un mot à son assistante. Elle eut un rire bref et l'embrassa sur la joue.

— Ouf ! Pour une fois je resterai en un seul morceau, dit-elle en souriant à Ryan qui montait sur la scène.

— Ryan Swan, dit Pierce. Bess Frye.

Vue de près, la femme n'était pas aussi belle qu'elle en avait l'air, remarqua Ryan. Elle n'avait pas les traits assez fins pour correspondre aux canons de la beauté classique. Ses cheveux étaient d'un roux éclatant et retombaient en dégradé autour d'un visage large, à la mâchoire carrée. Elle avait des yeux ronds, d'un vert plus foncé que ceux de Ryan. Son maquillage était aussi exubérant que sa tenue était décontractée, et elle était presque aussi grande que Pierce.

— Bonjour !

Le salut fut lancé avec chaleur. Bess tendit la main pour serrer celle de Ryan avec enthousiasme. Difficile d'imaginer cette femme en train de tournoyer à un mètre du sol.

— Pierce m'a parlé de vous.

— Ah ? dit Ryan en le regardant rapidement.

— Oh ! oui, répliqua-t-elle en posant la main sur l'épaule du magicien. Pierce pense que vous êtes très intelligente. Il aime les femmes cérébrales, mais il n'avait pas mentionné que vous étiez tellement jolie. Pourquoi ne m'as-tu pas dit qu'elle était belle, mon chou ?

— Pour que tu m'accuses de considérer les femmes comme de simples accessoires ? rétorqua-t-il en plongeant les mains dans ses poches.

Bess eut un autre éclat de son rire vigoureux.

— Lui aussi, il est intelligent, dit-elle à Ryan sur un ton de confidence. Alors c'est vous qui allez produire cette émission spéciale ?

— Oui, répondit Ryan en souriant, quelque peu étonnée par cette gentillesse débordante.

— Super ! Il est temps qu'une femme prenne enfin la relève. Je suis entourée d'hommes dans ce métier, mon chou. Je suis la seule personne du sexe féminin qui participe à la tournée. Il faut qu'on trouve un moment pour boire un verre ensemble et faire connaissance.

« J'te paye un verre, mon chou ? »

Ryan se souvint du mainate. Son sourire s'élargit.

— Ça me ferait très plaisir.

— Bon, il faut que j'aille voir ce que fabrique Link, avant que le patron décide de me remettre au boulot. A plus tard.

Bess sortit de la scène à grands pas — un mètre quatre-vingts d'enthousiasme débordant. Ryan resta debout à contempler sa silhouette jusqu'à ce qu'elle disparaisse.

— Elle est merveilleuse, murmura-t-elle.

— C'est ce que j'ai toujours pensé.

— Elle semble si calme sur scène, dit Ryan en souriant à Pierce. Travaille-t-elle avec vous depuis longtemps ?

— Oui.

La chaleur apportée par Bess s'estompait rapidement. Ryan s'éclaircit la voix et poursuivit :

— La répétition s'est très bien passée. Il faudra qu'on discute pour savoir lesquelles de ces illusions vous projetez d'incorporer à l'émission spéciale, et s'il y en a de nouvelles que vous avez l'intention de développer.

— Très bien.

— Il y aura naturellement des mises au point à faire pour adapter votre spectacle à la télévision, continua-t-elle, tentant d'ignorer ses réponses monosyllabiques. Mais j'imagine que vous voudrez une version concentrée de votre show.

— Oui, exactement.

Ryan connaissait Pierce depuis peu, mais elle avait déjà remarqué qu'il était doté d'une gentillesse naturelle et d'un solide sens de l'humour. A présent, son regard était méfiant et il semblait visiblement impatient de la voir tourner les talons. Les excuses qu'elle avait prévu de lui faire seraient peu appropriées face à une telle attitude.

— J'ai l'impression que vous êtes très occupé, dit-elle avec raideur tout en s'éloignant.

Elle prit conscience qu'elle souffrait d'avoir été repoussée ainsi. Il n'avait aucun droit de lui faire du mal. Elle quitta la scène sans se retourner.

Atkins l'observa jusqu'à ce que les portes situées au fond du théâtre se referment derrière elle en battant. Les yeux toujours fixés sur la sortie, il écrasa la balle qu'il avait dans la main et en fit une galette. Il avait des doigts puissants, il aurait pu lui broyer les os du poignet au lieu de se contenter d'y laisser des traces.

Il n'avait pas aimé voir ces ecchymoses. Il ne voulait pas se souvenir de la façon dont elle l'avait accusé de chercher à la prendre en traître. Il n'avait jamais eu besoin d'user de ce genre de stratagèmes avec les femmes. Pourquoi le ferait-il avec Ryan Swan ?

Il aurait pu la prendre, la première nuit, tandis que l'orage éclatait et qu'il tenait son corps serré contre le sien.

Pourquoi ai-je reculé ? s'interrogea-t-il en lançant la balle au loin.

Pourquoi ne l'avait-il pas attirée dans son lit à ce moment-là ? Et pourquoi avait-il hésité à lui faire partager le désir intense qu'il ressentait ? Parce qu'il avait lu dans son regard un mélange de panique et de consentement. Elle était vulnérable. Il s'était rendu compte qu'il l'était également et il avait eu peur. Mais elle continuait à hanter ses pensées.

Ce matin, quand il l'avait vue pénétrer dans la suite, vêtue d'un de ses fameux tailleurs bien coupés, son esprit s'était vidé de toute pensée. Comme lors de leur première rencontre, ses cheveux étaient décoiffés par le vent après le trajet en voiture. Il n'avait eu qu'une envie : la tenir contre lui, sentir ce corps si doux s'abandonner contre le sien.

Peut-être était-ce à cet instant précis que sa colère avait commencé à monter, pour exploser devant son regard accusateur et les mots blessants qu'elle avait prononcés.

Il regrettait de lui avoir fait mal. Pierce contempla ses mains et jura tout bas. Il n'avait pas le droit de la meurtrir, c'était l'acte le plus laid qu'un homme puisse infliger à une femme. Elle était plus faible que lui et il avait donné libre cours à cet… à son impatience, et fait usage de sa force, deux réactions qu'il s'était promis, il y a de cela très longtemps, de ne jamais avoir avec les femmes. Aucune provocation ne pouvait justifier son comportement. Il était le seul à blâmer pour cet écart de conduite.

Mais il ne pouvait pas s'absorber dans ce genre de pensées et travailler en même temps. Il avait besoin de toute sa concentration. La meilleure solution était de replacer leur relation dans le cadre que Ryan avait voulu dès le début. Ils se contenteraient d'avoir une collaboration professionnelle fructueuse, un point c'est tout. Il avait appris à contrôler son corps par le biais de sa volonté. Grâce à elle, il pourrait également maîtriser ses besoins et ses émotions.

Il se promit de se tenir à ces résolutions et fit demi-tour afin de consulter le personnel de sa tournée au sujet des accessoires.

7

Difficile de résister à l'attraction de Las Vegas. Une fois à l'intérieur des casinos, il était impossible de savoir s'il faisait jour ou nuit. Sans horloges pour donner l'heure et avec le tintement incessant des machines à sous en bruit de fond, on se sentait baigner dans une atmosphère d'intemporalité permanente, à la fois fascinante et déconcertante. Ryan remarqua des gens, en habits de soirée, qui prolongeaient leur nuit de jeu jusqu'en fin de matinée. Elle vit des milliers de dollars changer de mains aux tables de black-jack et de baccara. Elle retint plusieurs fois sa respiration tandis que la roulette tournait, le sort d'une petite fortune dépendant des caprices d'une boule en ivoire.

Elle savait que la fièvre du jeu pouvait avoir plusieurs visages : certains tranquilles ou sans passion, d'autres passionnés ou désespérés.

Les années qu'elle avait passées dans la très convenable école suisse avaient contribué à tempérer la passion du jeu que Ryan avait héritée de son père. Pour la première fois depuis longtemps, elle sentit l'excitation monter en elle. Elle résista, se disant qu'elle se contentait parfaitement de son rôle d'observatrice. Mais elle n'avait rien d'autre à faire et elle s'ennuyait.

Elle ne voyait Pierce que sur scène pendant les répétitions. Elle trouvait incroyable que deux personnes qui partageaient la même suite se croisent aussi rarement. Quelle que soit l'heure à laquelle elle se levait, même la plus matinale, il était déjà sorti. Une ou deux fois, alors qu'elle était déjà couchée depuis longtemps, elle avait entendu le bruit de la porte d'entrée qu'on fermait. Quand ils se parlaient, c'était pour échanger des idées concernant les modifications à apporter à son spectacle afin de l'adapter à la télévision. Leurs conversations se déroulaient calmement et se limitaient à la résolution de problèmes techniques.

Il fait tout ce qu'il peut pour m'éviter, pensa-t-elle, le soir de la première, *et il y réussit sacrément bien.*

S'il avait voulu prouver que leur cohabitation n'impliquait aucune relation intime, il avait atteint son but. C'était, bien sûr, ce qu'elle avait souhaité, mais leurs rapports amicaux lui manquaient. Tout comme les sourires spontanés qu'il lui adressait.

Ryan décida de suivre le spectacle depuis les coulisses. Les répétitions lui avaient déjà donné un aperçu des méthodes de travail de Pierce. Maintenant, elle voulait saisir des images que ni les spectateurs ni les caméras ne pourraient percevoir.

En faisant bien attention à ne pas gêner les cameramen et les machinistes, elle se posta dans un coin et observa. Dès la première salve d'applaudissements qui accueillit son entrée, Pierce avait déjà conquis l'auditoire.

Mon Dieu, qu'il est beau ! pensa-t-elle en appréciant la majesté de son allure.

Sa personnalité extraordinaire et son dynamisme auraient, à eux seuls, tenu la salle en haleine. Son charisme n'était pas feint. Au même titre que la couleur de ses cheveux, il faisait partie intégrante de sa nature. Il était vêtu de noir, comme à l'accoutumée, n'ayant pas besoin de porter des vêtements chamarrés pour que tous les yeux soient braqués sur lui.

Il parlait tout en faisant ses numéros. « Du boniment », aurait-il précisé, mais c'était beaucoup plus que cela. Il manipulait les émotions des gens au moyen des mots et de leur rythme. Il se jouait du public, puis le subjuguait complètement en faisant jaillir une flamme de sa paume nue ou grâce à un pendule en argent brillant qui se balançait, comme par enchantement, suspendu dans le vide. Le pragmatisme dont il faisait preuve lors des répétitions avait disparu. Il émanait de lui une aura sombre et mystérieuse.

Les numéros d'évasion la mettaient mal à l'aise. A la vue de ces volontaires, issus du public, clouant le couvercle d'une solide caisse d'emballage, elle sentait ses mains devenir moites. Elle imaginait Pierce, dans l'obscurité, sans air pour respirer. Son propre souffle se bloquait dans sa gorge. Mais, en moins de deux minutes, il s'était déjà libéré.

Le numéro final consista à enfermer Bess dans une cage, à fermer les rideaux qui l'entouraient et à la faire monter jusqu'au plafond, en lévitation. Lorsqu'il la fit redescendre, il y avait une jeune panthère au poil lustré au lieu de l'assistante. Face à l'intensité de son regard, au mystérieux jeu d'ombre et de lumière sur son visage, Ryan fut presque convaincue qu'il avait réussi à transcender les lois de la nature.

A l'instant précis où le grand rideau allait tomber, le félin redevint Bess, et Pierce le Magicien se changea en enchanteur.

Ryan avait l'intention de le convaincre de lui expliquer au moins cette illusion, en termes simples qu'elle pourrait comprendre. Mais au moment où il sortit de scène, et où leurs yeux se rencontrèrent, elle oublia les paroles qu'elle avait préparées.

Son visage était en sueur à cause de la chaleur des projecteurs et de ses efforts de concentration. Elle eut envie de le toucher. A sa grande surprise, elle découvrit que sa performance avait éveillé en elle du désir. Une pulsion à la fois sauvage et intense, comme elle n'en avait jamais ressenti auparavant. Elle se vit entre ses bras puissants. Elle imagina ses lèvres, chaudes et sensuelles, qui se posaient sur sa bouche pour l'entraîner dans ce monde étrange et aérien dont il avait le secret. Elle se demanda quelle serait sa réaction si elle s'offrait à lui, maintenant. Répondrait-il à son attente sans rien dire, se contentant de l'emmener loin d'ici pour lui révéler la magie de ses charmes ?

Pierce s'arrêta en face d'elle et Ryan fit un pas en arrière, perturbée par les pensées qui lui avaient traversé l'esprit. Son sang bouillonnait dans ses veines, son corps la suppliait de faire le premier pas vers lui. Mais, trop consciente pour s'abandonner, elle refréna son désir et garda ses distances.

— Vous avez été merveilleux, dit-elle.

Mais elle comprit en proférant le compliment qu'elle avait mis trop de raideur dans sa voix.

— Merci.

Pierce s'éloigna sans rien ajouter.

Ryan ressentit une douleur dans les mains et se rendit compte qu'elle avait les ongles enfoncés dans la chair.

Cela ne peut pas durer, se dit-elle, et elle fit volte-face, décidée à le rattraper.

— Coucou, Ryan !

Elle s'arrêta net lorsqu'elle vit Bess passer la tête par la porte de sa loge.

— Comment avez-vous trouvé le spectacle ?

— Fantastique.

Elle jeta un coup d'œil dans le couloir. Pierce avait déjà disparu. C'était peut-être mieux ainsi.

— Je suppose que vous ne me dévoileriez pas le secret du numéro final ?

— Même pas si ma vie en dépendait, répondit Bess en riant. Entrez donc ; nous parlerons pendant que je me change.

Ryan remercia et ferma la porte derrière elle. Des odeurs de fard et de poudre flottaient dans la pièce.

— Ça doit faire une drôle d'impression d'être transformée en panthère.

— Oh ! mon Dieu, si vous saviez ! Pierce m'a déjà métamorphosée en tout un tas de créatures : sur pattes, avec des ailes, rampantes. Il m'a sciée en deux et m'a tenue en équilibre sur des épées. Une fois, il m'a fait dormir sur un lit de clous, à trois mètres au-dessus de la scène.

Tout en parlant, elle se déshabillait sans montrer aucune gêne, comme une gamine impudique.

— Vous devez avoir en lui une confiance absolue.

Ryan regarda autour d'elle en quête d'un endroit libre pour s'asseoir. Bess semblait avoir la particularité d'éparpiller ses affaires dans tous les coins.

L'assistante saisit un peignoir bleu pétrole posé sur l'accoudoir d'un fauteuil.

— Si je lui fais confiance ? reprit-elle en attachant sa ceinture. Il est le meilleur de tous, vous savez. Vous avez dû vous en rendre compte pendant les répétitions.

Assise devant le miroir, elle retirait son maquillage.

— Oui, répondit Ryan en pliant un chemisier chiffonné pour le poser à un autre endroit. Il est très exigeant.

— Vous n'avez encore rien vu. Il commence par élaborer ses illusions sur papier. Ensuite, enfermé dans son donjon, il les teste, encore et encore, avant de songer à nous révéler quoi que ce soit, à Link ou à moi.

Elle regarda Ryan avec un œil démaquillé et l'autre encore fardé à outrance.

— La plupart des gens ne se rendent pas compte de la quantité de travail nécessaire pour réussir ses numéros. Il veut donner aux gens cette impression de facilité.

— Et ses évasions, voulut savoir Ryan tout en défroissant les vêtements de Bess, sont-elles dangereuses ?

— Il y en a certaines que je déteste.

Bess enleva le reste de son fond de teint avec un mouchoir en papier. Son visage était étonnamment jeune et frais.

— Qu'il s'échappe de menottes ou d'une camisole de force est une chose, dit-elle en haussant les épaules et en se levant. Mais je n'ai jamais aimé le voir interpréter sa propre version du numéro de torture chinoise du fameux Houdini, ni l'évasion aux mille serrures qu'il a lui-même inventée.

— Pourquoi prend-il de tels risques, Bess ?

Ryan continua à arpenter la pièce nerveusement.

— Ses illusions seraient plus que suffisantes.

— Pas pour Pierce, expliqua Bess en mettant un soutien-gorge. Les évasions et le danger qui va avec elles sont indispensables. C'est comme ça depuis toujours.

— Mais pourquoi ?

— Parce qu'il veut toujours tester son potentiel. Il n'est jamais satisfait de ce qu'il a fait le jour précédent.

— Une mise à l'épreuve incessante, murmura Ryan, songeant qu'elle avait déjà deviné cette tendance, mais qu'elle était encore loin d'en comprendre les raisons. Depuis combien de temps êtes-vous avec lui, Bess ?

— Depuis ses débuts, répondit Bess en enfilant un jean. Dès le moment où il a commencé sa carrière.

— Comment est-il vraiment ? se surprit à demander Ryan. Qui est-il réellement ?

Bess jeta à Ryan un regard pénétrant.

— Pourquoi cette question ?

— Il..., commença-t-elle en s'interrompant, ne sachant plus quoi dire. Je ne sais pas.

— Vous vous intéressez à lui, n'est-ce pas ?

Ryan ne répondit pas tout de suite. Elle voulut nier, mais décida d'être franche. Elle se sentait en confiance.

— C'est vrai, finit-elle par reconnaître. J'ai de l'attirance pour lui.

— Allons boire un verre ensemble, suggéra Bess en passant sa chemise. On pourra parler.

Elles s'installèrent dans un box du bar de l'hôtel et Bess commanda deux cocktails au champagne.

— C'est moi qui paye, déclara-t-elle en allumant une cigarette. Ne dites surtout pas à Pierce que je fume, ajouta-t-elle avec un clin d'œil. Il désapprouve l'usage du tabac.

— Link m'a dit qu'il courait huit kilomètres par jour.

— Oui, c'est une pratique qu'il a depuis longtemps. Pierce modifie rarement ses vieilles habitudes, dit Bess en tirant une bouffée avec un soupir. Il a toujours été déterminé, vous savez! Ça se voyait déjà quand il était petit.

— Vous connaissiez déjà Pierce lorsqu'il était enfant?

— Nous avons grandi ensemble — Pierce, Link et moi.

Bess leva les yeux vers la serveuse et ordonna :

— Mettez ça sur ma note.

Puis elle reporta son attention sur Ryan.

— Pierce n'évoque jamais cette époque, pas même avec Link et moi qui sommes ses amis. Il fait comme s'il l'avait chassée de son esprit — ou, plutôt, il s'y emploie activement.

— Et moi qui croyais qu'il cherchait à soigner son image, murmura Ryan.

— Il n'en a pas besoin.

— Je suppose que c'est vrai, dit Ryan, leurs regards se rencontrant de nouveau. A-t-il eu une enfance malheureuse?

Bess porta le verre à ses lèvres et but une longue gorgée.

— Et comment! C'était un enfant chétif et malingre.

— Pierce?

Médusée, Ryan songea au corps dur et musclé qu'elle connaissait.

— Lui-même! confirma Bess en laissant échapper une version assourdie de son rire éclatant. C'est incroyable mais vrai. Il était petit pour son âge et les autres gamins le tourmentaient sans cesse. Ils avaient besoin d'un souffre-douleur. Personne n'aime grandir dans un orphelinat.

— Un orphelinat?

Ce mot la fit sursauter. Elle examina la physionomie amicale de Bess et fut envahie par un élan de sollicitude.

— Tous les trois, vous, Pierce et Link?

Bess haussa les épaules.

— Maudit endroit.

Le sentiment de détresse qui envahit Ryan se lut clairement dans ses yeux.

— Enfin, c'était mieux que la rue. On avait de quoi manger, un toit sur la tête et du monde autour de nous. Rien à voir avec ce que l'on peut lire dans *Oliver Twist*.

— Avez-vous perdu vos parents, Bess? demanda Ryan, préférant montrer de l'intérêt plutôt qu'une compassion malvenue.

— Oui, quand j'avais huit ans. Et je n'avais personne pour s'occuper de moi. Link était dans le même cas, continua-t-elle sans autre trace d'apitoiement ou de regret. Presque tout le monde veut adopter des bébés. Ce n'est pas si facile de placer des enfants déjà grands.

Ryan sirota son cocktail pensivement.

— C'était il y a vingt ans, avant qu'on s'intéresse à l'adoption.

— Et qu'en était-il de Pierce ?

— En ce qui le concerne, la situation était différente. Il avait des parents. Mais ils refusaient de signer le consentement, donc personne ne pouvait l'adopter.

Ryan plissa le front en signe d'incompréhension.

— Mais, dans ce cas, que faisait-il dans un orphelinat ?

— Le juge avait ordonné que sa garde leur soit retirée. Son père…

Bess exhala un long nuage de fumée. Elle prenait des risques en racontant ces choses à Ryan. Pierce n'apprécierait certainement pas s'il l'apprenait. Elle espérait seulement que le jeu en vaudrait la chandelle.

— … Son père était violent avec sa femme.

— Oh ! mon Dieu ! s'exclama Ryan, horrifiée, en fixant Bess du regard. Et… et il frappait aussi Pierce ?

— Parfois, répondit Bess calmement. Mais c'était surtout sa mère qui faisait les frais de sa brutalité. Il buvait des coups dans les bars et, quand il rentrait, il frappait sa femme.

Ryan sentit une douleur sourde l'envahir. Elle trempa ses lèvres dans sa boisson. Elle savait bien sûr que de tels malheurs existaient, mais elle avait toujours vécu dans un monde protégé. Ses propres parents l'avaient peut-être négligée, mais ils n'auraient jamais songé à lever la main sur elle. C'était la première fois qu'elle entrait en contact aussi intime avec la violence physique. Même en faisant tout son possible, elle ne parvenait pas à concevoir le genre d'horreurs que Bess relatait d'une voix si calme.

— Racontez-moi, demanda-t-elle finalement. J'aimerais tellement réussir à comprendre.

Elle prononça précisément les mots que Bess désirait entendre. Cette dernière approuva de la tête et poursuivit :

— A l'époque où il avait quatre ans, le père de Pierce a frappé sa femme si violemment qu'il l'a envoyée à l'hôpital. D'habitude, il enfermait le petit dans un placard avant de donner libre cours à sa fureur. Mais pas cette fois-ci. Ce jour-là, il lui a flanqué quelques coups de pied auparavant.

Ryan contrôla la révolte que ces paroles avaient provoquée et resta silencieuse. Bess la regardait sans détourner les yeux, tout en continuant à parler.

— C'est à ce moment-là que les travailleurs sociaux sont intervenus. Ils ont engagé une procédure et, après les séances de tribunal habituelles, ses parents ont été jugés inaptes à élever leur enfant, et Pierce a été placé dans cet orphelinat.

— Et sa mère, Bess, dit Ryan en secouant la tête pour essayer de comprendre, pourquoi n'a-t-elle pas quitté son mari afin de s'occuper de son fils ? Comment une femme normale peut-elle… ?

— Je ne suis pas psychiatre, dit Bess en lui coupant la parole. Pour autant que je sache, elle est restée avec son père.

— Et elle a abandonné son fils, murmura Ryan. Il a dû se sentir terriblement seul, effrayé et rejeté.

Elle s'interrogea sur l'ampleur du traumatisme qu'un tel choc avait pu provoquer dans l'esprit d'un enfant aussi jeune. A quel genre de compensations avait-il eu recours pour en atténuer les retombées ? Ce besoin de se délivrer de ces chaînes, de s'échapper d'une malle ou d'un coffre-fort, venait-il de son enfance, du temps où on l'enfermait dans un placard noir et étroit ? Etait-ce parce qu'il s'était senti un jour si vulnérable et désespéré qu'il s'efforçait constamment de tenter l'impossible ?

— Il aimait être seul, continua Bess en commandant une nouvelle tournée. C'est peut-être la raison pour laquelle tout le monde le maltraitait. Jusqu'à ce que Link arrive.

Bess sourit. Elle semblait se souvenir avec plaisir de cette partie de l'histoire.

— Personne n'a plus jamais osé toucher Pierce quand Link était dans les parages. Il était déjà deux fois plus grand que tous les autres. Et en plus, avec la tête qu'il a !

Elle rit encore mais sans aucune méchanceté.

— Lorsque Link est arrivé à l'orphelinat, personne ne lui parlait, sauf Pierce. Tout le monde les traitait comme des parias. J'étais une exclue, moi aussi. Dès lors, Link ne lâcha plus Pierce d'une semelle. Je ne sais pas ce qu'il serait advenu de lui, si Pierce n'avait pas été là. Ni de moi, d'ailleurs.

— Vous l'aimez vraiment, n'est-ce pas ?

Elle commençait à avoir des affinités certaines avec cette grande femme aux cheveux roux et au style exubérant.

— C'est mon meilleur ami, déclara simplement Bess. Ils m'ont acceptée dans leur club quand j'avais dix ans, expliqua-t-elle, souriant par-dessus le bord de son verre. Un jour, j'ai vu Link arriver et j'ai grimpé en haut d'un arbre pour lui échapper. Il me faisait une peur bleue. On l'appelait « *Missing Link* », le Maillon Manquant.

— Les enfants sont parfois cruels.

— Vous pouvez le dire ! Bon, juste au moment où il est passé dessous, la branche où je m'étais réfugiée s'est cassée, et je suis tombée. Il m'a rattrapée avant que je touche le sol, raconta-t-elle en posant le menton dans ses mains. Je n'oublierai jamais cet instant. Je me suis vue chuter comme une pierre et, une fraction de seconde plus tard, j'étais dans ses bras. Lorsque j'ai regardé son visage, j'ai cru que j'allais me mettre à hurler de terreur. Ça l'a fait rire. Je suis tombée amoureuse de lui sur-le-champ.

Ryan avala rapidement son champagne. Le regard rêveur dans les yeux de Bess était suffisamment évocateur.

— Vous.., vous et Link, vous vous aimez ?

— Enfin, moi oui, en tout cas, rétorqua Bess d'un air contrit. Je suis folle de ce grand dadais depuis vingt ans. Mais il me voit toujours comme une petite fille. Même maintenant, alors que je mesure un mètre quatre-vingts ! conclut-elle en souriant avec un clin d'œil. Mais je suis en train de le travailler au corps.

— Et moi qui croyais que vous et Pierce..., commença Ryan sans finir sa phrase.

— Pierce et moi ? s'esclaffa Bess avec un rire énorme qui attira l'attention sur elles. Vous plaisantez ? Depuis le temps que vous côtoyez le show-business, vous devriez savoir comment distribuer les rôles, mon chou. Est-ce que j'ai l'air d'être le type de Pierce ?

— Bon, je..., dit Ryan, embarrassée par la franchise de Bess... Je n'ai aucune idée de ce que peut être le type de Pierce, compléta-t-elle en haussant les épaules.

Bess éclata de rire, le regard plongé dans son deuxième cocktail.

— Je vous croyais plus maligne, commenta-t-elle. Bref, il a toujours été un garçon tranquille mais, comment dire..., dit-elle en s'interrompant, fronçant les sourcils pour réfléchir. Passionné, vous comprenez ? Il avait du caractère.

Elle sourit de nouveau et roula les yeux.

— A l'époque, il laissait un œil au beurre noir en souvenir à tous ceux qui lui cherchaient des noises. Mais, en grandissant, il a appris à se contrôler. Il a décidé à coup sûr de ne pas suivre l'exemple de son père. Et Pierce n'est pas du genre à revenir sur ses décisions.

Ryan se remémora la froideur de sa colère, cette violence rentrée, et elle commença à en comprendre l'origine. Bess but une gorgée et prit un air mauvais pour raconter :

— A l'époque où il avait environ neuf ans, si je me souviens bien, il a eu cet accident. Enfin, c'est le nom qu'il a donné à ce qui s'est passé. Il a dévalé une volée de marches, la tête la première. Tout le monde savait qu'on l'avait poussé, mais il n'a jamais voulu le reconnaître. Je pense qu'il avait peur que Link commette un acte irréparable qui aurait pu lui attirer des ennuis. Il s'est brisé le dos en tombant. Les médecins pensaient qu'il ne pourrait plus jamais marcher.

— Oh ! non.

Bess avala d'un trait une bonne partie de son champagne.

— Si. Mais Pierce a déclaré que non seulement il remarcherait, mais qu'en plus il courrait huit kilomètres tous les jours.

— Huit kilomètres, murmura Ryan.

— Il n'en a pas démordu. Il s'est investi dans la rééducation comme si sa vie en dépendait. Et c'était peut-être le cas, remarqua-t-elle pensivement. Oui, c'était absolument vital. Il a passé six mois à l'hôpital.

— Je vois.

Elle se souvenait de la performance de Pierce dans le service de pédiatrie. Il se consacrait aux enfants de tout son être, il leur parlait, les faisait rire. Il créait la magie dans leurs vies.

— Pendant qu'il était hospitalisé, une infirmière lui a offert un coffret de magicien. Et voilà, dit Bess en portant un toast. Une simple boîte de magie à trois sous. Ce fut comme s'il avait toujours attendu ce moment ou comme s'il y avait été destiné depuis toujours. Quand il est sorti, il réussissait des tours que même un magicien professionnel avait du mal à faire, conclut-elle, un mélange d'amour et de fierté dans la voix. Il avait un don.

Ryan se représentait la scène : un garçon sombre et passionné, étendu dans un lit d'hôpital, qui découvrait, pratiquait, perfectionnait sa future activité.

Bess éclata de rire de nouveau.

— Ecoutez ça ! Un jour où je lui avais rendu visite à l'hôpital, il a mis le feu au drap, annonça-t-elle tandis qu'une expression horrifiée se peignait sur le visage de Ryan. Je vous jure que c'est vrai, je l'ai vu brûler. Ensuite il a tapoté le lit avec la main, il en a lissé la surface, expliqua-t-elle en mimant le geste sur la table, et tout était exactement comme avant. Aucune brûlure, aucun trou, pas même une tache de roussi. Ce sale môme m'a fait une de ces peurs !

Malgré la peine que lui inspirait Pierce, Ryan ne put s'empêcher de rire. Il s'était battu et avait vaincu.

— A la santé de Pierce ! dit-elle en levant son verre.

— Il le mérite !

Bess trinqua avec Ryan et but le reste de son verre.

— Pierce et Link ont quitté l'orphelinat quand ils avaient seize ans. Ils m'ont horriblement manqué. J'étais persuadée que je ne les reverrais jamais. J'ai passé les deux années les plus solitaires de ma vie. Quelque temps après, alors que j'étais serveuse dans un restaurant à Denver, j'ai vu Pierce entrer dans la salle. Je ne sais pas comment il avait fait pour me retrouver, il ne me l'a jamais dit, mais il est apparu et il m'a dit de démissionner. Il voulait que je travaille avec lui.

— Comme ça, de but en blanc ?

— Parfaitement.

— Et qu'avez-vous répondu ?

— Je n'ai rien dit du tout. Vous connaissez Pierce, dit Bess en souriant. J'ai obéi. Et on a pris la route. Buvez, mon chou ! Vous êtes en retard d'un verre.

Ryan l'examina un instant et avala le reste de son cocktail. Seul un homme exceptionnel pouvait obtenir une loyauté aussi absolue de la part d'une femme aussi forte.

— En général, je m'arrête à deux verres, dit Ryan en indiquant la coupe vide.

— Ce soir, ce sera une exception. J'ai besoin de boire du champagne quand je tombe dans la sentimentalité. Les premières années, nous nous sommes produits dans tous les endroits possibles et imaginables : fêtes pour enfants, soirées entre hommes, enfin tout ce qui se présentait. Pierce n'a pas son égal pour manipuler une foule bruyante et chahuteuse. Il suffit qu'il pose son regard sur quelqu'un et qu'il fasse jaillir une boule de feu de la poche de la personne, pour que le gars se calme immédiatement.

Ryan rit, imaginant la scène.

— Je vous crois ! Je suis certaine qu'il y serait parvenu sans même avoir recours au feu.

— Vous avez tout compris, déclara Bess, satisfaite de cette réponse. Bref, il a toujours su qu'il réussirait et il a voulu que Link et moi, on l'accompagne. Ce n'était pourtant pas une obligation, mais Pierce est ainsi. Il est plutôt inaccessible et n'a pas beaucoup d'amis, mais quand il en a, c'est pour la vie, raconta-t-elle, faisant une pause pour siroter son champagne. Ni Link ni moi ne faisons le poids à ce niveau-là, ajouta-t-elle en se tapotant la tempe avec un doigt. Mais, pour Pierce, ce n'est pas important. Nous sommes ses amis, un point c'est tout.

— Et il les choisit très bien, dit doucement Ryan.

Bess lui adressa un sourire éclatant.

— Vous êtes très sympathique, Ryan. Une vraie dame. Pierce est le genre d'homme qui a besoin de quelqu'un comme vous dans sa vie.

Ryan eut un intérêt soudain pour le liquide contenu dans son verre.

— Pourquoi dites-vous ça ?

— Parce qu'il a de la classe. Il lui faut une femme qui lui ressemble et qui soit aussi chaleureuse que lui.

— Est-il chaleureux, Bess ? voulut savoir Ryan en relevant les yeux, cherchant ses mots. Il semble parfois tellement… distant.

— Savez-vous où il a récupéré cette stupide chatte ?

Ryan secoua la tête en signe d'ignorance.

— Elle avait été heurtée par une voiture et laissée sur le bord de la route. Pierce rentrait à la maison après une semaine de représentations à San Francisco. Il s'est arrêté et l'a emmenée chez le vétérinaire. Il a réveillé le pauvre homme à 2 heures du matin pour l'obliger à opérer un chat errant. Ça lui a coûté trois cents dollars, c'est Link qui me l'a dit, précisa-t-elle en prenant une autre cigarette. Vous connaissez beaucoup de gens qui feraient ça, vous ?

Ryan la scruta.

— Pierce n'apprécierait certainement pas d'apprendre que vous m'avez raconté sa vie, n'est-ce pas ?

— Non.

— Alors, pourquoi l'avez-vous fait ?

— C'est un truc que j'ai appris à force de le fréquenter. Si vous plongez votre regard au plus profond des yeux de quelqu'un, vous saurez si vous pouvez lui faire confiance.

Ryan la regarda en face et dit avec sincérité :

— Merci.

— Et puis, ajouta Bess d'un ton désinvolte en s'interrompant pour avaler encore un peu de champagne, il me semble que vous êtes amoureuse de lui.

Les mots que Ryan était sur le point de prononcer s'étranglèrent dans sa gorge. Elle eut un accès de toux.

— Buvez, mon chou. Rien de tel que l'amour pour vous faire

avaler de travers. A l'amour donc ! dit-elle en trinquant avec Ryan. Et bonne chance à toutes les deux.

— Bonne chance pourquoi ? demanda Ryan à voix basse.

— On en aura besoin, avec des hommes comme eux.

Cette fois, ce fut Ryan qui commanda une autre tournée.

8

Ryan riait au moment où elle fit son entrée dans le casino avec Bess. Le champagne avait contribué à lui remonter le moral, mais c'était surtout la compagnie de la jeune femme qui l'avait réconfortée. Depuis qu'elle était rentrée de Suisse, elle ne s'était pas accordé beaucoup de temps pour se lier d'amitié avec quelqu'un. La rapidité avec laquelle elle avait trouvé une amie lui avait tourné la tête aussi sûrement que l'alcool.

— Alors, on fait la fête ?

Elles relevèrent la tête en même temps pour découvrir Pierce qui se tenait devant elles. Leurs visages reflétèrent la même culpabilité déroutée que celle de deux petites filles surprises la main dans la boîte à bonbons. Pierce leva un sourcil interrogatif. En réponse, Bess se pencha vers lui en riant et l'embrassa fougueusement.

— Juste une petite conversation entre filles, mon chou. Ryan et moi, on a découvert qu'on avait un tas de points communs.

— Ah bon ?

Il regarda Ryan qui pressait la main sur sa bouche pour étouffer un rire. Apparemment, elles ne s'étaient pas contentées de parler.

— N'est-il pas terrifiant quand il prend cet air sérieux ? dit Bess en regardant Ryan. Il fait cela mieux que personne, dit-elle en donnant à Pierce un nouveau baiser. Mais ne t'inquiète pas, je n'ai pas soûlé ton amie. Elle est simplement un peu plus décontractée que d'habitude. En plus, c'est une grande fille, ajouta-t-elle en regardant autour d'elle, la main toujours posée sur l'épaule de Pierce. Où est Link ?

— Il regarde le jeu de Keno.

— A tout à l'heure !

Elle fit un clin d'œil à l'intention de Ryan et s'éloigna.

— Elle est folle de lui, vous savez, dit Ryan sur un ton confidentiel.

— Oui, je sais.

Elle fit un pas vers lui.

— Il n'y a rien que vous ne sachiez déjà, monsieur Atkins, constata-t-elle, notant que sa bouche s'était arrondie lorsqu'elle avait mis l'accent sur son nom. Je voudrais savoir si un jour j'y aurai droit de nouveau.

— Droit à quoi ?

— A un sourire. Vous ne m'en avez pas fait un seul depuis des jours.

— C'est vrai ?

Il ne put réprimer un élan de tendresse intérieure, mais il se contenta d'un geste qui balaya les cheveux de son visage.

— Absolument aucun. J'espère que vous en êtes désolé.

— Oui.

Il avait laissé sa main sur l'épaule de Ryan et il l'observait avec attention. Il aurait préféré qu'elle ne le regarde pas ainsi. Malgré sa présence dans sa suite, il avait réussi à conserver la maîtrise de lui-même. Et voilà qu'entouré de monde, au milieu du bruit et des lumières, il sentait le désir qui naissait au creux de son ventre. Il retira sa main.

— Désirez-vous que nous montions ?

— J'avais l'intention de jouer au black-jack, dit-elle gravement. J'en ai envie depuis des jours, mais je me retenais, sous prétexte qu'il paraît que le jeu est une activité stupide. Je viens juste d'oublier ce précepte.

Pierce la retint par le bras avant qu'elle se mette en route.

— Combien d'argent avez-vous sur vous ?

— Oh, je ne sais pas, répondit Ryan en fouillant dans son sac. Environ soixante-dix dollars.

— C'est bon.

Même si elle perd tout, se dit Pierce, *ce montant ne laissera pas un gros trou dans son compte en banque.*

Il décida donc de l'accompagner.

Elle prit place à une table où le pari minimum était de dix dollars et lui dit tout bas :

— Il y a déjà des jours que j'espionne. Je sais déjà exactement ce qu'il faut faire.

— N'est-ce pas ce que tout le monde croit ? objecta-t-il entre ses dents tout en restant debout à côté d'elle. Donnez vingt dollars de jetons à madame, ordonna-t-il au croupier.

— Non, cinquante, corrigea Ryan en comptant les billets.

Pierce fit un petit signe affirmatif, et l'homme échangea l'argent contre des jetons colorés.

— Allez-vous participer ? s'enquit Ryan.

— Je ne joue jamais.

— Même pas lorsqu'on vous enferme dans une caisse et qu'on en cloue le couvercle ? répliqua-t-elle en haussant les sourcils.

Il la gratifia d'un de ces sourires nonchalants dont il était spécialiste.

— Ça, c'est mon métier.

La réponse la fit rire et elle demanda d'une voix malicieuse :

— Désapprouvez-vous le jeu, ainsi que les autres vices, monsieur Atkins ?

— Non.

Il sentit une nouvelle poussée de désir l'envahir. Il la contrôla sur-le-champ.

— Mais je préfère évaluer mes probabilités de succès par moi-même, dit-il en montrant de la tête les cartes qu'on distribuait. Il est impossible de battre le casino.

— J'ai l'impression que ce soir la chance me sourit.

Ryan retourna soigneusement les deux cartes qu'elle avait reçues. Un huit et un cinq. Elle prit une autre carte et bénéficia d'un autre cinq. Elle n'en demanda pas plus et attendit patiemment que les deux derniers joueurs soient servis.

Le croupier remporta la mise. Ryan compta de nouveau ses points, suivit le jeu et perdit de nouveau. Imperturbable, elle attendit que commence la troisième partie. Cette fois, elle tira un dix-sept. Mais avant qu'elle ait eu le temps de refuser la carte suivante, Pierce avait déjà hoché la tête en direction du croupier.

— Attendez…, commença Ryan.

— Prenez-la, dit-il simplement.

Elle haussa les épaules et obéit en soupirant. Vingt points. Les yeux écarquillés par la surprise, elle pivota sur sa chaise pour regarder Pierce, mais il avait le regard rivé sur le tapis. Le donneur termina avec dix-neuf et paya à Ryan ce qu'il lui devait.

— J'ai gagné ! s'exclama-t-elle ravie à la vue de la pile de jetons qu'on lui remettait. Comment avez-vous deviné ?

Il ne répondit pas, se contentant de lui sourire et d'observer le jeu avec attention.

Elle rit, comblée, puis se tourna de nouveau vers lui.

— Comment avez-vous fait ? Il y a trois jeux de cartes. Impossible que vous ayez mémorisé celles qui ont été distribuées et que vous en ayez déduit celles qui restaient dans le paquet.

Pierce garda le silence puis elle reprit en fronçant les sourcils :

— En êtes-vous capable ?

Pierce se borna à hocher tête. Puis il aida Ryan à gagner une autre partie.

— Vos lumières me seraient bien utiles, dit un homme en repoussant ses cartes avec dégoût.

— C'est un sorcier, vous savez, lui confia Ryan en se penchant vers lui. Je l'emmène partout.

— J'en aurais bien besoin d'un, moi aussi, déclara une jeune femme blonde tout près d'eux en glissant ses cheveux derrière ses oreilles.

Ses paroles étaient lourdes de sous-entendus. Ryan surprit le regard qu'elle lançait à Pierce tandis que de nouvelles cartes étaient distribuées.

— Propriété privée, annonça-t-elle froidement.

Elle ne vit pas Pierce derrière elle, qui levait les sourcils avec étonnement. La blonde replongea le nez dans son jeu.

Pendant l'heure qui suivit, la chance de Ryan — ou plutôt celle de Pierce — continua. Après quoi, considérant l'énorme pile de jetons qu'elle avait devant elle, il ouvrit son sac à main et fit tomber le tout à l'intérieur.

— Oh, attendez un peu ! Je commence seulement à m'échauffer.

— Le secret pour gagner, c'est de savoir s'arrêter à temps, dit-il en lui offrant son bras pour l'accompagner à la caisse.

— Mais j'avais envie de continuer, protesta-t-elle en jetant un regard de regret derrière elle.

— Pas ce soir.

En poussant un gros soupir, elle déversa en vrac le contenu de son sac sur le comptoir. Eparpillés parmi les jetons, il y avait un peigne, un tube de rouge à lèvres et une pièce écrasée par la roue d'un train. Pierce saisit la monnaie et l'examina.

— Un porte-bonheur, expliqua-t-elle.

— Vous êtes superstitieuse, mademoiselle Swan, murmura-t-il. Vous m'étonnez.

— Ce n'est pas de la superstition, objecta-t-elle en fourrant les billets dans son sac au fur et à mesure que le caissier les comptait. Ça porte chance.

— D'accord, j'ai saisi la nuance.

— Je vous aime bien, Pierce, avoua-t-elle en prenant son bras. Il fallait que je vous le dise.

— C'est vrai ?

— Oui, dit-elle avec franchise.

Elle pouvait lui avouer cela, songea-t-elle tandis qu'ils se dirigeaient vers les ascenseurs. Elle ne prenait aucun risque et c'était certainement vrai. Par contre, lui confesserait-elle ce que Bess avait affirmé avec une telle désinvolture ? Qu'elle était amoureuse de lui ? Non, c'était une déclaration trop audacieuse et qui ne reflétait pas forcément la réalité. Quoique… quoiqu'elle ait de plus en plus peur que ce soit la pure vérité.

— Est-ce que vous aussi vous m'aimez bien ? demanda Ryan, se tournant vers lui en souriant pendant que les portes de l'ascenseur se refermaient derrière eux.

Il lui caressa la joue du dos de la main.

— Oui, Ryan. Oui, je vous aime bien.

— Je n'en étais pas sûre.

Elle se rapprocha de lui, et il sentit un frisson lui parcourir l'échine.

— Parce que vous étiez fâché contre moi.

— Non, ce n'est pas vrai.

Elle le regardait sans ciller. Pierce eut la sensation que l'air qui l'enveloppait se raréfiait, comme quand le couvercle d'une malle ou d'un coffre se refermait sur lui. Il sentit les battements de son cœur s'accélérer, mais, grâce au contrôle absolu qu'il exerçait sur lui-même, il les ramena à leur rythme normal. Il était hors de question qu'il la touche de nouveau.

Ryan surprit dans ses yeux un éclair de désir et sentit le sien qui montait peu à peu. Un besoin intense de le toucher, de le caresser, de l'aimer l'envahit. Elle le connaissait mieux à présent, bien qu'il ne soit au courant de rien. Elle voulut faire le premier pas. Elle ébaucha un geste en direction de sa joue, mais Pierce attrapa sa main au vol au moment où les portes s'ouvraient.

— Vous devez être fatiguée, dit-il brusquement en la conduisant le long du corridor.

— Non.

Cette nouvelle sensation de pouvoir amusa Ryan. Il semblait avoir peur d'elle. Elle en avait l'intuition. Un sentiment étrange l'envahit soudain — un mélange d'ivresse, de victoire remportée et de certitude. Elle sut qu'elle le voulait à tout prix.

— Et vous, Pierce, êtes-vous fatigué ? demanda-t-elle lorsqu'il ouvrit la porte de la suite.

— Il est déjà tard.

Elle posa son sac et s'étira.

— Non, il n'est jamais trop tard à Las Vegas. N'avez-vous pas remarqué qu'ici le temps n'existe pas ? Il n'y a pas d'horloges, ajouta-t-elle en soulevant ses cheveux et en les laissant retomber doucement entre ses doigts. Comment savoir s'il est tôt ou tard, si on n'a pas idée de l'heure qu'il est ?

Elle repéra des papiers qui traînaient sur la table et se dirigea vers eux tout en se débarrassant de ses chaussures.

— Vous travaillez trop, monsieur Atkins, dit-elle en se retournant vers lui. Mlle Swan aussi, d'ailleurs.

Ses joues avaient rosi et ses cheveux tombaient sur ses épaules. Un air de séduction brillait dans ses yeux vifs et pétillants. Il constata qu'elle lisait en lui comme dans un livre ouvert. Il sentit son désir palpiter. Il ne dit rien.

— Venez vous asseoir à côté de moi, murmura-t-elle. Parlez-moi de vos inventions.

Ryan se laissa tomber sur le canapé et prit une feuille couverte de dessins et d'annotations qui ne signifiaient absolument rien pour elle.

Pierce se décida finalement à bouger. Il se dit que c'était uniquement pour l'empêcher de semer la pagaille dans son travail.

— C'est trop compliqué à expliquer, dit-il en lui prenant le papier des mains et en le remettant à sa place.

— J'ai l'esprit vif, vous savez, rétorqua Ryan.

Elle le tira par le bras jusqu'à ce qu'il s'assoie à côté d'elle, et l'étudia en souriant.

— Savez-vous que, la première fois que vous m'avez regardée dans les yeux, j'ai cru que mon cœur allait s'arrêter, avoua-t-elle en posant la main sur la joue de Pierce. Et la nuit où vous m'avez donné ce baiser, j'ai su que mes craintes étaient fondées.

Pierce s'empara de la main de Ryan, sachant qu'il courait au désastre. Mais celle qui était encore libre glissa sur sa chemise et se posa sur son cou.

— Ryan, vous feriez mieux d'aller vous coucher.

Elle devina le désir qui perçait dans sa voix. Elle sentit sous ses doigts la pulsation affolée de ses veines. Son propre cœur commença à s'emballer en suivant le même rythme.

— Personne ne m'avait jamais embrassée de cette façon, dit-elle d'une voix étouffée.

Ses doigts descendirent jusqu'au premier bouton de sa chemise. Elle l'ouvrit, les yeux rivés sur les siens.

— Aucun homme avant vous ne m'avait fait un tel effet. Etait-ce un tour de magie, Pierce ?

Elle défit les deuxième et troisième boutons.

— Non.

Ses doigts qui couraient sur sa peau le rendaient fou et il leva le bras pour les retenir.

Elle se déplaça légèrement afin de lui mordiller le lobe de l'oreille.

— Si. J'en suis sûre. J'en suis même convaincue.

L'impact de ces mots chuchotés attisa au creux de son estomac le feu qui y couvait déjà. Le désir monta en lui et menaça d'exploser. Il la prit par les épaules et tenta de la repousser, mais elle avait déjà mis les mains sur son torse à présent dénudé. Sa bouche effleura son cou. Les doigts de Pierce se serrèrent tandis qu'il luttait désespérément contre ses pulsions.

— Ryan, articula-t-il enfin.

Malgré les efforts désespérés qu'il mobilisait pour retrouver sa concentration, il ne parvenait plus à stabiliser le rythme de son pouls.

— Qu'essayez-vous de faire ?

— Je cherche à vous séduire, murmura-t-elle en suivant des lèvres les caresses prodiguées par ses doigts. Est-ce que ça marche ?

Ses mains glissèrent de sa poitrine jusqu'à son abdomen et le frôlèrent légèrement. Elle perçut que le ventre de Pierce réagissait à ce contact en frissonnant et se fit plus audacieuse.

— Oui, ça fonctionne bien, reconnut-il.

Ryan eut un rire de gorge, presque moqueur, qui fit battre le cœur de Pierce encore plus vite. Bien qu'il parvînt encore à garder ses propres mains immobiles, il était désormais incapable d'empêcher Ryan de se servir des siennes. Elles étaient douces, excitantes, et il pouvait entendre le petit bruit de succion produit par sa bouche.

Elle fit tomber la chemise de ses épaules.

— En êtes-vous sûr ? murmura-t-elle. Mais peut-être ai-je tort, ajouta-t-elle en revenant à son menton, puis en donnant sur ses lèvres un petit coup de langue. Peut-être n'avez-vous pas envie que je vous touche ainsi, suggéra-t-elle tout en glissant un doigt le long de son torse jusqu'à la ceinture de son jean. Ou de celle-ci, dit-elle enfin, lui mordant doucement la lèvre inférieure, le regard toujours plongé dans le sien.

Elle s'était trompée : ses yeux étaient bien noirs, non gris. Le désir augmenta tellement qu'elle crut qu'elle allait s'y noyer. Elle trouva incroyable de vouloir quelqu'un avec une telle violence, une ardeur si forte que son corps en vibrait de plaisir et que son cœur menaçait d'éclater.

— J'ai eu envie de vous au moment où vous êtes sorti de scène tout à l'heure, déclara-t-elle d'une voix rauque. A cet instant précis, alors que j'étais encore à moitié persuadée que vous n'étiez pas humain. Et maintenant que je sais que vous êtes un homme et pas un sorcier, dit-elle en passant les mains sur son torse pour venir les nouer derrière sa nuque, je vous désire encore plus.

Elle abaissa son regard sur sa bouche, puis le releva pour le replonger dans le sien.

— Mais ce n'est peut-être pas réciproque. Peut-être ne me trouvez-vous pas… excitante ?

— Ryan…

Il ne parvenait plus à se concentrer, à contrôler ni son pouls ni ses pensées. Il n'avait même plus envie de sortir de cet état.

— … Il n'y aura bientôt plus moyen de faire marche arrière.

Elle éclata de rire, grisée par ses sens, emportée par son désir. Elle lui demanda, les lèvres tout près des siennes :

— C'est une promesse ?

Ryan se crut arrivée au paradis lorsque, enfin, il se décida à l'embrasser. Il pressa sa bouche contre la sienne, farouchement, intensément. En un clin d'œil, elle se retrouva couchée sous lui. Elle sentit son corps musclé se plaquer contre elle sans qu'il ait eu l'air de bouger. Il tirait sur son chemisier, s'énervait avec les boutons. Il en arracha deux qui volèrent et retombèrent quelque part sur la moquette avant que ses mains se posent sur ses seins. Ryan se cambra en gémissant ; elle désirait désespérément qu'il la caresse. La langue de Pierce s'insinua dans sa bouche et se mêla à la sienne.

Tous ses sens prenaient feu — des éclairs de chaleur la traversaient, des taches de couleur lui brouillaient la vue. Sa peau brûlait partout où il la touchait. Elle ne s'était même pas rendu compte qu'il l'avait déshabillée, qu'elle n'avait plus rien sur elle, et que leurs peaux nues se frottaient l'une à l'autre. Il lui mordit la poitrine, doucement, presque à la limite de la douleur. Il caressa un mamelon avec sa langue jusqu'à ce qu'elle se colle contre lui en gémissant.

Tandis qu'il cherchait l'autre sein de sa bouche, Pierce sentait le cœur de Ryan qui battait à tout rompre. Les petits cris qu'elle poussait, ses mains avides qu'il sentait courir sur sa peau le menèrent au bord de la folie. Il s'était laissé piéger dans un brasier et, cette fois, il ne s'en échapperait pas. Il savait que leurs chairs fusionneraient, au point que rien au monde ne puisse les séparer. Provoquées par l'excitation, par l'odeur et le goût de la peau de Ryan, des sensations prodigieuses tourbillonnaient dans son esprit, comme un ouragan. Ce n'était plus du désir. Non, c'était beaucoup plus. C'était devenu une obsession.

Il glissa les doigts dans son intimité. Elle était si douce, si chaude et si moite que le peu de volonté qui lui restait s'envola aussitôt.

Il la pénétra avec une sauvagerie qui les stupéfia l'un et l'autre. Alors, déchaînée, elle se mit à bouger au même rythme que lui. Une jouissance inouïe le submergea, et il sut que les rôles avaient été inversés : c'est elle qui l'avait ensorcelé. Elle le possédait corps et âme.

Ryan sentait le souffle irrégulier de Pierce contre son cou. Elle entendait son cœur qui battait avec force.

Pour moi, pensa-t-elle rêveusement tandis que son esprit flottait encore dans les nimbes de la passion. *Il est à moi*, songea-t-elle encore et elle poussa un soupir. Comment Bess avait-elle réussi à deviner ses sentiments avant elle ? Ryan ferma les yeux et laissa ses pensées dériver.

Parce que cela se voyait comme le nez au milieu de la figure. Elle se demanda si le moment était venu de le dire à Pierce. Elle lui caressa les cheveux et décida d'attendre. Il fallait tout d'abord qu'elle s'habitue elle-même à cette idée avant de pouvoir lui révéler son amour. Pour l'instant, il lui semblait qu'elle avait l'éternité devant elle.

Elle poussa un murmure de protestation au moment où le poids de son corps la quitta. Elle ouvrit lentement les yeux. Pierce regardait ses mains. Il se maudissait intérieurement.

— Est-ce que je vous ai fait mal ? s'enquit-il brusquement d'une voix rude.

— Non, répondit-elle, d'abord étonnée, puis se souvenant de l'histoire que Bess lui avait racontée. Non, Pierce, pas du tout. Vous ne pouvez pas me blesser. Vous êtes trop doux pour cela.

Son regard sombre et angoissé revint se river au sien. Il n'y avait aucune forme de douceur en lui pendant qu'il lui avait fait l'amour. Seulement un besoin désespéré.

— Pas toujours, dit-il sèchement en attrapant son jean.

— Que faites-vous ?

— Je descends à la réception pour prendre une autre chambre, annonça-t-il en s'habillant rapidement tandis qu'elle le regardait sans comprendre. Je suis vraiment désolé de ce qui s'est produit. Je ne…

Il s'arrêta net lorsqu'il vit les yeux de Ryan se remplir de larmes. Il sentit son cœur se briser.

— Ryan, je suis désolé.

Il se rassit à côté d'elle et essuya ses pleurs avec son pouce.

— Je vous jure que j'avais fermement l'intention de ne pas vous toucher. Je n'aurais pas dû le faire. Vous aviez trop bu, je le savais et je n'aurais…

Elle repoussa sa main d'un coup sec.

— Je vous hais ! cria-t-elle. J'avais tort, vous *pouvez* me faire du mal.

Pas la peine de descendre pour la chambre, ajouta-t-elle en ramassant son chemisier. Je m'en occupe. Je ne resterai pas une seconde de plus dans la même suite que vous. Vous avez transformé un événement merveilleux en une erreur accidentelle.

Elle était déjà debout, tirant sur son corsage qu'elle avait mis à l'envers.

— Ryan, je…

— Oh, taisez-vous !

Quand elle se rendit compte que les deux boutons du milieu manquaient, elle arracha sa blouse et se planta devant lui, nue et arrogante, les yeux étincelants de fureur. Il dut se retenir pour ne pas la plaquer par terre et la prendre de nouveau.

— Je savais exactement ce que je faisais, vous entendez ? Exactement ! Si vous croyez que je suis capable de me jeter dans les bras d'un homme parce que j'ai bu quelques verres de trop, vous vous trompez lourdement. J'avais envie de vous et je croyais que c'était réciproque. Donc, si erreur il y a eu, elle vient de vous.

— Non, Ryan, vous avez mal compris.

Sa voix était redevenue douce, mais quand il s'approcha et voulut la toucher, elle se recula vivement. La main de Pierce retomba lourdement sur sa cuisse. Il avoua, choisissant soigneusement ses mots :

— Je vous désirais vraiment ; mais mon envie était trop forte, et je ne vous ai pas traitée avec la douceur que vous méritiez. J'ai beaucoup de mal à accepter le fait que je n'ai pas pu résister à mon attirance pour vous.

Elle resta quelques instants à l'étudier, puis elle essuya ses larmes avec le dos de sa main.

— Auriez-vous préféré y résister ?

— Là est le problème. J'ai essayé, mais je n'ai pas réussi. Et je n'ai jamais fait l'amour à une femme avec aussi peu… d'attentions. Vous êtes si menue, si fragile, murmura-t-il.

Moi, fragile ? songea-t-elle en levant les sourcils.

C'était la première fois qu'on lui disait cela. Dans d'autres circonstances, elle aurait pu en rire, mais en cet instant elle pressentit qu'il n'y avait qu'un seul moyen d'agir avec un homme comme Pierce.

— D'accord, dit-elle en remplissant ses poumons. Vous avez deux solutions.

— Lesquelles ? demanda Pierce d'un air étonné.

— Soit vous prenez une autre chambre, soit vous m'emmenez au lit et vous me faites encore l'amour, déclara-t-elle en faisant un pas vers lui. Tout de suite.

Il remarqua son air de défi et sourit.

— Et je n'ai pas d'alternative ?

— Si vous vous montrez récalcitrant, je peux toujours vous séduire de nouveau, dit-elle en haussant les épaules. C'est comme vous voulez.

Il plongea les doigts dans ses cheveux tout en l'attirant vers lui.

— Et si nous choisissions deux de ces trois options ?

— Lesquelles ? interrogea-t-elle en l'examinant.

Il se baissa pour atteindre sa bouche et lui donner un long et doux baiser.

— Je vous porte jusqu'au lit et vous me séduisez.

— Je suis une femme raisonnable, assura-t-elle tandis qu'il la soulevait dans ses bras et se dirigeait vers la chambre à coucher. Je suis disposée à accepter un compromis, si j'y trouve mon compte.

— Mademoiselle Swan, murmura Pierce en la déposant sur le lit avec douceur, j'aime votre style.

9

Le corps de Ryan était tout endolori. Elle enfonça sa tête dans l'oreiller et se blottit entre les draps. Cette légère gêne était plutôt agréable. Elle lui rappelait la nuit dernière — une nuit qui avait duré jusqu'à l'aube.

Elle ne s'était jamais rendu compte qu'elle avait en elle autant de passion à donner ni de besoins à combler. Chaque fois qu'elle avait cru être épuisée, aussi bien physiquement que mentalement, il avait suffi qu'ils se touchent de nouveau pour que son énergie lui revienne et, avec elle, les irrépressibles exigences du désir.

Puis ils s'étaient endormis, serrés l'un contre l'autre, au moment où les lueurs rosées du soleil levant s'infiltraient dans la pièce. Balançant encore entre veille et sommeil, elle se glissa vers Pierce. Elle avait envie de le prendre dans ses bras.

Il n'y avait personne.

Confuse, elle ouvrit lentement les yeux. Lorsqu'elle passa la main sur les draps, elle découvrit qu'ils étaient froids. « Parti ? » pensa-t-elle, l'esprit encore ensommeillé. Pendant combien de temps avait-elle dormi sans lui ? Son bonheur s'évanouit. Elle toucha le lit une nouvelle fois.

Non, se dit-elle en s'étirant, *il est sûrement dans l'autre pièce. Il n'a pas pu m'abandonner ainsi.*

Elle sursauta quand le téléphone sonna et la réveilla pour de bon.

— Oui, bonjour.

Elle avait décroché à la première sonnerie. De sa main libre, elle repoussa les cheveux qui lui tombaient sur le visage.

Pourquoi la suite était-elle aussi silencieuse ?

— Mademoiselle Swan ?

— Oui, elle-même.

— Un instant, s'il vous plaît, Bennett Swan désire vous parler.

Ryan s'assit et remonta machinalement le drap sur sa poitrine. Désorientée, elle se demanda quelle heure il pouvait être. Et où Pierce avait pu disparaître.

— Ryan, il faut qu'on fasse le point.

Faire le point ? répéta-t-elle mentalement en entendant la voix de son père. Elle se força à rassembler ses idées.

— Ryan !

— Oui. Excuse-moi.

— Je n'ai pas que ça à faire.

Elle avait besoin d'une tasse de café et d'un peu de temps pour mettre de l'ordre dans ses idées.

— J'ai assisté à toutes les répétitions. Je pense qu'Atkins a une parfaite maîtrise à la fois de sa troupe et de sa technique, continua-t-elle en regardant autour d'elle en quête d'une trace de son amant. La première s'est déroulée hier soir et sa performance s'est révélée impeccable. Nous avons déjà discuté des modifications à apporter pour l'adaptation à la télévision, mais rien n'est encore fixé. Pour l'instant, quels que soient ses projets concernant de futurs numéros, il ne m'en a pas fait part.

— Je veux une idée précise du contenu des séquences d'ici à deux semaines. Il va peut-être y avoir des changements de programmation. Débrouille-toi pour mettre les choses au point avec Atkins. Il me faut une liste complète des numéros qu'il a l'intention de faire, ainsi qu'une évaluation du temps nécessaire pour les exécuter.

— Je sais. J'en ai déjà parlé avec lui, répondit froidement Ryan, contrariée que son père empiète ainsi sur son territoire. C'est moi la productrice, oui ou non ?

— Oui, répliqua-t-il. Je veux te voir dans mon bureau dès ton retour.

Il coupa la communication et Ryan raccrocha à son tour en poussant un soupir exaspéré.

Typique de Bennett Swan, pensa-t-elle.

Elle préféra chasser ce coup de fil de ses pensées et sauta du lit. Le peignoir de Pierce était posé sur le dossier d'une chaise. Elle s'en empara et le revêtit.

— Pierce ?

Ryan se précipita dans le salon. Pas un chat.

— Pierce ? appela-t-elle de nouveau.

Elle marcha sur un des boutons de son chemisier qu'elle avait perdus la veille. Elle le glissa distraitement dans la poche du peignoir avant de faire le tour des autres pièces.

Personne. Elle sentit une douleur sourde s'installer au creux de son estomac, puis se propager dans tout son corps. Il l'avait abandonnée. Incrédule, Ryan inspecta une nouvelle fois la suite.

Il a dû laisser un mot pour expliquer son absence.

Impossible qu'il se soit réveillé et soit parti en la laissant ainsi. Pas après la nuit dernière.

Mais elle ne trouva aucun indice de sa présence. Un grand froid l'envahit et elle frissonna.

Ma vie se déroule toujours selon le même scénario, constata-t-elle.

Elle se dirigea vers la fenêtre et son regard se fixa sur le paysage de néons éteints. Tous ceux pour qui elle avait eu de l'affection, tous les gens qu'elle avait aimés avaient fini par la quitter. Elle ne savait pas pourquoi elle espérait encore que cela change.

Tout avait commencé quand elle était enfant avec sa mère, une femme sophistiquée qui passait sa vie à suivre Bennett Swan à travers le monde.

« Tu es une grande fille, Ryan, et tu sais très bien te débrouiller toute seule. Je reviendrai dans quelques jours. »

Ou quelques semaines, se souvint Ryan. Certes, il y avait toujours eu une gouvernante, secondée par d'autres domestiques pour s'occuper d'elle. Non, elle n'avait jamais été ni négligée ni maltraitée. Seulement oubliée.

Cela avait continué avec son père, toujours en voyage, qui la prévenait à la dernière minute avant de s'envoler au loin. Puis il l'avait expédiée dans cette école suisse qui figurait parmi l'élite des internats.

« Ma fille a la tête sur les épaules. Elle est parmi les meilleures de sa classe. »

Pour son anniversaire, il n'avait jamais manqué de lui faire parvenir un cadeau de prix, accompagné d'une petite carte venue du bout du monde où il lui conseillait de bien travailler. Elle avait répondu à ses attentes, cela allait de soi. Elle n'aurait surtout pas pris le risque de le décevoir.

Rien ne changera jamais, songea-t-elle en se retournant pour se regarder dans la glace. *Ryan est forte. Ryan a le sens pratique. Elle est différente des autres femmes. Elle n'a pas besoin qu'on lui fasse des câlins, qu'on lui témoigne de l'amour, de la tendresse.*

C'est certainement la vérité, se dit-elle. *Je suis vraiment idiote de souffrir pour si peu. Nous étions attirés l'un par l'autre. Nous avons passé la nuit ensemble. Pourquoi être si romantique ? Je n'ai aucun droit sur Pierce, ni lui sur moi.*

Elle passa la main sur le revers du peignoir, puis la laissa très vite retomber. Elle se déshabilla rapidement pour prendre sa douche.

Elle régla la température presque au maximum et ouvrit le robinet à fond. Elle laissa l'eau bouillante lui fouetter la peau. Il fallait absolument qu'elle arrête de penser. Elle savait pertinemment que, si elle faisait le vide dans son esprit, elle saurait ensuite ce qu'elle devrait faire.

La salle de bains était remplie de vapeur et les murs ruisselaient d'humidité lorsqu'elle sortit de la cabine pour s'essuyer. Ses mouvements avaient retrouvé leur vivacité. Elle avait du travail à faire, des notes à rédiger, des idées et des projets à mettre au propre. Ryan Swan, directrice de production. Il fallait qu'elle se concentre sur sa nouvelle fonction. Et qu'elle cesse de se tracasser pour des gens qui ne pouvaient pas, ou ne voulaient pas, lui donner ce qu'elle désirait. Elle devait se faire un nom dans la profession, et c'était la seule chose qui comptait vraiment.

Tandis qu'elle s'habillait, Ryan était parfaitement calme. Elle avait mis ses rêves en sommeil et avait récupéré toute son énergie. Il y avait des milliers de détails à régler ; des réunions à organiser ; des responsables à consulter ; des décisions à prendre. Elle était à Las Vegas depuis déjà assez longtemps. Les méthodes de travail de Pierce n'avaient presque plus de secrets pour elle. Et, ce qui était essentiel à ses yeux actuellement, elle avait une vision précise de ce qu'elle voulait montrer aux téléspectateurs. Dès son retour à Los Angeles, elle pourrait enfin commencer à mettre ses idées en pratique.

C'était sa première production et ce ne serait pas la dernière. Elle n'avait pas l'intention de laisser passer sa chance.

Elle passait le peigne dans ses cheveux mouillés quand la porte s'ouvrit.

— Vous voilà finalement réveillée ! dit Pierce avec un sourire.

Il était sur le point de se diriger vers elle quand la colère blessée que reflétait son regard l'arrêta net. Il percevait les ondes rageuses qui émanaient d'elle.

— En effet, ça m'en a tout l'air, répondit-elle avec décontraction tout en continuant à se coiffer. Et depuis déjà un certain temps. J'ai reçu un coup de téléphone de mon père. Il voulait un rapport sur ce que nous avons fait.

— Ah bon ?

Ce n'est pas à son père qu'elle semble en vouloir, décida Pierce en l'observant sans détourner les yeux.

— Avez-vous commandé quelque chose au service de chambre ? s'enquit-il.

— Non.

— Voulez-vous prendre un petit déjeuner ?

Il fit un autre pas vers elle, mais, sentant le mur auquel il se heurtait, n'alla pas plus loin.

— Non merci, sans façons, répondit-elle en prenant son mascara et en l'appliquant soigneusement sur ses cils. Je prendrai un café à l'aéroport. Je rentre à Los Angeles ce matin même.

L'intonation froide de sa voix lui serra le cœur. S'était-il trompé ? La nuit qu'ils avaient passée ensemble représentait-elle si peu pour elle ?

— Ce matin même ? répéta-t-il en l'imitant. Pourquoi ?

— Je pense avoir un aperçu assez précis de la façon dont vous travaillez et de vos désirs concernant l'émission, répliqua-t-elle, les yeux fixés sur son reflet dans le miroir. Je vais commencer à travailler sur les étapes préliminaires, et nous fixerons un rendez-vous lorsque vous serez de retour en Californie. Je prendrai contact avec votre agent.

Pierce ravala les paroles qu'il allait prononcer. Il n'avait pas l'habitude de mettre des chaînes à quiconque, excepté à lui-même.

— Si c'est ce que vous voulez…

Les doigts de Ryan se serrèrent sur le tube de mascara, puis elle le remit à sa place.

— Nous avons chacun nos occupations. Les miennes sont à Los Angeles ; les vôtres ici, pour l'instant.

Au moment où elle se retourna pour se diriger vers la penderie, il posa la main sur son épaule. Il l'enleva aussitôt, car il sentit son corps se raidir.

— Ryan, vous ai-je blessée ?

— Me blesser ? répéta-t-elle tout en se dirigeant vers l'armoire. Je ne vois pas pourquoi.

Il y avait comme du dédain dans sa voix. Il ne réussit pas à saisir son regard pour en avoir confirmation.

— Je ne comprends pas, dit-il, debout derrière elle.

Ryan sortit une brassée de vêtements de la penderie.

— Mais le fait est là, continua-t-il en la faisant pivoter pour accrocher son regard. Je peux le deviner dans vos yeux.

— Il vaut mieux que vous oubliiez tout cela, dit-elle. Je vais d'ailleurs faire de même.

Elle voulut s'éloigner. Il la retint cette fois fermement.

— Comment pourrais-je oublier quelque chose avant de savoir de quoi il s'agit ?

Ses mains n'exerçaient qu'une légère pression sur elle. Pourtant, une certaine contrariété semblait s'être insinuée dans son ton.

— Ryan, dites-moi ce qui ne va pas.

— Laissez tomber, Pierce.

— Non, pas question.

Ryan tenta de s'échapper, mais il la retint.

Elle fit un effort désespéré pour rester calme.

— Vous m'avez *abandonnée* ! s'exclama-t-elle soudain en jetant ses vêtements par terre.

Sa colère avait explosé si soudainement que Pierce en resta sans voix et la regarda fixement tandis qu'elle poursuivait :

— Je me suis réveillée, et vous étiez parti sans rien dire. Je n'ai pas l'habitude des aventures d'un soir.

A ces mots, les yeux de Pierce étincelèrent.

— Ryan…

— Non, je ne veux rien savoir de vos excuses, dit-elle en secouant la tête avec véhémence. Je ne m'attendais pas à une telle attitude de votre part. Mais j'ai eu tort. Ce n'est pas grave. Pas besoin de prendre des gants avec une femme comme moi. Je suis accoutumée à me débrouiller toute seule.

Elle voulut se dérober, mais se retrouva pressée contre lui.

— Arrêtez ! Lâchez-moi ! Je dois faire ma valise.

Ignorant sa résistance, il la serra de plus près. La blessure l'avait touchée au plus profond d'elle-même, pensa-t-il. Elle ne datait pas d'hier, et il n'en était pas l'unique cause.

— Ryan, je suis désolé.

— Pierce, je veux que vous me laissiez partir.

— Si je ne vous retiens pas, vous ne m'écouterez pas, dit-il en caressant ses cheveux mouillés. Et je dois vous parler.

— Il n'y a rien à dire, rétorqua-t-elle sur un ton dur.

Il sentit un cuisant remords l'envahir. Comment avait-il pu être aussi stupide ? Et comment n'avait-il pas deviné la nature de ses besoins ?

Il la repoussa un peu afin de pouvoir la regarder dans les yeux.

— Ryan, j'ai déjà eu beaucoup d'aventures sans lendemain. Et je peux vous assurer que la nuit dernière n'avait rien à voir avec ça.

Elle secoua farouchement la tête et s'efforça de retrouver son aplomb.

— Ce n'est pas la peine de vous justifier.

Il posa ses mains sur les épaules de Ryan.

— Je ne mens jamais, je vous l'ai déjà dit. Ce qui s'est passé hier soir est très important pour moi.

— J'ai ouvert les paupières, et vous n'étiez plus là, dit-elle en avalant sa salive, puis elle ferma les yeux. Les draps étaient froids.

— Je regrette vraiment. Je suis juste descendu régler un ou deux détails concernant le spectacle de ce soir.

— Si au moins vous m'aviez réveillée…

— Je n'ai pas voulu le faire, Ryan, dit-il doucement. Et je n'aurais jamais imaginé que vous réagiriez de la sorte. Le soleil se levait quand nous nous sommes endormis.

— Mais vous vous êtes couché à la même heure que moi, protesta-t-elle en faisant une nouvelle tentative pour s'échapper. Pierce, je vous en prie ! implora-t-elle, puis elle se mordit la lèvre au moment où elle perçut le désespoir qu'elle avait mis dans ces mots. Lâchez-moi !

Il baissa les bras et l'observa tandis qu'elle rassemblait ses affaires. Etait-ce un sentiment de panique qu'il ressentait en la voyant ranger son chemisier dans sa valise ?

— Je n'ai pas besoin de beaucoup de sommeil. Cinq ou six heures par nuit me suffisent largement. J'ai cru que vous dormiriez encore quand je reviendrais.

— Je vous ai cherché, et il n'y avait personne, dit-elle simplement.

— Ryan…

Elle appuya ses doigts sur ses tempes un instant, puis poussa un gros soupir.

— Non, cela n'a pas d'importance. Je suis désolée. Je me comporte comme une idiote. Ce n'est pas votre faute, Pierce. C'est moi qui suis coupable. J'en demande toujours trop. Et je suis ensuite étonnée quand je n'obtiens pas ce que je désire, ajouta-t-elle tout en se remettant à ranger rapidement ses affaires. Je n'avais pas l'intention de vous faire une scène, Pierce. N'y pensez plus, s'il vous plaît.

— C'est impossible, murmura-t-il.

— Je me sentirais moins bête si c'était le cas, dit-elle, tentant de garder un ton léger. Mettez mon attitude sur le compte de la mauvaise humeur due au manque de sommeil. Mais il faut vraiment que j'y aille. J'ai du pain sur la planche.

Il l'avait pourtant percée à jour dès le début — sa manière de réagir à des mots doux, son plaisir évident quand il lui avait offert la rose. C'était une femme romantique et émotive, mais qui faisait tout son possible pour le dissimuler. Pierce se maudit intérieurement. Il imagina ce qu'elle avait dû ressentir en trouvant le lit vide, après ce qui s'était passé entre eux la nuit précédente.

— Ryan, ne partez pas.

Les mots eurent du mal à franchir ses lèvres. Il n'avait jamais demandé cela à quiconque.

Les doigts de Ryan hésitèrent sur les fermetures de la valise. Elle la boucla néanmoins, la posa sur le sol et fit volte-face.

— Pierce, je ne suis pas fâchée, franchement. Peut-être juste un peu gênée, reconnut-elle en ébauchant un sourire. Mais il faut vraiment que je rentre afin de me mettre au travail. Il risque d'y avoir des changements de programmation et…

— Restez ! dit-il en l'interrompant soudain, incapable de se contenir. S'il vous plaît !

Ryan demeura un instant silencieuse. Son cœur se serra à la vue de la détresse que ses yeux semblaient refléter. Il avait dû lui en coûter de faire cette requête. Tout comme elle trouva difficile de demander :

— Pour quoi faire ?

— Parce que j'ai besoin de vous, avoua-t-il, reprenant son souffle après cet aveu qui le laissa pantois. Je ne veux pas vous perdre.

Ryan fit un pas vers lui.

— Est-ce si important ?

— Oui. Oui, ça l'est.

Elle s'immobilisa, indécise. Mais elle découvrit qu'elle était incapable de se convaincre de franchir le seuil.

— Prouvez-le !

Il s'approcha d'elle et l'enlaça. Elle ferma les yeux. C'était exactement ce dont elle avait besoin — juste qu'il la prenne dans ses bras. Elle sentit son torse ferme sous sa joue, ses bras musclés qui l'entouraient. Elle devina qu'il la tenait comme si elle était un objet précieux. Il avait déclaré qu'il lui trouvait un air fragile. Pour la première fois de sa vie, elle eut envie de l'être.

— Oh, Pierce, je suis une imbécile.

Il releva son menton avec un doigt et l'embrassa.

— Non. Non, vous êtes un ange, dit-il avec un sourire en posant son front sur le sien. Allez-vous vous plaindre la prochaine fois que je vous réveillerai après cinq heures de sommeil ?

Elle rit et lui passa les bras autour du cou.

— Jamais. Ou peut-être un tout petit peu.

Elle lui souriait, mais le regard de Pierce se fit soudain sérieux. Il posa sa main derrière la nuque de Ryan avant de venir à la rencontre de sa bouche.

Et tout recommença comme au premier jour : la douceur de ses lèvres, leur légère caresse qui l'excitait tant. Lorsqu'il l'embrassait ainsi, elle se retrouvait totalement impuissante. Impossible de bouger ou de protester. Elle n'avait d'autre choix que de le laisser agir à sa guise, à son rythme.

Pierce comprit que c'était à son tour de mener la danse. Ses mains se déplacèrent tendrement tandis qu'il la déshabillait. Il fit glisser son chemisier sur ses épaules, puis le long de son dos. La blouse tomba en ondoyant sur le sol. Chaque fois que ses mains l'effleuraient, elle sentait des frissons lui parcourir la peau.

Tout en lui mordillant les lèvres, il défit le bouton du pantalon de Ryan, le baissa sur ses hanches et joua avec la minuscule bande de soie et de dentelle qui lui remontait haut sur la taille. Elle retint son souffle, puis gémit quand il glissa un doigt dans sa culotte. Elle s'attendait à ce qu'il l'enlève, mais il ne le fit pas. A la place, sa main remonta sur ses seins, les caressant, jouant avec, jusqu'à ce que son corps soit saisi de tremblements.

— J'ai envie de toi, dit-elle, frémissante. Est-ce que tu sais à quel point ?

— Oui, répondit-il en couvrant son visage d'une myriade de petits baisers, légers comme des plumes. Oui.

— Fais-moi l'amour, Pierce, murmura Ryan dans un souffle. Prends-moi.

— C'est ce que je fais, dit-il à voix basse en pressant sa bouche sur son cou, sentant ses veines qui battaient au même rythme affolé que son cœur.

— Maintenant, implora-t-elle, trop faible pour l'attirer vers elle.

Il eut un rire de gorge qui venait du tréfonds de son être et la souleva pour la porter jusqu'au lit.

— La nuit dernière, vous m'avez rendu fou en me touchant de cette façon, mademoiselle Swan.

Son index descendit le long de son corps, s'attarda sur le doux renflement entre ses jambes. Lentement, paresseusement, sa bouche suivit le même chemin.

La veille, la folie s'était emparée de lui. Il avait ressenti de l'impatience, du désespoir. Il lui avait fait l'amour passionnément, encore et encore. Il n'avait pas pris le temps de l'apprécier vraiment, comme s'il avait été affamé, possédé par une avidité insatiable. Maintenant, et quoiqu'il la désirât tout autant, il parvenait à se contenir. Il voulait la goûter, la savourer, s'imprégner de son odeur.

Les membres de Ryan pesaient des tonnes. Impossible de les bouger. Elle ne pouvait que se soumettre, le laisser la toucher, la caresser et l'embrasser partout où il le décidait. La force qui l'avait envahie hier soir avait été remplacée par une douce faiblesse dans laquelle elle se laissait engloutir.

La bouche de son amant s'attarda sur ses hanches, puis sa langue s'aventura un peu plus bas. Ses mains frôlaient sa peau, suivaient les contours de ses seins, effleuraient son cou et ses épaules. Au lieu de la posséder, il allumait son désir. A la place de satisfaire ses besoins, il la laissait sur sa faim.

Il prit la ceinture de sa culotte de soie entre ses dents et la baissa de quelques centimètres. Ryan gémit et se cambra. Mais ce fut la chair de ses hanches qu'il baisa et savoura, lui donnant la sensation d'avoir presque perdu la raison. Elle s'entendit soupirer son nom, d'une voix basse et désespérée, mais il ne répondit pas. Sa bouche était occupée à lui faire des choses merveilleuses dans le pli du genou.

Ryan sentit la peau brûlante du torse nu de son amant, qui passait sur ses jambes. Depuis combien de temps avait-il ôté sa chemise ? Elle n'aurait su le dire. Jamais elle n'avait eu une conscience aussi aiguë de son corps. Elle n'aurait pas imaginé que le contact d'un simple doigt sur sa peau pourrait lui procurer un plaisir aussi divin qu'enivrant.

Malgré la conscience qu'elle avait de son dos plaqué contre le lit, Ryan, l'esprit embrumé, eut l'impression que son corps flottait. Il la faisait léviter, il la soulevait au-dessus du sol. Sa magie l'emmenait au septième ciel, mais la transe dans laquelle elle était plongée n'avait rien d'une illusion.

Ils étaient maintenant complètement nus, leurs deux corps intimement mêlés. Sa bouche se posa de nouveau sur la sienne. Il l'embrassa lentement, intensément, et ce baiser la laissa sans forces. Ses mains aux doigts agiles l'excitaient profondément. Elle n'aurait jamais cru que la passion pourrait provoquer en elle deux effets si différents : l'impression d'avoir à la fois l'esprit dans les nuages et le corps dévoré par un feu brûlant.

La poitrine de Ryan se soulevait et s'abaissait au rythme de ses halètements, mais il la fit encore languir. Il voulait lui faire ressentir d'abord toutes les sombres délices dont il avait le secret, tirer d'elle jusqu'à la dernière once de plaisir. Sa chair ressemblait à de l'eau sous ses mains : elle coulait, ondulait, ruisselait. Il mordit doucement ses lèvres tuméfiées. Il attendit qu'elle pousse un ultime gémissement, et que son abandon soit total.

— Maintenant, mon amour ? demanda-t-il, sa bouche parcourant son visage de légers, presque imperceptibles baisers. Maintenant ?

Elle ne réussit pas à répondre. Elle semblait déjà dans un état second, au-delà des mots et de la raison. C'était ainsi qu'il la voulait. Enivré, excité, il rit et pressa ses lèvres sur sa gorge.

— Tu m'appartiens, Ryan. Dis-moi que tu es à moi.

— Oui, dit-elle d'une voix rauque et presque imperceptible. A toi, confirma-t-elle, mais les mots s'étranglèrent dans sa gorge au moment où elle les prononçait. Prends-moi.

Elle ne s'entendit pas parler. Elle crut avoir prononcé ces paroles mentalement. Quand soudain il la pénétra. Ryan haleta et se cambra pour venir à sa rencontre. Les mouvements de Pierce restaient toujours aussi désespérément lents.

Elle sentait son sang qui rugissait dans ses veines tandis qu'il amenait ses sens à l'apogée de la volupté. Ses lèvres frôlèrent les siennes, capturèrent chaque souffle frémissant qui s'en échappait.

Subitement, il écrasa sa bouche contre celle de Ryan — envolée la douceur, finis les préliminaires. Elle poussa un cri lorsqu'il commença à bouger en elle avec une fureur aussi soudaine que sauvage. Le feu de l'amour les consuma, leurs corps et leurs lèvres fusionnèrent jusqu'à ce qu'elle pense qu'ils étaient déjà passés dans l'au-delà.

Pierce était allongé sur elle, la tête reposant entre ses seins. Il pouvait entendre son cœur qui battait à tout rompre. Elle tremblait encore de tout son corps. Les bras de Ryan l'enserraient, et une de ses mains était enfouie dans ses cheveux. Il n'avait pas envie de bouger. Il voulait que cet instant magique se prolonge, qu'elle soit à lui, son corps nu contre le sien. Ce désir violent et possessif l'ébranla. Il n'était pas dans ses habitudes de réagir ainsi. Du moins pas avant de la rencontrer. Mais le sentiment était trop fort pour qu'il y résiste.

— Dis-le-moi encore une fois, implora-t-il en soulevant la tête pour la regarder.

Ryan ouvrit lentement les yeux. Elle était enivrée d'amour, rassasiée de plaisir.

— Te dire quoi ?

Il chercha sa bouche de nouveau, s'attarda sur ses lèvres pour en savourer le goût une dernière fois. Quand il se redressa, son regard était sombre et exigeant.

— Dis-moi que tu es à moi, Ryan.

— Oui, Pierce, murmura-t-elle tandis que ses paupières retombaient. Pour aussi longtemps que tu me voudras, soupira-t-elle avant de s'endormir.

Pierce fronça les sourcils à cette réponse et ouvrit la bouche pour parler, mais la respiration de Ryan était devenue lente et régulière. Il se déplaça pour s'allonger à son côté et se serra contre elle.

Cette fois, il attendrait qu'elle se réveille.

10

Jamais le temps n'était passé aussi rapidement. Ryan aurait dû s'en réjouir. Une fois l'engagement de Pierce à Las Vegas terminé, ils pourraient s'atteler à leur projet pour la télévision. Un programme qui lui tenait à cœur, et qu'elle était impatiente d'entreprendre, aussi bien pour elle que pour lui. Elle avait pleinement conscience que ce travail représentait un tournant décisif dans sa carrière.

Elle se rendait compte qu'elle aurait pourtant préféré que les heures ne filent pas si vite. La ville de Las Vegas avait quelque chose de fantasque, avec ses rues tapageuses, ses casinos flamboyants et son atmosphère hors du temps. Là, baignant dans cette ambiance magique, il lui semblait normal de l'aimer et de partager la même vie que lui. Ryan n'était pas sûre que les choses seraient aussi simples après leur retour dans le monde réel.

Ils vivaient tous les deux au jour le jour. Ni l'un ni l'autre n'abordaient l'avenir. L'accès de possessivité que Pierce avait eu l'autre matin ne s'était pas reproduit, et Ryan en arrivait même à douter qu'il ait jamais eu lieu. Elle croyait presque avoir rêvé les mots profonds et insistants qu'il avait proférés — « Dis-moi que tu es à moi. »

Il n'avait pas exigé qu'elle les redise et n'avait pas non plus prononcé d'autres déclarations d'amour. Il faisait preuve d'une douceur, parfois extrême, dans ses propos, ses regards ou ses gestes. Mais il y avait toujours une certaine retenue dans son attitude. Tout comme dans celle de Ryan à son égard. Accorder leur confiance n'était facile ni pour l'un ni pour l'autre.

Le soir de la dernière représentation, Ryan s'habilla avec soin. Elle voulait que cette soirée soit spéciale. Champagne, décida-t-elle en se glissant dans une robe vaporeuse et bariolée, colorée de toutes les nuances de l'arc-en-ciel. Elle en ferait livrer dans la chambre après le spectacle. Avant que leur idylle se termine, il fallait que la dernière nuit qu'ils passeraient ensemble soit la plus longue possible.

Ryan s'étudia dans le miroir d'un œil critique. La robe était transparente et d'un style nettement plus audacieux que celui qu'elle portait d'habitude. Elle songea en riant que Pierce aurait dit que ce genre était plus approprié à Ryan qu'à Mlle Swan. Et il aurait eu raison, comme toujours. En cet instant, elle n'avait aucune envie d'avoir l'air sérieux. Demain, il serait bien assez tôt pour porter des vêtements stricts.

Elle appliqua des petites touches de parfum sur ses poignets, puis dans le creux de ses seins.

— Ryan, si tu veux qu'on dîne avant le spectacle, tu devrais te dépêcher. Il est déjà…

Pierce s'interrompit en entrant dans la pièce. Surpris, il s'arrêta net pour la regarder. La robe flottait par endroits, s'accrochait à d'autres. Le tissu, qui retombait en volutes seyantes sur sa poitrine, avait des couleurs qui se mélangeaient comme une peinture oubliée sous la pluie.

— Tu es si belle, murmura-t-il, sentant l'habituel frisson de plaisir lui parcourir la peau. Comme un rêve merveilleux !

Lorsqu'il lui parlait ainsi, elle sentait son cœur qui fondait et battait plus vite en même temps. Elle se dirigea vers lui et lui passa les bras autour du cou.

— Un rêve ? Quel genre de songe voudrais-tu que je sois ? dit-elle en embrassant ses deux joues tour à tour. Serais-tu capable d'en invoquer un pour moi, Pierce ?

Il enfouit son visage dans son cou et se dit qu'il n'avait jamais désiré quelque chose, ou plutôt quelqu'un, avec autant d'intensité.

— Tu sens le jasmin. Tu me rends fou.

— C'est un envoûtement féminin, dit Ryan. Destiné à ensorceler l'enchanteur.

— Ça marche comme sur des roulettes !

Elle eut un rire de gorge et se serra plus fort contre lui.

— N'était-ce pas un sort jeté par une femme qui causa la ruine finale de Merlin ?

— As-tu fait des recherches sur le sujet ? lui demanda-t-il à l'oreille. Attention, je suis dans le métier depuis plus longtemps que toi, continua-t-il en lui soulevant le menton et en posant ses lèvres sur les siennes. Tu sais qu'il est dangereux de se frotter à un magicien.

Elle remonta le long de sa nuque pour aller plonger ses doigts dans son épaisse chevelure.

— Sauf que je ne suis vraiment pas prudente. Mais alors pas du tout.

Pierce ressentit le même mélange d'énergie et de faiblesse qui l'envahissait toujours lorsqu'il la tenait dans ses bras. Il l'enlaça de plus près, juste pour le plaisir de sentir son corps contre le sien. Ryan devina qu'il luttait contre ses pulsions et demeura passive. Il y avait en lui tellement d'émotions, pensa-t-elle. Il pouvait à tout moment décider soit de les extérioriser, soit de les contenir. Elle ne parvenait jamais à être certaine du choix qu'il ferait. Mais sa propre attitude n'était-elle pas en tout point similaire ? s'interrogea-t-elle. Elle l'aimait, pourtant elle avait été incapable de le lui dire. Même quand ils faisaient l'amour, et que le plaisir montait, les mots n'avaient pu franchir ses lèvres.

— Seras-tu dans les coulisses ce soir ? lui demanda-t-il. J'aime sentir ta présence derrière moi.

— Oui.

Ryan releva la tête et sourit. Il était si rare qu'il sollicite une faveur de sa part.

— Un de ces jours, poursuivit-elle, je réussirai à percer un de tes secrets. Même *ta* main ne peut pas être constamment aussi rapide que la vue.

— Ah bon ? dit-il avec un sourire, amusé de sa perpétuelle détermination à le prendre en défaut. A propos du dîner…

Il s'interrompit pour jouer avec la fermeture Eclair de sa robe. Il aurait aimé savoir ce qu'elle portait dessous. S'il le décidait, il pourrait la descendre, et le vêtement tomberait à ses pieds avant qu'elle puisse s'en rendre compte.

— Quel dîner ? demanda-t-elle, un éclair de malice dans les yeux.

Quelqu'un frappa à la porte, et il poussa un juron.

— Pourquoi ne transformes-tu pas cette personne, quelle qu'elle soit, en crapaud ? suggéra Ryan.

Puis, soupirant, elle posa sa tête sur son épaule.

— Non, ce serait mal élevé, je suppose.

— Je trouve l'idée plutôt séduisante.

Elle éclata de rire et s'écarta de lui.

— Je vais voir qui c'est, dit-elle en jouant avec le premier bouton de sa chemise. Attention à ne pas oublier ce que tu as derrière la tête pendant que je me débarrasse de cet importun.

— Ne t'inquiète pas, j'ai une mémoire infaillible, rétorqua-t-il en souriant.

Il la lâcha et l'observa tandis qu'elle s'éloignait.

Ce n'est pas Mlle Swan qui a choisi cette robe, décida-t-il.

— Un paquet pour vous, mademoiselle Swan.

Ryan prit des mains du coursier le petit paquet bien enveloppé ainsi que la lettre qui l'accompagnait.

— Merci.

Après avoir refermé la porte derrière elle, elle posa le colis et ouvrit l'enveloppe. Le mot était court et tapé à la machine.

Ryan,

Je veux ton rapport en bonne et due forme. J'attends un exposé complet sur le projet avec Atkins dès ton retour. La première réunion aura lieu dans une semaine. Joyeux anniversaire.

Ton père.

Ryan relut la note deux fois, puis elle jeta un rapide coup d'œil au paquet. Pour rien au monde, il n'aurait oublié son anniversaire, songea-t-elle en parcourant les caractères dactylographiés pour la troisième fois. Bennett Swan ne manquait jamais à son devoir. Elle se sentit gagnée par une vague de sentiments où la déception et la colère côtoyaient la futilité. Des émotions qui étaient familières à la fille unique de Bennett Swan.

Pourquoi ? se demanda-t-elle. Pourquoi n'avait-il pas attendu qu'elle rentre pour lui donner son cadeau en mains propres ? Pourquoi ce billet impersonnel, qui ressemblait à un télégramme et qui était visiblement une formule toute faite rédigée par sa secrétaire ? Pourquoi, enfin, n'étaient-ce pas des mots d'amour qu'il lui avait envoyés ?

— Ryan ?

Pierce l'observait. Il l'avait vue lire la lettre. Et avait surpris le vide dans son regard.

— De mauvaises nouvelles ?

Elle secoua la tête, glissa la note dans son sac à main et répondit vivement :

— Non, ce n'est rien. Allons dîner. Je meurs de faim.

Elle souriait en lui tendant le bras, mais le chagrin qu'il lisait dans ses yeux ne faisait aucun doute. Pierce garda le silence et prit sa main. En quittant la suite, il jeta un coup d'œil au paquet qu'elle n'avait pas pris la peine d'ouvrir.

Comme Pierce le lui avait demandé, Ryan assista au spectacle depuis les coulisses. Elle avait neutralisé dans son esprit toutes les pensées qui concernaient son père. C'était sa dernière nuit de liberté, et elle était bien décidée à ce que rien ni personne ne la lui gâche.

C'est mon anniversaire, se dit-elle, *et je le fêterai intérieurement et sans le dire à personne.*

Elle n'avait pas mentionné l'événement à Pierce parce qu'elle l'avait elle-même oublié avant de recevoir le courrier de son père. Elle décida qu'il serait ridicule de le lui dire. Après tout, elle avait vingt-sept ans aujourd'hui et elle était bien trop vieille pour tomber dans la sentimentalité pour si peu de chose.

— Tu as été merveilleux, comme toujours, déclara-t-elle à Pierce au moment où il sortait de scène sous des tonnerres d'applaudissements. Quand vas-tu te décider à me dévoiler l'énigme de ta dernière illusion ?

— La magie, mademoiselle Swan, ne s'explique pas.

— Je sais que Bess est dans sa loge en ce moment, affirma-t-elle en plissant les yeux, et la panthère…

Il l'interrompit et lui prit la main pour la conduire jusqu'à sa propre loge.

— Les explications sont décevantes. L'esprit humain est un paradoxe.

— Dis-le-moi ! implora-t-elle, sachant pertinemment qu'il n'avait pas l'intention d'élucider quoi que ce soit.

Il s'efforçait de garder son sérieux tandis qu'il enlevait sa chemise.

— Tout le monde veut croire à l'impossible, poursuivit-il en se dirigeant vers la salle de bains pour se doucher. Mais personne n'y réussit. Là réside toute la fascination. Si l'impossible n'est *pas* concevable, comment a-t-il pu se dérouler au nez et à la barbe de tous les spectateurs ?

— C'est exactement ce que j'aimerais savoir, cria Ryan pour couvrir le bruit de la douche.

Lorsqu'il en sortit, une serviette nouée autour des hanches, elle le regarda droit dans les yeux et dit sur un ton catégorique :

— En tant que productrice, j'ai le droit de…

— Produire, affirma-t-il, et il enfila une chemise propre. Moi je m'occupe de l'impossible.

— Ça me rend dingue de ne pas comprendre, avoua-t-elle sombrement tout en boutonnant la chemise de Pierce.

— Oui, dit-il, se contentant de sourire quand elle riva ses yeux aux siens.

Elle eut un haussement d'épaules et dit pour le contrarier :

— Ce ne sont que des trucs.

— Ah bon ? répliqua-t-il, un sourire toujours aussi aimable et énervant sur les lèvres.

Ryan savait avouer sa défaite quand elle y était confrontée. Elle soupira.

— Je suppose que je n'arriverai pas à t'arracher des aveux, même sous la torture.

— Quel genre de supplices as-tu derrière la tête ?

Elle éclata de rire et pressa sa bouche contre la sienne.

— Ceci, et ce n'est que le début, promit-elle d'un air menaçant. Je vais te conduire à côté et te torturer jusqu'à te rendre fou. Ensuite tu m'avoueras tout ce que je veux savoir.

— Intéressant, dit Pierce en entourant ses épaules de son bras pour l'entraîner dans le couloir. Mais ça risque de prendre pas mal de temps.

— Je ne suis pas pressée, répondit-elle gaiement.

Ils passèrent dans la pièce voisine et, au moment où Pierce s'apprêtait à pousser la porte, Ryan posa sa main sur la sienne.

— C'est ta dernière chance avant que je ne me fâche, prévint-elle. Je vais te faire parler.

Il se contenta de lui sourire et ouvrit la porte.

— Joyeux anniversaire !

Les yeux de Ryan s'écarquillèrent de surprise. Bess, toujours en costume de scène, tenait une bouteille de champagne dans la main tandis que Link faisait son possible pour que le jet qui en sortait tombe dans son verre. Ryan, abasourdie, fixa son regard sur le couple.

— Joyeux anniversaire, Ryan, déclara Pierce en déposant un léger baiser sur ses lèvres.

— Mais, comment… ? dit-elle en s'interrompant soudain pour le regarder. Comment as-tu deviné ?

Bess fourra un verre de champagne dans les mains de Ryan, puis la serra rapidement dans ses bras.

— C'est reparti pour un tour ! Buvez, mon chou ! Ce n'est pas tous les jours votre anniversaire, juste une fois par an. Les bouteilles sont de ma part : une qu'on va boire maintenant et l'autre pour plus tard, ajouta-t-elle en faisant un clin d'œil à Pierce.

— Merci, dit Ryan, plongeant un regard désarmé dans son verre. Je ne sais plus quoi dire.

— Link a quelque chose à vous donner, déclara Bess.

Le grand homme remua, mal à l'aise quand tous les yeux se tournèrent vers lui.

— Je vous ai acheté un gâteau, grommela-t-il.

Puis il s'éclaircit la voix.

— Il en fallait un pour un jour aussi spécial.

Ryan traversa la pièce pour admirer un mille-feuille décoré d'un glaçage rose et jaune aux couleurs délicates.

— Oh, Link! Il est magnifique !

— Vous devez couper le premier morceau, précisa-t-il.

— Oui. Dans un instant.

Elle se mit sur la pointe des pieds, passa ses bras autour de la nuque du géant et l'attira vers elle pour poser sur ses lèvres un gros baiser.

— Merci, Link.

Il devint tout rouge, sourit, puis, jetant à Bess un regard désespéré, il répondit :

— De rien.

— Moi aussi, j'ai pensé à vous.

Ryan, le sourire toujours aux lèvres, se tourna vers Pierce.

— Aurai-je aussi droit à un baiser ? implora-t-il.

— Pas avant que j'aie reçu mon cadeau.

— Quelle femme vénale ! s'indigna-t-il en lui tendant une petite boîte de bois.

Le coffret était ancien et sculpté. Ryan passa les doigts sur sa surface et en sentit les reliefs, usés par le temps et les manipulations. Elle l'ouvrit et découvrit un petit pendentif en argent suspendu à une chaîne du même métal.

— Oh ! comme c'est beau ! murmura-t-elle.

— Une croix *ansée*, expliqua-t-il, sortant le bijou de sa boîte pour le passer autour du cou de Ryan. Un symbole égyptien, qui représente la vie. Ce n'est pas une superstition, ajouta-t-il gravement. C'est un porte-bonheur.

Elle se souvint de sa pièce de monnaie écrasée et l'enlaça.

— Pierce ! Tu n'oublies donc jamais rien ?

— Non. Maintenant, tu me dois un baiser.

Ryan s'exécuta et oublia soudain complètement qu'ils n'étaient pas seuls.

— Hé ! Ecoutez, on aimerait bien goûter à ce gâteau, n'est-ce pas, Link ? dit Bess.

Elle passa le bras autour de la large taille de son ami et sourit à Ryan quand celle-ci refit surface.

— Sera-t-il aussi bon qu'il est beau ? se demanda Ryan à voix haute tout en prenant le couteau. Je ne me rappelle pas depuis combien de temps je n'ai pas eu droit à un gâteau d'anniversaire. Pour vous, Link, le premier morceau, annonça-t-elle en se léchant les doigts. Délicieux, constata-t-elle avant de couper une nouvelle part. Je me demande comment vous avez pu deviner. J'avais moi-même oublié avant…

Elle s'interrompit, posa le couteau et se raidit.

— Tu as lu le mot de mon père, s'indigna-t-elle en regardant Pierce d'un air accusateur.

— Quel mot ? s'enquit-il visiblement déconcerté.

Elle poussa un profond soupir, sans remarquer que Bess s'était emparée du couteau et avait pris la relève.

— Tu as fouillé dans mon sac et tu as lu ma lettre.

— Moi, fouiller dans ton sac ? répéta Pierce en levant un sourcil. Ryan, crois-tu vraiment que je sois capable d'un geste aussi déplacé ?

Elle réfléchit un court instant avant de répondre :

— Oui, je le crois.

Bess eut un ricanement, mais il la regarda à peine. Il accepta un morceau de gâteau.

— Un magicien n'a pas besoin de s'abaisser à faire les poches pour glaner des renseignements.

Link éclata d'un rire profond, qui sonna comme un grondement et qui fit sursauter Ryan.

— Comme la fois où tu as pris les clés de ce type dans sa poche, à Détroit ? rappela-t-il à Pierce.

— Ou les boucles d'oreilles de cette femme à Flatbush ? renchérit Bess. Personne n'est aussi doué que toi dans ce domaine, Pierce.

— Vraiment ? lança Ryan en portant de nouveau le regard sur Pierce qui mangeait tranquillement son mille-feuille et se taisait.

— Il rend toujours les objets à leur propriétaire à la fin du show, continua Bess. Heureusement qu'il n'a pas choisi la voie de la délinquance. Imaginez ce qui aurait pu se passer s'il avait fracturé les coffres de l'extérieur au lieu de le faire de l'intérieur !

— Fascinant, commenta Ryan en plissant les yeux en direction de Pierce. J'adorerais en savoir plus.

— Et le coup où tu t'es échappé de cette prison à Wichita, Pierce ? continua Bess complaisamment. Tu sais, quand on t'avait enfermé pour…

— Encore un peu de champagne, Bess, suggéra Pierce en soulevant la bouteille pour verser le liquide pétillant dans le verre de son assistante.

Link eut un autre rire tonitruant.

— J'aurais voulu voir la tête du shérif quand il a déverrouillé la cellule et l'a trouvée vide et bien rangée.

— Ah ! Il s'est aussi évadé de prison, remarqua Ryan, captivée.

— Houdini aussi faisait cela couramment, dit Pierce en lui tendant un verre.

— Ouais, sauf que lui s'arrangeait avec les flics avant, objecta Bess en gloussant à la vue du regard de Pierce.

— Alors comme ça, il est pickpocket et il s'est échappé d'une prison ! s'exclama Ryan.

Elle savoura la gêne feinte qu'elle remarqua dans les yeux du magicien. Elle n'avait pas eu beaucoup d'occasions de le prendre en défaut.

— Y a-t-il d'autres détails que je devrais connaître ? continua-t-elle.

— Il me semble que tu en sais déjà bien assez, commenta Pierce.

— Oui, acquiesça-t-elle en lui donnant un baiser sonore. Et voilà le plus beau cadeau d'anniversaire que j'aie jamais reçu.

Bess s'empara de la bouteille de champagne à moitié vide.

— Viens, Link, on y va. On va boire ce qui reste et finir ta part de gâteau ailleurs. Laissons Pierce se dépatouiller de cette situation tout seul. Au fait, tu devrais lui raconter l'histoire du représentant de commerce de Salt Lake City.

— Bonne nuit, Bess, déclara Pierce avec affabilité.

Et il eut droit à un autre gloussement.

Bess entraîna Link vers la sortie.

— Encore bon anniversaire, Ryan.

— Merci beaucoup, Bess. Et merci à vous aussi, Link.

Ryan attendit que la porte se soit refermée avant de se tourner vers Pierce.

— Avant que nous abordions le sujet du représentant de commerce, tu vas me dire pourquoi tu as été enfermé dans cette cellule à Wichita, dit-elle en souriant des yeux par-dessus le bord de son verre.

— Oh, juste un malentendu.

Elle leva un sourcil.

— C'est ce qu'on dit toujours. Un mari jaloux, peut-être ?

— Non, un shérif énervé, qui s'est retrouvé attaché au bar avec ses propres menottes, répondit Pierce en haussant les épaules. Mais il n'a pas été reconnaissant quand je l'ai délivré.

Ryan étouffa un rire.

— Oui, j'imagine très bien.

— Un petit pari que nous avions fait, ajouta Pierce. Et qu'il a perdu.

— Alors, au lieu de payer son dû, il t'a jeté en prison, conclut Ryan.

— Quelque chose dans ce goût-là.

— Tu es capable de tout, dit Ryan en poussant un soupir. Je suppose que je suis à ta merci, ajouta-t-elle, posant son verre et se dirigeant vers lui. C'était vraiment gentil de ta part d'avoir organisé cette petite fête. Merci.

Il repoussa de sa main les cheveux qui tombaient sur le visage de

Ryan. Il embrassa ses paupières en songeant au chagrin qu'il avait lu dans ses yeux à la lecture de la lettre de son père.

— Quel air sérieux ! murmura-t-il. Ne vas-tu pas ouvrir le cadeau de ton papa, Ryan ?

Elle secoua la tête et se laissa aller contre lui. Elle posa la joue sur son épaule.

— Non, pas ce soir. Demain. J'ai déjà reçu les présents qui comptaient pour moi.

— Mais il ne t'a pas oubliée.

— Non, impossible qu'il omette cette date ! Elle était sûrement marquée sur son planning. Oh, je suis désolée, dit-elle en hochant la tête de nouveau et en se détournant. C'était une réflexion mesquine. J'en demande toujours trop. Il m'aime vraiment, mais à sa manière.

Pierce serra ses mains dans les siennes.

— Il n'en connaît pas d'autres.

Le regard de Ryan revint sur Pierce. La contrariété qui était peinte sur son visage se mua en compréhension.

— Oui, tu as raison. Je n'avais jamais vu les choses de cette façon. Je fais constamment des efforts pour lui plaire dans l'espoir qu'un jour il me dise : « Ryan, je t'aime. Je suis fier d'être ton père. » C'est idiot, constata-t-elle avec un soupir. Je suis une femme adulte, mais je continue à espérer.

— Nous ne cesserons jamais d'attendre cela de la part de nos parents, dit-il en la serrant contre lui.

Elle pensait à l'enfance de Pierce pendant qu'il se posait des questions sur celle qu'elle avait pu avoir.

— Nous ne serions pas les mêmes si nos parents avaient agi différemment avec nous, n'est-ce pas ?

— Non, certainement.

Ryan rejeta la tête en arrière.

— Je ne voudrais pas que tu sois différent, Pierce. Tu es exactement ce dont je rêve, déclara-t-elle en pressant sa bouche contre la sienne avec avidité. Emmène-moi au lit, murmura-t-elle. Dis-moi ce à quoi tu pensais quand nous avons été interrompus, il y a de cela si longtemps.

Pierce la souleva, et elle se laissa aller avec délices dans ses bras puissants.

— En fait, commença-t-il en se dirigeant vers la chambre, je me demandais ce que tu portais sous ta robe.

Ryan rit et appuya ses lèvres contre son cou.

— En réalité, quasiment rien qui mérite d'être mentionné.

*
* *

Le silence et l'obscurité régnaient dans la chambre. Ryan était étendue, lovée contre Pierce. Il jouait distraitement avec ses cheveux blonds. Comme elle était absolument immobile, il croyait qu'elle dormait. Peu lui importait d'être lui-même réveillé. Il pouvait ainsi jouir de sa peau contre la sienne, de la texture de sa chevelure soyeuse. Pendant son sommeil, il avait tout loisir de la toucher, sans pour autant provoquer son désir, juste dans le but de sentir sa présence à son côté. Il détestait imaginer qu'elle ne serait pas dans son lit la nuit prochaine.

— A quoi penses-tu ? demanda-t-elle à voix basse, le faisant sursauter.

— A toi, répondit-il en se serrant contre elle. Je croyais que tu étais endormie.

Il sentit ses cils qui frôlaient son épaule alors qu'elle ouvrait les yeux.

— Non, je pensais aussi à toi, dit-elle en suivant sa mâchoire avec le doigt. Comment t'es-tu fait cette cicatrice ?

Il ne répondit pas tout de suite. Ryan songeait au passé de son amant, qu'elle avait exploré involontairement.

— Je suppose que c'est en livrant une bataille avec une sorcière, dit-elle d'un ton léger, regrettant déjà d'avoir posé cette question.

— Rien d'aussi romantique. J'ai fait une chute du haut d'un escalier quand j'étais enfant.

Elle retint son souffle pendant un instant. Elle ne s'attendait pas à ce qu'il dévoile spontanément des détails sur sa vie, même de manière aussi évasive. Elle changea de position et posa la tête sur sa poitrine.

— Un jour, je suis tombée d'un escabeau et je me suis retrouvée avec une dent qui branlait. Quand mon père s'en est aperçu, il a piqué une colère terrible. Je me souviens que j'étais terrorisée à l'idée qu'elle tombe, et qu'il me répudie.

— Te terrifiait-il autant que cela ?

— J'avais peur de sa désapprobation. Je suppose que c'est ridicule.

— Non.

Pierce continua à lui caresser les cheveux, le regard fixé sur le plafond sombre.

— On a tous peur de quelque chose.

Elle eut un petit rire.

— Même toi ? Je ne savais pas que tu craignais quoi que ce soit.

— Si. Ne pas réussir à m'échapper quand je suis enfermé, murmura-t-il.

Surprise, Ryan leva les yeux et surprit l'éclat de son regard dans la pénombre.

— Tu veux dire, au cours d'une de tes évasions ?

— Pardon ?

Il ramena ses pensées vers elle. Il ne s'était pas rendu compte qu'il avait parlé tout haut.

— Pourquoi fais-tu ce genre de numéro, si ça te fait cet effet ?

— Crois-tu qu'en ignorant une phobie on puisse s'en guérir ? Lorsque j'étais petit, on me bouclait dans un placard, et je ne parvenais pas à m'en échapper, dit-il calmement. Maintenant, on m'enferme dans une malle ou un coffre-fort, et je réussis à m'évader.

— Oh, Pierce, dit Ryan en retournant se blottir contre son torse. Ne te sens surtout pas obligé de m'en parler.

Mais il ne pouvait plus retenir ses paroles. Depuis son enfance, c'était la première fois qu'il se livrait ainsi.

— Tu sais, je crois que les odeurs restent toujours gravées dans notre esprit. Celle de mon père ne s'est jamais effacée de ma mémoire. Ce n'est que dix ans après l'avoir vu pour la dernière fois que je l'ai identifiée. Il sentait le gin. J'aurais été incapable de le décrire physiquement, mais je me souvenais encore de son odeur.

Il continuait à fixer le plafond tout en parlant. Ryan eut la certitude qu'il avait oublié sa présence et qu'il s'était replongé dans son passé.

— Une nuit, quand j'avais environ quinze ans, j'étais descendu à la cave. J'aimais bien explorer cet endroit pendant que tout le monde dormait. Je suis tombé sur le concierge écroulé dans un coin, ivre mort, une bouteille de gin à côté de lui. Je me rappelle encore la terreur que cet effluve a éveillée en moi. Je suis resté planté là pendant un moment, sans parvenir à savoir ce qui avait pu provoquer cette réaction. Puis je me suis avancé et j'ai ramassé la bouteille. Alors j'ai compris ce qui s'était passé. Et ma peur a cessé immédiatement.

Pierce resta silencieux pendant un long moment, et Ryan l'imita. Elle attendit, désirant qu'il continue à se confier, tout en sachant pertinemment qu'elle ne pouvait pas formuler cette demande. Hormis le bruit des battements de son cœur contre son oreille, le silence les entourait.

— C'était un homme très cruel et très malade, murmura Pierce, et elle sut qu'il parlait encore de son père. Durant des années, j'ai cru que j'avais hérité de la même maladie.

Elle le serra plus fort et fit un signe négatif.

— Il n'y a aucune cruauté en toi, dit-elle à voix basse.

— Penserais-tu la même chose si tu savais d'où je viens ? Me laisserais-tu encore te toucher ?

Ryan releva la tête et ravala ses larmes. Mais elle ne détourna pas son regard.

— Bess m'a tout raconté. Et pourtant je suis ici.

Il ne dit rien, mais elle sentit que sa main était brusquement retombée de ses cheveux.

— Tu n'as pas le droit de lui en vouloir. C'est la femme la plus loyale que j'aie jamais rencontrée. Elle m'a conté ton histoire car elle semblait avoir deviné ce que j'éprouvais pour toi et le besoin que j'avais de te comprendre.

— Quand ? demanda-t-il sans faire un geste.

— La nuit de la première, dit Ryan lentement, cherchant à discerner l'expression de Pierce malgré les ténèbres qui la masquaient. Tu avais prédit que nous serions amants quand je te connaîtrais mieux. Tu avais raison, conclut-elle d'une voix tremblante en avalant sa salive. Le regrettes-tu ?

Il lui sembla qu'il mettait une éternité avant de répondre.

Pierce l'attira vers lui et lui embrassa la tempe.

— Non. Comment pourrais-je avoir des regrets d'être ton amant ?

— Alors, tu ne dois pas être fâché qu'elle m'ait fait ces confidences. Tu es l'homme le plus merveilleux que j'aie jamais rencontré.

Il rit, mi-amusé, mi-ému. Comme délesté d'un poids, comme s'il ressentait un immense soulagement.

— Ryan, je ne parviens pas à croire ce que tu viens de me dire.

Elle leva le menton. Non, elle n'allait pas se mettre à pleurer.

— C'est la vérité, mais c'est la dernière fois que je te le dis. Sinon, tu vas devenir vaniteux comme un paon, déclara-t-elle en posant la main sur sa joue. Mais je vais te laisser en profiter, juste pour ce soir. Et cela mis à part, ajouta-t-elle en lui tirant l'oreille, j'aime la façon dont tes sourcils se relèvent, dit-elle en l'embrassant sur la bouche, puis elle couvrit son visage d'une myriade de baisers. Ainsi que la manière que tu as d'écrire ton nom.

— La manière que j'ai de quoi ?

— De signer les contrats, précisa-t-elle en continuant son manège. Ta signature est superbe. Et toi ? Qu'aimes-tu chez moi ?

— Ton goût, répondit-il aussitôt. Il est délicieux.

Ryan lui mordit la lèvre inférieure, mais il se contenta de rouler sur elle et de lui infliger pour toute punition un délicieux baiser.

— Je savais que ces compliments te rendraient prétentieux, dit-elle d'un air dégoûté. Je vais dormir.

— Je ne crois pas, rectifia Pierce en revenant à sa bouche.

Il avait raison, comme toujours.

11

Le moment de se séparer de Pierce se révéla être une des épreuves les plus difficiles que Ryan ait affrontées jusque-là. Elle fut tentée de se soustraire à ses obligations, d'oublier ses ambitions, pour l'implorer de l'emmener. Sa réussite professionnelle ne semblait-elle pas dérisoire, si elle devait se retrouver sans lui ? Elle eut envie de lui dire qu'elle l'aimait, et que rien d'autre n'avait d'importance.

Mais quand ils se quittèrent, à l'aéroport, elle s'efforça de garder le sourire. Elle l'embrassa pour lui dire au revoir et lâcha prise. Elle allait monter dans sa voiture et conduire jusqu'à Los Angeles. Quant à lui, il remonterait la côte jusque chez lui. Le travail qui les avait réunis les séparait pour l'instant.

Ils n'avaient pas encore parlé de l'avenir. Ryan savait déjà que Pierce éviterait le sujet. Elle s'était sentie rassurée lorsqu'il lui avait confié, brièvement, quelques secrets concernant son passé. C'était déjà un premier pas, peut-être le plus grand que l'un ou l'autre ait déjà fait.

Ryan songea que seul le temps révélerait si ce qui s'était construit à Las Vegas perdurerait ou s'estomperait. La période d'attente venait de commencer. Elle savait que, s'il devait ressentir de la nostalgie, celle-ci se manifesterait maintenant, pendant qu'ils étaient séparés. L'éloignement n'avait pas toujours pour effet de renforcer les sentiments. Il permettait également au cœur et à l'esprit de refroidir leur ardeur. Les doutes s'insinuaient habituellement lorsqu'on avait le loisir de réfléchir. Elle aurait sa réponse quand il reviendrait à Los Angeles pour leur première réunion.

Au moment où elle entra dans son bureau, Ryan regarda sa montre et se rendit compte avec regret que le temps et les horaires faisaient de nouveau partie de sa vie. Il y avait à peine une heure qu'elle avait quitté Pierce, et son absence lui pesait déjà. Pensait-il à elle en cet instant précis ? Et si elle se concentrait de toutes ses forces, devinerait-il qu'il occupait son esprit ? Ryan prit place derrière son bureau en soupirant. Depuis qu'elle avait fait sa connaissance, son imagination s'était débridée. Elle fut obligée d'admettre qu'il y avait même des fois où elle en arrivait à croire à la magie.

Que vous arrive-t-il, mademoiselle Swan ? N'avez-vous plus les pieds sur terre ? se demanda-t-elle. *C'est l'amour*, pensa-t-elle en mettant le menton dans ses mains. *Lorsqu'on est amoureux, plus rien n'est impossible.*

Qui pourrait dire pourquoi son père était tombé malade et l'avait envoyée à ce rendez-vous avec Pierce à sa place ? Quelle force occulte avait guidé sa main quand elle avait choisi cette carte fatidique dans le jeu de tarots ? Pourquoi la chatte avait-elle décidé d'apparaître justement à sa fenêtre, cette nuit-là, pendant l'orage ? Bien sûr, il existait certainement des explications logiques à toutes les étapes qui l'avaient conduite à la situation actuelle. Mais une femme amoureuse n'a rien à faire de la raison.

C'*était* de la magie, décida Ryan avec un sourire. Elle l'avait senti dès le premier instant où leurs regards s'étaient croisés. Elle avait juste eu besoin d'un peu de temps pour accepter la réalité. Et maintenant qu'elle y était parvenue, elle n'avait d'autre choix que d'attendre pour voir si leur relation durerait. Non, corrigea-t-elle, sa décision était déjà prise. Elle allait faire en sorte que cela soit le cas. S'il fallait de la patience, elle en aurait. S'il fallait de l'action, alors elle agirait. Elle avait bien l'intention de mettre tout en œuvre pour que leur histoire se prolonge, même si elle devait pour cela apprendre les techniques du sortilège.

Elle s'appuya contre le dossier de sa chaise et secoua la tête. De toute façon, rien ne pouvait être entrepris avant qu'il réapparaisse dans sa vie, ce qui prendrait une bonne semaine. En attendant, elle devait se mettre au travail. Impossible qu'elle se contente d'effacer d'un geste les journées qui restaient jusqu'à son retour. Il valait mieux qu'elle s'occupe de son travail. Elle sortit donc les notes qu'elle avait prises à Las Vegas et se mit à les mettre au propre. Moins de trente minutes plus tard, la sonnerie de son téléphone retentissait.

— Oui, Barbara.

— Le patron veut vous voir.

Ryan eut un froncement de sourcils à la vue du désordre qui régnait sur son bureau.

— Maintenant ?

— Oui.

— Bien, merci.

Elle jura tout bas et rangea ses papiers en séparant ceux qu'elle emmènerait. Elle se dit qu'il aurait pu lui laisser au moins le temps de s'organiser. Mais elle dut se faire une raison : il n'allait pas manquer de la chapeauter au cours de ce projet. Elle était encore loin d'avoir fait ses preuves aux yeux de Bennett Swan. Consciente de ce fait, elle glissa les feuilles dans une chemise et s'en fut à la rencontre de son père.

— Bonjour, mademoiselle Swan, dit la secrétaire du patron en levant les yeux quand Ryan fit son entrée. Avez-vous fait bon voyage ?

— Oui, merci.

Ryan surprit le bref regard que la femme lança sur les discrètes et coûteuses grappes de perles qui étaient suspendues à ses oreilles. Elle avait décidé de porter le cadeau d'anniversaire de son père, sachant qu'il voudrait constater par lui-même que le présent était à la fois approprié et apprécié.

— M. Swan a dû s'absenter un instant, mais il revient tout de suite. Il demande que vous l'attendiez dans son bureau. M. Ross y est déjà.

— Bienvenue, Ryan.

Ned se leva tandis qu'elle fermait la porte derrière elle. Il tenait à la main une tasse de café fumante.

— Bonjour, Ned. Tu participes aussi à la réunion ?

— M. Swan veut que je travaille avec toi sur l'émission, dit-il avec un sourire charmeur, sur un ton d'excuse. J'espère que cela ne te dérange pas.

Impassible, elle posa la chemise sur le bureau et accepta le café que Ned lui tendait.

— Bien sûr que non. Quel sera ton rôle ?

— Je serai coordinateur de production. Ne t'inquiète pas, ce projet reste ton bébé, Ryan.

— Oui.

Avec toi pour me chapeauter, pensa-t-elle avec amertume. Swan serait donc toujours celui qui mène la barque.

— Alors, Las Vegas, c'était bien ?

— Fantastique ! dit-elle en se dirigeant vers la fenêtre.

— J'espère que tu as quand même trouvé du temps pour tenter ta chance. Tu travailles trop, Ryan.

Elle toucha la croix *ansée* autour de son cou.

— J'ai joué au black-jack et j'ai gagné.

— C'est vrai ? Bravo ! Je suis content pour toi.

Elle but son café et reposa sa tasse.

— Je pense avoir une bonne notion de ce qui conviendra à la fois à Pierce, à Swan Productions et à la chaîne de télévision. On n'a pas besoin de vedettes de renom pour faire monter l'audimat. Je ne crois pas qu'il soit utile d'inviter plus d'une star à participer au spectacle. Concernant les décors, j'aurai besoin de discuter avec les designers, mais j'ai déjà une idée assez bien définie de ce que je désire. Au sujet des commanditaires…

— On parlera affaires plus tard, dit Ned en l'interrompant.

Il se dirigea vers elle et enroula une mèche de ses cheveux autour de son doigt. Ryan ne bougea pas et continua à regarder par la fenêtre.

— Tu m'as beaucoup manqué, Ryan, reprit-il doucement. Il m'a semblé que ton absence avait duré des mois.

— Bizarre, murmura-t-elle en regardant un avion qui traversait le ciel. Quant à moi, je n'ai jamais vu une semaine passer aussi vite.

— Chérie, vas-tu me punir encore longtemps ?

Il embrassa son front. Ryan ne ressentait pas de rancœur à son égard. En fait, elle n'éprouvait plus aucun sentiment pour lui. Etrangement, l'attirance que Ned sentait pour elle avait augmenté depuis qu'elle l'avait rejeté. Elle n'était plus la même désormais, mais il ne parvenait pas à mettre le doigt sur ce qui avait changé. Il poursuivit.

— Si tu voulais m'en donner l'opportunité, je pourrais me faire pardonner.

— Je n'essaye pas de te punir, Ned, dit Ryan en se tournant vers lui. Je suis désolée que tu aies cette impression.

— Tu es toujours fâchée contre moi.

Elle soupira et décida qu'il valait mieux éclaircir la situation.

— Non, je t'ai déjà dit que ce n'était pas le cas. J'étais en colère, et aussi blessée, mais cela n'a pas duré. Je n'ai jamais été amoureuse de toi, Ned.

Il n'apprécia pas les plates excuses que ses paroles sous-entendaient. Il objecta, sur la défensive :

— Nous commencions seulement à nous connaître.

Elle secoua la tête quand il lui prit les mains.

— Non, je crois que tu ne sais rien de moi. Et, ajouta-t-elle sans ressentiment, soyons honnêtes, ce n'est pas du tout ce que tu recherchais.

— Ryan, combien de fois devrais-je encore te demander pardon pour cette suggestion idiote, dit-il, un mélange de chagrin et de regret dans la voix.

— Ce n'est pas ce que je désire, Ned. J'essaye juste d'être claire. Tu as eu tort de croire que j'avais une quelconque influence sur mon père. Tu en as certainement plus que moi.

— Ryan…

— Non, écoute-moi, insista-t-elle. Tu as pensé qu'il m'écouterait parce que je suis sa fille. Ce n'est pas vrai, et cela ne l'a jamais été. Les gens avec qui il travaille ont beaucoup plus de poids sur lui. Tu as perdu ton temps en cultivant notre relation dans ce but. Et, cela mis à part, je n'ai aucun intérêt pour un homme qui veut m'utiliser comme tremplin. Je suis certaine que notre collaboration professionnelle se passera très bien, mais je ne désire pas avoir de relations avec toi en dehors du travail.

Tous deux sursautèrent en entendant la porte de la pièce se refermer.

— Ryan… Ross, dit Bennett Swan en se dirigeant vers son bureau pour y prendre place.

— Bonjour, dit Ryan.

Elle hésita un peu avant de prendre une chaise. Elle cherchait ses mots. Elle se demandait ce qu'il avait pu saisir de leur conversation. Comme son visage ne reflétait rien, elle prit la chemise avant de reprendre :

— Je n'ai qu'un bref compte rendu de mes idées au sujet du spectacle d'Atkins. Je n'ai pas eu le temps de rédiger un rapport complet.

Il fit un geste de la main pour indiquer à Ned qu'il pouvait s'asseoir et alluma un cigare.

— Donne-moi ce que tu as déjà fait.

— Son show est très bien ficelé, expliqua Ryan en croisant les doigts pour se donner une contenance. Tu as toi-même visionné les bandes et tu as sans doute remarqué que sa performance va de la simple dextérité manuelle à des illusions complexes et élaborées. C'est un homme extrêmement créatif.

Swan émit un grognement qui aurait pu passer pour une approbation et tendit la main pour prendre le rapport de Ryan. Elle se leva, le lui remit et se rassit. Elle remarqua qu'il ne semblait pas être dans un de ses bons jours. Quelqu'un l'avait certainement contrarié. Elle fut reconnaissante que ce ne soit pas elle.

— Ce n'est pas très consistant, dit-il d'un air renfrogné.

— Je ferai en sorte qu'il le soit dès ce soir.

— Je prendrai contact avec Atkins moi-même, la semaine prochaine, déclara-t-il en feuilletant les papiers. J'ai choisi Coogar comme réalisateur.

— Parfait. J'aime bien travailler avec lui. Je voudrais Bloomfield comme décorateur de plateau, dit-elle avec désinvolture tout en retenant son souffle.

Swan releva les yeux et l'observa. Il avait fait le même choix qu'elle. Il avait pris cette décision moins de une heure auparavant. Ryan soutint son regard dur sans ciller. Swan se demanda s'il devait être content ou ennuyé que sa fille ait pris de l'avance sur lui.

— Je vais y réfléchir, dit-il en se penchant de nouveau sur le compte rendu.

Ryan expira silencieusement.

— Il a déjà son propre compositeur, fit remarquer Ryan en pensant à Link. Ainsi que sa troupe et son organisation. Si des difficultés devaient se présenter, je dirais qu'elles consisteraient à le faire collaborer avec notre équipe sur le plateau. Il fait toujours les choses à sa façon.

— On pourra toujours s'arranger, grogna-t-il. Ross sera chargé de la coordination, ajouta-t-il en relevant les yeux pour rencontrer ceux de sa fille.

Ryan soutint son regard.

— C'est ce que j'ai cru comprendre. Je sais que je ne peux pas contester ton option, mais je pense que, si c'est moi qui produis ce projet, je devrais pouvoir choisir mon équipe moi-même.

— Tu n'as pas envie de travailler avec Ross ? s'enquit Swan, comme si Ned n'était pas là.

— Si. Lui et moi allons très bien nous entendre, rétorqua-t-elle doucement. Je suis sûre que Coogar connaît déjà les cameramen avec qui il veut travailler. Ce serait ridicule de s'en mêler, ajouta-t-elle d'une voix légèrement dure. Je sais aussi qui *je* veux avec moi pour ce projet.

Swan s'appuya contre le dossier et tira un moment sur son cigare. Ses joues avaient rougi, ce qui était un signe de colère imminente.

— Que diable connais-tu à la production ?

— Suffisamment pour mener à bien cette émission, et pour qu'elle soit un succès. Ce sont exactement les conseils que tu m'as donnés, il y a quelques semaines.

Swan avait déjà eu le temps de regretter l'impulsion qui lui avait fait céder à la requête de Pierce Atkins.

— Tu es la productrice officielle, dit-il sèchement. Ton nom sera au générique. Contente-toi de faire ce qu'on te dit.

Ryan sentit son estomac se contracter, mais elle continua pourtant à le fixer durement.

— Si c'est comme cela que tu envisages les choses, retire-moi de l'affaire, dit-elle en se levant lentement. Mais si je reste, je ne veux pas me contenter de voir mon nom défiler au générique. Je connais les méthodes de travail de cet homme et aussi la télévision. Si cela ne te suffit pas, trouve quelqu'un d'autre.

— Assieds-toi ! cria-t-il.

Ned s'enfonça un peu plus dans sa chaise, mais Ryan ne bougea pas.

— Je t'interdis de me poser des ultimatums. Il y a quarante ans que je suis dans ce métier, dit Swan en frappant sur le bureau avec sa main. *Quarante ans!* Tu connais la télévision, ajouta-t-il avec mépris. La mise en place d'un spectacle en direct n'a rien à voir avec les modifications à apporter à un satané contrat. Je n'ai pas l'intention de laisser une petite fille hystérique faire appel à moi pour m'annoncer un problème technique, cinq minutes avant la diffusion.

Ryan ravala sa fureur puis répondit froidement :

— D'abord, je ne suis pas hystérique et, ensuite, je n'ai jamais fait appel à toi pour quoi que ce soit.

Complètement sidéré, il la fixa. Le petit remords qui lui serra le cœur rendit sa colère encore plus explosive.

— C'est ta première production, répliqua-t-il sèchement. Et c'est grâce à moi que tu as eu cette opportunité. Tu vas écouter les conseils que je te donne.

— Tes conseils ? objecta Ryan, les yeux brillants mais la voix ferme. Je les ai toujours respectés, mais aujourd'hui tu ne m'en as donné aucun. Seulement des ordres ! Je n'ai rien à faire de tes faveurs, conclut-elle en se retournant pour se diriger vers la porte.

— Ryan ! hurla-t-il.

Son ton révélait une fureur absolue. Personne au monde ne l'avait jamais traité ainsi. Elle ignora l'injonction.

— Reviens ici et assieds-toi. *Jeune dame!* rugit-il.

— Je ne suis pas ta jeune dame, répondit-elle en tournant vivement les talons. Je suis ton employée.

Interloqué, il la fixa. Que pouvait-il répondre à cela ? Il montra impatiemment une chaise de la main.

— Assieds-toi, dit-il de nouveau, mais elle n'en fit rien. Allez, allez, assise, répéta-t-il avec dans la voix plus d'exaspération que de colère.

Ryan revint et reprit calmement sa place.

— Emportez les notes de Ryan et commencez à travailler sur le budget, ordonna-t-il à Ned.

— Oui, monsieur.

Reconnaissant d'avoir été renvoyé, Ned prit le dossier et s'en alla. Swan attendit que la porte se soit refermée avant de reporter son regard sur sa fille.

Pour la première fois de sa vie, il demanda :

— Que veux-tu ?

Tous deux se rendirent compte ensemble de ce que cette question avait de nouveau. Ryan prit son temps pour faire le tri entre ses sentiments personnels et ses ambitions professionnelles.

— Le même respect que tu aurais envers n'importe quel autre producteur.

— Sauf que toi, tu n'as aucune référence, fit-il remarquer.

— C'est vrai, concéda-t-elle. Mais je ne risque pas d'en avoir, si tu continues à me mettre des bâtons dans les roues.

Swan poussa un soupir, vit que son cigare était éteint et le laissa tomber dans un cendrier.

— La chaîne a un créneau horaire provisoire pour le troisième dimanche de mai, à 22 h 51, horaire de la côte Est.

— Ce qui ne nous laisse que deux mois.

Il approuva de la tête.

— Ils veulent l'émission avant l'été. A quelle vitesse es-tu capable de travailler ?

Ryan leva un sourcil et sourit.

— Suffisamment vite. Je veux que ce soit Elaine Fisher la vedette invitée.

Swan plissa les yeux en l'observant.

— Ce sera tout ? demanda-t-il sèchement.

— Non, mais c'est un début. Elle a du talent, elle est belle et elle a le même succès avec les femmes qu'avec les hommes. En plus, elle a l'habitude des représentations en public, que ce soit en clubs ou sur une scène de théâtre, fit-elle remarquer en regardant Swan qui fronçait les sourcils sans rien dire. Son apparence franche et candide sera un parfait contraste avec celle de Pierce.

— Elle est en train de tourner à Chicago.

— Le tournage se termine la semaine prochaine, dit Ryan en souriant calmement. Et elle a un contrat avec nous. Si le film se termine avec une ou deux semaines de retard, cela n'aura pas d'importance, ajouta-t-elle tandis qu'il gardait le silence. Nous n'aurons pas besoin d'elle en Californie pour plus de quelques jours. C'est Pierce la vedette.

— Elle a peut-être d'autres engagements, fit-il remarquer.

— Elle s'arrangera.

— Appelle son agent.

Ryan se leva de nouveau.

— C'est ce que j'ai l'intention de faire. Je vais organiser une rencontre avec Coogar et je reviendrai te voir ensuite.

Elle s'interrompit un instant, puis impulsivement fit le tour de son bureau pour venir à son côté.

— Il y a des années que je te vois à l'œuvre. Je ne m'attends pas à ce que tu aies confiance en moi comme en toi-même ou en quelqu'un qui a de l'expérience. Et si je commets des erreurs, je n'aimerais pas que tu les laisses passer. Mais si cette émission est réussie, et je ferai tout pour qu'elle le soit, je veux être sûre que c'est grâce à *moi*, et pas seulement parce que j'ai le titre officiel.

— Ce sera ton émission, dit-il simplement.

— Exactement. Pour beaucoup de raisons, ce projet me tient à cœur. Je ne peux pas te promettre que je ne ferai pas de bêtises, mais je peux te jurer que je suis la personne qui y travaillera avec le plus d'acharnement.

— Ne laisse pas Coogar te bousculer, marmonna-t-il après un moment. Il aime rendre les producteurs fous.

— J'en ai entendu parler, ne t'inquiète pas, dit Ryan avec un sourire.

Elle allait partir quand elle se souvint. Elle hésita un peu, puis elle se pencha vers lui pour l'embrasser sur la joue.

— Merci pour les boucles d'oreilles. Elles sont ravissantes.

Swan lui jeta un coup d'œil. Le bijoutier avait assuré à sa secrétaire qu'elles feraient un cadeau approprié et un bon investissement. Il s'interrogea sur ce qu'il avait écrit sur le mot qui les accompagnait. Embarrassé à l'idée qu'il était incapable de s'en souvenir, il décida d'en solliciter une copie à Barbara.

— Ryan.

Swan lui prit la main. Lorsqu'il la vit plisser les paupières d'étonnement, il baissa les yeux. Il avait surpris toute la conversation avec Ned avant d'entrer. Les propos qu'ils avaient échangés l'avaient autant irrité que dérangé. Maintenant, voyant la stupéfaction que son geste avait provoquée chez sa fille, il se sentit frustré.

— Tu t'es bien amusée à Las Vegas ? demanda-t-il, ne sachant pas quoi dire d'autre.

— Oui.

Elle hésita sur le thème à aborder, puis elle décida de se cantonner au travail.

— Je pense que j'ai bien fait d'y aller. Le fait de voir la performance de Pierce d'aussi près m'a permis de me faire une opinion. J'ai eu une vue d'ensemble bien plus précise que sur une vidéo. Et j'ai pu faire la connaissance de son équipe. Il y aura moins de soucis quand ils devront travailler avec moi.

Elle reporta le regard sur leurs mains jointes et sentit la confusion l'envahir. Se pourrait-il qu'il soit malade ? s'interrogea-t-elle en lui jetant un bref coup d'œil.

— J'aurai un résumé plus complet à te montrer dès demain.

Swan attendit qu'elle ait terminé.

— Ryan, tu as eu quel âge hier ?

Il l'observait attentivement.

— Vingt-sept ans.

Une expression déconcertée se peignit sur son visage.

Vingt-sept ans ! pensa-t-il. Il inspira longuement, puis lâcha sa main.

— J'ai dû perdre quelques années en route, grommela-t-il. Va donc téléphoner à Coogar, dit-il en fouillant dans les papiers qui se trouvaient sur son bureau. Et envoie-moi un mémo après avoir pris contact avec l'agent de Fisher.

— D'accord.

Swan la regarda se diriger vers la porte. Lorsqu'elle fut partie, il s'appuya contre le dossier de son fauteuil, en songeant avec perplexité qu'il commençait à se faire vieux.

12

Ryan trouvait que la production lui donnait autant de tracas administratifs que les contrats. Elle passait son temps assise dans son bureau, pendue au téléphone, ou dans d'autres salles à assister à des réunions. La tâche se révéla difficile, épuisante et loin d'être aussi prestigieuse qu'elle l'aurait cru. Les heures semblaient longues, les problèmes se succédaient. Elle découvrit pourtant qu'elle aimait ce travail. Après tout, elle était la fille de son père.

Swan ne lui avait pas donné carte blanche, mais l'affrontement qui les avait opposés, le matin de son retour, avait porté ses fruits. Il prêtait désormais une oreille attentive à ses remarques. Elle constatait avec surprise que la plupart de ses propositions étaient bien accueillies. Il ne les refusait pas de façon arbitraire, comme elle l'avait craint, mais se contentait parfois d'y apporter certaines modifications. Bennett Swan connaissait son affaire sur le bout des doigts. Ryan écoutait ses conseils et en tirait des leçons.

Ses journées étaient bien remplies et mouvementées. Ses nuits étaient vides. Ryan avait conscience que Pierce ne lui téléphonerait pas. Ce n'était pas son genre. Il devait être dans son atelier, absorbé dans ses préparatifs, en train de s'entraîner et de perfectionner ses numéros. Elle doutait même qu'il se rende compte du temps qui passait.

Elle pouvait bien sûr lui téléphoner, pensa-t-elle tout en déambulant dans son appartement désert. Elle pourrait inventer n'importe quelle excuse pour motiver son appel. Comme, par exemple, la modification prévue au planning des enregistrements. C'était un motif valable, mais elle savait pertinemment qu'il en avait déjà été informé par son agent. Il y avait encore au moins une douzaine de détails qu'ils pourraient mettre au point avant le rendez-vous de la semaine suivante.

Ryan jeta un coup d'œil pensif vers le téléphone, puis secoua la tête. Ce n'était pas de travail qu'elle voulait s'entretenir avec lui. Et elle n'avait pas l'intention de se servir des affaires comme prétexte. Elle décida de se préparer un dîner léger et se dirigea vers la cuisine.

*
* *

Pierce répétait son numéro d'illusion aquatique pour la troisième fois. Sa performance était presque parfaite, mais il n'était toujours pas satisfait. Il songea de nouveau que la vision de la caméra serait infiniment plus précise que l'œil des spectateurs. Toutes les fois où il s'était observé sur des vidéos, il avait repéré des imperfections dans son jeu. Peu lui importait d'être le seul à remarquer ces défauts, l'unique fait qu'ils existent le préoccupait. Il recommença tout.

Le calme régnait dans sa salle de travail. Il savait que Link jouait du piano à l'étage, mais aucun son n'en filtrait. D'ailleurs, même s'ils s'étaient trouvés dans la même pièce, il ne l'aurait pas entendu. Il observa d'un œil critique son image dans un grand miroir. Entre ses bras tendus l'un au-dessus de l'autre flottait un tube rempli d'eau. Le liquide semblait scintiller tandis que le cylindre montait et descendait entre ses mains. L'eau. Un des quatre éléments qu'il prétendait dominer pour le programme de Ryan.

Il évoquait cette émission comme étant celle de Ryan, pas la sienne. Et il pensait à elle au lieu de se concentrer sur son travail. D'un geste gracieux, Pierce renversa l'eau dans une cruche de verre.

Il avait failli lui téléphoner au moins une douzaine de fois. Une nuit, à 3 heures du matin, ses doigts avaient ébauché les premiers chiffres de son numéro. Sa voix… Il aurait juste voulu entendre sa voix. Mais il avait interrompu son geste, fidèle à son serment de ne jamais imposer de contraintes à personne. Ce coup de fil aurait sous-entendu qu'il s'attendait à ce qu'elle soit chez elle pour décrocher. Or, Ryan était libre de son emploi du temps ; il n'avait aucun droit sur elle. Ni d'ailleurs sur quiconque. Même la cage de son oiseau restait ouverte en permanence.

De toute sa vie, il n'avait jamais appartenu à personne. Les assistantes sociales lui avaient inculqué des règles et témoigné de la compassion, mais, en fin de compte, il n'avait jamais été qu'un nom de plus sur leur liste. La justice avait fait en sorte qu'il soit convenablement placé, et qu'on s'occupe bien de lui. Le tribunal l'avait enchaîné à deux êtres qui ne voulaient pas de lui, mais ne lui avaient pas rendu pour autant sa liberté.

Même lorsqu'il aimait les gens — comme c'était le cas avec Link et Bess —, il acceptait les attaches qui les liaient, mais ne demandait rien en échange. C'était peut-être la raison pour laquelle il imaginait continuellement des évasions toujours plus compliquées. Chaque défi lui prouvait qu'il était impossible de retenir quelqu'un pour toujours.

Malgré tout, il pensait à elle au lieu de travailler.

Pierce se saisit des menottes et les étudia. Elles s'étaient parfaitement ajustées aux poignets de Ryan. Il l'avait retenue prisonnière à ce moment-là. Sans y penser, il referma un des bracelets sur son poignet droit et joua avec l'autre. Il imagina la main de Ryan attachée à la sienne.

Il se demanda si tel était vraiment son désir. Voulait-il vraiment l'enchaîner à lui ? Il se souvint qu'il suffisait qu'il la touche pour que l'ivresse le submerge. Qui des deux avait ligoté l'autre ? Contrarié, Pierce se libéra en ouvrant la menotte aussi vite qu'il l'avait fermée.

« Redoublons, redoublons de travail et de soins », croassa Merlin du haut de son perchoir.

Pierce lui jeta un regard amusé.

— Je pense que tu as parfaitement raison, murmura-t-il, jouant un instant avec les bracelets. Mais toi non plus, tu ne pourrais pas lui résister.

— *Abracadabra !*

— Abracadabra, c'est sûr, approuva distraitement Pierce. Mais lequel des deux est l'ensorceleur, dans l'histoire ?

Ryan était sur le point d'entrer dans son bain lorsqu'elle entendit frapper à la porte.

— Bon sang !

Agacée d'avoir été interrompue, elle remit son peignoir et alla répondre. Tout en ouvrant la porte, elle échafaudait un moyen de se débarrasser de l'intrus avant que l'eau de son bain refroidisse.

— Pierce !

Il vit ses yeux s'écarquiller de surprise, puis il y lut du bonheur. Un mélange de soulagement et de plaisir l'envahit. Elle se jeta dans ses bras.

— Je ne rêve pas. C'est vraiment toi ? demanda-t-elle.

Elle pressa ses lèvres sur les siennes. Le désir qu'elle ressentait le traversa et se mêla au sien.

— Cinq jours, murmura-t-elle en l'enlaçant. Sais-tu combien d'heures il y a dans cinq jours ?

— Cent vingt, dit Pierce en s'écartant pour lui sourire. Nous ferions mieux de rentrer. Tes voisins sont en train de se rincer l'œil.

Ryan le tira à l'intérieur et le poussa contre la porte qui se referma d'un coup sec.

— Embrasse-moi. Serre-moi fort. Suffisamment pour compenser ces cent vingt heures perdues.

Il posa sa bouche sur la sienne. Elle sentit le contact de ses dents contre ses lèvres tandis qu'il poussait un gémissement et l'écrasait contre lui. Pierce lutta pour se rappeler qu'elle était fragile et pour contenir sa force. Mais les mains de Ryan le parcouraient, sa langue cherchait la sienne. Puis elle éclata de ce rire rauque et sensuel, qui avait le don de le rendre fou.

— Oh, c'est bien toi, dit Ryan avec un soupir, posant sa tête sur son épaule. Tu es vraiment là.

Et toi ? Es-tu réelle ? songea-t-il, étourdi par ce baiser.

Au bout d'un moment, elle se dégagea de son étreinte.

— Que fais-tu là, Pierce ? Je ne t'attendais pas avant lundi ou mardi.

— Je voulais te voir, répondit-il simplement en lui caressant la joue. Te toucher.

Ryan prit sa main et y pressa ses lèvres. Un feu s'éveilla au creux de l'estomac du magicien.

— Tu m'as manqué, murmura-t-elle en plongeant ses yeux dans les siens. Tu ne peux pas imaginer à quel point. Si j'avais su que souhaiter ta présence te ferait apparaître, je l'aurais désirée plus fort.

— Je n'étais pas sûr que tu serais disponible.

Elle posa ses mains sur sa poitrine.

— Pierce, dit-elle d'une voix douce, crois-tu vraiment que j'aie envie d'être avec quelqu'un d'autre ?

Il la regarda dans les yeux en silence, mais elle sentit les battements de son cœur s'accélérer sous ses doigts.

— Tu m'empêches de travailler, avoua-t-il enfin.

Ryan pencha la tête, perplexe.

— Vraiment ? Pourquoi ?

— Tu occupes mes pensées quand tu ne devrais pas.

— Je suis désolée, s'excusa-t-elle avec un sourire qui montrait clairement qu'elle ne l'était pas. Je te fais perdre ta concentration ?

— Oui.

Elle glissa ses bras autour de son cou.

— C'est vraiment dommage, reconnut-elle d'une voix où perçait un mélange de malice et de séduction. Que vas-tu faire pour y remédier ?

Pour toute réponse, Pierce la fit tomber par terre. Son geste fut si rapide et inattendu que Ryan poussa un petit cri qu'il étouffa d'un baiser. En un clin d'œil, il lui avait retiré son peignoir. Il l'entraîna si vite vers l'apogée du désir que sa volonté s'envola. Elle n'eut d'autre choix que se soumettre au besoin désespéré qu'ils avaient l'un de l'autre.

Pierce retira ses propres vêtements à la vitesse de l'éclair. Il ne lui laissa pas le loisir de l'explorer. D'un mouvement continu, il la propulsa au-dessus de lui, la souleva comme une plume et la fit redescendre pour s'enfoncer profondément en elle.

Stupéfaite, Ryan poussa un cri joyeux. La rapidité de l'attaque l'avait étourdie. Le feu du désir l'avait mise en nage. Ses yeux s'agrandirent sous l'effet d'un plaisir intense. Elle pouvait entrevoir le visage trempé de Pierce. Il avait les yeux fermés, ses traits semblaient transfigurés par la passion. Elle percevait chacun de ses halètements alors qu'il lui enserrait les hanches de ses longs doigts pour les faire bouger à l'unisson des siennes. Puis elle sentit sa vue qui se brouillait. Un voile blanc se matérialisa devant ses yeux. Elle s'appuya sur la poitrine de Pierce pour ne pas tomber. Mais elle s'enfonçait dans le brouillard, lentement, inexorablement, vidée de toute substance.

Lorsque les brumes se dissipèrent, il la tenait dans ses bras. Il avait la tête enfouie dans ses cheveux. Encastrés l'un dans l'autre, leurs corps en sueur ne faisaient qu'un.

— Maintenant, je sais que tu es réelle, murmura Pierce en déposant un baiser sur sa bouche. Comment te sens-tu ?

— Chavirée, avoua-t-elle dans un souffle. Et aussi merveilleusement bien.

Pierce eut un rire. Il se leva et la souleva dans ses bras.

— Je vais t'emmener au lit et te faire l'amour encore une fois avant que tu aies eu le temps de récupérer.

— Mmm… oui, acquiesça-t-elle en enfouissant son visage dans le creux de son cou. Mais je ferais mieux de vider la baignoire, d'abord.

Pierce leva un sourcil et ébaucha un sourire. Tout en portant Ryan à demi somnolente dans ses bras, il fit le tour de l'appartement jusqu'à ce qu'il trouve la salle de bains.

— Etais-tu dans ta baignoire lorsque j'ai frappé ?

Ryan poussa un soupir et se pelotonna contre lui.

— Quasiment. J'avais la ferme intention de me débarrasser dare-dare de celui qui venait me déranger.

D'un petit mouvement du poignet, Pierce ouvrit à fond le robinet d'eau chaude.

— Je n'avais pas remarqué.

— Tu n'avais donc pas deviné ma résistance à te céder ?

— Je suis vraiment obtus par moments, reconnut-il. L'eau doit être bonne à présent.

— Certainement.

— Tu n'y vas pas de main morte avec le bain moussant.

— Hum-hum. Oh !

Ryan écarquilla brusquement les yeux quand il la plongea dans le bain.

— Froide ? s'enquit-il en souriant.

— Non.

Elle s'assit et coupa l'eau bouillante qui jaillissait du robinet dans l'air saturé de vapeur. Elle le contempla quelques instants avec plaisir — son corps élancé, aux formes sveltes et aux hanches étroites, ses muscles fuselés. Elle pencha la tête sur le côté et, l'index recourbé dans les bulles, proposa poliment :

— Veux-tu en profiter ?

— L'idée m'avait traversé l'esprit.

Elle lui fit signe de s'approcher.

— Je t'en prie. Je t'invite. J'ai été très impolie tout à l'heure. Je ne t'ai même pas proposé un verre, dit-elle en souriant avec insolence.

Le niveau d'eau monta lorsque Pierce entra dans le bain. Il prit place en face d'elle, assis à l'autre bout de la baignoire.

— Je ne bois pas souvent, lui rappela-t-il.

Elle approuva d'un air grave.

— Oui, je sais. Vous ne fumez pas, vous buvez rarement et vous ne jurez presque jamais. Vous êtes un modèle de vertu, monsieur Atkins.

Il lui jeta une poignée de mousse.

— Quoi qu'il en soit, continua-t-elle en s'essuyant la joue, je voulais vous voir au sujet du projet pour les décors. Je vous passe le savon ?

Il le lui prit des mains.

— Merci, mademoiselle Swan. Vous vouliez me parler des décors ?

— Ah ! oui. Je suis sûre que tu vas adorer, même si tu risques d'y apporter quelques petites modifications.

Elle changea de position et poussa un léger soupir lorsque ses jambes frôlèrent les siennes.

— J'ai dit à Bloomfield, reprit-elle, que je voulais une ambiance médiévale, d'un style plutôt sophistiqué, tout en restant sobre.

— Pas d'armures ?

— Non, juste une atmosphère. Un peu sombre et mystérieuse, comme…

Elle laissa sa phrase en suspens lorsqu'il saisit son pied et commença à le savonner.

— Comme ? voulut-il savoir.

— Une harmonie de couleurs douces, dit-elle, sentant des ondes de plaisir lui parcourir la jambe. Des tons chauds. Comme dans ton salon.

Pierce passa à un massage de son mollet.

— Tu n'as prévu qu'un seul projet pour les décors ?

Quand les doigts savonneux de Pierce remontèrent le long de sa jambe, un frisson parcourut son corps pourtant immergé dans l'eau bouillante.

— Oui. J'ai pensé — mmm… — j'ai voulu donner une impression… une sensation…

Il l'observait tout en continuant son manège.

— Quel genre de sensation ?

Il leva une main et lui savonna les seins avec de petits mouvements circulaires tout en lui caressant l'intérieur de la cuisse avec l'autre.

— Du sex-appeal, murmura Ryan dans un souffle. Tu es très sexy quand tu es sur scène.

— Vraiment ?

Bien que prise dans le tourbillon du désir, elle perçut de l'amusement dans sa voix.

— Oui, spectaculaire et d'une sensualité plutôt décontractée. Lorsque je te regarde faire ta performance…

Les mots s'étranglèrent dans sa gorge. Elle chercha à reprendre sa respiration. Le parfum enivrant des sels de bain lui montait à la tête. Elle sentait le clapotis de l'eau sous sa poitrine, la main habile de Pierce juste au-dessus.

— Tes mains…, réussit à dire Ryan tandis qu'un désir brûlant l'enflammait.

— Quoi, mes mains ? demanda-t-il tout en glissant un doigt dans son intimité.

— Elles sont magiques, dit-elle d'une voix qui tremblait. Pierce, je ne peux pas parler quand tu me fais ce genre de choses.

— Tu veux que j'arrête ?

Mais elle ne le voyait plus. Ses yeux s'étaient fermés. Il continua à la fixer, se contentant de la toucher du bout des doigts pour l'exciter.

— Non !

Elle chercha sa main sous l'eau et la pressa contre elle.

L'eau fit des vagues lorsqu'il s'avança pour lui mordiller les seins, puis la bouche.

— Ryan, tu es si belle, si douce. Quand j'étais seul, au milieu de la nuit, je pouvais te voir. Je m'imaginais te caressant de cette façon. Je ne parvenais pas à me contenir.

Elle mit la main dans ses cheveux et attira son visage pour que sa bouche se colle à la sienne.

— Continue. Il y a déjà trop longtemps que j'attends.

— Cinq jours, murmura-t-il en lui écartant les jambes.

— Toute ma vie.

A ces mots, il fut traversé par des sentiments que l'urgence de sa passion ne lui permit pas d'analyser. Il fallait qu'il lui fasse l'amour, tout simplement.

— Pierce, murmura doucement Ryan, nous allons couler.

— Retiens ta respiration, lui conseilla-t-il.

Et il la posséda.

Le lendemain matin, Pierce se garait sur la place réservée à Ryan dans l'immense parking de Swan Productions.

— Je suis certaine que mon père voudra te rencontrer, dit-elle. Et je suppose que tu aimerais aussi faire la connaissance de Coogar.

— Puisque je suis ici, autant en profiter, acquiesça Pierce en coupant le contact. Mais c'est toi que je suis venu voir.

Ryan se pencha vers lui en souriant et l'embrassa.

— Je suis si contente que tu l'aies fait. Vas-tu rester tout le week-end ou es-tu obligé de rentrer ?

Il releva une mèche blonde et la lui mit derrière l'oreille.

— Nous verrons.

Elle se glissa hors de la voiture. Elle savait qu'elle ne pouvait pas s'attendre à une réponse plus précise.

— La première réunion importante n'est pas prévue avant la semaine prochaine, mais je pense que tout le monde s'adaptera.

Ils entrèrent dans l'immeuble.

— Je vais leur téléphoner de mon bureau.

Elle le conduisit d'un bon pas le long des couloirs, adressant un signe de tête, ou parfois une parole, à ceux qui la saluaient. Dès l'instant où elle avait franchi le seuil, remarqua Pierce, elle était rentrée dans la peau de son personnage de femme d'affaires.

— Je ne sais pas où est Bloomfield aujourd'hui, poursuivit-elle quand ils furent dans l'ascenseur. Mais au cas où il ne serait pas disponible, je pourrais me procurer le projet, et nous l'étudierons ensemble.

Pendant qu'ils montaient, elle passa mentalement en revue le programme de sa journée et le modifia en fonction de la présence de Pierce.

— Il faudrait aussi revoir le timing, précisa-t-elle. Nous disposons de cinquante-deux minutes. Et…

— Voulez-vous dîner avec moi ce soir, mademoiselle Swan ?

Ryan leva les yeux, vit qu'il lui souriait et perdit le fil de ses pensées. Son regard la troublait. Il l'empêchait de se souvenir de son planning. Seules les réminiscences de la nuit dernière lui revenaient à la mémoire.

— Je pense que je pourrai vous trouver un créneau, monsieur Atkins, murmura-t-elle lorsque les portes de l'ascenseur s'ouvrirent.

Ryan appuya sur un bouton pour qu'elles ne se referment pas.

— Et puis, arrête de me regarder de cette façon, implora-t-elle dans un souffle. Tu me perturbes.

— Vraiment ? dit Pierce en se laissant entraîner dans le couloir. On pourrait considérer que ce sont des représailles pour compenser toutes les fois où tu m'as empêché de me concentrer.

Troublée, elle le fit entrer dans son bureau.

— Si nous parvenons à monter ce spectacle…, commença-t-elle.

— Oh, mais j'ai une confiance totale en Mlle Swan. C'est une femme très organisée et tout à fait fiable, déclara Pierce avec décontraction.

Il prit une chaise et attendit qu'elle soit installée derrière sa table de travail.

— Tu as décidé de me compliquer la vie, n'est-ce pas ?

— Il y a des chances.

Fronçant le nez dans sa direction, elle décrocha le téléphone et composa un numéro.

— Ryan Swan à l'appareil, annonça-t-elle en se détournant délibérément de Pierce. Pourrais-je parler à mon père, s'il vous plaît ?

— Veuillez patienter un instant, mademoiselle Swan.

Un moment plus tard, son père lui répondait d'un ton impatient :

— Fais vite, je suis occupé.

— Je suis désolée de te déranger, dit-elle machinalement. Pierce Atkins est dans mon bureau. J'ai pensé que tu avais peut-être envie de le rencontrer.

— Que fait-il ici ? interrogea Swan.

Puis il ordonna avant qu'elle puisse ouvrir la bouche :

— Fais-le monter.

Il raccrocha sans attendre son accord.

— Il voudrait te voir maintenant, annonça Ryan en reposant le combiné.

Pierce hocha la tête, et ils se levèrent en même temps. La brièveté de leur échange lui avait donné un aperçu de la nature de leurs relations. Il en apprit bien davantage, quelques minutes plus tard, après avoir pénétré dans la salle de Swan.

Celui-ci se leva et fit le tour de son imposant bureau, la main tendue.

— Monsieur Atkins, quelle agréable surprise ! Je ne pensais pas vous rencontrer avant la semaine prochaine.

— Monsieur Swan.

Pierce lui serra la main et remarqua qu'il ne prenait pas la peine de saluer sa fille.

— Asseyez-vous, je vous en prie, suggéra-t-il d'un geste large. Que puis-je vous offrir ? Un café ?

— Non, rien, merci.

— Nous sommes très heureux de travailler avec vous, monsieur Atkins, déclara Swan en s'installant de nouveau à sa table. Swan Productions met tout en œuvre pour que cette émission soit un succès. La campagne promotionnelle a déjà démarré, et nous avons également contacté la presse.

— Je sais. Ryan me tient régulièrement informé.

— Bien sûr, acquiesça Swan en faisant un signe de tête à sa fille. Les prises de vues auront lieu dans le studio 25. Ryan pourra sûrement s'arranger pour vous le faire visiter aujourd'hui. Et pour vous accompagner partout où vous le désirez pendant votre séjour.

Il jeta un coup d'œil à Ryan.

— Oui, bien entendu. Je pensais que M. Atkins aimerait voir Coogar et Bloomfield, si toutefois ils sont disponibles.

— Occupe-toi de tout cela, ordonna-t-il en la congédiant. Monsieur Atkins, j'ai reçu une lettre de votre agent. Il y a quelques points que j'aimerais éclaircir avec vous avant votre rencontre avec les membres de l'équipe artistique.

Pierce attendit que Ryan ait refermé la porte derrière elle.

— C'est avec Ryan que je travaille, monsieur Swan. Je me suis engagé envers vous à cette condition.

Cette déclaration ébranla Swan. Mais il avait pour règle d'être toujours aux petits soins avec ses vedettes.

— Naturellement, répondit-il enfin. Je peux vous assurer qu'elle s'est investie à fond dans votre projet.

— Je n'en doute pas.

Swan affronta posément les yeux gris et le regard inquisiteur du magicien.

— Je l'ai nommée productrice comme vous l'avez exigé.

— Votre fille est une femme très intéressante, monsieur Swan.

Pierce fit une pause et observa les yeux de Swan qui se rétrécissaient.

— Sur le plan professionnel, j'entends, compléta-t-il habilement. J'ai entièrement confiance en ses capacités. Elle a l'esprit vif et observateur et elle est très consciencieuse.

— Je suis ravi de constater que vous en êtes satisfait.

Swan n'était pas certain de saisir les sous-entendus que les paroles de Pierce semblaient contenir.

— Il faudrait être incroyablement stupide pour ne pas l'être, répliqua Pierce en poursuivant, sans laisser à Swan le temps de réagir. Sous-estimez-vous le talent et le professionnalisme, monsieur Swan ?

Swan étudia Pierce un instant puis il s'appuya contre son dossier.

— Je ne serais pas à la tête de Swan Productions, si c'était le cas, fit-il remarquer avec ironie.

— Donc, nous nous comprenons, conclut doucement Pierce. Maintenant, dites-moi, quels sont les points que vous vouliez éclaircir ?

Il était déjà 5 h 15 lorsque la rencontre que Ryan avait organisée entre Bloomfield et Pierce se termina. Elle avait couru toute la journée pour programmer des réunions de dernière minute, tout en effectuant les tâches prévues dans son emploi du temps. Elle n'avait pas trouvé un seul instant pour un tête-à-tête avec Pierce. Aussi poussa-t-elle un soupir de soulagement, tandis qu'ils traversaient le corridor en sortant du bureau de Bloomfield.

— Bon, je crois qu'on a fini. Rien de tel que l'apparition inopinée d'un magicien pour chambouler tout le monde. Tout professionnel chevronné qu'il soit, Bloomfield attendait avec impatience que tu sortes un lapin de ton chapeau.

— Je n'avais pas de chapeau, fit remarquer Pierce.

— Ce petit détail t'arrêterait-il ? dit-elle en regardant sa montre. Il va falloir que je passe à mon bureau. J'ai deux ou trois détails à régler, entre autres faire le point avec mon père et l'informer que la vedette a été bien traitée, puis…

— Il n'en est pas question.

— Pourquoi pas ?

Ryan leva les yeux, surprise.

— Il y a un problème ?

— Non, répéta Pierce. Tu ne retourneras pas là-bas. Ni pour régler quoi que ce soit ni pour discuter avec ton père.

Ryan se mit à rire de nouveau et continua à marcher en direction de son bureau.

— Ça ne sera pas long, vingt minutes environ.

— Vous avez accepté de dîner avec moi, mademoiselle Swan, lui rappela-t-il.

— Dès que j'aurai mis de l'ordre dans mes affaires.

— Tu pourras le faire lundi matin. Il n'y a rien d'urgent, n'est-ce pas ?

— Eh bien, non, mais…

Elle s'interrompit en sentant quelque chose lui entraver le poignet. Son regard se fixa sur les menottes.

— Pierce, que fais-tu ?

Elle tira sur son bras, mais découvrit qu'il était fermement attaché au sien.

— Je t'emmène dîner.

— Pierce, enlève-moi ce truc, ordonna-t-elle d'une voix autant exaspérée qu'amusée. C'est ridicule.

— Plus tard, promit-il.

Il l'entraîna vers l'ascenseur et attendit sagement que celui-ci arrive à leur étage tandis que deux secrétaires observaient avec curiosité le couple ainsi enchaîné.

— Pierce, chuchota-t-elle, ôte-moi ça tout de suite. Tu ne vois pas qu'on nous dévisage.

— Qui ?

— Pierce, je ne plaisante pas !

Elle poussa un gémissement frustré lorsque les portes en s'ouvrant révélèrent d'autres membres du personnel de Swan Productions à l'intérieur. Pierce entra, et elle n'eut d'autre choix que le suivre.

— Tu vas me le payer, marmonna-t-elle en évitant de croiser les regards scrutateurs.

— Dites-moi, mademoiselle Swan, dit Pierce d'une voix affectueuse, est-ce toujours aussi difficile de vous convaincre d'honorer un rendez-vous à dîner ?

Elle répondit d'un marmonnement inintelligible et se força à regarder droit devant elle.

Elle traversa le parking, toujours menottée à Pierce.

— Bon, la plaisanterie a assez duré. Retire-les. Je ne me suis jamais sentie aussi mal à l'aise de ma vie ! As-tu la moindre idée de…

Il interrompit ses protestations en posant sa bouche sur la sienne.

— J'ai eu envie de ce baiser toute la journée, avoua-t-il.

Puis il l'embrassa de nouveau avant qu'elle puisse répliquer.

Ryan fit de son mieux pour garder son air contrarié. La bouche de son amant était si douce, tout comme sa main qui s'attardait dans le creux de ses reins. Elle se rapprocha de lui, mais lorsqu'elle commença à lever les bras avec l'intention de les nouer autour de son cou, les menottes l'en empêchèrent.

— Non, arrête ! déclara-t-elle d'une voix ferme, se souvenant de la première fois où il l'avait piégée. Tu ne t'en tireras pas si facilement.

Elle se dégagea de son étreinte, sur le point de se mettre en colère. Mais il lui sourit.

— Va au diable, Pierce, dit-elle dans un soupir. Embrasse-moi.

Il lui donna un baiser léger sur la bouche.

— Vous êtes très excitante quand vous êtes en colère, mademoiselle Swan, murmura-t-il.

— J'*étais* en colère, marmonna-t-elle, ses lèvres sur les siennes. Non, je *suis* toujours en colère.

— Et vous m'excitez.

Il l'emmena vers la voiture.

Levant leurs deux poignets attachés en l'air, elle l'interrogea du regard.

— Et maintenant, comment fait-on ?

Pierce ouvrit la portière de la voiture et lui fit signe de monter.

— Pierce ! implora-t-elle d'une voix exaspérée en secouant son bras. Enlève-moi ça. Tu ne peux pas conduire dans ces conditions.

— Bien sûr que si. Il faut juste que tu fasses un peu d'escalade, lui expliqua-t-il en la poussant du coude dans la voiture.

Ryan resta assise un instant sur le siège du conducteur et lui lança un regard furieux.

— C'est absurde.

— Oui, admit-il, mais je m'amuse beaucoup. Pousse-toi.

Elle songea, tout d'abord, à refuser, mais elle se rendit compte qu'il pourrait simplement la prendre à bras-le-corps et la déposer à la place du passager. Elle réussit à enjamber l'obstacle sans difficulté, mais néanmoins sans grâce. Pierce lui adressa un autre sourire tout en tournant la clé de contact.

— Mets ta main sur le levier de changement de vitesse, et tout ira bien.

Ryan obéit. Il garda sa paume posée sur le dessus de sa main tandis qu'il enclenchait la marche arrière.

— Combien de temps exactement vas-tu nous laisser ces menottes ?

— Voilà une question intéressante. Je n'ai pas encore décidé.

Il sortit du parking et prit la direction du nord.

Ryan secoua la tête et se mit à rire malgré elle.

— Tu sais, si tu m'avais dit que tu étais aussi affamé, je t'aurais accompagné sans résister.

— Je n'ai pas faim, dit-il d'un ton décontracté. Je pensais que nous pourrions nous arrêter pour manger en route.

— Quelle route ? Pour aller où ?

— Chez moi.

— Chez toi ?

Elle jeta un coup d'œil par la vitre et s'aperçut qu'ils se dirigeaient vers la sortie de Los Angeles, mais dans la direction opposée à celle de son appartement.

— On va chez *toi* ? demanda-t-elle d'un ton incrédule. Pierce, c'est à deux cent quarante kilomètres d'ici.

— Plus ou moins, reconnut-il. Ta présence n'est pas indispensable à Los Angeles avant lundi.

— Lundi ! Tu veux dire que nous allons rester là-bas pendant deux jours ? Mais c'est impossible, annonça-t-elle, au paroxysme de l'exaspération. Tu ne peux pas simplement me faire monter dans ta voiture et m'emmener en week-end.

— Pourquoi pas ?

— Eh bien, je..., commença-t-elle en cherchant un défaut dans le raisonnement sans faille de Pierce. Parce que ce n'est pas possible. Tout d'abord, je n'ai pas de vêtements et...

— Tu n'en auras pas besoin.

Elle interrompit brusquement ses explications et le fixa. Elle sentit un étrange mélange d'excitation et de panique l'envahir.

— J'ai l'impression que tu es en train de me kidnapper.

— Exactement.

— Oh.

— Y vois-tu une objection ? demanda-t-il en la regardant furtivement.

— Je t'en ferai part lundi, répondit-elle en s'installant confortablement sur le siège, décidée soudain à profiter de son enlèvement.

13

Ryan se réveilla dans le lit de Pierce. Lorsqu'elle ouvrit les yeux, elle découvrit que la chambre était déjà inondée de soleil. Il faisait pourtant à peine jour quand il lui avait murmuré à l'oreille qu'il descendait travailler. Elle saisit l'oreiller de son amant, le serra contre elle et s'attarda encore quelques minutes entre les draps.

Quel homme surprenant ! songea-t-elle.

Elle n'aurait jamais imaginé qu'il ait le culot d'utiliser des menottes pour l'emmener en week-end avec, pour seul bagage, les vêtements qu'elle avait sur le dos. Elle aurait dû être furieuse, indignée.

Ryan enfouit son visage dans l'oreiller de Pierce. Comment aurait-elle pu lui en vouloir ? Etait-il possible d'être en colère contre un homme parce qu'il vous révélait — d'un regard, d'une caresse — qu'il avait besoin de votre présence et qu'il vous désirait ? Avait-on le droit d'être fâchée parce qu'un homme avait tellement envie de vous qu'il allait jusqu'à vous enlever et vous faire l'amour comme si vous étiez l'être le plus cher au monde ?

Elle s'étira avec volupté, puis prit sa montre sur la table de nuit. Elle fut stupéfaite de voir qu'il était déjà 9 h 30. Se pouvait-il qu'il soit si tard ? Il lui semblait qu'il n'y avait qu'un instant que Pierce l'avait quittée. Elle sauta du lit et se dépêcha d'aller prendre une douche. Ils avaient à peine deux jours à passer ensemble ; elle n'avait pas l'intention de gâcher ce temps précieux en dormant.

Lorsqu'elle revint dans la chambre, drapée dans une serviette, Ryan étudia ses vêtements d'un air dubitatif. Elle admit qu'il était certainement agréable de se faire kidnapper par un superbe magicien, mais elle regretta néanmoins qu'il ne lui ait pas laissé le temps de faire sa valise. Avec philosophie, elle se résolut à vêtir le tailleur qu'elle avait porté la veille. Il faudrait bien qu'il lui trouve des vêtements propres, songea-t-elle, mais pour l'instant, elle devrait se contenter de ceux-ci.

Consternée, elle se rendit compte qu'elle n'avait même pas pris son sac à main. Il était resté dans le dernier tiroir de son bureau. Elle se regarda dans le miroir et fit la grimace. Ses cheveux étaient ébouriffés, et son maquillage avait disparu. Elle soupira en songeant qu'elle ne disposait pas même d'un peigne ou d'un tube de rouge à lèvres. Elle compta sur les talents de magicien de Pierce pour les faire apparaître. C'est avec cette idée en tête qu'elle descendit, résolue à le trouver.

A peine parvenue au bas de l'escalier, elle rencontra Link qui s'apprêtait à sortir.

— Bonjour, dit-elle.

Elle hésitait, ne sachant pas trop comment expliquer sa présence. Il ne s'était pas montré, la nuit dernière, quand ils étaient arrivés.

— Salut, lui répondit-il en souriant. Pierce m'a dit que vous étiez ici.

— Oui, je… Il m'a invitée à passer le week-end.

Il lui sembla que c'était la meilleure façon de résumer la situation.

— Je suis content que vous soyez venue. Vous lui manquiez beaucoup.

A ces mots, le regard de Ryan s'éclaira.

— Lui aussi, il m'a manqué. Où est-il ?

— Dans la bibliothèque. Il téléphone.

Il marqua un temps d'arrêt tandis qu'une légère rougeur envahissait ses joues.

Elle descendit la dernière marche en esquissant un sourire.

— Qu'est-ce qu'il y a, Link ?

— Je… euh… J'ai fini de composer cette musique que vous aviez aimée.

— Oh, c'est merveilleux. J'adorerais l'écouter.

— La partition est posée sur le piano, précisa-t-il en regardant ses pieds, l'air affreusement gêné. Si vous voulez, vous pourrez la jouer plus tard.

Elle voulut lui prendre la main, comme s'il avait été un petit garçon, mais elle sentit qu'un tel geste accentuerait son embarras.

— Vous ne serez pas là ? Je ne vous ai jamais entendu interpréter vos morceaux au piano.

— Non, je…

Il rougit jusqu'aux oreilles et la regarda furtivement.

— Bess et moi… eh bien, elle avait envie d'aller à San Francisco, expliqua-t-il en s'éclaircissant la voix. Elle adore les balades en tramway.

— Quelle bonne idée, Link !

Elle décida impulsivement d'essayer de donner un coup de pouce à son amie.

— C'est une femme formidable, n'est-ce pas ?

— Oh oui, c'est vrai. Bess est unique, admit-il volontiers.

Puis il regarda de nouveau par terre.

— Elle a exactement la même opinion de vous.

Il lui jeta un bref regard, puis ses yeux se fixèrent au loin.

— Vous croyez ?

— J'en suis certaine, répondit Ryan d'un ton sérieux, malgré son envie de sourire. Elle m'a raconté l'histoire de votre rencontre. J'ai trouvé ça terriblement romantique.

Link eut un petit rire nerveux.

— Elle était très jolie, à l'époque. Elle l'est toujours d'ailleurs, et il y a beaucoup d'hommes qui lui tournent autour, pendant les tournées.

— Je m'en doute, acquiesça-t-elle pour l'inciter à se déclarer. Mais je crois qu'elle a un faible pour les musiciens. Les pianistes plus particulièrement, ajouta-t-elle alors qu'il tournait le regard vers elle. Surtout ceux qui ont un don pour composer de belles musiques romantiques. Vous perdez du temps, vous ne croyez pas ?

Link la fixait comme s'il essayait de comprendre le sens de ses paroles.

— Hein ? Oh, oui, dit-il en fronçant les sourcils, puis il hocha la tête. Oui, certainement. Je ferais mieux d'aller la chercher, maintenant.

Elle se décida à prendre sa main et la serra rapidement.

— Amusez-vous bien.

— D'accord.

Il sourit et se dirigea vers la porte. Il s'arrêta, la main sur la poignée, et la regarda par-dessus son épaule.

— Ryan, est-ce vrai qu'elle aime les pianistes ?

— Oui, Link, elle les adore.

Il eut un large sourire et ouvrit la porte.

— Au revoir.

— Au revoir, Link. Embrassez Bess de ma part.

Lorsque la porte se referma, Ryan demeura un moment dans l'entrée. *Quel homme adorable !* pensa-t-elle, et elle croisa les doigts pour que Bess arrive à ses fins.

Ils seront heureux ensemble, pourvu que Link parvienne enfin à surmonter sa timidité.

Ryan eut un sourire satisfait et se dit qu'elle avait joué de son mieux son premier rôle d'entremetteuse. La suite dépendrait d'eux.

Elle traversa le hall et se dirigea vers la bibliothèque. La porte était ouverte, et la voix grave de Pierce parvenait jusqu'à elle. Ce son suffit à la remuer au plus profond de son être. Il était là, avec elle, et ils étaient seuls. Debout dans l'encadrement de la porte, elle s'immobilisa. Leurs regards se croisèrent.

Pierce lui sourit et, poursuivant sa conversation, il lui fit signe d'entrer.

— Je vous enverrai les précisions exactes par écrit.

Il contempla Ryan tandis qu'elle entrait dans la pièce. Il s'étonna de constater que, même vêtue d'un de ses tailleurs classiques, elle ne manquait jamais de l'exciter.

— Non, il faut que tout soit prêt dans trois semaines. Impossible de vous accorder plus de temps, continua-t-il tout en gardant les yeux fixés sur le dos de Ryan. J'ai besoin de temps pour m'entraîner avant d'être sûr de pouvoir utiliser le matériel.

Ryan se retourna, s'assit sur l'accoudoir d'un fauteuil et l'observa. Il était vêtu d'un jean et d'un sweat-shirt à manches courtes. Ses cheveux étaient en bataille, comme s'il venait d'y passer la main. Elle songea qu'elle ne l'avait jamais trouvé aussi beau. Ainsi installé dans son fauteuil confortable, il paraissait plus détendu qu'à l'accoutumée. Elle pouvait pourtant percevoir l'énergie à l'état pur qui semblait émaner de lui, que ce soit sur scène ou en dehors. Mais, là, il l'avait mise en veille, songea-t-elle. Il se sentait plus à l'aise dans sa maison que n'importe où ailleurs.

Une idée coquine s'insinua dans son esprit : elle pourrait peut-être lui faire perdre un peu de son sang-froid.

Elle se leva négligemment et recommença à flâner dans la pièce tout en retirant ses chaussures. Elle choisit un livre sur l'étagère, le feuilleta, puis le remit à sa place.

— Je voudrais que vous m'envoyiez la liste des éléments dans son intégralité, précisa Pierce.

Il examina Ryan qui enlevait sa veste et la posait sur le dossier d'une chaise.

— Oui, c'est exactement ce que je veux. Si vous…

Il s'interrompit au moment où elle se mit à déboutonner son chemisier. Elle leva les yeux et lui sourit.

— Si vous pouviez me contacter lorsque vous aurez…

Le chemisier glissa sur le sol. Elle baissa avec désinvolture la fermeture Eclair de sa jupe.

— Quand vous aurez en main…, reprit Pierce, s'efforçant de suivre le cours de ses pensées, les… euh… tous les éléments, j'organiserai leur transport.

Après avoir ôté sa jupe, elle se pencha en avant et entreprit de détacher ses bas.

— Non, ça ne sera pas… ce n'est pas nécessaire.

Elle rejeta ses cheveux en arrière et lui adressa un autre sourire. Ils se regardèrent intensément pendant quelques secondes.

— Oui, marmonna Pierce dans le combiné. Oui, c'est parfait.

Elle laissa tomber sa paire de bas sur le petit tas déjà formé sur le sol par le reste de ses vêtements et se redressa. Son caraco était lacé sur sa poitrine. D'une main, Ryan tira sur le ruban du petit nœud logé entre ses seins. Elle regarda Pierce dans les yeux et sourit en voyant son regard descendre jusqu'à ses doigts qui desserraient lentement le ruban.

— Pardon ?

Pierce secoua la tête. Les paroles de son correspondant, à l'autre bout du fil, ressemblaient à un bourdonnement confus.

— Pardon ? répéta-t-il tandis que la lingerie s'ouvrait.

Ryan la retira d'un mouvement lent.

— Je vous rappellerai plus tard, finit-il par dire en reposant le combiné.

— As-tu terminé ? demanda Ryan en s'avançant vers lui. Je voudrais te parler de ma garde-robe.

— J'adore celle que tu portes en ce moment.

Il l'attira sur ses genoux et pressa sa bouche sur la sienne. Elle s'abandonna au désir sauvage et irrésistible qui émanait de ce baiser.

— Etait-ce un appel important ? s'enquit-elle alors que les lèvres de Pierce descendaient jusqu'à son cou. Je ne voulais pas te déranger.

— Tu ne me déranges jamais.

Ses mains cherchèrent ses seins. Il poussa un grognement quand il en prit possession.

— Bon Dieu, tu me rends fou ! dit-il d'une voix rauque et insistante en la faisant glisser sur le sol. Maintenant ?

— Oui, eut-elle juste le temps de répondre.

Couché sur elle, il tremblait de tout son corps. La pensée le traversa que personne avant elle n'avait réussi à lui faire perdre ainsi son contrôle. Cette constatation le terrifia. Il était submergé par l'envie de se lever et de partir — pour se prouver qu'il en avait encore le pouvoir. Mais il ne bougea pas.

— Tu es dangereuse, murmura-t-il à son oreille.

— Mmm, c'est-à-dire ?

— Tu connais mes faiblesses, Ryan Swan. Peut-être es-tu justement mon seul point faible.

— Et cela ne te plaît pas ?

— Je ne sais pas, avoua-t-il en soulevant la tête pour la regarder.

Ryan leva le bras et balaya tendrement de la main les cheveux qui lui tombaient sur le visage.

— Cela n'a aucune importance. Aujourd'hui, il n'y a que toi et moi qui comptons.

Il la contempla longuement. Son regard était aussi intense que celui qu'il avait eu le premier jour où leurs yeux s'étaient rencontrés.

— Plus je suis avec toi et plus j'ai l'impression que c'est le cas.

Le visage de Ryan s'éclaira et elle le serra tendrement dans ses bras.

— La première fois que tu m'as embrassée, j'ai oublié le reste du monde. J'ai essayé de me convaincre que tu m'avais hypnotisée.

Pierce rit, se redressa et lui caressa la poitrine. Ses mamelons étaient durcis, et elle frissonna à ce contact.

— As-tu la moindre idée de l'envie désespérée que j'avais de te faire l'amour, cette nuit-là ?

Son pouce allait et venait légèrement sur les pointes de ses seins. Il sentit le souffle de Ryan s'accélérer. Il continua.

— Je ne parvenais plus à travailler, je n'arrivais pas à dormir. J'étais allongé sur mon lit et je t'imaginais, vêtue seulement de ce petit bout de soie et de dentelle.

— Moi aussi, j'avais envie de toi, dit Ryan d'une voix rauque, sentant la passion l'enflammer. J'étais choquée de constater que je te voulais alors que je te connaissais depuis à peine quelques heures.

— Je t'aurais fait l'amour comme maintenant, tu sais.

Il posa sa bouche sur ses lèvres. Il s'en servit jusqu'à ce que les siennes soient chaudes, abandonnées, avides. Repoussant ses cheveux, il y plongea les mains, puis sa langue entra en action.

Elle eut l'impression que ce baiser durerait toujours. Leurs bouches se séparaient, se retrouvaient, encore et encore, et de petits sons étouffés, murmurés, s'en échappaient. La sensation était douce, presque insupportablement agréable. Elle l'enivrait, l'électrisait. Il lui caressait les épaules, s'attardait sur leurs rondeurs tout en continuant à l'embrasser. Pour Ryan, plus rien n'existait en dehors de ses lèvres.

Quel que soit l'endroit de son corps qu'il touchait, elles ne s'éloignèrent pas des siennes. Quelles que soient les caresses que ses mains lui prodiguaient, son baiser la retenait prisonnière. Il semblait que le goût de la bouche de Ryan lui était devenu aussi indispensable que sa propre respiration. Elle s'agrippa à ses épaules et, sans s'en rendre compte, y enfonça ses ongles. Elle ne pensait qu'à une chose : qu'il l'embrasse éternellement.

Il savait que son corps lui appartenait totalement, et ses caresses se portaient sur les points qui leur procuraient, à tous deux, le plaisir le plus intense. Quand le désir devint trop pressant, elle ouvrit les jambes. Il sillonna l'intérieur de sa cuisse avec un doigt, se délectant de sa texture soyeuse et de ses tremblements. Sur le chemin de l'autre jambe, il s'arrêta brièvement sur son intimité, sans jamais lâcher sa bouche.

Il se servit de ses dents et de sa langue, puis seulement de ses lèvres. Il sentit des frissons délicieux lui parcourir la peau tandis que, dans son ivresse, elle murmurait son nom. Il aimait caresser les subtiles rondeurs de ses hanches, la courbe pure de sa taille. Ses bras étaient doux et lisses comme du satin. Le simple fait de les toucher lui procurait un plaisir intarissable. Elle était sienne — cette pensée le traversa, et il dut contrôler un besoin urgent de la prendre sur-le-champ. Mais il laissa son baiser parler à sa place. Il exprimait des désirs secrets, impérieux, et une tendresse infinie.

Même quand il la pénétra, Pierce ne cessa de jouir de la saveur de sa bouche. Il la prit lentement, attendit que monte son plaisir, refrénant sa passion jusqu'à ce qu'il ne lui fût plus possible de la contenir plus longtemps.

Leurs lèvres étaient encore scellées lorsqu'elle poussa un cri en atteignant le point culminant.

Seulement elle, pensa-t-il, pris de vertige en reprenant son souffle, le nez dans ses cheveux parfumés. *Juste elle.*

Ryan noua ses bras autour de son cou pour le garder serré. Il sut alors qu'il s'était fait piéger.

Quelques heures plus tard, Ryan posait deux biftecks sur le gril. Elle portait un jean appartenant à Pierce, retenu à la taille par une ceinture. Elle en avait retroussé plusieurs fois les jambes pour l'adapter aux siennes. Le sweat-shirt était beaucoup trop large pour ses hanches. Elle avait roulé les manches jusqu'au coude tandis qu'elle l'aidait à préparer le dîner.

— Fais-tu aussi bien la cuisine que Link? demanda-t-elle en se retournant pour regarder Pierce qui ajoutait des croûtons à la salade qu'il était en train de préparer.

— Non. Lorsque l'on se fait kidnapper, mademoiselle Swan, on ne peut pas s'attendre à des repas gastronomiques.

Ryan vint se placer derrière lui et passa les bras autour de sa taille.

— Allez-vous exiger une rançon?

Elle posa la joue sur son dos et poussa un soupir d'aise. Elle n'avait jamais été aussi heureuse de sa vie.

— Peut-être. Quand j'en aurai terminé avec vous.

Elle le pinça très fort, mais il ne broncha pas.

— Salaud, dit-elle avec tendresse.

Elle glissa ses mains sous sa chemise pour caresser son torse. Cette fois, elle le sentit réagir.

— Ryan, tu me déconcentres.

— C'était bien mon intention. Ce n'est pas chose facile avec toi, tu sais.

— Tu y arrives à merveille, affirma-t-il, sentant ses mains qui remontaient.

— Parviens-tu réellement à te disloquer les épaules pour t'échapper d'une camisole de force ? demanda-t-elle alors que, de ses doigts, elle constatait la solidité de leurs articulations.

Il continua à couper des petits dés de fromage pour la salade et lui demanda d'un air amusé :

— Où as-tu entendu dire cela ?

— Oh, quelque part, répondit-elle évasivement, pour ne pas lui avouer qu'elle avait dévoré absolument tout ce qui avait été écrit à son sujet. J'ai également entendu dire que tu possédais un contrôle total de tes muscles.

Elle les sentait rouler sous ses doigts agiles. Elle se serra contre lui et s'imprégna avec délices du léger parfum de forêt qui émanait de sa peau.

— As-tu aussi entendu des rumeurs au sujet de mon alimentation qui est basée uniquement sur certaines plantes et racines que je récolte à la pleine lune ?

Il lança un petit morceau de fromage dans sa bouche avant de se retourner pour la prendre dans ses bras.

— Ou sur le fait que j'ai étudié l'art de la magie au Tibet quand j'avais treize ans ?

— Non, mais j'ai lu que le fantôme de Houdini t'avait donné des cours particuliers.

— Vraiment ? J'ai dû louper celle-là. C'est très flatteur.

— Toutes ces informations ridicules publiées à ton sujet t'amusent beaucoup, n'est-ce pas ?

— C'est sûr, confirma-t-il en posant un baiser sur son nez. J'aurais un piètre sens de l'humour si ce n'était pas le cas.

— Et bien entendu, avec toi, la réalité et l'imaginaire sont tellement difficiles à différencier que personne ne sait jamais où est la vérité, et qui tu es réellement.

Il enroula une mèche de ses cheveux autour de son doigt.

— C'est vrai. Mais il y a aussi le fait que plus on publie d'articles sur mon compte, plus ma vie privée est protégée.

— Ce qui est très important pour toi.

— Quand on a vécu à l'endroit où j'ai grandi, on apprend à préserver son intimité.

Elle s'accrocha à lui et pressa son visage contre son torse. Pierce mit la main sous son menton et lui releva la tête. Elle avait les yeux brillants de larmes.

— Ryan, dit-il avec circonspection, il ne faut pas que cela te rende triste.

Elle secoua la tête, devinant sa répugnance à recevoir des témoignages de compassion. Bess avait réagi de la même façon.

— Oui. Je sais, mais c'est difficile de ne pas avoir ce genre de sentiments envers un petit garçon.

Il esquissa un sourire et passa un doigt sur ses lèvres.

— Il ne se laissait pas abattre, affirma-t-il en se dégageant de son étreinte. Tu ferais mieux de retourner les biftecks.

Ryan obéit, sachant pertinemment qu'il voulait changer de sujet. Comment pouvait-elle lui faire comprendre qu'elle était avide de connaître le moindre détail le concernant qui pourrait le rapprocher d'elle ? Et puis, pensa-t-elle, elle avait peut-être tort de vouloir évoquer le passé alors qu'elle avait si peur d'aborder l'avenir.

— Comment aimes-tu ta viande ? lui demanda-t-elle en se penchant sur le gril.

— Mmm, à point, répondit Pierce qui semblait visiblement davantage intéressé par sa chute de reins que par le degré de cuisson de la viande. C'est Link qui a préparé la sauce de salade. Elle est délicieuse.

— Où a-t-il appris à cuisiner ? s'enquit-elle en retournant le deuxième bifteck.

— Il n'avait pas le choix. Il adore manger. Et on a traversé une période de vaches maigres pendant les tournées, les premiers temps. Il s'est avéré qu'il se débrouillait bien mieux que Bess ou moi pour ouvrir les boîtes de conserve.

Ryan pivota et lui sourit.

— Tu savais qu'ils allaient à San Francisco aujourd'hui ?

— Oui, dit-il en levant un sourcil. Et alors ?

— Depuis le temps que ça dure entre eux, tu aurais pu essayer de faire avancer les choses, constata-t-elle en agitant la fourchette à long manche. Après tout, ce sont tes amis.

— C'est justement la raison pour laquelle je ne m'en mêle pas, répondit-il doucement. Et toi, qu'as-tu manigancé ?

— Bon, je ne me suis pas immiscée dans leurs affaires, rétorqua-t-elle en reniflant. Je leur ai juste donné un petit coup de pouce. J'ai mentionné que Bess avait un faible pour les pianistes.

— Je vois.

— Il est trop timide. Il aura atteint l'âge de la retraite avant d'avoir trouvé le courage de… de…

— De quoi ? voulut savoir Pierce avec un sourire.

— … De faire n'importe quoi, conclut-elle. Et arrête de me regarder de cet air concupiscent.

— Moi ?

— Oui, toi. Et tu le sais parfaitement. En tout cas…

Elle poussa un cri quand elle sentit quelque chose lui frôler les chevilles. La fourchette tomba par terre avec fracas.

— Ce n'est que Circé. Elle est attirée par l'odeur de la viande, fit remarquer Pierce.

Ryan soupira, ce qui le fit sourire. Il ramassa l'ustensile et le rinça tandis que la chatte se frottait contre les jambes de Ryan en ronronnant amoureusement.

— Elle va faire le maximum pour te convaincre qu'elle mérite aussi un petit cadeau.

— Tes animaux ont le chic pour me prendre par surprise.

— Désolé, dit-il avec un rire qui montrait bien qu'il ne l'était pas.

Ryan mit les mains sur ses hanches.

— Tu adores me voir paniquer, n'est-ce pas ?

— J'aime te voir, tout simplement, déclara-t-il en riant et en la soulevant dans ses bras. Même si je dois admettre que je trouve quelque peu attirant de te regarder t'affairer dans la cuisine, nu-pieds et avec mes vêtements sur le dos.

— Oh, dit-elle d'un air entendu. Le syndrome de l'homme des cavernes qui ressort.

Il fourra son nez dans son cou.

— Oh, non, mademoiselle Swan. C'est moi qui suis votre esclave.

Ryan considéra les avantages qu'elle pourrait tirer de cette déclaration.

— Vraiment ? Alors, mets la table. Je meurs de faim.

Ils dînèrent à la lumière des bougies. Ryan ne fit pas attention à ce qu'elle mangeait. Elle ne pensait qu'à Pierce. Il y avait du vin — doux et moelleux —, qui aurait aussi bien pu être de l'eau, pour l'importance que cela avait. Dans son sweat-shirt et son jean trop larges, elle ne s'était jamais sentie si féminine. Son regard lui révélait en permanence à quel point il la trouvait belle, désirable et captivante. Il la courtisait comme s'ils n'avaient jamais été amants.

Il la faisait rayonner d'un regard, d'un mot doux ou par le simple contact de ses mains sur sa peau. Elle se sentait comblée et presque confuse de constater combien il était romantique. Il aurait dû savoir que, de toute manière, elle l'aimerait toujours. Pourtant, il la courtisait. Ses mots et ses compliments, prononcés à la lumière des chandelles, semblaient ceux d'un homme passionné. Ryan tomba une nouvelle fois amoureuse.

Ils s'attardèrent à table, longtemps après que tous les deux eurent perdu tout intérêt pour le repas. Le vin se réchauffa, les bougies se consumèrent. Il se satisfaisait du plaisir de la contempler dans la lumière vacillante, d'apprécier le son de sa voix tranquille. Quels que soient les désirs qu'il sentait monter en lui, il parvenait à les apaiser juste en parcourant le dos de sa main. Il ne désirait rien d'autre qu'être avec elle.

La passion arriverait plus tard, il le savait. La nuit, dans la pénombre, lorsqu'elle serait allongée à son côté. Mais, pour l'instant, son sourire lui suffisait.

— Tu vas m'attendre dans le salon ?

Il lui embrassa les doigts, un par un. Un frisson délicieux remonta le long du bras de Ryan.

— Je vais t'aider à débarrasser, dit-elle.

Mais ses pensées étaient loin, très loin, des contingences domestiques.

— Non, je vais m'en occuper, assura-t-il, retournant la main de Ryan et pressant ses lèvres sur sa paume. Attends-moi là-bas.

Ses genoux tremblaient, mais elle se leva quand il l'attira. Elle ne parvenait pas à détacher ses yeux de lui.

— Tu ne seras pas long ?

— Non, promit-il en faisant glisser ses mains le long de ses bras. Je ferai vite, mon amour, ajouta-t-il en l'embrassant tendrement.

Ryan était sur un petit nuage tandis qu'elle traversait le hall. Ce n'était pas à cause du baiser, non, mais des derniers mots tendres qu'il avait prononcés. C'étaient eux qui avaient fait battre son cœur. Il lui semblait presque inconcevable que de simples paroles, en apparence anodines, puissent provoquer chez elle un tel effet, surtout après ce qui s'était passé entre eux. Mais Pierce réfléchissait toujours soigneusement avant de parler.

La nuit qui va suivre promet d'être enchanteresse, songea-t-elle en pénétrant dans le salon. *Faite pour l'amour romantique.*

Elle traversa la pièce et regarda par la fenêtre. Comme un fait exprès, la pleine lune brillait dans le ciel. Dans le silence qui régnait, elle pouvait entendre les vagues qui se brisaient sur les rochers.

Ils se trouvaient sur une île, imagina Ryan. Petite et balayée par les vents, située au milieu d'un océan sombre. Les nuits y étaient longues. Il n'y avait ni téléphone ni électricité. Impulsivement, elle s'éloigna de la fenêtre et se décida à allumer les bougies dispersées dans la pièce. Dans la cheminée, un feu était préparé. Elle mit son allumette sous le petit bois sec, qui s'alluma en crépitant.

Elle se redressa et regarda autour d'elle. L'éclairage correspondait exactement à ses désirs : tamisé, avec des ombres mouvantes. Il apportait une touche de mystère à l'ambiance et semblait refléter ses propres sentiments.

Elle baissa les yeux et brossa son sweat-shirt. Si seulement elle avait eu autre chose à se mettre. Une jolie robe, par exemple, blanche et légèrement transparente. Mais peut-être l'imagination de Pierce se révélerait-elle tout aussi fertile que la sienne.

Il manque la musique, pensa-t-elle soudain.

Il devait y avoir une chaîne stéréo, mais elle n'avait aucune idée de l'endroit où elle se trouvait. Elle eut une inspiration soudaine et se dirigea vers le piano.

La partition de Link l'attendait. Entre les lueurs du feu, derrière elle, et la lumière des bougies posées sur le piano, elle avait juste assez de clarté pour lire les notes. Elle s'assit et commença à jouer. Il ne lui fallut que quelques instants pour se laisser envoûter par la mélodie.

Pierce, debout dans l'encadrement, l'observait. Elle avait les yeux fixés sur le papier posé devant elle, mais il remarqua qu'ils semblaient rêveurs. Il ne l'avait encore jamais vue ainsi, complètement absorbée dans ses pensées. Comme il ne voulait pas rompre le charme, il ne bougea pas. Il aurait pu rester là éternellement à la regarder.

A la lueur des bougies, ses cheveux blonds en retombant sur ses épaules en volutes vaporeuses dessinaient une auréole autour de son visage pâle. Seuls ses yeux semblaient sombres et reflétaient l'émotion qu'elle éprouvait. Il sentit la légère odeur qui flottait dans l'air : un mélange de fumée et de cire fondue. Il savait qu'il n'oublierait jamais cette scène. Les années pourraient passer, il lui suffirait de fermer les yeux pour la revoir en cet instant, pour entendre la musique et sentir le parfum des bougies qui se consumaient.

— Ryan.

Il avait prononcé son nom dans un murmure, mais elle posa ses yeux dans les siens.

Elle souriait, mais la lumière oscillante fit miroiter les larmes qu'elle avait dans les yeux.

— C'est tellement beau.

— Oui.

Pierce avait peur de ne pas dire ce qu'il fallait. Un mot, un geste inappropriés risquaient de briser l'enchantement. Après tout, ce qu'il avait devant les yeux, l'émoi qu'il ressentait, pouvaient n'être qu'une illusion, un rêve.

— S'il te plaît, rejoue-moi ce morceau.

Même quand les premières notes se firent entendre, il ne se rapprocha pas. Il voulait que tout reste exactement identique. Ses lèvres entrouvertes dont il pouvait sentir le goût dans sa bouche. La texture de sa joue, s'il avait décidé d'y poser sa main. Elle aurait alors relevé les yeux, l'aurait contemplé en souriant, avec cette chaleur particulière dans le regard. Mais il n'en fit rien, se contenta de s'imprégner de sa présence en cet instant spécial, comme hors du temps.

Les flammes des bougies se dressaient de toute leur hauteur. Une bûche se consumait dans l'âtre. Puis le morceau se termina.

Elle le regarda. Pierce se dirigea vers elle.

— Je ne t'ai jamais autant désirée, dit-il à voix basse. Et je n'ai jamais eu aussi peur de te toucher.

Elle garda les doigts légèrement posés sur les touches.

— Peur ? Pourquoi ?

— Si j'avais fait un geste, ma main aurait pu te traverser. Et j'aurais pu m'apercevoir que tu n'étais qu'un rêve.

Ryan lui prit la main et la pressa contre sa joue.

— Non, nous ne rêvons pas. Ni l'un ni l'autre.

La peau de Ryan était chaude sous ses doigts et bien réelle. Il fut envahi par une vague de tendresse irrépressible. Il souleva son autre main et la tint dans la sienne, comme si elle était en cristal.

— Si tu devais faire un vœu, Ryan, juste un, ce serait quoi ?

— Que ce soir, seulement cette nuit, tu ne penses à rien ni à personne d'autre que moi.

Ses yeux brillaient dans la lumière douce des flammes dansantes. Pierce l'aida à se lever et prit son visage entre ses mains.

— Tu gâches tes vœux, Ryan, en demandant quelque chose qui existe déjà.

Il lui embrassa les tempes puis les joues. Sa bouche frémissait d'envie de goûter la sienne.

— Je veux imprégner ton esprit, le remplir, murmura-t-elle d'une voix tremblante. Afin qu'il n'y ait plus de place pour quoi que ce soit d'autre. Ce soir, je veux qu'il n'y ait que moi. Et demain…

— Chut !

Pour la faire taire, il l'embrassa. Un baiser tellement doux qu'elle s'abandonna à la promesse de ce qui allait suivre. Elle ferma les yeux, et il lui parcourut délicatement les paupières de ses lèvres.

— Il n'existe que toi au monde, Ryan. Viens, allons nous coucher. Je vais t'en donner la preuve.

Prenant sa main, il l'entraîna. Il fit le tour de la pièce en éteignant toutes les bougies sauf une, qu'il emporta. Sa flamme vacillante leur montra le chemin.

14

Ils durent se séparer une nouvelle fois. Ryan savait que c'était indispensable au bon déroulement des préparatifs de l'émission spéciale. Lorsqu'il lui manquait trop, il lui suffisait de se rappeler la magie de la dernière nuit qu'ils avaient passée ensemble. Ce souvenir lui permettait de tenir le coup jusqu'à ce qu'elle soit de nouveau dans ses bras.

Au cours des semaines qui suivirent, ils se croisèrent néanmoins de temps à autre, mais leurs rapports se cantonnèrent à des relations strictement professionnelles. Si elle le voyait à l'occasion des réunions ou pour régler certains points concernant son spectacle, il gardait encore secret le contenu de celui-ci. Ryan n'avait aucune idée de la composition de ses différents numéros. Il lui avait donné une liste détaillée des illusions qu'il avait l'intention d'exécuter et de leur ordre chronologique, mais s'était contenté du strict nécessaire au sujet de leurs mécanismes.

Ryan trouvait cette attitude frustrante, mais elle n'avait que peu d'autres motifs de se plaindre. La performance et ses décors se construisaient selon le plan que Pierce, Bloomfield et elle-même avaient établi en dernier lieu. Elaine Fisher avait signé le contrat pour son apparition en tant que vedette invitée. Ryan s'en était sortie honorablement pendant des séries de réunions, souvent aussi ardues que sensibles, auxquelles elle participait. Pierce aussi, d'ailleurs, se remémora-t-elle avec un sourire amusé.

Avec ses silences prolongés et quelques mots prononcés calmement, il avait plus de poids qu'une douzaine de directeurs affolés et querelleurs. Il supportait leurs revendications, leurs réclamations, sans jamais se départir de son amabilité et s'en tirait toujours à son avantage.

Il n'avait pas accepté qu'on fasse appel à un scénariste professionnel. Il avait dit non, tout simplement. Et il s'y était tenu, car il savait qu'il avait raison. Il avait son propre compositeur, son directeur attitré et son équipe personnelle qui s'occupait des accessoires. Personne ne parvint à influer sur sa décision de placer ses propres employés aux postes clés.

Pierce faisait les choses à sa façon et ne se soumettait que lorsque cela l'arrangeait. Il avait l'art de garder le contrôle sans faire de vagues.

Ryan avait cependant du mal à travailler, perturbée par les restrictions qu'il leur imposait, à son équipe et à elle-même.

— Pierce, déclara-t-elle après l'avoir coincé sur la scène pendant une pause entre les répétitions, il faut que je te parle.

— Mmm ? répondit-il tout en observant sa troupe qui installait les torches destinées à la prochaine séquence.

— Pierce, c'est important.

— Oui, je t'écoute.

Elle tira sur son bras afin d'attirer son attention.

— Tu ne peux pas refuser à Ned l'accès de la scène durant les répétitions.

— Si, je peux. Et je l'ai fait. Ne t'en a-t-il pas fait part ?

— Si, il me l'a dit, confirma-t-elle avec un soupir exaspéré. Pierce, il est le coordinateur de production. En tant que tel, il a parfaitement le droit d'être ici.

— Il est toujours dans mes jambes.

— Pierce !

— Quoi ? demanda-t-il gentiment en se tournant vers elle. Vous ai-je déjà dit que vous étiez très jolie aujourd'hui, mademoiselle Swan ? Votre tailleur est ravissant.

Elle essaya d'ignorer son regard amusé.

— Ecoute, Pierce, tu dois laisser un peu plus de place à mon équipe. Ta troupe est tout à fait compétente mais tes employés ne connaissent rien à la télévision.

Il feignit l'étonnement de façon convaincante.

— Que veux-tu que je fasse ?

— J'aimerais que tu permettes à Ned de faire son job et à mon personnel d'entrer dans le studio.

— Certainement, admit-il. Mais pas quand je répète.

— Pierce, dit-elle d'un air menaçant, il faut que tu fasses un certain nombre de concessions pour la télévision.

— J'en suis bien conscient, Ryan, et je les ferai, concéda-t-il en lui embrassant un sourcil. Mais quand je serai prêt.

— Et combien de temps cela prendra-t-il ?

— Encore quelques jours, assura-t-il en saisissant sa main.

— Très bien, dit-elle en soupirant. Mais, d'ici à la fin de la semaine, les éclairagistes devront participer aux répétitions.

Il lui secoua la main avec solennité.

— C'est promis. Rien d'autre ?

— Si, rétorqua-t-elle en redressant les épaules et en le regardant fermement. La première séquence dépasse le temps prévu de dix secondes. Il va falloir que tu la raccourcisses afin de l'adapter à la page de publicité qui est prévue ensuite.

— Non, c'est toi qui vas modifier ton programme, objecta-t-il.

Et il s'en alla après lui avoir donné un baiser.

Avant d'avoir eu le temps de protester, elle découvrit un bouton de rose accroché sur le revers de sa veste. Un mélange de contentement et de fureur l'envahit, mais il était déjà trop tard pour agir.

— C'est quelqu'un, n'est-ce pas ?

Ryan tourna la tête. Elaine Fisher se tenait à côté d'elle.

— Oui, sans aucun doute, reconnut-elle. J'espère que vous êtes satisfaite, mademoiselle Fisher. Votre loge vous convient-elle ?

Elaine lui adressa un grand sourire plein de charme.

— Oui, elle est parfaite.

Puis elle jeta un coup d'œil à Pierce et lâcha un de ces rires vifs et pétillants dont elle avait le secret.

— Il faut que je vous l'avoue, j'aimerais assez l'avoir à ma disposition.

— Je ne pense pas pouvoir vous contenter sur ce plan, mademoiselle Fisher, répliqua Ryan avec raideur.

— Oh, ma chère, je pourrais me débrouiller toute seule, s'il ne vous regardait pas de cette manière, répondit-elle avec un clin d'œil amical. Mais, bien sûr, si vous n'êtes pas intéressée, je peux toujours essayer de le consoler.

L'actrice avait un charme auquel il était difficile de résister.

— Cela ne sera pas nécessaire, rétorqua Ryan en souriant. C'est au producteur de contenter les vedettes, vous savez.

— Pourquoi n'essayez-vous pas de me dégotter un clone ? demanda-t-elle en quittant Ryan pour se diriger vers Pierce.

Quand elle les vit travailler ensemble, Ryan constata que son intuition ne l'avait pas trompée : ils s'accordaient parfaitement. Le charme ingénu de l'actrice et sa beauté cachaient un talent fou et un véritable don pour la comédie. Un savant dosage qui correspondait exactement à ce que Ryan avait souhaité.

Ryan attendit en retenant son souffle tandis qu'on allumait les torches. Elle voyait cette illusion du début à la fin pour la première fois. De longues flammes dansèrent, projetant une lumière presque aveuglante, jusqu'à ce que Pierce étende ses mains pour l'atténuer. Il se tourna ensuite vers Elaine.

— Attention de ne pas brûler ma robe, dit celle-ci en plaisantant. Elle n'est pas à moi. Elle est louée.

Au moment où il commençait à la faire léviter, Ryan griffonna une note sur son cahier afin de garder l'improvisation à la mémoire. Puis Elaine se mit à flotter juste au-dessus des flammes.

— Tout se passe bien, on dirait.

Ryan leva les yeux et sourit à Bess.

— Oui, Pierce est tellement perfectionniste que le contraire serait impossible. Il est vraiment infatigable.

— J'en sais quelque chose.

Elles l'observèrent en silence quelques instants, puis Bess déclara en serrant le bras de Ryan :

— Je ne peux pas m'en empêcher, dit-elle à mi-voix pour ne pas perturber la répétition. Il faut que je vous le dise.

— Quoi ?

Bess sourit et se pencha pour lui murmurer à l'oreille :

— J'aurais voulu annoncer la nouvelle à Pierce avant, mais… Link et moi…

Ryan lui coupa la parole et la serra dans ses bras.

— Oh, toutes mes félicitations !

— Vous ne m'avez pas laissée finir, dit Bess en riant.

— Vous étiez sur le point de me dire que vous alliez vous marier.

— Bon, oui, c'est vrai, mais…

— Félicitations, répéta Ryan. Quand cela s'est-il décidé ?

Bess eut un air légèrement hébété et se gratta la tête.

— Pratiquement à l'instant. J'étais dans ma loge en train de me préparer lorsqu'il a frappé à la porte. Il n'a pas osé entrer. Il est resté debout dans l'encadrement en frottant ses semelles sur le sol, vous savez, comme il fait d'habitude. Et, tout à coup, il m'a demandé si je voulais bien me marier, continua Bess en secouant la tête avec un autre rire. J'étais tellement étonnée que je lui ai demandé avec qui.

— Oh, Bess, vous n'avez pas fait ça !

— Si. Qui peut s'attendre à ce genre de proposition au bout de vingt ans ?

— Pauvre Link, murmura Ryan en souriant. Et qu'a-t-il répondu ?

— Il est resté cloué sur place pendant une minute, à me regarder en rougissant, puis il a dit : « Ben, avec moi, je suppose. » C'était vraiment romantique, conclut-elle en gloussant doucement.

— Je suis tellement heureuse pour vous.

— Merci, déclara Bess en poussant un gros soupir. Mais ne dites rien à Pierce, d'accord ? Je préfère que ce soit Link qui le fasse.

— Je serai muette comme une tombe, promit Ryan. Allez-vous vous marier bientôt ?

Bess lui adressa un sourire de travers.

— Ça, c'est sûr, mon chou. Je suppose que nous attendrons la diffusion de l'émission, puis nous sauterons le pas.

— Allez-vous continuer à travailler avec Pierce ?

Bess lui lança un regard étonné.

— Bien sûr. Nous formons une équipe. Link et moi allons certainement vivre chez moi, mais il est hors de question que nous arrêtions la scène.

— Bess, dit doucement Ryan, il y a quelque chose que je voulais vous demander. Concernant le numéro final, Pierce m'a juste dit qu'il s'agissait d'une évasion, et qu'elle durerait quatre minutes et dix secondes. Savez-vous quelque chose de plus à ce sujet ?

Bess haussa les épaules nerveusement.

— Il garde le secret parce qu'elle n'est pas encore tout à fait au point.

— C'est-à-dire ? insista Ryan.

— Je n'en ai aucune idée, sauf…, reconnut-elle, partagée entre ses doutes et sa loyauté. Sauf qu'elle fait peur à Link.

Ryan posa la main sur son bras.

— Pourquoi ? Est-ce dangereux ? Y a-t-il des risques ?

— Ecoutez, Ryan, toutes les évasions en comportent, mis à part celles où il se contente de se débarrasser d'une camisole de force ou d'une paire de menottes. Mais il est très fort, précisa-t-elle en observant Pierce qui faisait redescendre Elaine jusqu'au sol. Il va avoir besoin de moi dans un instant.

Ryan la retint fermement par le bras.

— Bess, dites-moi ce que vous savez.

— Ryan, répliqua-t-elle avec un soupir, je comprends ce que vous pouvez ressentir, mais je dois me taire. Le travail de Pierce ne concerne que lui.

— Je ne vous demande pas de violer la charte éthique des magiciens, objecta Ryan avec impatience. De toute façon, il devra me dire ce qu'il en est, le moment venu.

— Alors, il le fera, assura-t-elle.

Elle lui tapota la main et s'en alla.

Les répétitions se poursuivirent comme d'habitude avec Pierce. Après avoir assisté à une réunion de production en fin d'après-midi, Ryan décida d'aller l'attendre dans sa loge. Le problème posé par le numéro final l'avait rongée toute la journée. Elle n'avait pas aimé l'inquiétude qu'elle avait décelée dans les yeux de Bess.

La loge attribuée à Pierce était spacieuse et cossue. Elle comportait une moquette épaisse et un canapé confortable, suffisamment large pour être transformé en lit. Il y avait aussi un téléviseur à grand écran, une chaîne stéréo de bonne qualité et un bar bien achalandé, auquel elle savait que Pierce n'avait jamais touché. Deux très belles lithographies étaient accrochées au mur. C'était le genre d'endroit que Swan réservait à des artistes exceptionnels. Ryan doutait fort que Pierce y ait passé plus d'une demi-heure par jour, au cours de ses différents séjours à Los Angeles.

Ryan fouilla dans le réfrigérateur, trouva une petite bouteille de jus d'orange et se prépara un verre avant de s'enfoncer dans le canapé. Paresseusement, elle s'empara du livre qui se trouvait sur la table. Elle remarqua qu'il appartenait à Pierce. Encore un ouvrage sur Houdini. Avec un intérêt absent, elle se mit à en parcourir les pages.

Lorsque Pierce entra dans la pièce, il la trouva pelotonnée sur le divan. Elle avait déjà lu la moitié du volume.

— On fait des recherches ?

Ryan releva brusquement la tête.

— Parvenait-il vraiment à faire tout cela ? Je veux dire, ces numéros où il avalait une bobine de fil et des aiguilles et où il les recrachait ensuite enfilées. Ce n'est pas possible, n'est-ce pas ?

— Si, dit-il en enlevant sa chemise.

Ryan plissa les yeux et le regarda.

— Sais-tu faire ça, toi ?

— Je n'ai pas l'habitude de copier les illusions des autres, répondit-il en souriant. As-tu passé une bonne journée ?

— Oui. Il paraît qu'il avait une poche sous la peau.

Cette fois, il éclata de rire.

— Ne crois-tu pas que tu aurais trouvé la mienne, si j'en avais une ?

Ryan posa le livre et se leva.

— Il faut que je te parle.

Il la prit dans ses bras et commença à parcourir son visage de baisers.

— D'accord. Dans quelques minutes. Ces trois derniers jours ont été bien longs sans toi.

— C'est toi qui es parti, dit-elle d'un ton boudeur.

— Il fallait que je règle quelques détails. Ici, je n'arrive pas à me concentrer.

— D'où l'utilité du donjon, murmura-t-elle en lui prenant de nouveau les lèvres.

— Exactement. Nous allons dîner ensemble ce soir, dans un endroit avec des coins sombres et des bougies.

— Il y a tout cela dans mon appartement, dit-elle dans un souffle. Là, nous serons seuls.

— Tu vas encore essayer de me séduire.

Ryan rit et oublia ce qu'elle avait voulu dire.

— J'en ai bien l'intention.

— Vous devenez impudente, mademoiselle Swan, constata-t-il en la repoussant. Ne croyez pas que je sois un homme facile.

— J'adore les défis.

Il frotta son nez contre le sien.

— Votre fleur vous a-t-elle plu ?

Elle passa les bras autour de son cou.

— Beaucoup. Merci. Elle m'a empêchée de te harceler.

— Je sais. Tu trouves difficile de travailler avec moi, n'est-ce pas ?

— Extrêmement. Mais si tu laisses quiconque produire ta prochaine émission, je saboterai chacune de tes illusions.

— Bon, dans ce cas, il faudra que je te garde tout en me protégeant.

Il posa doucement sa bouche sur ses lèvres. Ryan fut inondée par une vague d'amour si soudaine et si intense qu'elle s'accrocha à lui.

Elle voulut s'exprimer rapidement, avant que la peur familière ne l'en empêche.

— Pierce, lis dans mes pensées, ordonna-t-elle, les yeux étroitement fermés, enfouissant son visage dans le creux de son épaule. Peux-tu le faire ?

L'urgence qu'il sentit dans sa voix l'obligea à s'écarter afin de l'étudier. Elle ouvrit des yeux écarquillés, et il y lut un mélange de peur et de détresse. Il y vit aussi autre chose qui lui provoqua un coup au cœur.

— Ryan ?

Pierce leva la main jusqu'à sa joue, effrayé de découvrir un sentiment qui ne concernait que lui. Affolé aussi par sa réalité.

— Je suis terrifiée, murmura-t-elle. Les mots ne parviennent pas à franchir mes lèvres. Peux-tu les deviner ? dit-elle d'une voix entrecoupée en se mordant la lèvre afin de contrôler son tremblement. Si tu n'y parviens pas, je comprendrai. Ce n'est pas pour autant que cela changera quoi que ce soit.

Oui, il pouvait les imaginer. Mais elle avait tort. Une fois ces paroles prononcées, tout serait différent. Il n'avait pas voulu que cela se produise, mais il savait néanmoins qu'ils en arriveraient là. Il l'avait su au moment même où il l'avait vue descendre les marches qui menaient à son atelier. Elle était la femme qui bouleverserait sa vie. Quels que soient les pouvoirs qu'il possédait, dès qu'il aurait dit ces trois mots, seule véritable incantation dans un monde fait d'illusions, il serait partiellement à sa merci.

— Ryan.

Il hésita quelques instants tout en sachant qu'il n'y avait pas moyen d'interrompre ce qui était déjà un fait accompli.

— Je t'aime.

Elle laissa échapper un soupir de soulagement.

— Oh, Pierce, j'ai eu si peur que tu ne veuilles pas comprendre, dit-elle en se serrant de toutes ses forces contre lui. Je t'aime tant. De toute mon âme, ajouta-t-elle en tremblant. C'est tellement bon, n'est-ce pas ?

Il sentit son cœur qui battait au même rythme que le sien.

— Oui. Oui, c'est bon.

— Je ne savais pas que je pouvais ressentir un tel bonheur. J'aurais voulu te le dire auparavant, susurra-t-elle tout contre sa gorge, mais j'éprouvais une telle appréhension… Et, maintenant, ça paraît ridicule.

Il la pressa plus fort contre lui, mais il restait encore sur sa faim.

— Nous étions tous les deux dans le même cas. Nous avons perdu du temps.

— Mais tu m'aimes, murmura-t-elle, juste pour l'entendre prononcer de nouveau la phrase magique.

— Oui, Ryan. Je t'aime.

— Allons chez moi, Pierce, supplia-t-elle. Allons-y. J'ai envie de toi.

— Hum ! A vos ordres !

Ryan rit en rejetant la tête en arrière.

— Maintenant ? Ici ?

— Ici et maintenant, approuva Pierce, prenant plaisir à voir l'éclair de malice qui passa dans ses yeux.

— Quelqu'un pourrait entrer, objecta-t-elle en s'éloignant de lui.

Pierce ne répondit rien, s'approcha de la porte et tourna le verrou.

— Ça m'étonnerait.

Ryan se mordit la lèvre pour retenir un sourire.

— Oh ! on dirait que je vais être victime d'un viol.

— Tu peux toujours essayer d'appeler à l'aide, suggéra Pierce en faisant glisser la veste de ses épaules.

— Au secours, cria-t-elle à voix basse tandis qu'il déboutonnait son chemisier. J'ai l'impression que personne ne m'a entendue.

— Alors, je crois que tu vas vraiment te faire violer.

— Oh, super ! murmura-t-elle au moment où sa blouse tomba sur le sol.

Ils rirent de la simple joie d'être amoureux. Ils s'embrassèrent et s'enlacèrent comme si le lendemain n'existait pas. Ils se murmurèrent des mots doux et soupirèrent de plaisir. Et même lorsque la passion s'intensifia et que leur désir devint incontrôlable, l'allégresse qui les soulevait resta teintée d'innocence.

Il m'aime, pensa Ryan en passant les mains sur son dos musclé. *Il m'appartient.*

Elle répondit avec ferveur à son baiser.

Elle m'aime, songea Pierce en sentant sa peau brûler sous ses doigts. *Elle m'appartient.*

Il chercha sa bouche et la savoura.

Ils se donnèrent l'un à l'autre, ils reçurent l'un de l'autre, jusqu'à ce que la fusion soit totale. Une passion grandissante, une tendresse infinie et une liberté nouvelle imprégnaient leur union. Après l'explosion, ils furent pris de vertige à la pensée que, pour eux, ce n'était que le commencement.

— Moi qui pensais que c'était au producteur d'attirer la vedette dans son lit, murmura Ryan.

— N'est-ce pas ce que tu as fait ? remarqua-t-il en lui passant les doigts dans les cheveux.

Avec un gloussement, Ryan l'embrassa entre les deux yeux.

— Il fallait que tu croies que l'idée venait de toi.

Elle se releva et attrapa son chemisier. Pierce s'assit derrière elle et fit glisser un doigt le long de sa colonne vertébrale.

— Tu vas quelque part ?

— Ecoute, Atkins, tu as gagné ton bout d'essai, annonça Ryan et elle poussa un petit cri quand il lui mordit l'épaule. J'en ai fini avec toi, à présent.

Pierce s'appuya sur ses coudes et la regarda s'habiller.

— Ah bon ?

Elle se glissa en frétillant dans ses sous-vêtements, puis se mit à accrocher ses bas.

— Jusqu'à ce qu'on arrive à la maison, dit-elle, jetant un coup d'œil à la nudité de son amant. Tu ferais mieux de te rhabiller avant que je change d'avis, sinon on va finir enfermés dans l'immeuble toute la nuit.

— Je peux nous faire sortir d'ici quand je veux.

— Mais il y a des alarmes.

— Ryan, vraiment ! dit-il en s'esclaffant.

Elle lui décocha un regard en coin.

— Je suppose qu'il vaut mieux que tu n'aies pas choisi la voie du crime.

— Il est beaucoup plus simple de gagner de l'argent en crochetant des serrures. Les gens sont fascinés à l'idée de payer pour constater que c'est toujours faisable, expliqua-t-il avec un sourire en se redressant. Mais ils n'apprécient pas qu'on le fasse bénévolement.

Elle le regarda avec curiosité et pencha la tête sur le côté.

— Es-tu déjà tombé sur un verrou qui te résiste ?

— Si on y met le temps nécessaire, dit Pierce en récupérant ses vêtements, n'importe quelle fermeture peut être forcée.

— Sans outils ?

Il leva un sourcil.

— Il y a différentes sortes d'outils.

— Je vais devoir vérifier si tu n'as pas une poche sous ta peau, dit-elle en fronçant les sourcils.

— Quand tu voudras, approuva-t-il obligeamment.

— Tu pourrais au moins être gentil et m'enseigner un seul de tes trucs. Celui où tu te délivres des menottes, par exemple.

Il secoua la tête et enfila son jean.

— Hum, hum. Il pourrait encore m'être utile.

Ryan haussa les épaules comme si le sujet ne l'intéressait plus et commença à boutonner son chemisier.

— Ah, j'allais oublier. Je voulais te parler de ton numéro final.

Pierce prit une chemise propre dans l'armoire.

— Quel est le problème ?

— C'est précisément ce que j'aimerais savoir. Que prévois-tu exactement à ce sujet ?

— Ce sera une évasion, je te l'ai déjà dit, précisa-t-il en enfilant sa chemise.

— J'ai besoin d'une explication un peu plus précise, Pierce. L'émission passe dans dix jours.

— Je suis en train d'y travailler.

Reconnaissant le ton caractéristique qu'il avait mis dans sa réponse, Ryan fit un pas vers lui.

— Tu ne fais pas un spectacle en solo, Pierce. N'oublie pas que c'est moi qui suis chargée de la production ; c'est toi-même qui l'as voulu. Je peux supporter quelques-unes de tes excentricités concernant le personnel, déclara-t-elle en faisant mine d'ignorer son air indigné. Mais je dois savoir précisément ce dont il s'agit. Tu ne peux pas me maintenir dans l'ignorance alors qu'il reste à peine deux semaines avant l'enregistrement.

— Je vais m'évader d'un coffre-fort, dit-il simplement en lui tendant sa chaussure.

Elle s'en saisit, mais continua à l'observer.

— C'est tout ? Il y a autre chose, Pierce. Ne me prends pas pour une idiote.

— J'aurai les pieds et les mains menottés.

Ryan se baissa pour récupérer son autre chaussure. La réticence permanente qu'il avait à donner des précisions provoqua en elle une véritable panique. Elle fit une pause car elle voulait recouvrer un ton ferme.

— Quoi d'autre, Pierce ?

Il garda le silence et finit de boutonner sa chemise.

— C'est un genre de poupées russes. Une boîte, dans une boîte, dans une boîte. Un truc vieux comme le monde.

La peur de Ryan monta d'un cran.

— Trois coffres ? Imbriqués les uns dans les autres ?

— Exactement. Chacun d'eux étant légèrement plus grand que le précédent.

— Hermétiques ?

— Oui.

Ryan sentit un grand froid l'envahir.

— Je n'aime pas ton numéro.

Il lui adressa un regard calme et posé.

— Tu n'as pas besoin de l'aimer, Ryan, ni de te faire du souci.

Elle avala sa salive.

— Il y a autre chose, n'est-ce pas ? Je le sais bien. Dis-moi toute la vérité.

— Le dernier coffre sera équipé d'un minuteur, dit-il, impassible. J'ai déjà utilisé ce procédé.

Elle sentit une onde glacée lui parcourir le dos.

— Un minuteur ? Non, ce n'est pas possible. C'est de la folie.

— Pas du tout, répliqua Pierce. Il y a des mois que j'en peaufine les mécanismes et le timing.

— Quel timing ?

— J'aurai assez d'oxygène pour respirer pendant trois minutes.

Trois minutes ! pensa-t-elle en s'efforçant de ne pas perdre pied.

— Et combien de temps l'évasion va-t-elle durer ?

— Pour l'instant, elle dépasse à peine les trois minutes.

— A peine..., répéta Ryan, abasourdie. Et si quelque chose tournait mal ?

— Aucun risque, Ryan. J'ai déjà tout passé en revue, des centaines de fois.

Elle fit deux pas pour s'éloigner, puis se retourna brusquement.

— Il est hors de question que je te laisse faire. Tu n'as qu'à présenter le numéro de la panthère à la place, mais pas celui-là.

— Ce sera cette évasion ou rien, Ryan, confirma-t-il d'un ton calme et sans appel.

Prise de panique, elle s'agrippa à ses bras.

— Non, Pierce ! Je refuse. Je vais l'éliminer du programme. Utilise une de tes autres illusions ou inventes-en une nouvelle mais pas celle-ci.

Sa voix ne changea pas de tonalité quand il baissa les yeux sur elle.

— Tu n'as pas le droit de la supprimer. C'est moi qui ai le dernier mot. Lis le contrat.

Elle blêmit et s'éloigna de lui.

— Bon sang ! Je me fiche de ce maudit contrat. Je sais ce qu'il contient. Je l'ai rédigé moi-même !

— Donc tu reconnais que tu n'as pas le droit de m'empêcher de faire cette évasion, remarqua-t-il tranquillement.

Des larmes jaillirent de ses yeux, mais elle les refoula d'un battement de paupières.

— Je ne te laisserai pas faire. C'est impossible.

— Je suis désolé, Ryan.

Elle respirait avec difficulté, submergée par un mélange de colère et de peur. Elle avait perdu tout espoir de le convaincre.

— Je trouverai un moyen de tout annuler. Le programme et le contrat.

— Peut-être, dit-il en la prenant par les épaules. Mais je la ferai quand même, Ryan. Le mois prochain, à New York.

Désespérée, elle s'accrocha de nouveau à ses bras.

— Pierce, je t'en prie. Tu pourrais y laisser ta peau. Ça n'en vaut pas la peine. Pourquoi as-tu toujours besoin de tenter le diable ?

— Parce que j'en ai la capacité. C'est mon travail, Ryan. Comprends-moi.

— Je comprends que je t'aime. Cela n'a-t-il aucune importance à tes yeux ?

— Tu sais très bien que si, rétorqua-t-il brutalement. Et à quel point c'est vrai.

Elle s'arracha furieusement à lui.

— Non, je n'en ai aucune idée. Je constate seulement que tu as l'intention de passer outre, même si je te supplie à genoux. Et tu crois que je vais te regarder risquer ta vie sans mot dire, juste pour que tu récoltes quelques applaudissements et une bonne critique ?

Le premier éclair de colère passa dans les yeux de Pierce.

— Cela n'a rien à voir. Tu devrais mieux me connaître.

— Non. Non, je ne sais rien de toi, dit-elle, accablée. Comment pourrais-je comprendre pourquoi tu t'acharnes tellement ? Cet exploit n'est d'aucune utilité ni pour le spectacle ni pour ta carrière.

Il lutta intérieurement pour contenir son impatience et parvint à répondre calmement :

— Pour moi, il est important.

— Pourquoi ? demanda-t-elle rageusement. Pourquoi est-ce nécessaire de mettre ta vie en danger ?

— C'est ton point de vue, Ryan, pas le mien. Les risques sont inhérents à mon métier et à ma personnalité, ajouta-t-il en marquant un temps d'arrêt, sans pour autant se rapprocher d'elle. Il va falloir que tu l'acceptes et que tu me prennes comme je suis.

— Ce n'est pas juste.

— Peut-être, concéda-t-il. Tu m'en vois désolé.

Ryan déglutit avec peine. Elle fit des efforts désespérés pour retenir ses larmes.

— Ce qui nous mène à quoi ?

— C'est toi qui décides, dit-il sans baisser les yeux.

— Je n'y assisterai pas, s'indigna-t-elle en reculant vers la porte. Non, non et non ! Je ne passerai pas ma vie à attendre le moment où tu dépasseras les bornes. Je ne pourrai pas le supporter.

Les doigts tremblants, elle chercha le verrou.

— Je hais ta magie, ajouta-t-elle dans un sanglot en tournant brusquement les talons et en sortant de la pièce.

15

Après avoir quitté Pierce, Ryan monta directement jusqu'au bureau de son père. Pour la première fois de sa vie, elle entra sans frapper. Contrarié par cette irruption intempestive, Swan interrompit sa conversation téléphonique et lui jeta un regard noir. Il l'observa attentivement pendant un instant. Il n'avait jamais vu sa fille dans un état pareil : le visage pâle, les yeux écarquillés et brillant de larmes ravalées, le corps secoué de tremblements.

— Je vous rappellerai, grommela-t-il en raccrochant.

Elle était restée debout près de l'entrée. Swan ne savait pas quoi dire, ce qui était plutôt rare. Il s'éclaircit la gorge.

— Qu'est-ce qu'il y a ? demanda-t-il.

Ryan s'appuya contre la porte. Elle avait les jambes en coton. S'efforçant de retrouver un semblant de sang-froid, elle s'avança vers son père.

— Il faut que tu… Je veux que tu annules l'enregistrement de l'émission spéciale.

Il se leva d'un bond et la regarda d'un air furieux.

— Quoi ? Bon sang, quelle idée ! Si c'est la pression qui te fait craquer, je trouverai quelqu'un pour te remplacer. Ross peut parfaitement prendre la relève, dit-il en frappant du plat de la main sur la table. Je regrette de t'avoir nommée à la tête de ce projet.

Swan tendit la main pour prendre le téléphone, mais la voix douce de Ryan l'arrêta.

— Je t'en prie. Je te demande de résilier le contrat et d'annuler le show.

Swan commença à pester de nouveau, l'étudia avec attention, puis se dirigea vers le bar. Il choisit de se taire et de verser une bonne dose de brandy français dans un verre ballon. Il maudissait sa fille intérieurement. Il se sentait gauche et mal à l'aise comme un adolescent. Il lui mit le verre dans les mains et lui ordonna d'un ton bourru :

— Tiens, bois ça. Et assieds-toi.

Ryan semblait aussi bouleversée que désemparée. Comme il ne savait plus sur quel pied danser, il lui tapota maladroitement l'épaule avant de retourner s'asseoir derrière son bureau. Une fois qu'il eut retrouvé sa place, il se sentit davantage en mesure de gérer la situation.

— Bon. Maintenant, tu vas m'expliquer ce qui se passe. Des problèmes pendant les répétitions ? demanda-t-il avec un sourire qu'il espérait compréhensif. Tu es pourtant dans le métier depuis assez longtemps pour savoir que cela fait partie du jeu.

Ryan prit une profonde inspiration. Elle avala une bonne gorgée de cognac, qui descendit dans sa gorge en brûlant. L'effet de l'alcool soulagea sa douleur et atténua sa peur. Sa respiration s'apaisa. Elle parvint à relever les yeux.

— Pierce a l'intention de terminer son spectacle par un numéro d'évasion.

— Je sais, dit-il avec impatience. J'ai lu le script.

— C'est trop dangereux.

Swan joignit ses mains sur le bureau. Si tel était le seul problème, il saurait le résoudre, décida-t-il.

— Dangereux ? Cet homme est un professionnel, Ryan. Il sait ce qu'il fait.

Swan tourna légèrement le poignet pour pouvoir jeter un coup d'œil à sa montre. Il n'avait que cinq minutes à lui accorder.

Elle serra le verre de toutes ses forces afin de ne pas crier. Swan n'était pas du genre à prêter l'oreille à une femme hystérique.

— Cette fois, c'est différent, insista-t-elle. Même les gens qui travaillent avec lui sont d'accord avec moi.

— Bon, explique-moi. En quoi consiste cette évasion ?

Incapable de formuler sa pensée, Ryan but encore un peu de cognac pour se donner du courage.

— Trois coffres-forts, commença-t-elle. Imbriqués l'un dans l'autre, le dernier…, ajouta-t-elle en faisant une pause afin de contrôler sa voix, le dernier est muni d'un minuteur. Une fois enfermé dans le premier, il aura juste assez d'oxygène pour respirer pendant trois minutes. Et il vient… il vient juste de me dire que le numéro dépasse actuellement cette durée.

— Trois coffres, dit Swan, pensif, en faisant la moue. De quoi interrompre une représentation !

Ryan reposa violemment son verre sur le bureau.

— Surtout s'il meurt étouffé. Imagine l'effet que cela aura sur l'Audimat. Enfin, il pourra toujours recevoir un hommage posthume.

Swan fronça les sourcils d'un air menaçant.

— Ryan, calme-toi !

— Non ! répliqua-t-elle en se levant d'un bond. Il n'a pas le droit de jouer avec sa vie. Il faut résilier le contrat.

Swan eut un haussement d'épaules, qui montrait qu'une telle éventualité était impossible.

— Nous ne pouvons pas faire ça.

— Dis plutôt que nous ne voulons pas, rectifia Ryan rageusement.

— O.K., nous ne voulons pas, approuva Swan en l'imitant. Il y a trop d'intérêts en jeu.

— *Tout* est en jeu ! lui cria Ryan. Je l'aime.

Il était sur le point de se lever et de se mettre aussi à hurler, mais ses derniers mots le prirent au dépourvu. Il la dévisagea. Elle avait les yeux pleins de larmes. Il ressentit de nouveau la même gêne.

Il soupira et prit un cigare.

— Ryan, assieds-toi.

— Non !

Elle lui arracha le cigare des mains et le lança à travers la pièce.

— Non. Et je ne me calmerai pas, non plus. Je te demande ton aide. Pourquoi détournes-tu les yeux ? demanda-t-elle avec autant de désespoir que de colère dans la voix. Regarde-moi, vraiment !

— C'est ce que je fais ! rugit-il pour sa défense. Et je peux te dire que je n'aime pas ce que je vois. Maintenant, assieds-toi et écoute-moi.

— Non, J'en ai assez de t'écouter, assez d'essayer de te contenter. Pourtant, je t'ai toujours obéi, mais ça ne suffit pas. Je ne serai jamais le fils que tu aurais voulu. Ce n'est pas ma faute, s'indigna Ryan qui couvrit son visage de ses mains et éclata en sanglots. Je suis juste ta fille et j'ai besoin que tu m'aides.

Cette déclaration le laissa sans voix. Les femmes en larmes l'avaient toujours décontenancé. Il ne parvenait pas à se souvenir s'il avait déjà eu l'occasion de la voir pleurer ; en tout cas, jamais d'une façon aussi passionnée. Il se mit debout maladroitement et fouilla dans sa poche à la recherche d'un mouchoir.

— Tiens, prends ça, dit-il en le lui tendant. J'ai toujours…

Il s'interrompit, hésitant. Puis il s'éclaircit la voix et jeta un regard désespéré autour de lui.

— … J'ai toujours été fier de toi, Ryan.

Quand, en guise de réponse, ses pleurs redoublèrent, il enfonça ses mains dans ses poches et garda le silence.

— Ce n'est pas grave, finit-elle par dire.

Sa voix était étouffée par le mouchoir. Elle eut honte de sa conduite, de ses paroles, de ses larmes.

— Cela n'a plus d'importance, à présent.

— Si je pouvais t'aider, je le ferais, grommela-t-il au bout d'un moment. Mais je ne peux pas l'empêcher de faire son numéro. Même si je parvenais à annuler l'émission et à me dépêtrer des poursuites que la chaîne et Atkins ne manqueront pas d'engager contre nous, il fera cette maudite évasion, un jour ou l'autre.

C'était la vérité et Ryan détourna les yeux.

— Il doit bien y avoir un moyen...

Swan remua, mal à l'aise.

— Est-ce qu'il t'aime aussi ?

Ryan laissa échapper un souffle et refoula ses pleurs.

— Ce qu'il ressent à mon égard ne compte pas, si je ne peux pas l'arrêter.

— Je vais essayer de lui parler.

Elle secoua la tête avec lassitude et regarda de nouveau son père.

— Cela ne changera rien. Je suis désolée. Je n'aurais pas dû venir. J'avais l'esprit confus, ajouta-t-elle en regardant ses pieds et en serrant le mouchoir dans son poing fermé. Excuse-moi de t'avoir fait une scène.

— Ryan, je suis ton père.

Elle leva les yeux sur lui, mais il lui sembla qu'ils ne contenaient aucune expression.

— Oui.

Il se racla la gorge et se rendit compte qu'il ne savait pas quoi faire de ses mains. Ryan se contentait de le regarder, le regard vide. Il ébaucha timidement un geste et lui toucha le bras.

— Je ne veux pas que tu te sentes coupable d'être venue me voir, dit finalement Swan. Je ferai tout mon possible pour persuader Atkins de supprimer ce numéro, si c'est ce que tu veux.

Ryan poussa un gros soupir avant de reprendre sa place.

— Merci. Mais tu as raison, il le fera quand même, une autre fois. Il me l'a dit lui-même. Le problème, c'est que je suis incapable d'accepter cette éventualité.

— Veux-tu que Ross te remplace ?

Elle pressa les doigts sur ses paupières et refusa d'un signe de tête.

— Non, je finirai ce que j'ai commencé. Me cacher ne changera rien, de toute façon.

Il hocha la tête, l'air satisfait.

— Bravo ! Et, euh..., dit-il en hésitant sur le choix des mots adéquats… Au sujet de toi et du magicien, ajouta Swan qui toussa en tripotant sa cravate, que désires-tu que je fasse ? Je veux dire… dois-je m'enquérir de la nature de ses intentions à ton égard ?

Ryan eut la surprise de constater qu'elle pouvait encore sourire.

— Non, ce ne sera pas nécessaire, déclara-t-elle en se levant. Mais j'aimerais bien prendre quelques vacances après l'enregistrement.

Elle remarqua que Swan semblait soulagé.

— Bien sûr, tu l'auras bien mérité.

— Je ne vais pas te déranger plus longtemps.

Lorsqu'elle fit mine de s'en aller, il lui mit la main sur l'épaule. Elle lui lança un coup d'œil étonné.

— Ryan…

Impossible de formuler les sentiments qu'il voulait exprimer. A la place, il serra son épaule.

— … Allez, je t'invite à dîner.

Ryan le fixa. Elle tenta de se souvenir de la dernière fois où elle avait pris un repas avec son père. Etait-ce lors d'un banquet en l'honneur d'une remise de prix ? Ou au cours d'une réception d'affaires ?

— A dîner ? dit-elle d'un air ébahi.

— Oui. Un père peut bien emmener sa fille au restaurant, n'est-ce pas ?

Sa voix s'était durcie tandis que ses pensées avaient suivi le même raisonnement que celles de sa fille. Il passa le bras autour de sa taille et la conduisit jusqu'à la porte. Il eut un choc quand il se rendit compte à quel point elle était petite.

— Va te laver la figure, grogna-t-il. Je t'attends ici.

Le lendemain matin, à 10 heures, Swan lisait pour la seconde fois le contrat. Un problème épineux, songea-t-il. Il ne serait pas facile de le résilier. Il n'avait, d'ailleurs, aucunement l'intention de prendre une telle décision. D'une part ce serait faire preuve d'un mauvais sens des affaires ; d'autre part, ce serait un geste inutile. Il valait mieux qu'il parvienne à faire pression sur Atkins. Lorsque la sonnerie de son téléphone retentit, il reposa le contrat à l'envers sur son bureau.

— Monsieur Swan, M. Atkins est arrivé.

— Faites-le entrer.

Swan se leva pour accueillir le magicien. Comme la première fois, il traversa la pièce, la main tendue devant lui.

— Pierce, dit-il d'un air jovial, merci d'être venu.

— Monsieur Swan.

— Bennett, s'il vous plaît, rectifia Swan en conduisant Atkins vers une chaise.

— Bennett, approuva Pierce en prenant place.

Swan s'assit en face de lui.

— Bon, êtes-vous satisfait de la tournure que prennent les événements ?

— Oui, répondit Pierce en levant un sourcil.

Swan ouvrit une boîte et en sortit un cigare.

Cet homme est trop calme, pensa-t-il amèrement. *Son visage ne trahit aucune émotion.*

Il décida d'aborder le sujet par la bande.

— Coogar m'a dit que les répétitions marchaient comme sur des roulettes. Nous avons cependant quelques préoccupations concernant vos projets pour la finale.

— Ah ?

— Il s'agit d'un spectacle pour la télévision, vous savez, fit remarquer Swan avec un sourire chaleureux. Quatre minutes dix, c'est un peu long pour un numéro.

Atkins posa les mains sur les accoudoirs.

— C'est inévitable. Je suis sûr que Ryan vous l'a déjà expliqué.

Swan rencontra le regard direct de Pierce.

— Oui. Elle m'en a fait part. Elle est venue me voir hier soir. Elle était bouleversée.

Les doigts de Pierce se crispèrent légèrement, mais son expression resta la même.

— Je sais. J'en suis désolé.

— Ecoutez, Pierce, je suis sûr que vous êtes quelqu'un de raisonnable, déclara Swan qui se pencha en avant en pointant son cigare vers lui. Votre illusion a l'air d'être un vrai bijou. L'idée du minuteur est fantastique, mais de petits changements pourraient…

— Je n'ai pas l'habitude de modifier mes illusions.

Sa manière d'écarter sèchement tout compromis fit fulminer Swan.

— Tous les contrats peuvent être annulés, annonça-t-il comme une menace.

— Vous pouvez tenter la résiliation. Les complications qui en résulteront risquent d'être beaucoup plus ennuyeuses pour vous que pour moi. Et, en fin de compte, rien ne changera.

— Bon sang, Pierce ! Ma fille est dans tous ses états !

Il tapa du plat de la main sur le bureau et s'effondra dans son fauteuil pour ajouter :

— Elle m'a avoué être amoureuse de vous.

— C'est la vérité, répondit tranquillement Pierce, ignorant le serrement au creux de son estomac.

— Et que diable avez-vous l'intention de faire à ce sujet ?

— La question vient-elle du père ou du directeur de Swan Productions ?

Les sourcils de Swan se rejoignirent, et il grogna pendant un instant avant de prendre sa décision.

— Du père.

Les yeux de Pierce se posèrent calmement sur Swan.

— J'aime Ryan. Et, si elle veut bien de moi, je suis prêt à vivre le reste de ma vie avec elle.

— Et dans le cas contraire ?

Pierce sentit sa vision s'assombrir. L'éventualité traversa son cerveau en un éclair. C'était une possibilité qu'il n'avait pas encore envisagée. Dans l'intervalle, Swan avait deviné ce qu'il voulait savoir. Il profita de son avantage.

— La conduite d'une femme amoureuse n'est pas forcément raisonnable, déclara-t-il avec un sourire indulgent. C'est parfois à l'homme de faire quelques compromis.

— Il existe très peu de choses que je ne ferais pas pour elle. Mais je ne peux pas changer ma personnalité.

— Nous parlons d'un numéro de magie, rétorqua Swan qui commençait à perdre patience.

— Non, c'est ma manière de vivre qui est en cause. Même si j'annule cette évasion, j'en inventerai une autre, puis encore une autre, continua-t-il en feignant d'ignorer le froncement de sourcils de Swan. Si Ryan n'est pas en mesure d'accepter celle-là, comment supportera-t-elle les suivantes ?

— Vous prenez le risque de la perdre.

A ces mots, Pierce se leva, incapable de rester assis plus longtemps.

— Peut-être n'a-t-elle jamais été à moi.

Il avait appris à gérer la douleur, se dit-il. Il était même spécialiste en la matière. Sa voix était calme quand il reprit :

— Il faut que Ryan fasse ses propres choix. Quant à moi, je n'aurai d'autre option que de les accepter.

Swan se dressa sur ses pieds et lui lança un regard furieux.

— Je voudrai bien me faire pendre si vos propos sont ceux d'un homme amoureux !

Pierce le fixa longuement d'un air froid, qui l'obligea à déglutir avec effort.

— Dans ma vie jalonnée d'illusions, Ryan est la seule chose réelle.

Il tourna les talons et sortit à grandes enjambées de la pièce.

16

L'enregistrement était prévu à 18 heures, horaire de la côte Ouest. A 16 heures, Ryan avait déjà dû affronter toutes les difficultés possibles et imaginables.

Pourtant, les problèmes, les réclamations incessantes et la touche de folie qui allait avec l'empêchaient de se réfugier dans un coin sombre pour pleurer. On comptait sur elle, et Ryan n'avait d'autre choix que d'être à la hauteur. Si sa carrière représentait la seule chose qui lui restait, elle devait désormais s'y dévouer corps et âme.

Il y avait dix jours qu'elle évitait soigneusement Pierce et lui dissimulait ses émotions. Il fallait bien qu'ils se rencontrent de temps à autre, mais leurs relations se bornaient à celles d'un producteur avec une vedette. Pierce n'avait fait aucune tentative pour combler le fossé qui s'était creusé entre eux.

Ryan souffrait. Elle était étonnée par moments de constater à quel point elle avait mal. Elle accueillait néanmoins ce sentiment avec gratitude. La souffrance contribuait à masquer sa peur. Les trois coffres-forts avaient été livrés. Quand elle s'était fait violence pour aller les voir, elle avait rapidement évalué leur taille. Le plus petit ne faisait pas plus de quatre-vingt-dix centimètres de haut sur soixante de large. L'idée de Pierce coincé dans cette petite boîte noire lui faisait mal au cœur.

Elle était en train d'examiner le dernier coffre, sa lourde porte et son minuteur compliqué, quand elle avait senti la présence de Pierce dans son dos. Elle s'était retournée, et ils s'étaient regardés en silence. Avant qu'elle se décide à tourner les talons pour s'éloigner, elle avait été envahie d'un mélange d'amour, de désir et de désespoir. Il n'avait pas prononcé un mot, n'avait fait aucun geste pour la retenir.

Depuis ce jour, Ryan s'était tenue à distance des coffres, préférant consacrer son énergie à la vérification, dans ses moindres détails, du bon déroulement de la production.

Il fallait trouver quelqu'un pour superviser la garde-robe, réparer à la hâte un projecteur qui ne marchait plus ou remplacer un technicien tombé malade. Et il y avait le timing, qui devait être calculé à la seconde près.

Les problèmes de dernière minute semblaient ne pas avoir de fin, et elle ne manquait pas de remercier le ciel à chaque nouveau casse-tête qui survenait. Jusqu'à l'instant précis où le public commença à faire la queue devant le studio, elle n'eut pas le temps de se poser de questions.

Les entrailles nouées, mais une feinte sérénité peinte sur le visage, Ryan attendit dans la cabine de contrôle tandis que le régisseur de plateau lançait le compte à rebours.

Le spectacle commença.

Pierce se tenait sur la scène, compétent et décontracté. Les décors étaient parfaits : d'un style dépouillé, élégant et vaguement mystérieux, souligné par l'éclairage tamisé. Habillé tout en noir, Pierce évoquait à la perfection un sorcier du xxe siècle, qui n'avait pas besoin de baguette magique ni de chapeau pointu pour impressionner.

L'eau circulait entre ses mains, le feu sortait du bout de ses doigts. Ryan assista au numéro où il tenait Bess en équilibre sur la pointe d'une épée et la faisait tourner comme une toupie. Puis il enlevait le sabre d'un geste ample du bras, et elle se mettait à tournoyer dans le vide.

Elle vit Elaine léviter au-dessus des torches allumées, et l'audience retenir son souffle. Pierce continua en l'enfermant dans une sphère de verre transparent, qu'il recouvrit d'un drap de soie rouge et qu'il fit s'élever à trois mètres au-dessus du sol. La bulle flotta dans l'air, se balançant doucement au son de la musique de Link. Pierce la ramena sur la scène et en ôta le tissu, Elaine était devenue un cygne blanc.

La diversité de ses illusions étonnait. Audacieuses et spectaculaires, elles étaient toujours merveilleusement belles. Il maîtrisait les quatre éléments, défiait la nature et laissait tout le monde bouche bée.

Ryan entendit une voix qui disait avec excitation :

— Tout se déroule à merveille. C'est sûr qu'on a des chances de décrocher au moins deux prix pour cette émission. Caméra 2, dans trente secondes. Mon Dieu, mais ce type a un talent fou !

Ryan décida de quitter la cabine de contrôle pour rejoindre les coulisses. Elle pensait avoir froid à cause de l'air conditionné poussé au maximum. Elle se dit qu'il ferait plus chaud près de la scène, que la chaleur diffusée par les projecteurs la réchaufferait. Son corps continua pourtant d'être parcouru de frissons. Elle contempla Pierce qui présentait une variante du numéro de transport dans l'espace qu'elle avait déjà vu à Las Vegas.

Bien que son regard ne se posât jamais sur elle, Ryan pressentait qu'il avait deviné sa présence. Son esprit était si totalement centré sur lui que le contraire eût été impossible.

— Tout se passe bien, n'est-ce pas ?

Ryan leva les yeux et vit Link debout à son côté.

— Oui, jusqu'à présent, tout était parfait.

— J'ai adoré le numéro du cygne. C'était très beau.

— Oui.

— Vous feriez mieux d'aller dans la loge de Bess, suggéra-t-il. Il y a une télévision qui retransmet le spectacle.

— Non. Non, je reste.

Pierce était maintenant en compagnie d'un tigre svelte et musclé, qui tournait en rond dans une cage dorée. Ryan savait que c'était la dernière illusion avant le numéro final. Elle prit une profonde inspiration et saisit la main de Link.

— Tout ira bien, Ryan, dit-il en la serrant. Pierce est le meilleur.

On apporta le plus petit des coffres. Sa porte fut ouverte en grand, et on le fit tourner dans tous les sens pour montrer à tous sa solidité. Ryan avait dans la bouche un goût d'acier. Elle n'entendit pas les explications que Pierce donnait au public tandis qu'un commissaire de police de Los Angeles lui menottait les pieds et les mains. Elle regardait fixement son visage. Elle savait qu'en pensée il était déjà enfermé à l'intérieur. Il préparait son évasion. Elle se raccrocha à cette idée aussi fort qu'elle serrait la main de Link.

Son corps tenait à peine dans le premier coffre. Ses épaules en frôlaient les parois.

Traversée par un brusque accès de panique, elle songea qu'il lui serait impossible d'y bouger. La porte se referma sur lui et elle voulut faire un pas vers la scène. Mais Link la retint par les épaules.

— Vous ne pouvez pas faire ça, Ryan.

— Mon Dieu, il ne pourra pas remuer. Il n'aura pas d'air !

Avec une terreur grandissante, elle contempla le second coffre qu'on amenait.

— Il s'est déjà débarrassé des menottes, dit Link sur un ton apaisant, inquiet pourtant de voir le coffre-fort où était Pierce soulevé, puis enfermé dans le second. Il est déjà en train d'ouvrir la première porte, ajouta-t-il autant pour se réconforter que pour rassurer Ryan. Il travaille vite. Vous le savez, vous l'avez vu à l'œuvre.

— Oh ! non, pas ça !

L'angoisse de Ryan devint insoutenable quand arriva le troisième coffre. Prise de vertige, elle s'appuya contre Link. Le plus grand des coffres avala les deux autres, ainsi que l'homme qui était à l'intérieur. On le ferma et on le verrouilla. Le minuteur fut réglé sur minuit. Il n'y avait désormais plus aucun moyen d'y pénétrer de l'extérieur.

— Combien de minutes ? murmura-t-elle, les yeux fixés sur le complexe minuteur en acier brillant. Ça fait combien de temps qu'il est là-dedans ?

— Deux minutes et demie, répondit Link qui sentait une goutte de sueur descendre le long de son dos. Il a largement le temps.

Il savait que les coffres étaient si étroitement imbriqués l'un dans l'autre que l'espace libéré par leurs portes, une fois poussées, laissait à peine le passage à un enfant. Il n'avait jamais compris comment Pierce parvenait à se contorsionner de cette façon. Mais lui, contrairement à Ryan, l'avait vu faire. Link avait observé Pierce tandis qu'il répétait cette évasion un nombre incalculable de fois. La sueur continuait pourtant à couler le long de son dos.

L'air se raréfiait, et Ryan avait de plus en plus de mal à remplir ses poumons. Pierce avait certainement la même sensation à l'intérieur du coffre, pensa-t-elle, hébétée. Sans air ni lumière.

— Combien de temps, Link ?

Elle tremblait comme une feuille à présent. Le géant interrompit sa prière pour lui répondre :

— Deux minutes cinquante. C'est presque terminé. Il est déjà en train d'ouvrir le dernier.

Ryan joignit les deux mains et les serra de toutes ses forces tout en faisant mentalement le décompte des secondes. Elle sentit un bourdonnement lui vriller les tympans et se mordit violemment la lèvre inférieure. Elle ne s'était jamais évanouie de sa vie, mais elle eut alors la sensation qu'elle allait perdre connaissance. Quand sa vue se brouilla, elle contracta fortement ses paupières pour l'éclaircir. Mais son souffle s'était bloqué. Pierce manquait d'air, et elle aussi. Prise d'une brusque attaque d'hystérie, elle se dit qu'elle était sur le point de suffoquer, aussi sûrement que Pierce étouffait, enfermé dans le trio de coffres.

Et puis, elle vit la porte qui s'ouvrait, entendit le soupir de soulagement poussé par le parterre et le tonnerre d'applaudissements qui suivit. Trempé de sueur, cherchant à reprendre son souffle, Pierce se tenait debout sur la scène.

Un voile d'obscurité recouvrit la lumière des projecteurs, et Ryan s'évanouit dans les bras de Link. Sa syncope dura presque une minute. Elle reprit conscience grâce à la voix de Link, qui l'appelait.

— Ryan, Ryan, réveillez-vous. Il est dehors. Il va bien.

Elle s'appuya contre lui et secoua la tête pour recouvrer ses esprits.

— Oui, il s'en est sorti.

Elle le contempla une dernière fois, puis elle tourna les talons et s'en alla.

A l'instant où les caméras arrêtèrent de tourner, Pierce se précipitait dans les coulisses.

— Où est Ryan ? demanda-t-il à Link.

— Elle est partie.

Il vit les gouttes de sueur qui dégoulinaient sur le visage de Pierce. Il lui tendit la serviette qu'il lui avait préparée.

— Elle était bouleversée, poursuivit Link. Elle a perdu connaissance…

Pierce n'essuya pas sa figure trempée, il ne sourit pas, comme il le faisait toujours après avoir réussi une évasion.

— Où est-elle allée ?

— Je ne sais pas. Elle a juste disparu.

Sans un mot, Pierce partit à sa recherche.

Ryan était étendue sous le soleil brûlant. Elle sentait une démangeaison au milieu de son dos, mais elle ne fit pas un mouvement pour se gratter. Elle resta immobile et laissa la chaleur imprégner sa peau.

Il y avait déjà une semaine qu'elle était à bord du yacht de son père, au large de la côte de l'île de Sainte-Croix, dans les Caraïbes. Comme elle le lui avait demandé, Swan avait consenti à ce qu'elle parte seule. Il ne lui avait pas posé de questions lorsqu'elle s'était présentée chez lui pour lui demander sa permission. Il avait pris les dispositions nécessaires et l'avait conduite à l'aéroport lui-même. Plus tard, Ryan avait songé que c'était la première fois qu'il ne faisait pas appel à une limousine avec chauffeur et qu'il la laissait prendre son avion seule.

Ces derniers jours, elle avait bronzé, nagé et s'était efforcée de faire le vide dans son esprit. Après avoir quitté le studio, elle n'était pas retournée à son appartement. Elle était arrivée à Sainte-Croix avec les vêtements qu'elle avait sur le dos et s'était procuré sur place ce dont elle avait besoin. Elle n'avait parlé à personne, sauf aux membres de l'équipage, et n'avait répondu à aucun message en provenance des Etats-Unis. Elle avait tout simplement disparu de la circulation pendant une semaine.

Ryan roula sur le dos et mit ses lunettes de soleil. Elle savait que si elle se forçait à ne pas penser, la réponse qu'elle désirait viendrait d'elle-même. Quand elle lui parviendrait, elle s'y conformerait. Jusque-là, elle patientait.

Dans son atelier, Pierce battit et coupa le jeu de tarots. Il avait besoin de se relaxer. La tension le rongeait.

Après l'enregistrement, il avait fouillé tout l'immeuble à la recherche de Ryan. Quand il s'était rendu compte qu'elle était introuvable, il avait violé ses règles d'or, avait forcé la serrure de son appartement et avait passé la nuit à l'attendre. Mais elle n'était pas rentrée chez elle. Sa disparition l'avait rendu fou de rage. Il s'était abandonné à sa furie, inhibant ainsi sa douleur. La colère, ce sentiment indiscipliné qu'il ne s'était jamais permis d'extérioriser, avait éclaté de toute sa force brutale. Link avait supporté le poids de sa fureur en silence.

Pierce avait mis des jours à recouvrer le contrôle de lui-même. Ryan était partie, et il fallait qu'il accepte cette évidence. La discipline qu'il s'était imposée ne lui laissait pas le choix. Même s'il avait su où elle se cachait, ses principes ne lui auraient pas permis d'aller la chercher.

Pendant toute la semaine qui avait suivi, il avait été incapable de travailler. Il n'avait aucune énergie. Chaque fois qu'il tentait de se concentrer, l'image de Ryan lui apparaissait, son odeur envahissait ses narines, et son goût imprégnait sa bouche. C'était tout ce que son esprit parvenait à élaborer. Il fallait absolument qu'il réussisse à sortir de cet état. Pierce savait que s'il ne retrouvait pas rapidement son rythme normal, il serait un homme fini.

Il était seul à présent, Link et Bess étant partis en lune de miel. Lorsqu'il s'était senti de nouveau maître de lui, il avait insisté pour qu'ils maintiennent leurs projets. Il les avait laissés suivre leur chemin, alors que le vide de sa propre vie se profilait telle une menace sur son avenir.

Il était temps qu'il se remette au travail, qu'il se tourne vers la seule chose qui lui restait. Mais cette perspective lui provoqua un léger pincement au cœur. Il n'était même plus certain de posséder des pouvoirs magiques.

Pierce reposa les cartes et se leva avec l'intention de répéter une de ses illusions les plus compliquées. Il n'était pas question qu'il se mette à l'épreuve avec un numéro trop facile. Il se prépara mentalement, entraîna sa concentration, s'assouplit les mains, puis il leva les yeux et la vit.

Pierce regarda l'image fixement. Il n'avait encore jamais eu d'elle une vision aussi précise. Il pouvait même entendre le bruit de ses pas tandis qu'elle traversait la pièce en direction de l'estrade. Son odeur lui parvint d'abord, et son sang ne fit qu'un tour. Il se demanda presque froidement s'il n'était pas en train de devenir fou.

— Bonjour, Pierce.

Ryan constata qu'il avait sursauté, comme si ses paroles l'avaient arraché à un rêve.

— Ryan ? prononça-t-il doucement d'un air interrogateur.

— Ta porte était ouverte, alors je suis entrée. J'espère que je ne te dérange pas.

Il continuait à la fixer en silence. Elle monta les marches de l'estrade.

— J'ai interrompu ton travail.

Il suivit son regard, et ses yeux se dirigèrent sur la fiole de verre qu'il tenait dans la main, puis sur les cubes colorés installés sur la table.

— Mon travail ? Euh… non, pas de problème.

Il reposa la fiole. Il n'aurait de toute façon pas réussi à exécuter la plus simple de ses illusions.

— Je n'en aurai pas pour longtemps, déclara Ryan avec un sourire.

C'était la première fois qu'elle le voyait perdre son sang-froid.

— Il faut que nous parlions. Au sujet d'un nouveau contrat.

— Un contrat ? répéta-t-il, incapable de détourner les yeux.

— Oui. C'est pour cela que je suis venue.

— Je vois.

Il avait envie de poser ses mains sur elle, mais il les garda sur la table. Il ne pouvait pas toucher une femme qui ne lui appartenait plus.

— Tu as l'air en pleine forme, dit-il finalement avec un geste du bras pour lui offrir un siège. Où étais-tu ?

La question avait franchi ses lèvres avant qu'il n'ait pu la retenir ; elle ressemblait dangereusement à une accusation. Ryan se contenta d'un autre sourire.

— Je suis partie, répondit-elle simplement en s'avançant vers lui. As-tu pensé à moi ?

Il fit un pas en arrière.

— Oui, j'ai pensé à toi.

— Souvent ? demanda-t-elle d'une voix calme en s'approchant de lui.

— Ryan, arrête ! dit-il d'un ton cassant.

Et il recula, sur la défensive.

— Tu as hanté mes pensées, poursuivit-elle, comme s'il n'avait rien dit. En permanence, bien que j'aie lutté pour m'en empêcher. Est-ce que tu prépares des potions magiques à tes moments perdus, Pierce ? Est-ce que tu m'en as fait boire une à mon insu ? s'enquit-elle tout en faisant un autre pas dans sa direction. J'ai fait tout mon possible pour parvenir à te haïr. J'ai tenté de toutes mes forces de t'oublier. Mais ta magie est vraiment trop efficace.

Pierce sentait le parfum de Ryan qui envahissait ses sens et troublait ses émotions.

— Ryan, je ne suis qu'un homme et tu es ma faiblesse. Ne fais pas ça, implora-t-il en faisant appel à ce qui subsistait de son contrôle de soi. J'ai du travail.

Ryan joua avec un des cubes colorés.

— Il faudra qu'il attende. Sais-tu combien d'heures il y a dans une semaine ? demanda-t-elle en lui souriant.

— Non. Cesse immédiatement, Ryan !

Son cœur battait la chamade. Son désir montait et devenait presque impossible à maîtriser.

— Cent soixante-huit, murmura-t-elle. C'est beaucoup de temps perdu.

— Si je te touche, je ne te lâcherai plus.

— Et si c'est moi qui prends l'initiative ? demanda-t-elle en posant les mains sur son torse.

— Arrête, prévint-il de nouveau. Tu ferais mieux de partir pendant qu'il est encore temps.

— Tu feras de nouveau cette évasion, n'est-ce pas ?

— Oui. Bien sûr, bon sang !

Ses doigts exigeaient qu'il la touche.

— Ryan, au nom du ciel, va-t'en !

— Tu la referas, reprit-elle. Ainsi que d'autres, probablement encore plus dangereuses ou, du moins, tout aussi effrayantes. Parce que c'est dans ta nature. N'est-ce pas ce que tu m'as affirmé ?

— Ryan…

— Voilà l'homme dont je suis tombée amoureuse, constata-t-elle calmement. Je ne sais pas comment j'ai pu croire que j'avais le pouvoir, ou le droit, de le faire changer. Je t'ai dit un jour que tu étais ce dont je rêvais, et c'était la vérité. Mais je suppose qu'il fallait que je comprenne ce que cela impliquait. Veux-tu encore de moi, Pierce ?

Il garda le silence, mais elle vit son regard s'assombrir, sentit les battements de son cœur qui s'accéléraient sous sa main.

— Je pourrais me contenter d'une petite vie calme et aisée, ajouta-t-elle en faisant le dernier pas vers lui. Est-ce cela que tu veux que je fasse ? T'ai-je blessé si profondément que tu me souhaites une vie d'un ennui insoutenable ? Je t'en prie, Pierce, accorde-moi ton pardon.

— Il n'y a rien à pardonner.

En dépit de tous ses efforts, il se noyait dans ses yeux.

— Ryan, pour l'amour de Dieu ! Ne vois-tu pas l'effet que tu me fais ? dit-il d'un air désespéré en repoussant ses mains.

— Si, et ça me fait très plaisir. J'avais tellement peur que tu me mettes à la porte, avoua-t-elle avec un soupir de soulagement. Je reste, Pierce. Tu ne pourras pas m'en dissuader, affirma-t-elle en passant les bras autour de son cou, sa bouche tout près de la sienne. Dis encore que tu veux que je parte.

Il l'attira contre lui.

— Non. Je ne peux pas.

Il s'empara brusquement de ses lèvres. L'énergie qu'il avait perdue l'envahit de nouveau, avec une force brûlante et douloureuse. Il la serra plus près et sentit sa bouche qui répondait à la sauvagerie de la sienne.

— C'est trop tard, murmura-t-il. Beaucoup trop tard, admit-il, tellement enflammé de désir qu'il avait envie de l'écraser contre lui. Il va falloir que je t'enferme à double tour. Tu saisis ?

— Oui. Oui, je comprends, assura-t-elle en rejetant la tête en arrière afin de voir ses yeux. Mais la porte sera fermée pour toi aussi. Je vais y faire poser le seul verrou que tu ne puisses forcer.

— Pas d'échappatoire, Ryan. Ni pour l'un ni pour l'autre.

Et ses lèvres chaudes embrassèrent désespérément sa bouche. Il sentit l'impact de son corps quand il la pressa contre lui, mais les mains sûres de la jeune femme restèrent collées fermement sur son corps.

— Je t'aime, Ryan, déclara-t-il en parcourant son visage de baisers. Je t'aime et j'ai tout perdu quand tu m'as quitté.

— Je ne le ferai plus jamais, promit-elle. J'ai eu tort d'exiger cela de toi. Et aussi de m'enfuir comme je l'ai fait. Je n'ai pas eu assez confiance.

— Et maintenant ?

— Je t'aime, Pierce. Exactement comme tu es.

Il l'enlaça encore et pressa sa bouche contre son cou.

— Ryan, ma beauté, si petite, si douce. Mon Dieu ! que j'ai envie de toi ! Viens, montons, allons au lit. Laisse-moi te faire l'amour correctement.

Leurs deux cœurs s'emballèrent lorsqu'il prononça calmement ces mots, d'une voix rauque, tout contre sa gorge. Ryan inspira profondément, puis elle mit les mains sur ses épaules et le repoussa.

— Et au sujet de ce contrat...

— Que les contrats aillent en enfer, grommela-t-il en tentant de la tirer vers lui.

— Oh ! non, dit Ryan en faisant un pas en arrière. Celui dont je parle doit être établi.

— Je t'ai déjà signé ton contrat, rétorqua-t-il impatiemment. Viens ici.

— C'est d'un autre qu'il s'agit, déclara-t-elle en l'ignorant. Exclusif et à durée illimitée.

Pierce fronça les sourcils.

— Ryan, je n'ai pas l'intention de me lier à Swan Productions pour le restant de mes jours.

— Non, pas à Swan Productions, riposta-t-elle. A Ryan Swan.

La réplique agacée qu'il avait sur le bout de la langue ne vint jamais. Elle vit l'éclat de son regard s'intensifier.

— Quel genre de contrat ?

— Pour une vie à deux, incluant une clause d'exclusivité et une durée éternelle.

Ryan avala sa salive. Elle commençait à perdre un peu de la confiance inébranlable qui l'avait soutenue jusque-là.

— Vas-y, continue.

— Il entre en vigueur immédiatement et stipule l'obligation d'une cérémonie, en bonne et due forme, à la première opportunité qui se présentera, énonça-t-elle en croisant les mains. Il y aura également une clause concernant la probabilité de descendants, ajouta-t-elle en voyant Pierce qui levait un sourcil, mais ne disait rien. Le nombre de ceux-ci pouvant être négocié.

— Je vois, dit-il après une pause. Y a-t-il une clause pénale ?

— Oui. En cas de rupture de contrat, je suis autorisée à t'assassiner.

— Tout à fait raisonnable. Ceci est vraiment tentant, mademoiselle Swan. Quels sont les avantages que j'en tire ?

— Moi.

— Où dois-je signer ? demanda-t-il en la prenant dans ses bras.

— Ici.

Elle poussa un soupir et lui tendit sa bouche. Le baiser fut doux et plein de promesses. Avec un petit grognement, Ryan se serra contre lui.

— A propos de cette cérémonie, mademoiselle Swan, dit Pierce en lui mordillant les lèvres tandis que ses mains la parcouraient, que considérez-vous comme la première opportunité qui se présentera ?

Elle eut un rire et se dégagea de son étreinte.

— Demain après-midi. Tu ne crois pas que je vais te donner le temps de t'évader, n'est-ce pas ?

— Je constate que j'ai trouvé à qui parler.

— Absolument, approuva-t-elle avec un hochement de tête. J'ai encore quelques tours dans ma manche.

Elle prit les cartes de tarot et Pierce découvrit, étonné, qu'elle parvenait avec un certain succès à former un éventail. Elle s'y entraînait depuis des jours.

Il sourit et se rapprocha d'elle.

— Très bien. Je suis impressionné.

— Tu n'as encore rien vu. Prends une carte, lui dit-elle, les yeux pétillants de malice. N'importe laquelle.

Composé et édité par HarperCollins France.

Achevé d'imprimer en septembre 2017.

BRODARD & TAUPIN

La Flèche
Dépôt légal : octobre 2017

Pour limiter l'empreinte environnementale de ses livres, HarperCollins France s'engage à n'utiliser que du papier fabriqué à partir de bois provenant de forêts gérées durablement et de manière responsable.

Imprimé en France